民国世界文学经典译著·文献版（第二辑：耿济之译著）

◆长篇小说◆

少年

（上册）

[俄]陀思妥耶夫斯基（F.dostoevsky）著
耿济之 译

SJPC
上海三联书店

图书在版编目(CIP)数据

少年 /[俄]陀思妥耶夫斯基著；耿济之译．
—上海：上海三联书店，2018.4
ISBN 978-7-5426-5990-3

Ⅰ．①少…　Ⅱ．①陀…②耿…　Ⅲ．①长篇小说—俄罗斯—近代
Ⅳ．①I512.44

中国版本图书馆 CIP 数据核字（2017）第 174555 号

少　年（上下册）

著　　者 / [俄]陀思妥耶夫斯基（F.dostoevsky）
译　　者 / 耿济之

责任编辑 / 陈启甸
封面设计 / 清　风
责任校对 / 江　岩
策　　划 / 嘎　拉
执　　行 / 取映文化
监　　制 / 姚　军

出版发行 / 上海三联书店
（201199）中国上海市闵行区都市路 4855 号 2 座 10 楼
电　　话 / 021-22895557
印　　刷 / 常熟市人民印刷有限公司

版　　次 / 2018 年 4 月第 1 版
印　　次 / 2018 年 4 月第 1 次印刷
开　　本 / 650×900　1/16
字　　数 / 750 千字
印　　张 / 47
书　　号 / ISBN 978-7-5426-5990-3 / I.1272
定　　价 / 226.00 元（上下两册）

出版人的话

中国现代书面语言的表述方法和体裁样式的形成，是与20世纪上半叶兴起的大量翻译外国作品的影响分不开的。那个时期对于外国作品的翻译，逐渐朝着更为白话的方面发展，使语言的通俗性、叙述的完整性、描写的生动性、刻画的可感性以及句子的逻辑性……都逐渐摆脱了文言文不可避免的局限，影响着文学或其他著述朝着翻译的语言样式发展。这种日趋成熟的翻译语言，推动了白话文运动的兴起，同时也助推了中国现代文学创作的生成。

中国几千年来的文学一直是以文言文为主体的。传统的文言文用词简练、韵律有致，清末民初还盛行桐城派的义法，讲究“神、理、气、味、格、律、声、色”。但这也在一定程度上限制了情感、叙事和论述的表达，特别是面对西式的多有铺陈性的语境。在西方著作大量涌入的民国初期，文言文开始显得力不从心。取而代之的是在新文化运动中兴起的用白话文的句式、文法、词汇等构建的翻译作品。这样的翻译推动了“白话文革命”。白话文的语句应用，正是通过直接借用西方的语言表述方式的翻译和著述，逐渐演进为现代汉语的语法和形式逻辑。

著译不分家，著译合一。这是当时的独特现象。这套丛书所选的译著，其译者大多是翻译与创作合一的文章大家，是中国现代书面语言表述和中国现代文学创作的实践者。如林纾、耿济之、伍光建、戴望舒、曾朴、芳信、李劼人、李葆贞、郑振铎、洪灵菲、洪深、李兰、钟宪民、鲁迅、刘半农、朱生豪、王维克、傅雷等。还有一些重要的翻译与创作合一的大家，因丛书选入的译著不涉及未提。

梳理并出版这样一套丛书，是在还原中国现代文学史上的重要文献。迄今为止，国人对于世界文学经典的认同，大体没有超出那时的翻译范围。

当今的翻译可以更加成熟地运用现代汉语的句式、语法及逻辑接轨于外文，有能力超越那时的水准。但也有不及那时译者对中国传统语言精当运用的情形，使译述的语句相对冗长。当今的翻译大多是在著译明确分工的情形下进行，译者就更需要从著译合一的大家那里汲取借鉴。遗憾的是当初的译本已难寻觅，后来重编的版本也难免在经历社会变迁中或多或少失去原本意蕴。特别是那些把原译作为参照力求摆脱原译文字的重译，难免会用同义或相近词句改变当初更恰当的语义。当然，先入为主的翻译可能会让后译者不易企及。原始地再现初时的翻译本貌，也是为当今的翻译提供值得借鉴的蓝本。

搜寻查找并编辑出版这样一套丛书并非易事。

首先确定这些译本在中国是否首译。

其次是这些首译曾经的影响。丛书拾回了许多因种种原因被后来丢弃的不曾重版的当时译著，今天的许多读者不知道有所发生，但在当时确是产生过一定的影响。

再次是翻译的文学体裁尽可能齐全，包括小说、戏剧、传记、诗歌等，展现那时面对世界文学的海纳百川。特别是当时出现了对外国戏剧的大量翻译，这是与在新文化运动影响下兴起的模仿西方戏剧样式的新剧热潮分不开的。

困难的是，大多原译著，因当时的战乱或条件所限，完好保存下来极难，多有缺页残页或字迹模糊难辨的情况，能以现在这样的面貌呈现，在技术上、编辑校勘上作了十足的努力，达到了完整并清楚阅读的效果，很不容易。

“民国世界文学经典译著·文献版”首编为九辑：一至六辑为长篇小说，61种73卷本；七辑为中短篇小说，11种（集）；八、九辑为戏剧，27种32卷本。总计99种116卷本。其中有些译著当时出版为多卷本，根据容量合订为一卷本。

总之，编辑出版这样一套规模不小的丛书，把世界文学经典译著发生的初始版本再为呈现，对于研究界、翻译界以及感兴趣的读者无疑是件好事，对于文化的积累更是具有延续传承的重要意义。

2018年3月1日

少年

（上册）

[俄]陀思妥耶夫斯基（F.dostoevsky）著
耿濟之 譯

中華民國三十七年四月初版

本書主要人物表

阿爾卡其（名）瑪加爾維奇（父名）道爾郭羅基——主人翁，是魏爾西洛夫與騷費亞之私生子。

瑪加爾（名）伊凡諾維奇（父名）道爾郭羅基——農僕，阿爾卡其之法律上的父親。

安得烈（名）彼得洛維奇（父名）魏爾西洛夫——地主，阿爾卡其之生父。

騷費亞（名）安特萊夫納（父名）——田主家的農女，阿爾卡其的生母，瑪加爾的妻子，婚後不久就和魏爾西洛夫同居。

安娜（名）安特萊夫納（父名）——魏爾西洛夫前妻所生的大女兒，阿爾卡其之同父異母姊。

麗薩魏達（名）瑪加洛夫納（父名）——魏爾西洛夫之二女兒，阿爾卡其之親妹。

尼古拉（名）伊凡諾維奇（父名）騷可里司基——富有的老公爵。

加德隣納（名）尼古拉也夫納（父名）阿赫馬可瓦——老公爵之孀婦女兒，魏爾西洛夫之女友。

李娘（名）阿赫馬可瓦——加德隣納之女（前母生。）

賽爾該意（名）彼得洛維奇（父名）騷可里司基——即賽萊查。年青公爵，麗薩魏達的情人。與魏爾西洛夫因遺產而涉訟的。

達姬央納（名）伯夫洛夫納（父名）蒲魯脫闊瓦——小田主，魏爾西洛夫家的親戚（嬸嬸，）先前曾幫魏爾西洛夫監督田產。

阿萊克謝意（名）尼坎諾洛維奇（父名）安特洛尼闊夫——一位科長，以前幫管魏家之蔴萊。

瑪爾亞（名）伊凡諾夫納（父名）——安特洛尼闊夫之姪女。

尼古拉（名）謝蒙諾維奇（父名）——瑪爾亞之丈夫。阿爾卡其之朋友。

克拉夫特
瓦新
} 阿爾卡其之友。

斯帖別立闊夫——瓦新之後父。

奧略——爲生活所逼而自殺的女學生。

達里亞（名）奧尼西莫夫納（父名）——奧略的母親。

皮奧林格——男爵。

彼得（名）伊鮑里託維奇（父名）——阿爾卡其的房東。

蘭白特——阿爾卡其之同學。

阿爾芬西納——身份不淸楚的女人，蘭白特的同黨。

第一卷

第一章

一

我忍耐不住，坐下來寫我在生命史上最初所走的幾步路的歷程，其實不寫也沒有什麽不可以……祇有一樣我確乎知道：我現在不寫，以後再也不會坐下來寫我的自傳，甚至我能活到一百歲也不。除非成爲太卑鄙地偏愛自己的人，纔能無羞恥地寫自己的事情。可是現在我忽然想把從去年起我所經歷的一切事情全部一字不遺地記載下來，那是由於內心的需要而想這樣做：我被一切發生的事情震愕得太利害了。我祇記載一些事件，努力避開一切枝節，主要的是避開文字上修飾的美；一個文學家寫作了三十年，臨到末後還完全不知道他寫了這許多年究竟爲了什麽。我不是文學家，不打算做文學家，把我的心靈的內部和情感的美麗的描寫拖進文學市場上去，認爲是不雅觀和卑鄙的事情。但是我懊惱地預感到完全不描寫情感，不加進一些思想的敍述（也許甚至是極庸俗的思想）似乎也辦不到。一切文學工作者是如何地會對於人發生壞影響，雖然他不過是爲了表現自己而從事寫作。他的思想也許是很庸俗的，因爲凡是自己珍貴着的一切，在旁人看來，很可能認爲並沒有任何價值。這幾句話就是序言；以後這一類的話是不會再有的了，現在講到事情本身上去。最聰明不過的辦法就是着手做什麼事情，——甚至是做隨便什麼事情。

二

我起始，那就是我想從去年九月十九日起開始我的記載，那天我初次遇見了……

但是解釋我遇見了什麼人，解釋得這樣早，在什麼人還不知道的時候，未免顯得庸俗。我甚至覺得這是一個庸俗的格調；既然決定躲避文字上修飾的美，而自己卻從第一行起就陷進這美裏去了。此外，爲了有條理地寫點什麼，似乎單靠一種願望還嫌不夠。我還要聲明，歐洲的文字中似乎以俄文最爲難寫。我現在把我所寫下來的一些話續讀了一遍，感到我比所寫的還聰明得多。一個聰明的人所表示出來的一切，怎麼會弄得比他自身所做過的一切還愚蠢得多呢？在這最後的命定的一年來我在自己身上，且在我和人們貿貽的交接上，屢次看出這一點來。

我雖然從九月十九日起開始記載，但還要加上兩句話敍明我是什麼人，以前到過什麼地方，在九月十九日早晨我的腦筋裏發生什麼樣的思想，即使是一部分的思想。這是爲了使讀者容易了解些，但也許還爲我自己。

三

我是中學畢業生，今年二十一歲。我姓道爾郭羅基，我的法律上的父親是瑪加爾·伊凡諾維奇·道爾郭羅基，是魏爾西洛夫家以前的農僕。因此我是婚生子，雖然我實際上是私生子。我的出生絲毫沒有疑惑的餘地。事情是這樣發生的：二十二年以前，田主魏爾西洛夫（那就是我的父親，）在他二十五歲的時候際遇到圖拉省他自己的采地上來。我猜，這時候他還是一個沒有個性的人。從我的兒童時代起，對這個人就感到十分驚愕，這個人對於我的心靈和習性具有如此重大的影響，甚至也許會長久地影響到我整個的將來的，這人甚至現在有極多的地方還對於我完全成為一個謎。關於這事情，以後再說。這是不能就這樣的講述出來的。即使我的這本書上不講到這些，也會寫出這個人的許多事情來的。

那年他正二十五歲，他的妻子死了。她姓法那略託夫，是一個上等社會的女子，並不很富有，她生下了一男一女。關於這個離開他如此早的夫人的歷史，我知道得並不完全，因為缺乏材料；魏爾西洛夫的私生活裏有許多情節為我所不知悉，因為他永遠對我十分傲慢，緘默，不注意，雖然有時在我面前露出似乎使人驚愕的柔順。但是我要預先表白出來的是他一生用完了三份財產，甚至是個極大的數目，一共有四十萬，也許多些。現在他自然身無分文。

他當時到鄉村裏來，「天曉得為了什麼，」——至少他自己以後這樣對我表示。他的小孩們照例不在他身邊，卻在親戚那裏；他一輩子就這樣的對待他的子女，婚生的和私生的都一樣。在這采地上有極多農僕；其中有一個花匠瑪加爾·伊凡諾維奇·道爾郭羅基。為了一勞永逸起見，我在這裏要補充一句話：世界上沒有人像我那樣一輩子會如此恨我的姓的。這自然很傻，但是實在是這樣的。每逢我初次進入什麼學校，或者遇到一些按照我的年齡報出自己姓名的時候，總而言之每一位教師，家庭教習，學校監督，神甫，——甚至隨便什麼人，祗要問起我的姓，聽到我是道爾郭羅基，一定不知爲什麼認爲必須補上一句話：

「道爾郭羅基公爵麼？」

每次我必須對那些閒暇的人們解釋：

「不，普通的道爾郭羅基。」

這「普通」兩字起始使我發瘋。我在這裏作爲一個希奇的事例似的說出，我並不記得有什麼例外：大家都問的。有些人顯然並不需要問，而且我也不知道，這對於他們究竟有什麼需要？但是大家都問，大家一律地問。問的人聽見我是普通的道爾郭羅基，照例用遲鈍的愚傻而冷淡的眼神向我掃射了一下——這眼神證明他自己不知道爲什麼問——就走開了。同學們問起來比旁人更顯得侮辱。學生們問起一個新學生來眞是非同小可！一個慌張的羞慚的新生在第一天進校時，（無論進什麼學校）成爲大衆的犧牲品：大家命令他，大家逗惱他，對待他像僕人。一個強健肥胖的男孩忽然緊挨地立在自己的犧牲品前面，用長久的嚴厲的驕傲的眼神觀察他幾秒鐘。新生默默地站在他面前，假使不算懦怯，便斜眼看了他一下，等候下面出現些什麼文章。

「你姓什麼？」

「道爾郭羅基麼？」

「道爾郭羅基公爵麼？」

「不，普通的道爾郭羅基。」

「啊，普通的傻瓜。」

他的話很對：姓道爾郭羅基而不成爲公爵，那是最愚蠢不過的事。我把這愚蠢拉在自己身上，並沒有一點錯處。以後我很生氣的時候，有人問：

「你是公爵麼？」

我永遠回答：

「不，我是以前的農奴，農僕的兒子。」

以後，在我恨到最後階段的時候，對於「你是公爵麼？」的問題，我有一次竟堅定地回答，

「不，普通的道爾郭羅基，我的以前的主人狄爾西洛夫先生的私生子。」

我在讀到中學六年級的時候想出了這句話，雖然不久就深信自己是愚蠢的，但總歸不會立刻停止做出愚蠢的行爲的。我記得教員中有一個，——不過也就是他一個，——發現我「充滿了報復的自尊的觀念。」一般地講大家總帶着一種討氣的陰鬱的態度來接受我這種舉動。後來有一個同學，很尖刻的傢伙，我和他祇談過一次話，帶着嚴肅的神色略略偏轉了頭，對我說道：

「這樣的情感自然給予您極大的體面，無疑地，您有可以驕傲的地方。但是我處在您的地位上，到底不會因爲我是私生子而十分慶幸的……而您提到它簡直就像過命名節似的！」

從那時候起，我停止誇耀自己是私生子。

我重複一句，俄文是很難寫的：我已經寫滿了三大頁，講我如何一輩子爲這姓生氣，但是讀者一定已經猜想出，我的生氣就是爲了我不是公爵而是普通的道爾郭羅基的緣故。再解釋一次加以辯白，那對於我就更加顯得可恥了。

四

除瑪加爾·伊凡諾維奇以外，在這一羣人數還很衆多的農僕中間，有一個姑娘，在她十八歲的時候，五十歲的瑪加爾·道爾郭羅基忽然發現了想娶她的意思。大家都知道，在農奴制度時代，農僕間的婚姻是須經過主人的准許，有時簡直須遵照主人的命令而成立的。當時住在采地上的是嬸嬸；不過她並不是我的嬸嬸，她自己也是田主。我不知道爲什麼，大家一輩子都稱呼她是嬸嬸，不但是我的，卻是一般的，在魏爾西洛夫的家庭裏也是這樣。她和魏家確是有點親戚關係的。她就是達娑央納·伯夫洛夫納·蒲脊脫闊瓦。她當時在同省同縣內還有三十五個靈魂（卽農奴。）她並不是管理，卻是爲了住得鄰近的關係，監督魏爾西洛夫的田莊（田莊內有五百靈魂。）這監督我聽說抵得上一個有學問的總管而有餘。然而關於她的知識如何，於我絲毫不相干；我拋開了一切的思想，謟媚和恭維，單想說，這個達娑央納·伯夫洛夫納是一個極正直的甚至古怪的人。

她不但沒有阻止陰沈的瑪加爾·道爾郭羅基的想和那位姑娘結婚的傾向，（有人說，他當時是很陰沈的，）相反地，不知爲了什麼，還極端地加以鼓勵。蘇費亞·安特萊夫納（十八歲的農女就是我的母親）在幾年來已成爲舉目無親的孤女。她的去世的父親在世時很尊重道爾郭羅基，還爲了什麼事情極感激他他也是農僕。六年前他臨死時，在彌留的當兒甚至在斷最後一口氣的一刻鐘以前，——因此在必要時可以當作讝語看待，況且他以一個農僕的資格也無權去做，——把瑪加爾·道爾郭羅基叫了來，當着全體農僕面前還有神甫在場，指着女兒響亮地堅決地對他作最後的遺言，「你把她養大以後娶了她罷。」這是大家都聽見的。至於說到瑪加爾·伊凡諾維奇，我不知道，他以後在什麼樣的意義之下娶她的，那就是不是帶着極大的愉快，或者祇是履行義務。他大概露出完全冷淡的神色。他這人在當時已經會「表現自己。」他並不見得是博學的人，或是通達文理的人（雖然完全通曉教會禱告的儀式，尤其知道幾位聖徒的行迹，但多半由於耳聞）也不像那類農奴的空論家；不過具有固執的，有時甚至冒險的性格；他說話帶着熱力判斷事情時不留轉彎的餘地，還加上「過着可尊敬的生活」——按照他自己的奇怪的說法——那時他就是這樣的。自然，他取得了大家的尊敬，但同時有人說大家都認他是極難相處的人。在他脫離農僕的階級的時候，那是另外一件事情大家都把他當作一個聖徒受了許多苦難的人看待了。關於這個我是確實知道的。

至於說到我的母親，達姬央納·伯夫洛夫納把她留在自己身邊，一直到十八歲，雖然管理員堅決地主張把她送到莫斯科去學習。她授給她一點教育，那就是教她縫紉，裁剪，甚至姑娘走路的模樣，還教她讀一點書。至於寫字是我母親從來不曾寫得好的。在她的眼中看來，她和瑪加爾·伊凡諾維奇的這段婚事是早已決定了的，當時所發生的一切，她認爲極好，且極妥當；她上教堂結婚的時候，露出在這類情事時可能有的最安靜的神色，因此達娘央納・伯夫洛夫納當時稱她爲一條魚。關於我母親當時的性格我全是從達娘央納・伯夫洛夫納那裏聽來的。在這個婚事以後過了整整的半年，魏爾西洛夫回到鄉村裏來了。

五

我祇想說，我永遠無從知道，也無從滿意地猜到，他和我母親的關係是從什麼方面起始的？我十分準備相信他去年自已臉上像着紅暈對我所說的話，雖然他講這一切的時候用了極不勉強的極有「機智」的神色。他說這裏並沒有任何的愛情，一切就是這樣，這樣發生的。我相信是這樣的，俄文裏「這樣」的一個名詞是巧妙無窮的。但是我到底永遠想知道，他們是從什麼上面發生了關係的？我自己一生最恨這些討厭的事情。自然，這裏並不單祇是我一方面無恥的好奇。我還要聲明，我一直到去年爲止幾乎完全不知道我的母親。我從小就被送到人們手裏，爲了魏爾西洛夫的舒適起見，這話以後再說，因此我怎麼也不能自己想像出，她那時會有什麼樣的容貌。假使她並不怎樣美麗，那末像當時的魏爾西洛夫那樣的人所能貪圖於她的是什麼？這問題所以對於我顯得重要，因爲這人在這問題裏裝出一個十分有趣的角色。我是爲了這一點發問，並非爲了色情。他自己，這個陰沈的，城府極深的人，他那種親藹的坦白不知是從哪裏取了來，（好像從口袋內取來）在他看見這是必要的時候，——他自己對我說他當時是一個極「愚蠢的年輕的小狗，」不見得是感傷的，卻是那樣的，剛剛讀了安東・郭萊梅卡和帕林卡・薩克司兩部文學作品，對於當時少年那一代所具有的前進的意識受到深遠的影響。他說他當時也許受了安東・郭萊梅卡的影纔纔到鄉村裏來的，——他說這話時用了異常嚴肅的態度。這個「愚蠢的小狗」是用了什麼樣的形式和我的母親發生愛情的。我現在想像到，即使我所寫的祇有一個讀者也必將向我大笑把我看作極可笑的少年，在保存了愚蠢的天真之後還要管閒事，研究和解决不能理解的一切。是的，我確實還不能理解到，雖然我並非由於驕傲而承認這句話，因爲我知道，一個二十歲的大傢伙如此的沒有經驗，那眞是愚蠢到怎樣的程度。不過我要對這位先生說他自己也並不理解，且向他證明出來。固然，我對於女人一點也不懂，而且還不願意懂，因爲我一輩子不去注意這種事情，並決定這樣做。但是我確實知道，有些女人用她的美貌或者用不知道什麼東西在一剎那間把人迷上了；另一些女人應該用半年的功夫加以咀嚼，纔能明白她的底細；爲了審看這類女人而和她發生戀愛，光是看光是準備做一切事情還不够，必須還要成爲有天才的人。我深信這個，雖然我一點也不知道。不然的話，那就應該一下子把所有的女人全降到普通的家畜的階段上面，單祇照這種樣子把她們畜養在自己身邊。也許有許多人想這樣做。

我從幾方面肯定地知道，我的母親並不是美女，雖然，我沒有見過她當時的像片，這種像片在什麼地方是有的。所以一見傾心是不會有的事。爲了普通的「消遣」起見，魏爾西洛夫可以選擇別的女人，這種女人是有的，還有未結婚的，例如安菲薩・孔司坦丁諾夫納・薩飽士闊瓦，管乾草的姑娘。至於帶着安東・郭桼梅卡一塊兒來的人，根據了田主的特權，破壞自己農僕婚姻的神聖，是在自己面前也會感到十分可恥的，因爲我重複一句，他在幾個月之前，也就是在二十年以後，還十分嚴厲地講過這個安東・郭桼梅卡來的。但是安東那裏不過是被奪去了一匹馬，而這裏卻是一個妻子！一定發生了一些特別的情形，因此魏鮑士爾瓦小姐輸了，（據我看來還是贏的。）我去年有一兩次遇上他，在可以和他談到所有這一些問題的時候，（因爲並不永遠可以和他談論的）發現他雖然見過世面，而且事情隔了二十年的距離，卻還好像在那裏裝腔作勢。至少，我記得有一次，他帶着屢次和我施展出來的交際社會上常見的嫌惡的神色，很奇怪地喃喃說出，我的母親是一個無保障的女人，不見得會使人愛，——相反地，完全不是的，——卻會忽然不知爲了什麽原因使人憐惜，是不是爲了性情的馴順，否則是爲了什麽？但這是永遠沒有人知道的，不過會使你永久加以憐惜；憐惜，便沾戀上了……「總而言之，我的親愛的，有時是會弄得擺脫不了的。」這是他對我說的話。假使這確是如此，我不能不認他並不是當時的愚蠢的小狗，像他自己給當時的他所下的按話。這就是我所需要知道的。

然而他當時就對我說，我的母親的愛他，出於她「屈辱：」他還會想出是由於農奴制呢！他爲了裝面子而撒謊。他的撒謊違背了良心，違背了正直的性格！

我說出這一切，自然似乎是爲了恭維我的母親，其實我已經聲明過，我對於當時的她並不知道。不但如此，我知道，她從小時候鍛鍊過的，以後又一輩子留滯的那個環境和可憐的見解是如何的牢不可破的，因而災害形成了。說到這裏，應該順便更正一下：我跳進雲端裏，忘記了一樁事實，是應該首先提出來的，那就是：他們是一直從災害上起始的。（我希望讀者不會這樣裝腔做勢，不立即明白我想說什麽話）。一句話，他們是照用主對待農奴的方式起始的，雖然確鮑士爾瓦小姐落了選。但是到了這裏，我又要加進話去，預先聲明，我並不自相矛盾。因爲天呀！像魏爾西洛夫這樣的人，在那個時候會和像我的母親那樣的女人說出什麽話來，甚至在發生了極不可捨據的愛情的時候？我從那些好色的人們那裏曉得男女之間時常會完全不說話，便起興苟合的，這自然是奇極和俗極。但是魏爾西洛夫在和我的母親發生關係的時候，大概也不會不這樣起她的即使他願意不這樣做。難道是從向她解釋帕林卡·薩克司開端的麽？再加上他們兩人和俄國文學沒有發生一點關係；相反地根據他所說的話語，（他有一次打開了話匣，）他們在角落裏躲藏，在樓梯上互相等候，一有人走過便像皮球似的跳開，漲紅了臉，「魔王似的田主」竟會看見了最起碼的擦地板女人發抖，不管他握有農奴制度下的一切權力。雖然起始是照田主對待農奴的方式，而結果弄得不進不退，實際上簡直無從加以解釋，甚至弄得黑漆一片，連他們的愛情進展的範圍都成為一個啞謎，因為魏爾西洛夫這類人的第一個條件就是在達到目的以後立即拋棄。但是結果並不如此。一個好色的「年輕的小狗，」（他們全是好色的，一律在內，——進步派和守舊派都是的，）和一個容貌姣好的，輕薄的女僕，（我母親還沒有輕薄的性格，）犯一兩下罪過本來不但可能而且還避免不了，尤其從他那種年少鰥居的浪漫地位，和他的游手好閒的生活上看來是如此的。但是愛一輩子，——那是太過分了。我不擔保他愛她，然而他一輩子把她拖來拖去，——這是確實的。

我提出了許多問題，但是有一個極重要的問題我不敢直接對我的母親提出，雖然我去年和她很接近，再加上我是一個粗暴的不知感激的小狗，認為人家在我前面做了錯事，所以和她客不客氣。問題是這樣的：她自己以一個業已結婚半年的人，素來被屈服在合法婚姻的一切見解之下，被屈服得像一隻無力的蒼蠅，而且尊敬瑪加爾·伊凡諾維奇不下於一個什麽上帝，她自己怎麽會在短短的兩星期內做出這種罪孽來呢？我的母親本來並不是一個淫蕩的女人。相反地，我現在可以預先說，只有像她那樣純潔的心靈，而且以後一輩子如此，甚至是難於想像的。除非用下面的理由加以解釋，那就是她在不記得自己的情形裏做下了的，這並不是律師們現在替自己的兇手和小偷們說話的意思，卻是受了一個強烈的印象，拖犧牲品那樣純真的性格是很容易被這印象命定地，悲劇性地把握住的。誰知道，也許她愛死了……他的衣服的式樣，巴黎的髮式，他的法國口音，一定是的，她一竅也不通的法國口音，還愛上了他坐在鋼琴旁唱出的情歌，愛上了從來沒有見過和聽過的一切（他是很美貌的，）把所有他的一切，連同衣服式樣和情歌全都一古腦兒愛到了疲乏的地步。我聽說，在農奴制度的時代裏農僕的女郎中間有時會發生這種情形的，而且還是一些最誠實的女郎。我明白這個，假使有人單祇用農奴制度的權利和「屈辱」的地位來解釋，他便是一個混蛋！這個青年人會不會有這許多直接的誘惑的力量，把一個在這以前還是非常純潔的女人，主要地是把完全和自己不同類的女人，從完全另一個世界，另一個土地上引誘到如此明顯的滅亡上去？到滅亡上去，我想是我母親一輩子了解的；不過在當初走上去的時候，並沒有想到滅亡上面去；這些「無保障」的人們永遠是如此的；明白是滅亡，還要鑽上去。

他們犯了罪孽以後，立即懺悔。他很俏皮地對我講，他會在瑪加爾·伊凡諾維奇的肩上嗚咽着，——

六

他特地爲了這個事情叫他到書房裏去，而她呢，——她在那個時候在她的農奴的小屋內躺倒了……

但是關於那些問題和搗亂的詳細情節大可不必多講。魏爾西洛夫在把我的母親從瑪加爾・伊凡諾維奇那裏贖身以後，不久就離開那裏，從我業已敘寫的那個時候起，開始把她到處拖來拖去，除去發生了必須出門較久的情事以外；那時他多半把她交給嬸娘照顧，那就是達婭火納・伯夫洛夫納・浦魯說闊瓦，在遇到這類情事時她永遠會從什麼地方鑽出來的。他們在莫斯科住過，也在其他各村各城住過，甚至住在國外，最後便住在彼得堡。關於這一切以後再說，或者不必去說。我要說的祇是在和瑪加爾・伊凡諾維奇分開以後，我出世了，再過了一年我的妹妹生下來了，以後隔了十年或十一年生下了我的小弟弟，一個有病的男孩，活了幾個月便夭亡了。我的母親的美貌隨着這次難產而喪失，至少人家對我這樣講她很快就顯得衰老，荏弱。

但是和瑪加爾・伊凡諾維奇的關係到底永遠沒有斷絕。魏爾西洛夫一家人無論住在什麼地方，不論是在一個地方進住了幾年，或者搬到別的什麼地方去，瑪加爾・伊凡諾維奇一定會把自己的消息通知「家庭」。形成了一些奇怪的關係，有點莊嚴的，近乎嚴肅的。在貴族的風俗內，在這樣的關係上面一定還要攙進一些滑稽的成分，我知道，但是這裏並不如此。每年必寄來兩次信，不多也不少，而且封封都是相類似的。我看過這些信；裏面極少關於個人的一切；相反地，儘可能地祇是一些莊嚴的通知，關於十分共同的事件和十分共同的情感，假使可以這樣形容情感。最先通知的是自己的健康，以後又問人家的健康，以後是一些頌祝，莊嚴的鞠躬和祝福，——這就完了。大概就在這共同與無個性中包含着一切體面的舉止和這階級內待人接物的儀節的諳熟。「謹向尊敬的，優雅的夫人騷飛亞・安特萊夫納致送極謙卑的鞠躬……」「向優美的子女致送永無缺憾的父母的祝福。」子女們的名字全都逐一寫下來，依他們出生的次序，我自然也在其內。我還要說的是瑪加爾·伊凡諾維奇竟做及得從來不把「可尊敬的大人安得烈·彼得洛維奇」稱作自己的「恩人」，雖然在每封信中一定會寫出謙卑的鞠躬致敬的話，一面還向他請求恩惠，希望上帝降福於他身上。回復瑪加爾·伊凡諾維奇的信很快地就由我的母親寄出去，寫得永遠是相彷彿的。魏爾西洛夫自然沒有參與通訊。瑪加爾·伊凡諾維奇從俄羅斯的各處，從城市中，從修道院裏——他有時在那裏住得很長久——寄這些信來。他成爲所謂巡遊人了。他永遠不開口有所請求；但是三年內必回家居住一次，一直停留在母親家裏。我母親永遠有一所單獨的住宅，和魏爾西洛夫的住宅分隔開來。關於這個容我以後再說，在這裏祇要說出，瑪加爾·伊凡諾維奇並不橫躺在客廳的沙發上面，卻謙遜地安身在圍牆後面的什麼地方。他住的時候並不久，有時住五天，有時住一星期。

我忘記說他很愛很尊重自己那個「道爾郭羅基」的姓。自然這是可笑的愚蠢。最愚蠢的是他喜歡他的姓，就是因爲還有道爾郭羅基公爵的緣故。一個奇怪的見解，完全倒轉來了。

假使我說全家都聚在一處，那末自然是除去我不算。我好像被拋棄了，從一生下來就被安插在別人手中。但這裏並沒有一點特別的用意，不過不知爲什麼竟弄成了這樣。母親生我以後年紀還輕，姿色還美，所以他需要她，有了哭吵的嬰孩在旁邊，自然會妨礙一切，尤其在旅行中。因此竟弄得我在二十歲以前差不多沒有看見過我的母親一面，除去兩三次偶然的機會以外。這情形的發生並非出於母親的意願，卻出於魏爾西洛夫對人們的倨傲。

七

現在完全講別的事情。

一個月之前，那就是九月十九日前的一個月，我在莫斯科決定和他們大家脫離關係，完全出去實行自己的理想。我寫着這句「出去實行自己的理想」的話，因爲這句話差不多會指出所有我的主要的思想，——就是我願以活在世上的一切。「自己的理想」究竟是什麼，關於這以後有許多話可說。這理想從中學的第六年級起在幻想的沈寂的環境中，和多年的莫斯科生活中就創立了，從那時候起也許一步也沒有離開我。它吞沒了我的一生。在這之前我就生活在幻想裏，從兒童時代起就生活在有一定的暗影的幻想的天國內；但是自從發現這個主要的，吞沒我心裏的一切的理想以後，我的幻想顯得牢靠起來，一下子辭成了一定的形式；從愚蠢的一變而爲有理性的了。中學不妨礙幻想，也不妨礙理想。我還要補充的是我把最後一年的中學課程修得很壞，但是在七年級以前永遠名列前茅，這也就是爲了這個理想，爲了我從它裏面演繹出來的也許是虛僞的結論而發生的。因此不是中學妨礙理想，卻是理想妨礙了中學，妨礙了大學。我在中學畢業後，不但立刻就想根本擺脫一切，且想在必要時甚至和整個世界脫離關係，雖然我當時祇有二十歲。我經過相當的人，向彼得堡相當的人寫了一封信，請他們完全不必管我，再不要寄生活費給我，如果可能的話，就完全忘記了我，（那自然在人家還有點記得我的時候，）最後還說我「無論如何」不進大學。在我的前面有兩條待決的歧路：或是進大學繼續求學，將理想的決議再延期四年，或是立卽實行「理想」的決議。我毫不畏懼地擁護後者，因爲我具有數學公式似的深信。韋爾西洛夫，我的父親，我一生中祇見過他一次，在一剎那間，在我祇有十歲的時候（就在這一剎那間已使我感到震愕。）——韋爾西洛夫親筆答覆我那封並不是寄給他的信，喚我上彼得堡去，答應給我一個私人的位置。這個嚴肅驕傲的人，對待我那樣的傲慢，而且漫不經意，既生下了我，又把我拋在外面，不但完全不認識我，甚至從來也不加以懺悔，（誰知道，也許對於我的存在祇具有模糊不正確的見解，因爲後來發現我在莫斯科的生活我並不是他付的，卻是別人付的。）現在這人忽然憶起我來竟親筆寫信來喚我。這樣的傳喚使我感到榮幸，解決了我的命運。奇怪的是我感到他的信中可喜的地方（一頁小幅的信紙）是他一個字也沒有提及大學，並不叫我變更決議，也不責備我不願意讀書，——一句話，並沒有提出父母方面在這類事情裏照例有的任何玩意，這在他那方面是很壞的，因爲更加表示出他對我的不關心。我決定去，這因爲這決不妨礙主要的幻想。「我看一看以後的情形再說，」——我盤算着。——「我儘管和他們暫時聯絡，斷絡也許祇要用極短的時間。因爲祇要一踏到這樣的步驟，雖然是有條件的，而且是很有限的，到底使我和主要的理想越離越遠，我就立刻和他們脫離關係，拋棄一切，鑽進自己的硬殼裏去。」就是鑽進硬殼裏去「像烏龜似的鑽進硬殼裏去。」這比喻我很喜歡。「我將不是一個孤獨的人，」——我繼續思考着，在最後的幾天內在莫斯科像瘋子似的走來走去——「我現在永遠不會是一個孤獨的人，像現在以前那些可怕的年頭似的。我的理想和我在一塊兒，我永遠不會對它叛變，甚至卽使我很喜歡他們大家，他們能給予我幸福，我能和他們住上十年，」——就是這個印象，我預先說在前面，就是我在莫斯科卽已決定了的計劃和目的的變更性，到了彼得堡還一刻也不離開我，（因為我不知道，我在彼得堡有沒有這樣的一天，我不把最後的期限放在前面，以便和他們脫離以後，獨自走開，）——就是這變更性大概成為我一年來所幹出的許多不謹慎的舉動的主要原因之一；成為許多躊躇的事情，甚至許多卑劣的，愚蠢的舉動的主要原因之一。

我身邊突然發現了父親，是以前從來沒有過的。在我從莫斯科動身走的時候，還在火車裏面，這念頭就把我迷醉了。父親不父親，還沒有什麼關係，我是不愛溫柔的，但是這人不願意知道我，並且侮辱我，而我卻同時在這些年來幻想著他已至於黏牢住的程度，（假使可以這樣形容幻想。）我從兒童時代起，每一個幻想總是被他喚起，繞在他身旁，以他為最後目標的。我不知道我恨他，或是愛他，但是他充實了我未來的一切，所有我對於生命的計算，——而這是自然而然發生的，這是隨著年歲的增長以俱來的。

影響我的離開莫斯科的還有一椿有力的事實，一個誘惑，一想起它，我的心在動身前的三個月內就會洶湧跳躍的，（那時候還沒有想到彼得堡去。）我被吸引到這個不知曉的海洋裏去的原因還在於我可以一直上那裏去甚至充作別人的命運的主宰，而且還是那個人的命運的主宰，然而我心裏沸騰著的不是慈悲的，卻是驕傲的情感，——這是我要預先聲明，免得從我的話裏發生了誤會。韋爾西洛夫會心想，（假使他肯想著我，）來的是一個小孩，少年，以前的中學生，他得對全世界的一切發生驚異。但是我已經知道他一切的底細，身上帶著一個極重要的文件，為了它，（現在我是確實知道的，）——他肯犧牲幾年的生命，假使我當時能把秘密洩露給他。我覺得，我提出了許多啞謎。關於這一切，將來有極充分的地位講到的，也就是爲了這個纔提起筆來的。不過這樣寫法，——眞是像夢囈或浮雲。

八

爲了完全轉到十九日那天上去，我暫時簡單地，匆遽地說，我遇到他們大家的時候，就是魏爾西洛夫，母親和妹妹，（妹妹我還是初次看見）他們正處於困難的境況中，幾乎是貧窮或是到了貧窮的前夜。關於這層我在莫斯科已經知道了，但是我所看見的總是料不到的。我從孩童時候起就慣於把這個人，這個「我的未來的父親」，幾乎在一種光芒中想像着，始終覺得他無論在哪裏都應該立在第一等的位置上面。魏爾西洛夫從來不和我的母親在一個寓所裏居住，永遠給她另外租屋：自然這樣做法是出於他那種極卑鄙的「體面」而起的。但是現在大家都住在一起，謝蒙諾夫司基營的一個胡同裏，一所木造的偏房裏。所有的物件全已抵押盡了，所以我甚至暗中瞞着魏爾西洛夫，把我的神秘的六十盧布都交給母親了。所謂「神秘」，因爲這錢是從每月撥付給我五盧布的零用費中積了兩年纔積下來的。這積蓄就從我的「理想」發生出來的第一天上起始，因此魏爾西洛夫不應該知道一點關於這筆錢的事情。我怕的就是這個。

這幫助不過是海水的一滴。母親工作着，妹子也替人家縫衣裳。魏爾西洛夫還是過着游手好閒的生活，做闊別扭，繼續保存着許多以前的，極豪貴的習慣。他做嘮叨着，尤其在喫飯的時候。他的一切舉止完全是專制的，殘虐的。但是母親，妹子，達姬央納·伯夫洛夫納，和去世的安特洛尼闊夫全家，（這安特洛尼闊夫是一位科長，同時雖管魏爾西洛夫的事情，於三月前死去了，他的家庭內有無數的婦女，）卻像偶像似的崇拜他。我不能想像這是什麼情形。我覺察出他在九年以前比現在漂亮得多。我已經說過，在我的幻想中他似是被圍在一種光芒中，因此我不能想像到，從那時起僅祇過了短短的九年，竟會顯得這樣蒼老，這樣憔悴；我立刻感到了憂愁，憐惜，慚愧。對於他的觀察成為我初到後第一個最痛苦的印象。然而他還不是老人，他祇有四十五歲。我細看下去發現他的容貌裏甚至有比在我的回憶中殘存的一切還可驚愕的東西。當年的光輝黯淡些了，外表也不見得有何顯著的特點，甚至漂亮也減退些了，但是生命似乎在這臉上刻下了比以前有趣得多的痕跡。

我是很知道的，貧窮不過占他的失敗分數中的一二成，除貧窮外還有無可比擬的嚴肅的一切，——至於還存着打贏那椿關於遺產的官司的希望那更不必提。這官司是一年前在魏爾西洛夫和駱可里司基公爵們中間打了起來。魏爾西洛夫有在最近將來取得價值七萬或者也許稍為多些的田產的希望。我上面已經說過，這個魏爾西洛夫一生用完了三筆遺產，現在又有一筆遺產來救他了！案件在最近期內就要經法院裁決。我就是為了這個趕來的。沒有人肯用未來的希望做抵押借款，沒有地方去借，所以祇好熬受着。

魏爾西洛夫也沒有上任何人家裏去，雖然有時整天不在家。他已經有一年多被社會趕出去了。這段歷史，不管我如何努力探索，在主要的情節方面我是弄不清楚的，雖然我在彼得堡住下了整整的一月。魏爾西洛夫有沒有錯，——這對於我十分重要，我也就為了這個跑來的！為了一個謠言，彷彿說他在一年以前在德國做下了一樁極低微的，而在「交際社會」的眼光中認爲最壞不過的搗亂行爲，甚至彷彿說他當時在大庭廣衆中公開地挨了騷可里言斯公爵們中間一位的耳光，而竟沒有喚他出去決鬬，——就爲了這謠言大家全都躲避他，連所有那些有勢力的貴人們都在內，他是一點子特別留和他們聯絡的。連他的子女們（正式的，）兒子和女兒，都躲避他，另外住開。誠然，兒子和女兒借着法那略託夫一家人和騷可里言斯老公爵（魏爾西洛夫以前的知己朋友）的幫助，在極上等的社會裏鬼混。我在這幾幾的一個月內，觀察他的結果，看出他是一個驕傲的人，並不是社會把他從自己的團體裏趕走，卻是他自己把社會從他身旁趕掉，——他露出了那種獨立不羈的神色。但是他有沒有權利露出這種神色，——這是使我感到慌亂的！我一定應該用最短的時間打聽出一切的眞相，因爲我就是爲了判斷這個人而來的。我還把自己的力量隱住他，但是我必須或是承認他，或是完全推開他。最後的一層我感到很難受，也很痛苦。我必須完全承認：這個人是我所珍貴的！

我暫時和他們住在一個寓所內，工作着，勉強忍住，不做出粗暴的舉動。實在還有些忍不大住。住了一個月以後，我每天相信，我無論如何不能向他要求作最後的解釋。這驕傲的人一直立在我的面前，成爲一個啞謎，這啞謎把我侮辱到極深的地步。他和我甚至很親密，鬧着玩笑，但是我寧願爭吵，不願鬧這樣的玩笑。我和他所談的話永遠含有曖昧的意義，老實說，他的口氣裏永遠露出奇怪的譏笑。他起初在我從莫斯科來到的時候就用不正經的態度接待我。我怎麼也不能明白，他爲了什麼這樣做。固然，他做到了在我面前顯出高深莫測態度的一步；但我自己也不肯低首下氣請他對我正經一些。再加上他有一些奇怪的，無很可憐的手段，使我不知道怎樣對付它。簡單地說，他對待我好像對待極不成熟的少年，——這是我幾乎忍受不住的，雖然也知道會這樣的。因此我自己也不說正經話，我等候着，甚至差不多完全停止說話。我等候一個人，這個人來到彼得堡以後我便可完全知道一切的眞實；我的最後的希望就在這上面。總之，我已預備和他完全脫離關係，作好了一切的手續。我很可憐我的母親，然而……「不是他，便是我，」——我想這樣向她和我的妹子提議。甚至日期都由我決定下了；暫時我還去做事。

第二章

一

在十九號那天我還應該領取我在「私家」服務第一個月的第一次薪水。關於這差使他們事先沒有向我徵求意見，簡直好像在我來到那裏的第一天上就把我送去當差。這顯得很粗暴，我差不多應該反抗。這差使就在騷可里司基老公爵的家裏。然而當時一反抗就等於立刻和他們斷絕關係，這雖然並不使我驚慌，但對於我的主要目的大有妨礙，因此我暫時默默地擔任了這個差使，用沉默保持我的尊嚴。我要首先解釋一下，這位騷可里司基公爵是一個富翁，位居樞密顧問官，但和魏爾西洛夫正在進行訴訟的莫斯科的那些騷可里司基公爵們並無親屬關係。（他們接連幾輩子都是沒有價值的窮人。）他們不過是同姓而已。但是老公爵對他們發生極大的興趣，特別愛公爵中的一個他們的族中最長的輩分，——一個青年軍官。魏爾西洛夫在最近還對於老人的一切事情有極大的影響。他是他的好友，奇怪的好友，因為我看出這個可憐的公爵很怕他，不但在我去服務的時候，並且似乎在整個和他發生交誼的時候永遠如此。但是他們已經許久沒有見面了。大家指斥着的那樁不體面的行為恰巧和公爵的家庭有關；但是達姊央納·伯夫洛夫納跑了出來，由於她的介紹我被安插到老人身邊。他希望有一個「青年人」到他的書房裏去。再說我後來發現，他也很想做點取悅魏爾西洛夫的事情，那就是先向他走近一步，而魏爾西洛夫竟允許了。老公爵乘他的女兒，守寡的將軍夫人不在的時候，這樣決定做，她是一定不會允許他按照這個步驟做的。關於這個以後再說，但是我要說的是他對於魏爾西洛夫的態度的奇特使我發生於他有利的驚愕的印象。我揣度着假使被侮辱的家庭的首長還繼續對魏爾西洛夫存着敬意，那末外面傳播着的關於魏爾西洛夫如何卑劣的議論是離奇的，至少是曖昧的。一部分說來也就是這個情節使我在上差的時候不加反抗：我所以願意幹這個差使，就是希望調查清楚這一切情形。

達娣央納·伯夫洛夫納，當我在彼得堡遇見她的時候，扮演着一個奇怪的角色。我差不多已經完全忘記她，怎麼也料不到她會處於如此重要的地位的。我在以前，住在莫斯科的時候，也曾見過她三四次。在每次必須把我安插到什麼地方去的時候，——在進入圖沙寄宿學校的時候，或是在兩年半以後我轉入中學，搬到令人難忘的尼古拉·謝蒙諾維奇的寓所裏去的時候，——她總會發現，天曉得是從什麼地方來受了誰的囑託。她一發現以後，就和我盤桓一整天，檢查我的內衣，洋服，帶我到庫茲涅茲橋去，到城裏去給我買一些應用的物件，一句話，整頓我一切的行裝，一直到最後的書包和修筆刀為止。再加上一直對我嘮叨，罵我，責備我，考我，提出另一些荒誕的男孩，她的朋友家和親戚家的男孩們做榜樣，說他們全比我好。她甚至捏我，簡直推我，甚至推了好幾次，弄得我很痛。她把我安頓妥當以後，就失蹤了，好幾年來沒有信息。她現在就在我剛來到彼得堡以後，立刻又跑來安插我了。她是乾癟的，身材很小的女人，具有鳥嘴般的尖鼻和鳥般的尖眼。她忠心奉事魏爾西洛夫，像奴隸一般，崇拜他，像教皇，且帶着深信。但是我不久驚異地發覺，她一直是一位到處受大家尊敬的人，主要的是到處大家都知道她。老公爵騷可里司基對她特別敬重他的家庭裏也是如此；魏爾西洛夫的兩個驕傲的孩子也是的；法那略託夫家裏也是的，——然而她以縫紉和洗滌一些綠邊爲生，從店家領取定貨來做。我和她在說第一句話的時候就吵嘴，因爲她竟和大年前一樣，馬上對我吵叨起來。從那時候起我們每天必吵；但是這並不妨礙我們有時談談心，說實話，到了一個月快完結的時候，我起始喜歡她；我覺得這是爲了她有一種獨立的性格。不過我沒有把這一層通知她。

我當時就明白我被派到這個有病的老人那裏做事，祇是爲了給他「解悶，」我的職務就是這個。自然，這使我感到屈辱，我立刻就想採取必要的步驟；但是這個老怪物不久給予我一種意外的印象，似乎有點憐憫，所以到了一個月快完的時候，我竟奇怪地對他發生依戀的情感，至少是放棄了做出粗暴舉動的意思。他的年紀還沒有過六十。這裏發生了一整段的故事。在一年半以前，他忽然得了一個毛病；他上什麼地方去，中途發了瘋，因此發生了和出亂子相近的情形，當時惹起彼得堡人們紛紛的議論。像發生這類情形時應該這樣處置似的，他立刻被送到國外去，但是過了五個月以後忽然又出現了，已完全恢復了健康，不過把官職辭去了。魏爾西洛夫正經地說，（顯然露出熱烈的樣子，）他並沒有發狂，那不過是一種神經性的發作。魏爾西洛夫這種熱烈的神色我立刻注意到了。不過我要說，我自己也幾乎贊成他的意見。老人不過有時顯得過於輕浮，似乎和他的歲數不相稱，聽說這是以前完全沒有的。人家說他以前曾在什麼地方出過什麼主意，有一次辦一件人家委託的事情，辦得十分出力。我認識他已有整整的一個月，怎麼也猜不到他有做參謀的特殊才能。有人注意到，（雖然我還沒有看出，）他在發病以後發現了趕快續絃的特別的傾向，在這一年半內他已屢次想實行這理想。在交際社會上大家全知道這件事情，也有人發生興趣。但是因爲這傾向和公爵周圍的幾個人的利益不相適合，所以他們從四面八方把公爵看守了起來。他的家庭人數很少。他的太太已經過世了二十年，他祇有一個獨養女兒，就是守寡的將軍夫人，現在每天在等候她從莫斯科來，她的性格是他深爲懼怕的。但是他有無數遠親，以他故世的妻子方面爲多，他們差不多全是窮困不堪的。此外他還有許許多多的養子和受他恩惠的養女，他們大家全在期待遺囑內的一小部分，因此大家全對着將軍夫人監督老人。此外他還有一個奇怪的脾氣，從年輕的時候就有的，不過不知道是不是可笑的：那就是遣嫁貧窮的姑娘。他在二十五年來接連着遣嫁她們，——不是遠房的親戚的姑娘，便是他太太的堂弟兄的繼女，或是他的乾女兒，甚至連門房的女兒也歸他遣嫁。他起初把她們收留到家裏來的時候她們還不過是小姑娘，他用了保姆和法國女人來把她們養大，後來又把她們送到最好的學校裏去讀書，最後預備了粧奩打發她們出嫁。這一切事情時常擁擠在他身邊。養女們出嫁以後自然又養出了一些女孩們；所有養下來的女孩們也忙着做他的養女；他應該到各處去參與洗禮，大家全來賀他的命名日。他覺得這一切是十分愉快的。

我到他那裏去做事後，立刻看出老人的腦筋裏存着一個痛苦的信念，（這是怎樣也不會不看出來的，）那就是世上的人們大家全很奇怪地看他，大家好像對待他不像以前一般，不把他當作健康的人看待；這印象甚至在最快樂的交際集會上也不能離開他。老人起始多疑，起始在大家的眼睛中覺察出什麼。大家還疑惑他是瘋子的那個念頭顯然使他感到痛苦；他甚至有時帶着不信任的態度偷看我。假使他打聽出有人傳播或證實關於他的這個謠言，那末這個心地並不惡毒的人會成為他永久的敵人的。這個情節我請你們記住。我還要補充一句：就是這個情節使我在第一天上決定對他不施用粗暴的手段；假使有時能博得他的快活，或使他解悶，我甚至會覺得高興的。我並不覺得這樣的直認會在我的聲譽上留下黑影。

他的款項的大部分放在事業上面。他病後還投資加入了一爿大股份公司很殷實的一爿公司。雖然由別人辦事，但是他也露出很大的興趣，出席股東會議，被選為公司的籌備委員，參加董事會，作冗長的演說，辯駁，喧嘩，顯得十分愉快。他很喜歡演說因為這至少可以讓大家看出他的聰明來。總之，他甚至很愛在極祕密的私生活裏把含蓄特別深刻意義的東西或妙語插進自己的談話裏去。我很明白這個。他家內樓下設了和家庭賬房相類似的機構，有一個官員在裏面辦事，算賬，記賬，同時還管理著公館的事務。這位官員還在外面兼充公家的差使。本來有他一個人就完全夠的；然而依照公爵的意旨，又添上了我，作為襄助；但是我立刻被調到書房裏去，時常沒有一點事情可做，既沒有案卷，又沒有簿冊，甚至連樣子也沒有裝一下。

我現在寫這些，好像是早已醒了轉來的人，且在許多方面差不多像局外人一樣。但是叫我怎樣形容當時深中在心內的我的憂愁，（這憂愁我現在清楚地憶起，）主要的是怎樣形容我當時騷亂的心情，這騷亂已達到了模糊的，熱烈的狀態，甚至使我整夜不睡，——由於我的不耐煩，由於我自己給自己提出來的啞謎。

二

要錢是極討厭的一樁事情，連討薪水也是的，假使你在良心的摺縫裏感到你不十分配領取它。然而頭一天晚上，母親和妹子附耳微語，瞞着魏爾西洛夫（「爲了不使安得烈・彼得洛維奇發怒」）打算把她不知爲什麽認爲極珍貴的神像從神龕裏送到典當裏去。我每月的薪水是五十盧布，但是我完全不知道怎樣纔能够領到手裏。我被介紹去做事的時候，人家沒有對我說。三天以前，我在樓下遇到那個官員，問他應該向誰領薪水，他帶着一個驚訝的人的微笑看了我一眼（他不愛我）：

「您也領薪水麽？」

我以爲他會跟在我的答覆之後補上一句話：

「這是爲了什麽？」

然而他祇是嚴厲地回答「他一點也不知道，」便埋頭到畫横線的簿册裏去，簿册裏面插了一些文件和賬單。

他不是不知道我也做點事情的。兩星期以前，我整整地做了四天的工作，這工作也就是他交給我的：那就是抄寫稿子，而結果幾乎等於重新編寫過。那是公爵的一大套「意見，」準備送到股東委員會上去的。必須把所有這一切聯結成整個的東西，還要修整文字的格調。我以後和公爵兩人在這文件上工作了一整天，他會和我很熱烈地辯論過，結果極爲滿意。我祇是不知道，後來這篇意見書送出去了沒有？此外關於他請我寫的兩三封也是生意上的信，我不必多提。

我開口要薪水所以覺得可惱，因爲是我已經決定了辭職，預感到我由於無可避免的情勢不得不離開這裏。那天早晨醒來以後，我在樓上小屋內穿衣，感到我的心跳躍得利害，雖然我覺得滿不在乎，但是走進公爵家門的時候，我重又感到了慌亂：今天早晨有一個人要到這裏來，有一個女人，我正在從她那裏期待着解釋我苦惱着的一切！那女人就是公爵的女兒，阿赫瑪可瓦將軍夫人，年輕的寡婦，我已經提起過她；她和魏爾西洛夫結下了不解的深仇。我終於把這名字寫出來了！我自然從來沒有見過她，也不能想像，我將如何和她說話，並且會不會說話；但是我覺得，（也許有充分的根據，）她一來，那個從我眼內看出，包圍在魏爾西洛夫身邊的黑影就會消失的。我不能成爲一個堅定的人：我剛走了第一步就這樣膽怯而且笨拙，是很可恨的，同時又十分好奇，而主要的是感覺討厭，——整整的三種印象。這一天的情形我記得爛熟了！

我的公爵還一點不知道女兒就要來到，心想她大概在一星期以後纔能從莫斯科回來。我是在頭一天晚上，完全在偶然中曉得的：達姬央納·伯夫洛夫納接到了將軍夫人一封信，當着我對母親說了出來。她們雖然附耳微語，並且用隱約的辭句說話，但是我猜到了。我自然沒有去偷聽，但是我不能不聽下去，在看到母親聽見這個女人即將來到的消息以後，忽然露出那種慌亂樣子的時候。那時魏爾西洛夫沒有在家。

我不想告訴老人，因爲我在所有這些日子裏不能不看出他如何怕她的來到。他甚至在三天以前漏出了一句話，雖然用的是最直和婉轉的口氣。他說他為了我，怕她來，那就是說他為了我會受到攻擊。然而我應該補充的是在家庭關係方面，他到底還保持着獨立和領袖的地位，尤其在處理銀錢這一方面。我起初斷定他完全是懦夫；但是以後不能不重行斷定，他雖然是懦夫，但身上到底還有時留着一股頑強勁兒，假使不說是真正的勇氣。有些時候你幾乎無從對付他這種性格，雖然這性格在外表上看來是膽怯的，隨和的。魏爾西洛夫以後對我很詳細地解釋過。我現在還要好奇地記起一樁事情，那就是我和他差不多從來不講起將軍夫人，好像避免談論似的：尤其避免的是我，同時他那方面也避免談論魏爾西洛夫，我簡直可以猜到，假使我從那些使我感到極大興趣的微妙的問題中對他提出一個什麼問題來的時候，他是不會回答我的。

假使有人想知道我在這一個月內和他講些什麼，我可以回答，實際上是什麼都講，並且所講的儘是些奇怪的事情。我很喜歡他對我那種過分的坦白。我有時帶着極大的疑惑審察這人，對自己發問：「他以前在哪裏當過委員？他應該進我們中學，插到四年級裏去，——就會成為一個極可愛的同學。」我也屢次對他的臉大為驚訝：他在外表上是極嚴肅的，（幾乎美麗的，）乾瘦的，鬈曲的頭髮是濃密的，灰白色的，眼睛張得很大，他的整個身子是瘦長的，身材頗為適中；但是他的臉具有一種不愉快的幾乎不體面的特質，那就是會從特別的嚴肅忽然變為過分的戲謔，使初次見到的人怎麼也料想不到。我把這層對魏爾西洛夫講，他聽着露出好奇的樣子；他似乎料不到我會說出這樣的話來，當時他不注意地說他在病後纔發生這現象，而且還在最近的時間。

我們大部分的時間談論兩個抽象的題目，——一個是關於上帝和他的存在，那就是上帝是否存在，還有一個是關於婦女。公爵虔信宗教，情感極强。他的書房內掛着一隻大神龕，前面點着油燈。但是他會突然來一下，——他會突然起始懷疑上帝的存在，說出一些奇怪的論調，顯然想引起我的答覆。一般地講來，我對於這些問題是十分冷淡的，但是我們兩人講得還很融洽，永遠帶着誠懇的態度。所有這些談話甚至現在回憶起來都是極愉快的。他最喜歡的題目就是關於女人。因為我不愛關於這類題目的談話，不能成為一個良好的對談者，他有時甚至感到憤激。

我在這天早晨去的時候，恰巧談起這一類的話。我遇見他正在戲謔的情緒中，但是昨天離開他的時候看見他不知為什麼露出極憂愁的樣子。然而我必須在今天，在幾個人物來到之前了結關於薪水的問題。我預料今天一定有人來打斷我們，（我的心不會無端跳躍的，）——那時我也許不能提起銀錢的事情。但是因為一直沒有講到銀錢上去，我自然對於我的愚笨大為生氣，現在還記得，我為了保他那個過分快樂的問題，竟把我對於女人的見解用十分熱烈的樣子，像開排槍似的對他講了出來。

三

「……我不愛女人，因為她們是粗暴的，她們是拙笨的，她們是不能獨立的，她們穿着不雅觀的衣裳！」——我不連貫地結束了我那套冗長的議論。

「好人，饒了我罷！」他喊了出來，為了把我惹惱得更加利害，顯得非常的高興。

我祇在小節方面肯讓步，肯媽虎，但是在主要的問題上，從來不願意讓一點點的。關於小節，關於交際方面的什麽儀節，隨便人家怎樣處置我都可以。我永遠詛咒自己的這個性格。我由於那份發臭味的善心，有時甚至準備附和着任何一個交際場上的花花公子，被他的客氣的態度所迷醉，或者和一個傻瓜辯論個不休，這更是無可饒恕的了。這全是由於性格的不堅定，還由於生長在角落裏的緣故。但是到了明天又來那一套了。因此人家有時把我當作十六歲的人。但是我現在並不想獲得堅定的性格，寧願在角落裏更加縮得緊些，那怕露出對於世人最憎恨的態度：「讓我拙笨好了，——但是我們再見罷！」這話我說得很正經，而且永遠要如此說。但是我寫出來卻不是爲了公衆的關係，甚至還不是爲了當時那個談話。

「我並不是爲了使您快樂纔說這個話，」——我幾乎對他喊叫了，——「我不過是發表我的信念。」

「但是女人怎麽會粗暴，而又穿得不雅觀呢？這眞是新鮮！」

「她們是粗暴的。您走進戲院裏去，走到游藝會上去。每一個男子都知道朝右邊走，碰了一下，就讓開了，他朝右邊走，我也朝右邊走。女人，就是那些女太太們，——我講的是女太太們，——那就一直朝我們身上撞過來，甚至連看見都沒有看見我們，好像我們一定而且必須跳到旁邊去讓路。我準備對於弱質的女子讓步，但是爲什麽竟成爲一個權利，爲什麽她深信我應該這樣做，——這纔是可氣的事！我在遇到這類情形的時候，永遠要唾一口痰。她們還要說，她們受了屈辱，要求平等；那裏還有什麽平等，她既然做踐踏我，或是把沙土往我嘴裏灌進去！」

「把沙土灌進去！」

「是的；因爲她們穿得不大雅觀，——這祇有色鬼看不出來。法庭裏審理風化案件的時候，便要關上了門：爲什麼在街上，人更多的地方，竟會允許這種不雅觀的事情發生呢？她們在衣裳後面公然視滂遊紗，爲了表示她們是貴夫人，竟是那樣公然地！我不能不覺察出來，即使我不覺察，青年人也會看到的，甚至剛起始發育的男孩也會看到的。這眞是太卑劣了。儘管讓那些老色鬼去欣賞，伸出舌頭，跑來跑去的欣賞，但是還有必須加以保護的純潔的青年在呢。我因此祇好對她們唾痰。她們在林蔭路上走着，後面拖着一個尺半長的尾巴，在那裏掃拂灰塵。你在後面走着眞是要命；除非趕到她們前頭去，或是跳到一旁去，否則她們會把五砂的沙土灌進你的鼻孔裏，嘴裏去的。再加上那些材料全是綢製的，她們竟在石頭上拖三俄里遠，單單爲了出一出風頭，但是她們的丈夫在大理院裏祇領到五百盧布的年俸：就是爲了這個纔收受賄賂的呀！因此我祇有對她們永遠唾痰，大聲唾痰，還要把她們痛罵一頓。」

我雖然把這個談話寫得帶一點幽默的情調，還帶着我當時特有的憤激，然而那些意思到現在還是我的。

「居然不出亂子麼？」——公爵好奇地問。

「我唾了一口就躲開了。自然她們會感到，但是並不露出神色，還是莊嚴地向前走路，不回轉頭來。有一次，我在林蔭路上很正經地罵起兩個女人來，她們全拖着一條尾巴在後面，——自然罵的不是齷齪的話語，不過說出尾巴是可恥的。」

「就這樣說麼？」

「自然嘍。第一，她輕視社會的儀節，第二，揚起許多灰塵。林蔭路本爲大家而設；我走路，另外一個人也要走路，第三個人，對道爾伊凡，全是一樣的。我把這一些話全發表了出來。我不愛女人那種走路的姿勢，尤其是從後面看；我把這話也表示了出來，自然說的是暗示。」

「好朋友，你這樣會弄出嚴重的事件來的！她們會把你拖到法庭上去！」

「一點也不會的。沒有什麼可以控訴的！一個人在旁邊走路，自己和自己說話。每個人有向空氣裏表示自己見解的權利。我說得很抽象，並不向她們說話。她們自己纏上來：她們起始辱駡，她們駡得比我還惡劣：駡我是乳臭未乾的小孩，應該禁止吃一頓中飯，又駡我是虛無派，要交給警察辦我的罪。我所以纏上她們，因爲她們祇有兩個人，她們是軟弱的女人。假使有男子在她們旁邊，我會立刻溜走的。我冷靜地對她們聲明，讓她們不要再和我胡纏，我要轉到對過去。但是『爲了向她們證明，我並不怕她們的男子，準備接受挑戰，所以要在二十步外跟着她們，一直跟到她們家裏，以後就立在門前，等候她們的男子。』說着就做到了。」

「眞的麼？」

「自然這是十分愚蠢，但是我當時很興奮。她們在大熱天裏把我拖了三俄里路遠，走到高等學校區裏，走進一所木質的，單層的房屋裏去，——我應該承認那是極體面的房屋，——從窗外看得見屋內有許多花，兩隻金絲雀，三條牧羊狗，和裝在鏡框裏的印畫。我在街上門前站立了半小時。她們有三次偸偸地向外貌望，以後就把面罩放下來了。終於從門內走出一個年邁的官員；並不穿着晨服，卻穿了普通的家常的衣服。他立在門前，手叉在背後，起始看我，我也看他。以後他把眼睛挪開，以後又看了一下，忽然對我微笑。我背轉身來走了。」

「朋友，這有點像席列的東西！我永遠覺得驚異：你的臉頰這樣的紅暈，臉上露出健康的神色，——但是竟會對女人這樣的厭惡！在你這樣的年紀，女人怎麼不會使你引起相當的好感呢？我在十一歲的時候，我的家庭教師就對我說，我在夏園裏對那些石像注視得太久了。」

「您的心裏真想讓我到這裏的什麼約瑟芬那裏去，再來把一切事情報告給您聽。這是用不着的。我自己在十三歲的時候，就看見了女人的裸體，整個的裸體；從那次起就感到了嫌惡。」

「真的麼？但是可愛的孩子，女人美麗的，新鮮的皮膚上會發出蘋果的香味，哪裏會使你嫌惡呢？」

「在以前圖沙的寄宿學校裏，那還在進中學以前，我有一個同學，名叫蘭白特。他做打我，因為他比我大三歲。我做侍候他，給他脫皮靴。他到教堂去行堅信禮的時候，那個住持李果跑來祝賀他初次舉行的聖秘禮，兩人含着眼淚互相擁抱。李果把他緊緊地摟在自己胸前，做出各種的姿勢。我也哭泣着，很羨慕他。後來他的父親死了，他離開學校，我有兩年沒有看見他。兩年後我在街上遇見他。他說要到我那裏去。我已經進了中學，住在尼古拉·謝蒙諾維奇家裏。他早晨來了，掏出五百盧布給我看，叫我和他一塊去。兩年前他雖然揍我，但是永遠需要我，並不是為了脫皮靴；他把一切話都轉告給我聽。他說，這錢是他配好了一把鑰匙，從母親的小箱裏偷出來的，因為父親遺下的錢根據法律全應該屬於他，所以她也不能不給。他說，李果住持昨天到他那裏去勸他，——一走進來立在他面前，起始啜泣，形容出可怕的景象，舉手向天，「但是我掏出刀子來說我要宰死他。」（他把「宰」字念作「摘」字。）我們一路說一路走上庫茲渾茲基街去。路上他告訴我他的母親和李果住持有關係，被他撞見了，他對於這一切根本不加理會，他們所說關於聖祕禮的一套話全是無聊的。他還說了許多話，我倒害怕起來。他在庫茲渾茲基街上買了一根雙統槍，獵獸裝好的子彈，馬鞭，還有一磅糖果。我們上城外去，路上遇見了捕鳥人帶着鳥籠走來，蘭白特向他買了一隻金絲雀。他在小林裏把金絲雀放出去，因爲牠被關在籠內以後不能飛得很遠，就向牠射擊，但是沒有中。那是他一生中的初次放槍。他早就想買槍，在剛沙寄宿學校的時候就想，我們早就幻想着這把手槍。他好像要哭出來似的。他的頭髮黑得可怕，臉又白嫩又紅潤，好像戴了面具，鼻子是長的，駝形的，像法國人一般，牙齒是白的，眼睛是黑的。他用綫把金絲雀縛在枯枝上面，離開兩俄寸的距離，用兩根槍銃緊緊地瞄準好以後，朝那隻金絲雀連連地發了兩響，牠一下子飛散成一百根羽毛了。我們以後回到城裏來，到旅館去開了一個房間，點菜喫，還喝香檳酒；一個女人來了……我記得，我看見她打扮得那樣講究，穿了綠色的綢衣，使我十分驚愕。我當時全都看見了……就是對您講過的那件事情……以後我們又喝酒。他逗她，罵她，她坐在那裏，不穿一件衣裳。他把衣裳搶去，她罵起來，吵着要衣裳，他就用鞭子用力向她光裸的肩膀上猛抽，我立起來，抓他的頭髮，抓得那樣巧妙，一下子把他扔到地板上去。他取起叉子，戳我的腿。人們聽見喊聲跑了進來，我連忙跑走了。從那時候起我一想到裸體就覺得討厭；您信不信她還是一個美女呢。」

在我說話的過程中，公爵的臉色從嚴謹變爲憂愁。

「我的可憐的小孩！我永遠深信，你的兒童時代有許多不幸的日子。」

「請您不必擔心。」

「但是你一個人在那裏，是你自己對我說的，就算那個闌白特也和你在一塊兒。你把這一切形容得太好了：那隻金絲雀呀，含淚行堅信禮呀，但是過了一年功夫，他說他的母親和那個住持……唉，現下這個兒童問題簡直太可怕了！這些金黃色的小頭，披着鬈髮，那樣天眞爛漫地在你面前撲來撲去，望着你，露出光明的笑容和光明的眼神，——好像天上的安琪兒或是美麗的小鳥；以後……以後簡直希望他們完全不要長大纔好呢！」

「公爵，您眞是太軟弱了！好像您自己也有小孩。您自己不是沒有小孩，而且永遠不會有了的麽？」

「聽着！」——他的整個臉色在一剎那間變了，——「恰巧阿歷山大·彼得洛夫納，——前天，嚇嚇！——阿歷山大·彼得洛夫納·西尼茲卡耶，——在三星期以前你大概在這裏和她遇見過的，——你想一想，她在前天忽然對我說，答覆我的快樂的意見，我說我現在假使娶親，至少在不會生出小孩來這一層是可以安心的，她忽然對我說，甚至露出惡狠狠的樣子：『反而會有的：像您這種人一定會有的，甚至在第一天上就會生出來的，您瞧着罷。』嚇！嚇！大家不知爲什麼緣故心想我會忽然娶親的。他們雖然帶着惡意這樣說，不過你知道，——倒還說得俏皮。」

「俏皮固然俏皮，但是未免可氣。」

「親愛的小孩，不能對每個人所說的話全感到可氣呀。我最珍重的是人們的俏皮話，現在顯然已經聽不大見了。阿歷山大・彼得洛夫納說什麼話，——難道還能算數麼？」

「您怎麼說您怎麼說？」——我釘問着。——「不能對每個人都……就是這樣的！不是每個人都值得對他注意的，——這是一條佳妙的原則！我需要的就是這個。我要寫下來。公爵，您有時會說出極可愛的話句。」

他露出滿臉的笑容。

「不是麼？親愛的小孩，眞正的俏皮話現在越來越少了。但是……我是懂得女人的！你信不信，每個女人的生活無論她怎樣宣傳——總歸是永遠在那裏尋覓服從一個什麼人。你要注意，——這是沒有一個例外的。」

「說得對！說得妙！」——我歡欣地喊。在別的時候我們立刻就會用整整一小時的工夫，對這個題目作哲學的思考，但是忽然似乎有什麼東西把我咬了一下，我的臉漲得通紅。我覺得我這樣恭維他，是諂媚他的金錢。我一向他要錢，他一定就會這樣想。我故意現在就提出來。

「公爵，我請您立刻就把這個月我應得的五十盧布發給我，」——我像放排槍似的一下子迸了出來，說得惹惱到粗暴的樣子。

我記得，（因爲我把這天早晨的一切記得十分仔細，）我們中間當時發生了在現實的情形方面極壞的一個場面。他起初不明白我，看望了半天，不明白我說的是那一筆錢。自然他沒有想像到我會索取薪水，——並且爲了什麼領薪水？他以後對我說他忘記了，在猜到的時候，立刻掏出五十盧布來，但是弄得很忙亂甚至臉紅了。我看出了怎麼會事便立起身來，堅決地宣布我現在不能接受這筆錢，顯然人家所說的關於薪水的話是錯誤的，或竟是欺騙，爲了使我不致拒絕這個位置，我現在十分明白，我不應該領取什麼薪水，因爲並沒有做什麼事情出來。公爵驚怕起來，竭力說我做了許多的事情，我還會做更多的事情，五十盧布爲數太小，他還要給我加錢，因爲他應該這樣做，本來是他自己還想和達妳央納·伯夫洛夫納討論我的薪水數目，但是「無可饒恕地全都忘記了。」我的臉漲得通紅，最後宣布爲了講那豬送兩個尾巴到高等學校區去的搗亂的故事而領取薪水，我覺得十分卑劣，我被雇來並不是爲了給他解悶，卻爲了做事，旣然沒有事情可做，就應該加以結束等等的話。我意想不到，在我說出了這幾句話以後，會像他那樣驚怕的。結果自然是我停止了辯駁，而他還是遞給我五十盧布。我收下了這筆錢，至今回憶起來臉上還有紅暈！世界上的一切收場時永遠是卑劣的，最壞的是他當時就幾乎向我證明我是無可辯駁地應該取這筆錢的，而我還愚蠢得竟會相信他，而且似乎根本不能不取。

「親愛的，親愛的小孩！」——他喊着，吻我，抱我，（我說實話，我自己不知爲什麼竟要哭出來，雖然一上子忍住了，甚至現在提筆寫的時候，我的臉上還有紅暈，）——「親愛的朋友，你現在好比就是我家裏的人一樣；你在這一個月來好像成爲我自己心頭的一塊肉！在交際社會上也不過是交際社會，別的沒有什麼。加德隣納·尼古拉也夫納（他的女兒）是一個漂亮的女人，我覺得驕傲，但是他時常，眞是時常，我的親愛的，時常給我受氣……至於這些小姑娘們（她們是可愛的，）（elles sont charmantes）還有她們的母親們，每逢命名節總要來的——她們不過把自己的繡布送來，但是什麼話也不會說。我那裏聚集了她們的許多裝飾，足夠六十個枕頭之用，全是狗和鹿。我很愛她們，但是我和你差不多好像是一家人，——不是兒子，卻是兄弟。我最愛的是在你辯駁的時候，你有文學的才能，你讀過書，你會欣賞……」

「我什麼書也沒有讀，完全沒有文學的才能。我不過隨便取起什麼來讀一下，最近兩年來竟完全沒有讀，以後也不想讀。」

「爲什麼不想讀呢？」

「我有別的目的。」

「親愛的……那是很可惜的，假使在生命終結的時候你將像我似的對自己說：我知道一切，但是不知道一點好的。（Je sais tout, mais je ne sais rien de bon）我根本不知道我活在世上爲了什麼！但是……我眞是十分感謝你……我甚至想……」

他忽然扯斷了話頭，似乎顯得頹喪，而且沈思起來。在震愕之後（他是時時刻刻，不知道爲了什麼就會發生震愕的，）他平常有時會喪失了健全的理智，不能控制自己，但是很快就會恢復了原狀，所以這一切並不危險。我們坐了一分鐘。他的很肥胖的下唇完全垂了下去。……最使我奇怪的是他忽然憶起自己的女兒來，而且還帶着十分公開的樣子。自然我認爲這是神經的失調。

「親愛的小孩，你不會生氣我對你稱呼『你』麼？是不是？」——他忽然脫口說了出來。

「一點也不。老實說起初，在最初的幾次，我有點感到侮辱，也想對您稱呼『你』，但是認爲這未免有點蠢，因爲您對我稱呼『你』並不是爲了侮辱我呀。」

他已經不再聽忘記了自己的問題了。

「父親怎麼樣？」——他忽然舉起凝注的眼神向我看着。

我竟抖索了一下。第一，他稱呼魏爾西洛夫爲我的父親，——這是他從來不肯做的；第二，他提起了魏爾西洛夫，也是從來沒有的事。

「沒有錢，儘發愁，」——我簡捷地回答，但是自己卻好奇得全身燃燒。

「是的，關於銀錢。今天在地方法院裏開庭審理他們的案子。我等候賽萊茬公爵，他會帶着什麼消息來的。他答應從法院裏一下來一直到我家裏來。他的命運全在這個案件上面。一共有六萬或八萬。自然，我永遠希望安得烈・彼得洛維奇，（那就是魏爾西洛夫，）希望他好，大概他會勝訴，公爵恐怕一點也得不到什麼。那是法律呢！」

「今天開審麼？」——我驚愕地喊。

我一想到魏爾西洛夫甚至連這個也瞞下來，沒有通知我，眞使我異常驚愕。「如此說來，竟沒有對母親說，也許對任何人也沒有說，」——我立刻想到，——「這眞是一個特別的性格！」

「難道騷可里司基公爵在彼得堡麼？」——另一個思想忽然使我驚愕。

「昨天就來了。一直從柏林來特地爲了這個案子趕來的。」

這也是對於我極重要的一個消息。「他今天會到這裏來這個人，這個打他耳光的人！」

「那有什麼？」——公爵整個的臉忽然變了，——「他照舊會傳揚上帝的教義，……也許……也許又會去尋覓小姑娘們，沒有依靠的小姑娘們的罷？哈哈！現在這裏又要出一個極有趣的笑話……哈，哈！」

「誰傳揚教義？誰尋覓小姑娘們？」

「安得烈・彼得洛維奇你信不信，他當時像一片樹葉似的黏貼在我們大家身上；問我們喫些什麽，思想些什麽？——幾乎就是這樣的。他嚇唬我們，叫我們洗淨自己的心靈；『假使你信上帝，爲什麽不去做僧侶呢？』簡直提出這樣的要求來了。這眞是奇怪的觀念！即使很對，不太嚴厲麽？他最愛用恐怖的裁判嚇唬我；在許多人中間最愛嚇唬我。」

「我一點也沒有注意到這個，我已經和他住了一個月，」——我一面回答，一面不耐煩地傾聽着。他還沒有改轉來，還是不聯貫地喃喃說話，使我感到十分遺憾。

「他不過是現在沒有說。你知道，確是這樣的。這人很有口才，那是無疑的，而且學問也很深。但他的腦筋是不是正常呢？這問題是他在國外住了三年以後纔發生的。說實話，他使我十分驚愕……使大家都驚愕……親愛的小孩，我是愛上帝的……我信仰，我盡我所能地信仰，但是——我當時根本發了火。這使我使用了拙劣的手段，那是我故意在惱怒中做出來的，——再加上我反駁的話在實質上是很堅決的，好像從開天闢地以來就是如此。我對他說：『假使最高的生物是有的，確乎實質地存在的，並不具有流轉的氣體的形狀或是什麽液質（因爲這還難於了解）——那末他住在哪裏？我的朋友，這無疑的是極愚蠢的，但是所有反駁的話全會歸屬到這上面去的啊。住處是最重要的事情。』他聽着十分生氣。他在外國改信了天主教。」

「關於他這種理想我也聽見過。一定是無聊的玩意。」

「我用所有神聖的一切對你說，使你相信。你仔細看一看他。……你說他變了。同時他是如何地磨折我們！你相信不相信，他自己做出好像是聖徒的態度，還出現他的神靈。他要求我們把自己的行爲報告給他，我可以賭咒確是如此！神靈眞是的！那祇有僧侶或者隱修士還可以說，——但是一個人穿了燕尾服，什麼都有的……竟會突然出現了神靈！這對於交際社會上的人是一個奇怪的願望。老實說是一件令人奇怪而發生趣味的事。我並沒有說什麼：自然這一切是神聖的，全會發生的……這一切是莫名其妙的，但是對於交際社會上的人甚至是不體面的。假使我身上出了這類的事情，或者對我有什麼提議，我可以賭咒，我會拒絕的。我今天突然到俱樂部裏去喫飯，以後突然——出現了！我眞會把人家笑死的！當時我把這一切敍講給他聽。……他是藏過鎖鍊的。」

「您親眼看見過鎖鍊麽？」

我忿怒得臉紅了。

「我自己沒有看見過，但是……」

「那末我要對您宣布這一切全是虛僞的，仇人們卑劣的詭計和誹謗織成的，其實也祇有一個仇人，一個主要的，無人性的仇人，因爲他祇有一個仇人：這人就是您的女兒！」

公爵當時也跟着臉紅了。

「我的親愛的，我請求你，還堅持地主張，從此以後，永遠不許在我面前把我女兒的名字和這個齷齪的歷史一塊兒提出來，」

我撐起身子。他發起火來他的下顎抖索着。

「這個可恥的歷史！……我不相信它，我永遠不願意相信，但是……人家對我說：你相信呀，你相信呀，我……」

僕人忽然走了進來，報告有客來拜訪。我又坐到我的椅上。

四

兩位女太太兩個姑娘走了進來。一個是公爵故妻的堂兄弟的繼女，或是這一類的親戚。她是他的養女，他已經分撥給她一筆粧奩，她自己也有財產（爲了將來先在這裏預伏一筆。）第二個是安娜·安特萊夫納·魏爾西洛夫魏爾西洛夫的女兒比我年紀大三歲，和哥哥同住在法那略託夫家內，在這時候以前，我祇有一次見過她在街上偶然地見到，不過和她的哥哥在莫斯科倒有過一次衝突，也是偶然的（也許我以後會提起這個衝突，假使有機會，因爲實際上還是沒有價值的事。）這個安娜·安特萊夫納從小就被公爵特別寵愛（魏爾西洛夫和公爵的認識從很久的時候起就開始的。）我被剛纔所發生的一切弄得十分擾亂，她們走進來的時候，甚至沒有立起來，雖然公爵倒是立起來迎接她們的；以後我心想再立起來未免更顯得羞慚，所以仍舊坐着沒有動。主要的是我爲了公爵在三分鐘以前那樣朝我呼喊，弄得非常的慌亂，還不知道我應該不應該離開這裏。但是老人照例完全忘記了一切，在一看到姑娘們的時候臉上顯出愉快的活潑。他甚至帶着變化得很快的臉龐，似乎神秘地使出眉眼，在她們走進來之前對我匆匆地微語着：

「你仔細看一看奧璽皮耶達，看得仔細些，仔細些，以後我再來講……」

我用十分凝注的眼神朝她看望，沒有發現什麼特別的地方；她是身材不很高的女郎，身體豐滿，臉頰有特別的紅暈。她的臉龐是十分有趣的，爲唯物派人物所喜悅的。也許臉上有善良的表情，但是帶着皺紋。她不能射放出特別的智慧，不過這是指最高的意義而言，因爲從眼睛內露出了狡猾來。年紀不過十九歲。總而言之，並沒有一點顯著的地方。在我們中學裏會稱她是一隻枕頭。（我敘寫得如此詳細，單祇是爲了將來有用處的緣故。）

我在現在以前所描寫的一切，顯然是描寫得那樣無用的詳細——這一切都和將來有關，全有用處的。一切全會在相當的地方發出回響；我不懂得怎樣去避免；假使沈悶，儘請不讀它。

魏爾西洛夫的女兒是完全另一種人。她身材很高，甚至有點瘦。一隻橢圓的，特別慘白的臉，可是頭髮是烏黑的，豐盛的，眼睛黑而大，眼神很深刻，小小的，殷紅的嘴唇，新鮮的嘴。她的走路式樣是第一個不使我感覺討厭的女人；不過她是柔細的，乾瘦的。臉色不十分和善，但極爲端莊。她有二十二歲。外貌上差不多沒有和魏爾西洛夫相似之點，但由於一種奇蹟，在臉龐的表情方面和他特別相像。我不知道她的相貌美不美；這是要看各人的目光如何而定。兩人全穿得很儉樸，不值得加以敘寫。我等候着我會被魏爾西洛夫女兒的眼神或姿勢所侮辱；她的哥哥在我們相接觸的時候起就把我侮辱了一頓。她不會認識我的臉，但自然聽說我常上公爵家來，凡是公爵想做或正在做着的一切，立刻會在他的親屬或「守候」的人們的一堆中間引起興趣，成爲一件大事，——而况他又突然地對我發生了感情。我肯定地知悉，公爵對於安娜·安特萊夫納的命運有極大興趣，正在給她尋找未婚夫。但是給她尋覓未婚夫要比給那些繡花布的姑娘們難得多。

但是出於一切期望以外的是魏爾西洛夫女兒在和公爵握手，還和他交換一些快樂的交際上的話語以後，特別好奇地看着我，看見我也向她看望，忽然帶着微笑對我鞠躬。誠然，她剛走進來，所以用剛走進來的人的樣子鞠了躬，但是她的和善的微笑顯然是出於預定的。我記得，我嘗到了特別愉快的感覺。

「這是……這是我的可愛的年青的朋友阿爾卡其·安得烈維奇·道爾……」——公爵喃喃地說，在看見了她對我鞠躬，而我還坐着的時候，——可是突然地把話頭扯斷了：也許因爲把我介紹給她，實際上等於介紹弟弟給姊姊，未免有點不好意思。那隻枕頭也對我鞠躬；但是我忽然十分愚蠢地發起火來，從座位上跳了起來：襲來了一陣裝出來的，完全無意義的驕傲；全是由於自尊心而起的。

「對不住，公爵，我不是阿爾卡其·安得烈維奇，卻是阿爾卡其·瑪加爾維奇，（註）」——我嚴厲地說，已經完全忘卻必須向女客們還禮。魔鬼捉住了這一個不適宜的時間！

（註）俄人姓名中的第二組爲父名，卽表示其人爲某某人之子，僅須在父親的名字上加上「維奇」兩字卽可。書中主人公含怒而說出的這句話乃係强調地表示他是道爾郭羅基（名瑪加爾）之子，而非魏爾西洛夫（名安得烈）之子。——譯者。

「但是……聽着！」——公爵喊了一聲，手指叩擊自己的額角。

「您在哪裏讀書？」——一直走到我身前來的那隻枕頭在我的頭上發出了愚蠢的，拉着長調的聲音。

「在莫斯科的中學裏。」

「呵！我聽見過的。那邊學校裏教得好麼？」

「很好。」

我老是站着，像兵士在報告時那樣的說話。

這位女郎的問話無疑地是沒有技巧的，但是她竟會把我的愚蠢的舉動遮掩了過去，且使公爵的注意大為減輕。公爵已帶着快樂的微笑傾聽魏爾西洛夫女兒對他附耳微露出的什麼快樂的話語，——顯然並不是講我。然而問題是為什麼這個完全和我不相識的女郎會自告奮勇，遮掩我的愚蠢的舉動呢？再說也不能設想她就是這樣對待我；這裏面一定另有用意。她十分好奇地望着我，似乎希望我也去多多地注意她。這一切我以後纔弄明白，——並沒有錯誤。

「怎麼難道就是今天麼？」——公爵突然喊，從座位上跳起來。

「那末您不知道麼？」——安娜·安特萊夫納驚異了，——「奧妙極了！公爵不知道加德隣納·尼古拉也夫納今天會來的。我們就是來找她的，我們心想她乘的是早車，早就到家了。恰巧在臺階上遇到她從車站上一直來到，吩咐我們到您這裏來她立刻就來……那不是她來了麼」

旁邊的門開了，……於是那個女人出現了！

我已經從掛在公爵書房內的奇怪的像片上認識了她的臉；我在這一個月內研究着這個像片。我在書房裏和她一起留了三分鐘，一秒鐘也不把我的眼睛從她的臉上移開。但是假使我沒有看見像片，過了三分鐘以後有人問我：「她是怎樣的？」——我會絕不回答，因爲我的面前一切都已模糊了。

我在這三分鐘內所記得的祇是一個確實極美麗的女人。公爵吻她，又用手對她畫十字。她忽然迅速地看我，一走進來就一直看我。我明顯地聽見，公爵顯然指着我，喃喃地說些什麼帶着小小的一種笑聲，說關於雇用新秘書，還提起了我的姓名。她的臉似乎抽動了一下，難堪地朝我望着，露出傲慢無禮的微笑，使我忽然向前走了一步，走到公爵面前，一面抖索，一面喃語，一句話也沒有說完，似乎牙齒在那裏打戰：

「從這個時候，我……我現在有自己的事情……我要走了。」

我回轉身來就出去了。誰也沒有對我說一句話，連公爵也沒有說。大家祇是瞧望着。公爵以後對我說，我那時的臉色慘白得使他「簡直膽怯了。」

而且也沒有必要！

第三章

一

眞是沒有必要高尚的考慮將一切的瑣節全行吞沒，一個强有力的情感滿足了我的一切。我在一種欣悅的狀態中走了出去。我走上街後，準備引吭高歌。像故意似的，來了一個美妙的早晨陽光，過客，喧嘩，來來往往的車輛，喜悅人羣。——「難道這女人沒有侮辱我麽？我從什麽人那裏受到了這樣的眼神，這樣的傲慢的微笑，而我的方面竟沒有發生抗議，那怕是極愚蠢的抗議，」——這是一樣的？必須注意的是她跑來就爲了對我施加侮辱，其實她從來沒有看到我。在她的眼睛裏，我是「魏爾西洛夫派來的人。」她當時深信，以後許多時候也深信，魏爾西洛夫把她的整個命運掌握在手裏，他有辦法，假使他願意，可以利用一個文件立刻把她陷害；至少她這樣疑惑着。這裏是死的奮鬬。然而現在我並沒有感到侮辱侮辱是有的，但是我沒有感到它！那裏會呢！我甚至覺得高興。我本來準備仇恨她的，甚至覺得起始愛她了。「我不知道，蜘蛛會不會恨牠想去捕捉的蒼蠅？可愛的蒼蠅！我覺得會愛犧牲品的；至少可以愛的。我就愛我的敵人：譬如說，她這樣美麗使我覺得喜歡。太太，您這樣傲慢莊嚴，使我覺得很喜歡；假使您馴順些，便不會有這樣的愉快。您唾我的面孔，而我還感到勝利；假使您果眞把眞正的痰朝我的臉上吐去，我眞是也許不會生氣的，因爲您是我的犧牲品，是我的，而不是他的。這念頭是多末動人呀！對於力量的祕密的感覺比明顯的超越愉快得多。假使我是有幾萬萬家產的富翁，我大概將以穿極舊的衣服為愉快的事情，我願意人家把我當作一個極渺小的，幾乎在行乞着的人，願意人家推我，看不起我；我祇要有一樣感覺就很夠了。」

我可以用上面的話譯出我當時的思想和喜悅，以及許多我所感到的東西來。我不過要補充一句，就是現在在這裏寫出的文字裏顯得淺薄些；實際上我卻是深沈得多，羞愧得多。也許現在我自己內心裏比我所言所行還顯得羞愧些。但願如此呀！

也許我坐下來寫，反而顯得很壞：內心裏所留下的比言語裏表現出來的還多得無從加以比較。你的思想，即使是壞的，在留在你心裏的時候永遠顯得深刻些，但一用文字表現出來，——便顯得可笑些，不遮實些。魏爾西洛夫對我說，祇有壞人們是完全相反的。他們不過是說謊，他們覺得很容易；我卻是努力寫出全部的事實，——還是很難的！

二

在十九號那天我又走了「一步。」

我從來到彼得堡以後初次口袋裏有錢，因為我把兩年來所積蓄的六十個盧布全交給了母親，這在上面已經提出的了。我在幾天以前就決定在領到薪水的那天「試着」做早已幻想的事情。我昨天就從報上剪下一個住址，——「彼得堡地方法院執行吏」的公告，內稱「九月十九日，正午十二時，卡桑區，某段某街某號門牌拍賣萊勃萊赫脫夫人動產」，還說「清單，貨價暨所售財產可以在拍賣日先行看明」

云云。

時間已經有一點多鐘。我忙着按照地址徒步前去。我已有三年沒有雇過馬車，——我自己下了這個決心，（否則也不會積下六十盧布來的。）我從來沒有到拍賣場上去過，我還不肯這樣做。雖然現在這「一步」不過是一個例子，但是我決定在我中學畢業，脫離一切鑽進自己的殼裏，完全成為自由的人的時候，纔去走這一步。誠然，我還沒有鑽進「殼」裏，我還沒有自由，但是我走這一步，也不過帶着試驗的意思，——不過是為了看一看，幾乎好像是幻想一下，以後就不再去做，也許有許多時候不去做，一直到正正經經地幹起來的時候為止。一般人看來這不過是一次小規模的、愚蠢的拍賣，但對於我竟等於哥侖布乘着去發現美洲的那條船的第一根木材。我當時的感覺就是這樣的。

我一到那個地方，就走到公告上所指的那所房屋的院落的深處，走到萊勃萊赫脫夫人的寓所裏去。這個寓所一共有一間前屋和四間不高不大的房間。有一羣人立在前屋旁邊的第一間屋內，居然有三十人左右。其中一半是做買賣的，另一半從外貌上看來不是好奇的，便是愛好的，或是萊勃萊赫脫派來的。也有商人和猶太人，他們全看中了金器。還有幾個人穿得很「齊整」。這些先生們中間有些人的面貌甚至深刻在我的記憶裏。右面屋內，在敞開的門裏，恰巧在兩扇門的中間，放着一隻桌子，所以走到那間屋內去是不可能的：裏面放着被查封的，應行出售的物件。左面有另一間屋子，但是門虛掩着，雖然時時刻刻開着一條小縫，看得見有人從裏面窺望，——大概是萊勃萊赫脫夫人的人口繁多的家庭裏的人們，自然在這時候總有點害臊的。佩戴徽章的執行吏先生坐在門旁桌後的椅上，面對眾人，正在主持售賣物件。我到場時事情已經做完了一半；我一走進去，就擠到桌子那裏。這時正在拍賣紫銅蠟臺。我起始張望了。

我張望了一下，心裏立刻想：我能在這裏買些什麽？紫銅的蠟臺此刻叫我怎樣安排它？會不會達到我的目的？事情應該這樣做麽？我的計畫能不能成功呢？我一面想着這一切，一面等候着。感覺有點類似在賭臺前的情形，那時你還沒有下注，但是走了過去，想下一下注：「願意就下，不願意就走，——我的自由。」心還沒有跳，但是似乎微微地沈住，而且抖索着，——一個未免有趣的感覺。然而遲疑不決的情緒很快地起始壓迫你，你的眼睛有點眩盲了；你伸出手來，取了一張牌，然而是機械地，幾乎違反了意旨，似乎另外有人在牽動你的手；你終於決定了，下了注，——那時候已是另一種的，偉大的感覺。我並不寫拍賣場上的情形，我祇寫我自己：還有什麽人會在拍賣場上感覺心跳呢？

有的人興奮着，有的人沈默着，期待着，有的人買了以後又後悔。我甚至不去憐惜一位先生，他由於錯誤，沒有聽清楚，竟買下了一隻沖銀的牛乳壺，當作真銀器買，出了五個盧布，其實祇值兩個盧布。這甚至使我感到異常的快樂。執行吏拍賣物件是不分類別的：在蠟臺以後出現了耳環，耳環之後出現了羊皮枕，跟着就是小箱，——大概爲了花樣不同，或是爲了適應參與拍賣的人們的要求。我沒有站到十分鐘，起初挨近過去想買枕頭，後來又想買小箱，但是在將下決心的時候每次都中止進行：這些東西我覺得是完全不可能的。執行吏手裏終於發現了一本紀念册。

「家用的紀念册，紅皮裝，用過的，裏面有水彩畫和鉛筆畫，套子用象牙雕成的，有銀搭襻，——價值兩個盧布！」

我擠了過去：這東西外觀上還美麗，但是在象牙雕刻上有一個地方有損傷。祇有我一人走過去看，大家都不說話；並沒有競爭者。我本來可以打開搭襻，把紀念冊從套子裏掏出來看一看貨色，但是我沒有去享用我的權利，祇是揮揮抖顫的手，意思是說：「看不看是一樣的。」

「兩個盧布帶五個戈比，」——我說，牙齒似乎又打戰了。

東西賣給我了。我立刻掏出錢來，付清了，抓起紀念冊，走到屋子角落裏去，在那裏把它從套子裏掏出來，匆遽地像犯瘧疾似的察看它：套子不算在內，那東西卻是世界上極不值錢的，大小像小型的信紙，薄薄的，邊上塗着的金色業已褪光，——簡直就是以前剛從學校畢業出來的姑娘們常備的那類冊子。裏面用炭筆和水彩顏色畫着山上的廟宇，一些愛神，池塘和在裏面浮泅的天鵝，還有一首詩：

「我趕上遙遠的道路，
和莫斯科永離，
離別了親愛的人兒，
在驛道上奔馳。」

（這首詩居然會在我的記憶中存留着！）我決定我「遭到了失敗。」也就是這種東西沒有人要。

「不要緊，」——我決定着。——「第一次的牌總是要輸的；這甚至是一個好兆。」

我根本感到快樂。

「哎喲，遲了！到了您手裏了麼？您買下了麼？」——一位穿藏青大氅的先生的聲音忽然在我身旁傳了出來，——他的外表顯得很闊綽，服裝也講究。他來遲了。

「我來遲了。啊喲，眞是可惜！多少錢？」

「兩個盧布零五個戈比。」

「啊喲，眞可惜！您可以讓給我麼？」

「我們出去說，」——我微語着，心突然下沉了。

我們走到樓梯上。

「十個盧布讓給您，」——我說着，背後感到一陣冷氣。

「十個盧布！您怎麼啦？」

「那隨便好啦。」

他瞪着眼睛望我：我穿得還好，完全不像猶太人或收買舊貨的商人。

「您平一平心罷。這是一本不值錢的舊紀念冊。誰需要這東西？實際上並不值錢，您是不能賣給任何人的。」

「但是您還想買呢。」

「我是爲了特別的情形，我昨天纔知道：也祇有我一個人呀！您是怎麼啦？」

「我本來應該要二十五盧布；但是因爲這裏到底有點危險，怕打斷您想買下來的念頭，所以我祇要了十個盧布。這是極正確的價錢。我一個戈比再也不能讓了。」

我轉過身來走了。

「我出四個盧布，」——我已經走上院子裏去，他追過來。——「五個！」

我不理，繼續走着。

「那末拿去罷！」他掏出十個盧布，我把紀念册給他。

「您要知道，這是太不體面了！兩個盧布買進，十個盧布賣出！」

「爲什麽不體面？難道是市場！」

「什麽市場？」（他生氣了。）

「有了需要，就成爲市場。您假使不需要它，——我連四十戈比都賣不到的。」

我雖然沒有發出哈哈的笑聲，態度還很嚴肅，但是在內心裏哈哈地笑着，——我所以哈哈地笑，並非由於歡欣，自己也不知道爲了什麽，有點透不過氣來。

「您聽着，」——我完全按捺不住地喃喃說着，但是露出友善的態度，心裏十分愛他，——「您聽着：故世的，巴黎的那個詹姆斯·洛特柴爾德身後遺下了十七萬萬法郎的財產，（他點頭）他還在靑年時代，因爲偶然比別人早幾小時曉得白里大公爵被殺的消息，立刻去通知應該通知的一些人，就是這一個把戲，一眨眼就賺到了幾百萬，——人們是這樣做法的！」

「那末您是洛特柴爾德麽？」——他憤恨地對我喊，像對一個傻瓜喊叫似的。

我匆忙地從屋內走出來。走了一步，——就賺到七盧布九十五戈比！這一步路是無意義的，等於兒童的游戲，我很同意，但是他到底和我的思想相合，不能不使我受到十分深刻的感動……然而情感是不必加以描寫的。一張十盧布的鈔票已放在背心口袋裏，我伸出兩個指頭去摸它，——就這樣走着不掏出手來。我在街上走了一百步路，就掏出來看了一看，看過以後，就想吻它。一輛馬車忽然在一所房屋的大門前面發響：看門人開了門，一位女太太從房屋內走出來，坐上馬車。她年輕美麗，服裝闊綽，穿着綢緞和天鵝絨，後面拖着兩俄尺長的尾巴，顯得很有錢。忽然一隻美麗的小皮包從她的手裏溜出來，落在地上；她已經坐上車了；僕人俯下身去檢那件東西，但是我連忙跳過去，檢了起來，遞給那位女太太，女太太微微地舉起帽子。（那是大禮帽，我打扮得像闊少年，還不算壞。）女太太拘束地，但帶着愉快的微笑對我說道「謝謝，先生。」馬車馳走了，我吻着十盧布的那張鈔票。

三

我這一天必須去見葉非姆·慈魏萊夫，以前的中學同學，他在半途輟學，轉入彼得堡某專門學校。他本人並不值得加以描寫，我和他也沒有發生過親密的交情。但是我在彼得堡尋到他，因為他（由於各種也是不值得談論到的原因）可以立刻把克拉夫特的住址，我極需要見到的一個人的住址告訴我，在他從維爾諾城一回來的時候。慈魏萊夫前天告訴我，他今天或明天就會回來的。所以今天我必須走到彼得堡區去，但是我並不感到疲乏。

慈魏萊夫的年紀也是十九歲。我在他嬸母的房屋的院子裏遇到了他，他臨時住在那裏。他剛喫過飯，在院子裏踱蹀。他立刻告訴我，克拉夫特已於昨天同來住在以前的寓所裏，就在彼得堡，他自己也想趕緊見到我，以便把一點要緊的話告訴我。

「他還要到什麽地方去。」——葉菲姆補充了一句。

因爲在現在的情形之下見到克拉夫特是非常重要的，所以我請葉菲姆立刻領我到他的寓所裏去

那寓所離得很近，祇有兩步路，在一個胡同裏。但是慈魏萊夫說他已經在一小時前遇見他，他已經上台爾格曹夫家裏去了。

「我們就上台爾格曹夫家裏去，你爲什麽退縮着？你膽小麽？」

克拉夫特眞會在台爾格曹夫家裏坐得很長久的，可是我怎能在那裏長久等候他呢？我並不是怕上台爾格曹夫家去，卻是不想去，雖然葉菲姆已經拉我去了三次。他說出那句「你膽小麽？」的話的時候，永遠露出對於我十分難堪的微笑。這裏並不是膽怯，我預先聲明。假使我怕，也完全是怕別的事情。這一次我決定前去。還也祇有兩步路，路上我問葉菲姆：他是不是還有跑到美洲去的企圖？

「也許還要等一等，」——他帶着輕鬆的笑回答。

我不大愛他，甚至完全不愛他。他的頭髮是白色的，還有一張肥胖的，過於白的臉，甚至白得不大雅觀，近乎孩子氣。身材甚至比我還高，但是祇能把他當作十七歲的孩子看待。和他沒有什麽話可講。

「那裏怎麽樣？難道永遠有一羣人擠着麽？」——我爲了在心裏盤算，向他探聽。

「你幹麽老是這樣膽怯？」——他又笑了。

「滾你的蛋，」——我生氣了。

「並沒有一外人。來的全是一些朋友，全是自己人，你放心罷。」

「是自己人，不是自己人，關我屁事！我難道在那裏是自己人麼？爲什麽他們會相信我呢？」

「我領了你來也就够了。他們甚至都聽見過你的。克拉夫特也會告訴出你的底細。」

「喂，今天瓦新去麼？」

「不知道。」

「假使有他，我們一進去的時候，你就推我一下，把瓦新指給我看。剛走進去就指，你聽見沒有？」

我已經聽到關於瓦新的許多事情，對他早就發生了興趣。

台爾格曹夫住在一所小小的邊屋裏，一個商人婦的木造房屋的院子裏。這所邊屋由他獨自租住。一共有三間清潔的房屋。所有四個窗子全用簾子擋住。他是技師，在彼得堡有職業。我於無意中聽說他在省裏弄到了一個極有利益的私家的位置，現在就要到那裏去。

我們剛走進了豆腐乾大小的前屋，就聽到一陣談話聲；大概正在熱烈地辯論着。

我果眞露出了一點不安。自然，我對社會還沒有熟習，甚至無論對哪一樣的社會。我在中學裏和同學們用「你」的稱呼，但是幾乎和誰也沒有深交。我給自己弄好了一個角落，就住在這角落裏。但是使我不安的並不是這個。我決定在一切情形下不和人們發生辯論，祇說一些極必要的話語，爲了使人家全不能對我有所判斷；主要的是不辯論。

一間不很大的屋內聚了七個人，連女太太們算在內，有十個人。台爾格曹夫年紀二十五歲，已經結婚，他的夫人有一個妹子，還有一個女親戚。她們也住在台爾格曹夫家裏。屋內的傢具是馬馬虎虎的，不過還充足，甚至很清潔。牆上掛着一張石印的像片，價錢很便宜。角落裏神像沒有罩袈裟，油燈卻點燃着。台爾格曹夫走到我面前，握了手，請我坐下。

「請坐，這裏全是自己人。」

「隨便坐呀，」——一個容貌姣好，穿得很樸素的年輕女人立刻補充地說，她微微地向我鞠躬，以後，立即出去了。她就是他的夫人，看樣子大概也在那裏辯論，現在走出去餵孩子喫奶。但是屋內還留下兩位女太太：——一個身材不很大，二十來歲，穿着黑衣，也不算難看，另一個三十來歲，乾瘠的，尖眼的。她們坐在那裏，聽得很起勁，但是沒有參加談話。

至於男子們，卻全都站着，除我以外，祇有克拉夫特和瓦新坐着。葉菲姆立刻給我指出他們兩人，因為我也是初次見到克拉夫特。我從座位上立起，走過去和他相見。克拉夫特的臉我是從此不會忘記的：它並沒有一點特別的美，可是具有和善的，文雅的形相，雖然時常顯露出自我的尊嚴。他的年紀大約有二十六歲，身體很瘦，中等身材，金黃頭髮，臉色是嚴肅的，但極柔和。他的整個臉貌上有一點靜穆的風度。假使你要問，——我也許還不肯把我的，甚至很庸俗的臉，和他的我看來那樣漂亮的臉相交換。他的臉上有一點什麼，是我不願意放在自己的臉上的呢？是有一點在道德的意義方面極安靜的什麼類乎一種秘密的自己都不知曉的驕傲的成分。然而我當時大概不能作如此精確的判斷；我現在總覺得我當時這樣判斷，那就是已經在川了事情以後。

「您來了，我很高興，」——克拉夫特說，——「我這裏有一封信，和您有關係的。我們在這裏坐一會，以後請到我家裏去。」

台爾格曹夫中等身材，闊肩，頭髮烏黑，鬍鬚很長。他的眼神裏露出蹙斂的神色，在一切方面都可以發現出拘謹和一些不斷的謹愼。他雖然多半時間沈默着，但顯然在管理那談話。瓦新的臉龐並不使我驚愕，雖然我聽到人家說他是一個聰明絕頂的人。他的頭髮是金黃色的，一雙淡灰色的巨大的眼睛，臉很爽朗，但同時似乎有點過分堅強。預感出這人不大喜歡作坦白的談話，但是眼神是極聰明的，比台爾格曹夫聰明些，深刻些，——比屋內的一切人全聰明些。然而也許我現在有點誇張。其餘的客人們中間我祇記得兩張青年人的臉：一個高身的，臉色陰暗的人，烏黑的鬍鬚，說許多話，二十七歲，是什麽學堂的教習，或是和這一類相近的人，還有一個和我年紀相仿的青年人，穿着俄羅斯式的長褂，——臉上有皺紋，但沈默着，屬於愛傾聽人家說話的一類人。以後纔曉得他是農人出身。

「不對，這問題不應該這樣設定，」——黑鬚的教師超始說，顯然重行恢復以前的辯論。他比大家都顯得興奮。——「我並不說到數學的證據，但是這個理想，我準備沒有數學的證據也相信的……」

「你等一等，蒂猶米洛夫，」——台爾格曹夫大聲打斷着。——「剛走進來的人們是不會明白的。這是這樣的，」——他忽然對我一個人說（說實話，假使他有意考我這個新出茅廬的小子，或是誘我說話，那末他這種手段是很巧妙的；我立刻感到這層，作下了準備：）——「您瞧，這個克拉夫特先生，他的性格，他的堅定的信念是我們大家早已知悉的。他出於一個極平常的事實，做出了使大家驚異的極不平常的結論。他表示，俄羅斯民族是第二流的民族……」

「第三流的，」——有人喊。

「第二流的民族，預定給比較正直的民族做材料，在人類的命運裏沒有自己的，獨立的角色。爲了這個也許正確的前提，克拉夫特先生下了一個結論，就是每個俄羅斯人將來一切的事業會被這個觀念所麻痺，那就是說大家都應該放手不幹並且……」

「對不住，台爾恰曹夫，這話不應該這樣講，」——蒂霍米洛夫又不耐煩地搶上去說，（台爾恰曹夫立刻讓給他講。）——「因爲克拉夫特做了一番正經的研究工作，根據生理學作出像數學一樣正確的結論，他也許化了兩年功夫去研究這個理想，（我卻會安然地，不加思索地加以接受的，）爲了這個理由，也就是爲了克拉夫特那種驚慌和嚴肅的態度，這個問題被看作了一個不尋常的現象。從這裏發生了克拉夫特不能明瞭的問題，於是必須從事研究它，研究克拉夫特不了解的一切，因爲它已成爲不尋常的現象。必須研究這現象是不是應該看作單獨的事件，屬於研究室的，或者具有在別地方也可以平凡地重複着的性質。一具有公共的事業的形式便有趣了。關於俄羅斯，我會相信克拉夫特的理論，甚至可以說也許很高興；假使這理想能爲大家所理解，就等於解去了手足的束縛，給許多人免除愛國主義的偏見……」

「我並不出於愛國主義，」——克拉夫特似乎帶着一些緊張的神情說着。這一番辯論大概爲他所不喜。

「是不是愛國主義，那是可以放在一邊的，」——本來很沉默的瓦新開口說話了。

「但是請問，克拉夫特的結論怎麼會使人減弱走向人類公共事業的趨勢呢？」——教師喊（他一人喊喊，其餘別的人全輕輕地說話。）——「卽使俄羅斯被判列入第二流；但是不單為了俄羅斯，他也可以工作的。假使克拉夫特停止信仰俄羅斯，他怎麼還能成為愛國主義者呢？」

「而況他又是德國人，」——又有一個聲音發出來。

「我是俄國人，」——克拉夫特說。

「這個問題是和事情沒有直接關係的，」——台爾格曹夫對打斷爭論的人說。

「你們從你們的狹窄的理想裏走了出來罷，」——蒂雅米洛夫不去聽任何人的說話。——「假使俄羅斯不過是供比較正直的民族利用的材料，那末為什麼它不就去充當那個材料呢？這還是一個十分體面的場合。為什麼不安於這個觀念，以擴充自己的課題呢？人類正臨於復生的前夜，復生業已開始了。惟有盲人纔能否認當前的課題。假使你們對於俄羅斯失去了信仰，就離開它，為未來工作，——為未來的還不知曉的民族工作，這民族一定是以全人類組成，沒有種族區別的。俄羅斯將來總也有死亡的一天。民族，甚至是極有才能的民族，至多一共活上一千五百年或兩千年。兩千年或兩百年不還是一樣的麼？羅馬人並沒有生氣勃勃地活到一千五百年，也變成了材料。他們早就沒有了，但是他們留下了理想，這理想進入人類的命運裏去，作為未來的一個原素。怎麼能對人說，沒有事情可做呢？我設想不到會有無事情可做的局面。你們就去為人類做事，其餘的一切不必多管。假使仔細環顧，事情太多了，生命是不夠用的。」

「必須按照自然和眞理的法則生活下去，」——台爾格曹夫夫人從門後說。門露開了一點，看得見她站在門旁，胸前抱着嬰孩，乳頭被遮掩着。她正在熱心地傾聽着。

克拉夫特一面聽，一面微笑，終於似乎露出有點被磨苦的神情，然而十分誠懇地說：

「我不明白，在受了一個支配的思想的影響，使你的腦筋和心全部服從它以後，怎麽還會依照在這思想以外的一些什麽來生活呢？」

「但是假使有人用邏輯的方式，數學的公式向你說，你的結論是錯誤的，全部思想是錯誤的，你沒有絲毫的權利使自己脫離公衆的有益的事業，單祇爲了俄羅斯是注定了的第二流國家，假使有人對你指出，代替了狹窄的地平線，將有無盡的天地開展出來，代替了狹窄的愛國主義的觀念……」

「唉！」——克拉夫特輕輕地搖手。——「我已經對您說過，並不是爲了愛國主義……」

「顯然這裏有點誤會，」——瓦新忽然攙進來說。——「錯誤在於克拉夫特並不單祇有邏輯的結論，他的結論業已變爲情感了。不是每個人的天性全都一樣；有許多人的邏輯結論有時會變爲强烈的情感，把整個身體全把握住，很難加以驅逐或改造。爲了救治這種人，必須變更這情感的本身，除非用別的，力量相等的情感來代替纔行。這永遠是很難的，在許多情形下是不可能的。」

「錯誤！」——辯論人大喊起來。——「邏輯的結論自身就會把偏見分析開來。合理的信念也能產生情感。思想從情感裏出來，在人心裏繁殖和推波的情感。」

「人們是各自殊異的！有的很容易變更情感，有的困難些，」——瓦新回答，好像不願繼續辯論；但是我對於他的理論深致讚賞。

「您所說的話眞對！」——我忽然把堅冰擊破，朝他說起話來。——「必須把別的情感插進去，以代替這個情感。四年前在莫斯科有一位將軍……你們瞧諸位，我並不認識他，但是……也許他自己也不能令人生敬……再加上事實本身會成爲無理性的，但是……他的小孩死了，實際上是兩個小姑娘，一個跟着一個，得了猩紅熱死去……他忽然垂頭喪氣，一直在那裏悲傷，悲傷得脫了人形，看都不能看了，——結果是半年以後就一命嗚呼了。他爲了這事而死，那是一個事實！這末說來，怎樣纔能使他復活呢？答案是用同等力量的情感！應該把這兩個小姑娘從墳墓裏給他掘出來，還給他，——就行了，必須用這類的方法。於是他死了！但是可以對他提出極好的理由：那就是生命是瞬刻就過去的，大家都會死的，還可以從年鑑中找出統計的數字，有多少小孩死於猩紅熱……他是退休的將軍……」

我停住了，一面喘氣，一面向四圍看望。

「這完全不是那末回事，」——有人說。

「您舉出來的事實雖然和這件事情不相類屬，但終歸有點相像，可以作爲解釋的，」——瓦新對我說。

四

我在這裏應該直認出來，爲什麼我對於瓦新提出的關於「理想——情感」的理論深致讚賞，而且應該懷着異常的羞慚直認出來。是的，我怕上台爾格曾夫家裏去，雖然並不是由於裴非姆所猜度的那個原因。我知道他們是辯證派，（那就是說他們或他們一類的人，都是一樣的，）也許會擊破「我的理想。」我深信自己，我決不會把我的理想向他們洩露出來，直說出來；但是他們（那就是說他們或他們一類的人，）自己會對我說出些什麼，使我自己對於我的理想感到失望，甚至在我並沒有對他們提起它一個字來的時候。在「我的理想」裏有些我沒有解決的問題，但是我不願除我以外，有什麼人解決它。在最近兩年來我甚至停止讀書，怕碰到於「理想」不利，會使我震動的地方。現在瓦新忽然一下子把問題解決，使我感到了無上的安慰。眞是的，我怕些什麼？他們無論用什麼樣的辯證法，會礙我什麼呢？我也許一人明白瓦新所說的關於「理想——情感」是什麼？推翻佳美的理想還不夠，必須代以同等力量的佳美的情感；否則我無論如何不願和我的情感分離，會在我心裏推翻這個翻案，哪怕用強制的力，並不管人家怎樣說。他們能給予我什麼，以代替它呢？因此我可以勇敢些，我必須勝壯些。我一面對於瓦新的話深致讚賞，一面感到惝恍，覺得自己是無價值的嬰孩。

這裏又發生了羞慚的感覺。使我擊破堅冰，開口說話的並不是那種想誇耀我的智慧的討厭的情感，卻是「跳到人家頸頓上去」的一個願望。這種跳到人家頸頓上去的願望，爲的是使人家承認我是好人，起始擁抱我，或做出相類的行爲，（總之是下流的行徑，）我認爲是一切我的羞恥事情中最卑鄙的，而且疑惑自己心裏早就存有這個願望，還認爲由於許多年來鑽在角落裏所致，雖然我並不後悔。我知道，我應該在人面前裝得陰鬱些。在遭遇到一切恥辱以後，使我安慰的祇有一椿，那就是「理想」到底還在我身邊，保持着原有的祕密，我是不會洩露給他們的。我有時帶着死沈的心自己設想，在我對任何人發表我的理想的時候，我自己心裏將忽然一無所有，我將和大家一樣也許會把理想拋棄；因此我把它祕藏起來，生怕亂說出來。但是現在，在台爾格曹夫家裏，一接觸以後就忍不住了！自然還沒有洩露，但是竟無可恕宥地亂說起來；結果弄出恥辱來了。眞是惡劣的回憶！不行，我是不能和人們生活在一起的；我現在還這樣想；我可以早四十年說出來。我的理想，那是角落。

五

瓦新一恭維我，我忽然熬不住想說話了。

「據我看來，每人都有權有他自己的情感……假使出於信念……爲了使任何人都不去責備他，」——我對瓦新說。我雖然說得很活潑，但好像並不是我，卻像是別人的舌頭在嘴裏轉動着。

「眞的麼？」——一個聲音立刻搶上來用嘲諷的口氣說着，——這聲音就是打斷台爾格曹夫的話，對克拉夫特喊他是德國人的那一位發出來的。我認他是完全沒有價值的人，所以朝着教師說，好像是他對我呼喊似的：

「我的信念是我對任何人都不敢批判，」——我抖索着，已經知道我要飛。

「何必這樣祕密呢？」——那個沒有價值的人的聲音又傳出來了。

「每人有自己的理想，」——我釘着教師。他沈默着，含笑審看我。

「您有麽？」——無價值的人說。

「講起來太長……我的理想一部分就是希望人家給予我休息。在我有兩個盧布的時候，我還要獨立地生活着，不受任何人的管轄，（您不要着急，我知道人家反駁我的是什麽話，）什麽事情也不做——甚至爲了人類的偉大的未來，就是克拉夫特先生被請去工作的那個事業也不去做。個性的自由，也就是我自身的自由，應該放在前面，別的我不願意知道。」

錯誤就在於我生了氣。

「您在宣傳飽牛的安寧，是不是？」

「就算是罷。不會爲了牛而感到侮辱的。我不欠任何人錢，我給社會完納稅項，爲了使人家不偷我，不打我，不殺我，誰也不敢再向我有所要求。也許我個人另有別種理想，願意爲人類服務，我會做的也許比所有其餘的宣傳家還要多做十倍。不過我不許任何人要‧‧求我，命令我做，像命令克拉夫特似的。即使我連手指都不舉起來那也是我完全的自由。由於愛人類而跑上去掛在所有的人們的頸頸上面，流出和悅的眼淚，——這不是時髦的舉動。我何必一定要愛我的鄰人，或是愛你們的未來的人類——這人類我是永遠看不見它，也不會知道我，跟着也將無痕跡地，無回憶地化爲飛塵，（時間在這方面是毫無意義的，）那時候土地將變爲冰石，在無空氣的空間和無數同樣的冰石一同飛翔，那就是無意義到不能想像的地步！這就是你們的學說！請問，我爲什麽一定要做正直的人，假使一切全持續在一分鐘之間？」

「喂喂！」——一個聲音喊出來。我神經質地，惡狠狠地把這一切傾倒了出來，把所有的繩索都扯斷了。我知道我飛到深淵裏去，但是我忙着說出來，怕人家的反駁。我深感到我好像把思想往篩子裏撒放，一點也沒有連貫，放過了十個念頭，跳到第十一個念頭上去，但是我忙着勸他們，勸信他們，這是對於我極重要的！我預備了三年的功夫！但是奇怪的是他們忽然沈默下來，一句話也沒有說，全都聽着。我繼續對教師說話。

「就是這樣的。有一個極聰明的人說，最難的就是回答那個問題：『爲什麽一定要做正經的人？』世界上有三類小人：一類是天眞爛漫的小人，相信他們的卑劣行爲是最高尚的，最正當的行爲；一類是有羞恥之心的小人，——那就是對於自己的卑劣行爲感覺羞恥，但是具有一定想把卑劣行爲做到底的意願；最後一類是眞正的小人，純粹的小人。你們聽我舉一個例：我有一個同學蘭白特他在十六歲的時候對我說，他一有錢，他的最大的愉快的事情就是把麵包和牛肉餵給狗喫，聽窮人的孩子們餓死；在他們沒有柴西可以當柴燒的時候，他要買下一整所木材廠，堆在田野裏，把田野燒熱，但是一塊木柴也不給窮人們。這就是他的情感！你們叫我怎樣回答這純粹的小人的問題：『爲什麽他一定應該做正經的人？』尤其是現在，在你們改造成這種樣子的現代，因爲像現在那樣壞的是從來不會有的了。諸位，我們的社會裏一切事情全是不淸楚的。旣然你們否認上帝，否認功績，什麽樣的惰性，啞啞的盲目的，遲鈍的惰性，會使我這樣做，假使我認爲不這樣做有利些？你們說：『對於人類的合理的態度也就是我的利益。』但是假使我認所有這些有理性的事情，所有這些像軍營，方陣是無理性的便怎樣呢？我總管不了這些事情，管不了未來的一切，旣然我在世界上祇活一次！請你們允許我自己知道我的利益：這樣快樂些。千年以後你們的人類將成為什麼樣子，又於我有什麼相干，假使依照你們的法典，我不會取得什麼，——既沒有愛情，又沒有未來的生活，更不承認我的功績？不行的，假使這樣，那末我要用十分無禮的方式為自己生活下去，那怕大家全陷落下去都不管！」

「一個極好的願望！」

「然而我永遠準備在一塊兒。」

「那更好！」（還是那個聲音。）

其餘的人們仍舊沉默着，大家全張望着，全都看我；但是從屋子的各方面漸漸地起始了嘻笑，還不過是靜謐的嘻笑，大家全一直朝我的臉上嘻笑。惟有瓦新和克拉夫特不笑。黑鬚的人也發出冷笑；他盯看着我，傾聽着。

「諸位，」——我全身抖索了。——「我無論如何不肯把我的理想對你們說出來，但是相反地，我要問你們，用你們的眼光問你們，——你們不要以為用我的眼光，因為我也許愛人類比你們大家愛得超過千倍以上，你們說，——你們現在一定應該說，因為你們在那裏笑，——請你們說：你們用什麼來吸引我，使我跟隨你們？你們說，你們用什麼來給我證明你們那裏好些？你們將怎樣處理我的個性在你們的營舍裏的反抗？諸位，我早就想和你們相遇！你們會有營舍，公共的住所，stricte nécessaire，（一切必須的東西，）無神主義，無兒女的公妻，——這是你們的結局，我是知道的。就為了這一切，為了你們的合理主義給我保障下的那一小部分平常的利益，為了一塊麵包和一點暖氣，你們要把我的全部的自由奪去！請問：假使我的妻子被人家奪走，你們會不會壓抑住我的個性，使我不把仇人的腦袋砸破麼？你們會說，在那時候我自己會聰明些；但是妻子對於這種有理性的丈夫會有什麼樣的想法？假使她多少還尊敬自己，這是不自然的事情。你們不害臊麼？」

「您對於婦女方面是專家麼？」——那個沒有價值的人的聲音奸險地傳了出來。

有一剎那間我想奔過去，用拳頭朝他身上揍一頓。他的身材不高，頭髮帶點栗色，臉上長着雀斑……然而鬼纔去理睬他的外貌！

「您安心罷，我還從來沒有知道過女人呢，」——我厲聲說，初次轉身向他。

「一個珍貴的報告，但是有女太太在場，也許應該說得客氣一點纔對！」

但是大家忽然轉動起來；大家起始檢取帽子，打算走開，——自然不是為了我，卻因為時候到了。他們這種對我沈默的態度使我感到十分羞慚。我也跳了起來。

「請問貴姓：您儘朝我身上看着？」——教師忽然朝我身邊跨了一步，帶着極卑劣的微笑。

「道爾郭羅基。」

「道爾郭羅基公爵麼？」

「不，普通的道爾郭羅基，以前的農奴瑪加爾·道爾郭羅基的兒子，我的以前的主人維爾西洛夫先生的私生子。——諸位，你們不必着急：我並不要你們立刻為了這個投奔到我的頸頸上來，使我們大家感動得痛哭號叫，像小犢一般！」

一陣洪響的極無祕的嘲笑一下子傳了出來，把門後睡熟的嬰孩吵醒，哇哇地哭了。我慌忙得抖慄。他們大家全和台爾格曹夫握手，走了出去，一點也沒有注意到我。

「我們走罷，」——克拉夫特推了我一下。

我走到台爾格曹夫身旁，用全力握他的手，也用全力搖撼了好幾次。

「庫特留莫夫傲氣，您真是對不住得很，」（他指着那個栗髮的人，）——台爾格曹夫對我說。

我跟克拉夫特走出去。我一點也不覺得羞慚。

六

自然，現在的我和當時的我，中間有無窮的區別。

我繼續「一點也不覺得羞慚，」在小梯上就趕到瓦新面前，把克拉夫特丟下，像丟下第二流人物一般，用極自然的態度，好像什麼事情也沒有發生似的，問道：

「您大概認識家父，我想說您大概認識魏爾西洛夫麼？」

「我本來不認識，」——瓦新立刻回答，（並不像那些識趣的人們在和剛受了恥辱的人說話的時候，做出那種可憫的細膩的客氣的樣子。）——「但是我有點知道他：遇見過，也曾聽過他的說話。」

「既然聽過他的說話，那末自然是知道的，因為您——！您您對他怎樣看法？請恕我這樣匆遽地發問，但是我認為這是極重要的。那就是您怎樣想，您的意見是十分必要的。」

「您要求我太多了。我覺得這人能夠給自己提出極大的要求，也許還能夠履行這要求，但是對任何人都不肯作出什麼報告來的。」

「這是對的，這很對。他是很驕傲的人——但是他是不是純潔的人呢？您對於他的信天主教有什麼意見？我忘記了，您也許不知道……」

假使我不這樣慌亂，我自然不會把這類問題平白地向從來沒有說過話，祇不過聽見過的那個人身上亂射。使我奇怪的是瓦新似乎沒有注意到我的瘋狂——

「這件事情我聽見過，但不知道究竟對不對，」——他仍舊安靜地，心平氣和地回答。

「沒有那回事情——這話是不確實的——難道您以為他會信仰上帝麼？」

「他是一個很驕傲的人，正像您剛纔所說的一樣，很驕傲的人們中間有許多愛信仰上帝，尤其是幾個賤視人的。許多堅強的人好像全有一種天然的需要，——就是發現什麼人，或什麼東西，還要崇拜什麼。堅強的人有時很難熬受自己的力量。」

「這大概很對，」——我又喊起來。——「我不過願意明白……」

「這裏的原因極為明顯：他們為了不願對人們崇拜，所以選擇了上帝；崇拜上帝是不會感到恥辱的。他們中間會生出熱誠信仰的人，——說得正確些，會生出熱烈地願意信仰的人。但是他們將願望認作信仰本身。這類人中間以後感到失望的也時常是特別的多。我覺得魏爾西洛夫先生具有極誠懇的性格的特質。」

「瓦新！」——我喊。——「您使我高興！我所驚異的不是您的智慧，我驚異以您這樣純潔的人，比我站得那樣無限地高超的人，怎麼會和我在一起走路，那樣自然而且客氣地說話，好像什麼事情也沒有發生似的！」

瓦新微笑了。

「您太恭維我，那祇是因爲您過於愛抽象的談話的緣故。您大概在這以前沈默了許多時候。」

「我沈默了三年，我在三年內準備着說話……您自然不會把我看作傻子，因爲您自己太聰明，雖然我所做的行爲是笨得不會再笨的，但是您會認我是一個小人！」

「小人麽？」

「是的，一定是的！請您說，您會不會暗中看不起我，因爲我說了我是魏爾西洛夫的私生子……還誇口說是一個農奴的兒子？」

「您把自己磨折得太利害了。假使您認爲說得不好，祇要第二次不說就好了：您的前面還有五十年的時間。」

「我知道我應該和人們少說話。一切荒唐行爲中最卑鄙的就是掛到人家的頸顈上去；我剛纔已經把這話對他們說過，現在又要掛到您的頸顈上去了！但是這裏是有分別的，有沒有呢？假使您明瞭這個分別，假使您能够了解它，那末我要祝福這個一分鐘的時間。」

瓦新又微笑了。

「您可以到我家裏去坐坐，假使您願意，」——他說，——「我現在有了工作，很忙，但是您來坐坐會使我覺得快活的。」

「我剛纔從您的臉貌上判斷出，您是過於堅强，而且是不好說話的人。」

「這也許很對。我認識令妹麗薩魏達·瑪加洛夫納，在去年，維加地方……克拉夫特止步了，好像等候着您。他應該轉彎了。」

我緊握瓦新的手，跑到克拉夫特面前去。我和瓦新說話的時候，克拉夫特一直在前面走着。我們默默地走到他的住宅那裏去。我還不願意，而且不能和他說話。克拉夫特的性格裏最堅强的一個特點那就是識趣。

第四章

一

克拉夫特以前在什麼地方做事，同時還替故世的安特洛尼閼夫幫忙（有報酬地幫忙）辦理一些私人的案件，時常在職務以外經手辦理的案件。我認爲極重要的是克拉夫特既和安特洛尼閼夫特別接近，一定有許多對於我發生極大興趣的事情爲他所知悉。我從瑪麗亞·伊凡諾夫納那裏知道，——她是尼古拉·謝蒙諾維奇的太太，我上中學時住在他家裏許多年，她是安特洛尼閼夫的親姪女，在他家裏養大，極爲他所寵愛，——我就從她那裏知道，克拉夫特甚至「被委託」把什麼東西轉交給我。我已經等候他整整的一月。

他住在小小的寓所裏，一共有兩間屋，完全是獨立的。他現在因爲剛回來，甚至連僕役都沒有。皮箱雖已打開，但沒有收拾清楚。東西在椅上亂放着，沙發前面的桌上擺放了手提包，旅行小箱，手槍等物。克拉夫特走進去的時候，顯出十分凝慮的神情，似乎完全忘記了我；他也許沒有覺察出我在路上沒有和他談過話。他立刻動手尋找什麼，但是偶然朝鏡內瞧了一下，就止了步，仔細察看自己的臉，有整整的一分鐘之久。我雖然看出了這個特別的樣子，（以後也記得十分清楚，）但是我自己心裏也很憂愁，很慌亂。我沒有力量集中自己的思想。有一瞬間我忽然想就此走開，把一切事情全這樣擱下來，實際上，這一切事情究竟是怎麽回事呢？不祇是惹到自己頭上來的麻煩麽？我感到失望的是我也許祇是由於一種情感的作用，竟浪費許多力氣到沒有價值的瑣碎事情上去，同時自己前面還有重要的任務在等候着。但是我對於正經事情的無能，顯然已在台爾格曹夫家裏所發生的一切事情上表現出來了。

「克拉夫特，您還要到他們那裏去麽？」——我忽然問他。他慢吞吞地轉身向我，似乎不大明白我的意思。我坐到椅上去了。

「您饒恕了他們罷！」——克拉夫特忽然說。

我自然覺得這是嘲諷的話；但是在仔細看了一眼以後，在他的臉上看出了一種奇特的，甚至可驚異的坦白，會甚至使我自己也覺得奇怪，他怎麽會這樣正經地請我「饒恕」他們。他把一張椅子放在我身邊，自己坐了下來。

「我自己知道我也許是一切自尊心的混雜物，別的沒有什麽，」——我起始說，——「但是我並不請求饒恕。」

「也完全不用向任何人請求啊，」——他輕輕地，正經地說。他一直輕輕地，很遲緩地說話。

「就算我對不住自己。……我是喜歡對不住自己的……克拉夫特，我在您這裏做那樣胡說八道，請您饒恕我。請您說，難道您也在這團體裏麽？我想問您的就是這個。」

「他們不比別人愚笨些，也不比別人聰明些；他們是瘋子，和大家一樣。」

「難道大家全是瘋子麽？」——我轉身問他，露出不由己的好奇。

「好一點的人中間現在全是一些瘋子。旋轉得最利害的是中流分子和庸材……不過這全是不值得講的。」

他一邊說，一邊似乎向空氣裏看望，起始說出了話語，又把它剪斷。特別令人驚愕的是他聲音裏的一種哀鬱。

「難道瓦新也和他們在一起麼？瓦新這人是有智慧的，瓦新有道德的觀念！」——我喊着。

「道德的觀念現在完全沒有了；突然一點也沒有，主要的是好像從來沒有過似的。」

「以前沒有麼？」

「最好不必去談它，」——他說着，顯然露出疲乏的樣子。

他的憂鬱的嚴肅的樣子使我感動。我為了自己的自私羞慚，起初也學他的口吻。

「現在的時代，」——他自己起始說，在沈默了兩分鐘以後，還是向空氣中看望着。——「現在的時代——那是以黃金為中心與無感覺的時代，嗜好粗鄙，懶惰，沒有能力做事，需要一切現成東西的時代。誰也不去沈思；不大有人會體驗出理想來。」

他又扯斷了話頭，沈默了一會，我傾聽着。

「現在大家砍伐俄羅斯的樹林，耗蝕它的土地，使它變為沙原，為卡爾梅克人預備着。出現了一個懷有希望的人，種起樹來，大家全笑了：『難道你能活到那個時候麼？』另一方面，有些希望好的人們議論着千年以後將會有什麼情形。固定的理想完全喪失了。大家好像住在客店裏，準備明天離開俄羅斯，大家祇過着予取予求的生活……」

「等一等，克拉夫特，您說『有人顧慮千年以後的情形。』那末您的絕望……對於俄羅斯命運的絕望……難道不也是一樣的顧慮麽？」

「這是……這是一個極緊要的問題，祇有這一個問題是緊要的！」——他惹惱地說，匆遽地從座位上立起來。

「啊喲，是的！我竟忘記了！」——他忽然用完全不同的聲音說，驚疑地看着我。——「我叫您來爲了點事情……看上帝的面上，饒恕我罷。」

他好像忽然從夢中醒來，幾乎感到慚愧；從放在桌上的皮包裏取了一封信，遞給我。

「這封信我要轉交給您。這個文件是有一點重要的，」——他起始注意地用極幹練的神色說着。在以後過了許久時候，回憶起來，我還對於他這種能力深致驚愕，他竟能在這種時候，那樣親熱地注意別人家的事情，那樣安靜而且堅強地講述着這件事情。

「這封信就是那個司託爾白夫，他死後爲了他的遺囑發生了魏爾西洛夫和騷可里司基公爵們的訟事的。這案件現在正在法院裏審理着，大概結果會於魏爾西洛夫有利，因爲法律站在他的後面。然而立遺囑人在兩年前所寫的這封私信裏自己表示出他的眞正意旨，或者不如說是願望，所表示出來的大概於公爵們有利，而於魏爾西洛夫無利。至少騷可里司基公爵們在辯論遺囑時所根據的幾點，在這封信裏可以取得有力的支持。魏爾西洛夫的對方可以出許多錢換到這個文件，雖然它並沒有法律上的決定的意義。管理魏爾西洛夫事務的阿萊克謝意・尼坎諾洛維奇（安特洛尼闕夫）把這封信保存在自己手裏，在死前不久時候，把它交給我，吩咐我「仔細保存着」——也許預感到自己的死亡，因此爲這個文件擔心。我現在不願意判斷阿萊克謝意・尼坎諾洛維奇對於這件事情的用意，說實話，我在他死後曾處於一種痛苦的遲疑不決的情景中，那就是叫我如何處置這個文件，特別在這案件快要在法院中裁決的時候。但是瑪麗亞・伊凡諾夫納把我從困難中救了出來，——她是阿萊克謝意・尼坎諾洛維奇生前很信賴的一個。她寫信給我，在三星期以前堅決地談我把這文件交給您，這大概（她的說法）和安特洛尼闕夫的意旨相合的。這封信就是的，我現在能够交給您，我覺得十分高興。」

「請問您，」——我說，被這樣突如其來的新聞弄得惶惑了，——「現在叫我怎樣處置這封信呢？叫我怎麼辦呢？」

「這是您的自由。」

「那是不可能的，我並不自由，您自己也曉得的！魏爾西洛夫正等候這筆遺產……您知道，他沒有這筆遺產的幫助會完結的，——但是忽然存在着這樣的一個文件！」

「它不過存在在這裏，在這間屋子裏。」

「眞是這樣麼？」——我注意地望着他。

「假使您在這件事情上自己不能想出怎樣處置的辦法，我還能給您出什麼主意呢？」

「但是我也不能把這個轉交給隆可里司基公爵；我會殺死魏爾西洛夫的一切希望，成爲對他背叛的人……從另一方面說，我把它交給魏爾西洛夫，一面會把無辜的人們推到貧窮的境界裏去，一面使魏爾西洛夫處在無出路的局面上面：不是自行拒絕遺產便是成為一個賊。」

「您把事情的意義誇張得過分了。」

「請問您這個文件在法律上有沒有最後的，決定的性質？」

「不，沒有的。我是一個不成名的法律家。對方的律師自然會知道如何利用這個文件，從這裏面取出一切的利益來；但是阿萊克謝意·尼坎諾洛維奇卻認定這封信一呈上去，不會有很大的法律意義，所以魏爾西洛夫總歸會打贏官司的。這個文件也不過能起所謂良心上的作用……」

「這就是最重要的啊，」——我插上去說，——「因此魏爾西洛夫會處在一個無出路的局面上的。」

「他也許會把這文件銷燬，那時候便可免除一切的危險。」

「您有沒有特別的理由料到他會這樣做麼，克拉夫特？這就是我想知道的：我也就為了這事纔上您這裏來！」

「我以為任何人處在他的地位上都會這樣做的。」

「您自己也會這樣做麼？」

「我並不領取遺產，所以不知道自己怎麼樣。」

「好罷，」——我說，把信往袋裏一塞，——「這件事情現在暫時這樣了結。克拉夫特，您聽着。瑪麗亞·

伊凡諾夫納曾經告訴我許多事情。她說，您惟有您一人能够把半年前魏爾西洛夫和阿赫馬可夫一家人在埃姆司所發生的事情的眞相告訴我。我等候您像等候太陽，它一直在我身上照耀着。您不知道我的地位，克拉夫特。我求您把所有的事實全告訴我。我一定要知道他是什麼樣的人，——現在比無論什麼時候都需要知道！」

「我眞奇怪，怎麼瑪麗亞・伊凡諾夫納自己沒有告訴您；她會從故世的安特洛尼闊夫聽到一切的。她自然已經聽見過，而且也許比我知道得多些。」

「安特洛尼闊夫自己對於這件事情都總不淸楚，瑪麗亞・伊凡諾夫納就是這樣說的。大概這件事情誰也不會弄明白。鬼都會在這裏面蹩斷腿的！我知道您當時自己在埃姆司……」

「我並沒有全都遇到，但是所有我知道的，我很願意講出來，不過不知道能不能使您滿意？」

二

我現在不把這故事逐字記載下來，祇是簡簡單單地寫出它的大概。

半年以前，魏爾西洛夫經過騷可里司基老公爵的拉攏，成爲阿赫馬可夫家中的密友（大家當時全住在國外埃姆司。）首先給阿赫馬可夫本人引起強烈的印象。他是一位將軍，年紀並不很老，但是在結婚後的三年內已經賭輸掉了他的夫人加德隣納・尼古拉也夫納這個闊綽的粧奩，又由於不節制的生活曾經中過風。他從中風裏醒了轉來，到國外養病，漸漸地好轉了。他爲了他的前妻生下來的女兒住在埃姆司。這位姑娘是有病的，年約十七歲，得了肺病，但是聽說像貌十分美麗，脾氣卻有點古怪。她並沒有嫁粧；照例希望着老公爵，據說，加德隣納・尼古拉也夫納是善心的後母。但是姑娘不知爲什麼原因特別和魏爾西洛夫要好。他當時正傳佈着「一些熱情的東西，」照克拉夫特的說法，傳佈一種新生活「處於極崇高的宗教的情緒底下，」——照安特洛尼闊夫奇怪的，也許含有嘲諷意味的說法，以後有人傳給我聽的。然而有趣的是大家以後全不愛他了。將軍甚至很怕他。克拉夫特完全沒有否認那個謠傳，彷彿說魏爾西洛夫設法使有病的丈夫深信加德隣納・尼古拉也夫納對於年青的騷可里司基公爵保持不冷淡的態度，（公爵當時已離開埃姆司到巴黎去了。）他自然不是直接地說出來，卻「照例」用些讒言，誘導的話語，和各種轉彎抹角的花樣，「他對於這個是極大的能手，」克拉夫特這樣說。總而言之，克拉夫特認他是一個騙子和天生的陰謀家，而且寧願認他爲這種人，不願把他當作確乎懷有高尚的，或古怪的念頭的人。我從克拉夫特以外知道魏爾西洛夫起初對於加德隣納・尼古拉也夫納具有極深的影響，後來漸漸地弄得和她決裂了。內中玩着什麼把戲，我沒有從克拉夫特那裏打聽出來，但是說到他們兩人在友誼以後發生互相的仇恨，卻是大家都可以證明的。以後出了一樁奇怪的事情：加德隣納・尼古拉也夫納的有病的女兒顯然戀上了魏爾西洛夫，或者對於他身上的什麼發生了驚愕，或者被他的言語所燃燒，要不我就一點也不知道了。但是大家全曉得魏爾西洛夫有一個時候差不多整天在這個姑娘旁邊逗留着。結果是姑娘忽然對父親宣布，她願意嫁給魏爾西洛夫。這事確曾發生過，——是大家都能證明的，克拉夫特呀，安特洛尼闊夫呀，瑪露亞・伊凡諾夫納呀，甚至達姬央納・伯夫洛夫納有一次在我面前也說過的。大家還說，魏爾西洛夫不但自己願意，而且甚至堅持地要求和姑娘結婚，又說這兩個年齡不相當的男女，老男少女的結合是互相情願的。但是那父親卻對於這婚事甚爲驚懼。他隨着對於以前深愛的加德隣納・尼古拉也夫納嫌惡程度的增進，幾乎起始崇拜他的女兒，特別在中風以後。加上加德隣納・尼古拉也夫納自己成爲反對這婚姻成立的最激烈的人。發生了許許多多秘密的，十分不愉快的家庭的衝突，辯論，氣惱，總之是一切醜惡的事情。後來那父親起始讓步了，看見他心愛的被魏爾西洛夫「迷擇」的女兒那股頑強勁兒，——克拉夫特的說法。但是加德隣納・尼古拉也夫納繼續反對，露出無可摧折的仇恨。這裏起始了誰也不明白的攪七纏八的一切。底下便是克拉夫特根據所得的材料而作的猜測，但到底不過是猜測而已。

魏爾西洛夫好像用了別出心裁的柔細而且無瑕可擊的手段給年輕女郎一個暗示，彷彿說加德隣納・尼古拉也夫納所以不贊成，因爲她自己愛上他，對他吃醋，追求他，做出各種陰謀，且已向他表示過愛情，現在準備燒死他爲了他愛上了另一個女人；一句話，全是這一類的話。最壞的是他好像把這話也對那父親，那個「不忠實」的妻子的丈夫「暗示」過，還說公爵不過是消遣消遣罷了。家庭裏自然起始了整個的活地獄的情景。根據另一些傳說的材料，加德隣納・尼古拉也夫納很愛自己的女兒，現在被人家造謠中傷，還加上對有病的丈夫的感情起了裂痕便陷入悲痛中了。在這個傳說旁邊還存在着另一個傳說，可惜爲克拉夫特所深信，而且我自己也相信的，（對於這個我已經聽見過了。）有人說（據說是安特洛尼闊夫從加德隣納・尼古拉也夫納那裏聽到的，）魏爾西洛夫在以前時候，那就是和年輕女郎發生情感之前，曾向加德鄰納・尼古拉也夫納表示過愛情，而她呢，本來是他的好友，甚至在一個時候很稱讚他，但是常常不相信他，反對他的言論，對於他這一次的表示竟以非常憤激的態度作答，惡毒地取笑了他一頓。他預料到她丈夫將有第二次的中風，因此逕直向她提議做他的妻子，但是她簡直把他從身邊趕走了。所以現在加德鄰納・尼古拉也夫納看見他如此公然想和她的女兒締結婚姻，應該對於他感到特別的仇恨。瑪麗亞・伊凡諾夫納在莫斯科把這一切告訴給我聽的時候，同時相信這兩個傳說，那就是把這兩個傳說合在一起：她竟說這一切是曾在一塊兒發生的，這類乎 la haine dans l'amour，（愛情裏的仇恨，）變方而被侮辱的愛情的驕傲，一句話，有點像每個嚴肅的具有常識的人所不屑爲的極精細的浪漫糾紛，外加上卑劣的陰謀。但是瑪麗亞・伊凡諾夫納自己從小就被愛情小說塡塞得十分飽滿，日夜誦讀着，雖然她具有一個很好的性格。結果是魏爾西洛夫顯明的卑劣行爲，虛僞和陰謀，黑暗而且討厭的一些東西，被揭發出來了，尤其因爲確實得到了悲慘的結局：可憐的興奮的女郎據說吞食火柴服毒了；然而我甚至到現在還不知道最後這個謠傳是否確實；至少大家用全力把它彌縫過去了。姑娘祇病了兩星期就死了。吞食火柴因此成爲疑案。但是克拉夫特堅信着。姑娘的父親不久也就死去，據說是憂傷得引起了第二次的中風，但是在三個月以後。女郎出殯以後，青年的騷可里司基公爵從巴黎回到埃姆司，在花園裏當衆打了魏爾西洛夫一記耳光，但是魏爾西洛夫並沒有提議決鬬；相反地，在第二天上就在博羅米那特出現，好像沒事人似的。當時大家全不理他了，在彼得堡也是如此。魏爾西洛夫雖然有些朋友相識，但完全在另一個團體內。他的交際場上的朋友們中間大家全責備他，雖然很少人曉得一切詳細的情節；祇知道一些關於青年女郎情死和挨耳光的消息。可以得到完全的消息的祇有兩三個人；知道得最多的是故世的安特洛尼闊夫，他和阿赫馬可夫家久已發生事務上的關係，爲了一件事情特別和加德隣納・尼古拉也夫納接近。但是他保持着所有這些祕密，連他的家庭都不告訴，祇對克拉夫特和瑪麗亞・伊凡諾夫納洩露了一點，也祇是由於必要的原因。

「主要的是現在有一個文件，」——克拉夫特最後說，——「是阿赫馬可瓦夫人最怕的。」

於是他告訴了以下的話：

加德隣納・尼古拉也夫納一不謹愼，在老公爵，她的父親，到國外治療他的中風病的時候，祕密地給安特洛尼闊夫寫了一封極有妨礙的信（她十分信任他）。據說，那時候在日見痊愈的公爵身上確會發現了浪費的傾向，幾乎把自己的金錢任意向空中拋擲的傾向：他在國外起始買些完全無用的，但極有價値的物件，圖畫，花瓶等物，——贈送或是捐出一大筆款子，也不知做什麼用，甚至捐到當地的各種機關裏去。他幾乎從一個俄國的紈袴子手裏用巨款胡亂地買下一處已破產的，且涉訟經年的田產。後來確乎起始幻想結婚。就爲了這一切事情，在父親病中沒有離開他一步的加德隣納・尼古拉也夫納給律師和「老朋友」安特洛尼闊夫寫了一封質問的信「依照法律能不能宣告公爵應受監護，或認他爲無行爲能力的人，如果可以，那末如何可以做得不出亂子，使任何人不能加以責備，同時還要顧及父親的情感，等等的話。」據說安特洛尼闊夫當時給她作了一番解釋，勸她不要貿然從事。後來公爵完全痊愈了，也就不能再抱有這種見解；但是那封信還留在安特洛尼闊夫手裏。後來他快死了；加德隣納・尼古拉也夫納憶起了這封信：如果它在死者的文件內被發現了出來，落到老公爵手中，他一定會把她永遠驅逐出去，不肯遺給她財產，而且在他活的時候也不會給她一個戈比的。他一想到自己嫡親的女兒，竟不相信他的腦筋，甚至打算宣告他爲瘋人，立刻會從綿羊一變而爲野獸。她自從守寡以後，由於賭徒丈夫的恩惠，弄到奩無所有，祇好依靠她父親一人；她希望從他那裏取得一筆新的粧奩，和第一次一般闊綽的粧奩。

克拉夫特不大知道這封信的命運，但是說安特洛尼闊夫「從來不撕碎有用的文件」，再加上他雖然具有寬闊的腦力但也具有「寬闊的良心」。（克拉夫特既然如此敬愛安特洛尼闊夫，但對於他仍具有十分獨立的觀察，是我甚至感到驚異的。）但是克拉夫特到底相信那個有關係的文件會落到魏爾西洛夫的手中，因爲他和安特洛尼闊夫的寡妻與子女極爲接近。大家都知道她們一定已把死者遺下來的所有文件立刻全都交給魏爾西洛夫處置了。他還知道，加德隣納·尼古拉也夫納已知道那封信在魏爾西洛夫手裏，而她怕的就是這層，心想魏爾西洛夫會立刻把這封信送到老公爵那裏的。她從國外回來後就在彼得堡尋找這封信，到安特洛尼闊夫家裏去過，現在還繼續尋找，因爲她到底還存着希望，也許這封信並不在魏爾西洛夫手裏，她到莫斯科去也專門爲了這個目的，懇求瑪麗亞·伊凡諾夫納在存在她那裏的文件裏尋覓一下。關於瑪麗亞·伊凡諾夫納的存在，和她對死者安特洛尼闊夫的關係是她新近回到彼得堡以後纔打聽出來的。

「您以爲，她沒有在瑪麗亞·伊凡諾夫納那裏找到麼？」——我問，同時另有自己的用意。

「假使瑪麗亞·伊凡諾夫納甚至對您都沒有洩露出來，那末也許並沒有在她那裏。」

「那末您以爲這文件在魏爾西洛夫手裏麽？」

「大概是的。但是我不知道，一切都可能的，」——他說着，露出顯著的疲乏。我停止再盤問下去，而且這有什麽意思呢？主要的一切已經被我弄清楚了，雖然裏面有許多繚繞不清的地方，我所懼怕的一切全已被證實了。

「這一切像一場夢和夢囈，」——我說，露出深刻的憂愁，便取起帽子來了。

「這個人不是您覺得寶貴的麽？」——克拉夫特問，同時我在他臉上讀出了顯著的，極大的關切的神情。

「我早就預感到，」——我說，——「不會從您那裏完全弄清楚的。現在祇在阿赫馬可瓦身上存着一個希望。我也祇能希望她了。我也許要到她那裏去，但也許不。」

克拉夫特帶點驚疑看我。

「再見罷，克拉夫特！爲什麽要鑽到不喜歡您的人們那裏去呢？還不如斷絕一切！」

「以後到那裏去呢？」——他嚴厲地問，朝地下看望。

「到自己那裏去，到自己那裏去斷絕了一切，到自己那裏去！」

「到美國去麽？」

「到美國去！到自己那裏去，到自己一個人那裏去！我的『理想』就在這裏啊，克拉夫特！」——我歡欣地說。

他似乎好奇地看我。

「您有這個地方『到自己那裏去』的地方麼?」

「有的。再見罷，克拉夫特；我很感謝您。這樣攪吵您真是抱歉之至。我處在您的地位上面，在我自己的腦筋裏有這樣的俄羅斯的時候，一定要把他們大家全都送到魔鬼那裏去：滾你們的蛋，你們儘管弄陰謀，互相嚼啃，——於我有什麼相干呢。」

「您再坐一會罷，」——他突然說，在已經把我送到門前的時候。

我有點驚異，回轉身來，又坐下來了。克拉夫特坐在對面。我們交換了一些微笑，——這一切我好像現在看見似的。我很記得，我似乎有點奇怪他。

「克拉夫特，我喜歡您的一點，那就是您是極有禮貌的人，」——我忽然說。

「是麼?」

「因為我自己不大懂得禮貌，雖然我願意懂得它……人們儘侮辱人，也許還好些；至少可以使人解除愛他們的不幸。」

「您每天裏最愛哪一個時間?」——他問，顯然沒有聽我的說話。

「哪一個時間?我不知道。我不愛晚霞。」

「是麼?」——他有點特別好奇地說，但立刻又沈思起來。

「您又要到那裏去麼?」

「是的……我要離開這裏。」

「很快麽?」

「很快。」

「難道到維爾諾去還需要手槍麽?」——我問他，完全沒有帶一點隱密的意思：甚至連意思都沒有！隨便地問因爲那支手槍正在我眼前閃耀了一下，同時我又難於說出什麽話來。

他轉過身來，盯看着手槍。

「不，我這是隨便的，出於一種習慣。」

「假使我有手槍，我要藏到什麽地方去，把它鎖起來。你知道，這眞是會誘惑人的！我也許不相信自殺會傳染的，但是假使這東西老放在眼前，——眞是有的時候，會誘惑你的。」

「不要說這個話，」——他說着，忽從從椅上立起來了。

「我不是講自己，」——我補充地說，也立了起來。——「我是不會那樣的。即使給我三條性命，——我也會嫌少。」

「您就多多地活下去罷，」——他似乎脫口說了出來。

他精神散漫地微笑了一下，奇怪的是竟逕直走到前屋裏去，好像自己趕我走似的，顯然沒有注意自己所做的事。

「希望您諸事成功，克拉夫特，」——我說，在已經走到樓梯上的時候。

「這也許是的，」——他堅定地回答。

「再見罷！」

「這也許是的。」

我現在還記得他最後對我看的那個眼光。

三

他就是這個人，幾年來使我的心爲他而跳躍着！我期待於克拉夫特的是什麼，期待得到什麼新的消息？

我從克拉夫特家裏出來，很想喫東西；天色已近黄昏，我還沒有喫飯。我就在彼得堡區的大馬路上，走到一爿小酒店裏去，爲了祗想用去二十戈比至多不過二十五戈比，——再多是我當時無論如何不肯化的。我叫了一份湯，記得喫完以後，就坐在那裏向窗外看望。屋內有許多人，發出燒焦的油味，小酒店的飯巾味和煙味。在我的頭上，一隻失了嗓音的黄鶯，陰鬱地，沈思地用鼻子擦啄籠底。隔壁的彈子房裏發出喧嚷的聲音，但是我坐在那裏，深深地思想着。夕陽的晚霞（爲什麼克拉夫特會驚異我不愛晚霞呢？）勾起了我一些新的意料不到的，完全和那個地方不適合的感覺。我一直在眼前幻出我的母親的靜謐的眼神，她的可愛的眼睛，一個月來做這樣畏葸地像看我。近來我在家裏時常發脾氣，特別是對她發作。我想對魏爾西洛夫說出一些不遜的話語，但是不敢，因此依照我的卑劣的習慣，磨折着她。我甚至把她嚇得太利害了；她時常在安得烈·彼得洛維奇走進來的時候，用那種哀求的眼神望我，生怕我做出什麼激烈的舉動來……；很奇怪的是我現在在酒店裏初次想到，魏爾西洛夫對我稱「你」而她卻對我稱「您」。我以前也曾詫異過，且生出於她不利的印象，但是現在似乎特別想到了，——於是一些奇怪的思想一個跟着一個流到腦子裏來了。我坐在那裏許多時候，坐到完全陰黑爲止。我也想起妹妹來……

這是對於我決定命運的時間。無論如何必須決定一下！難道我沒有決定的能力麼？脫離家庭又有什麼困難，假使人家並不要我？母親和妹妹呢？她們是我無論如何不拋棄的，——不管事情轉變得怎樣。

誠然，這個人的出現在我的生命裏，那就是在最年幼時代的一瞥裏，成爲一個命定的衝動，就從這裏起開始了我的意識。假使我當時沒有遇見他，——我的腦筋，我的思想的方式，我的命運一定會兩樣的，雖然命運給我預先決定下的性格是我總歸無從避免的。

原來這人祇是我的幻想，兒童時代的幻想。我自己將他虛構成這樣，其實是低落在我的理想之下的另一個人。我現在來找的是一個純潔的人，不是這個人。我在嬰孩時，在看到他的那個短短的一分鐘內，竟永遠地戀上了他，但究竟是爲了什麼呢？這個「永遠」是應該消滅的。我將來，假使有地方要描寫我們第一次會面的情景：這是一個極空虛的故事，裏面我不出什麼來的。但是我在那裏竟弄成了整整的一座金字塔。我開始建築這金字塔，還在睡在小孩的被服裏面的時候，那時一面睡着，一面可以哭泣與幻想——哭些什麼？想些什麼？——我自己也不知道。是不是哭人家把我拋開了？哭人家磨折我？但是人家祇磨折我一點點，祇有兩年，在圖沙的寄宿學校裏，那時候他把我塞進去以後，就永遠走了。以後沒有人磨折我；相反地連我自己都驕傲地望着同學們。我眞是看不慣這種自怨自艾的孤兒的樣子！最令人作嘔的是那些孤兒們所扮演的角色，那些私生子，那些被遺棄的，總之是一切無價值的，一點也不使我憐惜的人們，忽然莊嚴地在祭桌面前排列着，起始哀憐地，卻又像教訓似的呼號，意思是說：「你們瞧人家對待我們這樣！」我眞想把這些孤兒們痛揍一頓。在這凝擬的公式化的社會裏，誰也不明白沉默會顯得體面十倍；何必去呼號，更不値得怨訴。你們的起始怨訴，那祇有見得你們這些被愛惜生下來的兒子的活該呀。這就是我的思想！

然而可笑的並不是我以前睡「在被服裏面」幻想的那種情景，卻是我爲了他跑來，還是爲了這個被虛構成的人而幾乎忘記了我的主要的目的。我跑來幫助他打破詐言，擊敗敵人。克拉夫特所說的那個文件，這女人寫給安特洛尼闊夫的信，她那樣懼怕着，惟恐它會摧毀她的命運，使她陷入窮困境地的那封信，她猜到已落在魏爾西洛夫手裏的，——原來並不在魏爾西洛夫手裏，卻縫在我身旁的口袋裏我自己縫的，全世界任何人不知道這件事情。關於那個文件原來在浪漫派的瑪麗亞·伊凡諾夫納手裏「保存」着的，她認爲必須交給我而不交給別人，那祇是她的眼光和她的意志，我不必加以解釋，也許以後在說到的時候纔便講一下；但是我在意料不到地得到了這付武裝以後，不能不被到彼得堡來一趟的願望所誘惑。自然，我祇打算暗中幫助這人，既不想挺身而出，也不願露出熱烈的感情，更不希望他的恭維和擁抱。我是永遠，永遠不高興責備他什麼的！我愛上了他，從他身上創造了一個荒誕的理想，是不是他的錯呢？我甚至，也許並沒有愛他，他的古怪的腦筋，他的好奇的性格，他的一些陰謀和奇遇，還有我母親在他身邊的那件事情，——所有這一切似乎是不能阻止我的；祇要我的理想中的洋娃一被擊破，我也許已經不能再愛他就夠了，因此阻止我的究竟是什麼？我究竟陷在什麼東西上了？——這纔是問題。結果弄得祇有我是愚蠢的，沒有別的什麼人。

我並不要求別人誠實，自己卻要誠實：我應該承認縫在口袋裏的那個文件給我引起了不單是想跑來幫助魏爾西洛夫的熱烈的願望。現在這對於我是太明顯了，但我當時一想到就臉紅起來。在我的眼前閃現着一個女人的影子，驕傲的上等社會的人物，我將和她當面見到。她會看不起我，笑我，像笑老鼠，甚至不疑惑我是她的命運的主宰。這念頭在莫斯科就使我心醉，尤其在我坐着到這裏來的火車裏。上面我已經自己招供出來了。是的，我恨這女人，但是愛她，像愛自己的犧牲品一樣。這一切是實在的，這確乎是對的。然而這不過是一種孩子氣，我甚至在我這種人身上也沒有料到的。我描寫着我當時的情感，那就是我坐在小酒店裏黃昏底下，決定當天晚上和他們決裂時，腦筋裏想到的一切。對於我剛纔和這女人相見的一幕情景忽然使我的臉上泛滿了羞慚的紅暈。可恥的一個相遇！可恥的，愚蠢的印象，而主要的是更可以證明我沒有辦事的能力！我當時想，這祇能證明我連在愚蠢的誘惑前面都站不住脚，然而自己剛纔還對克拉夫特說，我有「自己的地位」自己的事情，假使我有三條性命，那時候我也會嫌少的。我驕傲地說出這句話來。我把我的理想拋棄，而被拖進魏爾西洛夫的事情裏去——這一層還可以用什麼理由加以饒恕；但是我像一隻受驚的兔子一樣東西亂竄，在每一個瑣碎事情上都會被吸引着，這自然是我自己的愚笨。倒楣的是我竟好像被鬼差遣着跑到台爾格曹夫那裏去做出一些愚蠢的舉動，同時自己早就知道決不會講述得聰明，而且有條有理，而我最有利的還是沈默。一個不知那裏來的瓦新還要教訓我，說「我的前面還有五十歲的年月，所以沒有什麼可悲傷的地方。」他的反駁是很好的，我同意，且說明他具有無可置辯的智慧；它的好就在於它是極普通的，而極普通的一切是永遠到了以後纔能了解的，那就是在聰明或愚蠢的一切全已嘗試過的時候。但是我自己還在瓦新之先就知道這反駁。我在三年前深深地感到了這個思想。甚至不但如此，「我的理想」有一部分是包括在這裏面的。——這就是我在酒店內思索着的一切。

在我由於走路和思念而感到了疲乏，在晚上七點鐘回到謝蒙諾夫司基營去的時候，我的心裏眞是十分厭煩。天色業已黑暗，氣候起了變化。本來很乾燥，但是起了一陣討厭的彼得堡的風，惡毒的，尖銳的風，朝我的背上吹着，把周圍的灰塵和砂土捲起。有多少平民的陰鬱的臉，從工作和職業場所那裏回到自己的角落裏去！在這羣人中，每人臉上有自己的，陰鬱的煩惱，也許並沒有一個共同的，聯合一致的思想！克拉夫特說得好：大家全是零散的。我遇見一個小孩，那樣小，會使人奇怪，怎麼會在這個時候獨自在街上出現，他似乎迷失了道路；一個村婦止步一下，傾聽他的說話，但是一點也沒有弄明白，便攤着手走開，留他一人在黑暗裏。我想走過去，但是他不知爲什麼緣故，忽然怕起我來，往前面跑走了。我走到家門時，決定永遠不上瓦新那裏去。我升上樓梯的時候，我很希望遇見她們全在家，卻不希望魏爾西洛夫在家，因爲我打算在他回家之前，對母親或我的可愛的妹妹說些和善的話，——我在整整的一個月內差不多沒有對她們說過一句特別的話。恰巧他眞是沒有在家……

四

我在這「筆記」裏將這個「新人物」牽上舞臺的時候，（我說的是魏爾西洛夫）先順便簡單地寫出他的無可重輕的履歷來。我這樣做，爲了便讀者容易明瞭些，又因爲我沒有預見出，在這篇故事繼續的行進中，我能把這篇履歷安插到什麼地方去。

他在大學裏讀過書，以後就加入騎兵營的衛隊裏去。和法那路託瓦結了婚，便辭職了。到國外去旅行，回來後住在莫斯科，享受交際社會上的娛樂。妻子死後到鄉下去；在那裏發生了和我的母親的那段情史。以後在南方什麼地方住了許多時候。在歐洲戰爭時又服罷役，但是沒有上克里米亞去，一直沒有上前線。戰爭終止後辭職到國外去，並帶着我的母親同去，但是把她留在哥尼司堡。可憐的母親有時帶着恐怖的神情，搖着頭講述她如何當時一人帶着小女孩，住在那裏有半年多，言語既不通曉，好像在樹林裏一般，後來身邊弄到沒有一文錢。最後達姬央納·伯夫洛夫納跑來找她，把她送回下新城省的什麼地方去。以後魏爾西洛夫又當過第一屆仲裁委員，據說辦事成績還好；但不久又離職，到彼得堡去辦理各種私人的民事案件。安特洛尼闊夫永遠稱讚他的能幹，很敬重他，不過說他不了解他的性格。以後魏爾西洛夫又放棄了這件事情，跑到國外去，長期住下去，住了幾年。起始和騷可里司基老公爵發生特別親密的交情。在所有這些時候，他的經濟狀況有兩三次起了根本的變化：一會完全陷入窮境，一會忽然發了財，又擡起頭來。

在現在我的筆記已寫到這個地方的時候，我決定把「我的理想」講述出來。我用言語來描寫，還是它産生以來的第一次。我决定對讀者發表出來，同時也是爲了往後行文的明瞭起見。不但是讀者，就是我作者自己，也都感到解釋我所進行的步驟時，如不先解釋引我，和推我去這樣做的原因，是會困難得無從收拾的。以我這種屬於「沈默型」的人，由於我的無能，又陷入前面自己取笑過的小說家的「美」裏去了。在走進我在彼得堡的那段戀愛史和我在這裏經歷的各種可恥的意外事件的門內的時候，我覺得這篇序是必要的。但不是「美」引誘我沈默至今，卻是事情的實質，也就是事情的困難；甚至在現在，一切都已過去的時候，我感到講述這「思想」是有無可抵拒的困難的。除此以外，我必須把這思想敍寫成它當時的形式，那就是它當時如何形成的，如何理解的，而不是現在，而這已經是新的困難。有些事情講起來是幾乎不可能的。也就是那些比一切都普通，比一切都明瞭的理想，——也就是這些理想是最難了解的。假使哥崙布在發現美洲以前起始把自己的理想講給別人聽，我深信人家有許多時候不會了解他的。人家當時也眞是沒有了解啊。我說這話，並不打算把自己和哥崙布看得相等，假使有人作這樣的結論，他會覺得可恥，別的也沒有什麼。

第五章

一

我的理想就是成爲洛特柴爾德。我請讀者保持安靜和嚴肅。

我重複一句：我的理想就是成爲洛特柴爾德，成爲和洛特柴爾德一樣的富人；富人並不是普通的富人，卻就是像洛特柴爾德。爲了什麼，做什麼，具有什麼樣的目的，——以後再說它。最先祇要證明我的能够達到目的是有數學般的準確性的。

事情是很普通的，一切的秘密祇有兩句話：就是固執和不間斷。

「我們聽見過的，」——有人會對我說，——「這不是新奇的事情：德國每一個父親全會把這套話對自已的子女說，但是你們的洛特柴爾德卻祇有一個人，（那就是業已去世的巴黎的詹姆司·洛特柴爾德，我講的就是他，）而父親是有幾百萬萬的。」

我可以回答：

「您說您聽見過的，但是您一點也沒有聽見。誠然，有一樁您說得有理：假使我說這事情是『很普通的，』那末忘記了補充，也就是最困難的。世界上一切宗教和道德都歸屬到一句話：『應該愛善和避惡。』似乎是再簡單也沒有的罷，但是你去做一件什麼善事，再去避免你的一件惡行，你試一試看，——行不行？

這裏也是如此。」

就爲了這原因，無數的父親們在無數世紀內會重複地說出成爲整個祕密的這兩句話，而洛特柴爾德祇有一人。那就是說：無論怎樣，父親們所重複的完全不是那個意思。

關於固執和不間斷無疑地是他們聽見過的，但是爲了達到我的目的所需要的不是父親的沈默，也不是父親的不間斷。

祇要他是父親，——我並不單指着德國人，——祇要他有家庭，他生活得和大家一樣，我用和大家一樣，義務和大家一樣，——你就不會成爲洛特柴爾德，而祇能成爲中庸的人。我十分淸楚地了解，我祇要一做了洛特柴爾德，或者甚至祇要希望成爲洛特柴爾德，——一下子就已離開了社會。

幾年以前，我在報上讀到，在伏爾加河上一條輪船上死了一個乞丐。他穿着破爛的衣裳，向人們行乞，大家都知道他。他死後人家發見三千盧布的鈔票縫在他的襯衫裏面。前幾天我又讀到一段乞丐的故事。他以前具有正當的身份，到各酒店裏去伸手討錢。後來他被逮捕，發現身上有五千盧布。從這類情形上面可以直接引出兩個結論來：第一是固執地積蓄，即使所積蓄的是一分一角的數目，後來會取得極大的結果，（時間是無所謂的，）第二是最不狡猾的賺錢的形式，祇要不間斷，——在成功方面會有數學般的準確性的。

也許有很多人是可尊敬的，聰明的，愛節制的，但是無論他們怎樣拚命，手裏總歸不會有三千到五千塊錢的，同時他們又很想有這筆錢。爲什麽這樣呢？回答是很明白的：因爲他們中間任何人不管他們怎樣想，總不會想到那個程度，譬如想到假使無論如何不能用別種方法來賺，那末甚至就去做乞丐，同時也總不會固執到那個程度，甚至做了乞丐以後，也不會把頭幾個討來的戈比化去給自己或自己的家庭買一塊多餘的麵包。然而在這種積蓄的方法之下，那就是在行乞的時候，爲了積下這許多錢，祗好喫麵包和鹽，別的不能喫。至少我這樣了解。上面所說的兩個乞丐一定是這樣做法的，那就是單吃一樣麵包住宿露天。無疑地，他們並沒有成爲洛特柴爾德的意思；他們不過是純粹的格爾鮑廣或潑留施金，不過如此；但是即使完全用別種形式，有意識地賺錢，如意在成爲洛特柴爾德，——則需要意願和意志力實不少於這兩位乞丐。父親是不會有這樣的力量的。世上力量有許多不同，特別是意志和意願的力量。有使水沸滾的熱度，也有鐵燒紅的熱度。

這就等於修道院，等於戒律僧的功行。這裏是情感，而不是理想。爲了什麼？做什麼？一輩子穿粗麻布，喫黑麵包，同時身上帶着這許多錢，合不合道德？是不是醜陋？這些問題以後再說，現在單講達到目的的可能性。

我發明「我的理想」時，（它已處於燒紅的狀態，）起始試驗自己能否受修道院和戒律的生活？爲了這目的，我在整整的第一個月內祇喫麵包和水。每天喫不到二磅半的黑麵包。爲了履行這件事情，我不得不哄騙聰明的尼古拉·謝蒙諾維奇和對我極好的瑪麗亞·伊凡諾夫納。我堅持地主張把飯菜端到我房中去，這使瑪麗亞·伊凡諾夫納生氣，還使極有禮貌的尼古拉·謝蒙諾維奇生疑。我簡直就把飯菜毀滅掉；把湯傾倒在窗外蕁麻叢裏或另一個地方，把牛肉扔去窗外餵狗，或包在紙裏，放到口袋中，以後到外面去扔棄，還有其他相類的行動，因爲飯菜的麵包比兩磅半少得多，便偷偷兒自己添買一點，我把這一個月熬受過去了，不過腸胃有點失調；從第二個月起我在麵包以外添了一道湯，早晚喫一杯茶——老實告訴你們，我就這樣度過了一年，身體感到完全健康和滿足，在精神方面則達到了迷醉和不斷的秘密的欣悅的境界。我不但不對於這些菜生出一點惋惜的意思，反而感到高興。一年後我深信我能忍受隨便什麼苦痛，便起始和他們一樣喫起來，又到外面和他們同食了。我在滿足了這個試驗以後，就做第二個試驗：在應該付給尼古拉·謝蒙諾維奇的膳費以外，我每月還領到五盧布的零用費。我決定祇用去這筆錢的一半。這是一個很困難的試驗，但是過了兩年多，我來到彼得堡的時候，口袋裏除去別的錢以外，還放着七十盧布，是唯一地這樣積蓄起來的。這兩個試驗的結果對於我是極重要的：我肯定地知道，我能夠希望達到我的目的，「我的理想」的全部就在這上面，其餘全不過是細節而已。

二

但是讓我們來研究這些細節。

我敍寫過我的兩次的經驗，前面已經提過，我在彼得堡做了第三個試驗，——到拍賣場去，一下子賺到了七盧布九十五戈比。自然這不是眞正的試驗，不過是游戲，鬧玩笑：想偷出未來的一分鐘試一試我怎樣走法，怎樣開始活動。至於眞正的着手進行，最初還是在莫斯科就決定展緩到我完全自由的時候。我很明白，我無論怎樣，最先總應該畢業中學。（大學是我決定犧牲的，前面也已經說過了。）無疑地，我懷着隱稱的怒意到彼得堡來；我剛修畢了中學，初次成爲自由的人，忽然看見魏爾西洛夫的事情而又把我的注意力吸住，使我想進行的事無限期的延緩了！但是我雖然含着怒意而來，到底對於我的目的是完全安心的。

我誠然缺乏經驗；然而我在連着的三年中一直考慮得十分周密，不會有疑惑的。我有一千次想像着如何進行的方法：現在我忽然發現在我們的兩大都市中的一個中間，像從天上降落下來似的，（我選擇都市爲我的事業的發軔地，也就是彼得堡，甚於一些打算我認定是最方便的。）我像從天上降落了下來，完全自由和任何人都沒有關係，身體健康，口袋裏有一百盧布作爲最初的流通資本。沒有一百盧布是不能開始的，因爲沒有它，甚至會使成效的最初的時期都無法接近的。除去這一百盧布以外，大家已經知道，我有的是勇敢，固執，不間斷，完全的孤獨和秘密。孤獨是主要的：我在最後的一分鐘以前，最不愛和人們有任何的交接和聯絡；總而言之，我決定一人實行我的「理想」。這是必要的條件。人們對於我是很難忍受的，我會在精神上感到不安，不安就會妨礙我的目的。一般地說來，在現在以前，關於我應該如何和人們交接一層，在我一切的幻想裏是永遠弄得很聰明的；但是一到實際上，——就永遠顯得愚蠢了。我要憤慨地，誠懇地承認這一層，我永遠會在言語上自己招供出自己來，而且總是那樣的忙亂，因此決定和人們少來往。獨立的地位，安靜的精神，明顯的目的，——是操勝算的關鍵。

不管彼得堡的物價如何可怕，我一成不變地決定飯食的費用決不超過十五戈比，我知道我會守住這句話的。關於喫食的問題我想了許久，而且想得十分週到。譬如我決定連着兩天單喫麵包和鹽，而在第三天上化去兩天內積蓄下的東西；我覺得在健康上這比永遠喫十五戈比的最便宜的素餚更爲有益。至於居住方面我需要一個角落，簡直就是角落，單單就爲了在夜裏能夠睡覺，在天氣十分不好的日子能夠躲避躲避。我決定生活在街上，必要時準備宿在夜店裏，那邊除了住宿以外還供給一塊麵包和一杯茶。我是得把我的錢藏起來，爲了在我的角落裏或夜店裏不被偷去，甚至連覷看都覷看不到，我可以保證的「會在我身邊偷去麼？我自己還怕要向什麼人偷呢」——有一次我在街上聽見一個過路的人說着這句快樂的言辭。自然，我從這句話裏祇對自己添上謹慎與狡猾，偷竊則不敢想。不但如此，還在賁斯科時，從生出了這「理想」的最初一天起，就決定我既不願做押當，更不願做放印子錢的人：做這種事情的有猶太人，和沒有腦筋和性格的那些俄羅斯人。押當和放債是不凡的事情。

至於說到衣服，我決定預備兩套：一套是常見的，一套是出客的。備好以後，我相信可以穿得很長久；我用兩年半功夫特地訓練穿衣，甚至還發現了祕密：爲了使衣服永遠新穎，而且不舊，應該用刷子刷得越勤越好，每天刷五六次。呢子是不怕刷子的，我說得確實些，卻怕灰塵和泥土。灰塵就等於石頭，如果從顯微鏡裏看望，刷子不管怎樣硬，差不多還是羊毛。我同樣地學會了穿靴：祕訣在於走路時應該留神一下子用整個靴跟放下去，盡可能地不要歪到旁邊去。有兩個星期就可以學成了，以後就會無意識地這樣走的。靴子用這種方法穿起來，平均地計算，會多穿三分之一的時間。這是兩年來的經驗。

此後就起始行動了。

我的打算是這樣的：我身邊有一百盧布。彼得堡有許多拍賣場，削價平售的商店，買賣舊貨的小店和許多等錢用的人，所以在化了一個價錢買下了一樣東西以後，即使用稍爲高些的價錢是不會賣不出去的。我化了兩盧布零五戈比的資本買下了紀念册，轉手賣出賺了七盧布九十五戈比的純利。這樣的巨利賺來並不冒險；我從他的眼睛裏看出買主是不會不買的。自然，我很明白，這不過是一件偶然的事情；但是我就在尋覓這類偶然的事件，就爲了這決定住在街上。即使這類事件是很稀少的；那是一樣的，我的主要的原則第一就是不冒什麼危險，第二就是每天在我的日用消耗所費去的最小限額以外，多少賺一點，爲了使積蓄沒有一天間斷。

有人會對我說這一切全是幻想；您不熟悉街頭的情形，您走一步路就會上人家的當。但是我有意志與性格，街頭的知識也就是一種學問，和一切的學問一樣，會見到固執，注意與才能而俯首就範的。我在中學裏一直到七年級爲止，完全名列前茅，因爲我對於數學成績極好。何必把經驗和街頭的知識推崇到偶像的程度，而一定預言必遭失敗呢！祇有那些在任何事情上從來沒有經驗，沒有起始生活過，沒有準備好在一切上面忍受着的人們永遠會說那些話。「一個人撞破了鼻子，那末別的人一定也要撞破它的。」不，不會撞破的。我有的是性格，我用了注意會學到一切的。在不斷的固執裏，在不斷的精細的觀察和不斷的思慮與計算中，在無限制的行動和奔走中，您會弄不到每天賺多餘的兩角錢的訣巧，是難道可以想像的麼？主要的是我決定永不貪賺大錢，永遠做很安靜的人。在賺到了一兩千以後，我自然不能不放棄捐客和街頭轉賣的營業。我自然還不大曉得交易所，股票，銀行業務等等的把戲。但是我知道，像我的五個指頭一樣地知道所有這些交易所和銀行事業將來我會調查，而且研究得比任何人都好的，這種學問會完全自然而然地得來，祇要一去做就行了。這裏還需要許多智慧麼？所羅門的智慧算什麼，祇要有性格就行；嫻熟，靈巧，智識是自己會來的。祇要不斷地「打算」去做。

最要緊的是不能冒險，這祇在有性格的時候是可能的。新近，當我在彼得堡的時候恰巧有一種鐵路股票在市場上發行。凡是來得及認股的人們全賺了許多錢。有一個時候股票價格大漲。一個來不及認股，或是貪心的人看見我手裏持有股票，也許會向我提議把股票賣給他，另外加上幾成的利潤。我是一定會立刻賣給他的。大家自然全要笑我，意思是說等一等，就可以賺十倍以上。對是對的，但是我的利潤已經放在口袋裏，牢靠得多，而你們的利潤還在空中飛翔。人家會說這樣不會賺到許多錢的；對不住，這裏是你們的錯誤，所有你們的郭果黎夫，鮑略闊夫，顧鮑寧的錯誤。你們應該認識那個真理：賺錢方面，尤其是積蓄方面的不間斷和固執比驟然得來的利益利害得多，甚至那怕對本對利也是的。

法國革命以前不多時候，有洛烏其人到巴黎來，創辦一種在計劃上很偉大的事業，（以後實行時竟告失敗。）整個的巴黎大為震動，洛烏的股票大家搶着購買，情形非常擁擠。許許多多的銀錢從全巴黎像從麻袋裏似的傾到認股的那所房子裏去。但是那所房屋也容不下這許多人：羣衆聚在街上，——無論那一種職業，階級和年齡都有；資產階級，貴族，他們的子女，伯爵們，公爵們，娼妓，——全聚成憤激的，半瘋的，像被瘋狗嚙咬了似的一羣；爵位，階級的偏見，驕傲，甚至名譽和善良的名姓——全被踏成一堆爛泥；為了取得幾張股票，大家肯犧牲一切（連婦女也在內。）後來改到街上認股，但是沒有地方寫字。有人向一個駝子提議暫時把他的駝峯借作桌子之用，以便填寫認股申請書。駝子同意了，——認股人數的多少是可想而知了。過了一些時候，（很短的時候，）大家全破產了，一切都爆破了，整個的理想飛散成灰，股票失去了一切的價值。誰賺了錢？惟有騙子一個人，就因爲他沒有買股票，卻取得了現錢。我就是那個騙子，我有力量不喫東西，一分一分地積到七十二盧布，我的力量還够用在臨到大衆全被狂颶包圍的時候，自己立定脚跟，寧願取牢靠的銀錢，而不想發大財的上面。我祇在瑣碎的事情上顯得瑣碎，但是在大事情上便不是的。我時常覺得我的性格不够用在小小的忍耐上面，甚至在發現了「理想」以後，但是在大的忍耐上永遠是够用的。早晨在我出去辦事以前，母親遞給我冷卻的咖啡的時候，我很生氣，對她說些粗暴的話語，然而我這人竟能在整整的一個月內單靠一些麵包和水生活下去。

總而言之，不賺錢，不學會如何賺錢，——是不自然的事。在無間斷的，平平穩穩的積蓄的時候，在不間斷的省察，頭腦清醒，行爲檢束，用費省儉之下，在越來越增加的發揮毅力的時候，而不能成爲百萬富翁，也是不自然的事情。乞丐用什麽賺到他的錢，不是用狂熱的性格和固執麽？難道我比乞丐還不如麽？「最後，即使我達不到任何目的，即使我的計算不準確，即使我要失敗，我要弄得一團糟，一樣的——我還是要走上前去。我要走上前去，因爲我願意這樣做。」我在莫斯科就這樣說。

有人會對我說，這上面並沒有一點「理想」，一點也沒有什麽新鮮的。但是我說，最後一次說，這裏有無數的理想，無數新的東西。

我預感到一切反駁的話如何地無緊要，我在敘述「理想」的時候，也是如何地無關緊要。究竟我表示了什麽？百分之一的意思都沒有表示出來；我感到結果弄得太瑣碎，太粗糙，而且空洞，甚至似乎比我的年紀還輕些。

三

現在祇剩下對於「爲什麼？」「什麼原因？」「有沒有道德？」等等的問題加以答復，——那是我預先應允作答的。

我覺得憂愁的是我會一下子使讀者失望。我一面憂愁，一面又感到快樂。讓大家知道，我的「理想」的目的裏並沒有任何「報復」的情感，並沒有擺倫式的詛咒，孤子的怨訴，私生子的淚等等。一句話，一個浪漫主義的女太太假使看到我的筆記會立刻沉思起來的。我的「理想」的全部目的就是孤獨。

「但是不忙着成爲洛特柴爾德也可以達到孤獨的境界的。洛特柴爾德有什麼關係呢？」

「因爲除去孤獨之外我還需要權勢。」

我要加一段序言：讀者也許會對於我的自白的如此公開深致駭催，坦白地問自己：作者怎麼不會臉紅呢？我的回答是我寫這些話並不是爲了出版；大概在過了十年以後纔會有讀者，在一切已經顯示到那種程度，一切都已過去且能證明用不到去臉紅的時候。所以假使我有時在筆記裏對讀者說話，那不過是一種語調而已。我的讀者是虛幻的人。

不是的，不是私生子的地位，——在圖沙學校裏大家用它那樣逗我的，——不是兒童時代的悽慘的歲月，不是報仇，也不是反抗的權利，成爲我的「理想」的開端，一切的責任全在於我的性格。我覺得，我從十二歲起，那就是從產生正確的意識的時候起，就不愛人了。並不是不愛，但是覺得他們討厭。我有時自己在我的純粹的時間內感到悲痛的是我甚至對親近的人們都不能把一切表示出來，那是說能夠是能夠的，但是我不願意，爲了什麽原因自行忍住；我是不信任的，陰鬱的，不好說話的。我早就看到自己身上有一種特點，幾乎是從小時候就有的，那就是時常責備，時常有責備別人的傾向；但是在這傾向後面時常立刻跟來另一個思想，使我感到痛苦的思想：「不是我自己的錯麽？」我時常無緣無故地責備自己。爲了不去解決這類的問題，我自然尋覓孤獨。再加上我無論怎樣努力，在人們的社會裏都一無所獲，然而我是努力着的；至少所有和我同年的人們，所有我的同學們，他們在思想上全比我低；我不記得有一個例外。

是的，我是陰鬱的，我不斷地把自己關閉住。我時常想離開社會。我也許要給人們做好事，但是時常我不到一點對他們做好事的理由。人們並不好得可以令我如此關注他們。他們爲什麽不直率地，坦白地走上前來，爲什麽一定要我自己鑽到他們那裏去呢？這就是我時常問我自己的話。我是一個正直的人，已做了幾百件糊塗事情，可作證明的。我會立刻用坦白來答覆坦白的人，立刻愛起他來。我就這樣做；但是他們大家立刻欺騙我，帶着訕笑把我堅拒門外。那些人裏最坦白公開的是幼年時打得我最兇的蘭白特；然而連他也祇是公開的小人和强盜；他的公開祇是由於愚蠢而起。這就是我來到彼得堡時候的思想。

我從台爾格曹夫那裏出來的時候，（天曉得爲什麽我會撞到他那裏去，）走到瓦新身旁，用激越的歡欣的心神誇獎他。但是怎樣呢？我就在那天晚上感到我不大愛他了。爲什麽？就因爲我一誇獎他，便在他面前把自己的身份降低了。同時似乎應該相反：一個公平而盼遠的人，推崇別人而甚至降抑自己的，這樣的人在自身的尊嚴方面幾乎超出任何人之上。這我是明白的，但到底不大愛瓦新，甚至很不愛，我故意取了讀者已經知道的例子。甚至帶着悲苦和酸澀的情感回憶起克拉夫特來，為了他親自把我送出門外，這樣一直到了第二天在關於克拉夫特的一切已經完全解釋清楚，不必再生氣的時候。從中學的最低班起，同學裏祇要有人在功課方面，或在尖刻的回答方面，或在體力方面超越過我，——我立即停止跟他來往和說話。我並不是恨他，或希望他倒楣；不過是背轉身去不理他，我的性格就是如此。

是的，我一輩子渴望權勢，權勢和孤獨。我甚至還在年紀那樣小的時候就幻想着它，在那種時候每人都會對我當面發笑，假使弄明白我腦袋裏裝的是什麽。因此我非常愛秘密。是的，我努力幻想，至於無暇談話；人家從這裏判斷我為人孤僻，又從我的心神不屬的樣子上對我作更加惡劣的判斷，然而我的玫瑰色的臉頰證明出相反的情形。

我最幸福的時候是在躺下來，鑽進被窩裏，獨自處於完全孤獨中，四圍無人行走，且無聲音，起始從新創造另一種方式的生活。最瘋狂的幻想力伴着我一直到「理想」的發現為止，那時候一切的幻想由愚蠢而即刻變為合理，由小說的幻想的形式變為現實的推理的形式。

一切都融成一個目的。這些幻想以前就不很愚蠢，雖然有無數的，成千論萬的題目。但是也有是我所心愛的。……然而這裏是不必加以引證的。

權勢！我深信有很多的人會覺得很可笑，假使知道了這種「無價值的傢伙」竟會想取得權勢。但是我還要使他們驚異：在我的最初的幻想裏，那就是幾乎從兒童時代起，我也許一直儘設想自己是立於第一位置上面的，而且永遠如此，在一切生命的轉變上都是如此。我還要補充一個奇怪的自白：也許這情形持續到現在爲止。而且我還要聲明，我不請求饒恕。

我的「理想」和它的力量就在於金錢是甚至會把無價值的人領到第一位上去的唯一的途徑。我也許不是無價值的人，但是我從鏡子裏知道我的外貌會阻礙我，因爲我的臉是普通的。但是假使我富如洛特柴爾德，——誰來理會我的臉子，不是有好幾千美貌的女子，祇要一聲胡哨，就會奔聚到我身上來的麼？我甚至相信她們自己到後來會完全誠懇地認我爲美男子的。我也許十分聰明。但是我有智慧，一遇見社會上還比你有智慧的人，——我就糟了。然而假使我是洛特柴爾德，——那末那位聰明人還能在我身邊發生意義麼？人家不會讓他在我身邊說話的！我也許會說俏皮話；但是我身旁有了塔力藍，皮郎，我就被遮掩住了，不過祇要我成爲洛特柴爾德，——那裏還會有皮郎和塔力藍的地位？金錢自然就是專制的權勢，同時也是最高的不等，它的主要的力量就在這上面。金錢會使一切的不平悉歸於平。這我還在莫斯科就決定了的。

你們自然會在這思想裏看到一些胡鬧，強盜，庸才對於天才的勝利。我同意，這思想是大膽的，（因此是甜蜜的。）但是隨它去罷，隨它去罷：你們以爲我希望權勢，一定是爲了壓迫和復仇麼？因爲凡是庸人一定會這樣做的。不但如此，我相信有好幾千位天才和超特的聰明人，假使忽然把洛特柴爾德的幾百萬壓到他們身上來，立刻會受不住，做出像最庸俗的人那樣的行爲，把人們壓迫得比誰都利害的。我的理想並不如此。我不怕金錢；它不能壓倒我，也不讓它來壓我的。

我不需要金錢，或者不如說，我所需要的不是金錢，甚至不是權勢；我祇需要權勢可以取得，然權勢使無論如何不會取得的一切：那就是孤獨的，安靜的對於力量的感覺。這就是全世界術鬬者的自由的完全定義！自由！我終於寫出這個偉大的名詞……是的，孤獨的，對於力量的感覺是有迷力的，美麗的。我有力量，我很安靜。霹靂握在朱匹忒（Jupiter）手中，但他是很安靜的。時常會聽見他下霹靂麼？傻瓜會覺得他睡着了的。但是假使把一個文學家，或是鄉下傻女人放在朱匹忒的位置上，——雷呀，雷呀是要不完的！

我推想着，祇要我有了權勢，我會完全不需要它。我可以使你們相信，我自己會到處自願居於最後的位置上面。假使我是洛特柴爾德，我會穿了舊大衣，拿着洋傘。街上人家推搡我，我必須跳越過泥漿，為了不被馬車壓倒我，——這有什麼要緊呢？一感到這就是我，洛特柴爾德本人，在那時候甚至會使我高興的。我知道我家裏的飯菜也許為任何人家及不到，我家裏有第一等的廚子。祇要我知道這也就够了。我吃下一塊麵包和一片火腿，我會被我的感覺喂飽的。我甚至現在都這樣想。

不是我想鑽到貴族階級裏去，而是它想鑽到我那裏來，不是我追求女人，而是她們像水似的流來，向我提出女人所能提出的一切。「庸俗的女人們」會跑來弄錢，聰明的女人們卻被對於一個奇特的，驕傲的，城府高深的，把一切看得冷淡的人的好奇心所吸引。我會對這兩種女人全極和藹，也許會給她們錢，但是自己不向她們取什麼。好奇會產生熱情，也許我也會暗示出熱情來的。她們將一無所得而去，這是我可以使你們相信的——不過自然可以得到一點禮物。我對於她們將成為更加有趣的人。

「……有了這個感覺

我非就夠了。」

這樣的是我還在十七歲的時候就被這圖畫（正確的一個圖畫）所迷惑了。

我不願意，也不會侮辱和屈折任何人；但是我知道，假使我想將某一個人，將我的仇敵，沒有人來阻止我，大家會為我效勞，這也就夠了。我甚至不會對任何人報復。我永遠驚異，詹姆司·洛特柴爾德怎麼肯答應做男爵的！為什麼，圖些什麼，既然他比世上的任何人都高？「讓那個傲慢的將軍儘管和我在驛站上等候馬匹的時候好了；我假使他知道我是誰，他會自己跑來套馬，跳過來扶我坐到我的樸素的馬車裏去的！報上登載著，國外有一位伯爵或男爵，在維也納的一個鐵路車站上，當著眾人面前，給當地的一位銀行家穿鞋，而那位銀行家竟庸俗得讓他這樣做。讓那個可怕的美女（確是可怕的，有這類女人的！）——這濶貴闊綽的貴族太太的女兒在輪船上或什麼地方和我偶然相遇時斜眼看著我，翹起鼻子，輕蔑地驚異這個樸素的，卑微的小人兒怎麼敢到頭等位置上來，和她並坐，手裏還拿著一本書和報？但是假使她知道坐在她身旁的是誰！她會知道的，——一知道，就自己坐到我身旁來，那樣的馴服，羞怯，和藹，尋覓我的眼神，為了我的微笑而喜悅……」我故意把這早期的圖畫插進去，以便更明顯地表現我的理想；但是這些圖畫是粗淺的，也許是平庸的。現實會說明白一切的。

有人說，這樣生活下去是很醜的：為什麼不住旅館，不置備闊綽的房屋，不宴請賓客，不造成勢力，不結婚呢？但是那時候洛特柴爾德將成為什麼樣的人呢？他會成為和大家一樣的了。「理想」的全部美好也的全部的道德的力量全將消滅。我還在兒童時就背熟了普希金的「吝嗇的騎士」的獨白；在理想方面難道會有高於這更高的東西！我現在還懷着這個思想。

「但是您的理想太低卑了，」——有人會睥睨地說，——「金錢與財富！公共的利益呢？人道的苦行呢？」

誰知道我將怎樣利用我的財富？好幾百萬的金錢從許多猶太人的，危險的，骯髒的手裏流到一個清醒的，堅定的，禁慾地窺察世界的苦修者的手裏，有什麼不道德，又有什麼低卑呢？總而言之，所有這些對於未來的幻想，所有這些預測，——這一切現在還祇像一篇小說。也許我白白地記載了下來；還是留在腦子裏面的好。我也知道，這些文字也許誰也不會讀的；即使有人讀到，他是否會相信我也許喫不消洛特柴爾德的幾百萬的金錢的？並不是因為金錢所逼迫我，卻是完全另外的意義，完全相反的意義。在我的幻想裏我已經屢次把握住將來的那個時間，那時我的意識會得到十二分的滿足，而權勢還顯得太少。那時，——並不由於厭倦，也不由於無目的的煩惱，——我會將所有我的幾百萬金錢送給人們，讓社會去分配所有我的財富，而我就——我要重新和低微的人們混在一起。也許甚至將變為那個死在輪船上的乞丐，區別就在於我的視線裏不會發現有什麼秘密的東西。祇要有一個我手內有過幾百萬的金錢，而我將它任意拋棄到泥漿裏的一個意識就會在我的曠野裏餵飽我的。我現在還準備這樣思想。是的，我的「理想」就是一座堡壘，我永遠而且在任何情形之下會在這裏面躲藏，避開一切的人們，即使我成為死在輪船上的乞丐！這就是我的史詩！你們要知道，我所需要的就是我的全部的罪惡的意志，——單祇為了向自己證明我有力量去拒絕它。

人家一定要反駁，這是一首詩，幾百萬的金錢假使一到了手，便永遠不會輕易放走，我決不爲變爲薩拉託夫的乞丐。也許我不會放走；我不過是揣量我的腦筋裏的一個理想。但是我要正經地補充：假使我在財富的積蓄上達到了洛特柴爾德所有的數目，結果確乎會把這筆財富捐給社會的。（然而不到洛特柴爾德的數目便難於實行了。）我也不會捐出一半，因爲那時便成爲一種庸俗的舉動；我不過將去一半，別的沒有什麽要捐就完全捐去，連一個大也不剩，因爲成爲乞丐以後，我會忽然比洛特柴爾德富一倍的！假使沒有人明白這意思，那不是我的錯；我不高興加以解釋。

「背修，容隰和無力的詩！」——人們決定會說，——「中庸和無才的勝利。」是的，說老實話，一部分是無才和中庸的勝利，但不見得是無力的勝利。我眞喜歡設想自己是一個無才的，中庸的人，立在世界面前，微笑地說：你們是加利雷伊和哥白尼，大加赫和拿破崙，你們是普希金和莎士比亞，陸軍元帥和軍法官，我不過是庸碌無才的，不合法的人，但到底比你們的地位高，因爲你們自己是服從這個的。老實說，我把這幻想擴展至於蔑視學問的地步。我覺得假使這人甚至是蹣蹤的，無學識的人，將更爲美麗些。這種誇張的幻想當時甚至影響到我在中學七年級的成績。我停止了求學，就由於一種狂信：沒有學問似乎更能增添理想的美。現在我已變更了對於這個節目的信念；學問是不會妨礙的。

諸位，思想的獨立，假使是最小的，難道還會對於你們感覺累重麽？凡是具有美麗的理想的，即使甚至是錯誤的，也是有福的，但是我信仰自己的理想。我不過是敍述得不對，不嫻熟，太淺近。十年以後自然會敍述得好些。且把這保留住，作爲紀念罷。

四

我寫完了「理想。」假使寫得庸俗,淺薄,——那是我寫作技巧的拙劣,並不是「理想」的過失。我已經警告過,普通的理想是最難了解的;現在我要補充的是甚至連敍述也難些,況且我所描寫的還是以前的形式裏的「理想。」對於理想還有相反的法則:那些庸俗的,急進的理想會被了解得特別的迅速,而且一定會被羣衆,一定會被整個街頭所了解的;不但如此,還被認爲十分偉大,而且極有天才,——但祇是在它的發現的那天。便宜的東西是不牢的。迅速的理解不過是被理解的事物的庸俗的表現。伸士麥的理想在一刹那間是成爲偉大的,而伸士麥本身也成爲英雄了。然而這樣的迅速是極可疑的;我要等候伸士麥十年,到那時再看他的理想所剩下的是什麽,那位首相老爺自己還剩下些什麽。我把這段枝枝節節的,與本題無關的話插進去自然不是爲了比喩,卻也是爲了記憶。(作爲對太魯莽的讀者的解釋。)

現在我要講出兩段逸事,爲了完全結束「理想,」且免得它再妨礙故事的進行。

夏天七月間,到彼得堡來的兩個月前,在我已經完全自由的時候,瑪麗亞·伊凡諾夫納請我到脫羅邑慈基區去見一位搬在那裏居住的老處女辦一件事情,——這件事情並不很有趣所以不必詳細提它。我當天回來時,在火車中看見一個容貌醜惡的青年,穿得還不壞,然而不大清潔,臉上雀斑極多,屬於那類骯髒的,皮膚淺黑,頭髮烏黑的人型。他的特點在於每逢站頭,必下車喝伏得卡酒。在旅途快終結的時候,他的身旁組成了一羣極無聊的,快樂的朋友。內中有一個商人,也喝了一點酒,特別讚美這青年人不斷喝酒,而始終清醒着的本領。還有一個青年人在旁聽了很滿意。這人很愿意說很多話，穿德國式的服裝，身上發出極難聞的氣味，——我以後纔知道他是一個聽差。這人甚至和喝酒的青年人發生極親密的交情，火車一停，必請他起身：「現在該去喝伏得卡酒了，」——於是兩人擁抱着走了出去。喝酒的青年人差不多完全不說一句話，但是坐在他身邊和他交談的人越來越多了；他祇是聽大家說話，不斷地訕笑，帶着含吐沫水的嘻嘻哈哈的聲音，且永遠突如其來地不時發出一種像「吐爾——陸——陸」的聲音，用極滑稽的諷刺悲殺的姿勢把手指按在鼻子上面。這使商人，聽差和一切人高興，於是他們隨隨便便地大聲笑了。不明白人們有時笑些什麼。我也走了過去，也不明白，為什麼我也有點喜歡這個青年。也許因為他太明顯地破壞大家公認的，成為公式化的一些儀節，一句話，我沒有把這傻瓜認識得清楚，當時和他交談得十分親近，下火車時他約我在晚上九點鐘左右到脫魏里司基林蔭路上去玩。他原來還是以前的大學生。我到了林蔭路上，他教給我下面的一個花樣：我們兩人在所有的林蔭路上走來走去，等到時間稍晚一點，看見了獨身走路的正經女人，假使四周附近沒有人，便立刻纏到她身上去。我們不和她說一句話，他挨在她這邊，我挨在她那邊，我們好像完全沒有看見她似的，用極安靜的神色起始互相作極不合規則的談話。我們用極穩靜的態度，好像應該似的，老老實實地講論那個問題，講得那樣細膩，把各種齷齪的，難堪的話都解釋了出來，那些話是一個最齷齪的色鬼的最齷齪的想像都想不出來的。（所有這些知識我自然還是在學校裏取得的，甚至在中學以前，但祇是話語，不是行為。）女人很懼怕，想快快地走開，但是我們也加緊了腳步，——繼續我們的談話。那位被犧牲的女人無法可施，她又不能喊：沒有證人，而且訴怨又似乎有點奇怪。

我們在這種游戲裏混了八天工夫；我不明白我怎麼會喜歡這樣做；其實我並不喜歡，不過是隨隨便便地做着。我起初覺得這種舉動十分別致，有點和普通的公式的條件不合；再加上我素來恨女人。我有一次對那個大學生說，廬騷在懺悔錄裏承認他在少年時愛輕輕兒立在角落裏，暴露出普通遮掩住的肢體的那個部分，就這樣等候走近過來的婦女們。大學生用「吐爾——陸——陸」的聲音回答我。我看出他粗鄙得利害，而且對於任何一切都不大露出興趣。沒有一點隱祕的理想能預期在他身上發現的。我所發現的並不是古怪，卻祇是壓倒一切的單調。終於得到了完全出乎意料之外的結果：有一次我們在完全烏黑的地方撞上一個在林陰路上匆遽而且畏葸地走着的女郎，她年紀很輕，也許祇有十六歲，或者還小些，穿得十分乾淨樸素，也許靠自己的勞力生活着，現在做完事情以後回家去，家裏有一個貧窮的守寡的老母，還有一些小孩。然而陷到情感主義裏去也大可不必。女郎聽了一會，匆遽地走路，俯下頭，臉上蒙着面紗，又怕又抖慄，但是忽然停了步，把面紗從很不壞的，卻極瘦削的臉上，（我記得還清楚，）揭了開來，眼睛裏閃耀出一種神采，對我們喊道：

「你們眞是卑汚極了！」

也許當時就會哭出來的，然而發生了另一種情形：她揮起小小的，瘦拐拐的手朝大學生的臉上打了一記耳光，而且打得再靈巧也沒有。簡直就是霹拍的一聲！他罵了出來，想奔過去，但是我攔住他，女郎逃走了。我們留了下來的時候，立刻吵起嘴來。我把我在這些日子裏積蓄着的一切全都表示了出來：我對他說，他不過是一個可憐的，無才能的，尋常的角色，他身上沒有一點理想的痕跡。他罵起我來……（我有一次曾對他講過我的私生子的出身。）我們互相對啐了幾口痰，從此我沒有見到他了。在那天的晚上我很憤激，第二天稍爲有點氣，第三天上完全忘記了。雖然以後有時我還憶起這個女郎，但不過是偶然的，一瞥就過去的。祇是到了彼得堡以後，在兩星期以前，我忽然憶起了整個的這幕活劇，——一憶起來，忽然使我感到慚愧，眼淚簡直就從我的臉頰上流了下來。我自己磨折了整個的晚上，整整的一夜，現在還有點餘痛。我起初不能了解，那時何以會這樣卑劣而且這樣恥辱地陷落下去，主要的是怎麼會忘卻這個事件，不慚愧，不後悔。現在我纔理解到內中的意義應該歸咎於那個「理想。」我可以簡單地，直捷了當地說，一個人腦筋裏有了一點呆板的，永恆的，堅强的，感到極有興趣的東西，他就會自然而然地似乎離開了世界，退往沙漠中去，他身邊所發生的一切會輕滑地從主要的東西旁邊溜走的。甚至所受的印象都會不正確的。主要的是永遠可以找見遁詞。我在這些時候無論怎樣磨折我的母親，無論怎樣羞辱我的妹子：——「唉，我有『理想，』這一切卻全是瑣屑的，」——我當時似乎對自己說。人家侮辱我，侮辱得十分利害，——我很生氣地走了，以後忽然對自己說：「唉，我固然卑劣，但是我到底有我的『理想，』他們不知道這個。」「理想」會在恥辱與猥瑣中安慰我；同時所有我的齷齪的行爲也好像躲藏在「理想」後面；它減輕一切，同時又把一切在我面前遮掩住了；然而對於事物具有如此不淸楚的理解，自然甚至會危害到「理想」的本身，其餘更不必說了。

現在是第二段逸事。瑪麗亞·伊凡諾夫納在去年四月一日過命名日。晚上來了幾個賓客，並不很多。阿格拉費納忽然喘着氣走進來宣布在廚房前的外間裏有一個被遺棄的嬰孩在那裏啼哭，她不知怎樣處置。這新聞使大家感到驚奇大家走出去看見一隻菩提樹皮製成的小箱，小箱內有一個三星期或四星期的嬰孩啼哭着。我提起那隻箱子，放到廚房裏，立刻發現了一張摺疊好的紙條：「親愛的恩人，請你們幫助這已受過洗禮的小女孩阿利納，我們和她將永遠替你們向上帝的寶座寄送我們的淚水，同時恭敬你們的命名的佳日。你們不相識的人們白。」尼古拉·謝家諾維奇是素來受我尊敬的，這一次卻使我感到憤怒：他做出了極嚴肅的臉色，決定立刻將小女孩送到育嬰堂去。我覺得很悲痛。他們的生活過得十分儉樸，沒有兒女，爲了這，尼古拉·謝家諾維奇永遠覺得快樂。我謹慎地把阿利納從小箱內掏出舉到肩上。小箱裏發出許久沒有洗過的乳孩常有的一種衝鼻的酸味。我和尼古拉·謝家諾維奇爭論了幾句以後，忽然對他宣布我願意把這女小孩收留下來，歸我贍養。尼古拉·謝家諾維奇雖然具有柔和的性格，卻起始帶着一點嚴厲的態度表示反對，後來雖然用玩笑的話加以結束，但是把嬰孩送到育嬰堂去的意思仍舊沒有改變。不過事情倒依照我的意思做了：在同院裏另一所邊屋內住着一個很窮的木匠。這人年紀已老，還愛喝酒。他的妻子卻還不很老，而且十分強健。他們結婚後，始終沒有生育子女，在八年以後纔生下了唯一的小孩，也是女孩，而且出於奇怪的幸運，也名叫阿利納，但是不久以前死去了。我說「幸運，」因爲我們在廚房內爭論時，這女人一聽到這件事情便跑來張望，曉得她也叫阿利納，十分感動。她還有奶水，她打開乳頭，給嬰孩喫奶。我纏上她，求她把嬰孩抱回家去，還說我可以每月給他錢。她怕丈夫會生氣，祇答應收留一夜。第二天早晨丈夫肯了，還講好每月給他八盧布。我立刻把第一個月的錢預付給他；他立刻把它喝酒喝掉了。尼古拉·謝蒙諾維奇還是很奇怪地微笑着答應替我對木匠擔保，每月八盧布將由我如數交付，決不拖欠。我爲了使尼古拉・謝蒙諾維奇安心起見，想把我的六十盧布交給他保存，但是他沒有收：不過他既然知道我有錢，也就很相信我。我們兩人一時的爭吵被這次互相的體諒解平了。瑪麗亞・伊凡諾夫納一句話沒有說，但是奇怪我怎麼會生出這種照顧小孩的心來。我特別珍重他們那種有禮貌的樣子，因爲他們兩人並不露出一點取笑我的神氣，反而把這事情看得十分正經，像照例應該有的一般。我每天跑到達里亞・羅奇伏諾夫納那裏去，每天去三次，過了一星期還當面交給她三個盧布，偷偷兒背着她的丈夫。我又化了三盧布置備了小被服和尿布之類。但是過了十天以後阿利納突然病了。我立刻請醫生診視，他開了什麼藥，我們忙亂了一夜，用難喫的藥水磨折這嬰孩，第二天上他宣布說已經遲了。對於我的哀求，——大概還附帶着責備，——他用正直的推託的口氣說道：「我不是上帝。」這小女孩的舌頭，嘴唇和整個嘴上面蓋了一層細碎的白疹。她到晚上便死了，一雙大黑眼一直盯看着我，彷彿已經明白什麼似的。我不明白我當時何以沒有想到給這死孩拍一個照。但是不知道人家會不會相信，我不但哭泣，簡直出聲號叫了一晚，這是以前永遠不會做的。瑪麗亞・伊凡諾夫納不得不跑來安慰我，——而且無論她或他的方面，全做出完全沒有訕笑的樣子。木匠釘了一口小棺材；瑪麗亞・伊凡諾夫納把布做成褶疊的樣式包在棺材的四圍，還放了一個美麗的小枕，我買了鮮花，撒在嬰孩身上；於是就把我的可憐的嬰孩送出去了。你們相信不相信，我至今還沒有忘懷這嬰孩。過了一些時候，這件突如其來的事情甚至引起了我的凝想來了。自然，阿利納並沒有化去我多少錢，連棺材，殯葬，醫生，鮮花，還有給付達里亞・羅奇伏諾夫納等費一概在內，一共用去了三十盧布，這筆錢在我動身到彼得堡去的時候，就在魏爾西洛夫寄給我作旅費的四十盧布內，還由於臨走時出賣一些小東西而全都得到補償了。因此我的整個「資本」並沒有動用一點。「但是，」——我心想，——「假使我做向旁溜走小路，那是走不遠的。」從大學生的那段故事裏可以判斷出，「理想」會把你的印象弄得模糊不淸，把你從現實的環境中扯開。從阿利納的那段故事裏卻發生了相反的情形，那就是任何的「理想」都無力把我（至少是把我）吸引得使我不會忽然在某一個壓倒的事實面前止步，且不爲它而一下將用多年的勞力爲理想而做的一切全行犧牲。兩個結論多少全是正確的。

第六章

一

我的希望並未完全應驗：我沒有遇到祇有她們兩人在家；雖然魏爾西洛夫不在那裏，但是母親身邊正坐着達姬央納・伯夫洛夫納，——到底是外人。我的寬容的心情有一半一下子跳躍出去了。奇怪的是我在這類情形底下是會很快地轉變的；一粒砂子或一根頭髮便足以把好的一切驅散，而代以壞的一切。使我遺憾的是我的惡劣的印象是不會很快地被驅散的，雖然我並不記仇。我走進去的時候，我瞥見母親立刻匆遽地把她和達姬央納・伯夫洛夫納間好像很熱鬧的談話打斷了。妹子祇在我到家前一分鐘纔放了工回來，還沒有從她的小屋內走出來。

這寓所一共有三間。大家平常起坐的那間屋子，中間的屋子，或者客廳，是十分廣闊而且差不多是體面的。裏面有柔軟的紅沙發，不過是磨得很舊的（魏爾西洛夫不喜歡椅套），還有一些地毯，幾張桌子和無用的小几。右面是魏爾西洛夫的屋子，緊擠而且狹窄，有一個窗；裏面放着一張可憐的書桌，上面橫躺着幾本不常用的書籍和被遺忘的紙張，桌前有一隻也很可憐的軟椅，彈簧業已折斷，它的尖角向上面高高地聳起，魏爾西洛夫時常爲了它發出呻吟，咒罵了出來。他就在這書齋裏，一隻柔軟而已破損的長沙發上鋪了被褥睡覺。他很恨這書齋，似乎沒有在裏面做過什麼事，寧願在客廳內閒暇地坐上整整的幾小時。客廳的左面有同樣的一間小屋：母親和妹子在裏面睡覺。從客廳裏去必須經過一個小走廊，走廊的盡頭便是廚房，裏面住着廚婦羅開里亞。她做菜弄飯的時候，燒焦的油味毫不容情地瀰漫整個的寓所。有的時候，魏爾西洛夫爲了這廚房的臭味大聲地詛咒自己的生活和運命，對於這一層我十分同情他；我也很討厭這種氣味，雖然它並不鑽到我那裏去：我住在上面屋頂底下的小屋內，順着極斜峻而且亂響的小扶梯走上去。我那裏有些顯著的是半圓的窗，極低矮的天花板；還有一隻漆布長沙發，到了夜裏，羅開里亞在這上面給我鋪上被褥，還放好一個枕頭。其餘的傢具祇有兩件：一隻極普通的，鉛板製成的桌子和有窟洞的木製的椅子。

然而我們那裏總還保存一點以前的舒適的痕跡；例如客廳裏還有一隻很不壞的磁燈，牆上掛着一張佳美的大木刻畫，德勒斯登的聖母像，對面牆上懸掛一巨幅貴重的攝影，佛羅稜薩大教堂的銅門。這房屋的角落裏掛着一隻大神龕，裏面有古舊的家傳的神像，在一個神像上（諸聖）有極大的，鍍金的，銀質的像飾，——就是打算把它典押出去的那個，在另一個神像上（聖母像）有天鵝絨的，綴着珍珠的像飾。神像前面掛着一盞油燈，每逢過節的時候便點燃上了。魏爾西洛夫顯然對於神像十分冷淡，那是指着那些神像的意義而言的。他看見了鍍金的像飾上反映出的油燈光，有時不過皺了皺眉頭，顯然勉強忍住自己，微微地抱怨，這份妨礙他的眼光，但是到底不阻止母親點燈。

我平常總是默默地，陰鬱地走進去，眼睛向一個角落裏看望。走進去時有時竟不和人招呼。回來的時候永遠比這次早，飯給我送到樓上。現在我走進去的時候，忽然說：「您好呀，媽媽，」這是以前從來不肯幹的，雖然由於羞慚到底不能在這一次強迫自己看她。我在屋子的對面角落裏坐了下來，我很累乏，但是並不想休息。

「這個沒有學問的人還是那樣像野人似的走進來，和以前一樣，」——達姬央納·伯夫洛夫納對我嘮叨起來她以前也慣說些罵人的話，這在我和她之間已成爲習慣了。

「您好呀……」——母親回答，由於我向她問候，似乎立刻顯得慌亂了。

「飯菜早就預備好了，」——她補充地說，幾乎露出慚愧的樣子，——「湯就怕有點冷了，肉丸我立刻叫人送去……」她就要匆遽地立起身來，到廚房裏去。也許在這整整的一個月內，我初次突然感到慚愧，爲了她這般匆遽地跳起來，爲我服務，因爲到現在爲止，這原是我自己要求她做的。

「謝謝，媽媽，我已經喫過飯了。假使我不妨礙你們，我想在這裏休息一下。」

「唉……那有什麽？……那爲什麽？您坐罷……」

「您不要擔心，媽媽，我再也不會對安得烈·彼得洛維奇說粗暴的話，」——我一下子喊了出來。……

「哎喲，天呀，這在他的一方面眞是寬容呀！」——達姬央納·伯夫洛夫納喊。——「隆納，親愛的，難道你還稱他爲『您』麽？他究竟是什麽人，要對他這樣尊敬，而且還從他嫡親的母親嘴裏發出來的！你瞧，你在他面前竟弄得這樣侷促不安，眞是可恥！」

「我自己也會覺得愉快，假使媽媽，您稱呼我『你』呢。」

「唉……好的，好的，我會的，我會的，」——母親忙亂起來，——「我……我不是永遠如此的……從此以後我會知道的。」

她滿臉都紅了。她的臉根本是異常動人的……她的臉顯得坦白，但並不平凡，有點慘白，失血。她的臉頰很瘦，甚至陷了進去額上起始劇烈地簇擁起皺紋，但在眼旁還沒有皺紋，一雙極大的，張開的眼睛永遠發出輕微的，安靜的光芒，從第一天起就吸引着我。我還愛她的臉上沒有一點憂愁或被壓迫的樣子；相反的，她的臉貌甚至是快樂的，假使她不這樣時常驚慌，有時完全空自擔驚，完全爲了不相干的事情從座位上跳起來，或者驚慌地傾聽着某一人的新的談話，必須在相信一切仍舊安排得很好的時候纔安定下來。她的意思是說，既然「一切仍舊，」那末一切都好。祇要沒有變動，祇要沒有發生新的事情，即使甚至是幸福的事情也不要發生！……可以料到她在兒童時代是受過驚嚇的。除她的眼睛以外，我還喜歡她那付長而橢圓的臉龐，假使她的顴骨稍爲狹窄一點點，不但在青年時代，甚至現在她也會被人家稱爲美女的。現在她還不到三十九歲，但是在深栗色的頭髮裏已經鑽出許多斑痕來了。

達姬央納·伯夫洛夫納十分憤激地看着她。

「對這個肥胖孩子麼？在他面前抖索麼？你太可笑了，騷菲亞。你使我生氣，眞是的！」

「唉，達姬央納·伯夫洛夫納，您現在何必跟他這樣呢？您也許是鬧玩笑麼？」——母親說，在達姬央納·伯夫洛夫納的臉上看見了一點類乎微笑的東西。達姬央納·伯夫洛夫納的嚴有時眞不能看得正經，不過她自然祇是對母親微笑，（假使她眞是微笑過的，）因爲她很愛她的善心，而且無疑地看出她當時爲了我的馴順的態度而感到幸福。

「達娜央納·伯夫洛夫納，我自然不會不感到，那是您自己攻擊人家，而且就在我剛走進來說了以前從來沒有說過的那句：『您好呀，媽媽，』的時候，」——我終於認爲必須對她表示。

「你聽！」——她立刻發起火來。——「他竟把這當作功勞呢！必須在你面前跪下來，求你一輩子表示一次禮貌麼？而且這是不是禮貌呢？你走進來的時候，爲什麼朝角落裏瞧望？難道我不知道你在她面前那樣作威作福麼？你大可以對我說一句問候的話，我給你換過尿布，我是你的教母。」

「露薩，我今天看見瓦新，他向我問起你來着。你認識他麼？」

「是的，去年在維加，」——她很自然地回答，坐在旁邊，和藹地看我。我不知道爲什麼，我覺得我對她一講起瓦新的時候，她會臉紅起來的。妹子是鮮豔的黃髮的女郎，在頭髮方面完全不像母親，也不像父親；但是眼睛和橢圓的臉差不多和母親一樣。鼻子很直，不很大，但還正確，還有一個特點，——那就是臉上的細雀斑，是母親完全沒有的。魏爾西洛夫型很不多，無非是身段柔細，身材不矮，而且步伐裏有一種優美點。她和我一點也不相像，——完全相反的兩極。

「我認識他們三個月了，」——露薩補充着說。

「你說『他們』是指着瓦新麼，露薩？(註) 應該說『他』而不應該說『他們』。對不住，妹妹，我現在

(註)俄國農民或下等階級稱比較高一等的階級中人爲「他們，」而不稱「他，」即使所指的僅祇是一個人。——譯者。

這樣給你更正，但是你的教育大概完全被忽略了，這是我覺得痛苦的。」

「你在母親面前說這種話是極卑劣的，」——達姬央納·伯夫洛夫納簡直臉紅了。——「你瞎說，一點也沒有忽略。」

「我一點也沒有說關涉到母親的話，」——我厲聲地抗議，——「您知道，媽媽，我把麗薩看作第二個您；您發成她那種和您自己一樣的優美和善良的性格，您現在，直到現在爲止是這樣的，而將來也永遠是這樣的……我祇講外表的光澤，所有那些交際社會的愚蠢玩意，不過是必要的愚蠢玩意。我所恨的就是魏爾西洛夫聽見你稱瓦新『他們』而不稱『他』的時候，一定不會給你更正，——他是高傲而且對我們冷淡到這樣還是我十分生氣的地方！」

「你自己是隻小狗熊，還要教人家說話光鮮。以後不許你在母親面前說：『魏爾西洛夫，』也不許在我面前說，——我聽不慣！」——達姬央納·伯夫洛夫納的眼睛閃耀了。

「媽媽，我今天領到了薪水，五十盧布，請您收下罷，這裏就是！」

我走過去，遞給她錢；她立刻驚慌起來了。

「我不知道怎麼可以收呢！」——她說，似乎怕觸到銀錢。我沒有明白。

「得了罷，媽媽。假使你們兩人認我是兒子和哥哥，那末……」

「我眞是對不住你，阿爾卡其；我有點話要對你說，就是怕你……」

她用畏葸的諂媚的微笑說出這句話；我還沒有明白，打插道：

「順便說，媽媽，您知道不知道，今天法院裏安得烈・彼得洛維奇和聶可里司基家的訟案就要判決麽？」

「哎喲，知道的！」——她喊，駭怕得用兩手叉在自己胸前，（這是她常做的姿勢。）

「今天麽？」——達娘央納・伯夫洛夫納全身抖索起來。——「這是不會有的，他會說的。他對你說了麽？」——她轉向母親問。

「今天沒有說，並沒有說。我在這一個禮拜內眞是害怕。那怕輸官司也好，我可以禱告一下，那末事情也就完結了，老是這樣牽腸挂肚，眞是要命。」

「他連對您都沒有說麽？媽媽！」——我喊。——「這是什麽人呀！這是他冷淡和傲慢的一個證據！我剛纔不是說過了麽？」

「判決什麽？究竟判決什麽？誰對你說的？」——達娘央納・伯夫洛夫納搶過來說。——「你說呀！」

「他自己來了！他也許會說的，」——我聽見他在走廊裏的脚步聲，便宣布出來，連忙坐在麗莎身旁。

「哥哥，看上帝份上，別跟媽媽過不去，對待安得烈・彼得洛維奇耐心一點罷……」——妹子對我微語。

「我會的，我會的，我就爲了這個纔回來的，」——我握她的手。

二

他很愉快地走了進來，愉快得認為無須隱瞞自己的心情。一般地說，他近來已慣於在我們面前毫不客氣地露出自己的狐狸尾巴來，不僅在壞的脾氣方面甚至在可笑的方面，這是每人都懼怕的；他同時充分感覺出，我們會明白到最後的一根筋的。據達娘央納·伯夫洛夫納的說法，在最近一年內他在服裝方面已經馬虎得多了；他永遠是穿得很體面的，但是近來穿的是舊衣服，而且並不漂亮。誠然，他準備把一件內衣連穿兩天，這甚至使母親都大起憤慨。她們認為這是他的一種犧牲，這一羣忠實的婦女簡直把這看作是他的苦行。他永遠戴寬緣黑色的軟帽；他在門外脫帽的時候，整整的一束濃厚的，但已漸次白色的頭髮簡直在他的頭上跳躍起來了。我愛看他脫帽時的頭髮。

「你們好呀；大家都聚在一塊兒；連他也在內麼？」——在外間裏就聽出他的聲音。——「大概在罵我罷？」

他的心情愉快的一個表示那就是在他起始對我說俏皮話的時候。我自然沒有回答。羅開里亞拿了一大包東西走進來，放在桌上。

「勝訴了，達娘央納·伯夫洛夫納。法院裏打贏了，上訴是公爵們不敢的。運氣轉了過來！立刻借到了一千盧布。麗薩，你把工作放下來，不要累壞眼睛。麗薩你做完工纔回來麼？」

「是的，爸爸，」——麗薩用和藹的神色回答；她喚他父親，我是無論如何不願意屈服的。

「你累了麼？」

「累了。」

「你把工作辭掉了罷，明天不要去，完全拋棄了罷。」

「爸爸，這樣我會覺得更壞的。」

「我求你……我最不喜歡女人出去做事，達姬央納·伯夫洛夫納。」

「怎麼可以不做事呢？怎麼能叫女人不做事呢？……」

「我知道，我知道，這一切很好，很對，我預先同意。但是我主要的是指着手工。在我的方面，這也許是兒童時代一個病態的，或者不如說是不正確的印象。在我五六歲的兒童的模糊的記憶裏時常憶起，——自然帶着嫌惡——在一隻圓桌旁邊，一羣聰明的女人嚴厲和有威稜的女人，剪刀，材料，花樣和時裝雜誌。大家討論，辯駁，鄭重而且遲慢地搖頭，比量，盤算，準備裁剪。所有這些和藹的臉龐本來全是愛我的，——竟忽然變得威嚴不可侵犯了。祇要我淘一下氣，立刻把我領出去了。連我的可憐的保姆，甚至都會一面用手扶住我，不理我的呼喊和拉扯，一面張大着眼睛瞧望，還傾聽着，像聽天上的鳥鳴，就是這些聰明的臉龐在開始裁剪前那付嚴肅和鄭重的樣子，——是我不知爲什麼緣故，甚至現在想像起來都感到痛苦的。達姬央納·伯夫洛夫納，您很愛裁剪衣裳，——無論這是如何的高貴，但我總歸愛完全不做工的女人。你不要把這話認到自己頭上去，騷狄亞！……你何必這樣呢！女人不如此也已成爲一種偉大的權力。不過你也知道的，騷納。但是您見如何，阿爾卡北·瑪加爾維奇，您一定要反對麼？」

「不，沒有什麼，」——我回答，——「那句女人是偉大的權力的話特別好，雖然我不明白爲什麼您把這和工作聯在一起？人沒有錢，便不能不工作，——那是您知道的。」

「但是現在够了，」——他對母親說。她的臉上當時露出笑容來了。（在他對我說話的時候她竟抖索了一下。）——「至少在這幾天裏不要讓我看見你們做手工，我求你們爲了我這樣做。阿爾非，你是現代的青年，一定有點像社會主義者。你相信不相信，永遠是勞工中間的人最愛閒暇！」

「也許是休息，並不是閒暇。」

「不是的，就是閒暇，完全什麼事也不做。這裏面是含着理想的！我認識一個永久的勞動者，雖然他並不是農人出身。他具有充分發達的腦筋，能作綜合的思索。他一輩子，也許每天，用深摯的感情幻想着完全閒暇的生活，想把理想弄得那樣的絕對，——使幻想與閒暇的沈思弄到無限的獨立和永恆的自由的地步。他一直就是這樣，到了完全在工作上損毀了自己的身體爲止；無從加以修理，他就死在醫院裏了。我有時準備正經地判斷，關於勞動的愉快的話是那些善良的，閒暇的人們虛構出來的。這是上世紀末端『日內瓦的理想』之一。達姬央納·伯夫洛夫納，前天我從報上裁下一段廣告，就在這裏（他從馬甲袋裏掏出一張小紙）——這是那類數不清的『大學生們』所登的廣告，他們熟諳古典文字和數學，準備到外城去，準備往到閣樓上去，還準備到各處去。你們聽着：『某女教師願爲人補課，保可考入任何學校（你們聽着，居然是任何學校，）兼授數學』——祇有一行字，不過那行字倒是極古典的！補課考入任何學校，——那是自然的，但是不是也補數學課？不，數學是特別的。這簡直就是飢餓，這簡直是挨窮到了最後的階段。那種外行樣子眞是令人十分感動：顯然她從來沒有當過女教師，也不見得能夠教什麼功課。但是她已經到了快要投水的程度，卻還要化去最後的一個盧布去登報，說她會爲人補課考進任何學校裏去，外加教授數學。」

「安得烈·彼得洛維奇，應該幫她的忙！她住在哪裏？」——達姬央納·伯夫洛夫納喊。

「這類人很多呢！」——他把地址塞進口袋裏去了。——「在這紙包裏全是禮物，——給你的，麗薩，還給您的，達姬央納·伯夫洛夫納。隱莪亞和我不愛吃甜的。也是給你的，青年人。我親自上葉里賽夫和巴棠去買來的。我們已經『挨了許多時候的餓，』像羅閑里亞所說的。（其實我們這裏誰也沒有挨過餓。）這裏有葡萄，糖果，生梨，葡漿蛋糕，甚至還買了上好的蜜酒；也買了胡桃。有趣的是我從小孩時代到現在，老是愛吃胡桃，而且愛吃最普通的一種胡桃。麗薩像我；她也像松鼠似的，愛吃胡桃一類的東西。達姬央納·伯夫洛夫納，在許多兒童時代的回憶中間，有時偶然設想自己在樹林裏灌木底下，採拾胡桃的光景，眞是最美妙不過的事情……日子已到了秋天，氣候十分晴朗，有時空氣十分清爽，你躲在無人處溜進樹林裏，四處全是樹葉的香味……我看出您的眼睛裏有點同情的樣子，不是麼？」

「我的兒童時代的最初幾年也在鄉村裏度過的。」

「怎麼？你好像一直住在莫斯科……假使我沒有弄錯。」

「他那時候是住在莫斯科安特洛尼闊夫的家裏，就是在我們到莫斯科去的那個時候。在這以前他住在鄉下，您的去世的嬸娘瓦爾瓦拉·司鐵潘諾夫納那裏，」——達姬央納·伯夫洛夫納指着我接上去說。

「隱莪亞，這裏是錢，你把它放好了。過兩天還答應借給我五千。」

「這末說來，公爵們一點希望也沒有了麼？」——達姬央納・伯夫洛夫納問。

「一點沒有希望，達姬央納・伯夫洛夫納。」

「我永遠同情您，安得烈・彼得洛維奇，還同情你們一家人，可以說是你們的家庭的密友。雖然公爵們和我十分陌生，不過我總覺得他們是很可憐的。你不要生氣呀，安得烈・彼得洛維奇。」

「我不打算和他們分產，達姬央納・伯夫洛夫納。」

「您自然知道我的意思，安得烈・彼得洛維奇。假使您最初就提議和他們均分，他們會停止訴訟的；自然現在已經晚了。不過我是不會判斷的……我說這話，因為死者大概不致於會在遺囑裏遺漏他們的。」

「不但不會遺漏，一定全會遺給他們，而祇把我一個人遺漏掉，假使他會辦事，把遺囑寫得像個樣子。但是現在法律立在我的後面，也就完了。我不能，而且不願意和他們平分，達姬央納・伯夫洛夫納，事情也就了結了。」

他甚至帶着兇惡的神氣說出這一套話來，這是十分少見的事。達姬央納・伯夫洛夫納不響了。母親好像不勝憂愁地垂下眼皮：魏爾西洛夫知道她贊成達姬央納・伯夫洛夫納的意見。

「這裏加着埃姆司的一記耳光！」——我自己思想着。「克拉夫特送給我，並放在我袋內的那個文件，假使落到他的手裏，會有一個悲慘的命運。」我忽然感到，這一切還落在我的肩膀上；而這個念頭，還加上其餘的一切，自然對我發生了苦惱的影響。

「阿爾卡其，我希望你穿得好一點。你現在穿得還不壞，不過爲了將來起見，我可以給你介紹一個好法國裁縫，這人良心很好，做出的東西是極有趣味的。」

「我請您永遠不要對我作這類的提議，」——我忽然狠怒起來。

「怎麼回事呢？」

「我自然不認爲這是一種侮辱，但是我們中間並不那樣投合，甚至弄得意見不合，因爲我過幾天，或是明天，就不到公爵家去，我看不出在那裏有什麼事情可做。」

「祇要你天天去，和他坐在一塊，——那就是你的職務！」

「這樣的念頭是極卑劣的。」

「我不明白；但是假使你覺得不好意思，就不必問他要錢，儘管每天去。你會使他生氣的；你應該相信，他已經離不開你了。……但是隨你的便罷……」

「您說不要問他要錢，但是出於您所賜的恩惠，我今天已經做出了卑劣的行爲：您並沒有預先警告我，我今天已經向他要了一個月的薪水。」

「你居然已經轉念頭了；說實話，我心想你不會向他要錢。你們這班人現在眞是機靈透了！現在是沒有靑年人的了，達姬央納·伯夫洛夫納。」

他很生氣；我也十分惱恨。

「我必須和您解決一下……那是您迫使我的，——我現在不知道怎麼辦纔好。」

「聽我說，你立刻把六十盧布還給阿爾卡其；你不要為了我和你這樣匆忙地算賬生氣呀。我從你的臉上猜到，你的腦筋裏現在有一個什麼計劃，你需要……一筆流動資本……或是這一類的東西。」

「我不知道我的臉表示出什麼，但是我怎麼也料不到母親會把這筆錢告訴給您聽的，我當時求她不要說出來，」——我望着母親，眼睛閃耀起來。我不能形容，我是如何的氣惱。

「阿爾卡其，寶貝，對不住，看上帝的份上，我不能不說……」

「你不必為了她向我洩露你的祕密着惱，」——他對我說，——「她是好意，——一個母親總有想誇耀一下她的兒子的情感的。她不說，我也猜到你是資本家。你的一切祕密就在你的誠實的臉上寫明。他有他『自己的理想，』達姬央納·伯夫洛夫納，我對您說過的。」

「我的臉誠實不誠實且不要管，」——我繼續露出強項的態度。——「我知道您時常看得很透徹，——雖然在別些事情上看不到鼻子以外，——因此我對於您那種洞察世故的本領非常的感到驚異。是的，我有『自己的理想。』您所表示的一切自然是偶然的，但是我不怕說老實話：我是有『理想』的，我不怕，也不感到慚愧。」

「最要緊的是不要慚愧。」

「但是我永遠不會向您洩露的。」

「你竟不肯向我洩露。這大可不必，我的朋友，我知道你的理想的實在情形。總而言之，這是：

『我將隱遁沙原中。』」

達姬央納・伯夫洛夫納！我覺得，他想……成爲洛特柴爾德，或者是這類的人。他想向自我的偉大中逃遁。自然，他會寬宏大量地給你我兩人定下一份津貼，——而也許不會給我定的，——但是無論如何祇有我們看見他。他好像初月一樣，——剛剛露出來，就下降了。」

我在內心裏抖慄了一下。自然這一切是出於偶然的；他雖然提起了洛特柴爾德的名字，但一點也不知道，而且說得完全不是那末會事。然而他怎麼會對於我的情感下這樣正確的定義呢？他怎麼會猜出我要和他們脫離關係，獨自退隱呢？他竟猜到了一切，因此想先下手，用卑劣的話語沾污本質的悲劇性。他心裏的那份惱恨是無從置辯的。

「媽媽！請您饒恕我這樣大的火氣，尤其因爲躲避安得烈・彼得洛維奇是事實上不可能的，」——我虛僞地發笑了，努力想一下子使一切變爲玩笑。

「最好的就是你的發笑。要知道，每個人用了這個，是甚至可以在外貌上取勝的。我說的是極正經的話。達姬央納・伯夫洛夫納，他永遠露出那種神色，好像他的腦筋裏有些很重要的東西，他甚至爲了這種事實自己感到慚愧。」

「我正正經經地請您謙虛一點，安得烈・彼得洛維奇。」

「你是對的，我的朋友；但是必須一勞永逸地說個清楚，免得以後再觸到這個問題。你從莫斯科到這裏來，是想立刻樹起反抗的旗幟來的，——這就是我們所知道的你的來意。至於說到你跑來，還是爲了想用什麼手段使我們驚異，——我自然不來提它。你在整整的一個月內，儘對我們嘶叫，同時你顯然是聰明人，既具有這般的性格，大可以把嘶叫交給那些無從對人報仇的脆弱性格的人們。你自己永遠把自己關閉住，其實你的誠實的態度和紅潤的臉頰已可直接證明，你大可用完全的天眞向大家正視。他是一個憂鬱病者，達姬央納·伯夫洛夫納，我不明白他們大家現在為什麼全成為憂鬱病者了。」

「假使您連我在那裏生長都不知道，——您怎麼會知道人為什麼會成為憂鬱病者呢？」

「呵，這個謎兒我猜着了：你是因為我會忘記你在那裏生長而生氣呢。」

「並不是的，您不要把愚蠢的角色加在我身上。媽媽，安得烈·彼得洛維奇剛纔誇奬我，因為我發笑了。讓我們就來笑一笑，——何必這樣坐着呢，要不要我來講關於我自己的笑話？況且安得烈·彼得洛維奇完全不知道我的冒險的生活。」

我的心裏沸騰着。我知道以後我們永遠不會一塊兒同坐着，我一離開家庭，便永不再進來，——因此在這前夜，我眞是忍不住了。他自己引我到這種結局上去的。

「這自然是極有趣的，假使果眞有很可笑的地方，」——他用銳利的眼神向我窺覷，——「你在你生長的地方有點弄得粗野了，但是你到底還懂得禮貌。他今天很可愛，達姬央納·伯夫洛夫納，你把這包東西解了開來，那眞是好極了。」

但是達姬央納·伯夫洛夫納皺緊了眉毛；她甚至不回頭去聽他的說話，繼續解開紙包，把樹果等物放在端送上來的碟子裏。母親也完全驚疑地坐在那裏，自然明白，而且預感到我們中間發生了不對勁的情形。妹子又推動我的手肘一下。

三

「我不過打算對你們講，」——我用極瀟灑的神色起始說，——「一個父親初次和他的可愛的兒子相見的情形；這事就發生在『你生長的那個地方』……」

「我的朋友，這不會覺得……沉悶麼？你知道：tous les genres ……」（所有的人們……）

「您不必皺眉，安得烈．彼得洛維奇。我的用意並不是您所想的那樣。我要大家都發笑。」

「上帝會聽見你的，我的親愛的。我知道你愛我們大家……並不打算掃我們大家在今天晚上的興緻，」——他好像裝出來似的，不經意地喃語着。

「您是從臉上猜到我愛您的麼？」

「一部分是從臉上猜到的。」

「我早就從達姬央納．伯夫洛夫納的臉上猜到她是愛我的。您不要這樣兒狠地望我，達姬央納．伯夫洛夫納，我們還是笑一笑罷！最好還是笑一笑！」

她忽然匆遽地轉身向我，銳利地向我看望了半分鐘：

「你留神呀！」——她用手指向我威嚇，做得那樣正經，似乎和我的愚蠢的玩笑並不相關，卻是對於另一件什麼事情的警告：「你不是已經想起始麼？」……

「安得烈．彼得洛維奇，您難道不記得我和您初次相見的情形麼？」

「我眞是忘記了，我的朋友，我從全心裏覺得對你不起。我祇記得這似乎是很久的事情，發生在一個什麽地方……」

「媽媽，您記得不記得，您是否到我生長着的鄉村裏去過，大概在我六歲或七歲以前，主要的，您曾經到過這鄉村裏去沒有？或者這不過是一個夢境，是我在夢中看見您初次在哪裏見到我？我早就打算問您，卻老是延擱下去現在時候到了。」

「自然喽，阿爾卡其，自然喽！是的，我在瓦爾瓦拉·司鐵潘諾夫納家裏做了三次客；第一次你纔一歲，第二次你四歲，以後在你過了六歲的那年上。」

「我在一個月裏儘想問您這句話。」

母親被回憶忽然地襲擊得臉紅，帶着情感問我道：

「阿爾卡其，難道你還會記得我到那裏去的情形麽？」

「我一點也不記得，也不知道，不過您的臉上有些一點子遺留在我心中的什麽，此外還留下一個知覺，就是您是我的母親。我現在像在夢中看見着這個鄉村，我甚至忘記了我的奶媽。我祇記得這個瓦爾瓦拉·司鐵潘諾夫納一點點，也祇是因爲她患牙痛，臉上永遠被包紮着布的緣故。我還記得房屋旁邊有些大樹，大概是菩提樹，有時在敞開的窗上有明亮的月光，開滿了鮮花的小園，小徑，至於媽媽，您呢，我祇在一剎那間記得很清楚，那就在有一次在當地的教堂內行聖餐禮，您把我舉起來接受聖餐，吻聖杯的時候；那天是夏天，鴿子從圓頂那裏飛過，從這窗飛到那窗。……

「天呀!這眞是這樣的,」——母親揮着手。——「那隻鴿子我也記得的。你在聖杯前而搖晃着身體,喊道:『鴿子,鴿子!』」

「您的臉,或者臉上的神色深深地留在我的記憶裏,所以過了五年後,在莫斯科,我立刻認識您,雖然當時並沒有人對我說您是我的母親。等到我和安得烈·彼得洛維奇初次相見的時候,纔把我從安特洛尼闊夫家裏帶走。在這以前,我在他家裏靜謐而且快樂地一連住了五年。他那所像官舍似的寓所我記得很詳細,還記得所有那些女太太和姑娘們,——現在他們全都老了,——記得一所住滿了人的房屋,和安特洛尼闊夫自己。他親自把糧食,家禽,梭魚,小豬用蔗包裝着從城內運來,喫飯時代替他的那位一直擺出驕傲樣子的夫人給我們盛湯,我們整桌的人全都笑這件事情,他首先笑。那邊的小姐們教我念法文,但是我最愛克萊洛夫的諺詩,背熟了許多首,每天向安特洛尼闊夫朗誦一首,一直走進他的小書齋裏去,不管他有事沒有事。就爲了這諺詩我和您認識了,安得烈·彼得洛維奇。我看,您起始記起來了。」

「有點記起來了,我的親愛的,你當時曾對我講……諺詩,要不大概是聰明誤裏的一段?你的記憶力眞不錯呀!」

「記憶力,那自然嘍!我一輩子祇記得這一樁。」

「好的,好的,我的親愛的,你甚至使我活潑起來了。」

他甚至微笑,母親和妹子立刻也跟着他微笑了。信任心恢復了;達姬央納·伯夫洛夫納把糖果擺在桌上,坐在角落內,繼續用惡劣的眼神銳利地觀察我。

「底下發生了這樣的事情，」——我繼續說，——「忽然在一個良好的早晨，我的兒童時代的好友達姬央納·伯夫洛夫納跑來找我。她永遠會突然發現在我的生命裏，像在舞台上出現似的。她把我帶出去，坐在馬車上，載到一所貴族的房屋，闊綽的寓所裏去。安得烈·彼得洛維奇您當時住在法那略託夫夫人家裏，在她的空虛的房屋內，——這所房屋是她以前向您買下來的；她自己那時候正住在國外。在那時，我平常穿着短衣；但是這一次她給穿上好看的，藏青色的小洋服，和講究的襯衫。達姬央納·伯夫洛夫納在我身邊張羅了一天，給我買許多東西。我自己卻在那些空虛的房屋內走出走進，向所有的窗內看望自己。在第二天早晨十點多鐘的時候我就這樣在寓所裏溜來溜去，忽然完全出於偶然地走到了您的書齋裏去。我在頭天晚上，剛把我帶來的時候就看見了您，但祇是在樓梯上一瞥眼的工夫。您從樓梯上下來，上馬車，到什麼地方去。那一次您一個人上莫斯科來，因為您有許多時候沒有來，而且逗留得時常很短促，所以大家到處搶您，您差不多沒有住在家裏。您遇到我和達姬央納·伯夫洛夫納的時候，您祇說了一聲：「啊！」甚至連站也沒有站住。」

「他用特別的愛情描寫着，」——魏爾西洛夫對達姬央納·伯夫洛夫納說。她回轉身去，沒有回答。

「我像現在一樣看見當時的您，那種燦爛，美麗的樣子。在這九年來，您蒼老得非常快，而且還變得醜陋了，請您恕我這句直爽的話。您那時候已經有三十七歲，但是我甚至會看您看出神來了：您的頭髮多末奇怪，差不多完全是烏黑的，露出平滑的光澤，沒有一點點斑白色；鬍鬚簡直像在珠寶店裏磨光似的，——否則我是不會加以形容的了。臉龐露出幽暗的慘白的顏色，但並非病態的，和現在那樣，卻和現在您的女兒安娜·安特萊夫納一樣，——我剛纔有幸見到她。熾燒的，黑色的眼睛和閃耀着的牙齒，特別在您笑的時候。我走進去的時候，您朝我全身看了一下，就是那樣笑了出來。我當時不大會辨清什麼，所以由於您的微笑，我的心也就高興起來了。您那天早晨穿着深紫青色的，天鵝絨的上衣，頸上繫着圍巾，鮮紫紅色的，穿着極漂亮的襯衫，外帶阿蘭孫特製的絲邊，站在鏡子前面手裏拿着一本簿子，在那裏朗誦而且練習查慈基(註)最後的一個獨白，尤其是最後的一個呼喊：

『馬車，給我馬車。』」

「哎喲，我的天呀！」——魏爾西洛夫喊，——「他說的全是實在的！我因為芮萊意闕生了病，擔任在阿歷山大·彼得洛夫納·魏託夫託瓦家裏的家庭劇場上扮演查慈基的角色，雖然我留在莫斯科的時間極短。」

「您果眞忘記了麼？」——達姬央納·伯夫洛夫納笑了。

「他使我記憶起來了！說實話，我在莫斯科的那幾天也許是我一生中最好的時間！我們大家在那時候還是那樣的年輕……大家都是那樣熱烈地期待着……我當時在莫斯科偶然遇見了許多……但是你繼續說下去罷，我的親愛的：你這一次做得很好，你會這樣詳細地提醒我……」

「我站在那裏看您，忽然喊道：『啊，眞好呀，眞正的查慈基！』——您忽然轉身向我，問道：『難道你知道查慈基麼？』——同時您自己坐在沙發上面，起始喝咖啡，露出極佳美的心情，——我眞想上前去吻您

(註)格利波也道夫喜劇聰明誤的人物。——譯者。

幾下。我告訴您，在安特洛尼爾夫家裏大家讀許多書，小姐們會背熟許多詩，互相扮演過聰明誤裏各樣的場面，上個星期大家在晚上聚在一起，朗誦獵人日記。我還說我最愛克萊洛夫的諺詩，背得出來。您叫我背一首，我就背了那首吹毛求疵的未婚妻：

『待字閨中的姑娘思念未婚夫。』」

「就是的，就是的，現在我全都記起來了，」——魏爾西洛夫又喊起來，——「我的朋友，我現在很清楚地記起你來了：你當時是多末可愛的一個男孩，甚至是十分伶俐的男孩，我可以向你賭呢，在這九年來你也變壞了。」

當時大家，連達娜央納·伯夫洛夫納在內，全都笑了。顯然，安得烈·彼得洛維奇在那裏開玩笑，為了我說過他已顯得蒼老的帶刺的話語，向我「報復」。大家全高興起來，他說得也太妙了。

「我在朗誦的中間，您微笑着，但是我還沒有念到一半，您就阻止我，按鈴吩咐走進來的僕人請達娜央納·伯夫洛夫納過來。達娜央納·伯夫洛夫納立刻跑來了，露出那種快樂的神色，雖然頭一天晚上曾經看見過她，但現在差不多會不認識的。我就在達娜央納·伯夫洛夫納面前重新背誦吹毛求疵的未婚妻，很順利地背完了。連達娜央納·伯夫洛夫納都微笑了，安得烈·彼得洛維奇，您甚至喊起『好！』來了，您熱烈地說，我假使會讀蜻蜓與螞蟻，那還不稀奇，一個有頭腦的男孩在我那樣的年齡裏本來會讀得很明白的，但是那時我朗誦的諺詩是

『待字閨中的姑娘思念未婚夫，』

本來還沒有什麼罪孽。」

您說他說的那句：『本來還沒有什麼罪孽，』眞是够味的！一句話，您當時非常的喜歡。後來您忽然和達姬央納·伯夫洛夫納講起法國話，她立刻皺緊眉頭，對您反駁起來，甚至顯出很激烈的樣子；但是因爲安得烈·彼得洛維奇無論想做什麼事，是不能反對的，所以達姬央納·伯夫洛夫納連忙把我帶到自己屋內：給我重新洗臉，洗手，換衣裳，抹油，甚至還鬈我的頭髮。到晚上的時候達姬央納·伯夫洛夫納自己打扮得十分講究，甚至是我意料不到的。她帶我坐上馬車走了。我生下來以後初次到戲院裏看魏託夫託瓦家業餘的演劇；蠟燭，懸燈，貴夫人們，軍人，將軍們，姑娘們，綢幕，一排排的椅子，——我是從來沒有看見過這種情景的。達姬央納·伯夫洛夫納在後面的一排上占了一個極謙遜的座位，讓我坐在她的旁邊。自然也有像我一樣的小孩，但是我不向任何什麼看望，卻帶着沉重的心等候戲劇的開始。安得烈·彼得洛維奇，您出場的時候，我太高興了，高興至於流淚，——有什麼原因？爲了什麼？——我自己都不知道。爲了什麼流出歡欣的眼淚？——我以後在九年來記起的時候總覺得是奇怪的！我用沉重的心觀察喜劇的進行。我在這齣戲裏自然祇明白她對他變心，那些愚蠢的，不值他脚上的一個小指的人們一直在那裏笑他。他在舞台上說出道白的時候，我明白他受了侮辱和冤屈，他責備所有這些可憐的人們，然而他自己是偉大的，偉大的！自然，在安特洛尼闊夫家裏的預備工作能幫助我的了解，然而也應該歸功於您的演技，安得烈·彼得洛維奇！我初次見到了演戲！在散走時，查慈甚喊：『馬車，給我馬車！』的時候，（您喊得太奇怪了，）我從椅上跳起來，隨着拚命鼓掌的一廳裏的人拍起手來，用全力喊着：『好呀！』我記得很眞切，就在這一刹那間好佼有一隻別針在我背後『腰下面，』戳了一下，達姬央納・伯夫洛夫納狠狠地捏了我一把，但是我並沒有注意！在演完了聰明戲以後，達姬央納・伯夫洛夫納立刻帶我回家，『你不能留在這裏跳舞的，我纔高興爲了你留下呢。』——達姬央納・伯夫洛夫納，您一路上在馬車裏對我嘰嘰咕咕的說着。那夜，我整夜說着夢話，第二天九點鐘的時候已經立在書齋旁邊，書齋的門開着：但是有人在裏面坐着，您和他們正在接洽事務；以後忽然坐車走了，整整的一天不在家，直到深夜纔回來，——我竟沒有見到您！我當時想對您說什麼話，——自然忘記了，就在那個時候也不知道想說什麼，但是我熱烈地希望見到您，越快越好。第二天早晨八點鐘，您就上賽爾布霍夫去了：您那時剛把圖拉省的田產賣去，爲了償淸債務，同時手裏還剩下一筆不小的款子，所以您當時上莫斯科去，在這以前您怕債主們的囉唆，本來是不敢去的。但是內中有一個賽爾布霍夫的粗人也是債主之一，偏偏不答應折半還淸債務的辦法。我問達姬央納・伯夫洛夫納，她甚至沒有回答：『你不用問，後天我送你到寄宿學校去；你預備一下，把練習簿帶去，書籍也收拾一下，自己學一學怎樣收拾皮箱裏的東西，你不能老這樣游手好閒的呀。』囉裏囉唆的一套話，在這三天內，達姬央納・伯夫洛夫納，您不知對我說了多少遍，結果是我被送到圖沙的寄宿學校去，一個天眞爛漫的戀上您的小孩，安得烈・彼得洛維奇。即使我們那次的遇見似乎是極愚蠢的事件，但是您信不信我在以後，過了半年以後，竟打算從圖沙那裏逃走出來尋您呢！」

「你講得很好，一切都給我淸淸楚楚地提醒了出來，」——魏爾西洛夫說，——「你所講的故事裏最使我驚愕的，譬如說，就是關於我的債務的消息那樣奇特的詳細。這種細節似乎有點不體面而且不必說，但是我不明白，你是怎樣取得這些詳細的情節的？

「詳細情節怎樣取得的麼？我對您說我在這九年來所作所爲就是爲了取得關於您的詳細情節。」

「奇怪的白白和奇怪的消遣時間！」

他半躺在沙發上面，轉了轉身子，甚至微微地打了哈欠，——是不是故意，我不知道。

「怎麼樣？要不要繼續講，我怎樣打算從圖沙那裏逃跑到您那裏去？」

「禁止他，安得烈・彼得洛維奇，不許他說起他出去，」——達姬央納・伯夫洛夫納喊。

「不行的，達姬央納・伯夫洛夫納，」——魏爾西洛夫說。——「阿爾卡共顯然有什麼企圖，所以必須讓他說完。讓他說好了！他講了出來，會感到肩膀上輕鬆些的。對於他主要的就是從肩膀上脫卸下來。親愛的，你起始講你的新的故事罷：不過所謂新的故事，是我隨便說說的。你不要着急，我知道這個故事的終結。」

四

「我的逃走，那就是說我想逃到您那裏去，是極簡單的。達姬央納・伯夫洛夫納，您記得不記得，圖沙在我進去後兩星期寫過一封信給您，——不記得麼？以後瑪麗亞・伊凡諾夫納把這封信給我看過，它也是在去世的安特洛尼闊夫的文件內發現的。圖沙忽然想到他向我收的錢太少，在信內「威嚴地」宣布在他的學校裏受教養的全是公爵們和元老院議員的孩子們，他認爲收留像我這樣出身的學生是有失去學校的面子的，假使不給他增加費用……」

「Mon cher，（我的親愛的，）你可以……」

「不要緊，不要緊，」——我打斷他，——「我不過稍爲講一點關於闘沙的事情。達姬央納・伯夫洛夫納，過了兩星期以後，您從縣裏給他回信，堅決地拒絕他。我記得他當時滿臉通紅地走進我們的教室裏來。他是很小的，很結實的法國人，有四十五歲，確乎是巴黎人，大概是皮匠出身，但是從無可記憶的時代起就在莫斯科充當專任的法文教師，甚至有了職銜，是他引爲十分榮幸的事。他是一個沒有高深學識的人。我們一共有六個學生，內中確有一個是元老院議員的姪子。我們住在他家裏完全保持着家庭的地位，多半受他的夫人的監督。她是很有禮貌的夫人，俄國某官吏的女兒。我在這兩星期內對同學們顯露傲慢的態度，以我那蠢藍青的洋服和我的爸爸安得烈・彼得洛維奇爲誇耀，他們問爲什麼我姓道爾郭羅基，而不姓魏爾西洛夫，我完全不覺得慚愧，就因爲我自己不知道爲什麼。」

「安得烈・彼得洛維奇，」——達姬央納・伯夫洛夫納幾乎用威嚇的語氣喊。然而母親卻目不轉睛地觀察我，她顯然願意我繼續說下去。

「這個闘沙……我現在確切記得他是一個小小的，暴躁的人，」——魏爾西洛夫從牙縫裏透出話來。——「但是當時人家介紹時說他爲人很好……」

「這個闘沙手裏拿着信，走到我們那隻大橡木桌子那裏來。我們六人全坐在桌旁背誦什麼。他緊緊地抓住我的肩膀，把我從椅上舉起來，叫我把我的簿子取起來。

『你的位置不是這裏，卻在那邊，』——他把外間左面的一間小屋指給我看，小屋內放着一隻普通的桌子，綿木的椅子和漆布的沙發，——就像現在樓上我那間小屋一般。我驚異地走到那裏，心裏十分提慮：從來沒有人對待我這樣粗暴。半小時後圖沙從教室裏出去，我起始和同學們對看，對笑；他們自然笑我，但是我沒有猜到心想我們的發笑因爲我們很快樂。圖沙恰巧跑了來，抓住我的頭髮，拉我。

『你不能和體面的孩子們坐在一起，你的出身很卑劣，好比僕役一般！』——他狠狠地打我的肥滿的，紅潤的臉頰。他立刻覺得這十分有趣，便又打我一下，打我第三下。我號啕地痛哭，我感覺異常驚異。我整小時坐着手掩住臉哭着哭着，我怎麼也不明白發生了一些什麼事情。我不明白一個像圖沙那樣並不兇惡的人，外國人，甚至對於俄國農民的解放都深爲贊成的，何以會打像我這樣的愚蠢的小孩。但是我不過感到驚異並不覺得侮辱；我還不會感覺侮辱呢。我覺得我有點淘氣，祇要我能改過，人家就會饒恕我，我們又會忽然快樂起來，到院子裏去遊戲過極愉快的生活。」

「我的好朋友，假使我知道……」——魏爾西洛夫用一個有點累乏的人的不經意的微笑說。——「這個圖沙眞是混蛋！不過我還是沒有失去希望，你會增强你的力量饒恕我們一切，我們又會過極愉快的生活。」

他簡直打起哈欠來了。

「我並不是責備，完全不是的，而且您必須相信，我並不抱怨圖沙！」——我喊着，有點弄得糊塗。——「他打了我兩個多月。我記得，我曾想用什麼方法解除他的武裝，跑過去吻他的手，也會吻着，老是哭哭。同學們笑我，看不起我，因爲圖沙起始有時把我當作僕人看待，在穿衣的時候命令我給他拿衣裳，在這裏，我的僕役的性格本能地顯現了：我用全力討好，一點也不感到侮辱，因爲我還一點也沒有明白，甚至至今還詫異，我當時怎麼會這樣愚蠢，竟不明白我和他們大家是完全不平等的。誠然，同學們當時已經對我解釋許多，那個學校是很好的。圖沙後來弄得竟愛用膝蓋撞我，比打我的臉的次數還多，後來過了半年，有時甚至會愛撫起我來。雖然如此，每個月總要打我一次，提醒我，使我不要忘記自己。不久他也就放我和孩子們一起坐，一起遊玩，但是在整整的兩年半中間，圖沙沒有一次忘記我和他們的社會地位的區別，時常使喚我做事，雖然工作時間不很長，但總歸要使喚的，我總以爲他的意思是在提醒我。

「最初的兩個月過去了以後，又忍耐地過了五個月的工夫，我終於偷跑，那就是說想偷跑。總之，我一輩子在決定進行一件事情的時候總是躊躇着的。在我躺在牀上，蓋上被服的時候，我立刻起始想您，安得烈・彼得洛維奇，單想您一人；我完全不知道爲什麼如此。我甚至夢見您。主要的是我老是熱情地幻想着，您會忽然走了進來，我奔到您身邊，您領我離開那個地方，領到自己家裏，那所書齋裏，我們又上戲院去看戲，等等。主要的是我們決不再分離，——這是主要的！早晨醒來，男孩們的嘲笑和賤視又忽然起始了；內中有一個簡直打我，強迫我替他取靴；他用下流的名字罵我，特別努力把我的出身解釋給大家聽，爲了使大家取樂。等到圖沙自己出現的時候，我心靈裏發生了無可忍耐的一切。我感到他們永遠沒有饒恕我，——我已經起始漸漸地明白，他們不能饒恕的究竟是什麼，我究竟做錯了什麼！我終於決定逃跑了。我幻想了整整的兩個月，後來總決定了；那時候是九月。我等候同學們在禮拜六晚上大家全走開了，偷偷兒收拾了一些日用必需的物件，精細地紮了一個包袱；我身邊有兩個盧布。我想等候天一黑：『就從樓梯上下去，』——我想着，——『走出去以後就走了。』往哪裏去呢？我知道安特洛尼闊夫已經被調到彼得堡去，決定尋找法那路托夫在阿爾巴特街的房屋；『在什麼地方蕩走一夜，或者坐一夜，早晨到那所房屋的院裏去問安得烈·彼得洛維奇現在在哪兒？假使不在莫斯科，便在什麼城裏什麼國裏。人家一定會說的。我就走了，再到別的什麼地方去問別人；假使到某城去，應該向哪個關口走，就此走出去，一直往前走，一直往前走。我要一直走去；在樹底下歇宿，儘喫一樣麵包，兩個盧布的麵包是夠喫許多時候的。』但是那天禮拜六竟沒有跑成；祇好等到明天，禮拜日。禮拜正好圖沙帶着妻子出去了；祇有我和阿格費亞兩人留在這所房屋裏。我帶着可怕的厭悶等候黑夜，我記得：我坐在大廳的窗旁，瞧着塵埃的街道，木造的房屋和稀少的行人。圖沙住在荒僻的地區內，窗外看得見關卡；是不是那個我要通過的關卡？——我幻想着。紅紅的太陽下落了，天那樣的寒冷，尖銳的風就像今天一般，把沙子揚起。天色完全黑了；我立在神像前，起始禱告，不過是匆匆忙忙地，我的心裏真急。我取了一個包袱，踮着腳，從軋響的樓梯上走下，深怕阿格費亞在廚房裏聽見我的腳音。門用鑰匙關住，我打了開來，突然地——烏黑烏黑的夜在我面前露出黑漆的一塊，像無盡的，危險的，未知的境界，風把帽子從我的頭上扯下來。我就想走出去；在行人道的那邊傳來了一個行人的嘶啞的，酒醉的罵人的怒吼。我站了一會，望了望，輕輕地回來，輕輕地走到樓上，輕輕地脫了衣裳，把包袱放好，直僵僵地躺在牀上，沒有眼淚，沒有思想，就從那個時間起我起始思索了，安得烈·彼得洛維奇！就從那個時間起，在我感到我除了奴僕以外，還是一個懦夫的時候，起始了我的真正的正確的發展』

「就從那個時間起，我現在把你永遠看透了！」——達姬央納·伯夫洛夫納突然從座位上跳起來，甚至是那樣突如其來的使我完全沒有準備。——「你不但當時是奴僕，你現在還是一個奴僕。你具有奴僕的心靈，安得烈·彼得洛維奇怎麼不把你送出去學皮匠呢？甚至是給了你一點恩惠，叫你學手藝！你猶誰在安得烈·彼得洛維奇面前為了你請求的，或要求的？你的父親瑪加爾·伊凡諾維奇不但請求，甚至要求，不要把他的孩子們脫離低等的階級。他把你培植到了大學，由於他的緣故你取得了權利，而你竟不加以珍重。小孩們逗他一下，他竟發誓向全人類復仇……你真是混蛋！」

說實話，我被這一段話弄得十分沮喪。我立起身來，望了一些時候，不知道說什麼話。

「真是的，達姬央納·伯夫洛夫納對我說出了新鮮的話語，」——我終於堅決地轉身向魏爾西洛夫，——「我果真是奴僕，所以不能以魏爾西洛夫不送我去充當皮匠便引為滿足；甚至「權利」都沒有使我感動，卻需要整個的魏爾西洛夫，需要一個父親……我要求的就是這個，——那怎麼還不是奴僕呢？媽媽，您那次獨自到圖沙那裏去看我，我當時怎樣接待您，這一切已經在我的良心上放了八年了，但是現在沒有工夫講這個，達姬央納·伯夫洛夫納不讓我講。明天見罷，媽媽。我也許還會同您相見。達姬央納·伯夫洛夫納！假使我的奴僕脾氣已經到了甚至不能容忍太太還活着而可以另娶一個太太的程度，那便怎樣呢？安得烈·彼得洛維奇就幾乎在埃姆司弄出這件事情來！媽媽，假使丈夫明天娶了另一個女人，而您不願意再和他住下去，您就記住，您有一個兒子，他答應永遠成為一個可尊敬的兒子。您記住我這句話！我們可以一塊兒走去，不過有一個條件，那就是『不是他便是我，』——好不好？我並不請您現在就回答我；

我知道，對於這類的問題是不能立即回答的……」

但是我沒有說完，最先是因爲我顯出了激烈和慌亂的神情。母親臉色慘白，她的嗓音似乎斷了：她不能說出一句話來。達姬央納・伯夫洛夫納大聲說了許多話，我竟辨不淸是什麽，還用拳頭兩次捺我的肩防。我祇記得她喊着說，我的話語是「虛僞的，在淺薄的心靈裏培養成的，用手指挖出來的」。魏爾西洛夫坐在那裏，動也不動，態度很嚴肅，沒有笑。我走到樓上自己屋內去了。送我走出屋子的最後的一個眼光那是妹子的責備的眼光；她在後面嚴厲地對我搖頭。

第七章

一

我描寫所有這些場面，毫不顧惜自己，爲了明顯地把一切情形全行憶起，使印象恢復轉來。我走到自己樓上時完全不知道，我是否應該慚愧，或爲了已履行自己的義務而自鳴得意。假使我稍爲有經驗些，我會猜到對於這種事情稍有疑惑，便應該向壞處解釋。但是另一椿事實把我弄糊塗了：我不明白我喜歡什麼，但是我非常的喜歡，不管我如何疑惑，而且明顯地感覺到在樓下失敗了。甚至連達姬央納·伯夫洛夫納這樣兇惡地罵我，——我祇覺得可笑而且有趣，並不使我惱恨。大概這一切是因爲我到底把鎖鍊弄斷，初次感到自己自由了。

我也感到已經把自己的地位弄糟了：關於我現在怎樣處置那封關於遺產的信這一層更加顯得迷糊了。現在人家根本認爲我想對魏爾西洛夫報復。但是我在樓下就決定在爭辯時把這封關於遺產的事件交付仲裁解決，請瓦新爲裁判官，如果不成，另請別人，我已經知道請什麼人。我心裏想，我到瓦新那裏去，祇這一次，以後就長期失蹤，連上失蹤幾個月，甚至特別對於瓦新失蹤；祇是也許跟母親和妹子偶爾相見。所有這一切是無秩序的；我感到我做了什麼事做得不對，但是——但是很滿意；我重複一句，我到底感到有什麼事情使我覺得很高興。

我決定早點睡覺，預感到明天將要走許多路。除去了租屋和搬場以外，我還有一些事情，無論如何是必須決定去做的。但是這一個晚上不發生稀奇古怪的事情是不會過去的，魏爾西洛夫竟做出了使我十分驚異的事情。他從來沒有到我的小屋裏來過，忽然在我還沒有在自己屋內坐上一小時的時候就聽見他在樓梯上的脚步聲：他喚我給他照一照亮光。我取出蠟燭，把手往下伸過去，他抓住了，我幫他爬到樓上來。

「謝謝你，我一次也沒有爬到這裏來過，連租屋的時候也沒有來過。我預想到是什麼樣子，但是到底沒有料到這樣小。」——他立在我的小屋的中央，好奇地向四圍環顧。——「這是一口棺材，完全是一口棺材！」

果眞有點和棺材的內部相像，我甚至奇怪他眞是用一句話下了正確的定義。小屋是狹長的；從我的肩膀那樣高的地方起就開始了牆壁和屋頂的角隅，我可以用手掌摸到屋頂的盡頭。魏爾西洛夫最初無意識地彎着背，生怕頭撞在天花板上，但是並沒有撞，結果是十分舒適地坐在我的沙發上面，——我的鋪蓋已經鋪在這上面了。至於我呢，我並沒有坐下，卻望着他，露出深深的驚異。

「母親說，她不知道，要不要收你剛纔交給她作爲你每月生活費的那筆錢。住在這樣的棺材裏不但不能收錢，反而應該由我們倒還給你錢，我從來沒有到這裏來過，……眞是想像不到這裏是可以居住的。」

「我慣了。不過在發生了樓下的一切事情以後，看見您到我這裏來是我怎麼也不能習慣的。」

「是的，你在樓下顯得太粗暴了，但是……我也有我特別的目的，我要對你辯釋一下，雖然我到這裏來並沒有什麼不尋常的地方；甚至連樓下發生的一切也是完全在情理中應有的；有一樁事情看上帝的份上，請你辯釋一下：你在樓下所說的一切，那樣莊嚴地把我們準備好了再動手講的一切，難道就是你打算發現或報告的全部的事情，再也沒有別的麼？」

「就是的。我想就是這樣。」

「少一點，我的朋友。說實話，我從你那種動手講的樣子，從你怎樣叫我們笑的樣子上判斷，總而言之，看到你那種急於要講出來的樣子，——我等候着較多的一切。」

「那對於您還不是一樣麼？」

「我本來是由於保持均衡的情感纔說出這話來：犯不上這樣的破裂，把均衡損壞了。整整的一個月，你沈默着，準備着，忽然什麼也沒有。」

「我想講許多的話，但是我慚愧，我說出了這一些。不是全可以用言語講述的，有些事情最好永遠不講。我已經說得很多，但是您沒有了解。」

「啊，你也有時會爲了思想和言語不合而感到痛苦呀！這種正直的痛苦，我的朋友，是祇給予被選中的人們的：傻子永遠以所說出的話爲滿足，而且永遠表示超出了需要；他們愛說儲藏着的話。」

「好比我在樓下，也是表示得超出了需要：我要求『整個的魏爾西洛夫』，這就是超出了需要；我並不需要魏爾西洛夫。」

「我的朋友，我看你想補償樓下所失去的一切。你顯然懺悔着，因為懺悔等於立刻又攻擊什麼人，所以你不願意再對我放冷槍。我來得太早，你還沒有冷靜下來，再加上你不大會忍受人家的批評。你坐下罷，看上帝的份上，我來對你講幾句話。謝謝你，這就對了。從你在樓下臨走時對母親所說的話裏可以明顯地看出，我們甚至在任何場合之下總以分手為妙。我跑來勸你儘可能地做得溫和一點，不要鬧出亂子，不要使你的母親更加生氣和害怕。現在我自己跑到這裏來也會使她的精神振作的：她似乎信仰我們還可以和解，於是一切照舊地進行下去。我以為假使我們現在在這裏大笑一兩次，必會在她們的畏葸的心裏種下歡欣的根苗。她們的心即使是平凡的，但充滿了誠摯的，坦白的愛，又為什麼不在有機會的時候給予她們一點希望呢？這是第一。第二：為什麼我們離別的時候一定要懷着復仇的渴望，咬牙切齒說出詛咒的話呢？無疑地，我們固然大可不必彼此掛着頸領，但分別時帶着互相尊敬的心意是可以的，不對麼？」

「這全是無聊的話！我答應搬走時不鬧亂子，——也就够了。您是為母親張羅的麼？但是我覺得母親的安靜根本無所謂。您不過這樣說說罷了。」

「你不相信麼？」

「您和我說話簡直就像和嬰孩說話一般！」

「我的朋友，為了這，我準備跟您賠罪，還為了你對我指述着的一切，為了你的童年時代等等，但是親愛的小孩，這會發生什麼樣的結果呢？你是聰明得不願意自己陷落到這種愚蠢的局面裏去的。姑且不說，我至今還不十分明瞭你的責備的性格：實際上，你究竟責備我什麼？為了你生下來不是魏爾西洛夫麼？是不是？你賤蔑地笑着，揮着手，那末又不是麽？」

「請您相信，決不是的。請您相信，我並不認姓魏爾西洛夫是什麽體面的事情。」

「關於體面我們且不談，你的回答一定應該是民主化的；既然如此，你究竟責備我什麽呢？」

「達姬央納·伯夫洛夫納剛纔說了，我必須知道，而在這以前怎麽也不能瞭解的一切：那就是您沒有送我出去學皮匠，我還應感激您。我不能了解，爲什麽我這樣不知感激，甚至在現在，甚至在人家開導我的時候。是不是您的驕傲的血在那裏說話，安得烈·彼得洛維奇？」

「大概不是的。你還應該承認，你剛纔在樓下的那番舉動，不但沒有攻擊到我身上，像你所預定的，反而壓迫她一個人，刺傷她一個人的心。其實似乎不應該由你來裁判她。而且她在你面前有什麽錯呢？你順便再對我解釋一下，我的朋友：你這是爲了什麽，帶着什麽目的，在小學校內，在中學裏，一張子，我還聽說，甚至對初次相見的人，全都宣布自己是私生子？我聽說你好像特別樂意這樣做。然而這全是胡說，這全是卑鄙的讒謗：你是正式婚姻裏生下來的，你是道爾郭羅基，瑪加爾·伊凡諾維奇·道爾郭羅基，一個可尊敬的，聰明和性格超越的人的兒子。假使你取到了高等的學識，那確乎是由於你的以前的田主魏爾西洛夫的力量。但是這又有什麽呢？主要的是你一方面宣布自己的私生的來歷，其實就等於宣布讒謗，同時也就是洩漏你母親的祕密，由於一點虛僞的驕傲，你竟把你的母親拉到初次遇見的齷齪的人們前面受他們的裁判。我的朋友，這是很不體面的事，況且你的母親個人並沒有什麽錯處：她具有極純潔的性格，假使她沒有姓魏爾西洛瓦，單祇是因爲至今還沒有離婚的緣故。」

「夠了，我完全和您同意，十分相信您的智力，所以希望您不要一味責備我。您很愛分寸；但是一切事情都應該有分寸，甚至您對我母親的突發的愛情也是的。最好是這樣：您假使肯在我這裏坐上一刻鐘或半小時，（我不知道爲了什麼，假定是爲了使母親安心，）——再加上很願意和我說話，不管樓下發生了的一切，那末最好請您對我講一講我的父親的事情，——就是那個瑪加爾·伊凡諾維奇，雲游人。我想從您那裏聽到關於他的一切；我早就打算問您了。我現在和您快要分手，也許有許多時候的分手，很願意取得對於下面的問題的回答：難道您在這整整的二十年內竟不能使我母親和現在妹妹的偏見發生多少的影響，用您的文化的力量沖散她們周圍環境的原始的黑暗？我講的並不是她的純潔！她在道德方面永遠比您高得多，對不住得很，但是……這祇是無窮高的死人。……祇有魏爾西洛夫一人活着，他周圍的其餘的一切，還有和他相關的一切應該在一個一定不變的條件之下挨餓受凍，那就是用自己的力量，用自己的鮮活的水汁養活他。然而她以前什麼時候不是也會活着麼？您不是愛過她身上的一切麼？她不是曾經做過女人麼？」

「我的朋友，隨你怎麼說，她從來沒有做過女人，」——他回答我，立刻歪笑着，做出原先對付我的那種態度，使我永記住，而且發狂的那種態度；那就是外表上完全露出誠懇的坦白，其實仔細一看，——祇是一些深度的嘲笑，有的時候我怎麼也不能了解他的臉色。——「她從來沒有做過！俄國女人是從來不會成爲女人的。」

「波蘭女人，法國女人會麼？意大利女人，熱情的意大利女人會把像魏爾西洛夫那樣文明的高等俄人除伏下來麼？」

「我料不到會遇見一位斯拉夫派！」——魏爾西洛夫笑了。

他所講的故事我一個字一個字都記得淸淸楚楚；他起始甚至十分樂意說話，而且露出顯著的愉快的心情。我很明白他的到我這裏來並非是爲了亂談一陣，也完全不是爲了安慰母親，而一定有別種用意。

二

「這二十年來我和你母親完全在沈默中度過，」——他起始談天，（用十分虛僞和不自然的態度，）——「我們中間的一切就是在沈默中發生的。我們在這二十年來的關係的主要性格就是沈默。我覺得，我們甚至一次也沒有爭吵過。固然，我時常到外面去，留她一人在那裏，但結果總會回來的。Nous revenons toujours，（我們永遠會回來的，）這是男子們一種基本的性格；那是由於寬宏而起的。假使婚姻事情完全由女人獨自作主，——一個婚姻也不會遺存的。馴順，溫柔，屈服，同時又是堅定，毅力，眞正的毅力，這就是你的母親的性格。你要注意，她是我在世上遇到的一切女人中間最好的一個。她有力量，——這是我可以證明的：我看出這力量如何地養活她。至於講到那個，我不說是信念，——正確的信念是不會有的，——但是關於她們所認爲信念的東西，她們認爲神聖的東西，是簡直願意爲它受苦刑而無怨的。現在你自己判斷一下：我像不像施苦刑的人？就爲了這個緣故，我寧願對於一切事情全抱沈默的態度，並不單祇因爲這樣輕鬆些而說實話，我決不翻悔。因此一切自然弄得寬大而且合乎人道，這裏並沒有任何對自己恭維的地方。我順便要說的是我不知爲什麼原因總疑惑她永遠不相信我的人道觀念，因此永遠戰慄着；但是一面戰慄，一面又肯受任何文化的影響。他們是會這樣做的，我們對於這個有點不明白，總之他們比我們會料理自己的事情。他們會用自己的方式繼續生活在對於他們極不自然的地位裏面，而就在這不是他們應處的地位上還完全保存自己的一切。我們是不會的。」

「他們是誰？我有點不了解您。」

「農民，我的朋友，我說的是農民。他們在道德和政治方面證實了這種偉大的，鮮活的力量和歷史的寬闊性。但是在轉到我們的事情上去的時候我可以說，你的母親並不一直沈默着。你的母親有時會說出話來說得使你一直看出你所說的話祇是浪費時間，雖然五年來你漸漸地對她用盡了準備的工夫。她那些反駁的話是完全出乎意外的。你還要注意，我並不稱她爲傻瓜；相反地，這裏有一種特別的智慧，甚至是十分顯著的智慧；也許你不會相信這智慧的……」

「爲什麼不呢？我祇是不相信您自己果眞會相信她的智慧，果眞相信，並不裝假。」

「是麼？你認我是一隻易變的蜥蜴麼？我的朋友，我容忍得你太過分了……像對一個嬌縱的兒子似的……這一次就算完了罷。」

「您講一點關於我的父親的事情，假使可以，請講一點實在的話罷。」

「關於瑪加爾·伊凡諾維奇麼？瑪加爾·伊凡諾維奇，你已經知道，他是一個農奴，希望得到一點榮

麽……」

「我敢賭咒，您在這時候有點妒忌他！」

「相反的，我的朋友，相反的。假使你要知道，我倒是很喜歡看見你處於這樣諧謔的心情之下。我敢賭咒，我現在正發生十分懺悔的情緒，也就在現在，在這時刻，也許有一千次，無力地痛惜二十年前所發生的、一切。上帝可以看見，這一切是完全在偶然間發生的……以後祇是盡我的能力所及，做着合乎人道的行爲；至少我當時自以爲是一種合乎人道的功績。我們大家當時全努力搶做好事，爲人民，爲最高的理想服務；我們反對官僚，反對我們的宗族的權利，鄉村，甚至典當，至少我們中間有些人是這樣的……我可以對你賭咒。我們的人數不多，但是我們說得很好，而且還要使你相信，甚至有時做出很好的行爲。」

「那就是您伏在肩上痛哭的時候麽？」

「我的朋友，在一切事情上我會預先和你表示同意的。你從我那裏聽到了伏肩痛哭的話，現在竟惡意地利用我的坦白和我的信任；但是你應該同意，這個肩膀並不很壞，像乍看上去似的，尤其對於那個時代；我們在那時候纔開始的。我自然不免裝腔做勢，但是我當時還不知道我在那裏裝腔作勢。譬如說罷，你難道在實際的情形下不裝腔做勢麽？」

「我剛纔在樓下有點過分的動情感，我上樓時覺得很慚愧，想到您會覺得我在那裏裝腔做勢。實在，在有些情形下，你雖然有誠摯的情感，但有時也要裝假；但是我可以賭咒，剛纔在樓下是完全出於自然的。」

「就是這樣；你用一句話下了極成功的定義：『雖然有誠摯的情感，但仍舊不免也要裝假。』我就是這樣；我雖然裝假，但是完全誠懇地痛哭的。我不來辯駁瑪加爾·伊凡諾維奇如果擅於詼諧，也許會把這層訪當作嘲笑看待，但是他的誠實妨礙了他的銳敏的觀察力。我祇是不知道，他當時是否憐惜我；我記得我當時很希望這樣。」

「您知道，」——我打斷他，——「您現在說出這話的時候，就在那裏訕笑着。在這一個月來，您祇要一和我說話，您就訕笑起來。您爲什麼在和我說話時永遠這樣做呢？」

「你以爲如此麼？」——他簡單地回答。——「你的疑心太重；假使我笑，並不是笑你，至少不是笑你一個人，你安心罷。但是我現在並沒有笑，而當時——一句話，我當時做了一切可以做的事情，而且你必須相信，我並非爲自己的利益打算。我們，那就是說優秀的人們，和農民相反，當時完全不會做出於自己有利的事情相反的，永遠盡可能地糟蹋自己，我疑惑我們就認這個爲『高尚的，我們的利益，』自然這是具有高尚的意義的。現在這一代前進的人們比我們進取得多。我當時還在犯罪孽之前就把一切對瑪加爾·伊凡諾維奇解釋得特別的率直。我現在同意內中有許多事情是不必解釋，尤其是不必解釋得這樣率直的，但是你假使在跳舞得很有勁味，想做出一個好看的舞蹈式樣的時候，哪裏還能攔阻自己呢？也許美和崇高的要求果眞是如此的，我一輩子也不能解決這個問題。但是和我們浮淺的談話比起來，這是一個很深刻的題目，我敢向你賭咒，我現在有時回憶起來便會羞愧死的。我當時向他提議由我給付三千盧布。我記得他一直沉默着，祇有我一人說話。我覺得他怕我，那就是怕我的田主的權力，我記得我努力鼓勵他。我勸他一點也不要害怕，把自己的願望表示出來，甚至盡量地加以批評。爲了保障起見，我對他說，假使他不贊成我的條件，那就是三千盧布一張釋放的文書（自然對他和妻子兩人）還有離開這裏到別處去旅行，（自然不帶妻子同行，）——他儘管可以直說出來，我立刻給他一張釋放的文書，把妻子也交還給他，再賞他們兩人，就是把這三千盧布賞給他們，那時候不是他們離開我到外面去，卻是我自己離開他們獨自到意大利去住上三年。我的朋友，我是決不會把蘇鮑士闊瓦小姐帶在身邊的；你可以相信我；我在那時候是很純潔的。怎麼樣呢？這個瑪加爾很明白我說得到，便做得到；但是他繼續沈默着，祇在我打算第三次把頭伏到他的肩上的時候，纔把身體往後倒退了一步，揮搖着手，走了出去，甚至露出一點不客氣的樣子，使我當時吃了一驚。我當時偶然在鏡子裏看見自己，使我至今不能忘懷。總而言之，他們在什麼話也不說的時候最壞。他的性格是很陰鬱的，說實話，我召他到書齋裏來的時候，不但不信任他，甚至十分怕他：在這種階級裏有很多的性格含有不誠實的成分，這比挨打還可怕些。我眞是冒險，眞是冒險極了！假使他向院外大聲喊嚷，號哭，那時候我要怎麼辦呢？我這小個子的大衛將要怎麼辦呢？我又有什麼方法可想？因此我先把三千盧布施放出去，這是本能的作用。幸而我錯了：這個瑪加爾·伊凡諾維奇是完全另一種人……」

「究竟犯了罪孽沒有？您不是剛纔說過，您在犯罪孽以前就喚她的丈夫來的麼？」

「你瞧，這應該怎樣去解釋……」

「那末是已經犯了。您剛纔說您弄錯了，這是另一種人；究竟是什麼樣的人呢？」

「究竟是什麼樣的人，我至今還不知道。但是有點不同，甚至顯出很誠實的。我這樣判斷，因爲我後來在他面前感到三重的惭愧。他在第二天上答應出外旅行，不說一句話，自然沒有忘記我提出來的任何的獎賞的條件。」

「錢收不收？」

「還會不收麼！你知道，我的朋友，關於這一節甚至使我十分驕光。當時我的口袋裏並沒有三千盧布，但是我弄到了七百，先付給他。結果怎樣呢？他要求我把其餘的兩千三百盧布作爲借款，立下一張借據，由某商人出面作債權人。過了兩年以後，他用這張借據在法院裏提起訴訟，向我要求清償借款，還加上利息，這又使我吃了一驚，而況他早已步行各處，化緣捐建教堂。從那時起已經游蕩了二十年，我不明白一個游人要這許多錢作什麼用……金錢本是俗世裏的東西……我當時答應給他這筆錢自然是誠懇的，而且出於最初的熱誠，以後過了許多時候，我自然會回醒轉來的……希望他至少顧憐我一下……或者是顧憐我們，我和她兩人，至少應該等候一下。但是他居然不肯等候……」

（我必須在這裏加相當的註脚：假使我的母親比魏爾西洛夫活得長久，那末年老時一定分文無有，假使沒有瑪加爾·伊凡諾維奇這筆三千盧布的款子，連上利息早已增加了一倍，由他在去年立遺囑時全部遺給她了。他甚至在那時候就把魏爾西洛夫猜透了。）

「您有一次說，瑪加爾·伊凡諾維奇到您那裏來了好幾次，永遠住在母親的寓所裏面，不是麼？」

「是的，我的朋友。說實話，我起初很怕他上門來。他在這二十年來一共來了六七次，最初幾次我如果在家，總是躲起來的。起初甚至不明白這是什麽意思他爲什麽出現？但是以後我終於某一些考慮，覺得這在他的方面並不怎樣愚蠢。以後我偶然發出好奇的想頭，出來看一看他，竟取得了十分別致的印象。這是當他第三次或第四次拜訪的時候，那時候我正充當仲裁委員，因此努力起始研究俄羅斯。我從他那裏甚至聽到了極多新鮮的事情。此外，我在他身上遇到了怎麽也料不到會遇到的一切：一種溫和的態度，坦白的性格，最奇怪的幾乎是快樂的精神。對於那事沒有一點暗示，（tu comprends? 你明白麽？）並且極會談論正事，談得很好，那就是完全沒有他們那種愚蠢的，奴僕性的沈思深慮。說實話，我雖然具有民主主義的性格，也忍受不了這一套，此外，他還沒有那種興奮的俄羅斯性，像小說裏和舞臺上那些『眞正的俄國人』所說的那套術語似的。他很少講起宗教問題，假使你自己不先提起來。他還會講出許多關於修道院和修道院裏生活的極有趣的故事，假使你自己對於這些發生了好奇向他詢問時。他所具的主要的特性是尊敬，謙恭的尊敬，這種尊敬是對於獲得最高的平等是必要的，不但如此，沒有它，據我看來，還不會達到優越的地位。的確的，由於缺乏一點點的驕傲總取得了極高的體面的地位，發現了在自己的地位上退一定尊重自己的人，無論他遭逢了怎麽樣的命運都沒有關係。這種在自己的地位上尊重自己的能力是世上很少見的，至少像眞正的自我的尊嚴一般的少見……你活下去，會自己看見的。但是最使我驚愕的也就是在以後，並不在最初的時候，（魏爾西洛夫補充着，）——那就是這個瑪加爾具有十分威嚴的容貌，而且十分美麗。固然年紀老邁，但是『臉色蒼黑，身材高挺，』

態度自然而且鄭重；我甚至覺得奇怪，怎麼我的可憐的騷菲亞當時會願意選上我的。他那時有五十歲，但他還是一個好漢，而我和他相比，簡直太不像樣了。我記得，他的頭髮當時已經白得可以，他娶她的時候，他的頭髮已經是這樣白的了。……莫非是受了白髮的影響麼？」

韋爾西洛夫有一個從最莊嚴的口氣要發出十分卑劣的話語的脾氣：他在不能不說時說出了一些極聰明而且美麗的話語以後，會忽然故意用一些愚蠢的玩意作結束，如瑪加爾·伊凡諾維奇的白髮如何給予母親影響之類。他是故意這樣做的，大概自己也不知道爲了什麼，總是出於極愚蠢的交際社會上的一種習慣。聽他說話，——大概說得很正經，其實在那裏裝腔作勢，或是暗中發笑。

三

我不明白，我當時爲什麼忽然發出可怕的狂怒。我現在總是帶着極不愉快的心情憶起我在那些時間內所做的幾樁行爲。我突然從椅上立了起來：

「您應該知道，」——我說，——「您說您跑到這裏來，主要的是爲了使母親心想我們已經言歸於好了。現在時間已經過得很久，可以使她這樣想了。您可不可以離開我，讓我一個人在這裏？」

他微微地臉紅，從座位上立起來了。

「我的親愛的，你和我太不客氣了。再見罷。和氣是勉強不來的。我祗要發出一個問題：你果真想離開公爵麼？」

「啊！我就知道您有特別的用意……」

「你幾乎慫恿我跑來勸你留在公爵那裏，因爲這於我有利益麼？我的朋友，你是不是以爲我寫信叫你從莫斯科到這裏來，也於我另有什麼利益麼？唉，你真是多疑呀！相反地，我是在一切方面都希望你好的。甚至在現在，我的經濟狀況這樣好轉的時候，我希望你有時候允許我和你母親幫助你。」

「我不愛您，魏爾西洛夫。」

「甚至叫我『魏爾西洛夫』起來了。我很可惜，我不能把這姓轉移給你，因爲實際上祇有這個成爲我的全部的過錯，假使有過錯的話，不是麼？我究竟是不能娶一個已結過婚的女人的，你自己想一想。」

「也就因爲這個緣故您想娶沒有結過婚的女子麼？」

輕微的痙攣在他臉上通過。

「你說的是埃姆司的事情。阿爾卡其，你在樓下當着母親面前，用手指向我指着，做出了同樣的舉動。你知道你恰巧在這件事情上弄出錯誤來了。你對於去世的李姬·阿赫瑪可瓦的事情一點也不知道。你還不知道你的母親也曾自己參加到這件事情裏面去，雖然她當時沒有和我在一處。假使我在什麼時候看見了善良的女人，那就是你的母親。但是够了；這還是祕密，而你——你說的不知道是什麼東西，而且是從別人的話裏聽來的。」

「公爵今天說您喜歡無依靠的女孩。」

「這是公爵說的麼？」

「是的。您說着；要不要讓我對您確實地說，您現在爲什麼到我這裏來？我一直坐在那裏，問我自己這次訪問的祕密在那裏，現在終於猜出來了。」

他已經想走出去，但是又止步，頭轉向我，等候着。

「我剛纔偶然說起，幽沙給達姬央納·伯夫洛夫納的信本來存在安特洛尼闊夫的文件裏面的，他死後便落到莫斯科的瑪麗亞·伊凡諾夫納手裏了。我看見您的臉上忽然抽動了一下，現在纔猜到是怎麼會事，在您的臉部上現在又抽動了一下的時候；原來您當時在樓下想到假使安特洛尼闊夫的一封信已經落在瑪麗亞·伊凡諾夫納手裏，則一封信爲什麼不也會落在她那裏呢？安特洛尼闊夫死後是會留下極重要的信件的，不是麼？對不對呢？」

「我到你這裏來，是想使你溜出什麼話來麼？」

「您自己知道的。」

他的臉色十分慘白。

「這不是你自己猜到的；這裏是受了女人的影響。在你的話裏，——在你的粗野的猜測裏含有多少的怨恨呀！」

「女人麼？我恰巧今天看到了這個女人！您也許就爲了想偵探她的行動，纔打算把我留在公爵那裏麼？」

「我看出，你在這條新開的道路上走得太遠了。『你的理想』是不是就是這個？你繼續做下去罷，我的親愛的，你在偵探方面確有極好的本領，既然有了天才，就應該設法進步。」

他止步，透了一口氣。

「您留神一點，魏爾西洛夫，不要把我做成您的仇敵！」

「我的朋友，在這種情形之下誰也不會表示出自己最後的意思來的。現在請你給我照一照亮。你雖然是我的仇敵，但大概還沒有到希望我跌斷頸頷的程度。你聽着，我的朋友，你想一想，」——他一面走下樓去，一面說，——「我在這一個月內當你是一個好人。你眞想生活，你眞是渴望生活，大概卽使給你三條命，你也會嫌少的：這個在你的臉上就寫出來了；這類人大半是善人。現在我纔覺得我錯誤了！」

四

我獨自留在那裏的時候，我的心那樣的縮緊是無從形容的；我好像把自己的一塊肉生生地割下來了！我爲什麼忽然這樣惱怒，爲什麼這樣侮辱他，——侮辱得這樣利害，而且還樣故意，——自然我現在還不能說出來，而當時也是的。他的臉色如何的慘白呀！這慘白也許是極誠懇的，純潔的情感和極深刻的悲哀的表示，而不是忿怒和惱恨的抒發。我永遠覺得，有些時候，他很愛我。我現在爲什麼，爲什麼不相信這個，況且現在已經有許多事情完全解釋淸楚了的？

我突然地惱怒，把他趕了出去，也許眞是由於一個突襲來的猜測，那就是他的到我這裏來乃在希望知道：瑪麗亞・伊凡諾夫納那裏是否還存留着安特洛尼闊夫的信件？他應該尋覓這信件，而且正在尋覺，——這是我知道的。但是誰知道，也許就在當時，就在那個時間，我犯了可怕的錯誤！誰知道，也許就由於這錯誤，以後總把他引到瑪麗亞·伊凡諾夫納那裏會存有信件的念頭上去的？

最後還有一樁奇事：他又一個字一個字地重複了我剛纔對克拉夫特表示出的意思，（關於三條性命的話，）主要的是用了我自己的話語。話語的巧合總是出於偶然，然而他到底怎麼會知道我的天性的實質？他的眼光眞是好，眞會猜！但是假使他明白一樁事情，爲什麼會完全不明白另一樁事情呢？難道他並不裝腔做勢，果眞猜不到我所需要的並不是魏爾西洛夫的貴族頭銜，也並非爲了我的出生不能饒恕他，我一生所需要是魏爾西洛夫自己，整個的人，父親，而這思想已經進入我的血裏麼？難道這樣心細的人會如此愚笨而且粗鄙麼？假使不，他爲什麼惹我這樣生氣，爲什麼裝假呢？

第八章

一

早晨我努力起身得早些。平常我們家裏總在八點鐘左右起牀，這是指着我及母親和妹子，魏爾西洛夫必要挨到九點半纔起身。母親總是準確地在八點半鐘的時候端咖啡給我。這一次我沒有等咖啡端來，在整整的八點鐘的時候就從家裏溜了出來。我從昨天晚上就擬定了這一天行動的總計劃。在這計劃中，我雖具有立即着手進行的狂熱的決意，但已感到在極重要的項目方面有極多不堅定的，不決定的成分，因此我差不多整夜陷入半睡半醒的狀態中，似在說譫語，做太多的夢，幾乎沒有一次得到相當的沉睡。雖然如此，我起身的時候竟比隨便什麼時候都感到精神清爽，而且活潑。我特別不願和母親相遇。我一和她談話，便不能不提起那個特定的題目，生怕為了一種新的，出乎意料以外的印象把我自己從已着手從事的目的方面移開。

早晨是嚴冷的，地面上躺着一層潮溼的，乳狀的霧。我不知道為什麼，彼得堡的事務繁忙的清晨雖具有異常難看的形相，但永遠為我所深喜。這一眾為自己衣食奔忙的，自私的，永遠露出沉鬱形貌的人們在早晨七八點鐘的時候，會具有對於我特別誘惑的形狀。我最愛在路中匆忙間，不是自己向什麼人問一搭事情，便是人家向我問什麼事情；問話和回答永遠是簡短的，明顯的，有意義的，而且是在不停步的時候提出來的，幾乎永遠是親密的，樂乎回答的程度也比白天多。彼得堡人在白天或晚上不大好開口，弄得不好，準備不是罵，便是笑；清晨，還沒有大亮，在最清醒而且嚴肅的那個時候，那就完全不同了。我覺察到這層來了。

我還是上彼得堡區去。因爲我在十一點多鐘左右一定要回到芳唐卡街瓦新家去（十二點鐘的時候最容易遇到他在家，）所以我雖然很想到什麼地方去喝一杯咖啡，但是仍舊是不停步地匆匆忙忙地走着。我必須要遇見葉非姆·慈魏萊夫。我又上他家裏去，幾乎遇不到他，我到時他快要喝完咖啡，準備出門了。

「你時常跑來做什麼？」——他迎接着我，沒有從座位上立起來。

「我現在來對你解釋。」

「一切的清晨，——彼得堡的也在其內，——對於人的頭腦有清醒的效力。一些火燄似的，黑夜的幻想，隨着清晨的光明與寒冷，而完全消散，我自己有時在早晨憶起一些黑夜的，剛過去的幻夢，而有時還是行爲的時候，總帶着責備與羞慚。我要順便說出的是我認爲彼得堡的早晨，雖然在外表上是全世界最詩意的，但同時又幾乎是世間最荒誕的。這是我個人的見解，或者不妨說是印象，但是我堅持地主張着。在這樣的彼得堡的清晨朽爛的潮溼的霧氣重重的清晨，普希金鏟形皇后裏格爾孟的奇想，我覺得會更加堅固起來的，（這是一個偉大的人物，不尋常的，完全彼得堡式的典型，——也就是彼得堡時期的典型！）我在這濃霧中有一百次生出了奇怪的黏着的幻想：「假使這霧一飛散，向天上一溜走，這個朽爛的，凝滑的黏座城市會不會隨霧升起，像煙似的飄散，而留下了以前的芬蘭灣的池沼，池沼中間，也許爲了美觀，仍舊聳立着一個騎士的銅像，高騎在呼出熱氣的，被急趕着的馬上？」一句話，我不能形容出我的印象，因爲這一切全是理想，全是詩，也就全是胡言亂語；然而我時常發出，現在也發出一個完全無意義的問題：「他們大家現在這樣亂竄胡撞，誰知道，也許這不過是一個夢，在這裏沒有一個眞正的，實在的人，沒有一樁實在的行爲？有些人會突然醒轉來，有些人還在那裏做夢，——而忽然一切全消滅了。」但是我竟扯得太遠了。

　　我要預先說：每個人的生命內有些圖謀和幻想瑰奇得乍看上去會毫無錯誤地認作瘋狂的舉動的。我帶着這樣的一個幻想，在那天早晨上慈魏萊夫家去，——去找慈魏萊夫，因爲這一次我在彼得堡沒有別的人可以尋找。葉非姆，是我認爲無人可找時最後纔去求他的一個人。在我坐在他對面的時候，我甚至自己覺得，我，這個謊語與熱病的化身，而對着一個庸材和率直得像散文的化身而坐。我的方面有理想和正確的情感，他的方面卻祇有實際的結論；那就是說這是永遠合不來的。簡單地說，我對他短捷而且明白地解釋，除他以外，我在彼得堡根本沒有一個人可以充當決鬪的證人，爲了一樁於名譽極有關係的事情；他既然是老同學，也就沒有拒絕的權利，我打算喚衛隊中尉騷可里司基出來決鬪，爲了一年以前他在埃姆司打了我的父親魏爾西洛夫耳光。我要提起的是葉非姆甚至極詳細地知曉所有我的家庭狀況，我對於魏爾西洛夫的關係，和我所知曉的魏爾西洛夫的歷史裏的一切事實。我在不同的時間內把一切全告訴給他聽，自然除去一些秘密之外。他坐在那裏聽着，照例像籠中的小雀似的，振起羽毛，做出沈默和嚴肅的樣子，微脹着臉，白白的頭髮弄得十分蓬亂。呆板的，譏刺的微笑沒有從他的嘴唇上脫落下來。這微笑所以顯得惡劣，因爲完全不是故意的，卻是不由己的；可見他在這時間內確乎認他自己在智識和作爲上全比我高。我還疑惑他爲了昨天在台爾格曹夫家的那一幕看不起我。這是應該如此的：葉菲姆是街道，它是永遠祇對成功崇拜的。

「魏爾西洛夫不知道麼？」——他問。

「自然不知道。」

「那末你有什麼權利干涉他的事情？這是第一層。第二，你想用這個辦法證明什麼？」

我知道他會反駁，因此立刻對他解釋，這並不像他所猜測的那樣愚蠢。第一，可以對傲慢的公爵證明，在我們的階級裏也還有人懂得名譽；第二，魏爾西洛夫會覺得慚愧，得到一個教訓。第三是最重要的，即使魏爾西洛夫沒有喚公爵出來決鬥，而決定接受耳光，從他自己的一些見解上是有理的，他至少可以看到，有一個人竟能深刻地感到他所受的恥辱，把它當作身受的一樣，甚至準備爲了他的利益犧牲自己的性命。……雖然和他永遠分離……

「等一等，你不要喊嚷，姨母會不喜歡的。你對我說，魏爾西洛夫不是和那個騷可里司基公爵爲了遺產打官司麼？在這種情形之下，這竟成爲打贏官司的一種完全新穎而且古怪的方法，——用決鬥的方式把對方殺死。」

我對他解釋，說他簡直是愚蠢而且傲慢，假使他的嘲諷的微笑越發地增長，那不過證明他的自滿和庸俗，他怎麼會猜測我的腦筋裏沒有顧到打官司的那樁事實，而且從最初時候就這樣猜測，他以爲祇有他的多嘴的腦筋總會想到這層上去。我對他說，官司業已打贏，而且對手方並不是騷可里司基一個人，卻是騷可里司基公爵們，假使一個公爵被殺死，還會剩下其他的公爵們，況且決鬪的日期應該延到上訴期限過了以後，（雖然公爵們是不會上訴的，）單祇是為了體面的關係。等到期限一過，總實行決鬪。我現在跑來，也並非立刻就想決鬪，但是我必須先得到保障，因為我的方面沒有證人，我同誰也不認識，至少到那個時候或許會找到的，假使他，葉菲姆，拒絕了的話。我就是為了這個總跑來的。

「那末你到那時候再來說，何必預先空跑十里路呢。」

他立起來，取着帽子。

「到那時候你肯擔任麼？」

「不我自然不幹。」

「為什麼？」

「我所以不願意擔任，單祇是因為假使我答應了下來，你在上訴的期限內必將每天跑到我這裏來。主要的，這全是胡鬧的事情，也就完了。我還能為了你砸破我的飯碗麼？公爵忽然問我：『誰打發你來的？』——我說是：『道爾郭羅基。』——『道爾郭羅基和魏爾西洛夫又有什麼相干呢？』那末我就應該把你的宗譜解釋給他聽麼？他要笑死的！」

「那末你朝他的臉上揍去是了！」

「這是荒唐的故事。」

「你怕麼？你的個子這樣高；你在中學裏比任何人都有力氣。」

「我怕，我自然怕。公爵是決不肯決鬭的，因爲打架應該和平等的人打。」

「我在智力的發達方面也是 Gentleman.（紳士。）我有權利的，我是不平等的……他反而是不平等的。」

「不，你是小人。」

「怎麼是小人？」

「就是小人。我們兩個全是小人，他是大人。」

「你眞是傻瓜！我根據法律規定可以結婚的期限已經有一年了。」

「那末你儘管去結婚，不過你到底是很野蠻的；你還應該長大一點。」

我自然明白他想取笑我。無疑地，這個愚笨的故事可以不必去講，最好還是使它在未知的狀態中死去。而況它瑣碎而且無用得令人感覺討厭，雖然也發生了十分嚴肅的後果。

但是爲了重重地懲罰自己起見，我要全部說完它。我看出葉菲姆嘲笑我，竟用右手推我的肩膀，或者不如說是用右手的拳頭。他當時抓住我的肩膀，臉朝着田野，——事實上給我證明他確乎比我們中學裏任何人都有力氣。

二

讀者自然會想到，我從葉非姆家裏出來的時候一定處於可怕的心境中間，其實是錯誤的。我很明白，發生了的是一樁小學校的中學校的事件，然而事情的嚴重性卻全部存留着。我已經在瓦西里也夫司基島上喝過了咖啡，特地避開我昨天去過的彼得堡區的那片酒店。這片酒店和黃蕩已成爲我憎恨的對象了。我有一個奇怪的脾氣：我會恨地方和物件，像恨人似的。我在彼得堡有幾個快樂的處所，那就是我不知爲什麼原因有的時候坐在那裏會感到幸福的，——而我總是保留這種處所，故意有許多時候不到那邊去，以便以後，在完全剩了孤獨的一人，感到自身極不幸福的時候，纔跑去徘徊一遍，遣愁一下。在喝咖啡的時候，我感覺到葉非姆和他的常識是十分合理的。是的，他比我有經驗，但不見得比我現實些。祇限於自己鼻尖的現實主義比最瘋狂的理想還要危險，因爲是盲目的。我雖然認葉非姆的話有理，——（他大概在這時候心想我正走在街上踢人，）——但總歸不肯在信念上有所讓步，而且至今還是如此。我看見過一類人會爲了一桶冷水不但在行動之前退縮，甚且否認自己的理想，自己起始笑那在一小時以前認爲神聖的一切。他們是如何容易做這種事情呀！卽使葉非姆甚至在實際上比我有理，而我愚蠢得無可再愚蠢，祇是在那裏裝腔作勢，但是在事情的最深處還有一個點，我可以立在上面而感到自已的有理：我自有我的公理，而主要的是他們永遠不會明白的公理。

瓦新住在芳唐卡河邊，謝蒙諾夫司基橋旁。我走到他家裏去的時候，恰巧十二點鐘，但是他不在家。他在瓦西里也夫司基島上就着一個職務，在嚴格地規定着的時間內回家，差不多永遠在十二點鐘左右。再加上那天是什麼節期，我料想我一定會遇到他；旣然沒有遇到，就決定等候一下，雖然我還是初次上他家

裏去，

我的推想是這樣的：關於那封遺產信的事情是屬於良心的問題，我選瓦新爲裁判官也就等於向他表示我的最深的敬意，這自然應該使他感到榮耀。我眞是被這封信攪得非常惶惑，確乎深信有仲裁解決的必要；但是我疑惑我到了那個時候總會脫離困難不必借任何外人的助力。主要的是我也自己知道這層；那就是祇要把這封信親手交給魏爾西洛夫，由他想怎麽辦就怎麽辦，——就是這樣的解決。至於使自己成爲這類事情的最高裁判官和決定者，那是完全不對的。我借了親手把信交去而把自己撇在一旁，而且默默地不發一言，我便立刻占得了便宜，因爲把自己放在比魏爾西洛夫高的地位上去了。我祇要一拒絕關於遺產的一切利益，（因爲我既是魏爾西洛夫的兒子，自然會從這筆款子裏得到一點的，不是現在，便是以後，）——我就永遠給自己保留了對於魏爾西洛夫未來的行爲的最高的道德上的監察。至於責備我害公爵們一層，那是誰也不能的，因爲這文件並沒有決定的法律上的意義。我坐在瓦新的空虛的屋內的時候，把這一切仔細思量了一遍，完全弄清楚了。我甚至忽然想到，我到瓦新這裏來，急於和他商量，向他請教，祇有一個目的，那就是爲了使他看見我自己是如何正直的，不存私心的人，也就是爲了報復我昨天在他面前那種屈辱的樣子。

我在意識到這一切以後，便感到了極大的惱恨；然而我還是不走，仍舊留在那裏，雖然我確實知道，我的惱恨會在每五分鐘內增進的。

我最先對於瓦新的屋子感覺不愉快。「祇要讓我看一看你的房間，我就會知道你的性格，」——這句話眞是對的。瓦新住在向二房東轉租的帶傢具的房屋裏面，——這二房東顯然十分貧窮，靠轉租房間生活，除他以外還有其他房客住着。這些狹窄的，裝滿傢具的小屋，是我熟悉的。牠們外表上還算得整潔，裏面必定有一隻從舊貨市場上買來的獸沙發，——搬動它是很危險的，——還有一隻臉盆，和用屛風擋住的鐵牀。瓦新顯然是最好的，最靠得住的房客；這樣好的房客在二房東那裏一定祇有一個，因此也就特別討好他：替他收拾和拭掃得精細些，在沙發上面懸掛一張石印的圖畫，桌子底下鋪了一條像生着癬病的地毯。凡是愛這種燦爛的清潔，主要的是愛女房東殷勤的恭敬的人們，自己的人格就是可疑的。我深信最好的房客的頭銜會使瓦新自己感覺榮耀。我不知道爲什麼，但是這兩隻堆滿書籍的桌子的形狀漸漸地起始使我生氣。書籍，紙張，墨水壺，——全部露出極難看的秩序，這秩序恰和德國女房東和她的女僕的世界觀相符合。書籍很多，並不是報紙和雜誌，卻是眞正的書籍，——他顯然時常閱讀，大概用十分鄭重和勤懇的態度坐下來讀，或着手寫。我不知爲什麼，但是我最愛書籍無秩序地拋放着，至少不會把看書寫字認爲神聖的行爲。這個瓦新一定對待客人十分有禮貌，他的每一姿勢必要對客人說：「我現在同你坐上一小時半，等到你一走，我就要用功了。」一定可以和他作極有趣的談話，獵見一些新鮮的東西，——但是——「我和你現在談一談，我會使你極感興趣，等到你一走，我立刻着手做最有興趣的事情。」——……但是我到底不走，仍舊坐着。對於我完全不需要請教他一層，我已經得到了最後的信念。

我已經坐了一點多鐘，坐在窗旁，挨着排在窗前的附裝樹枝編成的椅子中的一隻上面。使我狂怒的是時間的逝去，而我必須在晚上之前找到住所。我沈悶得想取一本書來看看，但是沒有去取：一想到給自已解悶上去便會更加感到討厭的。過分的靜謐繼續了一點多鐘，突然在用沙發擋住的門後，不由已地，漸漸地辨出越來越增強的微語來了。顯然有兩個女人聲音在那裏說話，這是聽得出來的，話語卻完全聽不到；但是我由於沈悶竟起始有點聽得清楚了。顯然說得十分興奮而且熱烈，並不是講關於我們衣服的事情：好像在那裏勸告或辯論，一個聲音在勸告和懇求，另一個聲音不肯聽，辯駁着。大概是另外的三房客。我不久感覺厭倦，耳朵也習慣了，我雖然還繼續聽下去，然而是機械般地，完全忘記我在那裏偸聽人家的說話。突然發生了一點極緊要的情形，好像有人從椅上用兩脚跳下來，或是忽然從座位上跳起，跺着脚；隨後，發出了一聲呻吟，忽然又是一聲呼喊，甚至不是呼喊，卻是尖叫，從肚腹內出來的，忿恨的尖叫，在尖叫的人方面，別人聽見不聽見已經是滿不在乎的了。我跑到門外，開了門，同時另一扇門也打開了，在走廊盡頭，是女房東的門，以後我纔知道，兩個好奇的頭從那門裏窺看着。在我那間屋子旁邊的一扇門也突然打開了的時候，喊聲立刻靜止了。一個我覺得很年輕的女子匆遽地掙脫着身子，從樓梯上跑下去了。另一個年老的女子想阻攔她，但是沒有攔住，祇好朝她身後呻吟地說：

「與路，與路，到那兒去唉！」

但是在看到我們的兩扇敞開的房門以後，便靈巧地把自己的門關上，留下一條門縫，從裏面朝樓梯上傾聽着，一直到跑下樓去的與路的脚聲完全靜寂時為止。我回到窗旁。一切靜寂了。一個空虛的，也許是可笑的事件，我停止去想它。

大概過了一刻鐘以後，走廊裏瓦新門旁傳出了一個洪響的，很隨便的男子聲音。有一個人抓住門柄，把門開了一點，因此我可以看得見走廊裏立着一個高身材的男子，他斷然也看到了我，甚至仔細看我，但是還沒有走進屋裏來，一面繼續抓住門柄，一面和女房東談話。女房東用柔細的快樂的聲音和他應答，從噪音裏可以聽出這客人她早已熟識，爲她所敬愛和尊重，看作靠得住的客人和快樂的紳士。這快樂的紳士呼哧着說着俏皮話，但祇是談些關於瓦新如何不在家，他怎麼也不能遇到他，他永遠如此，也祇好像那次似的等候着。這一切無疑地在女房東看來是非常俏皮的話語。客人終於走進來了，把門推開得很大。

這位先生穿得很闊綽，顯然是好裁縫做的，完全照「貴族」的派頭，但同時他身上又很少貴族的味道，不管他如何想有這派頭。他的態度並不見得怎樣瀟灑自如，但有點自然地傲慢無恥，那就是說到底比在鏡子前面裝成的傲慢無恥的人不大可惱。他的頭髮是深棕色的，帶着輕微的灰髮，這加上烏黑的眉毛，長長的鬍鬚，大大的眼睛，這一切不但不能幫助他的氣度貴族化，卻似乎給他增添了一點共同的相像的傲慢無恥的東西。這樣的人也會笑，也樂意笑，但是不知爲什麼緣故和他在一塊永遠不覺得快樂。他很快地從撒笑的神色轉爲鄭重的神色，從鄭重的神色轉爲游戲的或是擠眉弄眼的樣子，而這一切似乎帶點飛揚跋扈的樣子，而且沒有來由似的。……然而不必預先加以描寫。這位先生我以後認識得更多些，更接近些，因此現在不由得比當時他開門走進屋來的時候把他設想得更多更熟悉些。但是我現在還難於講出關於他的一些正確和決定的話，因爲這類人身上主要的就是他們品性的不完備，雜亂無章以及不決定。

他還沒有坐下來，我忽然猜想到這人大概就是瓦新的後父，斯帖別立闊夫先生，我已經聽見人家說過，不過是偶然想來的，因此怎麼也不能說出所以然：衹記得有點不好。我知道瓦新在他的管教之下，做了許多時候的孤兒，但早已脫離他的勢力範圍，他們的目的和利益完全不同，他們在任何方面都過着完全不同的生活。我還記得這個斯帖別立關夫有點財產，他甚至是一個投機家，——一句話，我以前也許知道得更詳細些，但是現在忘記了。他用眼光向我掃射了一下，沒有鞠躬，把自己的高帽放在沙發前面的桌上，把桌子神氣活現地用腳推開一點，並不是坐下，簡直就躺在那隻我不敢坐的沙發上面，弄得它吱吱地發響。他的兩腳交叉着，右腳上的漆皮鞋高高地舉起。他起始審看那隻鞋子。自然立刻就轉身向我，用巨大的，有點呆板的眼睛對我掃射了一下。

「沒有遇到他！」——他微微地向我點頭。

我沉默着。

「他眞是不守時刻，對於事情另有一種眼光。從彼得堡區裏來麼？」

「您是不是從彼得堡區來呢？」——我反問他。

「不，我問您。」

「我……我從彼得堡區來，您爲什麼會知道的？」

「爲什麼？唔……」——他使了一個眉眼，但是沒有解釋出來。

「我並不住在彼得堡區，但是我剛到彼得堡區去過，從那裏到這兒來的。」

他繼續默默地露出一種極有意義的微笑，這微笑深爲我所不喜。在這擠眉弄眼裏有點愚蠢的神色。

「在台爾格曹夫先生家裏麼?」——他終於說。

「什麼台爾格曹夫家裏?」——我張大了眼睛。

他勝利似地看我。

「我並不認識。」

「唔……」

「隨您便罷。」——我回答。我覺得他討厭起來。

「唔……是的。您且等一等。您到一片鋪子裏去買東西，另一個買主到旁邊的另一片鋪子裏去買另一件東西，您猜是什麼東西?那被人家稱放印子錢的商人有的是錢……因爲錢也是一件東西，放印子錢人也是商人……您注意着麼?」

「也許注意着的。」

「第三個買主走了過來，指着一片鋪子說：『這是有根據的，』指着另一片鋪子說『這個沒有根據。』我對於這位買主應該下什麼樣的判斷呢?」

「我哪裏知道?」

「不，對不住得很。我是說一句比喻；人是依靠好比喻而生活的。我在退夫司基大街上走路，看見對街的人行道上有一位紳士走着，我很想斷定他具有什麼樣的性格。我們在不同的兩邊走着，走到海軍街的轉彎角上，就在英國鋪子的那個地方，我們看見了第三個過路人，剛剛被馬撞倒了。現在請您想一想：有第四人走過來，打算斷定我們三人的性格，連那個被撞倒的人也在內，從經驗和素養方面來加以斷定……您注意着麼？」

「對不住，我很困難。」

「好的；我早就想到了。我來換一個題目。我上德國的礦泉那裏去，我是常到那裏去的，上那一個礦泉去是一樣的。我在礦泉上走着，看見一些英國人。您知道，和英國人是很難結識的；但是過了兩個月，治療的期限終結了，我們大家上山去，結着夥上去，手裏拿着尖頭的棒杖，到那一個山上去是一樣的。在轉彎的地方，那就是在站頭上，僧士們做沙爾脫萊茲燒酒的地方，——您注意這一層，——我遇見一個土著，孤獨地站在那裏，默默地看望着。我打算斷定他的根基如何，想向和我同行的那一羣英國人請求判斷，祇是爲了我沒有能和他們在礦泉上扳談的緣故，您以爲我能不能這樣做？」

「我哪裏知道？對不住，我很難聽明白您的話語。」

「很難麼？」

「是的，您使我感到疲乏。」

「喃。」——他使了一下眉眼，做了一個手勢，大概應該表示一點極隆重和勝利的意思；以後又很莊嚴而且安靜地從口袋裏掏出一張報紙，顯然是纔買來的，打了開來，起始閱看最後的一頁，顯然完全不理睬我了。他有五分鐘沒有看我。

「勃萊司託格拉夫的股票並沒有倒下來，不是麼？不是還有銷場麼？我知道許多股票立刻會跌倒的。」

他用誠懇的態度看我。

「我對於交易所的情形暫時不大明白，」——我回答。

「您否認麼？」

「否認什麼？」

「金錢。」

「我並不否認金錢……但是我覺得必須先有理想，然後再有金錢。」

「那末請問您……譬如一個人有自己的資本……」

「起初是最高的理想，以後纔是金錢，社會有了金錢，假使沒有最高的理想是會倒塌的。」

我不知道爲什麼我又性急起來。他帶着一點遲鈍的樣子看我，似乎攪不淸楚，但是他的整個的臉忽然展成極快樂而且狡猾的微笑。

「魏爾西洛夫呢？搶到了！眞是搶到了！是昨天判決的麼？」

我突然出乎意料之外地看出，他早就知道我是什麼樣的人，也許還知道得很多。我祇是不明白，我爲什麼忽然臉紅，用極愚蠢的樣子看望着目不轉睛地看望着。他顯然十分得意，快樂地望着我，好像用極狡猾的樣子捉住我，把我的秘密偵探到了。

「不對的，」——他把兩根眉毛全聳了起來。——「您不妨把魏爾西洛夫先生的事情問我一下！我剛纔不是對您說過關於根柴的話麼？一年半以前，爲了這個嬰孩，他本來可以做成一件好事的，——但是他竟跌倒了，是的。」

「爲了什麼嬰孩？」

「爲了那個奶媽的嬰孩，現在由他在一邊哺養着，不過一個錢也不取……因爲……」

「哪個奶媽的嬰孩？什麼意思？」

「自然是他的嬰孩，他自己的，和李娜·阿赫馬可瓦小姐養的。……『美女撫愛我……』磷質的火柴，不是麼？」

「這眞是胡說！這眞是粗野的話！他從來和阿赫馬可瓦生過小孩！」

「你瞧！我怎麼會曉得的？我又是醫生，又是助產士。做娃斯帖別立闊夫，您沒有聽見過麼？自然我那時早就不行醫，但是我能在合乎實際的情況下給人家出合乎實際的主意。」

「您是助產士……給阿赫馬可瓦接過生麼？」

「不，我沒有給阿赫馬可瓦接生。在郊外有一位醫生，名叫格郎慈，家累很重，每次的酬金祇存半個盧勒爾，那邊醫生的待遇就是這樣的，再加上沒有人知道他，所以他代替我去接生……我爲了使事情蒙上不可知的隱蔽，纔介紹他的。您注意聽着麼？關於安得烈·彼得洛維奇·魏爾西洛夫的問題，關於那個極秘密的問題，我祇出了一個實際的主意，當面對他出的。但是安得烈·彼得洛維奇情願提兩隻兔子。」

我十分驚訝地聽着。

「你想追兩隻兔子，——」結果一隻也捉不住，這是民間的，也可以說是普通人的諺語。我要這樣說：不斷地重複着的例外會變爲普通的原則。追另一隻兔子，譯成俄國話，追另一位女太太，——於是弄得毫無結果。已經抓住了什麽，就應該抓得牢牢的。他在應該急速進行的地方，竟遲遲疑疑地說不出來了。魏爾西洛夫是『女人的預言家』——這就是年輕的公爵歷可里司基當時在我的面前美麗地形容他的話。您到我這裏來呀！假使您想知道魏爾西洛夫多些，您可以上我那裏去。」

他顯然在欣賞我的驚訝得張開着的嘴。我直到現在從來一點也沒有聽見關於嬰孩的事情。就在這一刹那間鄰婦那裏的門忽然拍響了一下，有人迅快地走進屋去。

「魏爾西洛夫住在謝蒙諾夫司基營，莫扎意司卡耶街，李脫維諾瓦的房子門牌十三號，我自己到地址調查局去過的！」——一個苦惱的女人的聲音洪響地喊出每一個字我們都聽得很清楚。斯帖別立闊夫聳起眉毛，手指朝頭上舉起。

「我們在這裏講他，她已經在那裏了……那就是所謂不斷地重複着的例外！」

他迅速地用跳躍的姿勢蹲坐在沙發上面，起始對着用沙發擋住的那扇門傾聽。我也感到非常的驚愕。我猜想到，這大概是那個青年女人，驚慌地跑出去的那個女人呼喊出來的。但是魏爾西洛夫何以會在裏面呢？突然又傳來了剛纔那樣的尖叫，狂怒的尖叫，一個人爲了人家不肯給他什麽東西，或攔阻他取什麽東西而憤怒得發狂時的尖叫。和剛纔不同的地方祇是呼喊和尖叫繼續得越加長久些。聽得見爭奪的樣子，一些急促的匆遽的話語：「我不要，我不要，給我呀，立刻給我呀！」——或是這一類的話，——我不能完全記憶住。以後又和剛纔一樣，有人迅速地奔到門前，打開了門。兩個鄰婦全跳在走廊裏去了，一個像剛纔一樣，正在捆住另一個。斯帖別立闊夫早就從沙發上跳起來，愉快地傾聽着，這時簡直闖到門外去，立刻堂而皇之地跳到走廊裏鄰婦們的面前去。我自然也跑到門外去。但是他在走廊裏的出現等於一桶涼水：鄰婦們迅速地隱去，啌嚓地關緊了門。斯帖別立闊夫正想朝她們後面追過去，但是又停住了，舉起手指，一面微笑，一面考慮着。這一次他的微笑裏，我看出了一點異常頑劣的，黑暗的，惡毒的什麽。他看見女房東又立在自己門旁，便迅速地蹑足跑到她身邊去，和她交頭接耳地說了兩分鐘，自然取得了一切的消息，他就用威嚴和堅決的神色回到屋內，從桌上取了高帽，向鏡內悄看了一眼，把頭髮豎得高高的，露出自信的莊嚴的態度，連看也不看我一眼，就跑到鄰婦們那裏去了。他在門前傾聽了一會，把耳朵挨在門上，又隔着走廊對女房東勝利似的擠了擠眉眼，她用手指朝他威嚇了一下，搖着腦袋，似乎說：「唉，這淘氣鬼，這淘氣鬼！」終於用堅決的，極客氣的態度，客氣得甚至似乎背也彎了轉來，當時他用手指節骨叩鄰婦的門。聽出了一個聲音：

「誰在那裏？」

「有要緊的事情，可以進來麽？」——斯帖別立闊夫洪響而且威嚴地說。

遲延了一會，但到底把門開了，起初祇開一點點，四分之一的樣子，但是斯帖別立闊夫立刻緊緊地抓住門柄，不讓門再關了。起始了談話，斯帖別立闊夫說得很響，一直想闖進屋內去；我不記得話語，但是他講着魏爾西洛夫的事情，他說他可以告訴給他們聽，解釋一切，——「您可以問我」——「您可以到我那裏去，」——這一類的話。他很快就被放進屋裏去了。我回到沙發那裏，起始偷聽，但是不能全部辨清出來，祇聽見時常提起魏爾西洛夫來。我從口氣的聲音裏猜到斯帖別立闊夫已經把談話把握住了，說得已經不是那樣的甘甜，卻十分雄偉，而且放肆，好像剛纔對我的那個樣子：「您注意聽着麼？」「現在請您注意，」一等等的話。然而他對待婦女應該特別的客氣。他的洪響的笑聲已經傳來了兩次，大概全是不湊巧的，因爲在他的語聲的旁邊，有時還掩過他的語聲，傳來了兩個女人的聲音，這聲音並沒有表示快樂，特別是那個年輕女人的聲音，就是剛纔尖叫着的那個女人的聲音：她說得很多，很快，露出神經質，顯然在那裏責備和抱怨，尋覓裁判的地方和裁判官。但是斯帖別立闊夫也不肯示弱，越來越把聲音擡得高，越來越笑得利害。這類人是不會聽人家說話的。我迅快地從沙發上走下來，因爲我覺得偷聽是可恥的事，仍舊坐到我的老地方去，窗旁的木製的椅上。我深信瓦新並不把這位先生當作什麼了不起的人物，但是我假使發表了意見，他立刻會用嚴正的態度加以維護，用教訓的口氣說，他是「一個有經驗的人，屬於現在事務家的一流，不能用我們的普通的抽象的眼光加以判斷。」——在這一剎那間，我記得，我似乎整個身子受了道德的打擊，我的心劇跳着，我無疑地在期待着什麼事情。過了十分鐘，忽然在一個清脆的嘩笑的爆發中間，有人恰巧像剛纔一樣，從椅上跳起來，隨後傳來了兩個女人的呼喊，聽得見斯帖別立闊夫跳起來，用另一種聲音說出什麼話，似在替自己辯白，又像懇求人家聽完他的說話……但是她們不願意聽完：傳出了憤怒的呼喊：「滾出去！你是混蛋！你是無恥的東西！」——一句話，顯然她們把他推出去了。我開門出去的時候，恰巧他從鄰婦的門裏跳到走廊裏來，大概就是被她們用手攆出來的。他一看見我，忽然指着我，喊道：

「這位就是魏爾西洛夫的兒子！假使你們不相信我，這裏是他的兒子，他的親生的兒子！您來啊！」——他使勁抓我的手。——「這是他的兒子，他的親生的兒子！」——他反覆地說，把我拉到兩位女太太面前，但是並沒有添加一點解釋的話語。

年輕的女人站在走廊裏，年老的一個坐在門前，離她身後一步。我祇記得這個可憐的女郎像貌還不壞，有二十歲模樣，但是瘦得很，露出病相，髮作棕色，臉容似乎有點像我的妹子：這一個痕跡從我的腦裏閃過，存留在我的記憶裏了。不過麗薩從來沒有發怒過，也自然從來不會發這樣狂怒，像站在我面前的這個女人似的：她的嘴唇很白，淡灰色的眼睛閃耀着，她憤怒得全身抖索。我還記得我自己處於極愚笨的，無價值的地位上面，因為由於這個無恥的東西的賞賜，根本找不出什麼話來說。

「兒子又有什麼？假使他和你在一塊，他也就是混蛋。假使您是魏爾西洛夫的兒子，」——她忽然對我說，——「請您把我的話轉達給您的父親，就說他是混蛋，他是無價值的，無恥的人，我不需要他的錢……您拿去，您拿去，立刻把這個轉交給他！」

她從口袋裏迅快地掏出幾張鈔票，但是年老的女人（以後纔曉得是她的母親）抓住她的手！

「奧略，也許不確實，也許他並不是他的兒子！」

奧略迅快地望着她，思量了一下，賤蔑地看我一下，轉身回到屋裏去，但是在踏上房門之前，站在門限那裏，又朝斯帖別立閼夫狂怒地叫喊：

「滾！」

甚至還朝他跺腳。隨後門關上了，還上了鎖。斯帖別立閣夫還抓住我的肩膀，舉起手指，伸展成一個長長的，凝思的微笑，用疑問的眼神盯着我。

「我覺得您對待我的行爲是可笑而且沒有價值的，」——我憤怒地喃語。

但是他沒有聽我的說話，雖然眼睛不斷地盯在我的臉上。

「這是應該調——調查的！」——他沈思地說。

「但是您怎麼敢把我牽進去？她們是誰？什麼女人？您抓住我的肩膀，把我領來了，——究竟是什麼意思？」——

「鬼！一個失去了淸白的女人……『時常重複着的例外，』——您注意聽着麼？」

他用手指戳我的胸脯。

「鬼！」——我把他的手指推開。

但是他突然，完全出乎意料地輕聲笑出，低微得聽不出來，快樂地，長久地笑着。他終於戴了帽子，錄出變化得很快的，已經顯得陰鬱的臉色，皺緊眉毛，說道：

「應該告訴女房東……應該把她們趕出去——就是的，越快越好，否則她們會……您以後瞧着罷！鬼！」——他忽然又高興起來了。——「您不是要等候梅利莎麼？」

「不，我等不得了，」——我堅決地回答。

「那是一樣的……」

他不再添一句話，轉身走了出去，朝樓梯上走下，甚至沒有對顯然在等候新聞和解釋的女房東看上一眼。我也取了帽子，請女房東轉達一聲，我道爾郭羅基來過了的，以後就從樓梯上跑下去了。

三

我不過是白費時間。我一走出去，立刻着手尋覓住所；但是我的精神非常散漫，在街上溜了幾小時，雖曾走到五六處房客轉租的寓所裏去，但是我相信我走過了二十處，而一點沒有注意到。最使我懊恨的是我並沒有想像到租屋會如此的困難。各處全是像瓦新似的房間，甚至還要壞得多，然而租金卻十分大，和我的計算不合。我單祇需要一個角落，能夠轉身就好了，人家就賤蔑地對我表示，在這種情形之下應該上「角落」裏去。此外，各處全有許多奇怪的房客，我祇要一看到他們的樣子就不能和他們安居下去，——甚至願意化錢，但求不要住在一處。那些先生們全不穿上衣，單穿了一件馬甲，長着一臉蓬亂的鬍鬚，露出放肆和好奇的態度。在一間小屋內坐了十個人，在那裏打牌喝啤酒，要租給我的那個房間就在他們旁邊。在另一些地方，我對於房東的盤問自己回答得那樣離奇，使他們望着我驚異不置，而在一個寓所內我甚至拌起嘴來了。但是這一些雞零狗碎的事情本來用不着描寫；我祇想說我在非常疲勞以後，在天色差不多已發黑時纔到一爿飯館裏喝了點東西。我已取得了最後的決定，我現在要獨自跑去，當面把那封遺囑的信送給魏爾西洛夫，不加任何解釋，然後把樓上我的東西放在皮箱和包袱內，先搬到旅館裏去宿一宵。我知道，在奧勃霍夫司基大街盡頭，得勝門旁邊，有一些客棧，化三十戈比甚至可以找到一個單房間；我決定發誓一夜就是爲了不再住在魏爾西洛夫家裏。在我走過工藝專門學校的時候，忽然不知爲什麼原因想彎到達娅央納·伯夫洛夫納那裏去，她就住在工藝專門學校的對面。本來彎進去的藉口還祇是那封關於遺產的信，但是我那份按捺不住地想彎進去的心情自然還有其他原因，是我到現在還不會解釋的：爲了那個「嬰孩，」爲了「那些變爲普通原則的例外，」腦筋裏弄得有點糊裏糊塗。我是不是想謊話，或想誇耀，或想打架或者甚至想哭，——我不知道，不過我竟走到達娅央納·伯夫洛夫納家裏去了。我一共祇到她家裏去過一次，在我剛從莫斯科來到這裏的時候，爲了母親囑託的一樁事情，我記得進去以後，把所囑託的話轉達了，過一分鐘後就走了，甚至沒有坐下，她也並沒有請我坐。

我按了鈴，廚婦立刻給我開門，默默地放我到屋裏去。所有這些詳細的情節必須寫將出來，就是爲了可以明白那件影響到以後的一切的瘋狂的意外事件是怎樣發生的。最先講一講那位廚婦。她是脾氣惡劣，鼻子歪曲的曲鴻加種女人，大概很恨她的女主人達娅央納·伯夫洛夫納，而女主人爲了某一種奇癖，竟不能和她分離，好像老處女們對待鼻尖永遠潮溼的老哈叭狗，或永遠沈睡的小貓的情形一般。那個曲鴻加女人不是發了脾氣，做出粗暴的行動，便是吵了嘴以後，幾星期做沈默着，借此懲罰她的女主人。我大概恰巧碰到這個沈默的日子，因爲她在我問她：「太太在家麼？」的那句話以後，——這問話我根本記得是向她提出過的，——甚至絕不置答，默默地走到自己的廚房裏去了。在這以後我自然以爲太太在家，便走進屋內，沒有找到任何人，心想達娅央納·伯夫洛夫納立刻會從臥室裏走出來，因此起始等候着；否則，那個廚婦爲什麼放我進來呢？我沒有坐下，等候了兩三分鐘。天色差不多已經發黑，達娅央納·伯夫洛夫納的黑暗的小寓所，由於那些到處懸掛着的，無鬚髭的花洋布更加顯出不親暱的樣子。還有兩句話要講到這個惡劣的寓所，爲了瞭解發生事情的那個地點。達姬央納・伯夫洛夫納由於她的固執的專擅的性格，還由於用主的習癖，不能安身住在由二房東轉租的，帶傢具的房屋裏，所以租下了這個類似公寓的東西，就爲了可以單獨住開，自作主人。這兩間屋子正和兩個鳥籠一模一樣，一間靠着一間，一間比一間小，位置在三層樓上，窗向院裏開着。走進寓所時，您逕直走進一條一俄尺半闊的狹窄的走廊裏去；左面就是上面描寫過的兩隻鳥籠，但是一直順着房間走去，在進深的地方，就是通廚房的門。在這幾間屋內也許祇有一個半立方丈足够一個人在十二小時內用的空氣，不見得還會多些。房間低矮得不像樣子，而最恐怖的便是那些窗門，木器，一切，一切，全蒙上或遮上花洋布，極好的法國花洋布，還滾着花邊。這樣一來，屋子更加顯得黑暗了一倍，頗像旅行馬車的內部。在我等候着的那間屋內，雖然堆滿了木器，還可以轉身，這些木器倒並不壞：有些小几是用鑲嵌的材料製成，用紫銅鑲邊的，還有各種盒子，美麗而且闊綽的梳妝臺。但是第二間小屋，就是我等候她從那裏而出來的那間臥室，用幃帳厚厚地使它和這間屋子隔離的，以後發現原來祇能容納一張牀。所有這一些細節，爲了瞭解我所做的那件蠢事起見，是必須先行敍寫的。

於是我等候着，一點也不加懷疑，忽然鈴聲響了。我聽見廚婦用不慌不忙的脚步在小走廊裏走着，默默地，好像剛纔放我進去時一樣，把走進來的人放了進來。這是兩位女太太，兩人都大聲地說話，但是我的驚異眞是非同小可，當我從口音裏發覺出一個是達姬央納・伯夫洛夫納，另一個是那個我現在完全沒有準備去遇到，且更不準備在這種環境之下遇到的女人的時候。我不會錯誤：我昨天聽見過這個撥亮的，強烈的，金屬般的聲音，雖然一共祇有三分鐘，但是它留存在我的心裏了。是的，她就是「昨天的那個女人。」我應該怎麽辦呢？我並不向讀者提出這個問題，我不過設想當時的一分鐘內的情形，現在甚至完全無力解釋，我怎麽會忽然弄得奔到幃帳後面，躲到達娜央納·伯夫洛夫納的臥室裏去的。簡單地說，我躲了起來，剛跳進去，她們就走進來了。爲什麽我不去迎接他們，卻躲了起來，——我不知道；一切出於偶然，完全無意識。

我鑽進臥室，撞在牀上，立刻看出從臥室裏有門通到廚房，因此還可以脫離困難的地位，完全可以逃走，但是——眞可怕呀！——門上了鎖，門縫裏並沒鑰匙。我在絕望中歪坐到牀上去；我明白地設想到，我現在不能不偷聽她們的談話，但是從最初的幾句話裏，從最初的談話的聲音裏，我猜到他們的談話是秘密的，微妙的。自然，一個正直的，誠實的人應該立起身來，甚至在現在，走出去，大聲說：「我在這裏，你們等一等！」——不管自己的地位如何的可笑，就一直走過去；但是我沒有立起來，沒有走出去；我不敢，我卑劣地膽怯着。

「我的親愛的加德隣納·尼古拉也夫納，您眞是使我十分難過，——達娜央納·伯夫洛夫納懇求着。——「您永遠安心罷，這樣甚至是和您的性格不合的。隨便在什麽地方，有了您就有快樂，然而現在忽然……我覺得您現在還繼續相信我；因爲您知道我是怎樣的對您忠心……我對您的忠心不在對安得烈·彼得洛維奇之下，我並不隱瞞我對他的永恆的忠心……，我要使您相信，我可以對您詛咒，那個文件並沒有在他的手裏，也許不在任何人手裏。他決不會做出這種奸猾的手段來的，您起疑心是罪過的。你們兩人不過是自己造出這仇恨來的……」

「文件是有的，他們做出一切舉動來的。我昨天一走進去，第一個見面的就是——ce petit espion（這小偵探）是他特地給公爵加上的。」

「哪裏是 ce petit espion？第一，他並不是 espion，因爲那是我，那是我堅持地主張把他安插在公爵那裏，否則他會在莫斯科發瘋，或者會餓死的，——那邊這樣斷定他；主要的是這個粗笨的男孩甚至完全是傻瓜，他哪裏會充當偵探呢？」

「即使是傻瓜，也不會妨礙他成爲壞蛋的。我正在惱恨中，否則昨天會笑死的：他臉色發白，跑了過來，扮出諂媚的臉色，說法國話。在莫斯科，瑪麗亞·伊凡諾夫納直對我說他是一個天才。那封不幸的信還完整着，而且存放在極危險的地方，——主要的是我從瑪麗亞·伊凡諾夫納的臉上判斷出來的。」

「您是我的美女！您自己說她那裏什麼也沒有！」

「有是一定有的；她在那裏說謊。我對您說，她眞是一個裝假的能手。沒有到莫斯科以前，我還存着沒有留下任何文件的希望，但是現在，現在……」

「親愛的，人家反而說她是一個善良的細心的人，去世的安特洛尼闊夫看重她，在所有他的姪女們之上。固然我不大知道她，但是——您可以把她降服的，我的美女！您不費什麼力就會戰勝的。我已經是一個老太婆，——連我都愛上了您，現在眞想吻您呢……您把她降服下來是不費力氣的！」

「我試過的，達吉央娜·伯夫洛夫納，甚至把她弄得十分高興，但是她太狡猾了……不，她具有整個的性格，特別的，莫斯科式的……您想一想，她勸我去問這裏的一個姓克拉夫特的，安特洛尼闊夫以前的助手。她說也許他會知道。我對於這個克拉夫特已經曉得一點，甚至還記住他一點影子。但是她對我一說出這個克拉夫特來，我簡直相信她不但不會不曉得竟還是扯謊全都知道的。」

「爲什麼呢？爲什麼呢？大概可以向他查問的這個德國人克拉夫特，倒不是愛亂說的人，我記得是很誠實的，——眞可以詳細盤問他一下！大概他現在不在彼得堡……」

「他昨天就回來了，我剛纔到他那裏去過的……我現在到您這裏來，心裏非常的謊亂，我的手和腿都抖索着，我想求您一下，我的安琪兒，達娘央納·伯夫洛夫納，因爲您認識許多人，能不能在他的文件裏查一查。這些文件現在會轉到什麼人手裏呢？也許又會落到一些危險的手裏罷？我跑來和您商量一下。」

「您說的是什麼文件？」——達娘央納·伯夫洛夫納不明白。——「您不是說，剛纔自己到克拉夫特那裏去過的麼？」

「去是去過的，剛纔去過的，但是他自殺了！昨天晚上就自殺的！」

我從牀上跳起來了。人家稱呼我偵探和白癡的時候，我還能坐下去。她們談話得越起勁，我越覺得不能露面。這是無從想像的事！我心裏決定屏住呼吸，一直坐下去一直坐到達娘央納·伯夫洛夫納送客出去爲止，——（假使僥幸她自己不爲了什麼事情先走進來，）——等到阿赫馬可瓦一走，——那時候那怕利達娘央納·伯夫洛夫納打架都可以……但是忽然現在我聽到了關於克拉夫特的消息，立刻從牀上跳了起來，我的全身都抽起痙攣來了。我不顧一切，不加思慮和想像，立刻跨步出去，舉起帷帳，發現在她們兩人面前。天色還有點亮，可以看出我臉色灰白，身子抖索……她們兩人全驚喊了出來。還能不驚喊麼？

「克拉夫特麼？」——我對阿赫馬可瓦喃喃地說。——「自殺了麼？昨天麼？太陽落山的時候麼？」

「你在哪兒？你從哪裏來的？」——達姬央納·伯夫洛夫納尖聲叫喊，簡直抓住我的肩膀。——「你偵探着麼？你偷聽麼？」

「我剛纔說的是什麼啊？」——加德隣納·尼古拉也夫納從沙發上立起來，對她指着我。

我發起火來了。

「造謠！胡說！」——我狂怒地打斷她。——「您剛纔稱呼我偵探。唉，天呀！你們這種人的事情不但不值得去偵探，甚至在你們身旁的世界上生活下去都是不值得的！一個心胸寬大的人以自殺結果他的一生，克拉夫特自殺了，——爲了理想，爲了藹庫巴（註）……但是你們那裏會知道什麼藹庫巴！……祇好生活在你們的陰謀中間，在你們的虛謊，欺騙，詭詐裏虛費光陰……够了！」

「朝他的臉上給他一記，給他一記耳光！」——達姬央納·伯夫洛夫納喊，但是因爲加德隣納·尼古拉也夫納雖然望着我，（我記得清清楚楚，）目不轉睛地望着，但並沒有從座位上移動一下身體，所以再等一會，達姬央納·伯夫洛夫納一定會自己履行她的提議；因此我不由得先行舉起手來保護我的臉；就爲了這個手勢，她覺得我自己也想動手。

「你打罷，你打罷！你證明你自己生下來就是下流東西：你比女人有力氣，何必客氣呢！」

（註）古希臘史詩伊里耶特中的人物，脫羅央王沒利阿姆之妻。——譯者。

「糟蹋得够了，够了，」——我喊。——「我從來不打女人！您眞是無恥極了，達姬央納·伯夫洛夫納，您永遠看不起我。一面不尊敬人，一面還要和他們周旋！加德隣納·尼古拉也夫納，您大概會笑我這個體格；是的，上帝並沒有賜給我像您的那些侍從官那樣的體格。但是我在您面前並不感到一點屈辱，反而覺得高超……無論怎樣說總是一樣的，我總是沒有錯！我是偶然跑到這裏來的，達姬央納·伯夫洛夫納。這責任應該由您的那個山鴻加女人一人負擔，或者說是應該歸咎到您對她的偏愛上去：她爲什麼不回答我的問題，一直領我到這裏來呢？以後您自己也應該同意從一個女人的臥室內跳出來，我覺得實在是太離奇了，所以我決定寧可默默地忍受你們的侮辱的話語，但是不走出來……您又笑了麼，加德隣納·尼古拉也夫納？」

「滾！滾！滾出去！」——達姬央納·伯夫洛夫納喊，幾乎推我。——「不要把他那些胡說八道的話當眞，加德隣納·尼古拉也夫納：我對您說過，那邊人家都說他是瘋子！」

「當我是瘋子麼？什麼人說的？誰說的？一樣的，够了。加德隣納·尼古拉也夫納！我可以用神聖的一切對您賭咒，這一段談話，和我所聽見的一切會永遠保存在我們中間的……我曉得了您的秘密，我又有什麼錯呢？况且我明天起就不到令尊那裏去做事，所以關於您尋找的那個文件，您儘管可以放心的！」

「什麼？……您講的是什麼文件？」——加德隣納·尼古拉也夫納露出羞愧的樣子，甚至臉都發白了，或者也許我這樣覺得。我明白我說得太多了。

我迅速地走出去；她們目送我；她們的眼神裏露出極度的驚異。一句話，我給了她們一個啞謎……

第九章

一

我趕回家去，——奇怪得很，——我感到十分滿意。自然不應該和女人們這樣說話，而且還是和這樣的女人們，——其實不如說是和這樣的女人，因爲達姬央納·伯夫洛夫納我不算在內。也許怎麼也不能當着這類女人的面前說：「你們的陰謀我是不管的，」——但是我說出了這句話，而竟引爲滿意。別的且不說，我至少相信，我用了這種口氣把我的地位上可笑的一切全磨盡了。但是我沒有工夫做想這件事情；因爲有克拉夫特坐在我的腦筋裏面。他並不見得如何折磨我；但是我到底感到非常的震撼，震撼得甚至連那種在遇到別人發生不幸時感到一點愉快的人們普通的情感，譬如說在有人折斷腿骨，毀失體面，毀失心愛的人的時候，甚至連那種卑劣的愉快的普通的情感都無影無蹤地讓位給別一種極完整的感覺，也就是哀痛的感覺；對於克拉夫特的憐惜，是不是憐惜，我還不知道，然而總是一種極強烈的，極善良的情感。我也爲此而感到滿足。在一個人被某種重要的消息所震撼的時候，偏偏有許多枝節的念頭會在腦筋裏閃過，其從這消息似乎應該壓碎其他的情感，驅散所有枝節的念頭，尤其是瑣碎的念頭，然而瑣碎的念頭反而鑽將進來。我還記得，一陣十分敏感的，神經性的抖慄漸漸地包圍了我的全身，這抖慄繼續了幾分鐘之久，甚至在我回家後和魏爾西洛夫解釋的時候一直就是這樣。

這解釋是在奇怪的，非常的情節下發生的。我已經提過，我們住在院裏一所個別的偏屋裏；這寓所的號數是十三號。我還沒有走進大門，就聽見一個女人的聲音用不耐煩和惹惱的口氣，洪響地問什麼人：「十三號在哪裏？」問這話的是一位女太太，就在大門旁邊，打開了一丬小鋪的門；但是小鋪裏大概沒有人回答她，或者甚至把她驅趕走了，於是她從臺階上走下來，露出憤激和怨恨的神色。

「看門人在哪裏？」——她一面喊，一面跺腳。我已經認識這個聲音了。

「我到十三號去，」——我走近她身邊。——「您找誰？」

「我已經用整整的一小時尋找看門人，問着大家，所有的樓梯全跑遍了。」

「在院子裏面。您不認識我麼？」

但是她已經認識我了。

「您找魏爾西洛夫；您有事找他，我也是的，」——我繼續說，——「我跑來和他永遠作別。我們去罷。」

「您是他的兒子麼？」

「這一點也沒有關係。就算是他的兒子也可以，雖然我是道爾郭羅基，我是私生子。這個先生有無數的私生子。在良心和名譽需要的時候，就是嫡親的兒子也會離開家庭的。在聖經裏也說過的。再說他領到了遺產，但是我不願意分享他的財產，所以出去用我的手的勞力謀生。在必要時心胸寬大的人也甚至會犧牲生命的。克拉夫特已經用手槍自殺了，克拉夫特為了理想，您想一想，一個青年，極有希望的……這裏，這裏！我們住在單獨的偏屋裏。在聖經裏也有孩子們離開父親，自己建築巢窩的事情……既然受了理想的衝動……既然有了理想！理想是主要的，一切全在於理想……」

我一直對她說出這一類的話，在我們走近家裏去的途中。讀者大概會覺察到我不很顧惜自己，在必要的地方直率地說出來；我願意學會說實話。魏爾西洛夫在家。我走了進去，沒有脫衣裳，她也是的。她穿得很單薄：深色的大氅上從上面掛着一塊什麼碎布，大概表示一件外套的樣子；頭上戴着一頂破舊的水手帽子，並不能增加她的美貌。我們走進大廳時，母親坐在尋常坐的地方做活計，妹子從自己屋內走出來張望一下，在門前止步了。魏爾西洛夫照例什麼事情也不做，立起來迎接我們。他用嚴厲的，疑問的眼神盯看我。

「我在這裏沒有一點關係；」——我連忙搖了搖手，站立在一旁。——「我祇在大門裏遇到這位女太太。她正尋找您，但是誰也不能告訴她。我另外有別的事情，等到以後再解釋……」

魏爾西洛夫繼續好奇地看我。

「對不住，」——女郎起始不耐煩地說。魏爾西洛夫轉身向她。

「我想了許久時候，爲什麼您昨天忽然想到把錢留在我那裏……您的錢在這裏！」——她幾乎尖聲喊叫，像剛纔一般，把一疊鈔票扔在桌上。——「我到地址詢查局裏打聽到了您的住址，否則老早就送還了。喂，您聽好了！」——她忽然轉身對母親說。她的臉色顯得非常的慘白。——「我並不打算侮辱您，您露出很正直的神色，這位也許是您的女兒。我不知道您是不是他的妻子，但是您知道，這位先生專門裁剪報紙上保姆和女教習應聘的廣告，——是她們化了最後的錢去刊登的。——就按地址訪尋這些不幸的人們，弄取不正經的生財方法用金錢引誘她們到災害的境地上去。我不明白，昨天我怎麼會收下他的錢來的他帶着那種賤賣的態度！……走開！不許說一句話！您是混蛋！即使您有誠懇的意思，我也不願意受您的恩惠。不許說一句話！不許說一句話！我眞是喜歡，我現在能在您的女人們前面暴露您的劣跡！您眞是可詛咒的呀！」

她迅速地跑出去，但是從門限上又轉身過來一會兒，爲了再喊一聲：

「聽說您還取得了遺產！」

隨後就像影子似的消滅了。我還要提醒一下：她是太憤激了！韋爾西洛夫感到深深的驚愕：他站在那裏，似在凝想，考慮着什麼；終於忽然轉身向我。

「你完全不認識她麼？」

「剛纔偶然看見她在瓦新的走廊裏發狂，尖聲喊叫，咒駡您；但是我沒有參加談話，一點也不知道，現在大門裏看見了她。大概她就是昨天的那個女教師，『教授數學』的。」

「就是她。一輩子做了一次好事，現在……但是你手裏有什麼東西？」

「這裏有一封信。」——我回答說。——「我認爲解釋是不必要的：這封信是克拉夫特交給我的，他又從安特洛尼闊夫手裏轉來，照信裏的內容就可以知道。我還要補充說一句：除去我以外，現在整個世界上沒有一個人知道這封信，因爲克拉夫特昨天把這封信轉給我以後，等我剛從他那裏出來，就開槍自殺了。」

在我喘着氣，匆遽地說話的時候，他取了信，一面用左手高高地持着，一面注意地觀察我。在我宣布克拉夫特自殺的時候，我用特別的注意察看他的臉，爲了看一看所得的效果。但是怎樣呢？——這消息並沒有引起一點點的印象甚至連眉毛也沒有搖一搖！相反地，他看見我停止了說話，掏出從來不離開他，用黑緞帶緊住的眼鏡，把信放在蠟燭旁邊，瞧了瞧簽字，起始研究這封信的內容。我不能形容，我是如何地甚至被這傲慢的無感覺所惱。他應該和克拉夫特很熟；況且到底這是一個不尋常的消息！我自然希望它會取得效果的。我等了半分鐘，知道這封信很長，就轉身出去了。我的皮箱早就收拾好了，祇要把幾件東西放在包袱裏就行了。我心裏想着母親，還想起我竟沒有走近她的身前。過了十分鐘，我已經完全預備好，正想出去喚馬車的時候，妹妹走到我的小屋裏來了。

「媽媽叫我還給你六十盧布，還請你恕赦，爲了她把這件事情對安得烈・彼得洛維奇說了出來。這裏還有二十盧布。你昨天付給她五十盧布作爲你的飯費；媽媽說，過了三十盧布的數目是不能問你要的，因爲在你身上用不了五十盧布，所以我還給你二十盧布。」

「假使她說的是實話，那末我要謝謝。再見罷，妹妹，我走了！」

「你現在上哪兒去？」

「暫時先上旅館，祇是爲了不宿在這屋裏。你對媽媽說，我愛她。」

「她知道的。她知道你也愛安得烈・彼得洛維奇。你怎麽不怕害臊，把這不幸的女人領了來！」

「我對你賭咒，不是我領來的：我在大門裏遇見了她。」

「不，這是你領來的。」

「你應該相信我……」

「你想一想，問一問，就看出你是一切的原因。」

「我不過是覺得很快樂，爲了人家把魏爾西洛夫羞辱了。你想一想，他居然和李娜·阿赫馬可瓦生下了嬰孩……但是我何必對你說呢」

「他有麽？他有嬰孩麽？但這不是他的嬰孩！你從哪裏聽見這種不實在的話？」

「你哪裏會知道？」

「我會不知道麽？我在羅加還帶領過這嬰孩的呢。哥哥，你聽着：我早就看出你完全什麽也不知道，因此做侮辱安得烈·彼得洛維奇，——還侮辱母親。」

「不是他對，便是我錯，就是這樣子。但是我並不少愛你們一點。你爲什麽這樣臉紅起來了，妹妹？你瞧，你紅得更加利害了！好的，我到底要喚這公爵出來決鬬，爲了他在埃姆司打魏爾西洛夫耳光。假使魏爾西洛夫對待阿赫馬可瓦沒有錯，那末更加應該這樣做。」

「哥哥，你醒一醒罷！你怎麽啦」

「況且現在法院裏的案件也了結了……你瞧，你現在臉色灰白起來了。」

「公爵不會和你決鬬的，」——麗薩從驚懼中發出慘淡的微笑。

「那末我要當衆羞辱他。你怎麽啦，阿薩？」——

她的臉色慘白得竟不能立住脚，頹坐在沙發上面。

「阿薩」——從樓下傳來母親的喚聲。

她恢復了過來，立起來了。她和藹地對我微笑。

「哥哥，你不要做這些不相干的事情，或者等到你知道得多些再說：你是知道得太少了。」

「阿薩，我要記住，你總見我要決斷的時候，你的臉色突然發白了。」

「是的，是的，你要記住這個」——臨別時她又微笑了一下，就走下樓去了。

我喚了一輛馬車，由馬夫幫忙，把我的行李從屋內搬出去。家裏的人誰也沒有反對我，誰也沒有阻留我。我為了不和魏爾西洛夫相見，不進去和母親告別。在我已經坐在馬車上的時候，我的腦筋裏忽然閃出了一個念頭：

「到芳唐卡，謝家駱夫司基橋，」——我突然下了命令，又動身到瓦新家裏去。

二

我忽然想到瓦新已經知道克拉夫特的事情，也許比我知道得多一百倍。結果就是這樣的。瓦新立刻殷勤地把一切詳細情節告訴我，但是並不露出極大的熱誠。我斷定他累乏了，其實確乎是如此。他早晨親自到克拉夫特那裏去過。克拉夫特用手槍自殺，（就用那支手槍，）是在昨天，天色完全黑暗的時候，還可以從他的日記裏看出來的。他在放槍之前在日記裏作了最後的記載。他在日記裏說，他幾乎在黑暗中寫着，連字母都辨不清楚；他不願意點蠟燭，怕死後留下失火的種子。「現在點上蠟燭，而在放槍之前再把它熄滅，像熄滅我的生命一般，是不願意的，」——他幾乎在最後的一行上奇怪地補充了這一句話。這個臨死前的日記他還在三天前就預先計劃好了，在他剛回到彼得堡的時候，還在訪問台爾格曹夫之前。我走後，他每隔一刻鐘就在日記裏記載一些話；最後的三四段記事是每隔五分鐘寫的。我大聲表示驚異，瓦新既把這日記放在眼前許多時候，（人家許他讀一下）竟不去謄錄一下，而況一共不到一張，那些記載全是短短的，——「那怕把最後一行抄下來也好！」瓦新含笑地對我說，他不抄也會記得的，再加上：那些記載並沒有任何的系統，儘是腦筋裏胡亂想出來的一些話。我起始主張，在現在的情形之下這總是很可珍貴的東西，但是後來不再堅持，總住他，讓他記起一點來，於是他記起了幾行字，大概是自殺的前一小時所記載下的，例如：「他感到冷戰，」——「他為了取暖，想喝一杯酒，但是一想到也許喝了酒會出血得利害一些，——就把他阻止住了。」——差不多全是這一類的話，瓦新結束着。

「您竟把這認作不相干的話語！」——我喊。

「我並沒有這樣認呀！我不過沒有抄錄下來罷了。雖然這不是小事，然而這日記祇是十分平常的，說得正確些，是自然的，也就是在這種情形下應該如此的……」

「但這是最後的思想，最後的思想！」

「最後的思想有時是很沒有價值的。有一個這樣的自殺的人在相同的日記裏訴怨，在這種重要關頭上，卽使有一個『高尙』的思想降臨到他的腦中也好，那曉得反而全是那些瑣碎的，空虛的念頭。」

「關於發冷戰的話也是空虛的思想麽？」

「您講的是關於冷戰呢？還是關於出血呢？大家曉得下面的事實是有的，那就是那些有力量想到自己快要死去的人們中間，（不管是不是出於自願的死，）有許多時常喜歡顧到他們留下來的軀殼的樣式的美觀。克拉夫特怕出血過多，也是這個意思。」

「我不知道，這事實是不是大家都知曉的：……這究竟對不對，」——我喃喃着。——「但是我覺得奇怪的是您把這一切認爲十分自然，但是克拉夫特在我們中間坐着，談話着，驚慌着，似乎並不長久罷？難道您一點也不可惜他麽？」

「自然是可惜的，但這完全是兩樣事情。總而言之，克拉夫特把自己的死形容成爲邏輯的結論。原來昨天在台爾格曹夫家裏所談論的關於它的一切全是對的：他死後留下一本小冊，裏面寫下了科學上的結論，根據骨相學頭蓋學甚至數學證明俄羅斯人是第二等的人種，所以完全不値得爲了做俄國人而生活下去。假使您要知道，這裏最特別的是隨便什麽邏輯的結論都可以下，但爲了結論一下子就自殺，——這自然是不常有的。」

「至少應該歸入到性格方面。」

「也許不祇是這一層，」——瓦新推託地說，但是顯然他暗指着愚蠢或推斷力的軟弱。這一切使我消惱。

「您昨天自己說過關於情感的話的，瓦新，」

「我現在也不否認；但是從已成的事實的樣式上看來，這裏面斷出重大的錯誤，因此對於非情的嚴肅的觀察不由得甚至會把憐惜擠走了。」

「您知道：我剛纔從您的眼睛裏就已猜出，您會責備克拉夫特的。我爲了不願聽責備的話，決定不問您的意見；但是您既已自己表示了出來，我便不得不同意您的話；不過我是不滿意於您的！我很可惜克拉夫特。」

「您知道，我們走得太遠了……」

「是的，是的，」——我打斷他。——「但是至少可以引爲安慰的是在這類情形下那些活着的人們，死者的裁判官們，可以對自己說：『這個值得痛惜和寬恕的人雖然自殺了，但是我們還留在人世，所以多多地悲傷是不必的。』」

「從這個眼光上看來自然是的……啊，您大概開着玩笑！這是極聰明的。我在這時候總要喝茶，我立刻吩咐他們預備；您大概也可以喝一杯罷。」

於是他走了出去，眼睛朝我的皮箱和包袱掃射了一下。

我眞是想說出一句刻毒些的話，爲克拉夫特報復；我就照我所能說的說了出來；然而有趣的是他起初竟把我所說的關於「我們還留在人世」的意思認作正經的話。但是無論是不是這樣，他到底在一切方面都比我有理，甚至在情感方面。我直承了下來，不露出任何的不愉快，但是我根本感到我不愛他。

茶端來時我對他解釋，我祇請他容我住宿一夜，如果不成，儘管請他說出來，我可以搬到旅館去住。隨後我把我的原因簡單地敍述了出來，直率地指出，我和魏爾西洛夫完全鬧翻了，但是沒有講到詳細的情節上去。瓦新注意地傾聽着，沒有一點驚亂的樣子。一般地說來，好像他祇是回答人家的問話，雖然熱心地回答着，而且回答得充分的圓滿。關於我剛纔跑來想向他討教的那封信我完全沉默着沒有說，卻把我剛纔那次的造訪解釋成爲普通的拜會。我既然對魏爾西洛夫說出這封信除我以外任何人都不知道，我認自己再也沒有向任何別人宣佈的權利。我不知爲何原因起始覺得把另一些事情告訴瓦新是極討厭的。所謂另一些事情，不是指着別人的事情：所以我把剛纔在走廊裏和鄰婦屋內的那一幕戲講給他聽，一直說到魏爾西洛夫寓所裏演出的場面爲止。這使他感到極大的興趣。他異常注意地傾聽着，特別關於斯帖別立關夫的事情。關於斯帖別立關夫盤問台爾格曹夫一層，他讓我重複了兩遍，甚至凝想了一會；但是後來到底冷笑了起來。在這一剎那間，我忽然覺得無論什麼事情，無論在什麼時候都不會陷瓦新於困難的境地，但是我記得，最初發生這個意念時，我對他具有極恭維的心情。

「一般地說，我不能從斯帖別立關夫所說的話裏演繹出許多來的，」——我給斯帖別立關夫下着結論。——「他的說話似乎有點夾七纏八。……似乎裏面有極輕浮的成分……」

瓦新立刻做出嚴肅的神色。

「他確乎沒有口才，不過會從最初的觀察上面表示極準確的意見。總而言之他是事務人才，而不善於歸納思想；應該用這眼光加以判斷……」

恰巧就是我剛纔猜到的。

「但是他在您的鄰居那裏鬧得太利害，誰知道會弄成什麼樣的結果。」

關於鄰居的女人們瓦新告訴我，她們住在這裏已有三星期左右，是從哪一個省城裏來的；她們的房間十分狹小，顯然她們的境況很窮苦，她們坐在這裏，等候什麼事情。他不知道年輕的那一位在報上刊登了應聘的廣告，但是聽說魏爾西洛夫到她們那裏去過；這事發生在他不在家的時候，女房東告訴他的。在最近的幾天內他起始覺察出她們的情形確乎有點不對勁，但是像今天這樣的吵鬧卻沒有發生過。所有我們關於鄰婦們的議論，我為了以後出了事情纔記起來的；在這時候門後她們的屋內卻降臨着死般的靜寂。瓦新露出特別的興趣聽着，斯帖別立闊夫打算和女房東談一談關於鄰婦們的事情，還重複了兩遍：「您以後瞧着罷！您以後瞧着罷！」「您可以瞧出，」——瓦新補充着說，——「他的腦筋是不會白用的；他關於這件事情自有他的極精細的見解。」

「您以為應該勸女房東趕她們出去麼？」

「不，我並不是說要趕走她們，卻是怕出什麼事故……然而這類故事無論怎樣總會有結局的……我們不要管它。」

關於魏爾西洛夫到鄰婦們那裏去一層，他根本拒絕下判斷。

「一切都是可能的。一個人感到自己口袋裏有了錢……大概他不過是施捨的意思；這是他傳襲下來的行為，也許是他的脾氣。」

我把斯帖別立闊夫剛纔說出「嬰孩」來的事情講給瓦新聽。

「對於這件事情斯帖別立闊夫完全弄錯了，」——瓦新用特別嚴肅的神情和特別着重的語氣說。（這是我記得很清楚的。）「斯帖別立闊夫」——他繼續說，——「有時過分信從自己的實際的常識，因此急於按照自己的邏輯，時常是很敏銳的邏輯，去下結論；然而事件在實際上會有比較理想的出人意料之外的色彩，須看在場人物的性格而定。這件事情就是這樣。他做知道事情的一部分，竟判斷嬰孩是屬於魏爾西洛夫的，其實嬰孩並不是魏爾西洛夫生的。」

我纏住他問個不休，纔打聽到了下面的一段情形，使我感到極大的驚訝：這嬰孩原來是賽爾該意·騷可里司基公爵生的。李娣·阿赫馬可瓦爲了疾病，或者簡直由於性格的狂誕，有時所做的行爲像瘋子一般。她在魏爾西洛夫以前迷戀上了公爵，公爵竟「輕易地接受了她的愛情，」——瓦新這樣說。他們兩人的愛情繼續了不久：大家都知道，他們吵了嘴，李娣把公爵趕走，「公爵大概更感到高興」這是一個「很奇怪的女郎，」——瓦新補充着說，——「甚至她也許並不永遠處於神智清醒的狀態中。」但是公爵到巴黎去的時候，完全不知道他遺留下的犧牲品的狀況，直到終了，直到回來以前還不知道。魏爾西洛夫和這位青年姑娘結成密友後，提議和她結婚，也就是爲了這個業已確定了的事實（父母大概一直到末了都沒有疑惑到。）深中了愛情的女郎感到了非常的欣悅，在魏爾西洛夫的求婚裏「看出了不單祇是他的自我犧牲，」雖然這一層也爲她所珍重的。「自然他是會這樣做的，」——瓦新補充地說。嬰孩（一個女孩）在期限前的一個月或六個星期上產生了下來，被安放在德國的什麼地方，以後由魏爾西洛夫帶了回來，現在住在俄國什麼地方，也許在彼得堡。

「但是燐質的火柴呢？」

「這件事情我一點也不知道，」——瓦新說，——「李姬・阿赫馬可瓦在產後兩星期上死了；這裏面發生了什麼事情——我不知道。公爵從巴黎回來以後纔知道是生下了小孩，大概起初不相信是他生的……總而言之，這件事情至今各方面還保守住祕密。」

「但是這個公爵是什麼東西呀！」——我憤恨地喊着。——「他怎麼能和有病的女郎做出這種行爲來！」

「她當時並不病得怎樣利害……而且也是她自己趕走他的……固然他也許過分地忙着利用他的辭職。」

「您倒替這小人辯白。」

「不，我祇是不稱他小人而已。這裏除去直接的卑劣的行爲以外，還有許多別的情形。一般說來，這件事情是極平常的。」

「請問您，瓦新，您和他相識得很接近麼？爲了一樁於我極有關係的事實，我特別希望能夠信任您的意見。」

但是瓦新回答得似乎過分謹慎。公爵他是認識的，但是在什麼情形之下和他相識，——他顯然故意沈默着。他後來又說，從性格上他是値得加以寬宥的。「他充滿了誠懇的癖性，且易於感受，但是旣無判斷力，更沒有意志力以充分控制自己的願望。」他是一個沒有學識的人；有許多理想和現象是他無力去理解的，可是他還拼命奔上前去。譬如說，他一定會對您毫無顧忌地說出這類的話：「我是公爵，我出身於琉利克族；但是我爲什麼不能充當皮鞋匠，在我必須找飯吃，而不會做別的職業的時候？招牌上可以寫出：『某某公爵鞋店』的字樣，——這樣甚至是太體面了。」說得到，做得到，——這是最重要的事情，——瓦新說，——然而這裏完全不是信念的力量，卻祇是最輕浮的印象。以後必生懺悔，那時他永遠準備趨向完全相反的極端上去了。整個的生命全在於此。在我們的世紀裏有許多人這樣陷入悲哀的境遇裏，——瓦新結束他的議論，——就爲了生在我們的時代的緣故。

我不由得凝想了一下。

「他以前從營團裏被革除，這話實在麼？」——我向他打聽。

「我不知道是不是被革除的，但是他離開營團，確是爲了不愉快的事情。您知道他去年秋天退職以後在羅加住過兩三個月的事情麼？」

「我……我知道您那時也住在羅加。」

「是的，有一個時候我也住在那裏。公爵也和麗薩魏達·瑪加洛夫納相識。」

「是麼？我不知道。說實話，我不大和舍妹講話。……難道家母也接待他麼？」——我喊。

「不，他們是極疏遠的，是經過第三個人的介紹纔相識的。」

「怪不得舍妹對我講起了關於嬰孩的事情！難道那嬰孩也到過羅加麼？」

「有一個時候到過的。」

「現在在哪兒?」

「一定在彼得堡。」

「我一輩子永遠不會相信,」——我極慌亂地喊了出來,——「家母會參加進這件事情裏面去,這李姬的事情裏去的」

「在這件事情裏除去那些陰謀我不高興仔細研究以外,魏爾西洛夫的角色並沒有什麼特別可以受非難的地方,」——瓦新說,謙卑地微笑着。他似乎覺得和我說話十分困難,但是他沒有露出一點神色來。

「我永遠不相信,永遠不相信,」——我又喊,——「一個女人會把自己的丈夫讓給別的女人,這個我不會相信的!……我敢賭咒,家母沒有參加在內!」

「但是好像她沒有反對?」

「我處在她的地位上,由於驕傲也不會反對的!」

「在我的方面卻完全拒絕判斷這種事情,」——瓦新說。

瓦新這人雖然聰明,但確乎也許對於女人毫無理解,所以有整批的理想和現象爲他所不知曉的。我沉默了。瓦新在某股份公司內臨時服務,我知道他還把工作拿回家來做。經我堅決地詢問以後,他纔承認他現在有事情要做,——要算一筆賬目。我切實地請他不要和我客氣。這大概使他覺得高興,但是在坐下來辦公以前，他動手在沙發上給我鋪牀。起初他把牀讓給我，但是在我不肯答應的時候，他大概也感到滿意。他從女房東那裏借來了枕頭和被服。瓦新十分客氣和有禮貌，但是他爲了我這樣張羅，我看着有點不好意思。我最喜歡三星期以前有一次偶然在彼得堡區渠非娜家裏住宿的情形。我記得他當時給我弄牀，也是在沙發上，偷偷地瞞着姊母，因爲他不知爲什麼原因覺得姊母一知道有同學在他那裏住宿會生氣的。我們笑得很高興，把襯衫做褥單，把大衣疊作枕頭。我記得慈瑯萊夫弄好以後，帶着愛惜的樣子用手指在沙發上彈了一下，對我說道：

「Vous dormirez comme un petit roi.（你會睡得像一個小王。）」

他那份懇摯的快樂，那句法國話，——由他說出來像牛身上套了馬鞍，——使我在這小丑家裏極愉快地睡得很好。至於說到瓦新，那末在他背朝着我，坐下來做事的時候，我纔十分高興起來了。我橫倒在沙發上面，望着他的背部，想了許多時候，還想許多事情。

三

實在有些事情要想，但我的心靈裏顯得很模糊，沒有整個的意念。有幾個感覺很確切地現露出來，由於太紛亂的緣故，沒有一個感覺會完全把我吸引住的。一切似乎閃了過去，沒有聯貫和次序，而我記得我自己也完全不想停留在什麼上面，或者立下次序。甚至對於克拉夫特的觀念也不知不覺地退到後頭上去了。最使我騷亂的是我的自己的地位，我現在已經「斷絕」了，我的皮箱也在我的身邊，我離開了家庭，起始完全新的生活。在這以前，所有我的意願與準備好像祇是一場玩笑，而「現在纔突然地眞正地開始了。」這觀念使我感到振奮，使我快樂，雖然我的心裏還有許多模糊的地方。但是……但是還有其他的感覺；內中有一個感覺特別想在其他的感覺前面現露出來，抓握住我的心靈，而奇怪的是這感覺也使我振奮，似乎勾起一點十分快樂的東西。這感覺是從恐懼開始的；我剛纔早已害怕在急切和匆遽中對阿赫馬可瓦會漏說出文件的話來。「是的，我說得太多，」——我心想，——「也許她們會猜出些什麼來的……眞是倒楣，假使她們有了疑惑，是不會給我安逸的，但是……隨它去罷！她們也許不會找到我，——我會躲起來的！假使她們果眞追到我身邊來，那便怎樣呢？……」我現在詳詳細細地記得，而且帶着總是增高的愉快記得，我剛纔如何立在加德隣納·尼古拉也夫納面前，她的那雙睜大的，驚訝得利害的眼睛如何盯看着我。我在走出去的時候，也看見她繼續露出驚異，我記了起來；「她的眼睛並不完全黑……睫毛倒是很黑的，因此眼睛也顯得那樣黑了……」

我記得，我忽然覺得非常憎厭地回憶着這事……感到又惱恨，又厭煩，對於她們，又對於自己。我有點責備自己，努力想別的事情。「為什麼我一點也不為了鄰婦的事情恨魏爾西洛夫呢？」——我忽然想到這個念頭。我深信他在這件事情上扮演了愛情的角色，他跑來尋尋開心，但是這事本身並不使我憤激。我甚至覺得對於他這人是非此無從意想起的，現在人家凌辱了他，雖然使我覺得十分高興，但是我並不責備他。我認為重要的不是這個；我認為重要的是他那樣兇恨地看着，在我和鄰婦走進去的時候，他用從來沒有望過的那個樣子望我。「他終於正經地看我了！」——我帶着死沈的心想着。假使我不愛他，我不會對於他的怨恨如此深歉的！

我終於打了盹，完全睡熟了。我在夢中祇覺得瓦新在做完了事情以後，精細地收拾好了，朝我的沙發上面盯看了一下，脫去衣裳，把蠟燭熄滅了。時間是午夜一點鐘。

四

幾乎整整地過了兩小時以後，我像半瘋似的從睡夢中跳躍起來，坐在我的沙發上面。通鄰婦的門那裏傳來了一陣呼喊，哭泣和號叫。我們的房門敞開着。在有燈光的走廊裏，人們呼喊着，奔跑着。我想喊瓦新，但是猜到他已經不在牀上了。我不知道哪裏去尋找火柴，摸到了我的衣裳，匆匆忙忙地在黑暗中穿衣。顯然，女房東也許連房客們，全跑到鄰婦們那裏去了。祇有一個聲音在那裏號哭，那就是年紀老的那一個的聲音，但是我記得很清楚的昨天那個年輕的聲音完全沈默着。我記得這是我當時就發生的一個念頭。我還沒有來得及穿衣裳，瓦新匆匆地走了進來。他用嫺熟的手一下子找到了火柴，點上了蠟燭。他光祇穿了內衣，趿着拖鞋，立刻起始換衣。

「出了什麼事情？」——我對他喊。

「一椿極無趣而且極麻煩的事情！」——他幾乎憤恨地回答。——「您講的那位年輕的女鄰居在自己房內弔死了。」

我簡直喊了出來。我不能傳述出我的心是痛楚到如何的程度！我們跑到走廊裏。說實話，我不敢走進孫婦的屋內去，以後在人家把她解了下來的時候，我纔看到了這個不幸的女人，還是距離得遠遠的，那時候她用被單裹上，被單裏露出兩隻尖尖的脚跟。我不知爲什麽原因簡直沒有看她的臉。那母親處於可怕的情境中；女房東正在張羅着她。那女房東倒並不怎樣害怕。全體的房客全聚在那裏。人數不多：一共祇有一個老邁的海員，永遠嘮嘮叨叨，好挑剔人家的，但是現在完全靜寂了，還有一些剛從脫魏爾司卡耶省來的人，一對老夫婦，極可尊敬的官僚場中的人物。我不再描寫這餘剩下來的一夜的情形，種種的麻煩，和官廳人員前來調查的情形；我一直到天明爲止，簡直全身發出細碎的抖慄，認爲自己不應該再睡下去，雖然我什麽事也不做。況且大家都露出異常活潑的神色，甚至有點特別振奮的樣子。瓦新甚至還上什麽地方去了一趟。女房東原來是一個極可尊敬的女人，比我所猜想的好得多。我對她說，把那個母親一個人留在女兒的屍身旁邊頗不妥當，所以請她把她搬到自己的屋裏去，那怕住到明天再說。我這話竟把她勸動，（這是我自認爲榮耀的。）她立刻答應了。那個母親無論怎麽掙脫和哭泣，拒絕離開屍身，但是後來還是走到房東屋裏去。她立刻叫人生起火壺來。以後房客們全都回到自己屋內去，關上了房門。但是我到底不肯躺下去睡覺，許多時候坐在女房東那裏。她甚至也頗歡迎一個多餘的人，再加上這人是還能告訴出一點事實來的。火壺來得正好。一般地講來，火壺是最必須的俄國東西，就是在發生一切災禍和不幸的時候，尤其在發生可怕的，突來的，奇特的災禍的時候。連那個母親都喝了兩杯茶，自然是在經過了旁人懇勸的請求，幾乎强逼以後。說實話，我從來沒有看見過像在這不幸的女人身上所發現的那樣慘酷和直接的憂愁。她在發作了最初的一陣嗚咽和歇司底里症以後，甚至極樂意說話起來。於是我貪婪地傾聽她的敘講。

有些不幸的人們，尤其是女人，在遇到這種情形的時候甚至必須讓她們能夠多多地說話。此外，還有一種性格，她們是被憂愁折磨夠了的，一輩子受着許多苦，經歷了許多極大而時常極瑣碎的憂愁，已經弄得對任何事情，任何突襲來的災禍都不能使她驚異，主要的是甚至在自己心愛的人的棺材前面也不會忘記任何一個化了很貴的代價纔獲得的謙卑待人的規則。我並不是責備人：這裏並沒有庸俗的自私心和粗淺的趣向；在這些人的心裏也許甚至會發見金子，比在外貌上極正直的女英雄們多些，但是長期受屈的習慣，自我保存的本能，長久的受驚駭和受壓迫，終於占到了上風。可憐的自殺者在這上面並不像她的母親。她們兩人臉色似乎相像，死者的容貌並不見得怎樣的壞。母親是還不很老的女人，有五十多歲，頭髮也是金黃色的，眼睛和臉頰陷了下去，牙齒又黃又大，又不整齊。她身上的一切都露出一點黃色，臉上和手上的皮膚頗像羊皮；栗色的衣裳由於老舊也完全變成了黃色，右手食指上的一個指甲不知為什麼原因精細而且勤謹地塗上了一層黃蠟。

這可憐的女人的敍講有些地方是不聯貫的。現在就我自己了解的，和自己記住的講在下面。

五

她們從莫斯科來。她早已守寡，「然而她還是七等文官的夫人」，丈夫做着官，死時幾乎毫無所遺，「除去二百盧布的津貼以外。但是二百盧布算什麼錢呢？可是竟把奧麗婭養大了，送到中學去讀書……她那種求學的樣子，那種求學的樣子真是勤謹呀！畢業的時候領到了一個銀質的獎章。」……（自然說到這裏，流了許久的眼淚。）故世的丈夫有一筆資本借給彼得堡的一個商人，幾乎有四千盧布。這個商人突然發了財，「我手裏有字據，我就和人家商量，人家說：你可以去問他要，一定會如數得到的……我起始向他要錢，商人答應了；但是說您自己來。我就和與略動身到這裏來了，我們已到了一個多月。我的錢並不多；我們租下了這間房屋，因爲這是所有的房間中最小的一間，而且在正經的人家裏面，那是你們自己看見的。這對於我們是很要緊的，因爲我們是沒有經驗的女人，每個人都能侮辱我們。我們先付了一個月的房租。我們到這裏去，那裏去。彼得堡簡直會咬人的，我們那個商人竟完全拒絕了。『我不認識你們，不曉得你們是什麼樣的人，』我的字據手續上並不完備，我自己明白。有人勸我：您可以到一個著名的律師那裏去商量一下；他是教授，並不是普通的律師，卻是法律專家，他一定會說出應該怎麼辦的。我把最後的十五盧布送給他了；那位律師走了出來，連三分鐘都沒有聽完。他說：『我看這事情，假使商人想還，總會還的，不想還決不肯還，一打官司，自己先要加上許多錢；最好是私下和解。』他還引證了一句聖經，和我開玩笑，『和解罷，還在中途沒有付出最後的錢的時候，』一面送我出去，一面笑。我的十五盧布就此完結！我回到與略那裏，面對面坐着，我哭了。她沒有哭，十分驕傲地坐在那裏，心裏非常憤恨。她一輩子老是這樣，甚至在小的時候也是的，她從來不歎氣，從來不哭，卻坐在那裏，露出威嚴的眼神，使我看着她甚至會害怕的。你們信不信：我眞怕她，完全怕她，早就怕着；有時想哭出來，但是當她面前又不敢。我最後一次到商人那裏去，在他那裏哭了個痛快：『好罷，』——他說着，甚至聽也不聽。應該對你們說實話，因爲我們並不打算住許多時候，我們身邊早就沒有錢了。我起始把衣服送出去，就用當來的錢來維持生活。我們把身上的衣服全都當光了。

她把最後的一件衣裳交給我，我當時哀苦地哭了。她跺着脚，跳了起來，自己跑到商人那裏去了。他的妻子已經死了。他和她說起話來。後來他說：『您後天五點鐘來，我也許有話說。』她回家時十分高興：『他也許有什麽要說，』——她說。我也很高興，不過我的心裏驚悸了一下：我心想，也許會出什麽事情；但是不敢細問她。第三天她從商人那裏回來，臉色灰白，全身抖慄，往牀上一倒，——我了解了一切，不敢問她。你們以爲怎樣？這强盜給她拿出十五盧布，說道：『假使我遇到完全童貞的姑娘，我可以補給四十盧布。』簡直當她的面說了出來，一點也不害臊。她對我講，她當時奔到他身旁去，他把她推開，躲到另一間屋內，甚至還上了鎖。但是我從良心上說老實話，我們幾乎沒有錢喫飯。我們把一件兔皮的短大衣取出去賣掉了，她到報館去，刊登廣告代人補課，兼教數學，『那怕有人給三十戈比也好。』以後我甚至怕她了：她一句話也不和我說，在窗旁坐上整整的幾小時，望着對面的屋頂，忽然喊道：『那怕去洗衣裳，那怕去掘土！』——祇喊出這一句話，還跺着脚。我們在這裏真是舉目無親，完全無處去借錢。我心想：『我們以後怎麽辦呢？』但是我怕和她說話。一天早晨她睡在那裏，醒了，張開眼睛，望着我，我坐在箱子上面，也望着她。她默默地立起來，走到我面前，緊緊地抱我，我們兩人當時忍不住，全都哭了，互相握緊了手不肯放。她一生初次這樣。我們這樣互相挨緊地坐着的時候，你們那個娜司泰謝走進來，說道：『有一位女太太問您，打聽您。』這件事情是在四天以前發生的。那位女太太走了進來；我們一看，她穿得很好，說的雖然是俄國話，但好像是德國口音。她說：『您是不是在報上刊登廣告教授功課？』我們當時很歡迎她，她笑得那樣地和藹地說，『不是我要聘請教習，我的姪女有小孩要補課；好不好請您到我們那裏去談一談。』她寫下了一個地址，升天橋，某號公寓內，某號。她走了。輿路就到那裏去，當天就去了，過了兩小時後回家來，發作了歇司底里症，混身抖索着。她以後講：『我問看門人：某號在哪裏？』看門人看了她一眼，說道：『您到那個寓所裏去有什麼事？』他這句話說得那樣奇突，本來也就可以發覺的。但是她的性情十分專擅，不很耐煩，受不住這類的盤問和粗蠻的話語。『你去罷，』他說時，用手指朝樓梯上一指，自已就回轉身去，走進小屋裏去了。你們以為怎樣？她一走進去，就立刻從四處跑來了一些女人：『請罷！請罷！』——那些女人全笑着，奔跑着，臉上塗得紅紅的，非常難看，奏彈着鋼琴。她們把她拖進去。她說：『我想離開她們，但是她們不肯放。』她當時膽小起來，兩腳發軟。人家不肯放她出去，和藹地說話，竭力勸她，開了一瓶鮑爾德酒，端過來請她喝。她跳了起來，高聲叫喊，身體抖索着：『放我走！放我走！』她奔到門前，人家守住門，她號哭起來。剛纔到我們那裏去的那個女人立刻跳了出來，朝輿路的臉頰上打了兩下，把她推出門外，說道：『你不配留在體面的房子裏面！』另一個女人朝樓梯下喊：『你自己跑來求我們收留的，為了沒有錢喫飯，我們纔不要你這種賤貨呢！』她整夜躺在那裏，發着寒熱，說着譫語，第二天早晨眼睛閃耀着，立起身來，就想出去，說道：『我要到法院去告她，我要上法院去！』我不響，我心想，法院受理了以後，有什麼證明呢？她走來走去，兩手搓着搓着，眼淚直流，嘴唇咬得緊緊的，動也不動。從那時起，一直到臨死，她的臉完全露出陰黑的神色。第三天上，她覺得輕鬆些，沉默着，好像安靜了。下午四點鐘的時候，魏爾西洛夫先生就光降了。

「我老實說：我至今還不明白，以輿路那樣不肯信任人的性情，怎麼當時竟會從第一句話上就起始聽他說話的？當時最吸引我們兩人的是他具有一種正經的態度，甚至是嚴肅的態度，說得又緩，又週到，那樣的有禮貌，——簡直不是有禮貌，甚至是那樣尊敬，看不出任何詭詐的樣子：明明地看見這人是懷着純潔的心而來的。他說：『我在報上看見您的廣告，您寫得不大對，這樣反會妨礙您自己的事情的。』他起始解釋，老實說，我沒有明白，大概是關於數學的話，但是我看奧略臉漲得通紅，似乎活潑了起來，一面聽，一面很樂意地參加談話，（他大概是很聰明的人！）我聽見，她還向他道謝。他詳細問她一切情形，顯見他在莫斯科住了許多時候，還和中學校的女校長相識。他說：『我一定可以給您尋到教課的，因為我在這裏有許多熟人，甚至還可以向許多有權勢的人請求，所以甚至您想謀得一個經常職務，也可以設法的……暫時請您恕我發出一個直率的問題：現在我能不能有什麼幫忙你們的地方？並不是我給你們，卻反而是你們給我快樂，假使你們能許我幫你們的忙。即使這算是您向我借的，您祇要一得到位置，就可以在短時期內和我算清。請您相信我的誠實的話，我假使自己以後陷入這種艱窘的境況裏去，而您反而過着順境，——那末我也會一直到您面前來求小小的幫助，打發我的妻子和女兒來的……』我記不得他所說的一切話語，不過當時我竟流下眼淚，看見奧略的嘴唇也由於感謝而抖索起來了。她回答他道：『我可以收下來，因為我信任了一個誠實而且仁愛的人，這人可以充當我的父親……』她對他說得很好，又簡短，又正當。她稱他做『仁愛的人。』他立刻立起來說道：『我一定給您弄到教課和事情；從今天起就着手，因為您有極充分的證明書……』我忘記說，他從一走進來的時候，就把所有她在中學裏的文件全看過了，她拿出來給他看的，還親自把各門功課考試了一下……奧略以後對我說：『媽媽，他把各門功課全考試我一下，他真是聰明，在這種時代和這樣有智識有學問的人談話是難得的……』她臉上露出了笑容。六十盧布放在桌上，她說：「媽媽，你收了起來；我們一得到位置，第一件事情，就是趕快還給他錢，證明我們是體面的，至於我們是懂禮的人，他早已看不出來了。」她以後沈默了，我看見她深深地呼吸，忽然對我說道：「媽媽，假使我們是粗鄙的人，由於我們的驕傲，我們也許不肯收下他的錢，我們現在收下了，那就證明我們的懂禮，完全信任他，像信任一個尊敬的灰白頭髮的人，不對麼？」我起始不大明白，說道：「奧略，爲什麼不能從一個正直的富人手裏接受施捨，假使他同時還是一個善心的人？」她皺着眉頭，對我說道：「不，這不對，施捨是不需要的，但是他的「仁慈」卻是非常珍貴的。那筆錢最好完全不要收下來。祇要他肯答應我事情，也就够了……雖然我們沒有錢用。」——我說：「奧略，我們的境況是逼得不能不收的了，」——我甚至冷笑了一聲。我心裏很喜歡，但是過了一小時後她忽然對我說道：「那筆錢您等一等再花，」——她堅決地說。——「那是什麼意思？」——我說。「就是這樣，」——她說，——立刻頓住不響了。漆漆的一晚上沒有響；夜裏兩點鐘，我醒轉來，聽見奧略在牀上翻身。「媽媽，您沒有睡麼？」——我說：「嗯，沒有睡。」——她說：「您知道，他是想侮辱我呢？」——我說：「你這是什麼意思？你這是什麼意思？」——她說：「一定是這樣道人一定是卑鄙的小人，您不要花去他一個戈比呀。」我起始對她說，甚至在牀上哭了，——她向牆邊轉過身去說道：「您別說啦！讓我睡覺罷！」第二天早晨，我一看她的臉色完全不像樣了；你們信不信，我可以在上帝審判的時候說：她當時就發瘋了！就從那次在那卑賤的房屋內受了侮辱的時候起，她的心……和腦筋完全糊塗了。我在那天早晨一看到她，心裏就疑惑起來。我覺得可怕。我心想，我一句話也不反對她。她說：「媽媽，他連地址都沒有留下來。」——我說：「奧略，你說這話眞是難過：你昨天自己瞧見了，以後自己落淚地，自己準備流出答謝的眼淚。』我剛說出這句話來，——她就尖聲地喊叫，跺着脚，說道：『您是舊式的婦女，您具有低劣的情感，您受了農奴制度下的教育！……』她還說了許許多多的話，抓起帽子，跑出去了。我跟在她後面喊叫：我心想，她是怎麼啦？到哪裏去啊？但是她跑到地址調查局裏去，打聽到了魏爾西洛夫住在那裏，就回來了，說道：『今天我就把錢送還給他，立刻送去，朝他的臉上扔擲；他打算欺侮我，像薩夫洛諾夫一樣，（他就是那個商人；）不過薩夫洛諾夫侮辱我，用的是粗鄙的鄉下人的方法，這一個卻用了狡猾的僞善者的手段。』倒楣的是昨天那位先生忽然跑來打門，說道：『聽見你們在那裏講魏爾西洛夫，我可以告訴你們一點消息。』她一聽到人家講起了魏爾西洛夫，立刻和他纏上了，像發瘋了似的，說呀，說呀，我望着她，覺得奇怪：她本來是沉默寡言的，從來不和誰這樣說話，而現在竟和完全不相識的人搭談起來了。她的臉頰發燒，眼睛燃燒……他恰巧來得正好。他說：『小姐，您說得很對。魏爾西洛夫就和報紙上所描寫的此地的將軍們一模一樣。有一位將軍打扮得十分整齊，戴上各種勳章，跑到登報待聘的保姆家去，發見他所需要的人物；但假使找不到他所需要的人物，就坐一下，說說話，答應一陣，就走了，——總歸也得到了消遣。』奧略甚至哈哈地笑了，不過笑得十分兇惡，而這位先生竟抓住她的手，把她的手拉到自己的心上，說道：『小姐，我自己也有財產，永遠可以幫助一個美貌的女郎，最好讓我先吻一吻她的小手……』說着，就要湊過來吻手。她跳了起來，我和她一塊兒跳起來，我們兩人把他趕走了。奧略在黃昏以前從我身邊取了錢，跑出去了，一會兒回家來，說道：『媽媽，我對這不規矩的人報復了！』——我說：『奧略呀，奧略呀，我們也許自己剝奪了自己的幸福，把一個正直的，慈善的人侮辱了！』我忍耐不住，惱恨得哭了。她朝我喊：

『我不願意!我不願意!他即使是樣規矩的人,我也不願意受他的施捨!我不願意人家憐憫我!』我躺了下來,我的心裏一點也沒有想到:我們牆上的那隻釘子本來是掛鏡子用的,我看了它多少次,——我沒有想到,昨天和以前全沒有想到這層,一點也沒有猜到,決料不到奧略會這樣的。我平常睡得很熟,從打鼾,血灌流到我的頭裏去,有的時候攻到心裏,我在夢中呼喊出來,奧略夜裏把我叫醒,說道:『媽媽,您怎麼睡得這樣結實,怎麼也叫不醒您。』我說:『奧略,眞是睡得結實,眞是結實。』今天夜裏大概我又打鼾了,她正等候到,也就一點也不擔驚,從牀上起來了。那根皮帶是皮箱上的,長得很,整整的一個月中,老放在眼睛前面,我昨天早晨還想:『應該把它收拾起來,免得亂放在外面。』那隻椅子是以後用脚踢開的,爲了不發出響聲,她把自己的鞋子擱在旁邊。我大概過了許多時候,過了整整的一小時,也許還多些就醒了。我喊:『奧略!奧略!』——我立刻幻覺出一點什麼,繼續喊她。是不是我沒有聽到她在牀上的呼吸,或者在黑暗中看出牀上好像是空的,——我突然立了起來,用手一摸,牀上沒有人,枕頭是冷的。我的心立刻沈落了,我站在那裏好像失去了知覺,腦筋模糊了。我心想『她也許出去了罷』——我在牀旁跨了一步,一看她好像立在門旁角落裏。我站了一會,沒有說話,望着她,她好像也在黑暗中望我,並不搖動身體……我心想:『她爲什麼站立在椅子上面呢?』——我微聲說:『奧略!』——我自己感到膽小,——『奧略,你聽見我說話麼?』——忽然我心裏彷彿豁然明亮了,我跨了一步,兩手向前伸展,一直朝她伸展,把她抓住,她在我手裏搖曳着,我一抓,她就搖曳,我明白了一切,但是不願意明白……我想喊,但是喊不出來……哎喲我撲通一聲倒在地板上了,當時就喊了出來……』

＊　＊　＊

「瓦新，」——早晨五點多鐘的時候，我對他說，——「假使不是您的斯帖別立閣夫，也許不會出這事情的。」

「誰知道，一定會出事情的。這種事情是不能這樣判斷的，就是沒有這一段情形發生，也已一切都準備安當的了。……這個斯帖別立閣夫有時候……」

他沒有說完，很不愉快地皺了皺眉頭。七點鐘時，他又走出去了；他一直在那裏張羅着。我終於獨自留在屋內。天已經亮了。我的頭有點旋轉。我的腦筋裏描出了魏爾西洛夫的形象：這位女太太的談話把他推進到完全另一個地位上去了。為了尋思起來方便些，我斜躺在瓦新的牀上，因為我已經穿好了衣裳，還穿着皮靴，所以祇想躺一會，完全沒有睡覺的心思，——但是忽然睡熟了，甚至不記得怎麼會睡熟的。我睡了幾乎四小時；沒有人叫醒我。

第十章

一

我在十點半鐘左右醒了轉來，竟許久時候不相信自己的眼睛；我的母親坐在我昨天睡覺的那隻沙發上面，她旁邊還坐着那個不幸的鄰婦，自殺者的母親。她們兩人互相拉着手，微聲地談話，大概爲了不把我吵醒。兩人都哭泣着。我從牀上立起來，一直奔過去吻母親。她露出滿臉的笑容，吻我，還用右手畫了三次十字。我們來不及說出話來：門一開，魏爾西洛夫和瓦新走進來了。母親立刻立起來，把鄰婦領走了。瓦新和我握手，魏爾西洛夫沒有對我說一句話，就坐在躺椅上面。他和母親顯然已經來了一會。他的臉皺緊着，露出煩慮的樣子。

「我最覺得可惜的是，」——他不慌不忙地對瓦新說，顯然繼續業已起始的談話，——「昨天晚上沒有辦妥當這件事情，——否則一定不會出這可怕的亂子的！的時間並不久：還沒有到八個小時。她昨天從我家裏一跑走，我心裏就立刻決定跟她到這裏來，對她勸解，但是那樁沒有預見到的，無可延緩的事情，我本來可以延到今天再做的……甚至可以延到一星期以後的，——這樁可恨的事情竟阻礙了一切，破壞了一切。眞是這樣湊在一起的呀！」

「也許您也來不及勸醒她。除去你那樁事情以外，大概她的心裏還燃燒着，而且沸騰着許多別的事情呢，」——瓦新不經意地說。

「來得及的，一定來得及的。我的腦筋裏還會想到打發騷菲亞·安特萊夫納替我去一趟的閃過了這個念頭，但祇不過閃過罷了。騷菲亞·安特萊夫納一人就會把她戰勝，使這不幸的女人留在人世的。我以後永遠不再管閒事……做什麼『好事』了……我一輩子祇管了一次的閒事，我以為我還沒有掉在時代的後面，我以為我還能了解現代的青年。是的，我們老一輩的人在還沒有成熟以前就老了。確乎有許多現代的人由於習慣還認自己為青年的一代，因為昨天還是這樣的人，而其實不知不覺業已落伍了。」

「這裏發生了誤會，十分明顯的誤會，」——瓦新乖巧地說，——「她的母親說，她在妓院內受了殘忍的侮辱以後，似乎喪失了理智，再加上她的境況，最初從那個商人那裏所得到的侮辱……所有這一切在以前時候也同樣會發生的，據我看來，一點也不足以特別表明現代青年的性格。」

「她有點沒有耐心，現代的青年是沒有耐心的，自然除去對於現實稍有了解以外，這種了解是任何的時代中一般的青年所特具的，但是現在的青年卻似乎更加特別些。……請問，斯帖別立闊夫先生在這裏說些什麼話？」

「斯帖別立闊夫先生是造成這一切的主要因素。」——我忽然攙進去說。——「沒有他，什麼事情也不會發生的。他朝火上添加了油。」

魏爾西洛夫傾聽着，但是沒有看我。瓦新皺着眉毛。

「我還有一樁可笑的事實要責備自己，」——魏爾西洛夫繼續不慌不忙地說，依舊把話語拉得很長，——「我大概由於我的一種壞脾氣，當時對她取了一點快樂的態度，發出了淺薄的笑，——一句話，不夠嚴厲，乾澀和陰沈，這三種性格大概在現下的青年一代方面被認為極有價值。一句話，這是我讓她認我為流行的浮浪子的因由。」

「完全不對，」——我又堅決地搶上去說。——「她的母親特別地指出，您那份嚴肅，正經，和誠懇的態度引起了佳良的印象，——這是她自己說出的話。死者在您走後自己也這樣誇獎您。」

「是麼？」——魏爾西洛夫含含糊糊地說了一句，終於瞥看我一眼。——「您把這張紙收起來，這是案件上極重要的，」——他把一張碎紙遞給瓦新。瓦新取了起來，看見我好奇地望着，遞給我看一下。那是一張字條，兩行不平正的，用鉛筆寫的字，也許是在黑暗中寫的：

「親愛的母親，我中止了我的生命的出場，請您饒恕我罷。使您生氣的女兒奧麗格筆。」

「早晨纔找到的，」——瓦新解釋。

「多末奇怪的一張字條！」——我驚異地喊出。

「有什麼奇怪？」——瓦新問。

「難道在這種時候還可以寫幽默的詞句麼？」

瓦新疑問地看我。

「眞是奇怪的幽默，」——我繼續說。——「中學裏同學中間約定的隱語……誰能在這種時候，在寫給不幸的母親的字條上，——母親是愛她的呀！——寫着『中止我的生命的出場』的話呢？」

「爲什麽不能寫呢?」——瓦新還是不明白。

「這裏並沒有一點幽默,」——魏爾西洛夫終於說,——「這詞句自然不大合適,腔調也完全不對,眞會從中學同學間流行的隱語文字裏或者從什麽小品文裏產生出來的,但是死者在這張可怕的字條裏卻完全坦白而且正經地使用着它。」

「這是不會有的,她畢業中學,還領到了銀質的獎牌。」

「銀質的獎牌是沒有什麽意思的。現在有許多人都是在學校裏畢業的。」

「又要引到靑年身上去了,」——瓦新微笑。

「一點也不,」——魏爾西洛夫回答他,從座位上立起來,取起帽子。——「假使現在的一代在文學上欠工夫,那末無疑地還擁有……別種優點,」——他異常正經地補充他的意見。——「再說『許多人』並不是『全體』,譬如說您罷,我並沒有責備您在文學上的發展如何的惡劣,然而您還是一個靑年人。」

「瓦新並沒有在『出場』的名詞裏發現不好的意思呀!」——我忍不住要說出這句話來。

魏爾西洛夫默默地向瓦新伸手;瓦新也取起帽子,預備同他一塊出去,還對我喊:「再見罷!」魏爾西洛夫走了出去,沒有理會我。我也不能再虛耗時間:我無論如何要跑出去尋覓寓所,——現在比任何時候都需要!母親不在女房東那裏,她走了,帶着鄰婦一同走了。我走上街去,顯得似乎特別有精神……有一種新穎的,巨大的感覺在心靈裏產生出來。一切好像故意助成似的:我異常迅速地碰到了機介,找到了完全合適的一個寓所；關於寓所以後再說，現在先講完主要的事情。

在剛打過一點鐘的時候，我又回到瓦新家裏取皮箱，恰巧又遇見他在家。他看見了我，帶着快樂和誠懇的態度喊道：

「我眞喜歡能遇到您，我正想出去！我可以通知您一樁大概會使您發生極大興趣的事實。」

「我預先就相信的！」——我喊。

「瞧呀！您的神色多末高興呀。請問您，您知道不知道有一封信，本來是克拉夫特保存着的，昨天交到魏爾西洛夫手裏，恰巧就是關於他勝訴的那樁遺產案件？立遺囑人在這封信裏解釋自己的意志，和昨天法院判決的意思完全相反。這封信是在很久以前寫的。一句話，我不知道確實的內容如何。您知道不知道呢？」

「怎麼會不知道。克拉夫特前天爲了交給我這封信，把我從那幾位老爺那裏帶到他家裏去，我昨天把它轉交給魏爾西洛夫了。」

「是麼？我就是這樣想的。您想一想，魏爾西洛夫剛纔在這裏所說的那樁事情，——就是妨礙他昨天晚上到這裏來勸醒這位女郎的事情，原來就是爲了這封信的關係。魏爾西洛夫昨天晚上就一直跑到騷可里司基公爵的律師那裏，把這封信轉交給他，並且自行拒絕接受他已經勝訴的那筆遺產。現在這拒絕已經具備了法律的形式。魏爾西洛夫不是贈與，卻在這文件裏承認公爵們的全部權利。」

我呆住了，但是心裏很快活。老實說，我完全相信魏爾西洛夫會把那封信燬滅的，雖然我對克拉夫特說，這是不正直的行爲，雖然自己在飯店裏反覆地說這句話，還說：「我是跑來找一個純潔的人，不是跑來找這種人的，」——但是在我的心靈的深處自己總認爲除去把這文件完全燬滅以外沒有其他辦法。我認這是一件極普通的事情。假使我以後責備魏爾西洛夫，也不過是故意地責備，爲了裝面子就是爲對他保持我的崇高的地位。但是現在一聽到魏爾西洛夫做出了這種業績，我感到誠懇的，完全的歡欣，用懺悔和羞愧責備我的無恥和對於善行的冷淡，頓時把魏爾西洛夫提得無窮盡地的高，幾乎要把瓦新擁抱了。

「這是什麼樣的人！這是什麼樣的人！誰能做這種事情呀？」——我像在沉醉中呼喊着。

「我很同意，有很多人不會做這種事情的……無疑地這行爲是極公正無私的。然而……」

「『然而？』……您說下去啊，瓦新，您的『然而』下面是什麼？」

「是的，自然也有『然而』的；魏爾西洛夫的行爲據我看來，有點太匆促，有點不自然，」——瓦新微笑了。

「不自然麼？」

「是的。這裏有點『意氣。』因爲到底也可以做到同樣的事情而不使自己受委屈。即使不是道德的半數，那末它的一部分無疑地現在可以歸屬於魏爾西洛夫，甚至在對於事情持有極微妙的見解的時候也是的，況且這文件並沒有決定的意義，他已經把官司打贏了。對方的律師自己也抱着這個意見；我剛纔和他談過的。那時候這行爲仍舊是良好的，但是單獨由於驕傲的慾念纔發生了不同的情形。主要的是魏爾西洛夫先生太激動了一點，並且過分地顯得慌忙，況且他自己剛纔還說過可以延遲到一個星期以後的……」

「您知道不知道，瓦新？我不能不和您同意，但是……我最愛這樣，我最喜歡這樣！」

「這和趣味有關。您自己引出我的話來，我可以沈默的。」

「即使甚至這裏有『意氣』，『意氣』也是好的」——我繼續說。——「意氣雖然是意氣，但是它自身就是很珍貴的東西。這個『意氣』也就是『理想』，在現在的一些人的心靈裏沒有它，也不見得好些；雖然甚至帶着小小的醜樣，祇要有也就好辦！您自己一定也這樣想，瓦新，我的親愛的瓦新！一句話，我自然在那裏胡說八道，但是你應該了解我。您所以成為瓦新就是為此；無論如何，我要擁抱您，吻您，瓦新！」

「由於喜歡麼？」

「由於極大的喜歡：因為這個人『死而復活，失而復得！』瓦新，我是沒有價值的小孩，比不上您。我所以自己承認，因為在有些時候我完全成為另一個人，高些，也深些。我為了前天當面恭維您幾句，（我的恭維您祇是因為我受了恥辱和壓迫，）我為了這個緣故整整地恨了您兩天！我在那天夜裏發誓永不到您家裏去，昨天早晨是帶着怨恨上您這裏來的，您明白不明白，是由於恨上您這裏來的。我一人坐在這裏的椅子上面，批評您的屋子，您自己，您的每一本書，您的女房東，努力侮辱您，取笑您。」

「這種話不應該說出來……」

「昨天晚上，從您的一句話裏斷定您並不了解婦女，我為了能夠捉住您的短處而感到高興。剛纔在那句『門揚』的話又把您捉住了，——又異常高興起來，全是因為那一次自己誇獎了您的緣故。」

「那當然嘍！」——瓦新終於喊出來了，（他繼續微笑，一點也不對我露出驚訝的樣子：）——「這樣：大家都一樣，甚至首先就是如此。不過沒有人承認出來，因爲這情形無論如何會過去的，從這裏面不會出什麼事情的。」

「難道大家都這樣麼？大家全是這樣的麼？您說出這話來的時候，竟這樣安靜麼？抱着這樣的見解是沒有法子生活下去的！」

「但是照您的說法：

『頌揚我們的欺騙

比低劣的眞理的黑影爲珍貴』麼？」

「但這是很對的，」——我喊。——「這兩句詩裏含有神聖的原理！」

「我不知道；我不敢決定這兩句詩對不對？大概眞理永遠留在中間的什麼地方：那就是在一件事情上是神聖的眞理，在另一件事情上是虛僞。我單有一樁是確切知道的：就是這個思想還要成爲人們中間最主要的辯論點之一。無論如何我覺得您現在想跳舞。您儘管跳能：運動是有益的，今天早晨恰巧有許多事情推到我身上來……我和您說話就誤了！」

「我就走，就走，立刻滾！祇要說一句話，」——我一面喊，一面抓起皮箱，——「我現在又『掛到您的頸項上去，』那是因爲我走進來的時候，您帶着誠懇的愉快把這段事實告訴給我聽，並且爲了遇見了我而顯得那樣的『高興，』而這一切發生在剛纔的『出場』之後；您用這誠懇的愉快一下子把我的『背年的心」又轉到您的方面去了。唔，再見罷，再見罷，我要努力不常來，我知道這會使您十分愉快的，我從您的眼睛裏就看得出來，我們兩人甚至都會有利的……」

我一面亂嚼一陣，喜歡得幾乎喘不過氣來，一面拖起皮箱，上自己的寓所裏去了。最使我十分喜歡的是魏爾西洛夫剛纔一定生氣我，不想和我說話，不想望我。我把皮箱搬到寓所裏以後，立刻跑到我的老公爵家裏去了。關於魏爾西洛夫的事情他一定已經知道了。

二

我就知道他非常歡迎我。我敢賭咒，即使沒有發生魏爾西洛夫的事情，我今天也會上他家去。怕有在那裏也許會遇到加德隣納·尼古拉也夫納的一個念頭，這在昨天和剛纔使我驚嚇；但是現在我一點也不懼怕。

他一起始喜悅地抱我。

「魏爾西洛夫您聽見了沒有？」——我一起始就說到主要的問題。

「Cher enfant，（親愛的孩子，）我的親愛的朋友，這是太崇高了，這是太正直了，——一句話，甚至對甚立夫（樓下的那個官員）都引起了震驚的印象！這在他方面不大合理性，然而這是光明正大的舉動，這是一個業績！理想是應該珍重的！」

「不對麼？不對麼？我和您的意見永遠是相同的。」

「我的親愛的，我和您的意見永遠是相同的。你現在在哪裏住？我眞想親自上你那裏去，但是不知道哪裏可以找到你……因爲我總歸不能到魏爾西洛夫家裏去……雖然現在，在出了這一切的事情以後……你知道，我的朋友，我覺得，他就用這個征服女人，就用這種性格，這是一定無疑的……」

「順便有一句話要說，爲了不忘記，我是爲您記憶着的。昨天有一個小丑角當我的面稱魏爾西洛夫，形容他是『女人的預言者』；這句子，這句子多末妙呀？我是爲您記憶着的……」

「『女人的預言者』！」Mais……C'est Charmant!（這太妙了！）但是這句話很配他的身份，那就是說並不很配！……嘸！……但是這句話眞是準確……那就是說並不準確，但是……」

「不要緊，不要緊，您不必感到慚愧，祇要把它看作一句有趣的話語！」

「眞是一句有趣的話，具有極深刻的意義……完全準確的觀念！你信不信……一句話，我要告訴你一個小小的祕密。你哪天看見那個奧靈皮耶達麼？你信不信，她的心有點想念安得烈·彼得洛維奇，她甚至好像對他有點……」

「有點愛情麼？但是她需要不需要這個東西！」——我喊着，憤憤地露出拳頭。

「Mon Cher，（我的親愛的，）你不要喊，這很對，從你的眼光上看來，你的話很對。我的朋友，上次你在加德隣納·尼古拉也夫納面前出了什麼事情？你的身體搖曳起來……我以爲你會跌倒下來，我想跑過來扶住你。」

「現在不要說這件事情。唔一句話，我感到了一點慚愧，爲了一個原因……」

「你現在竟又臉紅了。」

「您立刻就要加點作料上去。您知道，她和魏爾西洛夫有仇……全是那一套；我當時就慌亂起來了：不要去管它，以後再說！」

「不要管，不要管，我自己也喜歡不去管這個……一句話，我對她也很有些不對的地方，你記得，我那次甚至在你面前抱怨過的……你忘記了這個罷，我的朋友。她將會變更對於你的意見，我預感到的……賽萊查公爵來了！」

一個年輕而且美麗的軍官走了進來。我貪婪地望着他，我還從來沒有看見過他。我所以說美麗，因為大家都這樣說，但是在這年輕而且美麗的臉上並不具有一點十分動人的樣子。我覺察出這一點來，是從最初的剎那間的印象上得來的，我最初對他的觀察所得的印象一直刻印在我的心裏。他具有瘦瘦的，佳美的身材，髮作深棕色，一付活潑的，略帶黃色的臉，堅決的眼神。他的美麗的，深黑的眼睛稍露威嚴的神色，甚至在他完全安靜的時候也是如此。他的堅決的眼神所以使人討厭，因為不知為什麼原因，似乎感覺出這種堅決在他的方面是沒有什麼價值的。不過我不會形容出我的意思來……自然，他的臉會忽然從嚴肅一變而為十分和藹的，溫和的，柔愛的神色，主要的是變換時露出無疑的坦白。就是這坦白吸引了人。我還瞧出一個特點：這臉雖然和藹而且坦白，但從來不會成為快樂的，甚至在他出自衷心地大笑的時候，你總覺得他的心裏似乎永遠不會有真正的，光明的，輕鬆的快樂……然而這樣描寫臉色是極難的。我完全不會。老公爵立刻跑過來按照他的愚笨的習慣給我們介紹。

「這是我的青年的朋友，阿爾卡共．安得烈維奇．（又是安得烈維奇！）道爾郭羅基。」

青年的公爵立刻露出加倍的客氣的臉色轉身朝我看；顯見得我的名字他還完全不知道。

「他是……安得烈．彼得洛維奇的親戚，」——我的公爵惱恨地喃語着。（這類保守他們的習慣的小老頭兒有時是會顯出惱恨的樣子的！）青年的公爵立刻猜到了。

「啊，我早就聽見過的……」——他迅快地說。——「我很榮幸，去年在羅加和令妹屠諾魏達．瑪加洛夫納認識……她也對我講起過您來的……」

我甚至驚異起來：他的臉上露出十分誠懇的愉快的樣子。

「容我說一句，公爵，」——我喃語着，把我的兩隻手縮了回來。——「我應誠懇地對您說一句，——我很高興，我能在我們的可愛的公爵面前說這話，——我甚至極願意和您相見，最近還願意和您相見，這在昨天的時候，但是完全持着另一種目的。無論您會覺得怎樣驚異，我要直率地說出來。簡單地講，我打算喚您決鬥，為了半年前您在埃姆司對魏爾西洛夫所施行的侮辱。您自然也許不肯接受我的召喚，因為我祇是個未成年的少年，但是無論您接受不接受，無論您怎樣辦，我總歸要對您提出來的……說實話，甚至現在還存着這個目的。」

老公爵以後對我說，我這幾句話表示得異常正直。

誠懇的憂愁在公爵的臉上現露出來。

「您沒有讓我說完我的話，」——他用着鄭重的口氣回答，——「假使我對您所說的話完全出於至說，那末這原因就在於現在的，我現在對於安得烈．彼得洛維奇的情感，我很可惜，我現在不能告訴您一切的事實，我早就帶着深深的懺悔看我在埃姆司所做出的不幸的行爲。我動身到彼得堡來的時候，我決定給予安得烈．彼得洛維奇一切可能的滿足，那就是直捷了當地向他請求饒恕，照他自己規定的那個形式。一些高尚的，雄偉的影響成爲我的眼光轉變的原因。我們打官司的一層一點也不影響到我的決意。他昨天對我的行爲震撼了我的心靈，甚至在現在的時候，您信不信，我似乎還沒有蘇醒轉來。我現在應該通知您，——我上公爵這裏來也是爲了告訴他這椿極緊要的事情：三小時以前，那就是在他和律師簽立那個文件的時候，安得烈．彼得洛維奇的代表跑到我家裏來，代表他向我提出決鬬……爲了埃姆司的那椿事件正式提出決鬬……」

「他對您提出了麼？」——我喊着，感到我的眼睛燃燒，血潑滿我的臉。

「是的；他提了出來，我立刻接受了，但是還在我們遇面以前我就決定給他寫一封信，敘明我對於我的行爲的見解，還對於這可怕的錯誤表示懺悔……因爲這不過是一個錯誤，——不幸的，命定的錯誤！我要對您說，我在軍營中的地位使我感覺這樣做是近於冒險的……您明白麼？但是甚至不管怎樣，我已經決定了，不過還沒有來得及發出信去，因爲在提出決鬬的一小時後，我又從他那裏接到一張字條，他請我恕他的驚吵，還請我忘記那椿決鬬的提議。他還說他對於『自己這種懦怯和自私的一時的衝動深爲遺憾，』——這是他自己所說的話。因此他現在已經給予我十分的便利，使我很容易寫這封信。我還沒有發出這封信去，現在跑來把這件事情通知公爵一聲……您信不信，我自己由於良心上的責備，所受的痛苦，也許比任何人還利害……這樣的解釋您認爲滿意麼，阿爾卡共・瑪加爾維奇？至少現在，暫時，認爲滿意麼？您能不能完全相信我的誠懇呢？」

我完全被征服了；我看見了完全意料不到的，無可置疑的直爽。我喃喃地作答，把兩手一直向他伸出，他快樂地握住我的手，緊搖着。後來他把公爵引出去，在他的臥室裏談了五分鐘的話。

「假使您願意給予我特別的愉快，」——他從公爵的臥室裏出來時，大聲而且誠懇地對我說。——「那末現在請和我一塊兒去，我可以把那封現在就想送給安得烈・彼得洛維奇的信，和他給我的信一塊兒拿出來給您看。」

我十分樂意地答應了。我的公爵送我出去的時候，顯出忙亂的樣子，也把我叫到臥室裏去一會。

「Mon ami，（我的朋友，）我真是高興，我真是高興……我們以後再講這一切。在我的公事包裏恰巧有兩封信：一封應該送去，當面接洽一下，另一封信送到銀行去，——那裏也是的……」

他當時委託我做兩樁似乎不能延緩的事情，似乎必須用特別的勞力和注意去做的事情。必須自己去遞送，簽字等等。

「您真是狡猾的人！」——我在接下信的時候喊了出來。——「我可以賭咒，這一切完全是無關緊要的，這裏並沒有什麼事情，這兩樁委辦的事情是您故意想出來，使我相信我在您這裏服務，不白拿您的錢！」

「Mon enfant，（我的孩子，）我敢賭咒，你弄錯了：這是兩樁不能延擱的事情……Cher enfant！

（親愛的小孩！）」——他突然喊，露出特別和愛的樣子。——「我的可愛的青年！（他把兩手放在我的頭上。）我祝福你和你的命運……我們永遠要像今天似的心地誠懇……努力做好事，做好人……我們將要愛一切好的事情……在一切不同的形式裏……我祝福你！」

他沒有說完，對着我的頭啜泣起來。說實話，我幾乎也哭了；至少很誠懇，而且愉快地抱住我的那位怪物。我們熱烈地吻着。

三

賽萊在公爵，（也就是賽爾該意·亞可里司基公爵，我要這樣叫他，）把我放在漂亮的馬車上帶到他的寓所裏去。我首先驚奇他的寓所的闊綽。驚奇的不見得是闊綽，但是這個寓所正好像那些稱「體面的人們」的寓所一樣，有高大的，光亮的房間，（我祇看見兩間，其餘的是關上的，）傢具雖然不知是什麼Versailles 或 Renaissance 式的，但還柔軟，舒適，且極大方；還有地毯，雕刻的木器，小銅像等，然而大家都說他們是乞丐，他們什麼也沒有。我偶然聽見這位公爵到處做可能地耍花樣——在這裏，在莫斯科，在以前的團部裏，在巴黎，又聽見說他是賭徒，欠了許多債。我身上的衣服揉得很皺，並加上全是鵝毛，因為我沒有脫衣裳就睡的，襯衫已經穿了第四天。但是我的上褂還不十分壞。我走進公爵家裏，憶起了魏爾西洛夫定製衣服的提議。

「您想一想看，我為了一個自殺的女人，竟穿着衣服睡了一夜，」——我用冷淡的神色說，因為他立到表示注意，就把那件事情簡單地講了一下。然而顯然最使他發生興趣的，還是他的誓信。最主要的是我覺得奇怪，他不但不笑，甚至不露出一點神色，在我剛纔還宣布想喚他出來決鬪的時候。雖然我也能使他不笑，但是這事出之於這類的人總歸是奇怪的。我們對坐在屋子中央，一張大書桌的前面。他把已經預備好，而且抄寫好的給魏爾西洛夫的信給我看。這個文件很像他剛纔在公爵家裏對我表示的一切；寫得甚至還要激動。對於這種顯著的直爽，和向善的一切準備，我還不知道最後應該取什麼樣的態度，但是已經起始讓步，實際上我為什麼不相信呢？無論他是什麼樣的人，無論人家講他什麼話，他到底是有極好的同善心的。我也看了魏爾西洛夫最後的一張字條，一共有七行，——表示放棄決鬪的提議。他在這封信中雖然確乎寫了「怯懦」和「自私」的話，但是從整個上講，這張字條有點顯出傲慢的味道……不如說是在這行為裏表示出一種輕蔑的意思。然而我沒有把這意思說出來。

「但是您對於這個拒絕抱怎樣的態度？」——我問。——「您不以為他膽小麼？」

「自然不，」——公爵微笑了，但是似乎發出了很正經的微笑。總之，他起始越來越煩惱了。——「我很知道這人是勇敢的。這裏自然有特別的見解……自己的理想的嗜好……」

「這是無疑的，」——我熱烈地插上去說，——「有一個瓦新說在他為了這封信所做的行為裏，在他拒絕道歉的那樁事實裏，包含着『意氣』……據我看來，這種事倘不是做給外面看的，卻和基本的內在的一切相呼應的。」

「我和瓦新先生很熟，」——公爵說。

「對，是的，您大概在維加見到他的。」

我們突然對看了一眼，我記得，我大概有點臉紅。至少他把談話打斷了。然而我很想談話。我想到了昨天那一次的遇見。這念頭引誘我對他提出一些問題，不過我不知道怎樣下手。總之，我似乎有點精神散漫的樣子。他那種奇怪的有教養和禮貌，那種絲毫不勉強的姿態，——總而言之，那種從搖籃裏就取得的漂亮的風采，也使我感到驚愕。我在他的信裏讀到了兩個極粗淺的文法上的錯誤。總之在這類的會面中我從來不低首服氣，卻露出特別嚴厲的態度，這有時也許很壞。但是在這件事情上，還有我滿身全是鷄皺的一個意念特別幫忙，所以我甚至有點弄得不對勁，開始不拘禮節起來……我偷偷兒覺出公爵有時凝視我。

「請問您，公爵，」——我忽然發問道：——「您在自己內心裏不覺得像我這種『乳臭小兒』竟想喚您出來決鬬，而且爲了別人所受的侮辱，未免可笑麽？」

「爲了父親所受的侮辱，是很可以使您自己感到侮辱的。我並不認爲可笑。」

「我總以爲這是很可笑的……在有些人的眼光裏看來……但自然不是我自己的眼光。況且我是道爾郭魯基，而不是魏爾西洛夫。假使您對我說不實在的話，或者爲了交際社會上的儀節起見說得輕鬆些，那末您在其餘的一切事情裏也會愚弄我的。」

「不，我並不認爲可笑，」——他極正經地重複着。——「您不能不在自己身上感到自己的父親的血！……固然您的年紀還輕，因爲……我不知道……好像未成年的人不能決鬬，也不能接受另一方面鬬於決鬪的提議……照規矩說來……但是假使您願意聽，這裏也許祇有一個嚴重的反駁：假使您與人出來決鬪，並沒有取得被侮辱的人的同意，就是爲了他所受的侮辱纔喚對方出來決鬪的那個人的同意，那末您也就藉此表示您對他本身的不敬，不是麽？」

我們的談話忽然被一個僕人打斷了。他走進來回報什麽事情。公爵似乎在等候着他，一看見他，就立了起來，沒有把話說完，迅快地走到他面前去。那僕人向他微聲報告，我自然沒有聽見說什麽話。

「對不住得很，」——公爵對我說。——「我隔一分鐘就來。」

就走出去了。我獨自留在那裏，在屋內踱走，心裏思索着。奇怪的是我很喜歡他，同時又很不喜歡他。有一點什麽，是我自己都稱說不出來的，但是使人感得討厭的。「假使他一點也不取笑我，無疑地，他的爲人是很直爽的；但是假使他取笑我，那末……我當時會覺得他聰明些……」我似乎極奇怪地想了一下。我走近桌旁，又把他給魏爾西洛夫的信讀了一遍。我的注意力被吸引了，我甚至忘卻了時間，醒轉來的時候，忽然發現公爵的一分鐘無可辯駁地業已繼續了整整的一刻鐘。這使我有點着急。我又來回地走了一遍，終於取起帽兒，我記得我決定走出去，在遇見什麽人的時候，叫他去找公爵，等他一出來，就立刻和他告辭，說我有事情，再也不能久候。我覺得這樣子最合禮貌，因爲有一個思念稍稍地磨折我，就是他把我拋得這樣長遠，對待我未免太疏忽了。

這間屋子的兩扇關緊着的門全在一個牆壁的兩頭。我忘卻我們從哪一扇門走進來的，更加上正處於散漫的情緒中，糊裏糊塗地打開了其中的一扇門，突然在狹長的屋內看見了坐在沙發上的我的妹子圖薩。屋內除她以外沒有任何人，她自然在等候什麼人。我甚至還沒有來得及驚訝，忽然聽見了公爵的聲音，他正和一個人大聲說話，回到書齋裏來。我迅快地把門關上，從另一個門走進來的公爵一點也沒有覺察出來。我記得他起始道歉，還說着關於不知哪一個安娜·費道洛夫納的事情……但是我感到慚愧而且驚愕，竟幾乎一點也辨不淸楚什麼，祇是哺聲地說出，我必須回家去，以後就堅決地，迅速地走出去了。極有教養的公爵自然應該懷着好奇看我這種舉止。他送我到門洞那裏，一直在那裏說話。我不回答，也不看他一眼。

四

我走出街上，轉向左面走去，胡亂地走着。我的腦筋裏沒有什麼緊念。我慢吞吞地走着，似乎走了許多路，有五百多步路，忽然感到有人微微叩擊我的肩膀。我轉過身來看見了圖薩；她趕到我身邊來，用洋傘微微地叩擊着。有點極快樂，而且帶點狡猾的樣子在她的喜悅的眼神裏。

「我眞是高興，你朝這一邊走着，否則我今天會遇不見你的！」——她因爲走得迅快，有點氣喘。

「你喘得要死。」

「我追你，跑得很快。」

「圖薩，我剛纔遇見的是你麼？」

「在哪裏？」

「在公爵那裏……在騷可里司悲公爵那裏……」

「不，不是我。不你沒有遇見我……」

我沉默了。我們走了十步。麗薩可怕地哈哈大笑了：

「是我，是我，自然是我！喂，你聽着！是你自己看見了我的，你張着眼睛望我，我張着眼睛望你，你何必還要問我你遇見我沒有的話呢？你這個性格呀！你知道，你在那裏張大眼睛看我的時候，我眞想笑出來，你露出太可笑的眼神。」

她哈哈大笑起來。我感到所有的煩悶一下子離開了我的心。

「你說，你怎麼會到那裏去的？」

「在安娜·費道洛夫納那裏。」

「哪一個安娜·費道洛夫納？」

「在司託爾白瓦那裏。我們住在羅加的時候，我整天坐在她家裏，她還接待媽媽，甚至常到我們家去。她在那裏差不多從來不上任何人家去。她是安得烈·彼得洛維奇的遠房的親戚，和騷可里司悲公爵們也是親戚；她長公爵兩輩，是他的什麼婆婆。」

「那末她住在公爵家裏。」

「不，是的，公爵住在她家裏。」

「那末是誰的寓所？」

「她的寓所，成為她的寓所已經有一年了。公爵總來到，暫時住在她家裏。她自己到彼得堡來祗有四天功夫。」

「唔……你知道，麗薩，不要管她的寓所和她自己……」

「不過她的為人是很好的……」

「不要管她。我們自己是很好的！你瞧這天氣！你瞧這多末好！你今天真美呀，麗薩！然而你是一個可怕的孩子。」

「阿爾卡共，你說那個女郎，昨天的那個。」

「唉，真是可惜。麗薩，真是可惜！」

「唉，真是可惜！怎樣悲苦的命運！你知道，我們這樣快樂地走着，甚至是罪過的。她的靈魂現在正在黑暗的什麼地方飛翔着，在無底的黑暗中飛翔着，犯了罪過，懷着自己的恥辱……阿爾卡共，誰應該對她的罪過負責？唉，這是多末可怕呀！你曾經想到這黑暗麼？唉，我真是怕死，這真是有罪過的！我不愛黑暗，這樣燦爛的太陽多好呀。媽媽說，怕死是有罪的……阿爾卡共，你很知道媽媽麼？」

「還不大多，麗薩，還不大知道。」

「唉，她真是好人；你應該，一定應該知道她！對於她應該特別了解……」

「你瞧，我並不知道你，但是現在完全知道你了。在一分鐘內知道了整個的你。麗薩，你雖然怕死，但是你大概是驕傲的，勇敢的，大膽的。比我好，比我好得多！我太愛你了，麗薩。唉，麗薩呀！讓死亡在應該來的時候來罷，但是現在要——生活，生活！我們對那位不幸的女郎惋惜一下，但是生命到底是可祝福的，對不對？對不對？我有『理想』，麗薩。麗薩，你知道魏爾西洛夫拒絕遺產的事情麼？你不知道我的心麼，麗薩，你不知道這個人對於我具有什麼意義？」

「怎麼不知道？我全都知道。」

「你全知道麼？你哪裏會不知道！你太聰明了；你比瓦新聰明。你和母親——你們的眼睛是透澈的，仁慈的，那就是說眼神並不是眼睛，我說謊呢……我在許多方面是不好的人，麗薩。」

「應該把你攙扶起來，也就完了！」

「你就攙扶罷，麗薩。今天我望着你，心裏真覺痛快。你知道你太美麗麼？我從沒有看見過你的眼睛……你今天在哪裏取來的，麗薩？在哪裏買的？付出了什麼代價？麗薩，我沒有朋友，這理想我也看得像無聊的玩意。但是和你在一塊兒卻並不無聊……好不好，我們做成知己的朋友？你明白我想說什麼？……」

「我很明白。」

「你知道，沒有條件，沒有協定，——簡單地成為知己的朋友！」

「簡單地，簡單地，不過有一個條件：假使我們將來在什麼時候互相責備，假使我們有什麼不滿意的地方，假使我們自己成為兇惡的，壞的，甚至假使我們忘記了這一切，——可是我們永遠不會忘記這個日子，這一小時！我們要給自己起下這樣的誓言。我們要給自己立誓，我們永遠記得這個日子，我們兩人手攙手地走着路，我們這樣笑，我們這樣快樂……好不好？好麼？」

「好的，闊薩，好的，我可以起誓的。但是，闊薩，我似乎初次聽到你說話……闊薩，你讀書很多麼？」

「你至今還沒有問過！昨天，在我插了幾句話進去的時候，你纔初次注意到我聖智的先生！」

「你爲什麼自己不先和我說話？既然我是這樣的傻瓜？」

「我一直等候你變得聰明些。我從最初就看出你整個的人來了，阿爾卡其·瑪加爾維奇。我一看出來，心裏就想：『他會來的，結果一定會來的，』——我就決定把這榮耀交付給你自己，讓你走第一步。我心想：現在你會跟在我後面走的。」

「你眞是壞了頭！闊薩，你老實承認下來：你在這一個月內是不是偸笑我？」

「你眞是可笑的人，你太可笑了，阿爾卡其！你知道，在這一個月內我也許最愛你，就爲了你是那樣的怪物。但是你在許多方面是極壞的怪物，——這是爲了使你不要太驕傲。你知道不知道，還有誰笑你？媽媽笑你，媽媽和我在一塊兒微語着『眞是怪物，他眞是怪物！』同時你坐在那裏，心想，我們正坐在那裏對你發抖。」

「闊薩，你對於魏爾西洛夫怎麼想？」

「我用許多時間想他；但是你知道，我們現在不必講他。今天不必講他，對不對？」

「完全對的！你太聰明了，闊薩！你一定比我聰明。你等一等，闊薩，等我把這一切了結以後，那時候我也許會對你說什麼話……」

「你爲什麼皺起眉頭來了？」

「不我沒有皺眉頭，團藍，我就是這樣……你看，團藍，不如直說出來：我有一個特質，就是不愛用手指觸摸心靈內一些發揚的東西……或者不如這樣說，假使時常把一些情感發洩出來給大家欣賞，這是很可羞的，不對麼？所以我有時最愛皺眉，自己沈默着；你是聰明的，你應該明白。」

「不但你如此，我自己也是這樣的；我完全了解你。你知道不知道，媽媽也是這樣的？」

「唉，團藍呀！祇要能多多地活在世上總好呢！？啊，你說什麼？」

「不，我沒有說什麼。」

「你在看麼？」

「你也在看。我看着你。我，愛你。」

我差不多把她一直送到家裏，還把我的住址告訴她。臨別時我吻她，一生中初次吻她……

五

一切都很好，祇有一樁不好：有一個沈重的觀念從夜裏起做在我心裏騷動，不離開我的腦筋。那就是昨天晚上我在我們家裏的大門口和那個不幸的女郎相遇的時候，曾對她說我自己要脫離家庭，從巢窩內飛出去，離開惡地，建築自己的巢穴，又說魏爾西洛夫有許多私生子。這些話，這些從兒子的口內講父親的話，自然會確定所有她對魏爾西洛夫的疑心，證明他侮辱她。我責備斯帖別立闊夫，但是也許是我向火
上添了油。這個意念是可怕的，現在還是可怕的……但是在那個時候，在那天早晨，我雖然已經起始感到

內心的折磨但是我到底覺得這是無聊的：「唉，沒有我也已經『沸騰而且燒焦得很利害了，』」——我時常反覆地說着。——「不要緊，會過去的！我會改好的！我會用別的什麽事情補償的……用一種善良的行爲……我還有五十年在前面呢！」

但是這觀念還在騷動着。

第二卷

第一章

一

我飛躍過幾乎兩個月的空間；請讀者不要擔心從以後的敘述裏一切都會弄明白的。我特別提出十一月十五日的日子，——這是在許多原因方面對於我極可紀念的日子。第一，在兩個月以前看見過我的，現在沒有人會認識我；至少在外表上，那就是說認識是會認識的，但是一點也辨不清。我打扮得像紈袴子弟，——這是第一層。魏爾西洛夫打算介紹給我的那個「誠實而且有趣味的法國人」不但已給我縫了整套的服裝，且被我遺棄，而由另一些裁縫，高級的，頭等的裁縫給我縫製，我甚至可以在他們那裏記賬。我在一家著名的飯店裏也有賬，但是我還有點害怕，一有錢，立刻就還清，雖然知道這是不好的習性，這樣反而損害自己的名聲。在涅夫司基大街上法國理髮師和我極熟，我在他那裏理髮的時候，時常對我講各種笑話。說實話，我和他們練習法語。我雖然知道法文，甚至知道得還透澈，但是在人多的場合裏說出來還有點怕；況且我的口音大概並不是巴黎的。我有一輛快馬車，馬夫名喚瑪德魏。我想使喚他的時候，他會跑來爲我效勞的。他有一匹灰栗色的小馬，（我不愛灰色的。）不過也有缺憾：時令已經是十一月十五日，已經入了冬令三天，但是我的皮大衣卻還是舊的，狸皮的，魏爾西洛夫穿剩下來的：賣出去祇值二十五盧布。應該置一件新衣，但口袋中空空如也，且還要留一點錢，預備做今天晚上的用場，這是無論如何需要的，——否則我會「不幸而且滅亡的；」這是我當時自己常說的格言。唉，真是卑鄙極了！從哪裏忽然會來了這幾千塊錢，這匹快馬？我怎麼會忽然全都忘記，而且變成這種樣子？眞是恥辱！讀者，我現在要起始寫我的羞恥和恥辱的歷史，生命裏沒有東西再比這回憶更加可恥的。

我用裁判官的資格這樣說話，我知道自己是有罪的。我當時在狂飆中旋轉着，雖祇一人，並無導師和顧問，但是我敢賭咒！我當時自己感覺自己的墮落，因此我是無可恕宥的。但是這兩個月來，我幾乎是幸福的，——爲什麼幾乎呢？我是太幸福了！甚至弄到在有時候（也是時常的）閃現出，且使我的心靈抖慄的那個恥辱的感覺，——你們信不信，——連那個感覺也會把我迷醉的：「既然墮落，就墮落罷；我不會陷落下去，我會走出來的！我有吉星照耀着！」——我在木片搭成的薄薄的橋上走路，這橋上沒有欄杆支架在深淵上面。我很高興我這樣走路；我甚至向深淵裏窺望，感到冒險，又感到快樂。但是「理想」呢？——「理想」以後再說，理想會等候的；已經做過的一切——祇是「傾斜到旁邊去；」「爲什麼不讓自己快樂快樂呢？」我還要重複一遍，我的「理想」所以壞就在根本可以容許一切的傾斜；假使它不這樣堅定，不這樣極端，我也許不敢傾斜了。

我還繼續租我的小寓所，祇是租，而不住。我的皮箱，提包和其他東西全放在那裏；我的主要的住處卻在賽爾該意·騷可里司基公爵家裏。我坐在他那裏，睡在他那裏，甚至整整的幾個星期都是如此。……怎麼會發生這情形的，我立刻要說的，暫時先講一講我的小寓所。這寓所成為我極珍貴的地方：因為魏爾西洛夫親自到我這裏來過，在那次口角以後初次來過，以後又來了許多次。我重複地說：這個時間是可怕的恥辱，也是偉大的幸福。……而且當時一切都這樣的順利，這樣的微笑着！「所有以前的陰鬱有什麼意義呢？」——我在迷醉的某些時間內想着。——「這些痛苦的舊創痕，我的孤獨的憂鬱的童年，我的愚蠢的被服底下的幻想，誓言，企圖，甚至『理想』究竟是為了什麼？」這一切全是我意想出來，虛構出來的，結果，世界上完全不是這樣的；現在我的心裏多少快樂和輕鬆：我有父親——魏爾西洛夫，我有朋友——賽飛查公爵，我還有……但是關於這還有——我們先放下來。可歎的是一切都是為了愛，仁義的名而行的，但以後竟成為醜惡的，無恥的，不義的了。

够了。

二

他第一次到我這裏來，是在我們那次決裂後的第三天上。我沒有在家，他坐下來等候。我走進我的小屋裏去的時候，雖然在這三天內一直候着他，但是我的眼睛似乎迷糊了，心撞擊得利害，甚至祇好在門內停留了一下。幸而他和我的房東一同坐着，房東為了不使客人等候得心焦，認為必須立刻和他結交，起始熱烈地把一樁什麼事講給他聽。他是九品官，有四十多歲，面上生着許多雀斑，臉色很慘白，受了肺癆病的妻子和病孩之累。他具有極喜歡說話，還很謙順的性格。他的舉止也很優雅。我很喜歡他的在場，他竟把我搭救了，因爲我有什麼話可對魏爾西洛夫說呢？這三天內，我知道，很正經地知道，魏爾西洛夫會自己先來的，——恰巧就是我所希望的那樣，因爲我無論如何，無論爲了世上任何事情，都不肯首先上他那裏去的，並非爲了執拗，卻是爲了愛他，爲了一種愛的忌妒，——我不會形容出來。一般地講來，在這種事上，我決不會發現我的辯才。這三天內我雖然等候他，幾乎不斷地設想他如何走進來，但到底怎麼也不能預先想像出——雖然我努力地想像着——在發生了這一切以後，我和他忽然說出什麼話來。

「啊，你來啦！」——他和氣地和我拉手，沒有從座位上立起來。——「坐到我們這裏來。彼得·伊鮑里託維奇在講述一樁極有趣的歷史，關於那塊石頭，在伯夫洛夫司基軍營附近……或者在另外什麼地方……」

「是的，我知道那塊石頭，」——我連忙回答，坐在他身旁的椅子上面。他們坐在桌旁。整個屋子有兩俄丈見方的大小。我沈重地透了一口氣。

愉快的光芒在魏爾西洛夫的眼睛裏閃現，他似乎疑惑着，心想我會裝腔作勢的。他安心了。

「您最好從頭講起，彼得·伊鮑里託維奇。」——他們已經互相用名和父名稱呼了。

「這事還在去世的皇上的時代，」——彼得·伊鮑里託維奇對我說，神經質地，還帶着一點痛苦的神情，似乎預先替效果的成功擔憂，——「您知道這個石頭，——在街上的很蠢的石頭，有什麼用，祇是礙事，對不對？皇上走過許多次，每次都遇到這塊石頭。皇上終於不痛快起來，其實也是的：整整的一座山，山立在街上，把街道弄壞了：『不許再有這塊石頭！』他說了不許再有，——您明白不明白？——『不許再有』

是什麼意思？總不能得前來的脾氣麼？怎樣去處理這塊石頭呢？大家都垂頭喪氣地想不出好辦法，議會也開了會，有一個當時最大的大臣被委託辦理這件事情，我不能得是什麼人。這位大臣聽屬員說必須化去一萬五千盧布（因爲前當時是用盧布的。）「怎麼要用一萬五千，怎麼這樣利害」起初俄國人想鍁起牠，抬起來，放在軌道上，用蒸氣機運走；但是這需要多少錢呀？當時還沒有鐵路，祇有皇村鐵路一條……」

「可以鋸開的，」——我起始皺眉；我覺得異常惱恨，在魏爾西洛夫面前惱恨；但是他露出顯著的愉快聽着他的說話。我明白他也極希望主人在這裏，因爲他也對我感覺慚愧，我看出這個情形來。我覺得，我甚至似乎爲了他這種樣子而深深地感動着。

「真是應該鋸開，真是想到這個念頭，也就是孟我郎想到的。他當時建築着伊薩基也夫司基教堂。他說先把它鋸開，以後再運走。是的，這樣做法要用多少錢呀？」

「用不了許多錢，祇要鋸開以後，運走就是了。」

「不行的，必須裝上一座蒸氣機器。而且運到哪裏去呢？這樣一座山往哪裏運走呢？有人說要費去一萬，少一點不行，一萬或一萬二。」

「您猶豫，彼得·伊鮑里託維奇，這是無聊的話，這不是這樣的……」但是這時候魏爾西洛夫不知不覺地對我使了一個眉眼，在這擠眉弄眼裏我看到了對房東的優雅的憐憫，甚至替他感到痛苦。這使我異常喜悅，我就笑了。

「正清是這樣的，」——房東高興起來，他一點也沒有覺察出，正和這一類講故事的人們一般，深怕人家用閒話打插，——「恰巧有一個下市民走了過來，他的年紀還輕，是一個俄國人，長了粗粗的鬍鬚，穿着長邊緣的農民上褂，幾乎有點醉醺醺的……然而不，並不醉得怎樣。這個下市民站在那裏，恰巧英國人和孟費郎正在發議着，奉派專辦這事的大員乘着馬車走來，一面聽，一面生氣：怎麼儘在那裏議論着，竟不能加以解決呢？他忽然看見那個下市民遠遠裏站着，發出虛假的微笑，並不是虛假的，我說得不對，那是這樣的……」

「訕笑地，」——魏爾西洛夫謹愼地附和上去。

「訕笑地，眞是有點訕笑，是那種和善的，俄羅斯式的微笑。那位大員自然十分氣惱，當時說道：『你這大鬍子，你在這裏等什麼？你是誰？』

「『我在看這塊小石頭，大人，』——他說。他大概眞是一位大人；大概是蘇伏洛夫公爵，意大利的元帥的後裔……不過不是的，不是蘇伏洛夫，眞可惜，我竟忘記了誰，不過他雖然是大人，然而是純粹的俄羅斯人，俄羅斯的典型，愛國派，他有一顆靈活的，俄羅斯的心。他當時猜到了：

「『你會把這塊石頭運走麼？你冷笑些什麼？』

「『我笑這些英國人大人，他們要的價錢太不合適，因爲俄國人的錢袋很飽，他們在家裏又沒有飯喫。您祗要撥出一百盧布，明天晚上我們就可以把石頭弄走。』

「『這樣的提議眞是誰也想不到的。英國人自然恨得要死；孟費郎笑了；惟有這位大員有一顆俄羅斯的心，他說：『給他一百盧布』——他又問：『你眞是會運走罷？』

「『明天晚上就可以辦妥，大人。』

「『你怎麼做法呢？』

「『請大人不要生氣，——這是我們的祕密，』——他說着，而且說的是那種俄國話。大員很喜歡這句話，當下說道：『他有什麼要求，全都給他！』說着就離開了。您以爲怎樣？他做到了沒有？」

房東停頓了一下，起始用和愛的眼神向我們身上掃射。

「我不知道，」——魏爾西洛夫微笑了。我的眉頭皺得很緊。

「他是這樣做的，」——房東說，露出那種得意洋洋的神情，似乎是他自己做的事情。——「他僱了一些鄉下人，普通的俄羅斯人，取了鐵鋤，在石頭旁邊，恰巧在它的邊上，掘起坑來。掘了一夜，掘成了一個巨坑，和那塊石頭大小相仿，不過還深一俄寸。等到掘成以後，他吩咐人們慢慢地，謹慎地掘石頭底下的土。自然一掘好了以後，石頭沒有站立的地方，就失去了均衡。均衡一失去，他們在那一邊用手支撐住，吶喊了一聲，用俄國話吶喊，石頭就撲通地落到坑裏去了！於是用鏟子撒上泥土，用小石頭砌好，——地面上光光的，石頭竟消滅了！」

「真是妙呀！」——魏爾西洛夫說。

「人呀，人呀，全都跑來了，無其數的人！英國人早就猜到，非常的生氣。孟費郎來了，說道：『這是鄉下人的辦法，太簡單了。』本來是簡單得很，但是你們這些傻瓜竟沒有猜到！我對您說，這個長官，這位大員，簡直抱住他，吻他，問道：『你是什麼地方的人？』——『耶洛斯拉夫司卡耶省的人，大人，本來我的行業是成衣，夏天的時候到京城裏來販賣水果。』後來這件事情呈到上頭去；上頭吩咐賞給他一個勳章，走來走去聽說後來竟到處喝起酒來了。俄羅斯人是熬不住的。因此外國人至今還譏誚我們。就是這樣的！」

「是的，俄羅斯人是有知識的……」——魏爾西洛夫起始說。

這時候幸而有病的房東太太喚這說故事的人出去，他跑走了，否則我會忍不住的。魏爾西洛夫笑了。

「我的親愛的，我在你沒有回來以前把自己逗樂了整整的一小時。關於這塊石頭……是這類故事中間在愛國主義方面最不體面的一種神話。但是怎麼可以把他打斷呢？你瞧，他快樂得就要融化呢。再說，這塊石頭大概現在還立在那裏，假使我沒有弄錯，一直沒有埋到坑裏去……」

「唉，我的天呀！」——我喊。——「眞是的。他怎麼敢這樣說？……」

「你怎麼啦？你好像十分憤慨，算了罷！他所講的話眞是可以使人發笑的：我在兒童時代就聽見過這類關於石頭的故事，不過自然不是這樣的，講的也不是這塊石頭。他說：『事情呈到了上頭，』他講着『事情呈到了上頭』的時候，他的整個心靈鳴唱了起來。在這可憐的環境裏不能沒有這類的笑話。他們有許多笑話，主要的是由於他們的無節制的生活。他們什麼也沒有學過，什麼也不知道，除去賭牌和升官以外，想講一講關於全人類的，詩意的什麼……這個彼得·伊鮑里託維奇究竟是什麼樣的人？」

「極可憐的生物，甚至是不幸的人。」

「你瞧，甚至也許連牌都不打麼？他講這亂七八糟的故事，以滿足他對於鄰人的愛；他是打算給予我們幸福的愛國的情感也滿足了；譬如說他們還有一個笑話，說英國人給扎魏耶洛夫一百萬塊錢，叫他不要把商標放在自己的物品上面。」

「天呀，這笑話我聽見過的。」

「誰沒有聽過這個。他在講述的時候，甚至完全知道你一定已經聽見過，但是到底還要講，故意想像着你沒有聽見過。瑞典王的幻影，——這在他們似乎已經陳舊了，但是在我年輕的時候，大家反覆地講着，而且發出神秘的微語，正好比講在世紀初的時候有人跪在元老院裏元老議員前面一樣。關於衛戍司令官巴樹慈悲也有許多笑話，講有人如何把紀念牌取走的話。他們最愛朝廷裏的笑話；譬如說有人講前皇的大臣車爾南雅夫以七十歲的老年，不知用什麼方法把自己的外貌改造得像三十歲的人，使前皇上朝時感覺驚異……」

「這個我也聽見過。」

「誰沒有聽見過呢？所有這些笑話都是極不體面的。但是你要知道這類不體面的典型比我們所料想的還要深遠得多。懷着使自己的鄰人感到幸福的目的而想扯兩句謊，你甚至會在我們的極體面的社會裏遇見的，因為我們大家都苦於我們的心的沒有節制。不過我們講的是別一種故事；我們單祇講關於美國的事情那真還可以，連政府的要人們都要講的，說實話，我自己也屬於這種不體面的典型，一輩子感到痛苦……」

「關於車爾南雅夫，我自己講了許多遍。」

「你自己也講麽？」

「除我以外，還有一個房客，是官員，臉上也有雀斑，也是老人，是個極可怕的煩瑣家，彼得·伊鮑里託維奇一說話，他立刻起始打插，反駁。把他弄得祇好像奴隸似的侍候他，博取他的歡心，祇要他肯聽他的說話。」

「這是另一種不體面的典型，也許甚至比第一種人還討厭。第一種人是整個的歡欣：『祇要你讓我說說謊，——你會看出，這是多末好呀。』第二種是鬱悶不快的人和煩瑣家：『我不讓你扯謊，你說一說，事情發生在哪裏，在什麽時候，哪一年？』——一句話，無情的人。我的朋友，你永遠應該讓人家扯一點謊，——這是極天真的。甚至讓他們多多地扯謊。第一，這可以表示你的彬彬有禮，第二，爲了這，人家也會讓你扯點謊，——一下子可得兩大利益。應該愛自己的鄰人。但是我該走了。你住在這裏很好，」——他補充地說，從椅上立起。——「我要對驪費亞·安特萊夫納和你的妹妹說，我到你這裏來過，遇見你十分康健。再見罷，我的親愛的。」

怎麽？難道已經完了麽？我並不需要聽這個；我等候別種的，主要的東西，雖然完全明白非此是不行的。我持着蠟燭送他到樓梯那裏，但是我背着魏爾西洛夫，用力抓住他的手，瘋狂地推了一下。他驚異地看了一眼，但是立刻溜走了。

「這種樓梯……」——魏爾西洛夫喃語着，把話語拉長，顯然爲了說什麽話，並且顯然怕我要說出什麽話來。——「這種樓梯，——我不習慣了，你那裏是三層樓，不過我現在會找到道路的……你不要着急，我的親愛的，你還會傷風的。」

但是我沒有離開他。我們已經走到第二層樓梯上了。

「我等候您三天了，」——我突然脫口說了出來，似乎是自然而然說出來的；我喘起氣來。

「謝謝你，我的親愛的。」

「我知道您一定會來的。」

「我也知道，你知道我一定會來的。謝謝你，我的親愛的。」

他沉默了。我們已經走到大門那裏，我還跟在他後面。他開了門；迅速地闖進來的風熄滅了我的蠟燭。我忽然抓住他的手；天色完全的黑暗。他抖索了一下，但是沉默着。我俯貼在他的手上，突然貪婪地吻他，吻了幾次，許多次。

「我的親愛的小孩，你爲什麼這樣愛我？」——他說着，但是已經用完全另一種聲音。他的聲音抖慄，這聲音裏有完全新穎的什麼，好像不是他在說話似的。

我想回答些什麼話，但是不能，跑上樓去了。他還在那個地方等候着，我跑到寓所的時候，纔聽見外面的門開了，砰帶着響聲關上了。房東不知爲了什麼事情又鑽了出來，我從他身邊溜過，走進我的房內，把門上的鐵絆扣住，沒有點燃蠟燭，奔到我的牀上，臉埋在枕上——哭泣起來了。從圖沙以後初次哭泣，嗚咽用全力從我身裏搶出來，我感到幸福……但是何必去描寫呢。

我現在毫不慚愧地寫出這件事情來，因爲也許這一切是很好的，不管它是如何的離奇。

三

然而他爲了這受了我許多的氣！我成爲一個可怕的暴君。自然，關於這一幕以後我們並沒有提過。相反地，我們在第三天上又相見了，好像沒有出什麽事情似的，——不但如此在這第二次會晤的晚上，我幾乎顯得粗暴，他也似乎露出嚴厲的神色。這次會面還是在我那裏；我不知爲什麽原因還沒有上他那裏去，雖然我很想見母親。

我們在所有這些時候，那就是在這兩個月內，祇談些極抽象的問題。這是我覺得驚異的：我們祇談些抽象的題目，——自然是全人類的，最必要的，但一點與現實無涉的。雖然現實中有許多東西，很多的東西必須加以決定和解釋，甚至十分急迫，但是關於這個，我們竟默默無言。我甚至一句話也沒有談到母親和麗薩……也不講我自己，不講我一切的歷史。這一切是爲了羞慚，或爲了青年的某種愚蠢，——我不知道。我想是爲了愚蠢，——因爲羞慚是總可以跳越過去的。我對待他異常暴虐，甚至屢次做出厚顏的舉動，甚至違反了本心：這一切似乎自然而然地攔阻不住，自己不能攔住自己。他的語氣照舊露出微妙的訕笑，雖然不管怎樣總是十分和藹的。還使我驚愕的是他最喜歡自己到我這裏來，因此我起始不常上母親那裏去，每星期至多一次，尤其在最近，我完全轉入漩渦裏的時候。他總是晚上來，坐在我那裏談天；他還很愛和房東談話；最後的那個舉動會出於像他這種人，眞使我十分生氣。我也想到：難道他除我以外沒有地方走動麽？但是我確切地知道他是有朋友的，最近他甚至恢復了近年來被他放棄的許多交際社會裏的舊時的友誼。但是他似乎並不特別受他們的誘惑，有許多的交誼不過是正式地恢復罷了，他最愛上我那裏去。有時使我十分感動的是他晚上走進來的時候，差不多每次在開門時似乎有些畏怯，最初的時候永遠露出奇特的不安，向我的眼睛窺看：「我是不是妨礙你？你儘管說出來，——我就可以走。」甚至有時說了出來。譬如說，有一次，那就是在最近的時候，他走了進來，我已經完全穿好剛從波綫鋪裏送來的衣服，想上「窪萊查公爵」那裏去，和他一塊兒到一個地方去（什麼地方去，——以後再解釋。）他一走進來，坐了下來，大概沒有看到我想出去。異常奇怪的心不在焉的神情有時攻襲到他身上。他像故意似地，又講起了房東我發怒了：

「管他呢！管這房東做什麼！」

「唉喲，我的親愛的，」——他忽然從座位上立起來。——「你大概打算出去，我妨礙你了……對不住得很。」

於是他馴順地忙着走出去了。就是這對我的馴順，出於這樣的人，出於這樣善於交際的，獨立不羈的人，具有許多自己的特性的人，一下子會在我的心裏重新燃燒了我對他的柔愛和我對他的全部的深信。但假使他這樣愛我，為什麼當時在我做出恥辱的事情的時候不阻止我呢？他當時假如說出一句話，——我也許會自己忍住的。雖然也許不會。然而他是看見這種美麗的服飾的，看見這虛誇的，看見這瑪德魏的，（我有一次甚至打算請他坐在我的馬車上送他回去，但是他沒有坐；甚至有過好幾次這樣的情形，但是他始終不想坐下來，）他是看見我的錢像流水一般的亂花，——竟沒有說一句話，沒有說一句話，甚至沒有露出一點好奇；這至今使我驚異，甚至在現在。我自然當時一點也不和他客氣，一切全都公然表露，雖然也沒有說出一句解釋的話。他不問，我也不說。

但是有兩三次我們提起了日常的問題。有一天我問他，在他拒絕遺產以後不久的時候；他現在將怎樣生活下去。

「總能過去的，我的親愛的，」——他十分安靜地說。

現在我知道，達達姬央納·伯夫洛夫納的小資本五千塊錢，在最後的兩年內，已有一半用在魏爾西洛夫身上。

另有一次我們偶然提到了母親：

「我的朋友，」——他突然憂鬱地說，——「我時常對瑪麥亞·安特萊夫納說，在我們結合的初時，然而也在初時中間和末後：『親愛的，我折磨你，折磨得你很苦，你在我面前的時候，我並不覺得可憐。但是你一死，我知道我會自己處死自己的。』」

我記得那天晚上他特別地爽直：

「我那怕是一個性格軟弱的，沒有價值的人，且爲了這感覺而痛苦着也可以說然而不，我知道我有無窮的力量，力量在什麼地方你以爲？那就是和任何東西都處合得來的天然的力量，我們的一代的一切聰明的俄羅斯人所共有的那份力量。任何東西不能把它損毀，任何東西不能把它消滅，使我驚異。我活潑得像看院的狗。我能够用極方便的樣式同時感覺兩種相反的情感，——自然不是川於我的意志。況且我也知道這是不體面的，主要的是因為這是太理智的緣故。我差不多活到了五十歲，至今還不知道：我活得好或壞。我自然愛生命，這是直接從事實中發出來的；但是以我這樣的人愛生命是很卑鄙的。近來起始了一點新的情形，克拉夫特那班人活不下去自殺起來。但顯然，克拉夫特們是愚蠢的；而我們是聰明的，——這裏怎麼也不能相提並論，所以問題總歸難以解決。難道土地祇是為了像我們這樣的人而存在的麼？大概是對的；但是這觀念是十分不愉快的。然而……問題總歸是無從解決的。」

他帶着憂愁說話，我到底不知道誠懇不誠懇他身上永遠有什麼皺紋，是他無論如何不願意放棄的。

四

我當時向他發出許多問題，我奔到他身上去，像飢者的搶麵包。他永遠樂意地，直爽地回答我，但是最後永遠歸到極普通的格言上去，所以實際上一點也不能得到什麼。但是所有這些問題煩擾了我一輩子，我要公開地直承我還在莫斯科就把這些問題的解決延宕了下來，延宕到我們在彼得堡見面的時候。我甚至直率地對他宣佈，他並不笑我，——相反地，我記得還握了我的手一下。關於普通的政治和社會問題我差不多不能從他那裏取得什麼，而這些問題為了我有我的「理想」的緣故，竟致使我驚擾。關於像台爾格曹夫那類的人們，我有一次從他那裏獲得了一句批評的話說「他們不屑任何的批評，」但同時他又奇怪的補充着「他保留下對於自己的意見不添加任何注解的權利。」關於現代的國家和世界將有什麼樣的結果，社會將如何刷新的問題，他沉默了許久，終於有一次我從他那裏折磨出幾句話來：

「我覺得這一切會發生得異常普遍的，」——他有一次說，——「所有的國家不管預算上如何均衡，並且『沒有赤字』un bean matin（在一個美好的早晨）簡直會完全無路可走，大家都不想付賬，以便在全體的破產中重新立起身來。但是全世界所有保守的份子會起而反對，因爲他們是股東和債權人，所以不希望破產。那時自然會起始了所謂普遍的酸化；會有許多猶太人跑來，起始了猶太的王國；那些從來沒有股票，而且任何什麼也沒有的人們，就是所有的乞丐們，自然不願參加酸化……起始了爭鬪，在七十七次的敗仗以後，乞丐們消滅了股票，奪去他們的股票，自然自己坐下來做股東。也許會說出一點新的話來，但也許不會。大概也會破產。以後，我的朋友，我就不會預測這變更世界面目的命運了。不過你可以在啓示錄內看一看……」

「難道這一切如此地物質化；難道現在的世界祇是從財政上解決一切麼？」

「自然我祇是取了圖畫的一個角落，而這角落是和一切都發生不間斷的聯鎖的。」

「那怎麼辦呢？」

「唉，你不必忙；這並不這樣快。總之，最好什麼也不做，至少因爲沒有參加任何事情而感到良心上的安謐。」

「算了罷！請您說正經的事情。我想知道我所需要的是什麼？我應該怎樣生活下去？」

「你要做什麼事，我的親愛的？你應該做一個正直的人，永遠不說謊話，不要希冀鄰人的房屋，一句話，你讀一讀十誡，——那裏面所寫的是可以垂諸永恆的。」

「得了罷，得了罷，這一切已經那樣的老舊，——祇是一些話語；但是需要的是行爲。」

「既然你感覺十分厭倦，你可以努力愛什麽人，或者什麽東西，甚至簡直依戀什麽東西。」

「您祇在那裏笑我們！您那個十誡叫我一個人哪裏能實行呢？」

「你不必顧你的問題和疑惑，就去實行，你就會成爲偉大的人的。」

「成爲沒有人知道的人。」

「世上沒有秘密會不成爲明顯的。」

「您根本取笑我！」

「你既然對於這一切這樣放在心上，最好努力趕快使自己專門化，從事建築工程，或充當律師。你在從事眞正的正經的事業以後，就會安靜下去，忘卻無謂的事情的。」

我不響了。這裏有什麽可以獲得的？在作了每次的這類談話以後，我的心裏比以前更加騷亂。我明顯地看出他的心裏似乎永遠留存着某種秘密，這更加吸引我到他身邊去。

「您聽着，」——我有一次打斷他。——「我永遠疑惑您這一套話不過隨便說說，由於怨恨，還由於苦痛，但是私底下，暗中您竟是某種崇高的理想的狂信者，不過隱藏或羞於直認出來罷了。」

「謝謝你，我的親愛的。」

「您聽着，做一個有益的人是最高尚不過的。您說一說，在這時候我做什麽事情最爲有益？我知道您不會解決這個問題，但是我祇尋覓您的意見；您說一說，您怎麽說，我就怎麽做，我敢對您賭咒！偉大的思想究竟在什麼地方?」

「把石頭變爲糧食,——那纔是偉大的思想。」

「最偉大的麼?您眞是指出了一條偉大的道路,您說那是最偉大的麼?」

「很偉大的,我的朋友,很偉大的,然而不是最偉大的。偉大而是第二流的,祇在現下是偉大的:人一喫飽會沒有記性的;他反而會說:『我喫飽了,現在做什麼事呢?』問題是永遠無從解決的。」

「您有一次講到『日內瓦的理想。』我不明白什麼是『日內瓦的理想?』」

「日內瓦的理想是沒有悲哀的一種道德,我的朋友,它是現代的理想,不如說是現代文明的理想。一句話,這是一段極長的歷史,起始講它未免很沉悶,最好我們來講一講別的事情,或者最好沉默着,不必多講。」

「您最好永遠沉默着!」

「我的朋友,你記住,沉默是最好的,最不危險,而且美麗的。」

「美麗麼?」

「自然嘍。沉默永遠是美麗的,沉默的人永遠比說話的人美麗。」

「像你我兩人這樣說話,自然等於沉默一樣。不要去管這樣的美麗,更不要去管這類的好處!」

「我的親愛的,」——他忽然對我說,語氣有點變,甚至露出情感,還帶着一種特別固執的樣子。——「我的親愛的,我並不想用什麼衛道德獻呈給你,以代替你的理想,我並不向你嘮叨,『幸福比勇氣好;』

相反地，勇氣比一切的幸福尚祇要具有表現勇氣的能力就成爲幸福了。因此這已在我們中間解決了的。我所以尊敬你，就爲了你在這種酸化的時代，在自己心靈內蓄養着某種『自己的理想』（你不必擔憂，我很能得的。）但是無論如何不能不想到平衡上去，因爲你現在需要的就是有響擊的生活，想燒去什麼，要破什麼，立在一切俄羅斯人之上，像雷雨中的烏雲那般地疾馳，使大家驚駭，欣賞，但是自己躲到美國去。你的心裏一定發生了這類的東西，因此我認爲必須警告你，因爲我誠懇地愛你，我的親愛的。」

從這些話裏我能取得什麼呢？這裏祇有對我，對我的命運的不安；顯出了一個父親具有庸俗的，雖然是善良的情感；但是爲了理想起見我所需要的是這個麼？爲了這理想每一個誠實的父親打發兒子去從容就死那是應該的，好比古代的郭拉齊爲了羅馬的理想那樣地打發自己的兒子們。

我時常用宗教問題向他死纏，但是這裏的霧更加見得濃厚。我問他：在這方面我應該做什麼事情？他極恩愛地回答，像回答小孩似的：「應該信仰上帝，我的親愛的。」

「但是假使我不相信這一切呢？」——有一次我惹怒地喊了出來。

「那也是好的，我的親愛的。」

「怎麼好呢？」

「這是最佳妙的徵兆，我的朋友；這甚至是最靠得住的，因爲俄國的無神派，假使他果眞是無神派，且帶着些少的智慧，——是整個世界上最好的人，永遠具有撫愛上帝的傾向，因爲他一定是善良的，而他所以善良，就因爲他異常滿足他是無神派的那件事實。我們的無神派是極可尊敬的，十分靠得住的人們，所詞祖國的支柱……」

這自然有點什麼在裏面，但是我需要的不是這個。他祇有表示出了自己的意見，但是說得那樣的奇怪，更加使我感到驚異，尤其是爲了我聽到關於他的所有這些天主教和鏡像的話以後。

「我的親愛的，」——他有一天對我說，不在家裏，卻是在街上，在冗長的談話以後；我送他回去。——「我的朋友，愛人愛得像他們原來的那樣是不可能的。然而是應該的。因此你應該對他們做好事，同時把你的情感緊牢，把鼻子掩住，眼睛閉住。（最後的一樁是必要的。）你應該忍受他們的罪惡，儘可能地不要對他們生氣，『記住你也是人。』自然你不能不對他們嚴厲，假使你在天賦上比中等人物稍爲聰明些。人們在天性上是低卑的，愛從恐懼中愛人；你不要上這種愛的當，不要停止賤視。在可蘭經裏，阿拉命先知視『頑固的人們』如鼠，對他們行善，從他們面前走過，——帶點驕傲，但必須確實地帶着。你應該學會賤視，甚至在他們很好的時候，因爲他們大半在這裏又是最壞的。我的親愛的，這是從我自身的判斷而說出這話來的！凡是祇要稍不愚蠢的人，總不會生活下去而不賤視自己的，不管他是不是誠實，——這是一樣的。愛鄰人，而不賤視他是不可能的。據我看來，人是帶着愛鄰人的肉體的不可能性以俱生的。這裏有一種言語上的錯誤，從最初的時候起，『愛人類』應該解釋作祇是愛你在自己心靈裏自行創造的人類，——（換一句話，就是創造自己，愛自己，）——因此也就是愛實際上永遠不會有的人類。」

「永遠不會有的麼？」

「我的朋友我同意這是很愚蠢的，但是這裏不是我的錯處。因爲在創造天地時沒有和我商量過，所以我保留對於這層具有自己意見的權利。」

「在這以後怎麼還能稱您爲甚麼信徒呢？」——我喊。——「還能稱您爲佩戴銷鏈的僧士，傳道師呢？

我不明白」

「誰這樣稱呼我的？」

我對他講了；他很注意地傾聽着，但是把談話停止了。

我怎樣也不記得，這個對於我極可紀念的談話是爲了何種因由而發生的；但是他甚至煩惱起來，在他的方面這是差不多從來沒有過的。他熱烈地說話，並不露出訕笑，似乎不是對我說。然而我還是不相信他：他能和我這樣的人正經地說這類的事情麼？

第二章

一

在這天早晨十一月十五日，我遇見他在「賽萊查」一家裏。就是我引他和公爵相見的，但是他們沒有我也有很多的聚會的場所，（我指的是以前在國外的那些故事。）此外，公爵對他說他答應從這產裏提出一點來給他，至少三分之一，一定有兩萬塊錢。我記得，我當時覺得很奇怪，他僅祇提出三分之一，而不是半數；但是我沒有趣。這個分產的諾言是公爵當時自然而然地說出來的。魏爾西洛夫一句話也沒有說，一個字也沒有漏說出來。公爵自己跳出來，說了這句話，魏爾西洛夫祇是加以默許，以後一次也沒有提起過，甚至連好像有點記得諾言似的樣子都沒有露出來。我要順便提一聲，公爵起初根本地中了他的魔，特別爲他的話語所迷醉，甚至弄得非常的欣悅，幾次三番對我表示。他和我在一塊的時候，有時幾乎帶着絕望自己呼喊着，——他眞是沒有學問，他立於虛僞的道路上！……我們當時的交情還是很親密的！……我當時努力對魏爾西洛夫暗示公爵身上的一切好處，爲他的缺點辯護，雖然這缺點我自己也看了出來；但是魏爾西洛夫祇是沈默，或微笑。

「假使他身上有缺點，那末至少也有優點，正和缺點同樣的多！」——我有一次單獨對魏爾西洛夫喊出。

「天呀，你何以這樣恭維他？」——他笑了。

「有什麽恭維他的？」——我不明白了。

「有同樣的優點！假使他的優點有和缺點同樣的多，會發現出他的威力來的！」

然而這自然並不是什麽意見。他當時似乎一般地避免講公爵的事情，同時也一般地避免講日常的問題；但是關於公爵尤其如此。我當時已經疑惑他沒有經過我的陪伴也往公爵那裏去過，他們兩人有特別的來往，但是我聽任這樣。他和他說話，似乎比和我說得正經些，說得切實些，不大使用譏笑，這我也不去加以妒忌：我當時心裏眞是感到幸福，這情形甚至頗爲我所喜歡。我還能加以恕宥的是爲了公爵肚裏的智識有限，說話愛好正確，甚至完全不能了解一些俏皮話。近來他似乎起始解放了。他對韃爾西洛夫的感情似乎起始甚至變化了。乖覺的韃爾西洛夫注意到這一層。我還要預先聲明，公爵同樣也對我變了，甚至變得十分顯著。祇剩下了我們的最初的熱烈的友誼中一些死的形式。然而我到底繼續上他家去；我在被牽引到這一切環境裏去以後，似乎本來可以不必再去。唉，我當時是如何的笨拙，難道單是心的感盪會把人弄到如此不癡巧和屈辱的地步麽？我向他取錢來用，心想這是不要緊的，這是應該的。然而並不如此：我當時就知道這是不應該的，——但是我簡直不去想它。我上他那裏去並非爲了錢，雖然我極需要錢。我知道我不是爲了錢前去，但是明明白白我每天前去取錢。我處身在漩渦裏，但是除這一切以外，當時我的心靈裏完全有別的一切，——在我的心靈裏有別的東西鳴唱着。

早晨十一點鐘，我走進去的時候，遇見韃爾西洛夫已經說完了一套冗長的話語。公爵一面聽，一面在屋內踱步，魏爾西洛夫坐在那裏。公爵顯得有點騷亂。魏爾西洛夫幾乎永遠會把他弄得騷亂的。公爵是一個十分易動感情的生物，而且天真得使我在許多情形裏傲慢地看待他。但是我要重複一句，在最近的幾天內他的臉上發現了一點咬牙切齒的樣子。他一看見我，便止了步。他的臉上似乎被牽抽了一下。我自己知道，如何去解釋這天早晨的黑影，但是料不到他的臉會抽動到這種程度的。我知道他心裏積蓄了各種的不安，但是討厭的是我僅知道其中的十分之一，——其餘的一切當時對於我是極大的祕密。所以感到討厭和愚蠢的是因為我時常鑽上去安慰他，給他出主意，甚至傲慢地嘲笑他「為了這樣的小事」生氣的弱點。他總是悶聲不響；但是在這時間內不深恨我是不可能的：我處於十分虛偽的地位，甚至自己沒有疑惑過。我可以由上帝證明，我對於主要的一切並沒有疑惑到！

他極有禮貌地和我握手，魏爾西洛夫點了點頭，並沒有中斷談話。我斜躺在沙發上。當時我的口氣，我的態度真是莫明其妙！我甚至更加做出變幻莫定的舉動，把他的朋友當作自己的朋友那樣對付……假使現在有把這一切加以改造的可能，我真是會保持完全不同的態度的呀！

還有兩句話，為了不忘記。公爵當時住在原來的寓所裏，但由他一個人完全租住；房主司託爾白瓦祇住了一個月，又出門上什麼地方去了。

二

他們談論貴族制度。我要聲明，貴族制度的觀念有時使公爵深深地騷動，雖然他具有進步派的外表。

我甚至疑惑他的一生中許多壞事是由於這觀念而發生和起始的：他很珍視自己的公爵的頭銜，同時又一貧如洗，由於虛偽的驕傲，一輩子浪用金錢，借了一身的債。魏爾西洛夫好幾次對他暗示，公爵的尊貴並不在這上面，打算在他心裏種植比較高尚的思想；但是公爵後來爲了人家給他教訓而生氣了。這天早晨顯然也類於這種情形，但是我沒有遇到談話的開始。魏爾西洛夫的話語我起初覺得很守舊，但是以後他自己更正了。

「名譽這個名詞就是義務，」——他說，（我祇傳述大意和我所記得的，）——「國家裏面有優越階級存在的時候，土地是堅定的。優越階級永遠有自己的名譽，自己的對於名譽的信仰，這信仰也許是不正確的，但幾乎永遠成爲一種聯鎖，使土地堅定；在道德方面有益，但政治性較多。忍受着的是奴隸們，即一切不屬於這階級的人們。爲了他們不能忍受，——所以在權利方面加以平等。我們就是這樣做，這本來是很好的。但是依照經驗而論，無論什麼地方，（那就是說在歐洲，）在使權利平等的時候，必發生名譽感的貶降，也就是義務感的貶降。利己主義代替了以前的堅定的觀念，一切都歸到個性的自由上去。被解放的人們既然沒有了堅定的觀念，最後便喪失了一切崇高的聯鎖，甚至連已取得的自由也停止加以維護。但是俄羅斯的貴族的典型永遠和歐洲的不相同。我們的貴族到了現在，喪失了權利以後，還不失其爲最高的階級，成爲名譽，光明，學術和崇高理想的保存者，而最主要的是不自行關緊在單獨的階級裏，那就等於觀念的死亡。相反的，走向階級裏去的門早已洞開；現在已到了完全打開的時候了。讓每個名譽，學術，勇毅的業績給予我們每人屬於上流人物的行列裏面的權利。因此階級自然而然祇變爲最優秀的人們的集會，那是照它的實在和眞正的意義而言，而非指以前的優越階級的意義。在這新的，不如說是刷新了的樣式裏，階級將以支持了下去。」

公爵露出牙齒來了：

「那就成爲什麼樣的貴族呢？您所計劃的衹是一個互助國，而不是貴族。」

我在這裏重複一句，公爵是極沒有學問的。我惱恨得甚至在沙發上背過身去，雖然我並不十分同意魏爾西洛夫的話。魏爾西洛夫很明白公爵露出牙齒的意思。

「我不知道您所說互助國的話具有什麼意思，」——他回答。——「假使連俄羅斯的公爵都拒絕接受這個觀念，那自然是證明它還沒有到被接受的時候。名譽與文化的觀念，成爲每個想加入這不關緊的，不斷地刷新着的階級裏的人的誓約一層，自然是一種烏託邦的理想，然而爲什麼是不可能的呢？假使道思想衹生活在少數人的腦筋裏，那末它還沒有滅亡，卻還發出光亮像深淵裏的熖火。」

「您愛用些『崇高的思想，』『偉大的思想，』『堅定的觀念』等等的名詞，我願意知道，您所指的『偉大的思想』的名詞究竟含有什麼意義？」

「我眞是不知道怎樣回答您，我的親愛的公爵，」——魏爾西洛夫微微地冷笑了一下。——「假使我對您直說，我自己都不會回答，那末這樣說是更確切些。偉大的思想多半是一種情感，有時會長久不能下定義的。我衹知道這永遠是活的生命所由流出的一切所謂活的生命並非知識的，也非虛構的，卻相反地是不沈悶的，快樂的；因此它所由流出的崇高的觀念根本是必要的，這自然使大家感到惱恨。」

「為什麼愉快呢?」

「因為有觀念的生活是沈悶的，沒有觀念永遠是快樂的。」

公爵露出不愉快的神色。

「依您的看法，活的生命究竟是什麼?」——(他斷然生氣了。)

「我也不知道，公爵。我單知道，這大概是十分普通的，極尋常的，每天，每分鐘，投入眼簾裏的，而且普通得我們怎麼也不能相信它會這樣普通的，自然人們已經從它旁邊走了幾千年，而沒有發見它，沒有認識它。」

「我祇想說您對於貴族制度的觀念同時也就是對於貴族制度的否認，」——公爵說。

「假使您根問下去，那末我們的貴族制度也許從來沒有存在過。」

「這一切是太晦澀而且模糊了。據我看來，如果要談論，便應該加以推論……」

公爵皺了皺額角，瞥看了壁上的時鐘一下。魏爾西洛夫立起來，抓起自己的帽子:

「推論麼?」——他說。——「不，最好不要去推論，我的脾氣就是單說話而不加以推論。這樣確是好些。還有一樁奇怪的情形:我祇要起始把我所信仰的思想加以推論，結果永遠會在敘述的末後使我自己停止信仰所敘述的問題;所以我現在也怕弄成這樣子。再見罷，親愛的公爵;我永遠會亂談得沒有完結的，這真是我的無可饒恕的毛病。」

他走了出去;公爵極有禮貌地送他出去，但是我感到惱恨。

「您爲什麽翹起嘴來了？」——他忽然脫口說出，不望我一眼，走到寫字桌那裏去了。

「我所以翹嘴，」——我起始說，聲音裏面帶着抖顫。——「因爲我發現您對我，甚至對魏爾西洛夫的口氣竟這樣奇怪的改變了……魏爾西洛夫起始說的時候自然也許有點守舊，但是以後他自己改正了……他的話裏也許含有極深的意思，您簡直沒有了解，而且……」

「我祇是不願意人家跳出來教訓我，把我當作小孩！」——他幾乎忿怒地說。

「公爵，這類的話……」

「請您不要做出唱戲的姿勢，——勞駕，勞駕。我知道我所做的事是卑鄙的，我做濫用金錢，我是賭鬼，也許還是賊……是的，是賊，因爲我輸去了家裏的錢，但是我並不希望人家做我的裁判官。我不願意，也不容許。我是自己的裁判官。何必來這一套含糊的議論？假使他想對我表示，那就直率地說出來好了，不必說模糊的話。但是爲了對我說這種話，應該先有說話的權利，應該自己成爲誠實的人……」

「第一，我沒有遇到談話的開端，我不知道您說的是什麽話，第二，魏爾西洛夫的不誠實究竟在什麽地方，請問您？」

「夠了，請求您，夠了。您昨天要三百盧布，這裏就是的……」他把錢放在我前面的桌上，自己坐到安樂椅上，神經質地仰靠着椅背，一隻脚擱在另一隻脚上。我顯得惝恍了。

「我不知道……」——我喃語。——「我雖然問您借……我雖然急需款項，但是從這種口氣上看來……」

「不要管什麽口氣。假使我說出了什麽酸腐的話，請您包涵一下。您要相信，我顧不到道上而去。您現在聽我說：我接到了莫斯科寄來的一封信；我的兄弟沙滋，您知道他還是一個嬰孩，在四天前死去了。我的父親，您也知道，已有兩年犯了半身不遂的病症，信上說他的病現在更壞了，他說不出話來，連人也不認識了。他們聽見我得到了遺產，十分高興，打算把他送到國外去；但醫生寫信給我，說他不見得會活上兩個星期。所以現在祇留下母親，妹子和我三人，所以我現在幾乎是一個人了……一句話，我成爲一個人了……那筆遺產……那筆遺產——假使得不到，也許更好！我還想對您說一樁事情：我答應從這筆遺產裏至少給安得烈·彼得洛維奇兩萬塊錢……但是您想一想，正式的手續，至今還一點也沒有做。我甚至……那就是我們……那就是我父親甚至還沒有開始成爲這筆遺產的正式的所有人。同時我在最後的三星期內喪失了這許多錢，那個混賬的斯帖別立闊夫要那樣重的利息……我現在交給您的幾乎是最後的錢……」

「公爵，既然如此……」

「我並不說這個，並不說這個。斯帖別立闊夫今天一定會送來的，够勉強花兩天的，但是這個斯帖別立闊夫眞是鬼曉得！我求他給我籌一萬塊錢，那怕使我能够把這一萬塊錢交給安得烈·彼得洛維奇也好。我答應分給他三分之一的那句諾言折磨我。我說出了話，便應該加以遵守。我可以對您賭咒，我竭力想擺除各種義務的約束，那怕在這一方面能解除也好。這些義務眞使我感到難受，無從忍耐！這個背負在我身上的沉重的連鎖……我不能看見安得烈·彼得洛維奇，因爲我不能看他的眼睛……他爲什麽要加以惡意地利用呢？」

「惡意地利用什麼，公爵？」——我驚異地站在他面前。——「難道他在什麼時候對您暗示過麼？」

「不，不，我是很尊重他的，這是我自己給自己的暗示。我終於越陷越深了……這個斯帖別立闊夫……」

「您聽着，公爵，請您安靜一下；我看出您心神越來越騷亂了，然而這一切也許祇是一種幻景。我自己也陷了進去，陷得很低卑，陷得無可恕宥；但是我知道這祇是臨時的……祇要我能贏到一筆相當的數目，那時候……加上這三百，我現在欠您兩千五百，對不對？」

「我好像並沒有要您還賬呀，」——公爵忽然咬牙切齒起來。

「您說您要給魏爾西洛夫一萬塊。我現在向您借的錢自然應該算在魏爾西洛夫的那萬的賬裏去的；否則我決不肯借。但是……但是我一定自己還……難道您心想，魏爾西洛夫是跑來跟您要錢的麼？」

「假使他跑到我這裏要錢，那還使我感到輕鬆一些，」——公爵神祕地說。

「您說過那句『沈重的連鎖』的話……假使這是指着魏爾西洛夫和我，那真是可惱恨的。您後來又說他自己為什麼不成為他所教訓着的那樣的人，——這是您的邏輯第一，我應該告訴您，這並不是邏輯；因為即使他不是那樣的人，但是他總歸不能不傳佈真理……『傳佈』這個名詞究竟是什麼意思？您說他是『預言者。』您是不是在德國稱他為『女人的預言者，』是不是？」

「不，不是我。」

「斯帖別立闕夫說是您。」

「他說說呢。我不是給人家起嘲笑的綽號的能手。但是假使有人傳佈名聲，讓他自己先做成一個顧名聲的人——這是我的邏輯，即使它不正確，也是一樣的。我願意這樣，便一定要這樣！誰也不能上我家裏去判斷我，把我當作小孩看待！够了！」——他喊着，朝我揮手，叫我不要說下去……「啊，到底來了！」

門一開，斯帖別立闕夫走進來了。

三

他還是那樣子：穿得也還漂亮，胸脯還是向前挺出，還是那樣愚蠢地看望，還是心想他在那裏施展狡猾，而自己引為十分滿意。這一次他走進來的時候，似乎很奇怪地向四圍看了一遍；他的眼神裏露出一點特別謹慎和敏銳的什麽，他似乎想從我們的眼神裏猜出什麽來。然而他一下子安靜了，自信的微笑在他的嘴唇上顯露出那種「可容恕的傲慢」的微笑，它對於我總歸感到難以形容地討厭。

我早就知道他十分磨折着公爵。他已經有一兩次遇到我在那裏的時候來過了。我……我在最近的一個月內也和他有過一次的來往，但是這一次，由於一個機會，我有點奇怪他的降臨。

「立刻就來，」——公爵對他說，並沒有和他握手，背朝着我們，起始從寫字桌裏掏出需要的紙張和賬單。至於我呢，我根本被公爵最後的那句話弄得十分氣惱；那句暗示魏爾西洛夫不顧名譽的話說得那樣的明顯（而且是那樣的奇怪！）是決不能聽其自然，不加以根本解釋的。然而在斯帖別立闕夫面前是不可能的。我又躺在沙發上，翻開了放在我面前的書。

「白林司基第二冊！這眞是新聞！您打算增進一點學問麼？」——我對公爵喊，大概裝出虛假的樣子。

他很忙，做出極匆促的樣子，但是在聽見了我的話語以後，突然回轉身來了：

「我請您，把這本書放下來。」——他厲聲說。

這眞是超過了一切的界限，主要的是當着斯帖別立闊夫的面前！斯帖別立闊夫像故意似的，狡猾而且討厭地扮了鬼臉，偷偷兒朝公爵那裏給我點了點頭。我背轉身不理這蠢貨。

「不要生氣，公爵；我把您讓給最主要的人，暫時我且溜走……」

我決定做出放浪不羈的樣子。

「主要的人是我麼？」——斯帖別立闊夫搶上去說，快樂地用手指指着自己。

「是的，就是您。您是最主要的人。您自己知道！」

「不，等一等。世界上到處是第二個人。我是第二個人。有第一個人，也有第二個人。第一個人做事，第二個人獲取。那末第二個人結果就是第一個人，第一個人結果也還是第二個人。對不對？」

「也許對，不過照例我不了解你。」

「等一等。法國起了革命，殺死了許多人。拿玻崙一來，取得了一切。革命是第一個人，拿玻崙是第二個人，結果是拿玻崙成爲第一個人，而革命成爲第二個人。對不對？」

我必須聲明，我從他和我講起了法國革命一層上看出他以前那種使我覺得可笑的狡猾他還繼續認我為一個革命家，每次遇見我的時候，認為必須講一點這一類的話。

「我們走罷，」——公爵說。他們兩人走到另一間屋內去了。我獨自留下的時候，決定等斯帖別立閣夫一走，就把他的三百盧布還給他。雖這筆錢我十分需要，但是我決定了。

他們在那裏完全不聲不響地留了十分鐘左右，忽然大聲說起話來。兩人都說着。公爵突然喊叫起來，似乎感到強烈的惹惱，竟至於瘋狂的地步。他有時會異常地發怒，甚至像我那種脾氣也祇好容忍他。但是這時候一個僕役走進來回事；我朝他們的屋內一指，那邊立刻靜寂了。公爵匆遽地走了出來，露出焦慮的臉色，但還帶着微笑。僕人跑出去了，半分鐘後一個客人進來了。

這是一位重要的客人，帶着肩章和徽章，不到三十歲，露出上等社會的，十分嚴峻的外貌。我要預先告訴讀者，賽爾該意·彼得洛維奇公爵還沒有真正隸身彼得堡的上等社會中，雖然他具有極熱烈的願望，（關於這願望我是知道的，）因此他應該十分珍視這個人的拜訪。我知道，公爵在經過了一番極大的努力以後，新近纔和這人結識。客人現在前來回拜，但是不幸的是恰巧乘主人不備的時候跑上來了。我看見公爵露出痛苦的神情和慌張的眼色回身朝斯帖別立閣夫看了一眼；但是斯帖別立閣夫若無其事地受下他投來的眼色，一點也不想溜走，放肆地坐在沙發上面，起始用手翻亂頭髮，大概表示他的獨立性。他甚至做出一個威嚴的臉相，一句話，決定做出使人難堪的樣子。至於我呢，我當時自然也會擺出相當的架子，決不使任何人丟臉，但是使我異常驚訝的是我也在自己身上受到了公爵慌亂的，可憐的，怨恨的眼色；如此說來，他竟以我們兩人在面前為可恥，把我和斯帖別立閣夫平等看待。這使我發了狂；我索性更加斜臥下來，就看那本書，露出好像於我毫不相干的神色。相反地，斯帖別立闊夫隆出眼睛，側身向前，起始傾聽他們的談話，以為這樣子又合禮貌，又客氣。客人看了斯帖別立闊夫一兩眼，不過也看着我。

他們談着家庭中的新聞；這位先生以前認識出身望族的公爵的母親。據我所判斷，客人的態度雖極客氣，語氣也似乎還坦白，但具有頑强的性格，自然很看重自己，把自己的拜訪當作給無論什麼人的一個大面子。假使公爵一人在家，那就是說沒有我們在場，我深信他會威嚴而且做作些的；現在呢，在他的微笑裏，也許太顯得客氣的微笑裏，有一點特別地抖慄着的東西，一些奇怪的茫然的樣子把他洩露了。

他們還沒有坐上五分鐘，忽然僕人又進來通報有客人來到，好像故意似的，又是屬於名譽有點玷污的人。這人我很認識，聽見過關於他的許多事情，雖然他完全不認識我。他年紀還輕，但是也已有二十三歲，穿得很漂亮，是一個世家子弟，容貌也頗美麗，但是無疑地所結交的朋友不大好。去年他還在一個著名的騎兵營內服務，但是不能不自行辭職，大家全知道是什麼原因。他的家屬甚至在報上宣布對於他的債務不負責任，但是他現在還繼續過荒唐的生活，用每月十分的利息借錢，在賭窖內狂賭，還在一個著名的法國女人身上用了不少的金錢。他在一星期前一個晚上會贏到了一萬二千塊錢，因此他深為得意。他和公爵的交情很密；他們時常在一塊兒合夥賭錢；但是公爵一看見他，甚至也抖索了一下，我從自己的座位上看出來的。這個小孩到處都像在自己家裏一般，大聲而且快樂地說話，一點也不拘束，想什麼就說什麼，他自己連想也沒有想到我們的主人會為了他的朋友而在這位重要的客人面前發抖的。

他走進來的時候，把他們的談話打斷，立刻起始講昨天賭博的情形，甚至坐也沒有坐下來。

「您大概也在那裏，」——他從第三句上就朝那位重要的客人說，把他當作自己的一個朋友，但是立刻看淸了以後，喊道：

「啊喲，對不住，我把您當作昨天的那個人了」

「阿萊克謝意·佛拉地米洛維奇·達爾莊伊鮑里特·阿歷山大洛維奇·那曹金，」——公爵連忙給他們介紹；這個小孩到底可以介紹的：他的姓是好的，著名的，但是他剛纔沒有介紹我們，我們也繼續坐在角落裏。我根本不打算把頭轉到他們那裏去；但是斯帖別立闊夫一看見這靑年，起始快樂地張嘴，顯然想說出話來。這一切我甚至覺得是很可笑的。

「我去年時常在魏爾金那伯爵夫人家裏遇見您，」——達爾莊說。

「我記得您的，您那時候大概穿着軍裝，」——那曹金回答。

「是的，穿着軍服，但是因爲……斯帖別立闊夫已經來了麽？他爲什麽到這裏來？就爲了這些先生們，我現在沒有穿軍服，」——他一直指着斯帖別立闊夫，哈哈地笑了。斯帖別立闊夫也快樂地笑了出來，大概認爲人家說的是客氣話。公爵臉紅了，趕快向那曹金發出一個什麽問題。達爾莊走到斯帖別立闊夫面前，和他很熱烈地談起什麽話來，但已經用微語了。

「您在國外大概和加德隣納·尼古拉也夫納·阿赫馬可瓦很熟吧？」——客人問公爵。

「是的，我認識的……」

「大概這裏快要發現一樁新聞了。聽說她要嫁給皮與林格男爵。」

「這是確實的!」——達爾莊喊。

「您……確實知道麽?」——公爵問那曹金,露出顯著的騷亂,還用特別着重的語氣說出自己的問題。

「人家對我說的,大家大概已經在那裏講;不過確不確,還不知道。」

「一定的!」——達爾莊走到他們面前去,——「昨天杜巴爾夫對我說的:這類的新聞他永遠第一個知道。公爵也應該知道的……」

那曹金等達爾莊說完,又對公爵說:

「她不常出現到交際社會上去。」

「最近的一個月她的父親有病,」——公爵似乎嚴厲地說。

「這位太太大概有些逸事的!」——達爾莊忽然脫口說了出來。

我舉起頭來,挺直了身體。

「我很榮幸和加德隣納·尼古拉也夫納相識,認爲必須保證,所有那些傳說全是謊言,可恥的謊言,由那些……想打她的主意而打不上的人們虛構出來的。」

我愚蠢地說出這幾句話以後,立刻不響了,還帶着熾燒的臉看望大家,挺直了身體。大家轉身朝我看着,但是斯帖別立闊夫突然嘻嘻地笑了。覺得有點驚愕的達爾莊也露出牙齒笑了。

「阿爾卡其·瑪加爾維奇·道爾郭羅基,」——公爵把我指給達爾莊。

「啊喲，請您相信公爵，」——達爾非公開而且和善地對我說，——「不是我自己說這話；假使有人在議論，也不是我傳出來的。」

「我沒有對您說！」——我迅速地回答，但是斯帖別立闊夫竟無可恕宥地笑了，以後總解釋清楚，他是笑達爾非稱我為公爵。我的萬惡的姓又在這裏拆了爛污。我由於羞慚，自然在當時不敢做出愚蠢的舉動，大聲宣言我是普通的道爾郭羅基；現在想起來甚至還要臉紅。這是我一生初次發生的事情。達爾非驚訝地看我和發笑的斯帖別立闊夫。

「啊喲，是的！我剛纔在您的樓梯上遇見了一位真是美貌的女郎，尖尖的，白白的，那是誰？」——他忽然問公爵。

「真不知道是誰，」——公爵迅快地回答，臉紅了。

「那末誰知道呢？」——達爾非笑了。

「這位……也許是……」——公爵含含糊糊地說着。

「她就是……這位的令妹，麗薩貌達．瑪加洛夫納！」——斯帖別立闊夫忽然指我。——「我剛纔也遇見她的……」

「啊，不錯！」——公爵搶上去說，但是這一次臉上露出異常正經和嚴肅的神色。——「大概就是麗薩貌達．瑪加洛夫納，安娜．斐道洛夫納．司託爾白瓦的密友，我現在住在她這裏。她大概今天來看達里亞．奧尼西莫夫納，也是安娜．斐道洛夫納的密友，臨走的時候把房屋遺留給她……」

事情確乎是這樣的。這個達里亞·奧尼西莫夫納是可憐的奧路的母親，我已經講過她的歷史，後來達姬央納·伯夫洛夫納把她安頓在司託爾白瓦那裏。我很知道麗薩常到司託爾白瓦那裏去，以後也偶然訪問達里亞·奧尼西莫夫納，——我們大家都很愛她；但是當時在公爵作了極合理的宣言以後，尤其在斯帖別立闊夫做了那種愚蠢的舉動以後，也許因爲剛纔人家稱我爲公爵，我忽然爲了這一切滿臉漲得通紅了。幸而這時那曹金立起來走了；他也伸手給達爾浙。在留下我和斯帖別立闊夫兩人的一剎那間，斯帖別立闊夫忽然對我點頭，指着在門前站立着背朝我們的達爾浙；我伸出拳頭，對斯帖別立闊夫比了一下。

一分鐘後，達爾浙和公爵約好明天在他們決定去的一個賭窟裏相見，也就走了。他臨走時對斯帖別立闊夫嚷出了一句什麼話，還對我微微地鞠躬。他剛出去，斯帖別立闊夫就從座位上跳起來，立在屋子中央，手指向上舉着：

「這位少爺上個禮拜幹出了一個勾當：他開了一張期票，但是開在一張假期票紙上，擡頭人是阿魏里央諾夫。這張期票就這樣流轉着，不過這是不合規矩的！這屬於刑事的範圍。八千塊錢。」

「這張期票一定在您手裏罷？」——我狠狠地看了他一眼。

「我那裏是銀行，我那裏是 Mont-de-piété，但沒有期票。您聽着，什麼叫做巴黎的 Mont-de-piété？那就是施給窮人麵包和其他物品的地方。我那裏是 Mont-de-piété……」

公爵粗暴而且兇惡地阻止他：

「您在這裏做什麼?您坐在這裏有什麼事?」

「啊!」——斯坊別立閣夫迅快地睒着眼睛。——「那件事呢?難道不行麼?」

「不,不,不行!」——公爵喊躁着脚。——「我說過了!」

「假使這樣……這樣就這樣……不過這是不對的……」

他堅決地回轉身去低頭彎背,忽然走出去了。公爵在他走到門口的時候朝他的後面喊:

「您要知道,先生,我一點也不怕您!」

他很惹惱,打算坐下來,但是看了我一眼,並沒有坐下。他的眼色似乎在對我說:「你為什麼也賴在這裏?」

「我,公爵,」——我起始說……

「我真是沒有功夫,阿爾卡共·瑪加爾維奇,我就要出去。」

「等一分鐘,公爵,我有極重要的事情。第一,您把您的三百塊錢收回去。」

「這又是怎麼回事?」

他走着路,又停住了。

「那就是說在發生了這一切以後……在您說出魏爾西洛夫不願名譽的話以後,最後,您在其餘時間內那番口氣……一句話,我無論如何不能收。」

「但是您收了整整的一個月。」

他忽然坐在椅上，我立在桌旁，一隻手翻弄白林司基的書，另一隻手握住帽子。

「那時候的情感不同，公爵。……再說，我是決不會弄到這個數目的……這個賭博……」一句話，我不能！」

「您就因為沒有什麼可以表揚自己，因此發起瘋來了。最好請您把這本書放下來。」

「所謂『沒有什麼表揚自己』，有什麼意思？您在您的客人們面前，您幾乎把我和斯帖別立闊夫一樣看待起來了。」

「啊，謎兒猜着了！」——他惡毒地露出牙齒笑了。——「您剛纔因為達爾涯稱您為公爵，竟羞慚起來了。」

他兇惡地笑了。我又臉紅起來。

「我簡直不明白……您的公爵的銜頭白給我都不要。」

「我知道您的性格。您那些替阿赫馬可瓦辯護的話喊得多末可笑……把書放下！」

「什麼意思？」——我也喊。

「把——書——放——下！」——他忽然怒喊起來，在安樂椅上兇狠地挺直身體，似乎準備奔過來。

「這真是超過了一切的界限，」——我說了這句就迅快地從屋內走出。但是我還沒有走到大廳的盡頭，他從書齋的門內對我喊道：

「阿爾卡其·瑪加爾維奇回來呀！您回來呀！立刻回——來！」

我不聽從他，一直走着。他迅步追上我，抓住手，拖到書齋裏。我抵抗着。

「收下來罷！」——他說着，心神騷亂得臉色發白，把我扔下來的三百盧布遞還給我。——「您一定要收下……否則我們……一定要收下！」

「公爵，我怎麼能收呢？」

「我來對您賠個罪，好不好？唔，饒恕我罷……」

「公爵，我永遠愛您，假使您也愛我……」

「我也愛您；收下罷……」

我收下了。他的嘴唇抖索着。

「公爵，我明白您為了這混蛋生氣……但是公爵，我非得像上次吵嘴時互相親吻一下，決不肯收下來……」

我說這話的時候，也抖索起來。

「又是這一套溫柔的玩意，」——公爵喃語，發出慚愧的微笑，但是俯下身子，吻了我一下。我抖索了；在吻的一瞬間，在他的臉上，我根本讀出了嫌惡。

「至少錢給您送來了麼？……」

「唉，不管它。」

「我是為了您……」

「送來了，送來了。」

「公爵，我們曾經做過好朋友……還有魏爾西洛夫……」

「是的，是的；好極了！」

「我眞是根本不知道這三百塊錢……」

我把錢握在手裏。

「拿去罷，拿去罷！」——他又笑了，但是在他的微笑裏有點很不善良的味道。

我收下了。

第三章

一

我收下了，因為我愛他。誰要是不相信，我可以回答他，在那個時間，至少在我收他的這筆錢的時候，我深信假使我願意，我很可以從別的方面設法弄到錢。因此，我收他的錢，並不出於無路可走，卻是出於一種禮貌，祇是為了不得罪他。唉，我當時真是這樣想的！但是我從他家裏走出來的時候，總歸覺得很難過：我在這天早晨看出了他對我的態度的特別變化；這樣的口氣是從來沒有的；對於魏爾西洛夫那簡直就是根本的反叛。斯帖別立闊夫自然剛纔為了什麼事情把他逼得很急，但是他在斯帖別立闊夫沒有來到以前，態度就開始變化了。我還要重複一遍：在最近的幾天內就可以看出這種和原先不同的變化，然而還不是這樣，還沒有到這個地步，——這是最主要的。

關於這個副官皮奧林格男爵的愚蠢的消息也會發生影響的……我走出去的時候，心神也極騷亂，但是……那就是說當時另有一樁別的事情在發出光輝，我已經有許多事情從眼前輕浮地忽略過去了：我忙着忽略過去，驅掉陰鬱的一切，尋求發光輝的東西……

還沒有到下午一點鐘。我坐着瑪德魏的馬車從公爵家裏一直上——相信不相信，上誰那裏去？——上斯帖別立闊夫家去！原來他剛纔使我驚異的並不是他到公爵家裏來，（因為他是和他約定了的，）卻是他雖然依照他的愚蠢的習慣，對我使了眉眼，但並不是我所預料着的那個題目。昨天我接到他從郵局寄來的一封信，對於我極神祕的信，他請我今天一點多鐘左右務必上他那裏去一趟，「他有些使我意料不到的事情告訴我。」——就是關於這封信他剛纔在公爵那裏的時候，竟沒有露出一點神色來。斯帖別立闊夫和我中間會有什麼祕密呢？一想到這層，甚至會覺得可笑的；但是由於業已發生的一切事實，我現在上他那裏去的時候，我的心神甚至也懷着小小的騷亂。我有一次，在兩星期以前，曾向他借過錢，他也肯借給我，但是不知為什麼原因，我們分了手，我自己沒有取他的錢：他當時照例含含糊糊地喃喃說出什麼話，我覺得他想向我提出什麼特別條件來；因為我和他每次在公爵家裏相遇的時候，對待他的態度十分傲慢，所以把他想提特別條件的任何意念驕傲地打斷，逕直走了出去，雖然他追我到門外也不管。我當時問公爵借了一點錢。

斯帖別立闊夫住在完全單獨的房屋內，過着殷實的生活，他的寓所有四間美麗的屋子，講究的木器，男女僕人，還有一個女管家，不過是很年邁的。我忿忿地走了進去。

「您聽着，先生，」——我在門前就起始說。——「第一，那封信是什麼意思？我不能容許我和您中間有信札的來往。您剛纔在公爵家裏為什麼不把您所需要的事情宣布出來呢？我是準備和您談話的。」

「但是您剛纔為什麼也沉默着，不問起呢？」——他張開了嘴，露出極滿足的微笑。

「因為不是我有事情找您，卻是您有事情找我，」——我喊了出來，突然發怒了。

「既然這樣，您為什麼到我這裏來呢？」——他愉快地幾乎跳躍起來了。我一下子轉過身去，就想走出去，但是他拉住我的肩膀。

「不，不，我是開開玩笑。有極重要的事情；您自己會看到的。」

我坐了下來。老實說，我感到好奇。我們面對面，坐在一隻大書桌的邊上。他狡猾地微笑，舉起手指。

「請您改掉您那種狡猾的樣子，也不要舉手指，主要的是不要用諷喩的言詞，一直講正事，否則，我立刻就走！」——我又忿怒地喊了。

「您……眞是驕傲！」——他說，帶着一種愚蠢的責備，坐在安樂椅上對我搖晃，將額上所有的皺紋全向上聳起。

「對待您應該這樣的！」

「您……今天向公爵借了錢，三百盧布。我有錢。我的錢好些。」

「您從哪裏知道我借錢？」——我非常驚異。——「難道是他自己對您說的麼？」

「他對我說的。您不必着急，是說話之間隨口說出來的，不是故意的。他對我說的。也可以不必問他借。對不對？」

「但是我聽說您算起利息來是使人受不了的。」

「我那裏是 Mont-de-piété，我並不取重利錢。我祇是爲了朋友們而設的，別的人不借。對於別的人，Mont-de-piété 是……」

這個 Mont-de-piété 就是普通的押當，用別人的名義開設在另一個寓所裏，營業是十分發達的。

「我借給朋友們極大的款項。」

「公爵難道是您的好朋友麽？」

「朋友是朋友，但是……但是他儘來一些客套。他是不應該來客套的。」

「怎麽，他落在您的掌握中了麽？他欠得很多麽？」

「他……欠得很多。」

「他會還給您的；他有遺產……」

「這不是他的遺產；他欠錢，還欠別的。遺產還不够。我可以借給您，不用利息。」

「也是像借給『朋友』那樣麽？我立下了什麽功勞，使您這樣對我呢？」——我笑了。

「您會立下功勞的。」——他的整個軀體又朝我這面搖來，舉起了手指。

「斯帖別立闊夫不許舉手指，否則我就走。」

「您聽着……他也許會娶安娜·安特萊夫納！」——他像魔鬼似的眯細着左眼。

「斯帖別立闊夫，我們的談話取到了鬧亂子的性質……您怎麽敢提出安娜·安特萊夫納的名字來。」

「您不要生氣。」

「我們直壓住心頭的火氣，在這裏聽您的說話，因我明顯地看出這裏面有點陰謀，想知道一下……但是我會受不住的，斯帖別立闊夫！」

「您不要生氣，不要驕傲。稍稍地不要使出驕傲的性子，仔細聽我說話；以後再去驕傲。您知道安娜・安特萊夫納的事情麼？您知道公爵會娶她麼？……您不是知道麼？」

「關於這個念頭，我自然聽見人家講過，也知道它的內容。但是我從來沒有同公爵講過這件事。我祇知道這念頭是在騷可里司基老公爵的腦筋裏生出來的。他現在正生着病。但是我從來沒有說過，也不參預在裏面。我把這話對您宣布出來，祇是爲了解釋起見，現在我要問您，第一，您爲了什麼和我談起這個事情？第二，難道公爵和您談過這個事情麼？」

「不是他同我談；他並不想同我談，是我同他談，他不要聽。剛纔竟叫喊起來了。」

「那自然啦！我贊成他的舉動。」

「那個小老頭騷可里司基公爵，會給安娜・安特萊夫納許多妝資的；她拍上了他的馬屁。那時候新郎騷可里司基公爵會還給我全部的借款。連靠不住的債也會還的。一起會還的！現在他沒有錢還。」

「我呢，我於您有什麼用處呢？」

「就爲了這個主要的問題：您是認識的；您是到處都熟識的。您可以打聽出一切來。」

「啊，見鬼……打聽什麼？」

「公爵願意不願意，安娜・安特萊夫納願意不願意，老公爵願意不願意。切實地打聽一下。」

「您竟敢對我提議做您的偵探，而且還爲了金錢！」——我憤怒地直跳起來。

「不要驕傲，不要驕傲。再稍稍地不要驕傲，一共祇有五分鐘。」他又按我坐下。他顯然不怕我的手勢和呼喊;但是我決定聽下去。
「我必須很快地打聽出,很快地打聽,因爲……因爲也許會嫌遲的。您看見,那個軍官談起男爵娶阿赫馬可瓦的時候,公爵剛纔做出那種啞子喫黃蓮的樣子麼?」
我竟把自己的身份低降,竟聽得這樣長久,但是我的好奇無從制壓地被吸引住了。
「喂!……您眞是一個沒有價值的人!」——我堅決地說。——「假使我坐在這裏,聽您說話,容許您講這些人物……甚至自己還回答,那末並非因爲我給予您什麼權利。我不過是看出其中有點卑劣的情形。……第一,公爵會對於加德隣納·尼古拉也夫納存什麼樣的希望呢?」
「沒有什麼希望,但是他發狂着。」
「這是不實在的!」
「眞是發狂着。現在阿赫馬可瓦已經 pass 了。他輸掉了這付牌。現在他祇有安娜·安特萊夫納一個人。我可以給您兩千塊錢……不要利息,不用期票。」
他說這話的時候,用堅決和莊嚴的神色仰倒在椅背上面,對我瞪出眼睛。我也張着大眼看着。
「您身上穿着大百萬街上的衣服,您需要用錢,您急於要錢。我的錢比他的好些。我借給您比兩千還多……」
「爲了什麼?爲了什麼?眞是見鬼!」
我跺脚。他俯身就我,用極深的表情說:

「爲了使您不要阻礙。」

「不用這樣，我也不會管的，」——我喊着。

「我知道您不會響的；這很好。」

「我並不需要您的贊許。在我的方面，我自已很希望如此；我認爲這不是我的事情，我甚至覺得這是不體面的。」

「您瞧，您瞧，又不體面了！」——他舉起手指。

「您瞧出什麼來？」

「不體面……哼！」——他突然笑了。——「我明白，我明白，這對於您是不體面的，但是……您不會阻礙麼？」——他使了一下眉眼；在這擠眉弄眼裏含着一點極無恥的，甚至嘲笑的，卑劣的成分——他一定料想我的心裏也有卑劣的念頭，他所希冀的就是這個卑劣的念頭……這是很明顯的，但是我怎麼也不明白是怎麼回事。

「安娜·安特萊夫納也是您的姊妹，」——他用暗示的口氣說。

「您不能說這個話。您不能談安娜·安特萊夫納的事情。」

「您不要驕傲，祇須一分鐘他一取到錢，大家都會得到保障的，」——斯帖別立阿夫極有分量地說道，——「大家，大家，您聽見麼？」

「您以爲我會用他的錢麼？」

「現在不是也用麼?」

「我用自己的錢。」

「什麼自己的?」

「那是魏爾西洛夫的錢;他欠魏爾西洛夫兩萬。」

「欠魏爾西洛夫,不是欠您。」

「魏爾西洛夫是我的父親。」

「不,您是道爾郭羅湛,不是魏爾西洛夫。」

「這是一樣的!」——我當時確乎會這樣想!我明白這不是一樣的,我並不那樣的愚傻,但是我當時這樣想,還是出於一種「敏感」而起的。

「够了!」——我喊。——「我一點也不明白。您怎麼能爲了這種不相干的事情喚我來呢!」

「難道您眞是不明白麼?您是不是故意?」——斯帖別立闊夫慢呑呑地說,用一種不信任的微笑,和銳利的眼神看我。

「我敢賭咒,我不明白!」

「我說:他會使大家都得到保障,大家都會得到的,祇要你們不加以阻礙,不去勸阻……」

「您大概發瘋了!您說這『大家』究竟什麼意思?魏爾西洛夫他也會得到保障麼?」

「不光是您一個人,也不光是魏爾西洛夫……還有別人。安娜·安特萊夫納也是您的姊妹,正和麗·

諾·魏達·瑪加洛夫納一樣！」

我瞪出眼睛望他。他的討厭的眼神裏甚至忽地閃過了一點憐惜我的意思：

「您不明白，那更好！這很好！您不明白是很好的。這是極可誇獎的……假使果眞不明……」

我完全狂怒了。

「您做弄些不相干的事情來胡攪，去你的罷！您眞是瘋子！」——我喊着，同時抓起了帽子。

「這並不是不相干的事情！好不好？您知道，您還會來的。」

「不，」——我在門限上喊着。

「您會來的，那時候……那時候要說兩樣的話了……那時候會發生主要的談話。兩千塊錢，您記住啦！」

二

他給我引起了太曖昧和模糊的印象，我走出去的時候甚至祇好努力不去想他，狠狠地唾了幾口涎。有一個念頭像別針似地刺我，那就是公爵竟會和他談起我和這筆錢來——「我贏了以後今天就還給他，」——我堅決地想着。

斯帖別立闊夫無論怎樣愚蠢，怎樣發言含糊，但是我看出他是一個明顯的小人，在這裏面是不會沒有陰謀的。不過我當時沒有時間去理解任何的陰謀，這成爲我的目眩的主要原因！我不安地看了看錶，還沒有到兩點鐘；這末說來，還可以到一處去拜訪，否則我會在三點鐘以前餓死的。我上我的姊姊安娜・安特萊夫納・魏爾西洛瓦那裏去了。我早就在老公爵那裏，就是在他生病的時候，和她處得極投機了。我一想到我有三四天沒有見他，我的良心就感到痛苦；但是安娜・安特萊夫納把我解救了：因爲公爵異常對她依戀，甚至對我稱她爲安琪兒。順便地講來，把她嫁給賽爾該意・彼得洛維奇公爵的意念確曾在老人的頭腦裏存在過，他甚至屢次對我表示這個意念，自然是祕密地表示。我把這意念轉告魏爾西洛夫，以前就覺出他雖然對於一切日常事情持着冷淡的態度，但是祇要我對他講我遇見安娜・安特萊夫納的情形，他永遠似乎會特別地注意的。魏爾西洛夫當時對我喃聲說安娜・安特萊夫納是很聰明的人，對於這種微妙的事情，沒有旁人的勸告也會處置裕如的。斯帖別立闊夫說得很對，老人會給她妝奩，但是他怎麼能在這中間有所冀圖呢？剛纔公爵向他身後喊，他並不怕他：莫非斯帖別立闊夫果眞會在書齋裏對他談起安娜・安特萊夫納過的；我想像，我立在他的地位上，我會如何的憤怒。

我近來甚至時常到安娜・安特萊夫納家裏去。但是這裏永遠發生了一樁奇怪的事情：她永遠是自己約好時間喚我前去，而且一定等候着我，但是我一走進去，她一定會做出我是偶然地意料不到地來到的樣子；我在她身上看出了這個性格，但是我還和她很要好。她住在她的外祖母法那略託瓦那裏，自然是歸外祖母撫養的，（魏爾西洛夫一點錢也不給他們，）——但是她所處的地位並不像普通所描寫的貴族夫人家中的養女的情形一般，譬如說像普希金的鏟形皇后裏老伯爵夫人的養女。安娜・安特萊夫納自己有點和伯爵夫人相仿。她在這房屋裏完全單獨地居住着，那就是說雖然和法那略託夫一家人們住在一層樓上和一個寓所裏，但是她另有單獨的兩間屋子，所以我進出的時候，譬如說，一次也沒有遇到法那略託夫家的任何人。她有在自己家裏接待她所願意接待的任何人，隨她自己的便利用自己的時間的權利。雖然她業已二十三歲。最近的一年來，她幾乎停止到交際場中去，雖然法那略託瓦並不吝惜在她外孫女身上花錢，我聽說她是十分鍾愛她的。相反地，我最喜歡安娜・安特萊夫納的一點，就是我永遠遇見她穿着極樸素的衣服，永遠在那裏做事，不是看書，便是做手工。她的外貌有點修道院氣，幾乎是僧士氣，這是我所喜歡的。她不多說話，說話永遠有分寸，極會聽人家的說話，這是我永遠不會的。我對她說她和魏爾西洛夫雖然沒有一個共同的特點，但她會使我憶起他來的時候，她永遠微微地臉紅。她時常，而且永遠迅快地臉紅，但永遠祇是微微地。我很愛她臉上的這個特色。我在她那裏永遠不喚魏爾西洛夫的姓，一定喚安得烈・彼得洛維奇，這好像是自然而然的。我甚至看出，大概法那略託夫一家人一般地有點為魏爾西洛夫羞慚；我從安娜・安特萊夫納一人身上看了出來，雖然我還是不知道可以不可以在這裏用「羞慚」兩字；不過總有點近乎的。我和她常談起賽爾該意・彼得洛維奇公爵，她聽得很仔細，我覺得她對於這些消息極感興趣，但是好像永遠弄得是我自己告訴了出來，而她從來不問。關於他們之間結婚的可能一層，我永遠不敢和她談起，雖然時常想談起，因為我自己也有點喜歡這個意念。但是在她的屋內我有太多的事情似乎不敢說起，同時相反地，我又覺得留在她屋內很好。我還愛她很有學問，讀許多書，甚至讀的是極正當的書；比我讀得多得多。

她第一次自己叫我去。我當時也明白，她也許有時冀圖向我探聽一點什麼。那時候有許多人會向我探聽很多的事情的!「那又有什麼關係?」——我想,——「她又並不是單單爲了這個纔接待我的。」一句話,我甚至喜歡我能於她有益……在我和她坐在一起的時候,我永遠在自己心裏覺得這是我的姊姊坐在我身邊,雖然我和她一次也沒有講過親屬的關係的話,——連一個字,一句暗示都沒有,彷彿並沒有這關係似的。我坐在她那裏的時候,似乎覺得談起這事是完全無意識的,我望着她的時候,眞是有時會在腦筋裏鑽進一個離奇的念頭:她也許完全不知道這關係,——她是如何地會對我保持適宜的態度。

三

我走進去的時候,忽然在她那裏遇到了麗薩。這幾乎使我感到驚愕。我很知道她們以前也會見過面;她們在那個「乳孩」那裏見過。關於驕傲和怕羞的安娜·安特萊夫納忽然生出了想看一看嬰孩的幻想,後來在那裏遇到了麗薩的情節,我也許以後會講,假使有機會。但是我到底怎麼也料不到安娜·安特萊夫納會在什麼時候請麗薩上她那裏來的。這使我感到愉快的驚愕。我自然沒有露出神色,對安娜·安特萊夫納道候,又和麗薩熱烈地握手,坐在她身旁。兩人正在做事情;桌上和她們的膝上放着安娜·安特萊夫納一件貴重的出客用的衣服,是舊的,已經穿過了三次,她現在想加以改造。麗薩對於這種事情是大「能手,」還帶着趣味,因此正在舉行「聖哲的女人們」的隆重的會議。我憶起了魏爾西洛夫,自已笑了。我的整個身體籠罩在快樂的心神裏。

「您今天很快樂,這是很有趣的,」——安娜·安特萊夫納說,鄭重而且明晰地說出一個一個的字來。她的嗓音是濃重的，響亮的 Contralto （反對中音，）但是永遠說得安靜而且輕鬆，永遠微微地垂下長長的睫毛，她的慘白的臉上露出微微地閃耀着的微笑。

「麗薩知道我不高興的時候會成爲如何沒趣的一個人的，」——我快樂地回答。

「也許安娜·安特萊夫納也知道的，」——好淘氣的麗薩戳了我一針。親愛的！假使我知道她當時心裏有什麽樣的情形，那纔好呢！

「您現在做點什麽事情？」——安娜·安特萊夫納問。（我要加一個附註，她是請求我今天上她家裏來的。）

「我現在坐在這裏，問我自己：爲什麽我在遇見您看書比遇見您在做活計的時候覺得有趣些呢？實是的，不知爲什麽原因做活計是和您不大配合的。在這個意義上，我像安得烈·彼得洛維奇。」

「還沒有決定進大學麽？」

「我很感謝您沒有忘記我們的談話。那就是說您有時還想到我，但是……關於大學一層我還沒有定見，再加上我有自己的目的。」

「那就是說他有自己的秘密，」——麗薩說。

「不要開玩笑，麗薩。有一個聰明的人前些日子表示，在近二十年來，我們整個的進步的運動裏，我們最先證明出我們太沒有學識。自然這裏也講到我們的大學。」

「這一定是爸爸說的；你時常重複他的思想，」——麗薩說。

「麗薩，你好像覺得我沒有自己的腦筋。」

「在我們的時代傾聽而且記住一點聰明的人們的話語是有益的，」——安娜．安特萊夫納替我略爲袒護。

「就是的，安娜．安特萊夫納，」——我熱烈地搶上去說。——「凡是不去想俄羅斯現在的情形的人決不是俄羅斯的國民我也許用奇怪的見解瞻望俄羅斯的前途：我們已經度過了韃靼的侵襲，以後又是兩世紀的奴隸制度，自然因爲這兩樣東西全合我們的胃口的緣故。現在給予了自由，就應該接受這自由：能不能呢？自由會不會合我們的胃口呢？——這是問題。」

麗薩迅快地看了安娜．安特萊夫納一眼，安娜．安特萊夫納立即低下頭去，起始在身邊尋覓什麼東西；我看出麗薩努力忍住自己，但是我們的眼神忽然似乎不經意地相遇了，她就迸出笑聲來了。我臉紅了：

「麗薩，你眞是不可思議的！」

「對不住！」——她忽然說道，停止了笑，幾乎露出憂鬱的神情。——「我的腦筋裏不知道有些什麼……」

她的嗓音裏忽然似乎有眼淚抖慄着。我覺得十分慚愧；我取了她的手，重重地吻着。

「您的心很善，」——安娜．安特萊夫納看見我吻麗薩的手，對我柔和地說。

「麗薩，我今天最喜歡了，因爲我遇見你在笑着，」——我說。——「安娜．安特萊夫納，您信不信，最近的幾天內她每次遇到我的時候總是露出一種奇怪的眼色，在眼色裏似乎有一個問題：『你知道了什麼沒有？一切都安全麼？』她的神色真是這樣的。」

安娜·安特萊夫納緩慢而且銳厲地看了她一眼，麗薩垂下頭了。我很真切地看出她們兩人認識得比我剛纔走進去的時候還要多些，而且接近些。這念頭我感到愉快。

「您剛纔說我的心很善；您不會相信，我一到您那裏竟會變好了，而且我是如何地喜歡上您這裏來，安娜·安特萊夫納，」——我帶着情感說。

「我很喜歡您現在這樣說，」——她帶着深刻的意義回答我。我應該聲明，她從來不和我談到我的無秩序的生活和我深陷進去的淵阱，雖然我知道她不但知道這一切，甚至還從旁面去詢問。所以現在這句話有點類乎第一次的暗示，——我的心更加轉向她了。

「我們那位病人怎麼樣啦？」——我問。

「他好得多：他已經起來走路，昨天和今天還坐車出去遊玩過。難道您今天又沒有到他那裏去麼？他很等候您。」

「我真是對不住他，但是現在您常常去看他，很可以代替我；他是很會適應環境的人，您可以替換我的。」

她做出了很嚴肅的神色；因為我這句玩笑的話也許太俗一點。

「我剛纔到我爾該意·彼得洛維奇公爵家裏去過，」——我喃語着。——「我還……喂，麗薩，你不是剛纔到達里亞·奧尼西莫夫納那裏去過的麽?」

「是的，去過的，」——她簡短地回答了一句，沒有擡起頭來。——「你大概每天上生病的公爵府上去吧?」——她似乎突然問起，也許爲了沒有什麼話可說。

「是的，我常到他府上，不過走不到，」——我冷笑了。——「我走進去以後，便向左面轉。」

「連公爵都看出您時常到加德隣納·尼古拉也夫納那裏去。他昨天說着，還笑呢，」——安娜·安特萊夫納說。

「他笑什麼?他笑什麼?」

「他開玩笑，您知道。他說，相反地，一個年輕貌美的女子對於像您這樣年齡的靑年人祇會引起憤怒和仇恨的印象……」——安娜·安特萊夫納笑了。

「您聽着……您知道不知道，他說得十分準確，」——我喊了出來。——「這一定不是他，而是您對他說的麽?」

「爲什麼呢?不，這是他說的。」

「假使這個美人垂靑於他，不管他是如何的無價値，立在角落裏生氣，因爲他還是『小孩，』並且忽然在包圍着她的一羣崇拜者中間選中了他，那時便怎樣呢?」——我忽然問，露出極勇敢而且挑戰的神色。我的心跳躍起來。

「那時候你會在她面前完結的，」——麗薩笑了。

「我會完結麼？」——我喊。——「不，我不會完結的。大概是不對的。假使一個女人橫梗地立在我的道路前面，她應該跟我走。誰也不能遮擱我的道路而不受懲罰的……」

在過了許多時以後，麗薩有一次記起這些事來，似乎無意間對我說，我當時異常奇怪而且嚴肅地說出這句話來，並且似乎忽然露出陰鬱的樣子；但同時又是「那樣地可笑，簡直使人不能忍住。」安娜·安特萊夫納果真又笑了。

「您笑罷，您笑我罷！」——我醉心地喊出，因為整個的談話和它的趨向使我感到異常的欣悅。——「您發出來的笑祇有使我快樂。我愛您的笑，安娜·安特萊夫納！您有一個特點：您會在沉默中忽然笑起來，在一瞬間笑起來，甚至無從在臉上預測出來。我在莫斯科認識一位女太太，我遠遠地，從角落裏看望她：她幾乎和您一樣的美麗，但是她不會這樣笑，她的臉也是和您一樣地動人的，——竟喪失動人的情致；您的臉是極動人的……就是由於這一點能力……我早就打算對您表示這個意思。」

我說出一位女太太「和您一樣的美麗」的話的時候，我施展了狡猾的手段；我做出那種不經意地脫口而出的樣子，彷彿我沒有注意到似的。我很知道這類「脫口而出」的恭維話之為女人珍視，比任何似是而非的頌祝為甚。安娜·安特萊夫納無論怎樣臉紅，但是我知道她感到愉快。這位女太太也是我想出來的：我在莫斯科並不認識任何女人；我祇是為了誇獎安娜·安特萊夫納，使她愉快而已。

「真是會猜想，」——她優雅地冷笑了。——「您在最近幾天內受了那一位美麗的女人的影響。」

我彷彿飛到什麼地方去……我甚至想對她們有所洩露……但是忍住了。

「您不久還對加德隣納・尼古拉也夫納作過完全仇恨的表示，」

「假使我作了什麼不好的表示，」——我的眼睛閃耀起來。——「那末錯處在於人家給她造了離奇的謠言，說她是安得烈・彼得洛維奇的仇人；還造謠言彷彿說他愛她，向她求過婚，凡是這類離奇的話。這種意念眞是怪誕，和另一個謠言一樣，這謠言彷彿說她在丈夫生病時就已答應賽爾該意・彼得洛維奇在守寡後嫁給他但以後並沒有踐行她的諾言。我從直接的來源方面曉得這事並非如此，卻祇是一句玩笑。這是我從最初的來源那裏知道的。有一次，在國外在一個開玩笑的時候，她確曾對公爵說：「也許」在將來；但是這句話，除去了輕鬆戲笑以外還會有什麼意義呢？我很知道，公爵那一方面是不會對這種諾言看得如何有價值的，而且他也並不有這種意向，」——我在醒覺了以後補充地說，——「他大概具有完全不同的意念，」——我狡猾地插上這句話。——「剛纔那曹金在他家裏說，加德隣納・尼古拉也夫納將嫁給皮奧林格男爵；他聽了這消息，仍舊神色自若，露出很好的態度。」

「那曹金上他家裏去麼？」——安娜・安特萊夫納忽然極有力量地，且似乎驚異地問。

「是的；他大概是屬於那類正當的人士……」

「那曹金還和他談過關於她和皮奧林格結婚的那件事情麼？」——安娜・安特萊夫納忽然露出極大的興趣。

「並不是結婚，卻是一種可能性，當作傳說那樣的謠一謠罷了。他說在社會上彷彿有這樣的傳說：至於在我這方面，我相信這是胡說。」

安娜·安特萊夫納想了一下，低下頭去縫衣裳。

「我愛謝爾該意·彼得洛維奇公爵，」——我忽然熱情洋溢地說。——「他有他的缺點，這是無可辯解的，我已經對您說過，那就是觀念力的單調……但是他的缺點也可以證明出他具有正直的心靈，不是麼？譬如說，我今天幾乎和他爲了一個問題吵嘴：他相信假使你談論正直，應該自己先成爲正直的人，否則你所說的一切便是虛謊。這是不是合邏輯呢？然而同時這可以證明他的心靈裏有對於名譽，義務，公理的崇高的要求，不是麼？……哎喲，天呀，現在幾點鐘了？」——我忽然喊了出來，偶然看見壁爐上面時鐘的指針。

「兩點五十分，」——她望了時鐘一下，安靜地說。在我講起公爵的全部時間內，她低頭聽着，露出一種狡猾的，但極可愛的冷笑：她知道我爲了什麼這樣誇獎他。麗薩聽着，頭俯到活計上面，早就沒有參加談話。

我跳了起來，像受到了燒灸。

「您就誤了到什麼地方去麼？」

「是的……不……眞是遲了一點，我現在就走。我還有一句話，安娜·安特萊夫納，」——我起始騷亂地說，——「我今天不能不對您表示出來！我要對您說實話，您請我時常到您這裏來的時候所表露的那份好心和淑德使我佩服異常……我和您的相識給予我深刻的印象……在您的屋內，我似乎獲得了心靈的淨潔，從您那裏離開的時候感到我這人比原來的我好些。我和您並坐在一起，我不但不能說壞事，連壞的思想都不會有；那些壞的思想會在您的身邊消滅，我在您身旁偶然想起一點壞事來的時候，立刻會感到羞慚，甚至暗自臉紅的。您知道，我今天遇到我的妹妹坐在您這裏，尤其使我感到愉快……這可以證明出您的正直的性格……那種佳良的關係……一句話，說得乾脆些，您表示出那種同胞弟兄似的東西，使得我……」

我說話的時候，她從座位上立起，臉越來越紅；但是忽然似乎懼怕着什麼，懼怕着我會破壞那個似乎不宜跳躍過的界限，迅快地打斷我的話：

「您相信我，我是會從全心靈裏珍重您的情感的……沒有言語我也會了解的……早就了解了……」

她衝倏地停頓住了，握我的手。麗薩忽然暗暗地拉我的袖子。我告別後，走出去，但是在另一間屋內麗薩追上我。

四

「麗薩，你爲什麼拉我的袖子？」——我問。

「她是壞的，她是狡猾的，她不配……她把你拉住，想向你探聽，」——她用迅快的，惡狠的微語說着。

我還從來沒有看見過她這樣的臉色。

「麗薩，你怎麼啦？她是那樣良好的女郎！」

「那末我是壞的。」

「你怎麼啦？」

「我很壞。她也許是極良好的女郎，而我是壞的。够了，不要談它！你能替：媽媽求你一樁事情，那樁事情是『她自己不敢說的。』她就是這樣說的。阿爾卡共你不要再賭博罷，親愛的，我懇求你……媽媽也……」

「麗薩，我自己知道，但是……我知道這是可憐的儒怯，但……這祇是小事，別的沒有什麼！你瞧，我抖索得像傻瓜一般，我不過想贏點錢還債。我會贏錢的，因為我賭錢時總是沒有計算，拚命地往上押，像傻瓜一般，但是現在我要為每一個盧布抖索……我不贏錢不是人！我並沒有染成習慣；這不是主要的，這祇是一種暫時的，你可以相信我！我還很堅强，什麼時候想停止就立刻停止。我一還清了債，那時候我就和你們永不相隨了，你去對媽媽說，我決不離開你們……」

「剛纔這三百盧布你費去了多少的代價呀！」

「你怎麼會知道的？」——我抖索了。

「達里亞·奧尼西莫夫納剛纔全都聽見了……」

這時候麗薩忽然推我到簾幃後面去，我們兩人全現身在簾後的所謂「燈籠」裏，就是在全是玻璃做的圓圓的小屋內。我還沒有來得及醒悟轉來，就聽見了一個熟識的聲音，跳躍錢的聲音，又猜到了一個熟悉的步伐。

「謝萊杰公爵，」——我微語。

「是的，」——她微語。

「你這樣怕做什麼？」

「沒有什麼；我無論如何不願意使他遇見我……」

「難道他也追求你麼？」——我冷笑了。——「那我就要給他幾下。你往哪裏去？」

「我們出去；我和你一塊兒走。」

「你難道也已經告別了麼？」

「告別了；我的皮大衣在門房裏……」

我們走了出去；在樓梯上，一個意念襲擊我：

「你知道麗蓮，他也許是來向她求婚的！」

「不……他不會求婚的……」——她用輕靜的聲音堅定地，慢吞吞地說。

「你不知道，麗蓮，我剛纔雖然和他吵嘴，——假使他們已經對你轉講了，——但是上帝知道，我眞是十分愛他的，希望他的順利。我們剛纔已經和解了。我們感到幸福的時候，我們會心善的……你瞧，他有許多良好的脾氣……心地還極仁慈……至少有點根苗……他假使落在魏爾西洛瓦那種堅強和聰明的女郎手裏，會完全弄得正直些，而且幸福些的。可惜我沒有時間……我們一塊兒坐車，我要告訴你一點什麼……！」

「不，你坐車罷，我不是順路。你來喫飯麼？」

「我來的。我答應了，總會來的。麗薩，你聽着；有一個混蛋，——一句話，一個可惡的東西就是斯帖別立闊夫，挾着可怕的勢力壓迫他……一種什麼期票……一句話，把他握在手掌裏，逼得他緊緊的，他竟屈辱到走頭無路，兩人都看出除了向安娜·安特萊夫納求婚以外沒有別個出路。按說應該警告她一聲，不過這是不要緊的，她自己以後會把一切事情料正過來的，你以為怎樣？她會拒絕他麼？」

「再見罷，我沒有工夫，」——麗薩突然說，在她的瞥閃過來的眼神裏我忽然看出了如許的仇恨，使我立刻害怕得喊了出來：

「麗薩，親愛的，你這是為了什麼？」

「我不是對你；我祇要你不賭錢就好了……」

「啊，你講的是賭錢，我以後不賭了。」

「你剛纔說過那句『我們感到幸福』的話，你難道很幸福麼？」

「太幸福了，麗薩，太幸福了！我的天呀，已經三點鐘了，已經過了！……再見罷，麗薩。麗薩，親愛的，你說——說：難道可以使女人等候麼？難道可以允許的麼？」

「你說的是約會麼？」——麗薩微微地笑，一種死僵的，抖慄的微笑。

「把你的手給我，祝我的幸福。」

「祝你的幸福麼？我的手？我怎麼也不能給！」

她迅快地走開了。主要的是那樣正經地喊了出來。我奔到我的雪橇上去。

是的，是的，這是「幸福」而在當時也就是我所以像盲目的鼴鼠一般，除去自己以外，什麽也不明白，和不看見的主要原因！

第四章

一

現在我簡直怕講出來。這一切早已過去；這一切現在對於我像一個幻影。這樣的一個女人怎麼會對當時像我那樣的儍擬的小孩訂約會呢？——初看上去就是這樣的！在我和麗薩分手，驅車奔去，我的心跳躍得十分利害的時候，我簡直以爲我發了瘋：我忽然覺得那個訂約會的意念是極顯明的荒誕舉動，幾乎不能令人加以置信的。但是我完全不去懷疑：荒誕越見得顯明，我越加相信。

已經打過了三點鐘的那椿事實使我感到不安：「假使給我訂了約會，我怎麼會去遲呢？」——我心想。這閃出一些愚蠢的問題，像下面似的：「現在我用什麼態度好些，勇敢呢？畏葸呢？」但是這一切不過閃過罷了，因爲我心裏有重要的，我所不能決定的事情。昨天是這樣說的：「我明天三點鐘要到達姬央納・伯夫洛夫納家裏去，」——就是這一句話。第一，我在她那裏，在她的屋內，也永遠受單獨的接待，她可以把隨便什麼話都對我說，不必還到達姬央納・伯夫洛夫納家裏去的；如此說來，「爲什麼要另訂一個地點，訂在達姬央納・伯夫洛夫納家裏呢？」還有一個問題：達姬央納・伯夫洛夫納在家不在家呢？如果這是約會，那末達姬央納・伯夫洛夫納不會在家的。但是不預先對達姬央納・伯夫洛夫納講明白，又怎麼能趕到目的呢？如此說來，難道達姬央納・伯夫洛夫納也參預這個秘密麼？」這個思想我覺得是離奇，且有點不貞潔，又幾乎是粗暴的。

最後，她也許不過想上達姬央納・伯夫洛夫納那裏去一趟，昨天告訴我的時候並沒有任何目的，但是我竟沒有了解。況且又是那樣偶然地，疏忽地，安靜地說出來的，還在經過了極沈悶的會談以後，因爲在我昨天到她那裏去的時候，我不知爲什麼原因好像弄得茫無頭緒似的：我坐在那裏，喃喃地不知道說什麼，心裂又忿怒，又畏葸，以後纔發現她打算到什麼地方去，後來在我走的時候，她顯得很高興。所有這些思念積蓄在我的腦裏。我終於決定「一走進去按了鈴，廚婦出來開門，我問：達姬央納・伯夫洛夫納在家麼？」如果沒有在家，那便是「約會。」但是我沒有懷疑，沒有懷疑！

我跑上樓梯，就在門前的樓梯上面時我的所有的恐怖全喪失了。「听，隨它去罷，」——我心想，——「祇要快一點纔好！」廚婦開了門，用可惡的沈滯的口氣說，達姬央納・伯夫洛夫納不在家。「有沒有別的人？有人等達姬央納・伯夫洛夫納麼？」——我想問，但是沒有問：「最好自己去看，」當時對廚婦說我要等候一下，脫去了皮大衣，開了門……

加德隣納・尼古拉也夫納坐在窗旁，「等候達姬央納・伯夫洛夫納。」

「她不在麼？」——她一看見我就忽然問我，似乎帶着關切和惱恨的神色。她的嗓音和臉部完全和我的期待不相適應，使我在門限上躊躇着不敢進去了。

「誰不在？」——我喃喃說。

「達姬央納・伯夫洛夫納！我昨天不是請您轉達，我三點鐘上她這裏來麼？」

「我……我並沒有見到她。」

「您忘記了麼？」

我垂頭喪氣地坐了下來。原來是這樣的！主要的是一切那樣的明顯，像一加一等於二，而我——我還是固執地相信着。

「我並不記得您叫我轉達。您並沒有叫我：您不過說您三點鐘來，」——我不耐煩地說。我沒有看她。

「咳！」——她突然喊。——「假使您忘記說，但自己又知道我要到這裏來，那末您跑到這裏來做什麼？」

我擡起頭來：她的臉上沒有譏笑和忿怒，祇有她的光明的，快樂的微笑，還有一種加强了的淘氣的臉色，——她永遠帶着那樣的臉色，而且幾乎是小孩般的淘氣：「你瞧，我把你完全捉住了；你現在還要說什麼？」——她的整個的臉似乎說着。

我不願意回答，又垂下頭去。沈默繼續了半分鐘。

「您現在從爸爸那裏來麼？」——她忽然問。

「我現在從安娜·安特萊夫納那裏來，我並沒有到尼古拉·伊凡諾維奇公爵那裏去……您是知道的，」——我忽然補上這句話。

「您在安娜·安特萊夫納那裏沒有出什麼事麼？」

「是不是說我現在露出那種瘋狂的樣子麼？不，我沒有到安娜·安特萊夫納那兒去以前就露出瘋狂的樣子來了。」

「在她那裏沒有聰明些麼？」

「不，沒有聰明些。——我在那裏聽說您快要嫁給皮奧林格男爵。」

「這是她對您說的麼？」——她忽然發出興趣來了。

「不，這是我轉告給她聽的，而我是剛纔聽見那曹金到賽爾該意·彼得洛維奇公爵家裏拜訪時給公爵說的。」

我還沒有舉眼向她；看她一眼等於朝自己身上灌輸光明，快樂與幸福，但我不想成爲有幸福的人。憤恨的發刺戳穿我的心，我在一瞬間取了極大的決議。隨後我忽然起始說話，不大記得說什麽。我喘着氣，喃喃地說話，但是已經勇敢地看望着。我的心跳躍着。我講起一些毫不相關的話，但是也許說得極有次序。她起始用永遠不離開她的臉部的平勻的，不耐煩的微笑聽着，但是漸漸地，驚異，甚至懼怕在她的凝聚的眼神裏閃耀着。微笑還沒有離開她，但是連微笑也似乎有點抖慄。

「您怎麽啦？」——我忽然問，看見她全身抖索的樣子。

「我怕您，」——她幾乎帶着驚慌回答我。

「您爲什麽不走？現在達姬央納·伯夫洛夫納沒有在家，您也知道她不會回來，那末您就應該立起身來走出去呀？」

「我想等一等，但是現在……眞是的……」

她想立起身來。

「不，不，您坐下來，」——我阻止她。——「您現在又抖索了，但是您在恐懼中也微笑着……您永遠帶着微笑。您現在完全微笑了……」

「您在說夢囈麽？」

「是的，我在說夢囈。」

「我怕……」她又微語着。

「怕什麼？」

「怕您會砸碎牆壁……」——她又微笑了，但已經真的露出了畏葸的神色。

「我不能忍受您的微笑！……」

我又說起話來了。我的整個身子似乎在飛翔着。似乎有什麼東西推我一下。我現在還很畏葸，但是一直在那裏說話；我記得，我講起她的臉來了。——「我再也不能忍受您的微笑了！」——我忽然喊，——「我在莫斯科的時候怎麽會設想您是一個威嚴的，漂亮的，愛說刻毒的，交際場上慣用的話語的女子？是的，在莫斯科，我還和瑪麗亞·伊凡諾夫納談過您，猜想您應該是怎麽樣的一個人……您記得瑪麗亞·伊凡諾夫納麽？您到她那裏去過麽？我動身到這裏來的時候，在火車中整夜夢見您。我到了這裏以後，在令尊大人的書齋裏向您的像片足足瞧了一個月，一點也沒有猜出什麼。您的臉色是孩子般的淘氣和無窮盡的坦白，——就是的！我上您那裏去的時候一直總是欽賞這一層。您還會驕傲地望人，用眼神壓迫人；我記得您那次從莫斯科回來的時候在令尊大人那裏您如何地看我一眼……我當時看見了您，同時在我走出去的時候，假使有人問我：您是怎樣的？——我一定說不出來。甚至您的身材都說不出來。我一看見您，就有眩了。您的像片完全不像您：您的眼睛不是黑暗的，卻是光亮的，祇是由於長長的睫毛纔覺得是黑暗的。您的身體肥胖，您是中等身材，但是您的肥胖是強壯的，輕鬆的，健康的鄉下少婦的肥胖。您的臉也完全是鄉村式的，鄉下美人的臉，——您不要生氣，這很好，這更好些，——圓圓的，紅潤的，明朗的，勇敢的，笑嘻嘻的，……怕羞的臉！真是怕羞的加德隣納・尼古拉也夫納・阿赫馬可瓦有一付怕羞的臉，怕羞的，童貞的臉，我敢賭咒！還甚於童貞的，——竟是孩子般的！——您的臉就是這樣的。我一直感到驚愕，一直問自己：莫非就是這個女人麼？我現在知道您很聰明，但是起初我心想您是普通的。您有快樂的智慧，但是沒有絲毫的虛飾……我還愛您的臉永遠不離開微笑：這是我的天堂！我還愛您的安靜，您的輕謐，您說出話來那樣的平勻，安靜，幾乎是懶洋洋的，——我就愛這懶惰。即使橋在您腳底下折斷，您大概也會平勻地，有節奏地說出一些話來……我想像您具有無上的驕傲與熱情，但是您在這兩個月內和我說話，像學生和學生交談一般……我從來不設想到您具有這樣的額角；這額角有點低矮，像雕像一般，在豐滿的美麗之下顯得像大理石一般的白嫩。您有高聳的胸，輕盈的步伐，您有非常的美貌，但沒有一點驕傲。我現在纔相信，雖然一直沒有相信！」

她張大着眼睛聽這一套奇怪的議論，她看見我自己抖索着。她好幾次用可愛的，畏葸的姿勢微舉戴着手套的小手，阻止我的說話，但是每次驚疑而且恐怖地縮回來。有時甚至很快地把全身退縮到後面去。

微笑又在她臉上閃耀了兩三次；有一個時候她臉色通紅，但是後來竟異常驚怕，臉上發出死白色來了。我剛停頓了一下，她就伸出手來，用似乎哀求但仍極平勻的聲音說道：

「這樣說是不行的……這樣說是不可能的……」

忽然從座位上立起來，不匆不忙地抓住頸額上的手帕和貂皮的手筒。

「您就要走麼？」——我喊。

「我根本怕您……您惡意地利用……」——她似乎用憐惜和責備的神情說。

「您聽着，我眞是不會粉碎牆壁的。」

「您已經超始了，」——她忍不住微笑了。——「我甚至不知道，您會不會放我走？」——她大概果眞怕我不放她。

「我自己給您開門，您走罷，但要問您自己：我已經有了極大的決定，假使您願意把光明給予我的心靈，那末您回來坐下來，祇要聽我兩句話。假使不願意，您就走罷。我自己來給您開門！」

她望着我，坐了下來。

「有的女人會假激地走出去的，而您竟坐了下來！」——我醉心地喊。

「您以前從來沒有說過這種話。」

「我以前永遠膽小。我現在走進來的時候，都不知道說什麼話。您以為我現在不膽小麼？我是膽小的。但是我忽然下了極大的決定，感覺得我會履行這決定的。我一下了決定，立刻發了瘋，把這一套話說了出來。……您聽着，這是我的話：我是您的偵探不是？請您回答我，——這是一個問題！」

紅暈迅快地在她的臉上泛着。

「您還不要回答我，您在聽完了所有我的話以後，再說出全部的實話來。」

我一下子把所有的圍牆全擠破，飛翔到廣闊的空間裏去了。

二

「兩個月以前，我立在此地的簾後……您知道的……您同達姬央納·伯夫洛夫納談起關於那封信的事情。我跳了出來，忘其所以地說漏了幾句話。您立刻明白我有點知道……您不會不明白……您尋見一個重要的文件，為它擔憂着……等一等，加德隣納·尼古拉也夫納，您且慢一點講。我對您宣佈您的疑惑是有根據的：這個文件存在着……那就是說它是有的……我看見過的；是不是您給安特洛尼闊夫的信，是不是？」

「您看見這封信麼？」——她迅快地問，露出慚愧和驚惶的樣子。——「您在哪裏看見的？」

「我看見……我在克拉夫特那裏看見的……就是那個自殺的人……」

「果真麼？您自己看見麼？他把它怎樣處置的？」

「克拉夫特把它撕碎了。」

「當您的面，您看見了麼？」

「當我的面。他大概在臨死之前把它撕碎了……我當時還不知道他會自殺的……」

「那末它是被燬滅了，眞是謝天謝地！」——她慢吞吞地說，歎了一口氣，還劃着十字。

我沒有對她說謊。那就是說我固然說了謊，因爲那個文件在我手裏，從來沒有在克拉夫特那裏，然而這不過是一樁小事，而在主要的方面我並沒有說謊，因爲在說謊的時候，我就已決定在當天晚上燒去這封信。我敢賭咒，假使這封信在這時候放在我的口袋裏，我會掏出來交還給她的；但是我身邊並沒有帶着這封信，它放在寓所裏。不過也許我不會交還的，因爲我當時恐怕會羞於向她直說這封信在我身邊，我把它看守得如此長久，等候着，不肯交出來。其實全是一樣的：在家裏把它燒去，也不算說謊！我在這時候是純潔的，我敢賭咒。

「既然如此，」——我幾乎忘其所以地繼續說。——「您對我說：您誘引我，愛撫我，接待我，是不是爲了懷疑我知道這個文件的緣故？您等一等，加德隣納·尼古拉也夫納，請您再等一分鐘不要說話，讓我把所有的話全都說完：我每次上您那裏去，一直在那裏疑惑您的愛撫我祇是爲了想從我那裏探出這封信來，使我供認出來……您再等一會：我疑惑着，但是我感到痛苦。您的欺詐對於我是無可忍耐的，因爲……因爲我發現您是一個極正直的人！我直率地說，我直率地說：我是您的仇人，但是我發現您是極正直的人！一下子一切全被征服了。但是欺詐，對於欺詐的懷疑使我非常的難受……現在一切應該加以解決，一切應該解釋清楚，這個時候已經到了；您再等一會，您還是不要說話，您會知道我自己對於這一切，現在，在此刻是怎樣看法的。我直捷了當地說：假使這果眞是這樣的，那末我並不生氣……我想說——我不會惱到做作，因爲這是極自然的，我明白。這裏怎麽會有不自然和不好的地方？您被這文件磨折着，您疑惑某人会都知道，您自然要希望這個某人說出來……這裏沒有什麽壞的地方，一點什麽也沒有。我是誠懇地說着這話。但是我總要您現在對我說出來……供認出來，（對不住，我說出了這句話來。）我需要真實。爲了什麽原因一定需要這個？請您說一說：您這樣撫愛我，是不是爲了向我探出這個文件……加德隣納·尼古拉也夫納？」

我一面說，一面似乎要倒下地去，我的額角燃燒着。她聽我的說話，已經沒有驚慌的神色，相反地，臉上露出了情感；但是她望着我，似乎有點怕羞，有點羞慚。

「就是爲了這個，」——她慢吞吞地，微聲地說。——「請您饒恕我，我是錯的，」——她忽然補充了一句，兩手微微地向我舉起。我怎麽也料不到這層。我料到所有的一切，祇是沒有料到這兩句話；甚至從她那裏，我是已經知道她的。

「您竟對我說：『我是錯的！』您竟直率地說：『我是錯的』麽？」——我喊了出來。

「我早巳感覺到我在您面前是錯的……現在甚至很高興，一切都顯露到外面來了……」

「您早巳感到了麽？爲什麽您以前沒有說？」

「我有點不會說，」——她微笑了：——「我會是會的，」——她又微笑了。——「但是總有點不好意思……因爲起初的時候我確乎爲了這件事情『誘引』您，像您所說的一般，但是我以後很快地覺得十分討厭……所有這一切的裝假使我感覺十二分的討厭，請您相信我的話！」——她用悲苦的情感補完了這句話。——「所有這一套忙亂的舉動也覺得太麻煩了！」

「那末您爲什麼爲什麼當時不問一下，直捷了當地問一下？您簡直就說：『你是知道這封信的，你何必裝假呢！』我當時就會完全說出來，立刻承認的！」

「但是我……我有點怕您。我說實話，我還不信任您。您眞是的：假使我施展了狡猾，那末您也是的，」——她補完了這句話，冷笑一聲。

「是的，是的，我是無價值的！」——我驚愕地喊。——「唉，您還不知道我是墮落到如何深邃的地獄中呢！」

「深邃的地獄那來啦！我是知道您的文體的，」——她輕聲地微笑了。——「這封信是我一生最悲傷的，最輕率的舉動。」——她淒慘地說。——「我一想到這舉動，我就永遠感到良心的責備。我受了環境和浪漫的影響，對於我的可愛的，寬宏的父親起了疑惑。我知道這封信會落在……惡人們的手中……我有這樣去想的完全的權利，（她熱烈地說，）我怕人家利用它，給爸爸看……這對於他會生出特別的印象……在他那樣的地位上……關於他的健康……而且他會不愛我的……是的，」——她明朗地看我的眼睛，大概在我的眼神裏捉到了一點什麼，所以補充地說下去。——「是的，我也擔心我的命運：我怕他……受了他的病體的影響……會剝奪我應該從他那裏領受到的恩惠……這個情感也有的，但是我在他面前是一定有錯的：他是那樣的心善而且寬宏，他自然會饒恕我的。一切就是如此。至於我對待您這種樣子，那是不應該的，」——她說完了以後，忽然又羞慚起來。——「您把我弄得羞慚起來了。」

「不，您是不必裝假的！」——我喊。

「我確乎對於您的烈性……有所希冀……我承認這一層，」——她說着，垂下眼睛。

「加德隣納・尼古拉也夫納！誰叫您，請問，誰叫您對我說出這樣自白的話來的？」——我像醉人似的喊着，——「您儘可以立起來，用極優雅的辭句，和極柔細的方式，向我證明，像一加一等於二似的向我證明，這事雖係如此，但到底不是如此的，——您明白，我們上等社會裏的人們普通是會如何地對付現實的？我是愚蠢和粗魯的人，我會立刻相信您，無論您說什麼話，我會一切都相信的！您這樣做不是並不難的麼？實際上您不是不怕我麼？您怎麼會在一個冒失的人面前，會在一個可憐的少年面前自動地低首下氣呢？」

「在這一層上我至少沒有在您面前低首下氣呀，」——她喊着，把一隻手舉到臉上，似欲努力用手掩臉。——「我昨天就覺得害臊，因此您坐在我那裏時，我眞是十分不自在……事情是這樣的，」——她補充地說，——「現在我的環境忽然湊合得使我必須知道關於這封不幸的信的命運的實在情形，否則我已經起始忘記它了……因爲我並非單祇爲了這個纔在家裏接待您的，」——她突然地補充了這句話。

我的心抖慄了。

「自然不是的，」——她發出柔細的微笑。——「自然不是的！我……阿爾卡其・瑪加爾維奇，您剛纔說得很準確，我和您談話時常像學生和學生交談一般。您知道，我有時在人面前覺得十分煩悶；尤其在國外回來以後，在發生了家庭中那些不幸的事情以後更其見得如此……我現在甚至不大上什麼地方去，也並不單祇由於懶惰。我時常想到鄉下去。我可以在那裏過讀我心愛的書，這些書我早已放在一邊，老是沒有工夫去讀。我已經對您說過。您記得，您還笑我讀俄國報紙，每天讀兩份報？」

「我沒有笑呀……」

「自然因爲這一切也使您感到厭亂，我早就對您說過：我是俄國人，我愛俄羅斯。您記得，我和您兩人談着『事實，』這是您起的名字。（她微笑了。）您雖然時常有點……奇怪，但是您有時十分活潑，您永遠會說準確的話，凡我所發生興趣的一切也會使您發生興趣。在您成爲『學生』的時候，您是可愛而且古怪的。至於別種的角色大概和您不大相合，」——她帶着佳美的狡猾的冷笑說，——「您記得，我們有時整整的幾個小時內光祇談論一些數字，計算和衡量，關心我們有多少學校，文化有什麼趨向。我們計算兇殺案和刑事案件，取來和好的消息相比較……我們想知道這一切將奔向何處去，我們自己將有什麼結果。我在您身上遇到了誠懇。在交際社會上人們是永遠不和女人們談論的。上星期我和某公爵談起俾士麥克，因爲我對他發生了很大的興趣，而自己又有些問題不會解決。您想一想，他坐在旁邊，起始對我講，甚至講得很詳細，但總是帶着嘲諷，和使我忍受不住的寬容的態度，那些『偉大的丈夫們』平常都用這種態度和我們女人談話，假使她們想管『不是自己的事情』……您記得不記得，我幾乎和您兩人爲了俾士麥克吵起嘴來了？您對我說，您有比俾士麥克『更加清楚』的觀念，」——她忽然笑了。——「我一生祇遇見兩人和我十分正經地說話：那就是去世的丈夫，他是極聰明，極聰明的人……且是極正經的人，」

——她用着眞的態度說，——「還有一個……您自己知道是誰……」

「魏爾西洛夫」——我喊了出來。我幾乎屛住呼吸傾聽她的每句話。

「是的；我很愛聽他的說話，我後來和他完全……也許太公開了，但是當時他也沒有相信我！」

「沒有相信麼？」

「是的，從來沒有人相信我。」

「但是魏爾西洛夫，魏爾西洛夫！」

「他不是簡單地不相信，」——她說，垂下眼睛，似乎奇怪地微笑了一下——「卻是認爲我身上有『一切的罪惡。』」

「其實您並沒有呀！」

「不，我是有一些的。」

「魏爾西洛夫不愛您因此不了解您，」——我喊了出來，閃耀着眼睛。

她的臉上抽動了一下。

「不要講這個，不要對我講……這個人，」——她熱切地，十分堅決地說道。——「但是够了；該走了。」

（她立起身來預備就走。）您怎麽樣？饒恕我麽？」——她說着，明朗地看我。

「叫我……饒恕……您！您聽着加德隣納·尼古拉也夫納，您不要生氣：你果眞要出嫁麽？」

「這還沒有十分決定，」——她說，似乎有點擔怕，露出慚愧的神色。

「他是好人麽？對不住，請您饒恕我這個問題！」

「是的，他是很好的……」

「您不要再回答啦，不要再賞回答給我！我知道由我發出這類問題是不可能的！我祇想知道，他配不配，但是我會自己打聽出來的。」

「嗳，您聽着！」——她懼怕地說。

「不，我不，我不。我要走將過去……但是我祇要說這句話：願上帝給您一切的幸福，您自己選擇的一切的幸福……爲了您自己現在給我這許多幸福，在這一小時內！您現在永遠印刻在我的心靈裏。我獲得了寶物：那就是您如何完善的一個意念。我懷疑您奸詐，懷疑您施展粗俗的賣俏，我感覺不幸福……因爲我不能把這意念和您聯結在一起……最近的幾天內我日夜地思想，忽然一切像白日般的顯明了！我走進來的時候，我心想我會帶走狡猾，詭詐，好探聽的惡蛇，但發現了名譽，榮耀，學生！您笑麽？隨便罷，隨便罷！您是神聖的，您不能笑神聖的一切……」

「我笑是因爲您說出了這一套可怕的話語……『好探聽的惡蛇』是什麽意思呢？」——她笑了。

「您今天脫口地說出一句寶貴的話來，」——我繼續歡欣地說，——「您怎麽能在我面前說：『我對於您的烈性有所希冀』呢？即使您是神聖的，甚至自己承認這一層，因爲您設想着自己有什麽錯處，您想懲罰自己……雖然任何錯處也沒有，因爲即使有什麽，而從您那裏出來的一切全是神聖的！但是您到底可以不說出這句話來，不說出這樣的辭句來！……即使是這樣不自然的誠摯，也祇表示您的崇高的貞深，對我的尊敬，對我的信仰，」——我不聯貫地喊出，——「喊！您不要臉紅，您不要臉紅！……誰能造謠，誰能說您是一個熱情的女人？請您恕我：我在您的臉上看出了痛苦的表情。請您饒恕一個瘋狂的少年說出那些笨拙的話語來！現在的問題在乎言語和辭句麼？您不是比一切的辭句都崇高麼？……魏爾西洛夫有一次說與帖洛的殺死了台慈台蒙納，以後又自殺，並非為了喫醋，卻因為把他的理想奪去了……我明白這個，因為今天我的理想仍舊歸還給我了！」

「您把我誇獎得太利害了，我是不值得的，」——她帶着情感說。——「您記得我對您講過關於您的眼睛的話麼？」——她開玩笑似的說。

「您說我的眼睛不是眼睛，卻是兩個顯微鏡，又說我把每一隻蒼蠅誇大為駱駝！不，這不是駱駝！……怎麼，您要走麼？」

她站在屋子中央，手裏持着手筒和圍巾。

「不，我等您先出去，我自己以後再走。我還要給達姬央納·伯夫洛夫納寫兩句話。」

「我立刻就走，立刻就走；祝您的幸福，無論是您一人或您所選擇的那位，願上帝賜給您幸福！我——我所需要的祇是理想！」

「可愛的，善良的阿爾卡其·瑪加爾維奇，您相信我對於您……我的父親永遠說您是：『可愛的善良的小孩！』您相信，我會永遠記住您所講的那個被遺留在別人家裏的可憐的小孩子和他的孤獨的幻想……我很明白您的心靈是怎樣構造的……但是現在，我們雖然是學生，」——她說着，露出懇求的羞惻的微笑，握我的手。——「但是我們已經不能再像以前似的見面，您明白這意思麼？」

「不能麼？」

「不能的，再也不能的了……這是我的錯……我看出現在是完全不可能的……我們有時可以在爸爸那裏見面……」

「您怕我的惻感的『烈性』麼？」——我想喊，但是她忽然對我露出那種羞惻的樣子，使我的話語自己說不出來。

「您說」——她忽然在門前阻止我，——「您自己看見……那封信……被撕毀了麼？您記得很清楚麼？您爲什麼當時會知道那一封就是我給安特洛尼與夫的信呢？」

「克拉夫特把信裏的內容講給我聽，甚至還給我看過……再見罷！我坐在您書齋裏的時候，當您的面前我會膽怯，等您一走，我竟準備跑過去吻你的腳站着的那個地方……」我突然糊裏糊塗地說，自己不知道怎麼而且爲了什麼說的，當下不看她一眼，迅快地走出去了。

我跑回家去；我的心靈裏非常的歡欣。一切在腦筋裏像狂飈般的閃過，我的心是充實的。我走近母親家裏的時候，忽然憶起了麗薩恨安娜·安特萊夫納的情節，憶起了她剛纔所說的殘忍而且怪誕的話，我的心忽然爲他們大家痛楚起來了！「他們大家的心怎麼這樣硬呀！再說那個麗薩，她究竟怎麼啦？」——我立在臺階上想着。

我把瑪德魏打發走了，吩咐他九點鐘上我的寓所去候着。

第五章

一

我遲到了，但是他們還沒有坐下來喫，等候着我。也許因爲我平常不大在他們那裏喫飯，甚至特別預備了一點菜：涼菜裏添上了沙丁魚等等。但是使我驚異和憂愁的是我看見他們大家都似乎有什麼焦慮的事情，皺緊了眉頭：麗蒂看見我，勉强微笑了一下，母親顯然抱着不安；魏爾西洛夫微笑着，但是用足了勁纔笑出來的。「他們不是吵嘴了麼？」——我心想。然而起初一切都很好：祇有魏爾西洛夫朝菠菜湯略略地皺了皺眉頭，在端上牛舌的時候扮出了極大的鬼臉：

「祇要預先一說，我的胃口不能忍受某種菜，第二天上宅就會發現的，」——他惱恨地脫口說出。

「安得烈·彼得洛維奇，叫我想什麼出來呢？怎麼也想不出什麼新菜來，」——媽媽畏葸地回答。

「你的母親和有些我們的報紙完全相反，這些報紙總覺得越新越好，」——魏爾西洛夫想用有趣些和友善些的話尋尋開心；但是似乎沒有弄好，更加使母親嚇得利害，她一點也不明白爲什麼把她和報紙相比，因此驚疑地環顧着。在這時候達妮央納·伯夫洛夫納走進來了，宣布她已經喫過飯了，便坐在母親身旁的沙發上面。

我還來不及博得這位太太的歡心；相反地，她甚至更加向我攻擊得利害了。近來她對我的不痛快特別墅逛；她看不慣我的漂亮的衣服，麗薩轉告我她一知道我僱了一輛快馬車以後幾乎昏了過去。我結果惟有儘可能地避免和她相遇。兩個月以前，在交還遺產之後，我上她家裏談論魏爾西洛夫的這個舉動，但是沒有得到一點的同情；相反地，她竟異常忿怒：她很不喜歡魏爾西洛夫把全部遺產都交還出去，而沒有留下一半；她當時對我堅決地說：

「我敢打賭，你相信他把錢交出去還提議決鬬，祇是爲了更正阿爾卡其·瑪加爾維奇對他的意見。」

她差不多猜到了：實際我當時確乎感到這一類情形的。

她剛走進來我立刻明白她一定會攻擊我的；甚至有點深信她就是爲了這件事情而來的，因此我忽然起始異常的放恣起來；而且這對於我一點也不難，因爲我還從剛纔那個時候起一直處於快樂和喜悅的狀態中。我要一勞永逸地對讀者說，放恣的態度一生永遠和我格格不合，那就是說和我的身份不合，且反而永遠使我蒙受恥辱。現在也是如此；我沒有帶着一點惡劣的情感，純粹出於輕率，因爲看見麗薩異常沈悶，忽然開口說了一句話，甚至沒有想到我所說的是什麽：

「我在這裏偶然喫一頓飯，麗薩，你好像故意似的做出那種沈悶的樣子來！」

「我頭疼呢，」——麗薩回答。

「哎喲，我的天呀，」——達姬央納·伯夫洛夫納當時插上來了。——「有病算什麽？阿爾卡其·瑪加爾維奇降臨到這裏來喫飯，你就應該跳舞，快樂。」

「您就是我一生中不幸的根本，達姬央納·伯夫洛夫納：您在這裏的時候我永遠不來了！」——我帶着誠摯的惱恨用手掌朝桌上拍擊，母親抖索了一下，魏爾西洛夫奇怪地看了我一眼。我忽然大笑了一聲，向他們賠罪。

「達姬央納·伯夫洛夫納，我把所說的不幸的話收回來，」——我對她說，繼續露出放恣的態度。

「不，不，」——她厲聲說，——「我做你的不幸比不做這不幸榮幸得多，你相信罷。」

「我的親愛的，必須忍受生命中小小的不幸，」——魏爾西洛夫微笑地喃語着。——「沒有不幸是不值得生活的。」

「您知道，您有時是極可怕的守舊派，」——我喊着，神經質地笑了。

「我的朋友，這不要管它！」

「那怎麼不管你為什麼不對「變笨驢直說出來，在他是笨驢的時候？」

「你講的不是自己麼？第一層，我不願意，也不能判斷任何人。」

「您為什麼不願意？您為什麼不能？」

「又懶又不高興。一個聰明的女人有一次對我說，我沒有判斷別人的權利，因為「我不會悲哀，」所以不會成為別人的裁判官。一個人必須從悲哀中賺得判斷人的權利。這句話說得有點誇張，但是對於我也許是實在的，因此我甚至樂於服從她的意見。」

「難道是達姬央納·伯夫洛夫納說的麼？」——我喊。

「你怎麼會知道的？」——魏爾西洛夫帶着一點驚異的樣子看了一眼。

「我從達姬央納・伯夫洛夫納的臉上猜出來的；她的臉忽然抽動了一下。」

我偶然地猜中了。以後纔曉得，這句話確是達姬央納・伯夫洛夫納對魏爾西洛夫在頭一天熱烈的談話時說出來的。一般地說來，我要重複一遍，我用我的快樂和洋溢的情感攻擊他們大家是並不合時宜的：他們每人都有自己的心事和極痛苦的心緒。

「我一點也不明白，因爲這一切是那樣的抽象；你有一個特質：您太愛抽象地說話，安得烈・彼得洛維奇。這是一個自私的特質：惟有利己主義者愛說抽象的話。」

「說得不愚蠢，但是你不要儘纏住不放呀。」

「不，我是由於洋溢的情感而說出來的。什麼叫做『從痛苦裏贏得判斷別人的權利？』凡是誠實的，都可以成爲裁判官的，——這是我的意思。」

「在這種情形之下你找不到許多裁判官的。」

「我知道一個人。」

「誰？」

「他現在坐着，和我說話。」

魏爾西洛夫奇怪地笑了一下，俯身就着我的耳朵，抓住我的肩膀，對我微語道：「他儘對你說謊。」

我至今不明白他當時心裏想什麼，但是他在那個時候顯然處於異常騷亂的心境中，（爲了一個消息，我以後纔明白過來。）但是這句「他儘對你說謊」的話說得那樣的突然，那樣的正經，而且用那樣奇怪的，並不開玩笑的口氣，使我的整個身子似乎神經質地抖慄了一下，幾乎感到驚懼，奇怪地瞧了他一眼。

魏爾西洛夫連忙發笑。

「眞是謝天謝地！」——母親說，——她爲了他對我附耳微語，喫了大驚，——「否則我會以爲……阿爾卡共，你不要惱怒我們。世界上除去你我以外還有的是聰明人。並且誰會來愛你，假使沒有我們？」

「媽媽，親屬的愛情所以不道德，就因爲它不是賺來的。愛情是應該賺來的。」

「你還可以去賺，我們是並不爲了什麼代價纔愛你的。」

大家突然笑了。

「媽媽，您也許並不想放槍，但是竟殺死了一隻鳥！」——我喊着，也笑了。

「你眞是會想像，你有什麼使人家愛你的地方，」——達姬央納·伯夫洛夫納又施行攻擊了。——「人家還不止白白地愛你，人家是帶着憎厭愛你！」

「不！」——我高興地回答。——「您知道不知道，今天也許有人對我說愛我？」

「那是笑你呢！」——達姬央納·伯夫洛夫納忽然用似乎狠惡得不自然的神色搶上去說，彷彿就等候我說這句話出來。——「是的，一個優雅的人，特別是女人，會單祇由於你的心靈上的齷齪就嫌惡起來的。你的頭髮梳得精光，你穿上柔細的內衣，你的衣服由法國人縫製，但是這全是一堆爛泥！誰給你做衣裳，誰養活你，誰給你錢去到輪盤賭場上去賭的？你想一想，你不要害臊，從誰那裏取錢來用的？」

母親臉上漲得通紅，我從來沒有在她的臉上看見過這樣的羞慚。我的整個身體被抽動了一下：

「假使我花 ，那末我花的是自己的錢，我沒有向任何人報告的義務，」——我滿臉通紅地說。

「什麽自己的錢？哪一筆自己的錢？」

「不是我的，那末是安得烈·彼得洛維奇的。他不會拒絕我的……我向公爵那裏借錢是歸到他欠安得烈·彼得洛維奇的賬上去的……」

「我的朋友，」——魏爾西洛夫突然說，——「我在他那裏一個戈比也沒有。」

這句話是極有意義的。我當時愣住了。我記起我當時那種矛盾的，鹵莽的心緒，我覺得我本來可以用一種「正直」的衝動的行爲，或是一句誇大的話，或是別的什麽就此脫身的，但是我忽然在麗薩緊皺眉毛的臉上看出了一種惡狠的責備的神色，不合理的神色，幾乎是一種嘲笑，立刻好像有一個小鬼在旁邊抽動我一下。

「小姐，」——我忽然對她說，——「您大概時常到公爵的寓所裏去訪問達里亞·奧尼西莫夫納？您好不好把這三百盧布轉交給她，您爲了這筆錢今天已經責備過我了！」

我掏出錢來遞給她。人家會不會相信，這幾句卑劣的話在當時是沒有任何目的而說出的，那就是說並沒有一點點的暗示。而且這樣的暗示也不會有的，因爲在那個時候我根本一點也不知道。也許我祇有想用比較極天真的話諷刺她一下的願望，意思是說一個千金小姐儘管些不相干的事情，既然您一定要管閒事，那末您不妨去見這公爵，一個年輕的人，彼得堡的軍官，把這轉交給她，「假使您這樣地想干涉青年人的事情。」——然而使我驚訝異常的是母親忽然立起身來，對我舉起手指，威嚇我，喊道：

「不許您說不許您說」

我絕不會設想到她竟做出如此的行爲，因此我自己從座位上跳起，並不是驚懼，卻是帶着一種悲哀，一種痛苦的，心上的創痕，突然猜到發生了一樁嚴重的事情。但是母親沒有忍耐到許多時候，就用手掩住臉，迅快地從屋內走出去了。麗薩甚至朝我的方面看也沒有看，跟着她一塊兒出去了。達姬央納·伯夫洛夫納默默地對我望了半分鐘。

「你難道果眞想鬧出點事情來麼？」——她神祕地喊出，用極深的驚異望着我，但是沒有等候我的回答，也跟着她們跑出去了。魏爾西洛夫露出不愉快的，幾乎狠惡的神色從椅旁立起，在角落裏取起帽子。

「我以爲你並不這樣傻，祇是有點天眞爛漫罷了，」——他嘲笑地對我喃語。——「她們進來的時候，你就說我說的，喫甜點心不要等我，我要出去走一走。」

我剩下了一人。起初我覺得奇怪，以後又覺得惱恨，以後我又清楚地看出我是錯了。然而我不知道我的錯處在什麼地方，祇是有點感覺罷了。我坐在窗旁，等候着。等了十分鐘，我也取起帽子，上樓到我的以前的小屋裏去。我知道她們在那裏，那就是母親和麗薩，達姬央納·伯夫洛夫納已經走了。我發現她們一塊兒坐在我的沙發上面，微語着什麼。我一出現，她們立刻停止了微語。使我驚異的是她們並不生我的氣；母親至少還對我微笑了一下。

「媽媽，我錯了，」——我起始說……

「唔，唔，不要緊，」——母親接上去說：——「祇要你們彼此相愛，永遠不要吵嘴，上帝會賜給幸福的。」

「媽媽，他從來不會侮辱我，我可以對您說這句話的！」——麗蓮用深信，還帶着情感說。

「假使不是這個達婭火納·伯夫洛夫納，是不會做出這種事情來的，」——我喊。——「她是很壞的！」

「您看見麽，媽媽？您聽見麽？」——麗蓮指着我對她說。

「我要對你們兩人說，」——我宣布。——「如果世界上是壞的，那末壞的祇有我一個人，其餘全是佳美的！」

「阿爾卡共，你不要生氣，親愛的，假使你眞的能够停止……」

「你說是賭博麽？賭博麽？我會停止的，媽媽：我今天最後一次去賭，尤其在安得烈·彼得洛維奇當來宣布他沒有一戈比的錢在那裏以後。您要相信，我是如何的臉紅……不過我應該和他解釋一下……媽媽，親愛的，上次我在這裏說了一句……笨拙的話……媽媽，我在那裏胡說：我願意誠懇地信仰，我不過在那裏裝腔做勢，我很愛基督……」

上次我們中間確曾發生了這一類的談話；母親當時十分忿怒，感到驚慌。她現在聽我說了這句話，對我微笑了一下，像對嬰孩笑似的：

「阿爾卡共，基督會饒恕一切的，他會饒恕你的誹謗，比你壞些也會饒恕的。基督是父，基督沒有困難的事，甚至在極深的黑暗裏也會發光的……」

我和她們告別後，走了出去，心裏想今天有沒有見到魏爾西洛夫的機會；我極想和他談幾句話，剛纔是不大方便的。我疑惑他將在我的寓所裏等候我。我徒步走去，身子從暖和的空氣裏出來，倒想稍爲涼一涼，而散步是很愉快的。

二

我住在升天橋附近一所大房的院內。我差不多已經走進大門，就和從我那裏出來的魏爾西洛夫撞着了。

「我散步時照我的習慣走到你的寓所那裏，甚至在彼得·伊鮑里託維奇那裏等候你一下，但是感到煩悶起來。他們夫婦永遠拌嘴，今天他的太太甚至躺下來哭了。我看了看，就出來了。」

我不知爲什麽原因起始覺得惱怒。

「您一定祇有上我這地方來，除去我和彼得·伊鮑里託維奇以外，這個彼得堡沒有一個人麽？」

「我的朋友……這是一樣的。」

「現在上哪裏去呢？」

「不，現在我不高興同到你那裏去了。假使你願意，我們可以走一走，晚上的天氣很好。」

「假使您不和我談論抽象的問題，而跟我講點做人的道理，譬如說，祇要您能對我暗示一下，關於這爲您的賭博，我也許不會像傻瓜似的迷戀了，」——我忽然說。

「你懺悔麼？這很好，」——他回答，把話句咬得緊緊的。——「我永遠疑惑你的賭博並不是主要的事業，卻祇是臨時的一個傾向……你說得對，我的朋友，賭博是卑鄙的行爲，再加上會把錢全都輸光的。」

「還會輸去別人的錢。」

「你輸去了別人的錢麼？」

「輸去了您的錢。我向公爵那裏取錢是算在您的賬上的。自然，在我的方面，這是極可怕的離奇和愚蠢的舉動……那就是認您的錢是我自己的錢，但是我老想翻一下子。」

「我再對你下一次警告，我的親愛的，他那裏並沒有我的錢。我知道，這個青年人自己的經濟都非常拮据，所以我並不認爲他欠我什麼錢，雖然他答應過我。」

「這樣說來，我處於更加惡劣的局面裏了……我處於一個滑稽的局面裏！既然這樣，他爲什麼要給我錢，我爲什麼要收他的錢？」

「這是你的事情……你果眞沒有一點點的因頭收他的錢麼？」

「除去朋友的交情以外……」

「除去朋友交情以外，一點也沒有麼？有沒有那種事情，你爲了它認爲有向他要錢的可能呢？或是爲了某種的考慮呢？」

「爲了什麼考慮？我不明白。」

「你不明白，那更好。我老實說，我的朋友，我是深信這一層的。現在你努力想法不要再賭博了罷，」

「假使您早點對我說出來，那纔好呢！您現在還對我含含糊糊地說話。」

「假使我早點說了出來，我和你祇不過吵一下嘴，你也不會在晚上那樣高興地接待我的。你知道，我的親愛的，所有那一套事前解勸的話語不過是爲了別人的事情鬧到別人的良心裏去罷了。我時常喜歡跳躍進別人的良心裏去，但結果是撞破了額角，還受到了一陣訕笑。對於撞額角和受訕笑自然不必去管，但是主要的是用這種方式決不會達到任何的目的：無論你怎樣鬧進去，沒有人肯聽你的說話……大家都會不愛你的。」

「我很高興您起始和我講論不是抽象的問題。我還問您一樁事情，我早就想問，然而總有點不方便似的。幸而我們在街上。您記得，那個晚上在您那裏，在最後的一個晚上，兩個月以前，我和您坐在我的『棺材』裏，我盤問您關於媽媽和瑪加爾·伊凡諾維奇的事情，——您記得不記得，我當時是如何地對您『放肆』？能不能允許一個前夫的兒子用這類的名詞議論他的母親？結果怎樣呢？您竟沒有露出一句話來；反而自己『把自己揭開來』，因此更加使我露出放恣的態度來了。」

「我的朋友，我聽你的說話感到十分愉快……你的話語裏帶着這許多的情感……是的，我很記得，我當時確曾等候你臉上出現紅暈，假使我自己還就上來，那也許就是爲了要把你逼到盡頭的地方去……」

「而您當時祇是欺騙我，把我心靈裏的潔淨的源泉更加攪得混亂了！是的，我是一個可憐的少年，我時常自己不知道什麽是惡，什麽是善。您當時祇要給我指示一點點的道路，我會猜出來，立刻跳上正路的。但是您當時不過是惹我氣惱。」

「Cher enfant，（親愛的小孩，）我永遠預感到我和你無論怎樣總會合在一起的：你臉上的這個『紅暈』現在自然而然地來了，而且用不着我的指示，我敢賭咒地說，這樣對於你更加好些……我的親愛的，我看出你近來有許多新的獲得……難道在這位公爵的社會裏獲得的麽？」

「您不要誇獎我，我不愛這個。您不應該在我的心裏留下一個敲詐的疑惑，以爲您的誇獎乃是由於奸詐，違背眞理，爲了不斷地博得我的喜歡。最近的時候……您知道……我常上女人那裏去。譬如說，我受到安娜·安特萊夫納很好的優待，您是知道的！」

「我是從她那裏知道的，我的朋友。是的，她是極可愛的，極聰明的人。我今天似乎特別感到對任何一切都是那樣地憎厭，——是不是一種沈鬱？我認爲這是痔瘡的關係。家裏怎麽樣？沒有什麽？你自然已經和她們言歸於好，並且擁抱過了麽？這是不必說的。有的時候回到她們那裏去，心裏會感到非常的憂愁，即使在最壞的散步以後也是如此。有時眞會在雨中多轉一個彎，祇爲了多挨一些時候，可以不回到自己的巢穴裏去……沈悶呀，沈悶呀，唉，天呀！」

「媽媽……」

「你的母親是一個極完善的，極美好的人物，但是……一句話，大概我和她們相比是太沒有價值了。她們今天發生什麽事？她們在最近的幾天內全是這樣的……你知道，我永遠使自己努力不去理會她們的事情，但是她們今天出了什麽事情……你一點也沒有覺察出麽？」

「我根本一點也不知道，甚至完全不注意到，假使不是那個萬惡的達婭夫納·伯夫洛夫納，她是不肯不說出來咬人的。您說得很對，這裏面有點玩意。剛纔我在安娜·安特萊夫納那裏遇見了麗蕊，她在那裏也露出那種樣子……甚至使我驚異。您知道她到安娜·安特萊夫納那裏去過麽？」

「我知道的，我的朋友。但是你……你剛纔什麽時候到安娜·安特萊夫納那裏去的？幾點鐘去的？爲了一樁事情，我必須知道。」

「從兩點到三點。我出來的時候，公爵正來了……」

我當時把我拜訪的情形極詳細地告訴給他聽。他默默地傾聽着；對於公爵會向安娜·安特萊夫納求婚一層他不發一言；對於我那樣歡欣地恭維安娜·安特萊夫納的言詞他含糊地說「她是可愛的。」

「我今天告訴她一樁交際場上剛出爐的新聞，那就是加德隣納·尼古拉也夫納·阿赫馬可瓦將下嫁皮奥林格男爵一事，使她非常的驚異，」——我忽然說，似乎忽然從我口內溜滑出來的。

「是麽？你想一想看，她還在今天午前就把這『新聞』告訴了我，那就是在你說出來以前，那末你怎麽會使她驚異呢？」

「眞是麽？」——我站在那個地方不動了。——「她是從哪裏知道的？其實我算什麽？她自然會比我先知道，但是奇怪的是她聽着我的說話，好像聽着一件完全新鮮的消息。然而……然而我算得了什麽？寬大萬歲！應該寬大地容忍人們的性格，不是麽？譬如說，我是會立刻說出去的，而她卻關在匣盒裏……隨它去能隨它去罷，她總是極佳美的人，極好的性格！」

「無疑地，每人都是各不相同的！最古怪的是這些好性格有時會異常別致地弄得人茫無頭緒；你想一想，安娜·安特萊夫納今天忽然問我：『您愛不愛加德隣納·尼古拉也夫納·阿赫馬可瓦？』」

「多末奇怪的，不可思議的問題！」——我喊了出來，又受了一次的震撼。我的眼睛裏甚至模糊了。我從來沒有和他談過這個題目，——現在他自己……

「她是用什麼形式提出這問題來的？」

「沒有什麼，我的朋友，沒有什麼形式。匣盒立刻關上了，而且關得更緊。主要的是你要注意，無論我和她都從來不認為談論這類問題是可能的。……但是你自己說，你知道她，那末你可以設想到這類的問題多末和她的身份相配……你知道不知道什麼情形？」

「我和您一樣的弄得茫無頭緒。一種好奇也許是開玩笑？」

「相反地，一個極正經的問題，不是問題，幾乎是質問，顯然為了極緊急的，極嚴重的原因。你還要上她那裏去麼？你不會打聽一下麼？我甚至要懇求你，你瞧……」

「但是能不能，主要的是她能不能猜度到您會愛加德隣納·尼古拉也夫納的呢？對不住，我還沒有從麻木中醒過來。我永遠，永遠不允許自己和您談這個問題或和這相類的問題……」

「你的行為是很合理性的，我的親愛的。」

「關於你們已往的衝突和你們的關係，——自然這種題目在我們中間談論起來是不合禮貌的，甚至在我的方面是愚蠢的；但是我近來，也就是最近的幾天內，好幾次對自己呼喊：假使您有什麼時候愛過這女人，哪怕愛過一分鐘，那便怎樣呢？——您永遠不會在您對她的意見裏做出對於她的可怕的錯誤，像以後發生出來的那個錯誤似的！關於以後發生的一切我是知道的。關於你們互相仇恨，你們互相厭惡，我是知道的，聽見的，聽得很多，還在莫斯科就聽見了；這裏最先跳躍到外面來的是殘狠的厭惡的事實，殘狠的仇視，也就是不愛，而安娜·安特萊夫納忽然對您問：『您愛不愛她？』難道她這樣不了解麼？真是有點奇怪！她是笑您呢，我告訴您她是笑您呢！」

「但是我覺察出來，我的親愛的，」——忽然從他的嗓音裏聽出一點神經質的，顫慄的，鑽入心底裏的調子，這對於他是不常見的。——「我覺察出你自己也把這事情說得太熱烈了。你剛纔說你常上女人那裏去。我發問你自然有點那個……關於這類題目，像你所表示的那樣！……但是『這個女人』也列入你的新朋友的名單內麼？」

「這個女人……」——我的聲音忽然抖索起來：——「您聽着，安得烈·彼得洛維奇這個女人就是剛纔您在公爵那裏所說的『活的生命』」——您記得麼？您說，這活的生命就是一種直接的，普通的，一直望着您的東西，就爲了這直接和明顯幾乎使人不能相信這就是我們一輩子那樣困難地尋覓着的東西……但是您持着這樣的眼光遇見了一個女人，——一個理想而在完善中在理想中竟承認了——『一切的罪惡』就是這樣！」

讀者可以判斷到我當時處於如何瘋狂的心境中。

「『一切的罪惡』啊我知道這個句子」——魏爾西洛夫喊——「假使事情已經到了這個句子也告訴給你，那末不是要恭賀你麽？這就是說你們中間已經那樣的親密，也許甚至要恭維你爲了你那樣的謙遜和秘密，這是很少的青年人所能做得到的……」

他的聲音裏閃出可愛的，親藹的，撫愛的笑……在他的話語裏，他的光明的臉上，從我夜裏可以看到的程度上，發現出一點挑戰的，可愛的東西。他異常興奮。我不由得閃耀起眼睛來了。

「謙遜，秘密不，不！」——我喊了出來，臉上發紅，同時不知怎樣抓住他的手，捏得很緊，自己沒有覺察出來，竟沒有放。——「不，不無論如何不要！……」一句話，沒有什麽可賀，而且永遠，永遠不會發生任何事情，」——我喘着氣，飛翔着，我眞想飛翔，我覺得這是有趣的：——「您知道……但頗有一次，一小次如此！您知道，我的可愛的爸爸，——您許我稱您做爸爸，——不但父親對兒子，即使是任何什麽人都不能對第三人談自己對女人的關係，甚至是極純潔的關係！甚至越純潔，便越加應該認爲厲禁！這種談話眞會使人作嘔，這是粗俗的，一句話，——成爲密談是不可能的！但是假使沒有什麽，完全沒有什麽，那末那時候可以說話麽？麽可以麽？」

「看心怎樣吩咐。」

「一個不客氣的，很不客氣的問題：您一生中不是認識過女人麽？有過關係麽？……我是一般地說，一般地說，不是個別地說！」——我臉紅了，歡欣得透不出氣來。

「或許會有點罪孽的。」

「現在是一個機會，您是一個極有經驗的人，請您對我解釋一下：一個女人和您分別時忽然說，似乎不經意似的自己向旁邊看望：『我明天三點鐘要到什麼地方去……』譬如說，到達姬央納・伯夫洛夫納那裏去，」——我掙斷了鎖鍊，完全飛走了。我的心叩擊了一下，停頓住了；我甚至停止了說話，說不出來了。他聽得很留神。——「第二天三點鐘，我到達姬央納・伯夫洛夫納那裏，一走進去，心裏忽然猜着：『廚婦一開門，——您知道她的廚婦麼？——我第一句就問：達姬央納・伯夫洛夫納在家麼？假使廚婦說達姬央納・伯夫洛夫納沒有在家，但是有一位女客等候着，』——我當時應該怎樣判斷，您說一說，假使您……一句話，假使您……」

「那簡直就是給你訂約會。那末這事情已經有過了麼？今天發生過麼？是麼？」

「不，不，不，沒有什麼，沒有什麼！這是有的，但並不是那末會事；是一個約會，但並不為了那個，這是我要先行聲明的，為了不做小人，有是有的，但是……」

「我的朋友，這一切開始使我感到那樣的好奇，因此我提議……」

「我自己常給告幫的人們十個戈比和二十個戈比。我祇要幾個戈比，一個中尉求您，前中尉求您。」

——一個乞丐，也許確乎是退伍的中尉的高高的身形突然擋住道路。有趣的是他甚至穿着從他的職業上看來極好的衣裳，但竟會伸手出來要錢。

三

這一段關於無價值的中尉的極瑣細的逸事我故意不願放過因爲我回憶中的整個的魏爾西洛夫總是和那個對於他命定的時間　一切極瑣碎的細節相聯結的。那是命定的，而我竟不知道！

「先生，您如果不走開，我立刻叫警察來，」——魏爾西洛夫忽然似乎不自然地提高了嗓音，站立在中尉的面前。我永遠想像不到這樣的哲學家爲了這一點小小的原因會這樣忿怒的。我們竟在他自己也承認過的對於他極有趣的地方把談話弄斷了。

「難道您連五個戈比都沒有麼？」——中尉揮手呼喊。——「現在哪一個惡徒會有五個戈比呢？那些壞蛋！混賬！自己穿着貉皮大衣，但是爲了五個戈比竟像辯論國家大事一般！」

「警察！」——魏爾西洛夫喊。

但是呼喊是用不着的；警察恰巧立在角落裏，自己聽見了中尉的咒駡。

「我請您做這場羞辱的證人，我請您上警署裏去。」——魏爾西洛夫說。

「唉，我是一樣的，您根本什麼證據也沒有！您證明不出什麼來！」

「不要放他走，警察，送我們去，」——魏爾西洛夫堅決地說。

「難道我們就要上警署裏去麼？隨他去罷！」——我向他微語。

「一定要去，我的親愛的。街上這樣胡鬧眞會使人討厭死的。假使每個人都能履行自己的任務，那末結果大家會有益處。這樣做固然有點滑稽，但是我們必須加以實踐。」

中尉在走到一百步以前就露出十分激烈，豪壯和勇敢的態度；他說：「這樣是不能的，」「爲了五個式比警察的小事是不行的。」——但是他終於起始對警察微話。那個警察是很有理智的人，顯然還是街道上的尊嚴和的果敢的仇敵，大概偏袒着中尉，但祇在一定的意義上如此。他對於他的發問喃喃地微聲作答：「現在已經不行了，」又說「已經成了一個案件了，但假使譬如說，您道一下歉，那位先生肯接受道道歉，那時候或可以……」

「喂，先生，您跟着我們上哪裏去呢？我問您：我們要奔到什麼地方去？這裏有什麼可顯露聰明的？」——中尉大聲呼喊。——「假使一個窮途無聊的，不幸的人答應道歉……假使您需要他的屈辱……見鬼！我們又不是在客廳裏，卻在街上！在街上這樣的道歉是很夠的……」

談話到這決止了步，忽然哈哈地笑着；我甚至想，他弄出這全部花樣祇是為了逗樂，但其實是不對的。

「我可以完全饒恕您，軍官先生，並且對您說，您是很能幹的人。您在客廳裏也可以這樣做，——不久在客廳裏也可以應用這種手段出來，現在暫時給您兩角錢，您拿去喝一杯酒，喫點東西；警察，我驚吵您，真是對不住得很，我本來也應該感謝您，為了您所做的勞力，但是您現在站立在正直的腳跟上面……。我的親愛的，」——他對我說，——「這裏有一引小飯店，實際上是極齷齪的一個地方，但是在那裏可以喝茶，我想請你去……就在這裏，我們走罷。」

我要重複一句，我還沒有看見過他這樣的興奮，雖然他的臉顯得快樂，而且燃燒出光明；但是我覺察出，在他從錢包裏掏出兩角錢，交給軍官的時候，他的手抖索着，手指完全不肯聽話，他終於請我替他掏一掏，交給中尉。這是我不能遺忘的。

他領我到運河旁的小酒店裏去酒店裏客人很少有人奏演着破舊的發出嘶啞聲音的風琴油膩的飯中發出一陣陣的臭味；我們坐在角落裏。

「你也許不知道麼？我有時由於苦悶……由於可怕的，精神上的苦悶……愛上各色各樣破地方去。這裏的陳設，這種口吃似的留聲的歌調，穿着不雅觀的俄羅斯服裝的跑堂，這樣的小酒店，彈子房裏的呼喊聲，——這一切弄得十分的庸俗和散漫，幾乎和幻想中的一切相近了。唔，怎麼樣呢，我的親愛的這位假紳之子在似乎極有趣的地方把我們阻止住了……現在茶來了；我愛喝這裏的茶……你猜一猜，彼得·伊鮑里託維奇剛纔忽然起始對另一個滿臉雀斑的房客說，上世紀英國議會特地成立了一個由法律家組成的委員會，以研究基督在大祭司和本丟·彼拉多面前受審的那椿案件，單祇是爲了弄明白這一切現在照我們的法律應該如何辦理。他說，一切都弄得十分隆重，有律師和檢察官等等……結果是陪審官們不能不下有罪的判決……眞是奇怪得利害！那個傻房客起始辯論，一生氣就吵架了，當時聲明明天搬家……房東太太哭了，因爲喪失了收入……但是不用管它。在這些酒店裏有時會養着黃鶯鳥。你知道不知道一個有名的，莫斯科的笑話，彼得·伊鮑里託維奇式的？一個黃鶯在莫斯科的一片酒店裏啼鳴着，一個商人走進去，三句不離本行地問這隻黃鶯值多少錢？——一百盧布。——把牠烤一烤，端上來喫烤好了，端上去了。『你給我切一角錢的。』有一次我對彼得·伊鮑里託維奇講，但是他不相信，甚至露出非常憤激的神氣。」

他還說許多話。我把這一段引出來，算作例子。我剛張嘴起始說話，他不斷地打斷我；起始講完全特別的，毫不相干的話語說得興奮而且快樂；不知他笑些什麼，甚至嘻嘻地笑，我從來沒有看見過他會這樣笑的。他一口氣喝下了一杯茶又斟了一杯新的。現在我明白了：他當時像一個人接到了一封他所珍重的，有趣的，長久期待着的信，放在前面故意不拆開來，反而在手裏翻覆地旋轉着，審看那信封，印鈐，又走到別間屋內佈置着什麼事情；一句話，把有趣的時間延宕得遠些，明知這時間決不會從他身邊走開，而這一切全是為了使愉快取得極大的圓滿而起。

我自然把一切全告訴了他，從頭到尾全都告訴了出來，講了也許有一小時左右。而且怎麼會不如此呢？我剛纔就急於要說。我從我們最初見面，那就是從她從莫斯科回來後，在公爵那裏見面時講起；講這一切如何逐漸地進行着。我一點也沒有遺漏，而且也不能遺漏：他自己會發現出，自己會猜出，自己暗示出。有一個時候，我覺得發生了一點狂誕的情形，彷彿他坐在什麼地方，或立在門後，在每次，所有這兩個月內：他預先知道我的每一個手勢，我的每一個情感。我在對他的自白中感到無限的愉快，因為我在他身上看到了那種親密的溫柔，那種深刻的心理上的細密，那種在一刻鐘內猜出一切的奇怪的能力。他溫柔地傾聽着，像女人一般。主要的，他會做得使我一點也不感到羞慚；有時他忽然在一個什麼詳細的情節上阻止我；時常阻止着而且神經質地重複着：「不要忘記瑣碎的情節，主要的是不要忘記瑣碎的情節；線條越瑣碎，有時越重要。」他好幾次這樣打斷我。我起初自然很傲慢，對他很傲慢，但是很快地弄明白了真理。我誠懇地對他講，我準備奔去吻她的脚站立着的那塊地板。最美麗最光明的是他十分了解，「可以受着為了替那文件擔憂而感到的苦痛，」而同時成為純潔的，無瑕的人物，像她今天在我面前展開的那個樣子。他深刻地了解一「學生」的那個名詞但是在我已經快說完的時候我覺察出他的眼神中有一點極不耐煩的樣子，有點似乎很散漫的厭倦的樣子，時時從他的和善的微笑中滲透出來。我講到那個文件的時候，我自己尋思「要不要把眞實的情形講給他聽？」——但是沒有說，雖然我的全身充滿了歡欣，這是我要在這裏記載下，留作紀念的。我對他解釋，和對她解釋一樣，那就是推到克拉夫特身上去。他的眼睛燃燒，奇怪的皺紋在額上閃出，很陰鬱的皺紋。

「你確乎記得，我的親愛的，那對信克拉夫特已經在蠟燭上燒去了麼？你不會弄錯麼？」

「我不會弄錯的，」——我說實着。

「事情是這樣的，這個文件對於她極爲重要，祇要它今天在你手裏，你今天就可以……」——但是「可以」什麼，——他沒有說完。——「怎麼？它現在不在你手裏麼？」

我全身抖傈了一下，但是在內心裏的，不是外表的。外表上我絕不露出一點痕跡，連眼睛也沒有眨一下；但是我還不打算相信他的問題：

「怎麼叫做沒有在手裏？怎麼現在會在我手裏？不是克拉夫特當時已經把它燒去了麼？」

「是麼？」——他把火燄般的呆板的眼神，使我記憶住的眼神盯在我身上。他微笑着，但是他的整個的和善的性格，在這以前保持着的表情的柔性突然地消減了。發生了一點不確定的，不協調的什麼；他越來越顯得精神散漫了。他當時假使能把自己控制得多些，就像在這時間以前所能控制似的，那便不會對我問起關於文件的話來了；假使問起了，一定因爲自己也處於瘋狂的狀態中。我不過現在纔這樣說；當時我並不很快地理解到他心中所生的變化；我還繼續飛翔，心裏還奏着老是一樣的音樂。但是故事說完了；我望着他。

「很奇怪的事情，」——他忽然說，在我已經把一切事情原原本本地講了出來以後。——「極奇怪的事情，我的朋友；你說你在兩點到四點之間到那裏去，遜姬央納·伯夫洛夫納沒有在家，不是麼？」

「的確從三點到四點半。」

「但是你想想看，我正好在三點半鐘的時候，一分鐘也不錯，上遜姬央納·伯夫洛夫納家裏去，她在廚房裏遇見我；我差不多每次都從後門進去的。」

「怎麼，她在廚房裏遇見您麼？」——我喊了出來，驚訝得把身體向後退縮了一下。

「是的，她還告訴我，她不能接待我；我在她那裏一共留了兩分鐘，我祇是去邀請她吃飯的。」

「也許她剛從什麼地方回來麼？」

「我不知道，不過自然不是的。她穿着敞開的上襯，那時正好是三點半鐘。」

「但是……遜姬央納·伯夫洛夫納沒有對您說我在那裏。」

「沒有，她沒有對我說你在那裏……否則我會知道，並且也不會來問你了。」

「您知道，這是很重要的……」

「是的……看從什麼眼光上判斷罷了。你的臉色甚至發白了，我的親愛的；然而這又有什麼重要呢？」

「人家取笑我把我當作嬰孩看待」

「她不過『怕你的烈性，』照她自己對你表示的那個說法，——因此用達姬央納·伯夫洛夫納做保障。」

「天呀，這眞是如何的奸詐！她讓我當着第三人，當着達姬央納·伯夫洛夫納把這一切表示出來；我剛纔所說的一切話達姬央納·伯夫洛夫納竟全都聽見了！這眞是……這甚至是太難以想像了！」

「這是要看環境如何而定的，我的親愛的。再說你剛纔自己提起你對於女人的一般的見解的『寬大，』還喊出了『寬大萬歲』的話。」

「假使我是與帖羅，您是耶果，您也不會把事情弄得好些……然而我不過是笑笑罷了！不會成爲什麼與帖羅，因爲這樣的關係是決不會有的。而且怎麼能不笑呢，隨它去罷！我總歸相信我有那比行爲高尚的一切。我決不失去我的理想！……假使這是她開開玩笑，我可以饒恕她。同一個可憐的少年開玩笑，——隨它去罷！因爲我並沒有在自己身上有什麼做作，至於說到學生一層，——學生是有的，存留着的，無論如何在她的心靈裏，她的心裏是存在着的，將來也會存在的！够了！您以爲怎樣？我現在馬上就上她那裏去，把一切眞相弄個明白，好不好？」

我雖說在那裏「笑，」其實我的眼睛裏有眼淚。

「那有什麼？你去罷，假如你願意。」

「我爲了把這一切轉告了您，我的心靈內彷彿遭了汚損。您不要生氣，關於女人的事情是不能告訴第三人的。人家也不會明白。連安琪兒都不會明白。你如果尊重女人，——不要把心事說出來。如果尊重自己，——也不要把心事說出來。我現在不尊重自己。再見罷；我不能饒恕我自己……」

「得了罷，我的親愛的，你過於誇張了。你自己說過：『什麼事情也沒有做出來。』」

我們走到運河邊，起始告別。

「難道你永遠不肯親愛地吻我一下，像孩子似的，像兒子吻他的父親似的？」——他說着，聲音裏顯出奇怪的抖傈。我熱烈地吻他。

「親愛的……但願你的心靈永遠這樣的清潔，像現在似的。」

我一輩子還從來沒有吻過他，我永遠不能想像他自己會願意的。

第六章

一

「自然要去！」——我忙着回家去的時候自己決定着。——「立刻就去。大概我會遇到她一人在家：一人或同什麼人在一起是一樣的：可以請她出來的。她會接見我；一面奇怪，一面接見。假使不接見，我要堅持地要求她接見我，打發僕人去說我有極重要的事情。她心想關於文件有什麼消息，便會接見的。我要把達姬央納的事情全都打聽出來。以後……以後便怎樣呢？假使我不對，我可以給她效勞，藉以贖罪，但是假使我對而她錯，那時一切都完了！總而言之是一切都完了！我會輸去什麼？我一點也不會輸去什麼。去！去！」

但是我永不忘卻，而且帶着驕傲地憶起，我並沒有去，這事誰也不知道，就會這樣地打消的，原來我忽然明白，祇要在這種時候還能生出極正直的意念來就夠了，它使我明白想去的意念，「是一種誘惑，而我竟走了過去」——我思索了許多時候，終於決定了。——「人家用事實嚇唬我，但是我沒有相信，沒有失去對於她的純潔的信仰！為什麼要去呢？打聽些什麼呢？為什麼她一定應該相信我，像我相信她一般，相信她的『純潔』，不畏懼『烈性』，不依賴達姬央納為護身符呢？我在她的眼睛裏還沒有做出什麼功績來。儘管讓她不知道我在努力做出一點功績來，我不為『誘惑』所中，我不信人家對她的惡毒的誹謗，祇要我自己相信她，也就為了這會尊敬自己的。尊敬自己的情感。是的，她會讓我當着達姬央納表白我的心臆，她容許達娜夫納在旁邊，她知道達娜夫納坐在外面偷聽，（因爲她不能不偷聽）她知道她會取笑我的，——這眞是可怕！這眞是可怕！但是……但是假使不能避免呢？在剛纔那種局面之下她能做什麽事？怎麽可以責備她呢？要知道我剛纔自己都還對她說出一些關於克拉夫特的謊話，我自己還欺騙她，因爲這也是不能避免，於是我不由己地，天眞地說了謊話。我的天呀！」——我忽然喊出，臉紅得利害，——「我自己，我自己剛纔做了什麽事情；難道我沒有把她拖到同樣的達娜夫納面前，難道我剛纔沒有把一切的事情全講給魏爾西洛夫聽麽？不過我算什麽？這裏是不同的。這裏講的祇是關於文件的一切；實際上，我祇把關於文件的事情告訴了魏爾西洛夫，因爲也沒有什麽可講的，不會有什麽可講的。不是我首先警告他，首先喊『不會有』的麽？他是一個明白人。唔！但是在他的心裏多末恨這女人，甚至在現在的時候！他們中間當時發生了怎麽樣的一段戲劇，而且是爲了什麽？自然是爲了自愛！魏爾西洛夫是除了無限的自愛以外不會有其他任何情感的！」

是的，這個最後的意念當時在我的心裏掙脫了出來，而我甚至沒有覺察到。當時我的腦筋裏一個跟着一個地飛躍過這一些意念。我當時對自己是很坦白的：我並不狡猾，並不自騙；當時假使有什麽不能理解到的地方，那祇是因爲聰明不够，並非由於自己對自己的詭辯。

我回到家去，處於雖極模糊，但十分快樂的心境之下。但是我怕去分析，努力自行排遣着。我立刻到房東太太那裏去：他們夫婦間果眞發生了可怕的口角。她是一個癆病極深的女人，也許心很善，但是像一般犯癆病的人們一樣，總是露出十分執拗的脾氣。我立刻給他們和解，還到那個房客屋裏去了一趟。他是一個很粗笨的，滿臉雀斑的傻瓜，過於自愛的官僚，在一片銀行內服務，姓切爾瓦爾夫，我自己並不愛他，但是和他處得還合適，因為我有時常和他在一塊兒取笑彼得·伊鮑里託維奇的頑脾氣。我立刻勸他不要搬走，實際上他自己也沒有決定搬走。結果，我使房東太太完全安靜了下來，還給她把枕頭收拾得很好：「彼得·伊鮑里託維奇是從來不會這樣做的，」——她惡毒地說。以後又在廚房內給她調芥末粉，親手給她敷上了兩個極好的芥末膏。可憐的彼得·伊鮑里託維奇惟有瞧着我羨慕，但是我不讓他動手，因此受到了她的感激的眼淚的獎賞。我記得我對於這一切忽然感到了嫌煩，我忽然猜到我的侍候病人並非出於心善，卻是為了完全不同的一點原因。

我神經質地等候瑪德魏：我決定在這個晚上最後一次嘗試我的幸福……而且……而且除去幸福以外，我還感到有賭博的極可怕的需要；否則真是無可忍耐的了。假使我什麼地方不去，我也許會忍不住，就要上她那裏去。瑪德魏很快就要來，但是門忽然開了，走進來一位不速之客，達里亞·奧尼西莫夫納。我皺了皺眉頭，感到驚異。她知道我的住處，因為有一次媽媽為了什麼事情託她到我這裏來過一趟。我請她坐下，起始疑問地望着她。她什麼話不說，祇是一直看望我的眼睛，發出屈辱的微笑。

「不是麗薩叫您來的麼？」

「不是的，我是隨便來的。」

我對她警告我立刻就要出門；她又回答，她是「隨便來的，」她自己就要走。我不知為什麼原因忽然起始可憐她了。我要順便提一下，從我們大家方面，從母親方面，尤其從達吉央納·伯夫洛夫納方面，她得到了許多同情，但是我們大家把她安排在司託爾白瓦那裏以後似乎起始遺忘她，除去麗隊時常去看她以外。這原因大概在於她自己，因爲她具有離得人們遠遠的本領，雖然她的態度是屈辱的，她的微笑是諂媚的。我個人很不喜歡她的這種微笑，還不喜歡她永遠顯著地把臉容假裝着，我有一次竟想到她並沒有爲她的奧略傷心到多少時候。這一次我不知爲什麼原因起始可憐她。

她忽然一句話也不說，俯下身子，忽然把兩手往前一摔，抱住我的腰，臉俯到我的膝蓋上面。她抓住我的手，我以爲她想吻它，但是她把它貼在眼睛那裏，一陣熱淚像泉水似的流到手上。她嗚咽得混身抖慄，但是輕聲的哭泣着。我的心像針扎似的痛起來了，雖然我似乎覺得很爲煩惱。但是她完全信任地把我抱住，一點也不怕我生氣，雖然她在這以前還那樣畏葸地，奴性地對我微笑。我起始請她安靜下來。

「我不知道怎麼安排自己。天一黑，我就忍不住；天一黑，我就不能忍耐，就想到街上去，黑暗裏去。主要的是幻想把我拉住了。一種幻想在我的腦筋裏產生。我幻想我一走出去會忽然在街上遇見她的。我一邊走着，一邊似乎看到她。人們在前面走着，我故意跟在後面，心想，是不是她，心想，她是不是我的奧略？一直在那裏想着想着。後來我簡直發了傻勁，儘撞在人們身上，心裏真是煩極了。我簡直像喝醉了酒似的撞在人身上，有些人罵我。我祇好自己隱瞞着，不上任何人那裏。一到人家裏去，——更加會煩些。我剛纔從您那裏走過，心想：『讓我上他那裏去看看他；他比大家都心善，那一天也在場的。』先生，請您饒恕我這無用的女人；我立刻就走，立刻就出去……」

她忽然立起身來，就想忙亂地走出去。瑪德魏恰巧來了；我請她坐在雪橇上，順路把她送回家去，送到司託爾白瓦家裏去。

二

近來我起始上柴爾切闊夫的輪盤賭場裏去。在這時候以前我常上三家賭場裏去，儘同公爵在一起，本來就是他「引」我到這些地方去的。這些賭場上有一家專門開莊，賭着極大的注數。但是我不愛那個地方：我看出到那裏去手頭必須帶着許多錢，而且那裏聚着許多傲慢無禮的人們，和上等社會裏好喧嚷的青年。公爵就愛這個；他愛賭博，也愛和這些惡徒結交。我覺察出，在這樣的晚上，他雖然有時和我並肩走進去，但在這一夜中似乎躲開我，不把我介紹給「自己人」中間的任何人。我卻做出完全野蠻的樣子，有時甚至弄得大家都注意到我身上來。在賭檯旁邊有時甚至也會和什麼人搭談一下；但是在第二天上，仍舊在那間屋內，我試着對一個先生鞠躬致敬，我昨天晚上不但和他一塊兒坐着談話，甚至還笑着，甚至還給他猜出了兩張牌，但是怎樣呢？——他竟完全不認識我。而且還更壞：他看了我一下，似乎帶着裝出來的驚疑的樣子，微笑一下就走過去了。我因此很快拋棄那個地方，常上一個污水坑裏去，——我不用這個名稱無從形容它。這個輪盤賭場是極無價值的，小規模的，一個女人開的，雖然她自己並不上場子裏來。那裏面隨便得多，雖然也有軍官和富商，但是一切帶着齷齪相，因此也能吸引許多人。再說，我在那裏手氣還好。但是我也拋棄這個地方，在出了一樁討厭的事端以後，這事端發生在極熾熱的賭博的中間，結果是兩個賭徒打架了。我後來就上柴爾切闊夫那裏來了。這地方也是公爵領我去的。他是退伍的騎兵大尉，他這裏的風調是使人容易接受的，軍人氣派的，對於名譽的形式的遵守頗爲敏感，總之，他的風調是簡單的，幹練的。譬如說，丑角和大荒唐鬼在這裏是不會出現的。再說，那裏押當的數目甚至也不是打哈哈的。那裏有兩種賭法，一種是做莊，一種是輪盤。在那個晚上以前，那就是在十一月十五日以前，我曾去過兩次，那個柴爾切爾夫好像已經認識我了；但是我還沒有認識任何人。在那天晚上公爵和達爾菲像故意似的到十二點鐘左右纔到場，從我放棄的那個交際社會的惡徒的賭場上轉了過來：因此我在這晚上處身於完全陌生的一羣人裏面。

假使我有讀者，讀到了我已經寫過的關於我的一切歷險的事蹟，那末，無疑地不必對他解釋，而他也就會明白，我根本不是爲任何什麼社會而創造的。主要的是我在社會裏一點也不會處理自己。我走到人多的地方去，我永遠覺得所有人們的眼光都向我身上發射電氣。我根本覺得不合適，覺得肉體上的不合適，甚至在像戲院似的那些地方也是這樣，而在私人家裏更不必說了。在所有這些輪盤賭場裏，我根本不會獲得任何威嚴的風度：一會兒我坐在那裏，責備自己過分柔軟，過分有禮貌，一會兒忽然立起身來做出什麼一樁粗暴的行動。然而那些混蛋們和我比較起來，全會裝出十分威嚴的形相，——而這更使我發狂，更使我喪失冷靜的態度。直率地講起來，不但現在，即使在那個時候，這樣的社會，還有贏錢的本身，自然使我感到極度的愉快，但是這種愉快是從痛苦中取得的；這一切，那就是這些人，這賭博，主要的是我也和他們在一塊兒，我全覺得可怕的齷齪。假使完全說出來，使我感到嫌惡而且痛苦。這根本就是痛苦。「我祇要贏一下，就立刻加以拋棄！」——我每次在賭了一夜以後，黎明時回到住所睡覺的時候，總要對自己反覆地說着。再講贏錢的一層，要知道我並不愛錢。那就是說我決不會重覆普通在解釋時常用的那一套卑鄙的公式的話語，彷彿我是為了賭博而賭博，為了感覺，為了愉快冒險，好勝心而賭博，並非為了贏錢。我很需要錢，這雖然不是我的道路，不是我的理想，但無論是不是如此，我當時總歸已經決定試一試這一條路，做一次試驗。還有一個强烈的意念把我弄糊塗了：「你既然斷定，你祇要有相當堅强的性格，就一定可以成為一個百萬富翁；你既然已經對於你的性格作了試驗；那末你應該在這裏表現自己：難道輪盤賭場上所需要的性格還會比你實行自己的理想的時候多麼？」——這就是我對自己反覆說着的話。因為我在這以前還深信在賭博時祇要具有完全安靜的性格，在能以保持腦筋和計算的精細的時候，是不會不克復對盲目的機會的粗暴性，不會不贏錢的，——所以我當時一看見我時常不能保持我的性格，像小孩似的完全容易受外界的吸引，自然更加越來越惹惱起來了。「我能够忍受飢餓，難道竟不能在這種愚笨的事情上面處理自己麼？」——使我惹氣的就是這個。再說我有一個意識，那就是我無論怎樣顯得可笑而且屈辱，我身上總蘊藏着一種力量，會使他們大家將來在什麼時候變更對於我的意見，這意識從孩童時代，我蒙受恥辱的那些年起，就成為我的生命的惟一的泉源，成為我的光明，我的威信，我的武器，我的安慰，否則我在孩童時代也許就會自殺的。因此我在賭檯上看見自己變成一個如何可憐的生物的時候，我會不對自己惹惱麼？也就為了這個原因我不能放棄賭博；現在我把這一切看得很清楚了。除去這主要的原因以外，還有一種淺薄的自愛心受了損害：輸錢會在公爵面前，魏爾西洛夫面前，（雖然他一句話也沒有說，）在一切人面前，甚至在達妍央剌面前，降低我的身份，——我這樣覺得，我這樣感到。最後我還要承認：

我當時已經變壞了；我已經難於拒絕進用飯店內七道菜的午餐，我不能辭退瑪儂德，不能不採用我的化粧品店主人的意見，總之，我不能拒絕這一切。我當時就感到這層，不過揮搖着手，不作理會；現在，我記載時，不由得感到臉紅。

三

我獨自來到後，擠在不熟識的人羣裏，起初坐在椅子邊上，起始下小注，坐了兩小時，動也不動一下。在這兩小時內形勢很混亂，——弄得不像樣子。我喪失了一些絕妙的機會，努力不惱怒，處以冷靜與信仰。結果是兩小時內沒有輸，也沒有贏：三百盧布的本錢內輸去了十個到十五個盧布。這種瑣細不足道的結果使我生氣，還加上發生了一樁極無趣的醜事。我知道輪盤賭場內有時會出現小偷，並不是從街上來的，卻是從著名的賭徒中出來的。譬如說，我深信著名賭徒阿發爾道夫是賊；他現在還在城內活動，我不久還遇見他坐在自備的雙套馬車上馳過，但是他是賊，還偷過我的錢。關於這件事情的經過還在後面；在這天晚上卻祇發生了前奏曲；在這兩小時內我坐在椅子邊上，有一個服裝講究的人，我猜是猶太人，坐在我左面的身旁；他大概參與過什麼活動，甚至寫過，也發表過東西。在最後的一分鐘內我忽然贏了二十盧布。兩張紅色的鈔票放在我面前，我忽然看見這個猶太人伸出手來，十分安靜地把我的一張鈔票取去了。我想阻止他，但是他用極無禮的神色，一點也沒有提高嗓音，忽然對我聲明，這錢是他贏的，他剛纔自己下注贏來的；他甚至連繼續談話都不高興，把身子背了轉來。我好像故意似的，在那一瞬間正處於極愚蠢的心境中；

我正在作着一個巨大的計劃，當時嚥了一口痰，迅快地立起身來，走開了，甚至不高興去辯論，把那張紅色的鈔票附送給他了。而且同這傲慢無禮的小偸爭吵是很難的，因爲已經放過了時機，賭博業已向前進行了。這成爲我的大錯這錯誤發生了極嚴重的後果：我身旁有三四個賭徒注意到我們的爭辯，看見我這樣容易退步，大概把我認作這種容易欺侮的人了。那時已有十二點鐘；我走到旁邊的一間屋內，想了一想，定下了新的計劃，回來時，取出我的鈔票，向莊家換成了半帝國金幣，（注）我手裏有了四十來個。我把它分成廿部，決定下廿注，押在零上，每次押四個半帝國金幣，一注跟着一注，連着押下去。「贏了，是我的幸福，輸了，更好；我再也不賭錢了。」我覺察出在這兩小時內零一次也沒有出來，因此弄到後來沒有人押零。

我站着押，默默地皺眉咬緊了牙根。在第三次注上，柴爾切闊夫大聲宣告出整天沒有出來的零。人家付我一百四十個半帝國金幣。我還剩七次注，我繼續押下去，但是我周圍的一切全都旋轉而且跳舞起來。

「您轉到這裏來呀！」——我隔着幾個椅子對一個賭徒喊，我剛纔和他坐在一起，他帶着灰色鬍鬚，臉色通紅，穿着燕尾服，已經有好幾點鐘用無從形容的忍耐心下着小注，一注連着一注輸下去——「您轉到這裏來呀！這裏有幸福！」

「您對我說麼？」——那個大鬍子帶着一種惘然的驚異的神情反問。

「是的，對您說，您在那裏會輸光的！」

「不是您的事情，請您不要干預我！」

（注）俄國的一種金幣，全幣爲十五盧布，半幣爲七盧布五十戈比。

但是我已經不能再忍耐下去了。有一個年邁的軍官隔着桌子坐在我的對面。他看了看我的一堆錢，對自己的鄰人喃語道：

「出了零眞奇怪。不，我不敢下零。」

「您決定下罷，中尉！」——我喊，又押了新注。

「請您不要管我，不要出主意，」——他堅決地對我說，——「您喊得太響了。」

「我給您下一個善良的忠告；您要不要賭東道，現在還會出零；打十個金幣的東道，——現在我押在這裏，好不好？」

我擺上十個半帝國金幣。

「十個金幣的東道麽？這是可以的，」——他嚴澀而且堅決地說，——「我敢賭，現在不會再出零數的了。」

「十個路易，中尉。」

「什麽十個路易？」

「十個半帝國金幣中尉。用文雅的話說那就是十個路易。」

「那末您就說半帝國金幣，不要和我開玩笑。」

我自然不希望贏東道；有三十六個對一個的機會，可以料到是不會出零的。然而我還是打了賭，第一因爲我要虛張聲勢，第二因爲我想用什麽花樣使大家注意我。我看得很淸楚，這裏不知爲什麽緣故沒有人愛我，而且用一種特別的愉快給我暗示了出來。輪盤旋轉了，——使大家驚訝的是又出了零！甚至傳出了一陣大衆的賊聲。那時候贏錢的榮譽完全把我弄糊塗了。莊家又付給我一百四十個半帝國金幣。柴爾切闊夫問我要不要付一部分鈔票，但是我對他含糊地說了一句什麼話，因爲我簡直不能安靜而且詳細地表白出自己的意思來。我的頭旋轉了，脚發軟了。我忽然感到立刻就會做出冒險的舉動來。此外，我還想做些什麼出來，還想打什麼東道，付給什麼人幾千塊錢。我機械地用手掌耙取一大堆的鈔票和金幣，來不及點數。在這時候我忽然看見我身後立着公爵和達爾莊；他們剛從那邊押莊的賭場跑來，以後我纔知道，在那裏輸得精光。

「啊！達爾莊！」——我對他喊。——「幸而在這裏呢！您押在零上！」

「輸光了，沒有錢了，」——他厲聲回答；公爵根本好像沒有看見我；好像不認識我。

「錢這裏有！」——我喊，指着自己的一堆金子。——「您要多少？」

「見鬼！」——達爾莊喊，臉完全紅了。——「我好像沒有向您借錢呀！」

「那位叫您呢，」——柴爾切闊夫拉我的袖子。

中尉已經叫了我好幾次，那個輸給我十個半帝國金幣的中尉。

「請您收下來！」——他怒氣勃勃地，漲紅了臉說。——「我沒有站在您面前等候的義務；您以後會說您沒有收到錢。點一點。」

「我相信，我相信，中尉，我不用點數也相信。不過請您不要對我喊，不要生氣，」——我用手收拾他的一堆金幣。

「先生，我求您，你儘管對別人去高興，不要對我這樣，」——中尉堅決地喊。——「我沒有同您在一塊兒賭過牌！」

「眞是奇怪，怎麽放這種人進來，——他是誰？——哪裏來的一個靑年人！」——傳出了徵堅的呼喊。

但是我不去聽，我隨便押上去但不押在零上。我把一大把花花綠綠的鈔票押在八十一上面。

「走罷，達爾非，」——我聽見後面公爵的聲音。

「回家麽？」——我回轉身去問他們，——「等一等我們一塊兒走，我就完了。」

我下的注又贏了；這是一筆很大的數目。——「行啦！」——我喊了一句，起始用抖慄的手收聚金幣，倒在口袋裏，數也沒有數，又用指頭似乎離奇地壓揑一堆鈔票，想一塊兒塞進旁邊的口袋裏去。忽然，坐在我對面，也在押大注的阿費爾道夫的一隻戴着戒指的浮腫的手放在我的三張花綠的鈔票上面，用手掌壓住。

「對不住，這不是您的，」——他嚴厲而且清晰地說，但用的是十分柔輭的聲音。

這就是那齣前奏曲，在過了幾天以後注定會得到嚴重的後果的。現在我敢用名譽銘誓，那三張百盧布的鈔票是我的，但是使我倒楣的是我當時雖然相信這是我的錢，但總歸還留着百分之十的疑惑，這對於誠實的人是很重要的；而我是一個誠實的人。主要的是我當時還不知道阿費爾道夫是賊；我當時還不知道他的姓，因此在當時我確乎會覺得我是錯的，那三張百盧布的鈔票並不屬於人家剛纔付給我的數目以內。我一直沒有數錢，祇是用手去收來，阿狄爾道夫面前也一直堆着錢，恰巧就在我的錢附近，不過放得極有秩序，而且已經數過了。還有，此地的人們全認識阿狄爾道夫，當他是富人，對他很恭敬；這一切給予很深的影響，我又沒有抗議。一個可怕的錯誤！主要的毛病在於我正在興高采烈的時候。

「很可惜，我不記得究竟是怎樣的；不過我總覺得這是我的錢，」——我說着，我的嘴唇顫得抖慄了。這兩句話立刻引起了人們的不平。

「應該先知道究竟是怎樣，再說出這樣的話來，您自己先聲明，您不記得究竟是怎樣的，」——阿狄爾道夫用無可按捺的傲慢的神氣說。

「他是誰？——怎麼能容許這樣做法？」——傳來了幾聲的呼喊。

「他這不是初次了；剛纔他和雷赫涅格也爲了十個盧布出過口舌，」——我的身邊傳來了某人的低卑的聲音。

「夠了，夠了！」——我喊。——「我不反對，您拿去罷！公爵……公爵和達爾雅哪裏去啦？走了麼？諸位，你們沒有看見公爵跟達爾雅上哪裏去啦？」——我終於取去所有我的錢，有幾個半帝國金幣竟來不及塞進口袋裏去，握在手裏，就跑出去追趕公爵和達爾雅。讀者大概看出我並不饒恕自己，在這時候記起整個的當時的我的行徑來，連最後的討厭的行爲都包括在內，爲了使大家明白以後會發生什麼樣的情形。

公爵和達爾雅已經從樓梯上走下來，一點也不注意我的呼喚和叫喊。我已經追上他們，但是在門房面前停留了一下，把三個半帝國金幣塞到他手裏去，誰知道是爲了什麼原因；他驚疑地看我一下，甚至沒有道謝。但是這對於我是一樣的，假使瑪德魏在這裏，我一定也會要給他整把的金幣；大概本來就想這樣做，但是跑上臺階的時候，忽然憶起我剛纔已經打發他回家去了。這當兒公爵的馬車趕過來了，他坐到雪橇上去了。

「我和您一塊兒走，公爵，我也上您那裏去！」——我喊着，我搶起毛氈，揮搖了一下，預備坐到雪橇上去；但是達爾非忽然從我身旁鑽出來，跳上雪橇，那個馬夫從我手裏把毛氈奪走，蓋在兩位老爺的腳上。

「見鬼！」——我瘋狂地喊。結果弄得好像是我替達爾非揭開毛氈，像僕人似的。

「回家去！」——公爵喊。

「等着！」——我怒吼着，抓住雪橇，但是馬抽動了，我滾落在雪裏。我甚至覺得他們哈哈地笑了。我跳了起來，立刻跳上身邊的一輛街車，飛馳到公爵家裏去，每秒鐘催趕我的那匹駑馬。

四

我的那匹駑馬好像故意似的拖得不自然地長久，雖然我答應給馬夫整整的一個盧布。馬夫祇是抽着鞭子，自然照一個盧布的樣子去抽。我的心死沉了下去；我起始同馬夫講話，但是連話語都說不出來，祇是喃喃地道出一些亂七八糟的胡話。我就在這種心境之下跑到公爵那裏去了！他剛回來。他把達爾非送回家去，一個人回來。他的臉上露出慘白和惡狠的神情，在書齋裏走來走去。我還要重複一句：他輸得很利害。他帶着散漫的驚疑的神情看了我一眼。

「您又來了！」——他說，皺了眉頭。

「爲了和您解決一下，先生！」——我說着，一面喘着氣。——「您怎麽敢這樣對待我呢？」

他疑問地看着我。

「假使您和達爾非一同坐車，您就可以回答我，您要同達爾非一塊兒走，但是您竟抽動了馬，使我……」

「啊，是的，您大概掉落到暈裏去了，」——他朝我的眼睛笑。

「對付這個惟有用決鬭的辦法，因此我們先把賬算清了再說……」

我用抖顫的手掏出我的錢來，放在沙發上面，大理石的茶几上面，甚至放在一本揭開來的書籍上面，一推，一把，一紮地放着；幾個錢幣滾到地毯上去了。

「啊，您大概贏了錢麽？……原來從您的口氣上看了出來。」

他還從來沒有和我講得那樣的決裂。我的臉色發出了慘白。

「這裏……我不知道有多少……應該數一數。我欠您三千左右……是不是？……究竟多少？……少些或是多些？」

「我好像沒有強迫您還錢呀。」

「不，不是的，我自己要還錢，您應該知道爲了什麽？我知道在這一紮鈔票裏有一千盧布，是的！」——我開始用抖顫的手數着但是放棄了。——「一樣的，我知道有一千。這一千塊錢我自己取去，其餘的錢，這一大堆，您拿去作爲還債，還一部分的債：我想這裏有兩千，也許還多些！」

「一千盧布到底要給自己留着麼？」——公爵露出牙齒笑了。

「您要麼？那樣說來……我正想……我以爲您並不想……但是假使需要，——那末……」

「不，不要，」——他鄙夷地從我那裏扭轉身子，又在屋內踱步了。

「鬼知道，您爲什麼忽然想還錢？」——他忽然回轉身來對我說，臉上露出可怕的挑戰的神色。

「我還錢爲了向您要求答復！」——我一方面也怒吼起來了。

「您永遠說出那一套話語，永遠做出那一套姿勢，走您的罷！」——他突然朝我跺脚，似乎露出瘋狂的樣子。——「我早就打算把你們兩人都趕出去：把您，還把您的魏爾西洛夫。」

「您發瘋了！」——我喊。其實也真是有點像發瘋。

「你們兩人用你們那套爆炸的話句把我折磨苦了，而且全用的是一些話句，話句和話句！譬如說，關於名譽！嘿！我早就想和您絕交……我很喜歡，我很喜歡，現在時候到了。我認自己像被束縛着似的，且爲了不得不接待……你們兩人而感到臉紅！但是我現在認爲自己是不受任何束縛的了，一點也不受任何束縛的了，您要知道這層。您的魏爾西洛夫唆使我攻擊阿赫馬可瓦，誹侮她……以後不許你們再在我面前講論什麼名譽。因爲你們自己就是不名譽的人們……你們兩人，你們兩人都是的。您用我的錢難道不怕害臊麼？」

我的眼睛裏發黑了。

「我用朋友的資格向您借錢，」——我起始用輕蔑得利害的聲音說話。——「您自己提議，我相信您的好意……」

「我和您不是朋友！我借給您錢，並不是爲了朋友的交情，您自己知道爲了什麼。」

「我借您的錢是算到魏爾西洛夫的款子裏去的。自然，這很愚蠢，但是我……」

「您不能不經魏爾西洛夫的允許，動用他的款項，沒有他的允許，我也不能給您……我給的是我自己的錢；您明知道；您知道了，還要取而我竟在自己的家內忍受這可恨的趣劇！」

「我知道什麼？什麼趣劇？您爲了什麼借給我錢呢？」

「Pour vos beaux yeux, mon cousin!（爲了您的美麗的眼睛，我的表弟！）」——他對着我哈哈地笑着。

「見鬼！」——我怒吼着。——「您全部拿去，這一千塊錢也給您！現在我們一筆勾消，明天……」

我把一疊花綠的鈔票扔到他身上去，那筆錢是我留下來做本錢用的。一疊鈔票一直擊中他的坎肩，落到地板上去了。他跨了三大步，迅快地緊貼到我的身上來：

「您敢不敢說，」——他瘋怒地，淸晰地，像拼音似的說。——「您在這一個月內用了我的錢，還不知道您的妹子和我在一塊兒懷了孕呢？」

「什麼？怎麼？」——我喊了起來。我的脚忽然輭了。我無力地垂倒在沙發上面。他以後自己對我說，我的臉色慘白得眞像一塊手帕。我的腦筋錯亂了。我記得，我們大家互相默默地對看着臉。恐懼似乎通過他的臉上；他忽然俯下身子，抓住我的肩膀，扶住我。我很清楚地記得他的呆板的微笑；裏面含着不信任和驚異。是的，他怎麼也料不到他的話語有這樣的效果，因爲他深信我的不對。

結果是昏暈了過去，但祇有一分鐘。我醒了轉來。我立定了脚，望着他，尋思了一會，——忽然全部的眞理把我久睡的腦筋喚醒了！假使有人預先對我說，問我：「在那個時候我將怎樣對付他？」我一定要回答，願意把他裂成碎片。但是結果完全不同，完全和我的意志相背：我忽然兩手掩臉，哀哀地，嗚咽地哭了。那是自然而然地發生的！在一個青年人身上忽然顯露出了小小的嬰孩。這小小的嬰孩原來當時還有整整的一半活在我的心靈裏。「麗薩！麗薩！可憐的，不幸的！」公爵忽然完全相信了。

「天呀，我在您面前眞是不對！」——他帶着深刻的憂愁喊出。——「我的疑心眞重，我怎麼會那樣齷齪地疑心您呢……請您饒恕我，阿爾卡共·瑪加爾維奇！」

我忽然跳起來，想對他說什麼話，立在他面前，但是沒有說出什麼，就從屋內，從寓所內跑出。我徒步走回家去，不大記清道路。我奔到我的牀上，臉伏在枕上，在黑暗中思想了許多時候。在這些時間內是永遠不會有整齊的，順序的思想的。我的腦筋和想像似乎被撕成碎綫，我記得，我甚至起始幻想着完全枝節的東西，甚至天曉得想些什麼。但是悲愁和災害忽然又痛苦地被勾了起來，我又亂擺着手，喊道：「麗薩！麗薩！」又哭了。我不記得怎麼睡熟的，但是睡得很熟很甜。

第七章

一

我早晨八點鐘醒來，立刻把我的房門關好，坐在窗旁，起始想。這樣坐到十點鐘。女僕兩次叩門，但是我把她趕走了。後來在十一點鐘的時候又來叩門。我又喊，但叩門的卻是麗薩。女僕和她一塊兒進來，給我端進咖啡，準備生火爐。把女僕趕走是不可能的。在費克拉堆放木柴，點火的那個時候我一直跨着大步，在我的小屋內走來走去，不起始談話，甚至努力不看麗薩。女僕用無從描寫的遲慢的行徑做事，那是一般的女僕在發生這類事情時，也就是在她們看出她們會阻礙主人們當她們面前說話的時候，故意如此做法的。麗薩坐在窗旁椅上，觀察我。

「你的咖啡要涼了，」——她忽然說。

我瞧了她一眼沒有一點慚愧，完全的安靜，唇上甚至掛着微笑。

「眞是女人！」——我忍不住，聳了聳肩。女僕終於生好了火爐，起始收拾房間，但是我發了火，把她趕走，終於把門關好了。

「請問你，你爲什麼又把門關上？」——麗薩問。

我立在她面前：

「麗薩，我會不會想到你竟這樣欺騙我！」——我忽然喊，甚至完全沒有想到我會這樣起始的，而這一次並不是眼淚，卻幾乎是一種惡狠的情感突然針刺我的心，連我自己都沒有料到。麗薩臉紅了，但是沒有回答，祇是繼續逼直地看我。

「等一等，麗薩，等一等，我是多末蠢呀！但究竟我蠢不蠢呢？所有的暗示到了昨天纔聚成一堆，但是在這以前我從哪裏會知道呢？從你常上司託爾白瓦和那個……達里亞·奧尼西莫夫納那裏去就會知道麼？我還認你爲一顆太陽，麗薩，我的腦筋裏怎麼會想出一點什麼念頭來呢？你記得，我在兩個月以前他的寓所裏遇見你，我和你兩人在太陽底下走着，十分高興……那時已經有了麼？已經有了麼？」

她點頭作肯定的回答。

「你當時就已經騙我了！這裏並非出於我的愚蠢，麗薩，多半是我的自私，而不是愚蠢成爲一切的原因，我的心的自私，並且……也許是對於神聖的信仰。我永遠相信你們大家全比我高超得多。昨天，一天的工夫，我還來不及加以思索，雖然發現了許多的暗示……再說，我昨天注意的完全不是這個！」

我突然憶起了加德隣納·尼古拉也夫納，又有什麼東西像別針似的痛苦地針刺我的心，我的整個的臉完全發紅了。我自然不能在那個時候成爲善心的人。

「你辯白的是什麼？阿爾卡北，你大概忙着辯白什麼事情，那末究竟是什麼？」——麗薩輕盈而且溫和地問，但是用很堅定和深信的聲音。

「辯白什麼？現在叫我怎麼辦呢？——問題就是在這裏！你倒說：『爲了什麼？』我不知道應該怎樣處

置！我不知道做兄長的在發生這類情事時應該怎樣處置……我知道有人會持着手槍逼迫他和你結婚的……我要做得像一個體面的人應該做的那樣！我就不知道一個體面的人應該怎樣做法！……為什麼？因為我們不是貴族，而他卻是公爵，他有他自己的出路，他不會接受我們這種體面的辦法的。你和我甚至不能成為兄妹，都祇是沒有名姓的私生子，農僕的孩子；公爵們會娶農僕的女兒為妻麼？唉，真是討厭極了！然而你現在竟坐在那裏，驚異地望着我。」

「我相信你是痛苦着的，」——麗薩又臉紅了。——「但是你何必這樣性急，自己折磨自己。」

「性急麼？照你的看法，難道我還不够遲麼？是你應該對我說這種話的麼？」——我憤激得收不住繮了。——「我受了多少的恥辱？這位公爵應該多末瞧不起我！我現在一切全已明瞭，全部的圖畫都在我的前面開展了：他心想我早已猜到他和你有關係，但是我悶聲不響，或者甚至仰起頭子，以『崇高的名聲』自誇，——他甚至會這樣猜想我的為人！我用他的錢為了妹子，為了妹子的恥辱！這是他看着覺得嫌惡的，而我也很諒解他。每天看見而且接待一個卑鄙的小人，就因為他是她的哥哥，而且還要談論什麼體面不體面……而你竟容許這一切，你並不預先告訴我！他對我輕視得竟和斯帖別立闊夫談論我，昨天自己對我說，他想把我和魏爾西洛夫趕出去。斯帖別立闊夫他說：『安娜·安特萊夫納是您的姊妹，和麗薩魏達·瑪加洛夫納一樣，』隨後還對我補喊了一句：『我的錢好些。』而我呢，我竟傲慢地橫躺在他的沙發上面，用平等的地位，和他的朋友們來往。真是見鬼！而你竟容許這種情形的存在！也許達闊非現在也已經知道了至少從他昨天晚上的口氣方面可以判斷得出來……大家，大家全都知道，除了我一個人！」

「沒有一個人知道，朋友中他不對任何人說，也不會說，」——麗薩打斷我的話。——「關於斯帖別立闊夫我祇知道，斯帖別立闊夫折磨他這斯帖別立闊夫祇會猜度……我還同他講過你好幾遍，他完全相信你一點也不知道。我祇是不知道昨天你們為什麼發生了這段事情。」

「至少我昨天還淸了他的債，把一段心事了卻了，麗薩，媽媽知道麼？怎麼會不知道：她昨天竟對我呼號起來！……唉，麗薩呀！難道你根本認自己是有理的，你竟一點也不責備自己麼？我不知道現在應該怎樣判斷，你究竟有什麼意思，那就是對於我，對於母親，哥哥，父親……魏爾西洛夫知道麼？」

「媽媽一點也沒有對他說；他並沒有問，一定不願意問。」

「知道，又不願意知道，這是對的，這很像他！你儘管笑做哥哥的角色，一個愚蠢的哥哥的角色，在他講着手槍的時候，但是母親呢？母親呢？麗薩，你難道不想到這是對於母親的一個譴責麼？我整夜地為這件事情折磨着；母親的第一個意念現在就是：『這因為我也有錯，母親怎樣，女兒也怎樣！』」

「你這話說得多末惡毒，多末殘忍！」——麗薩喊，淚水從眼睛內湧出來，立起身來，迅速地走到門那裏去了。

「站住！站住！」——我抱住她，重又按她坐下，自己坐在她身旁，不肯放手。

「我到這裏來的時候，就想到一切會這樣的，你一定要我自己賠罪。好罷，我就來賠罪。我不過由於驕傲纔沈默着，不說話，其實我憐惜你和媽媽，比憐惜自己還利害……」她沒有說完，忽然熱烈地哭了。

「得了罷，麗薩，不要這樣，不要這樣。我不是你的裁判官。麗薩，媽媽怎麼樣？你說，她早就知道了麼？」

「我以爲早就知道了；在出了這件事情以後，是我自己新近對她說的。」——她輕輕地說，垂下了眼睛。

「她怎麼樣？」

「她說『你就懷着罷！』」——她說得更加輕了。

「不錯，麗蓮，是的，『你就懷着罷！』你不要對自己做出什麼事情來，上帝會拯救你的！」

「我不會做出來的，」——她堅決地回答，重又舉眼看我。——「你安心罷，」——她補充了一句。

「這裏完全不是那麼回事。」

——

「麗蓮，親愛的我祇是看出我對於這種事情一點也不知道，但是現在纔曉得我是如何地愛你。我祇有一樁事情不知道，麗蓮；我一切全明白，祇有一樁事情完全不明白；你爲了什麼愛他？你怎麼會愛這樣的人？這眞是一個問題！」

「你一定也爲了這個問題折磨了一夜麼？」——麗蓮輕輕地笑了。

「等着，麗蓮，這是一個愚蠢的問題，你竟笑起來了。你笑罷，但這是不能不使人驚異的：你和他——你們是那樣的矛盾！他，——我研究過他的，——他是陰鬱的，多疑的，也許是很心善的，雖然如此，但是他具有首先在一切方面都看出惡來的傾向，（在這方面完全和我一樣！）他極尊重正直，——這是我可以容許的，這是我看出來的，但好像祇是一個理想。他有懺悔的傾向，他一生不斷地詛咒自己，不斷地懺悔，但是永遠不改過，這也許也和我一樣。有一千個偏見和虛僞的思想，但沒有任何的思想，尋覓你大的功績，但不修瑣節對不住，羅薩。我是一個傻子。我說這種話，我侮辱你，我知道，我明白……」

「肯像本來是正確的，」——羅薩微笑了。——「但你爲了我過分恨他，因此就一點也不正確了。他從最初時候起就不信任你，你不能看出來。他從在羅加時就和我在一起……他祇看見我一個人從在羅加的時候起。是的，他是多疑的，有病的。他沒有我便會發瘋。假使他離開我，他會發瘋或用手槍自殺的。他似乎明白這個，知道這個，」——羅薩似乎自言自語地，陰鬱地說。——「是的，他是不斷地懦弱的，但是這類懦弱的人們有的時候會做出十分有力的事業來的：……你那句關於手槍的話說得多末奇怪，阿爾卡共，用不着這樣做，我自己知道將來怎樣。不是我跟他走，卻是他跟我走。媽媽哭着，她說：『你假使嫁給他，你會不幸的，他會停止愛你的。』我不相信這個；我也許會不幸，但是他不會停止愛的。我不給予他同意，並非爲了這個原因，卻是爲了另一個原因。我已經有兩個月不給予他同意，但是今天我對他說：是的，我可以嫁給你。阿爾卡共，你知道，他昨天（她的眼睛發光，她忽然用兩手抱住我的頸頸。）——他昨天上安娜·安特萊夫納那裏去，直率地，公開地對她說，他不能愛她……是的，他完全解釋清楚了，這個念頭現在完了！他從來沒有參加過這個念頭，這全是尼古拉·伊凡諾維奇公爵想出來的，還有那些磨折他的人，斯帖別立關夫和另外一個人，儘壓迫他……今天我就對他說了一個『是』字。親愛的阿爾卡共，他叫你去，很希望你去。你不要爲了昨天的事情生氣。他今天身體不大舒服，整天坐在家裏。他特地打發我來叫我轉達給你，說他『需要』你，他有許多話要對你說，在你這裏，在這個寓所裏，有點不大方便。呀，再見罷，阿爾卡共，我說出這種話來是很害臊的，我上你這裏來，很怕你不愛我，一路上儘畫十字，但是你　是那樣的心善，那樣的可愛！我决不忘記你，這個樣子的！我要到母親那裏去了。你稍爲愛他一點，好不好？」

我熱烈地擁抱她，對她說：

「麗薩，我覺得你具有堅强的性格。是的，我相信不是你跟他走，卻是他跟你走，不過到底……」

「不過到底『你爲了什麽愛他？』這眞是一個問題！」——麗薩搶上去說，突然像以前一般頑皮地笑着。那句「這眞是一個問題」說得極像我。還完全像我說這個話句時那樣的做法，把食指舉到眼睛前面。我們親吻了，但是她一走出去，我的心又刺痛起來。

二

我在這裏祇要爲自己說兩句話：譬如說，麗薩走後，有一個時刻，有一些極出乎意料以外的思想，成羣地鑽進我的腦筋裏來，我甚至很覺得滿意。「要我張羅些什麽？」——我心想。——「這於我有什麽相干？麗薩出了這種事情，究竟算做什麽？我要顧全什麽『家庭的名譽？』」我把這些細節記下來，爲了表示我對於善惡的理解不堅定到如何的程度。惟有情感纔能加以補救：我知道麗薩是不幸的，母親是不幸的，我從情感上知道這個，在我憶到她們的時候，因此我感覺到所發生的一切大概是不好的。

我現在預行聲明，從那一天起一直到我發病的時候爲止，事件進行得非常的迅速，使我現在憶起來的時候，甚至自己都覺得奇怪，我怎麽會在這些事件前面立得住脚跟，命運怎麽沒有壓踏我。這些事件使我的腦筋，甚至使我的情感都變得頹弱了。假使我臨到末後立脚不住，犯了罪，——（罪是幾乎會犯的，）

那末陪審官們也許要宣告我無罪的。但是我要努力依照嚴密的程序加以描寫，雖然我必須預先辭明，當時我的思想內極少次序。事件像風似的襲來，我的思想在腦筋裏旋轉，像秋天的枯葉。因為我完全是由別人的思想組成的，叫我從哪裏去取自己的思想在必須用這些思想作獨立的決定的時候？我完全沒有導師。

我決定晚上到公爵那裏去，以便完全自由地討論一切問題，而在晚上之前留在家裏。但是在天色朦朧的時候，我又從郵局裏接到斯帖別立闊夫的一封信，祇有三行，堅請我明天早晨十一點鐘上他家裏去，「有極要緊的事情，您自己會看見有事情。」我尋思了一下，決定看情形行事，因為到明天還遠得很呢。

已經八點鐘，我早就要出去，但是一直等着魏爾西洛夫；想對他表示許多話，我的心正在燃燒着。但是魏爾西洛夫沒有來。母親和麗薩那裏我暫時不能露面，而且我覺得魏爾西洛夫一定整天不在那裏。我徒步走去，路上想着到昨天運河旁邊的小酒店裏去探看一下。恰巧魏爾西洛夫坐在昨天的座位上面。

「我就想過你會到這裏來的，」——他說着，奇怪地微笑了一下，又奇怪地看我。他的微笑是不善良的，我早已沒有在他的臉上看到這種微笑。

我坐在小桌旁，起初把關於公爵和麗薩的事實講給他聽，又講昨天從賭場回來以後在公爵家裏的那個場面；也沒有忘記講賭場上贏錢的事情。他聽得很仔細，對於公爵決意娶麗薩的事情反覆地問着。

「Pauvre enfant，（可憐的小孩，）她也許不見得有什麼勝利。但是大概不會成功的……雖然他能夠這樣做……」

「您對我說，像對一個知己朋友似的說：這件事情您知道麼？您預感到麼？」

「我的朋友，我能有什麼辦法？這一切全和情感和別人的良心有關，哪怕就是關於這可憐的女孩方面的。我可以對你重複一遍：我在以前做跳蹈到別人的良心裏去，跳蹈得夠了，——這是一個最不方便的舉動！在人們的不幸中加以援手爲我所不辭，自然盡我的力量所及去做，並且假使我自己能夠弄淸楚這一切。我的親愛的，你，你自己在所有這些時候一點也不疑惑麼？」

「您怎麼能？」——我喊了出來，滿臉通紅。——「您怎麼能生出一點點的疑心，您怎麼能一面疑惑我知道麗薩同公爵發生關係，看見我同時向公爵借錢，一面竟還和我說話，同我坐在一起，和我拉手，——和我這在您應該認爲小人的人拉手，因爲我敢打賭您一定疑惑我知道一切，有意向公爵借錢，爲了妹子的緣故！」

「這又是良心的問題，」——他冷笑了。——「你怎麼會知道，」——他帶着一種神祕的情感淸晰地跟上去說，——「你怎麼會知道，我不怕你昨天在另一種情形下面喪失自己的『理想』以一個濫徒來代替性烈的誠實的男孩呢？我一面懼怕，一面延宕着時間。爲什麼要猜疑我懶惰或狡猾，而不猜疑我是比較天眞的，雖然是愚蠢的，卻是比較正直的人呢？見鬼！我是時常愚蠢而不正直的。這對於我有什麼益處，假使你具有這樣的傾向？在這種情形之下勸告和使你改過是愚蠢的；你可以在我的眼睛裏喪失一切的價值，哪怕你業已改過自新……」

「但是麗薩您憐惜麼？您憐惜麼？」

「我是很憐惜的，我的親愛的。你從哪裏曉得我這樣沒有感覺呢？……相反地，我要努力……你怎麼樣？你的事情怎麼樣？」

「不要管我的事情。我現在沒有我的事情。您聽着，爲什麼您疑惑他會結婚呢？他昨天到安娜・安特萊夫納那裏去，根本拒絕了……那就是拒絕了那個愚蠢的念頭……尼古拉・伊凡諾維奇想出來的給他們做媒的念頭。他根本拒絕了。」

「是麼？這是什麼時候？你從誰那裏聽到的？」——他好奇地打聽。我把我所知道的一切全講了出來。

「嗯……」——他凝慮地說，似乎在那裏自己付度着。——「這末說來，這事發生在整整的一小時以前……在另一個解釋之前。嗯……是的，自然他們會發生這類的解釋……雖然我知道那邊無論哪方面，或另一方面至今從來沒有說過什麼或做過什麼事情……是的，自然用兩句話就可以解釋清楚。但是有一件事情，」——他忽然奇怪地冷笑了一聲。——「我有一椿極重要的消息可以使你感覺興趣：假使你的公爵昨天向安娜・安特萊夫納求婚，（這是我要用我的全力不加以容許的，既然我對於麗薩有了疑惑，我要在我們中間私下說這個話，）安娜・安特萊夫納一定無論如何會立即拒絕的。你大概很愛安娜・安特萊夫納，尊敬她，珍重她麼？這在你的方面是很好的，而且你大概也會替她高興的：我的親愛的，她現在就要出嫁，從她的性格上判斷，大概一定要出嫁的，——至於我呢，——我自然要祝福她。」

「出嫁麼？嫁給誰？」——我異常驚奇地喊了出來。

「你猜一猜。我不叫你難過：她要嫁給尼古拉・伊凡諾維奇公爵，嫁給你的親愛的小老頭兒。」

我張大着眼睛看他。

「她大概早就帶着這個念頭自然已經用藝術的手段從各方面把它計劃好了，」——他懶洋洋地，清清楚楚地說。——「我以爲這事恰巧發生在賽萊查公爵訪問後的一小時。（他哭得眞是不湊巧）她簡直走到尼古拉·伊凡諾維奇公爵前面，向他求婚。」

「怎麼『向他求婚？』是不是他向她求婚？」

「他哪裏會呢？那是她，她自己，怪不得他十分歡欣。聽說他現在老是坐在那裏，驚訝他自己怎麼沒有想到這個念頭。我聽說，他甚至生起毛病來……大概也出於歡欣。」

「您說得眞是够嘲笑的……我幾乎不能相信。她怎麼會求婚呢？她說什麼？」

「你要相信，我的朋友，我是誠懇地高興着的，」——他回答，忽然取了極嚴肅的態度。——「他年紀固然老，但是還能結婚，按照一切的法律和習慣，至於她，——那又是別人的良心問題，就是我對你反覆地說着的一套話，我的朋友。她十分內行，自有自己的眼光和自己的決議。究竟詳情如何，她用什麼話表示出來的，我不能對你傳達。不過她自然是會的，而且用你我想不出的方法。在這一切中間最好的是並沒有任何亂子，在交際社會人士的眼光裏是 très comme il faut 的。（極合理的。）顯然是她需要社會上的地位，然而她是值得去取得這地位的。這一切，我的朋友，是完全屬於交際社會上的玩意。她的求婚大概弄得十分漂亮而且美麗。她是一個嚴肅的典型，我的朋友，一個女尼，像你有一次那樣給她下定義；一個『安靜的女孩，』我早就這樣稱呼她。她差不多是他的養女，你知道她屢次看出他對自己的那份善心。她早就對我說，她『尊敬他，珍重他，憐惜他，同情於他，』等等，因此對於這事，我甚至早已有了一些準備。今天早晨我的兒子，也就是她的兄弟代表她，且受了她的囑咐，把這一切告訴我，——他，你大概不認識，而我和他準確地每半年必見面一次。他尊敬地贊許她的這個行動。」

「那末這已經公開了麽？天呀，這使我如何的驚異！」

「不，這還不公開，在某些時候以前……我還不知道，總而言之，我完全處於局外。但是這一切是很對的。」

「但是現在加德隣納·尼古拉也夫納……您以為這一道小菜皮奧林格不喜歡麽？」

「這個我就不知道了……他不喜歡的究竟是什麽？但是你要相信安娜·安特萊夫納在這個意義方面是十分正經的人。你瞧，安娜·安特萊夫納竟來這一手。恰巧昨天早晨她先向我打聽：『我愛不愛寡婦阿赫馬可瓦？』就是你記得，我對你講過，使你驚異的。你知道，假使我娶了女兒，她是不能嫁給父親的。你現在明白了麽？」

「哎喲，眞是的！」——我喊了出來。——「但是難道安娜·安特萊夫納果眞設想您……會願意娶加德隣納·尼古拉也夫納麽？」

「顯然是這樣，我的朋友，但是……但是……你大概要到你該去的地方去了。你瞧，我的腦袋老是痛着。我要叫他們奏羅奇曲。我喜歡煩悶裏的悲嚴，不過我已經對你說過這句話了……我做重複自己所說的話，眞是不可救藥……但是我也許要離開這地方。我愛你，我的親愛的，但是再見罷。我在頭痛和牙痛的時候，我永遠渴望孤寂。」

他的臉上露出一些痛苦的皺紋；我現在相信他的頭當時是痛着的，尤其是頭……

「明天見罷，」——我說。

「明天見是什麼意思？究竟明天會出什麼情形？」——他歪曲地冷笑了。

「我上您那裏去，或是您到我家裏來。」

「不，我不到你那裏去，你會跑到我這裏來的……」

他的臉上露出一點極不良善的神色，但是我顧不到他：他已經出了那樣重大的事件！

三

公爵確乎不大舒服，獨自住在家裏，頭上包着溼手巾。他等候着我。他不單頭痛，而且在精神上也完全有病。我還要預行聲明：在最近時候，一直到結局爲止，我所遇見的人們似乎完全是興奮的，幾乎是瘋狂的，所以我自己不由得也被傳染上了。老實說，我是帶着惡劣的情感而來的，我對於昨天在他面前流淚一層很爲羞慚。再說，他和麗薩說那樣巧妙地哄騙我，使我不能不看出自己是一個傻子。一句話，我走進他家裏去的時候，我的心靈裏發出虛僞的音紋。但是所有外表上的，虛僞的一切迅快地跳躍走了。我應該說句公道話：他的疑心一消失，一被擊破，他就完全把自己貢獻了出來；他的身上露出幾乎像嬰孩似的和藹，信任和愛惜的性格。他含淚吻我，立刻起始談正事……是的，他確乎需要我；他的話語裏，觀念的行進中顯出許多紊亂和無秩序。

他十分堅決地對我聲明他有娶麗薩的意思，而且越快越好。「她不是貴族一層並不使我不安，」——他對我說，——「我的祖父娶過農僕的女郎，一個鄰家的田主自辦的農奴戲院裏的歌女。自然，我的家族對我存着一種特別的希望，但是他們現在祇好讓步，且也不會有任何鬬爭的。我想和現在的一切脫離關係，完全脫離關係！一切都將不同，一切都將順着新的途徑走去！我不明白令妹爲什麽愛我；但是自然，我沒有了她也許現在早已不在人世了。我現在從心底的深處對您發誓，我把我和她在維加的相遇看作天意。我以爲她愛我，爲了『我的無邊涯的墮落』。……您會不會明白這層呢，阿爾卡其·瑪加爾維奇？」

「完全明白的！」——我用十分確信的口音說。我坐在棹子前面的安樂椅上，他在屋內踱走。

「我應該把我們相遇的全部事實毫不隱瞞地講出來。這事是從我的心靈上秘密開始的。這秘密惟有她一個人知道，因爲惟有她一個人是我敢相信的。直到現在，沒有一個人知道。我當時懷着心靈裏的絕望到維加去，住在司託爾白瓦家裏，不知道爲什麽，也許尋覓完全的孤寂。我那時剛放棄軍營的職務。我從國外回來以後，就是在國外和安得烈·彼得洛維奇相遇以後，就進入這軍團裏去了。我當時很有錢，在營內浪擲金錢，過着闊綽的生活；但是同事的軍官們並不愛我，雖然我努力不加以侮辱。我老實對您說，從來沒有人愛過我。有一個候補騎兵少尉，姓司帖潘諾夫，說實話是一個極空虛的，沒有價值的甚至似乎受壓制的人，一句話，他的爲人毫無使人注意之處。然而無疑地他是誠實的人。他常到我家裏坐，我對他毫不客氣，他整天默默地坐在我的屋子的角落裏，但是帶着威嚴的神色，雖然他並不妨礙我。有一次，我對他講了一個流行的笑話，在這笑話裏我添上了許多無聊的枝葉。我說上校的女公子對我感情不惡，上校想利用我，自然肯做我所希望做的一切……一句話，我把細節忽略過去，但是以後從這段笑話裏發生了極複雜的，極卑鄙的謠言。這謠言並非從司帖潘諾夫，卻從我的馬弁那裏傳出來。這馬弁偷聽到以後，記在心裏，因爲裏面有一個可笑的故事，糟蹋一位年輕女郎的名譽。謠言發生以後，這個馬弁在軍官們審問的時候指出了司帖潘諾夫來，那就是說我對司帖潘諾夫講的。司帖潘諾夫被處於完全不能否認他所聽見的話的局面上面，這是和名譽的問題有關的。因爲我在這個笑話中有三分之二說謊，因此軍官們異常憤激，團長祇好把我們大家聚在一起，將這問題公開地解釋清楚。他當着大家問司帖潘諾夫：他聽見沒有？司帖潘諾夫把全部的事實供了出來。但是當時我怎麼辦呢？我這世襲的公爵？我竟完全否認，並且當着司帖潘諾夫的面前說他撒謊，用了極合禮貌的方式，意思是說他『不大了解』等等的話……我還是把細節忽略過去，但是我的地位的有利在於因爲司帖潘諾夫時常上我家去，我可以多少有點相像地把事情弄成似乎是他爲了某種利益和我的馬弁串通的樣子。司帖潘諾夫祇是默默地看我，聳着肩膀。我記住他的眼神，永遠不忘記它。以後他想立刻辭職，但是您以爲結果如何？軍官們全體到他家裏去拜訪，勸他不要辭職。兩星期以後我離開了團部；沒有人驅逐我，沒有人請我辭職，我提出了一個家庭的理由以爲辭職的藉口事情也就了結了。起初我沒有什麼，甚至很惱怒他們；住在羅加，和麗蒂魏達·瑪加洛夫納相識，但是以後，過了一個月，我已經看着我的手槍想到死了。我對於每件事情都作陰鬱的觀察，阿爾卡其·瑪加爾維奇。我預備了一封給團長和同事們的信，完全承認我說謊，恢復司帖潘諾夫的名譽。我寫了這封信以後，給自己定下了一個課題：『這封信寄出去後，仍舊活下去，或是寄出去後就死去呢？』我是不能解决這個問題的。一個機會，盲目的機會，在和麗薩魏蓮·瑪加洛夫納作了一次匆遽的，奇怪的談話以後，忽然使我和她接近了。她在這以前常上司託爾白瓦家裏去；我們遇到以後，相對着鞠躬，連話都不大說。我忽然全對她說了出來。她這纔把手遞給我了。」

「她怎樣把問題解决的？」

「我沒有寄出信去。她决定不寄。她的理由是這樣的：假使我寄出信去，自然做了一椿正直的行爲，足以洗滌一切的蹤跡，甚至更甚些，但是我自己能不能忍受呢？她的意見是誰也不會忍受得下的，因爲那時前途業已幻滅，而求新生的復活是不可能的。再說，司帖潘諾夫固然受了損害；但是他已被軍官的社會宣告無罪。一句話，——這是一個似是而非的問題；但是她把我阻攔住了，我完全服從了她。」

「她的决定是耶穌會社派的，女人腔的！」——我喊。——「她當時已經愛你了！」

「也就是這個使我重新爲人。我自誓改造自己，使生活轉變，做點對得住自己和她的事情，——然而我們的結果如何呢？結果是我和你時常上賭場去賭錢。我領到了一筆遺產，禁受不住，又看着自己的前途，所有這些人們，還有那些駿馬華車而感到欣悅……我磨折着麗薩，——眞是恥辱呀！」

他用手擦自己的額角，在屋內踱走着。

「我和您遭逢了相同的俄羅斯的命運：您不知道怎麼辦，我也不知道怎麼辦？一個俄國人祇要稍稍地從公式的，被習慣規定好了的軌道上跳出以後，立刻不知道怎麼辦。在軌道上一切都極明顯：收入呀，官爵呀，社會上的地位呀，馬車呀，拜客呀，當差使呀，妻子呀，——但是稍稍地動一動，我就成為什麼了呢？就等於一根被風驅趕的樹葉。我不知道怎麼辦！這兩個月來我努力在軌道上維持着，愛着軌道，被吸引到軌道裏去。您還不知道我在這裏墮落得如何的深；我愛麗薩，我誠懇地愛她，同時又想阿赫馬可瓦」

「眞的麼？」——我痛苦地喊出。——「公爵，我要順便提一下，您昨天講起魏爾西洛夫，說他挑撥您對加德隣納·尼古拉也夫納做卑劣的行為，那是什麼意思？」

「我也許誇大了一點，我對他，比對您還多疑，這是我的錯處。這且不要管它。難道您以為我在所有這些時候，從在羅加的時候起，也許沒有懷着崇高的人生的理想麼？我敢對您賭咒，它從不會離開我，時常立在我的面前，我的心靈裏一點也沒有喪失了美麗。我記住我給麗薩魏達·瑪加洛夫納起的重新為人的誓言。安得烈·彼得洛維奇昨天在這裏談論貴族問題的時候，沒有對我說出任何新的意思來，這是您要相信的。我的理想立得十分堅定；有幾十俄畝的田地，（祇要有幾十畝，因為我所得的遺產所剩的幾乎是什麼也沒有；）以後便是和交際社會和自己的職業完全脫離關係；有了村莊內的一所房子，家庭，還有自己，——也成為一個農夫，或和他相類的人。在我們的一族裏這也不算希奇：我的叔父就親手耕過田地，祖父也是的。我們固然是世襲的公爵，我們的出身固然正直，但是我們是乞丐。我就要用這個教訓我的子女：「你一張子應該永遠記住，你是貴族，你的血管裏流着俄羅斯公爵的神聖的血，但是你不要因你父親耕田而引為羞恥：他是用公爵的風度做這種事情的。」我不會給他們留下財產，除去這一塊田地以外，但是我要給予他們高等的教育，這是我認作我的義務。麗薩在旁邊幫忙，有了兒女，做着工作，我和她兩人如何地幻想着，就在這裏還幾間屋子裏幻想着，然而結果怎樣呢？我同時還想着阿赫馬可瓦，其實完全不愛她。我還想和交際社會的有財富的女郎結婚！祇在昨天那曹金傳來了關於皮奥林格的消息以後，我纔決定上安娜·安特萊夫納那裏去。」

「您不是去拒絕的麼？這總是一個誠實的行為，我以為？」

「您以為是麼？」——他在我的前面停了步。——「不，您還不知道我的天性！或者……或者我自己還不知道我的天性。因為這裏大概不祇是一種天性。我誠懇地愛您，阿爾卡其·瑪加爾維奇，這兩個月內我深深地感到對您不住，因此我願意知道這一切，因為您是麗薩的哥哥：我上安娜·安特萊夫納那裏去，是為了向她求婚，並不是拒絕。」

「這是可能的麼？但是麗薩說……」

「我騙麗薩。」

「請容我說：您正式求婚，安娜·安特萊夫納拒絕您了麼？是不是？是不是？詳細情節對於我是極重要的，公爵。」

「不，我完全沒有求婚，但祇是因為來不及的緣故。她自己在我沒有說出以前就先行聲明了，——自然用的不是直接的言語，卻用十分透澈而且明瞭的口氣使我『識趣地』了解，這念頭是不可能的。」

「那就是等於沒有求婚，您的驕傲並沒有受損害，是不是？」

「難道您可以這樣判斷麼？但是自己的良心的裁判，還有麗薩，我欺騙了她……那就是說想拋棄她還有我給自己和我的祖先所下的重新爲人願滌前惡的誓約呢！我懇求您，不要把這件事情告訴她。也許她就這一樁是不能饒恕我的。我從昨天起就病了。主要的是大概現在一切都已完結，蘇可里司基族最後的一個公爵要遣戍出去受徒刑了！可憐的麗薩呀！我整天等候您阿爾卡其·瑪加爾維奇，爲的是對您，對麗薩的哥哥，洩露她還沒有知道的那件事情。我是刑事犯，參加僞造某鐵路股票。」

「這又是什麼事情？怎麼會被遣送出去受徒刑呢？」——我跳了起來，恐怖的望着他。他的臉表現出一種深刻的，陰鬱的，無出路的憂愁。

「您且坐下來，」——他說着，自己坐在對面的安樂椅上。——「第一，您先聽下面的事實：一年以前，就是我在埃姆司和李姬，加德隣納·尼古拉也夫納在一塊兒，以後又到巴黎去，去了兩個月的那個夏天。我在巴黎錢不够用了。當時恰巧遇見了那個司帖別立闊夫，我以前也認識他。他給我錢，還答應再給我，但是要求我幫他的忙：他需要一個藝術家，會畫，會雕刻，會描石版的人，且兼化學師和技師，——他需要他是有一定用意的。他甚至第一次就十分透澈地把自己的用意表示了出來。結果怎樣呢？他知道我的性格，——這一切祇是使我覺得可笑。事情是因爲有一個俄國的流亡者是我在學校裏讀書的時候就認識的。他住在漢堡的某處，他的父母不是俄國籍。他曾在俄國被牽涉進一樁僞造票據的案件裏去。斯帖別立闊夫就需要這樣的一個人，但是必須有人介紹，因此找上我了。我給了他兩行字，立刻忘卻了。以後他又和我遇見幾次，我一共從他那裏取到了三千塊錢。關於這一件事情我根本忘掉了。我在這裏一直用期票和抵押品向他借錢，他奉承我好像奴隸奉承主人似的，忽然昨天我初次從他那裏曉得我是刑事犯。」

「什麼時候？昨天麼？」

「就是昨天早晨在那曹金拜訪以前我和他在書齋裏吵鬧起來的時候。他第一次居然完全明細地對我提起安娜·安特萊夫納來了。我舉起手來，想打他，他忽然立起來，對我宣布我和他是一黨，他要我記住我是他的同謀者，和他一樣的匪賊，——總之，雖然沒有說這個話，然而意思就是這個。」

「眞是胡說八道，這不是一個幻想麼？」

「不，這不是一個幻想。他昨天到我那裏來，詳細地解釋了一下。這些股票早已行用出去，而且還要行用出去，但是大概已經起始落到什麼地方去了。我自然是局外人，但是『您當時曾寫過一封信』——這是斯帖別立闊夫對我說的話。」

「但是您並沒有知道爲了什麼，或者已經知道了麼？」

「我知道的，」——公爵輕聲地回答，垂下眼皮。——「您瞧，我也知道，也不知道。我笑着，我覺得很快樂。我當時一點也沒有想，況且我完全不需要假股票，我也不打算去造假股票。但是他當時給我的三千塊錢，以後甚至沒有在賬上記下來，而我竟聽任下去。您怎麼知道，也許我就是僞造錢幣犯？我不能不知道。我不是小孩。我知道，但是我很快樂，我幫助那些卑鄙的罪犯……而且爲了金錢幫助他們！如此說來，我也就是僞造錢幣犯！」

「您太誇張了；您固然有錯，但是您未免誇張了一點！」

「這裏面還有一個名叫冉白里司基的，年紀還輕，在司法界方面做事，好像是律師幫辦。他也參與在這股票的案子裏。他曾由淡堡的那位先生打發到我那邊來，自然爲了一點小事，我連自己都不知道爲了什麽，——關於股票的事情簡直沒有提起過。……但是在他手裏有我親手寫的兩個文件，——全是兩行的字條，——自然這也可以作爲證據；我今天很了解這一點。斯帖別立闊夫對我解釋，這個芮白里司基妨礙了一切；他在那裏偷竊，偷竊別的錢，大概是公款，但是還打算偷竊一次，再逃到國外去。他至少需要八千塊錢，作爲逃亡出去的用途。這款中我應得的部分可以使斯帖別立闊夫滿足，但是斯帖別立闊夫說必須要使芮白里司基也滿足纔好……一句話，我必須在我這款中提出分給他們的一部分以外，再給他們一萬塊錢，——這是他們最後的話語。那時候他們會把我的兩張字據還給我。他們串通在一起，這是很明顯的。」

「這顯然是離奇的事情！他們如果告發您，要把自己也供出來的！他們無論如何不會告發的。」

「我明白。他們完全沒有威嚇着要去告發；他們祇說：『我們自然不會告發，但是假使事情發覺了，那末……』他們祇是這樣說，也就完了，但是我覺得這是很夠的了，事情不是這樣的：不管將來出什麽事情，哪怕這些字據現在放在我的口袋裏，但是和那班匪黨同謀，永遠做他們的朋友，永遠做對俄羅斯全國說謊，對子女們說謊，對麗薩說謊，對自己的良心說謊！……」

「麗薩知道麽？」

「不，她完全不知道。她現在有了身子，恐怕受不住這打擊。我現在穿着我的營團的制服在遇見本團的每一部兵士的時候，在每秒鐘內，自行感到我不敢穿這個制服。」

「您聽着，」——我突然喊，——「關於這件事情沒有什麼話可講。您祇有一條路，一條惟一的得救的路；你上尼古拉・伊凡諾維奇公爵家裏去問他借一萬塊錢，您借錢的時候不必把這事情告訴他，以後把這兩個匪賊叫來和他們辦交涉，贖回您的字據……事情就完了！等到一切事情辦完以後，您就去耕田！拋棄幻想，信賴生命！」

「我想到這層的，」——他堅決地說，——「我今兒個整天盤算着，終於決定了。我祇是等候着您；我決定上他那裏去。您知道，我一生從來沒有向尼古拉・伊凡諾維奇公爵借過一個戈比。他對待我們的家庭是很好的，他甚至……幫過忙，但是我本人，我個人卻從來沒有借過錢。但是現在我決定了。您知道我們的一支比尼古拉・伊凡諾維奇公爵的一支輩份大些；他們是幼小的一支，甚至是庶出的，幾乎是有問題的……我們的祖先們是互相有仇恨的。在大彼得變政的初期，我的先祖，也名叫彼得，成為分裂教派的信徒，在郭司脫洛姆司甚的樹林內游蕩。這位公爵彼得也曾續娶了非貴族的女孩……那時候纔生出了另一支的騷可里司基族。但是我……我說些什麼……」

他十分疲乏，幾乎胡亂地講到旁的問題上去了。

「您安靜一下，」——我立起身來，抓取了帽子。——「躺下來睡覺，這是最要緊的。尼古拉・伊凡諾維奇決不會拒絕，尤其在現在，正在高興的時候。您知道那邊的事情麼？真是不知道麼？我聽到一樁奇怪的新聞，他快要結婚了；這是祕密，但自然不必瞞您。」

我一面站在那裏手裏執着帽子，一面把一切事情講給他聽。他一點也不知道。他匆遽地打聽詳細情節，特別關於時間和地點，還注意到這件事情的眞實的程度。我自然沒有隱瞞，當時就說根據人們的講述，這件事情發生在他昨天拜訪安娜·安特萊夫納以後。我不能形容出，這消息引起他怎樣病態的印象；他的臉變了樣色，似乎歪斜了，彎曲的微笑痙攣地拉扯着嘴唇；後來他的臉色變得慘白，深深地凝想了一下，垂低着眼皮。我突然十分明顯地看出他的自愛心被安娜·安特萊夫納昨天的拒絕創傷得十分利害。也許，他在病態的心情下面，這時候十分鮮明地設想出他昨天在這女郎面前成爲那樣可笑的，低卑的角色。現在纔發覺，他對於這女郎的同意一直是那樣安靜地深信着。最後也許還有一個念頭，就是他在麗斯面前做出了那樣卑劣的行動，而且是那樣白費去了的！有趣的是這些交際社會上的花花公子彼此互相認作什麼樣的人，他們依據什麼理由能夠互相尊敬。這個公爵可以猜想到安娜·安特萊夫納已經知道他和麗斯的關係，實際上就是和她的妹子發生關係，假使不知道，那末將來一定會知道；而他竟「對於她的決定毫不懷疑！」

「難道您以爲，」——他突然驕傲而且威嚴地向我看望。——「我在得到了這個報告以後還能上尼古拉·伊凡諾維奇公爵那裏去，向他借錢麼？向他那裏，向那個剛剛拒絕我的未婚妻的未婚夫那裏借錢——那是多末的下賤，多末的奴僕腔！不，現在一切都完了。假使這老人的幫助是我最後的希望，那末讓這希望消滅了罷？」

我心裏暗自贊成他的話；但是對於現實到底應該看得寬闊些：老公爵難道還是人麼？還能算做未婚夫麼？我的腦筋裏沸騰着好幾個意念。我剛纔早已決定明天一定去看望老人。現在我努力把印象減輕，說可憐的公爵安睡一下！「您睡一睡醒，您的意念會明亮些，您自己可以看出來！」他熱烈地握我的手，但是沒有親吻。我和他約好，明天晚上再到他家裏去，「我們來談一談，談一談；心裏積了許多事情，必須談一談。」對於這兩句話，他似乎命定地微笑了一下。

第八章

一

我整夜做着輪盤賭博，金子，計算題目的夢。我好像坐在賭檯旁邊，老在那裏計算下一個注，捉到一個機會，而這一切整夜壓迫我，像夢魘一般。我要說實話，在整個的白天裏，我即使取得了這許多緊急的印象，還不時地憶起桀爾切闊夫賭場上那段贏錢的情景。我把思想壓迫着，但是不能將印象壓迫下去，在一回憶的時候就抖索着。那次的贏錢啃咬了我的心。難道我生而為賭徒麼？至少一定具有一個賭徒的性格。甚至在現在，在寫下這一切的時候，有時還愛想賭錢！我有時會用整整的幾點鐘的工夫，默默地坐在那裏，在腦筋裏和幻想裏盤算應該怎樣下注，怎樣贏錢。是的，我有許多不同的「性格，」我的心總是不安靜的。

十點鐘時我打算步行到斯帖別立闊夫那裏去。瑪德魏一來，我打發他走了。我一邊喝咖啡，一邊努力尋思。我不知為什麼原因感到滿意；我一下子自行省察了一下，猜出我的滿意主要的是出於「我今天要到尼古拉·伊凡諾維奇那裏去。」但是這一天在我的一生中是命定的，出乎意料外的，而且一開始就出了意外的情節。

在整整十點鐘的時候，我的房門打了開來，達娘央納·伯夫洛夫納飛躍進來了。我對於一切都可以料到，但是料不到她會跑來的，因此就驚訝地跳了起來，立在她的面前。她的臉是兇惡的，姿勢是沒有禮貌的，假使問她，她自己也許不會說：她爲什麼事情跑到我這裏來？我要預先聲明：她剛接到一個緊急的壓迫她的消息，處於最初的印象之下。這消息也牽涉到我身上。但是她在我家裏祇留了半分鐘，也許祇有整整的一分鐘，但決不會多些。她簡直揪住我了。

「你原來是這樣的！」——她立在我面前，全身向前彎屈着，——「你這小子！你幹下了這種事情！你還不知道麼？你還喝咖啡呢！唉，你這好嚼舌的人，你這開磨坊的，你這紙糊的情人……這種人應該用鞭子抽，用鞭子抽，用鞭子抽！」

「達姬央納·伯夫洛夫納，出了什麼事情？出了什麼毛病？媽媽有什麼事？……」

「你會知道的！」——她威嚴地喊叫，從屋內跑出來。——我纔看見她，就不見了。我自然可以追她，但是有一個念頭阻止我，不是念頭，卻是一種黑暗的不安：我預感到「紙糊的情人」是她的呼喊中最主要的話語。自然我自己不會猜到，但是我迅快地走出門去，以便趕快和斯帖別立闊夫了結以後，就到尼古拉·伊凡諾維奇公爵家裏去。「在那裏有一把鑰匙開啓一切」——我本能地想。

奇怪的是斯帖別立闊夫不知怎麼已經全都知道關於安娜·安特萊夫納的事情，甚至連詳細的情節都知道了；我不描寫他的談話和姿勢，但是他由於「那椿行爲做得十分巧妙」而感到歡欣，瘋狂的歡欣。

「這纔是一個角色！這纔是一個角色！」——他喊。——「不，這不是和我們一樣的。我們坐在那裏，什麼事也不做，但是她想在真正的泉水裏喝一杯水，——也就喝了。這是……這是古代的石像，這是古代的

Mirerva 石像，不過會走路，穿上現代的衣裳！」

我請他轉到正事上去；一切事情我完全預先猜到，祇在於勸公爵去向尼古拉·伊凡諾維奇公爵請求幫助。「否則他會很壞，很壞的，而且並不出自我自己的意旨；對不對呀？」

他瞧着我的眼睛，但是似乎沒有猜到我會比昨天曉得多些。而且也不能猜料到：因爲自然，我沒有用一句話和一個暗示露出我知道關於「股票」的事情。我們解釋得不久，他立刻答應給我錢，「給得很多，給得很多，祇要您能從旁幫忙，使公爵前去就行。這件事情是緊急的，很緊急的，它的力量就因爲是太緊急的！」

我不高興像昨天那樣和他辯論，爭吵，便立起身來走出去，隨便對他說，我要「努力想法。」但是突然他使我驚異得無從形容：我已經走到門前，他的手忽然和藹地抱住我的腰，起始對我說些……極不可了解的話。

我把詳細情節忽略過去，不再引出全部的談話，免得使讀者厭倦。他所說的大意是他對我提議「把台爾格曹夫先生介紹給他，因爲您時常到那邊去！」

我頓時靜寂了，努力不用任何手勢露出自己的心情。但立即回答我並不認識，即使去過，也不過偶然一次。

「但是如果一次被接了進去，第二次不還能去麼？對不對呀？」

我直率地，但是很冷淡地問他爲了什麼他需要這個。我至今不能明白，有些人顯然是不愚蠢的，而且是很「幹練」的，像瓦新所下的那樣的定義，怎麼會天眞到這種程度？他完全直率地解釋給我聽，他疑惑台爾格曹夫那裏「一定有什麼被禁止的東西，嚴厲地被禁止的東西，因此研究以後，我可以爲自己圖取一些利益。」他微笑着，左眼向我擠弄了一下。

我一點也不作肯定的回答，但是假裝着要尋思一下，「答應想一想，」隨後很快地就走了。事情複雜起來；我奔到瓦新家裏，恰巧遇到他在家。

「啊，您也來了！」——他看見了我，神秘的說着。

我沒有理會他的話句，一直轉到本題上去，當時講了出來。他顯然很驚愕，雖然一點也沒有喪失冷靜的態度。他詳細地反問了一遍。

「也許您不大了解麼？」

「不，我了解得很正確，意義是完全直接的。」

「無論如何，我總很感激您，」——他誠懇地說。——「假使這一切果眞是有的，他心想您總不會在一定的數額前面不動心的。」

「況且他深知道我的境況：我喜歡賭博，我的行爲惡劣，瓦新。」

「我聽見過了。」

「最使我感到神秘的是他知道您也常到那裏去，」——我冒昧地問。

「他很知道，」——瓦新完全隨便地回答，——「我在那裏是沒有關係的。再說那一班青年多半是說笑話的人，別的沒有什麼；您自己總也比大家都記得清楚。」

我覺得他似乎有點不信任我。

「無論如何我是很感謝您的。」

「我聽說斯帖別立闊夫的事情有點失敗，」——我試着再問下去。——「至少我聽見說有些股票……」

「您聽見什麼樣的股票？」

我故意提起「股票」的話，但自然不是為了對他講出昨天的公爵的祕密。我祇想做一個暗示，從臉上，眼睛上看一看他知道不知道關於股票的事情。我達到了目的：從他臉上那番無從捉摸的，剎那間的行動，我猜到他也許知道一點什麼。我沒有回答他所問「什麼樣的股票」的話，沈默着不響了。有趣的是他並沒有繼續問這件事情。

「麗薩薇達·瑪加洛夫納的健康怎樣？」——他同情地探問。

「她的身體很好。舍妹是永遠尊敬您的……」

愉快在他的眼內閃出：我早就猜出他對於麗薩不冷淡。

「賽爾該意·彼得洛維奇公爵前兩天到我這裏來過，」——他突然通知我。

「什麼時候？」——我喊。

「整整的四天以前。」

「不是昨天麼？」

「不，不是昨天。」——他帶着疑問看我。

「以後我也許要詳細告訴您這次見面的情形，但是現在認爲必須警告您，（瓦新神祕地說）——我當時覺得他似乎處於不正常的精神……和智力的狀態之下。此外，還有一個人來拜訪我，」——他忽然微笑了。——「就在您來以前，我也不能不斷定這位訪客的狀態是不十分正常的。」

「公爵剛纔來過麼？」

「不，不是公爵，我現在不講公爵。安得烈·彼得洛維奇·魏爾西洛夫剛纔到我家裏來……您一點也不知道麼？他沒有發生什麼事情麼？」

「也許是發生了的，但是他在這裏究竟現出了什麼樣的情形？」——我匆遽地問。

「我自然應該保守祕密……我和您談得有點奇怪，似乎太祕密了一些，」——他又微笑了。——「安得烈·彼得洛維奇並沒有要求我守祕密。但是您是他的兒子，又因爲我知道您對他的感情，所以這一次我勸告您大概是應該的。您想一想，他到我這裏來問我：『假使過兩天，很快的時候，他需要和人家決鬭，我答應不答應做他的證人？』我自然完全拒絕了。」

我驚訝得利害；這新聞最爲不安：出了什麼大事情，發生了什麼事情，一定出了我還不知道的事情！我突然憶起魏爾西洛夫昨天對我說：「不是我上你那裏去，卻是你跑到我這裏來。」——我飛奔到尼古拉·伊凡諾維奇公爵那裏去，更加預感到那個啞謎將在那裏被猜破出來。瓦新臨別時又向我道謝。

二

老公爵坐在壁爐前面，用氈子裹住脚。他甚至用一種疑問的眼神迎接我，似乎奇怪我到那裏去，同時自己又幾乎每天打發人叫我去。然而他和藹地向我問候，對於我的最初的幾個問題回答得似乎帶着一點嫌惡，和異常心不在焉的樣子。他有時似乎在那裏盤算，盯看我一下，似乎忘卻了什麽，憶起那無疑地應該和我相關的事情。我直率地說，我已經聽到一切，很爲高興。歡欣的善良的微笑立刻顯露在他的唇上，他的精神活潑了；謹愼和不信任一下子跳了出去，好像已經忘記了似的。是的，自然已經忘記了。

「我的親愛的朋友，我早就知道你會首先來的，你知道我昨天還想起你來：『誰會喜歡的？他會喜歡的。』再也沒有別的人了；但這是不要緊的。人們的舌頭是惡毒的，但這是沒有價值的……Cher enfant，（親愛的小孩，）這一切是如何的崇高，如何的佳妙……但是你自己也很知道。安娜·安特萊夫納對於你的意見很尊重。她有一個嚴肅的，佳妙的，英國的紀念品的臉。她是一個十分佳妙的，英國的雕刻品，世上僅見的一個雕刻品……這種雕刻品前年我有一大批……我永遠存着這個意思，永遠存着這個意思：我祇是奇怪，我怎麽從來沒有想到這層。」

「我記得，您永遠這樣愛安娜·安特萊夫納，永遠這樣尊敬她。」

「我的朋友，我們不願意妨害任何人。和朋友們，親屬們，心愛的人們過生活，——那是天堂。大家全是詩人……一句話，從史前的時代起就知道的。你知道，夏天我們先上臘登，以後到巴特—格士登。但是你有許多時候沒有來了，我的朋友。你出了什麼事情？我等候着你。從那個時候起發生了許多許多的事情，不對麼？我祇是可惜，我的心老是不安靜：我祇要一個人留着，就不安靜。因此我不能一個人留着，不對麼？這就是一加一等於二。我從她最初的幾句話上立刻明白了。我的朋友，她一共祇說了兩句話，但是這……這好比一首佳妙的詩。你不是她的兄弟，差不多是她的兄弟，不對麼？我的親愛的，我不是白白地這樣愛你的，我敢賭咒，我全都預感到了。我吻她的手，哭了。」

他掏出手帕來，似乎又預備哭泣。他的神經異常震動，似乎處於最惡劣的「心境」之下，這種心境在我們相識的全部時間內我還沒有看見過。他平常甚至幾乎永遠是那樣精神爽快，而且心地和善的。

「我可以饒恕一切人，我的朋友，」——他繼續喃語着。——「我願意饒恕一切人，我早就對任何人也不生氣。藝術，la poésie dans la vie，（生活裏的詩，）幫助不幸的人們，還有她，聖經上的美。quelle charmante personne, a? Les chants de Salomon......non, ce n'est pas Salomon, c'est David, qui mettait une jeune belle dans son lit pour se chauffer dans sa vieillesse.（多末漂亮的女性？涉羅門的歌……不，不是涉羅門，卻是大衛，把一個年青美婦放在牀上，以備老年時取暖之用。）大衛呀，涉羅門呀，這一切在我的頭裏旋轉着，——簡直太亂七八糟了。一切東西會成為悲嚴，同時也成為可笑的。Cette jeune belle de la vieillesse de David——c'est tout un poème,（大衛晚年時的這個年青美女，——完全是一首詩，）但是在波爾·特·考克的詩裏會把這變為一個 Scène de bassinoire（脚爐的一幕戲，）我們大家都會笑出來的。波爾·特·考克的詩既沒有韻律，又沒有趣味，雖然他頗有天才……加德隣納・尼古拉也夫納微笑着……我說，我們不會妨礙的。我們起始我們的戀愛，應該讓我們做完它。即使這是一個幻想，但是不要把這幻想從我們身邊奪去。」

「那是什麼樣的幻想呢，公爵？」

「幻想？怎麽是幻想？即使是幻想也就讓人帶着這個幻想死去罷。」

「公爵，爲什麽要死？生活下去，現在祇要生活下去！」

「但是我說什麽呢？我祇是反覆地說着這句話。我根本不知道，生命爲什麽這樣短促。自然爲了不使人生厭，因爲生命是創造主的藝術作品，具有普希金的詩的最後的，無瑕可擊的形式。簡短是藝術性的第一條件。但是假使誰不生厭，誰可以活得長久些。」

「您說一說，公爵，這已經公開了麽？」

「不，我的親愛的，並不公開；我們大家已經約定好了。這是家庭內的祕密，家庭內的，家庭內的。我暫時祇對加德隣納・尼古拉也夫納表示過，因爲我認自己是在她面前有錯的。加德隣納・尼古拉也夫納是安琪兒，她是安琪兒！」

「是的，是的！」

「是的，你也說是的麽？我心想你是他的仇敵。啊，是的，她請我不要再接見你。你猜怎麽樣，你一走進來，我忽然忘記了。」

「您說什麽？」——我跳了起來。——「爲了什麽？什麽時候？」

（預感沒有愚弄我；是的，我從看見達姬火納的時候起就有了這一類的預感！）

「昨天，我的親愛的，昨天我甚至不明白你現在怎麼走進來的，因為已經都關照好了。你怎麼走進來的？」

「我就是這樣自自然然地走進來的。」

「大概是如此。假使你用狡猾的手段走進來，他們一定會把你捉住，但是因為你自自然然地走進來，所以他們也就把你放進了。自然和隨便，我的親愛的，實際上就是最高妙的狡猾手段。」

「我一點也不明白：這末說來，您決定不接見我麼？」

「不，我的朋友，我說我是處身局外的……那就是說我已經給予完全的同意。你要相信，我的親愛的小孩，我太愛你了。但是加德隣納·尼古拉也夫納十分堅決地要求着……啊，她來了！」

這時候加德隣納·尼古拉也夫納忽然在門內出現了。她穿着出外應酬的服裝，像以前一樣，彎到父親那裏吻他。她一看見我，止了步，臉上露出慚愧的樣色，迅速地轉身走出去了。

「你瞧！」——驚愕而且異常慌擾的公爵喊了出來。

「這是誤會！」——我喊。——「這是一分鐘的時間……我……我立刻就來，公爵！」

我追在加德隣納·尼古拉也夫納後面跑出去了。

以後跟着的一切來得那樣地急遽，使我不但不能理解清楚，且甚至來不及作如何處置自己的準備。假使我能準備一下，我自然會做出不同的行為來的！但是我慌亂得像小孩一般。我想奔到她住的房屋裏去，但是途中僕人對我說，加德隣納·尼古拉也夫納已經走出去，上馬車了。我拚命跑到大門的樓梯上去。加德隣納·尼古拉也夫納穿着皮大衣走下樓去，和她並肩走着的，或者不如說是帶引她的是一個高身的，齊整的軍官，穿着軍服，不穿大衣，佩着劍；僕人捧着大衣跟在後面。他是男爵，上校，三十五歲左右，服裝漂亮的軍官的典型，瘦瘦的身材，帶點橢圓的臉，棕色的鬍鬚甚至是棕色的眼睫毛。他的臉雖然完全不美麗，但是帶着嚴厲的，挑戰的面相。我現在匆匆地描寫像當時看到的那個樣子。以前我從沒有看見過他。我順着樓梯跑下去追他們，沒有戴帽子，也沒有穿皮大衣。加德隣納·尼古拉也夫納首先看見我，迅急地對他微語。他轉過頭去，但是立刻對僕人和看門人點頭示意。僕人在大門那裏向我面前跨了一步，但是我用手把他推開，跟着他們跳到臺階上去。皮奧林格正在扶加德隣納·尼古拉也夫納上馬車。

「加德隣納·尼古拉也夫納！加德隣納·尼古拉也夫納！」——我無意義地喊，（眞像傻子一般，眞像傻子一般唉！我全都記起來，我沒有戴帽子！）

皮奧林格又兇狠地轉身向僕人，對他大聲地呼喊，喊出一句話或兩句話，我弄不清楚。我感覺有人抓住我的手肘。這時候馬車動了；我又喊了一聲，向馬車後面追去。我看見加德隣納·尼古拉也夫納在車窗裏窺望，大概露出很不安的樣子。但是在奔跑時所做出的迅急的行動裏，忽然完全不加思索地用力推了皮奧林格一下，大概踏痛了他的腳。他微聲喊了出來，咬緊着牙齒，用有力的手抓住我的肩膀，狠狠地推了我一下，我竟跳躍到三步以外去了。這一剎那間僕人把大衣遞上來，他披在身上，坐到雪橇上去，還從雪橇上威嚇地喊了一聲，指着我，給僕人和看門人看。他們當時拉住我，把我揪住了；一個僕人把皮大衣披到我身上去，另一個把帽子遞過來，——我不記得他們說些什麼；他們說些什麼我站在那裏，聽他們說話，一點也不了解。但是我忽然拋棄他們跑走了。

三

我一面不管三七二十一，向行人身上撞，一面跑到達姬央納·伯夫洛夫納的寓所裏去，甚至沒有想到在路上壓馬車。皮奧林格竟在她面前推我！自然我踏了他的脚，他本能地推我，像一個被人家踏着雞眼的人似的，（也許我果真踏着了他的雞眼！）但是她看見了，她還看見僕人們把我拉住。這一切全當在她的眼前，全當在她的眼前發生的！我跑到達姬央納·伯夫洛夫納那裏去的時候，在最初的一分鐘內不能說出一句話來，我的大顎抖顫得像發瘧疾似的。是的，我是在發瘧疾，而且還哭泣着……唉，我是如何的受侮辱！

「啊！怎麼樣？被人家推出去了麼？活該，活該！」——達姬央納·伯夫洛夫納說。我默默地垂坐在沙發上面，望看着她。

「他是怎麼啦？」——她凝聚地看我。——「喝一杯水罷，喝一杯水罷，喝罷！你說，你在那裏又鬧了什麼亂子？」

我喃喃說我被趕出來，皮奧林格在街上推我。

「你明白不明白是怎麼回事啥？你讀一讀，你賞鑒一下罷。」——她從棹上取了一張紙條，遞給我，自已立在我面前等候着。我立刻認出了魏爾西洛夫的手筆，一共祇有幾行字；那是給加德隣納・尼古拉也夫納的一封信。我抖索了一下，理解一下子有力地回到我身上來了。下面是這封可怕的，醜惡的，離奇的，强盜派的信的內容：

「加德隣納・尼古拉也夫納女士：

無論您怎樣的放蕩，由於您的天性和您的藝術，但是我總以爲您應該把您的情慾壓制一下，至少不必侵犯到孩子們身上去。然而您竟不以爲恥地做着。我現在通知您，您所知道的那個文件並沒有在蠟燭上燒燬，而且從來不在克拉夫特身邊，所以您是一點也不會取勝的。您可以不必白白地害一個靑年。請您饒了他罷，他還沒有成年，幾乎是小孩，精神和肉體方面還沒有得到充分的發展。您在他身上能圖到什麼利益？我負着照管他的責任，所以冒昧地寫這封信給您，雖然我並不希望有什麼成效。我要謹慎地聲明，這封信已另謄一份，同時送給皮奧林格男爵了。

A・魏爾西洛夫。」

我誦讀時臉色灰白，以後忽然臉紅了，我的嘴脣憤怒得抖戰着。

「他這是講我呢！講着我前天洩露給他聽的那件事情！」——我憤恨地喊出。

「誰教你洩露呢！」——達姬央納・伯夫洛夫納把那封信從我手裏搶了過去。

「但是……我不是說這個，完全不是說這個！天呀！她現在會想我是什麼人呀！他不是瘋子麼？他簡直就是瘋子……我昨天看見他。這封信什麼時候送來的？」

「昨兒個白天送去，晚上收到的，今天她當面轉交給我。」

「但是我自己昨天還見到他，他眞是瘋子！魏爾西洛夫不會寫這種信，這是瘋子寫的！誰能寫這封信給一個女人？」

「這類的瘋子在由於嫉妒和忿恨瞎了眼睛，聾了耳朶，血變成砒霜毒藥的時候，會在盛怒中寫出這種信來的！……你還不知道他，你還不知道他是什麼樣的人！現在爲了這件事情人家會和他過不去，所以祇是弄得頭破血流罷了。自己鑽到斧頭底下去！還不如夜裏到尼古拉也夫司基鐵路上去，把頭放在軌道上面，讓火車把腦袋切去，假使覺得戴着這個腦袋有點沈重，你爲什麼把這種事情告訴他！你是想逗他麼？想誇大口麼？」

「但是這裏面含着多少的仇恨！多少的仇恨！」——我用手拍自己的頭。——「爲了什麼？爲了什麼？對一個女人這樣！她給他做了什麼事情？他們究竟有什麼關係，會寫出這類的信來？」

「仇恨麼？」——達姬央納·伯夫洛夫納用憤怒的嘲笑逗我。

血又衝擊我的臉；我忽然似乎了解到一些完全新的意義，我帶着疑問用全力望着她。

「你從我身邊滾開罷！」——她尖叫了一聲，迅速地回轉身去，向我揮手。——「我和你們大家張羅得够了！現在够了！你們大家全鑽進地裏去也不要緊……我祇是憐惜你的母親一個人……」

我自然跑到魏爾西洛夫那裏去了。眞是狡猾！眞是狡猾！

四

魏爾西洛夫並不獨自在家。我來預先解釋一下：他昨天給加德隣納·尼古拉也夫納寄出了這封信，而且確乎還抄了一份寄給皮奧林格男爵以後，（上帝一人知道爲什麼寄給他，）今天自然要在一天內等候他的行爲的一定的「後果」，因此也就採取了特別的步驟從早晨起他把母親和麗薩遷移到樓上「棺材」裏去，（我以後纔知道麗薩早晨回家後，就生了病，躺在牀上，）又把那幾間正屋，特別是我們的「客廳」收拾而且打掃得十分乾淨。下午兩點鐘的時候，確乎有一個R男爵降臨到他家裏來了。他是上校，年紀四十多歲，德國籍，高身材的，乾瘦的，看樣子極有膂力，栗色的頭髮和皮奧林格一樣，不過有點禿。這類R男爵在俄國軍隊裏是很多的，他們帶着強烈的，男爵派的口音，完全沒有財產，單依靠薪俸生活，是很會服務，喜歡衝鋒上陣的角色。他們開始解釋的時候我沒有在場。他們兩人都很活潑，而且怎麼會不呢？魏爾西洛夫坐在椅旁沙發上面，男爵坐在旁邊安樂椅上。魏爾西洛夫臉色灰白，但是說話極有節制，咬着一個一個的字。男爵卻擡高了嗓音，顯然傾向於做出激烈的姿勢，勉強忍住，但是露出嚴肅傲慢，甚至賤蔑的神色，雖然不免帶着驚異。他一看見我，便皺着眉頭，但是魏爾西洛夫差不多很歡迎我：

「你好呀，我的親愛的。男爵，他就是那個青年人，在信裏提過的，他不會礙事，甚至還有用。（男爵賤蔑地朝我身上打量了一下。）——我的親愛的，」——魏爾西洛夫對我說，——「我甚至很喜歡你來。你現在坐在角落裏，我求你，讓我和男爵把這問題解決一下。您不必擔心，男爵，他不過在角落裏坐坐罷了。」

我是不在乎的，因為我決定了，此外，這一切使我很驚愕。我默默地坐到角落裏去，努力坐得進深些。就這樣一直坐到解釋完結的時候，不睒一睒眼，也不動一動身體……

「我還對您重複一遍，男爵，」——魏爾西洛夫說，把字句響亮地說出來。——「加德隣納·尼古拉也夫納·阿赫馬可瓦，我雖然寫了一封無價值的，病態的信給她，但我認為她不但是極正直的，且是絕頂完善的人。」

「您這樣否認自己的話語，我已經對您提過，和重新證實它相像，」——男爵說。——「您的話語根本不尊敬。」

「但是會更對些，假使您能用確切的意義接受這些話語。您瞧，我時常發昏暈……和各種不同的毛病。我甚至正在治病，因此常常會在一個時候……」

「這種解釋是一點沒有用的。我還要對您說一遍，您繼續固執地發生錯誤，也許故意想發生錯誤。我從一開始就已經警告過您，關於這位夫人的整個問題，就是關於您給阿赫馬可瓦將軍夫人的那封信的問題，應該在我們現在解釋的時候完全拋到一邊去；可是您儘回到老地方來。皮奧林格男爵請求我，還特別委託我，僅祇把和他一人有關的問題解釋清楚，那就是關於您把『抄件』無禮地送給他，還在後面添上了『您準備用任何什麼手段對這個行為負責』的一句話。」

「但是最後的一層大概已經明顯得無須解釋的了。」

「我明白，我聽見。您甚至不肯賠罪，祗是繼續主張，您「準備用任何什麼手段負責。」但是這未免太便宜了一點。因此現在因發生了您固執地想加以解釋的那番變化，我認爲自己有權老實不客氣地對您表示，我已經下了結論，那就是皮奧林格無論如何不能用平等的地位和您周旋。」

「這樣的決定自然是對於令友皮奧林格最有利的，說實話，您一點也不使我驚異：我已經料到了。」

我要用括弧下一個註脚：我從第一句話語上，從第一個眼神上就看得很清楚，魏爾西洛夫甚至在尋覓爆裂的機會，對這好煩惱的男爵挑戰和引逗，也許還要試探他的耐性。男爵發火了。

「我聽說您頗有機智，但機智還不是聰明。」

「一個很深刻的見解，上校。」

「我不需要您的恭維，」——男爵喊。——「我不是來和您閒聊天的。您聽着：皮奧林格男爵接到您的信以後，感到極大的疑惑，因爲這封信具有瘋人院的證據。自然可以立刻發現使您安靜下去的方法。但是依照某些特別的打算，決定對您寬容一下，從事調查：發現您雖然屬於上等社會，以前曾在衛隊營內服務，但是您被社會斥逐，您的名譽十分可疑。雖然如此，我還要上這裏來，親自證實一下。現在您在這一切之外，竟還戲弄着話語，並且自己供出自己是常犯毛病的。够了！皮奧林格男爵的地位和他的名譽是不能在這件事情上寬容的……一句話，先生，我受權向您宣告，假使以後再有重演或和以前的行爲相像的事實，會立刻發現鎮壓您的手段，極迅快而且正確的手段。這是我可以使您相信的。我們不是生活在樹林裏，卻生活在文明的國度裏！」

「您這樣相信麼,我的善良的R公爵?」

「見鬼!」——男爵突然立起來。——「您簡直在引誘我立刻向您證明,我不見得是『您的善良的R男爵。』」

「我還要警告您,」——魏爾西洛夫立起身來了。——「內人和小女在這裏不遠……因此我請您不要說得那樣洪響,因爲您的喊聲會達到她們的耳朵裏的。」

「您的太太……鬼……假使我現在坐在這裏和您談話,唯一的目的就是解釋這椿醜惡的事情。」——男爵繼續帶着以前的怒氣說話,一點也不把嗓音壓低。——「夠了!」——他瘋怒地呼喊:——「您不但從正經人的團體裏被斥逐,您還是一個狂人,眞正的發了瘋的狂人,大家都這樣說!您是不配寬容的,我現在對您宣布,今天就要對您採取相當的辦法,叫您到一個地方去,在那裏把您的理智回復轉來……送到城外去!」

他舉着迅快的大步從屋內走出。魏爾西洛夫沒有送他。他站在那裏,心神不寧地望着我,似乎沒有看到我;他忽然微笑了,搖幌着頭髮,取起帽子,也向門外走去。我抓住他的手。

「啊,是的,你在這裏呀!你……聽見了麼?」——他站在我面前。

「您怎麼能做出這種事情來!您怎麼能這樣地歪曲事實,這樣地恥辱人!……多末狡猾呀!」

他用凝聚的眼神看望着,但是微笑越來越展開了,根本變爲笑聲了。

「人家恥辱我……當她的面!當她的面!人家在她眼前笑我。他……他還推我!」——我忘其所以地號着。

「眞的麼？唉，可憐的孩子，我眞是可憐你……他們竟敢笑你呢！」

「您笑着，您笑我！您覺得可笑！」

他把自己的手從我的手裏迅快地拔出來，一面笑着，已經發出了眞正的笑聲，一面從寓所內走了出去。我何必要追趕他？爲什麼？我在一分鐘內明白了一切！一切也喪失了一切！我突然看見了母親；她從樓上走下來，畏葸地回顧着。

「走了麼？」

我默默地抱她，她也緊緊地，緊緊地抱我，就這樣偎倚在我的身邊。

「媽媽，親愛的，難道您可以留下來麼？我們現在就走，我要保護你們，爲你們工作，像做苦工一般，爲您，也爲麗薩……我們拋棄他們一切人，一切人，我們要走開。我們在一塊兒生活着。媽媽，您記得，您到圖沙那裏去探看我；我不想承認您的情形麼？」

「我記得的，親愛的；我一輩子對不住你，我養了你，但是不認識你。」

「這是他的錯處，媽媽，這全是他的錯處。他從來不愛我們。」

「不，他愛的。」

「我們走罷，媽媽。」

「叫我離開他上哪裏去呢？他會有幸福麼？」

「麗薩在哪兒？」

「躺着呢。一回來就生病了。他們很生氣他麼？現在他們會怎樣對付他？他往哪裏去啦？那個軍官恐嚇些什麼？」

「他是不要緊的，媽媽，人家不會對他怎樣，他永遠不會出什麼事情，也不能出什麼事情的。他就是這樣的人！達娘央納・伯夫洛夫納來了，您去問她，假使您不相信。她來了！（達娘央納・伯夫洛夫納忽然走進屋裏來。）再見罷，媽媽。我立刻就回來，一回來，也還要問這件事情……」

我跑了出去。我不能看見任何人，不但是達娘央納・伯夫洛夫納，而且媽媽做折磨我。我想獨自留着，獨自留着。

五

但是我沒有走完一條街，就感到我不能再走路，無意識地撞在那些陌生的，無情感的人們的身上。究竟往哪裏去呢？誰需要我？我現在需要的是什麼？我機械似的走到賽爾該意・彼得洛維奇公爵家裏，同時並沒有想到他。他沒有在家。我對他的僕人彼得說，我要在書齋內等候他，（我是許多次這樣做的。）他的書齋是一間很大的很高的屋子，裏面堆滿了傢具。我走到一個最黑暗的角落裏，坐在沙發上面，把手肘放在桌上，兩手支住頭。是的，這真是一個問題：「我現在需要什麼？」即使我當時能把這問題表示出來，也不見得能夠加以解答。

但是我既不能清楚地思想，也不能提出什麼問題。我前面已經聲明過，這幾天來我「被事件壓碎了；」我現在坐在那裏，我的腦筋裏旋轉得一團糟。「是的，我看錯了他，一點沒有了解他，」——我心裏有時閃過這個念頭。——「他現在朝我笑，並不是笑我：我完全是那個皮奧林格，不是我。前天喫飯時他已經知道了一切，露出陰鬱的神色。他在酒店裏從我的嘴裏逼出了我的愚蠢的自白，把一切眞相全歪曲了。但是他爲什麼需要事實的眞相呢？從他寫給她的一切裏，他自己半個字也不信。他祇需要侮辱，無意義地侮辱，甚至不知道爲了什麼，隨便抓住了一個藉口，而這藉口是我給予的……瘋狗的舉動！他是不是現在想殺死皮奧林格？爲了什麼？他的心知道是爲了什麼！我一點也不知道，他心裏有什麼……不，不，現在我還不知道。難道如此熱狂地愛她麼？或者如此熱狂地恨她麼？我不知道。他自己知道不知道呢？我爲什麼對母親說，他不會出什麼事情呢？我說這句話有什麼意思？我要失他，或者沒有要失他呢？」——

「……她看見人家推我……她是不是也笑我？我也會笑的！打偵探，打的是偵探！……」

「那是什麼意思？（我突然閃出這個念頭。）那是什麼意思，他在那封可惡的信裏說文件並沒有燒燬，卻是存在着的？」

「他不會殺皮奧林格，現在一定坐在酒店裏，聽雜奇的曲譜。聽了以後，再前去殺皮奧林格。皮奧林格推我一下，幾乎打我。打了沒有？皮奧林格甚至不屑和魏爾西洛夫決鬥，難道會跟我決鬥麼？也許我明天必須候在街上，用手槍殺死他……」我完全機械似的把這意思在腦筋裏想了一遍，一點也不停留在上面。

有時我似乎幻想在門一開，加德隣納・尼古拉也夫納走了進來，把手遞給我，我們兩人全笑了……學生，我的親愛的屋內已經完全黑暗了的時候，我幻想出這個境界來，那就是希望有這種境界。「我站在她面前，和她道別，她把手遞給我，嘻嘻地笑着」的時候還在眼前哩，怎麼會弄得在這樣短的時間竟發生如此可怕的距離呢？簡直就上她那裏去解釋一下，立刻去，現在就去，簡直就去，簡直就去！天呀，怎麼忽然起始了一個完全新的世界！是的，新的世界，完全新的，完全新的世界……至於闊謎和公爵，他們還是舊的……現在我坐在公爵家裏。媽媽，——既然弄到這樣，媽媽怎麼還可以和他住在一起？我是可以的，我是全可以的，但是她呢？現在怎麼辦呢？現在麗薩，安娜・安特萊夫納，斯帖別立闊夫，公爵，阿狄麗道夫的形象在我的有病的腦筋裏，無影蹤地閃現着，像在狂飈裏一般。但是意念越來越沒有形式，越來越不可捉摸了；我很爲喜歡在我能夠理解到一種新的意念，且抓住它的時候。

「我有『理想』！」——我突然想。——「對不對？我是不是背熟了的？我的理想是黑暗和孤寂，難道現在可以爬回以前的黑暗裏去麽？唉，我的天呀，我並沒有把『文件』燒去呀！我前天竟忘記把它燒掉了。我一回家就在蠟燭火上把它燒掉，我單祇不知道，我現在思想的是不是這件事情……」

天色早已發黑，彼得取了蠟燭來。他站在我面前，問我喫過東西沒有？我祇是搖了搖手。但是一小時後他端了茶來，我貪婪地喝了一大杯。以後我問幾點鐘了？時間是八點半，我甚至對於我坐了已經五個鐘點而不加以驚異。

「我已經進來看您三次了，」——彼得說，——「您大概睡着了罷。」

我並不記得他走進來。我不知道為什麼，但是忽然深怕我會「睡着」而立了起來，起始在房內踱走，為了不再「睡着」一頭劇烈地痛起來。十點鐘時候公爵走進來，我奇怪我怎麼會等候他；我把他完全忘記了，完全忘記了。

「您在這裏，可是我還到您那裏去過，找您去的，」——他對我說。他的臉陰沉而且嚴肅，沒有一絲的笑意。眼睛裏露出呆板的意念。

「我忙了一天，用盡了一切方法，」——他繼續聚精會神地說。——「一切都完了，將來是一片的恐怖……（他竟沒有到尼古拉·伊凡諾維奇公爵那裏去。）我見過西白里司基，他是一個沒有法子可想的人。您瞧：起初必須有錢，以後我們再看。假使弄不得錢，那末……但是我今天決定不去想這事。今天祇要能弄到錢，明天就可見出分曉來。您前天那筆贏款還完整着，一個戈比也沒有動。三千缺少三盧布。除去您的欠款以外，還要我給您三百四十盧布。您把這錢取去，再加上七百，湊成一千，我取其餘的兩千。我們就到柴爾切閣夫那裏去，坐在兩頭，試一試贏一萬塊錢，——也許我們會弄點什麼出來，假使不贏，那時候便……也祇有這個辦法了。」

他用命定的神色望我。

「是的，是的！」——我忽然喊，好像復活了似的。——「我們去！我祇是等候您呢……」

我要在這裏提出，我在這些時候連一瞬間也沒有想到輪盤賭上去。

「但那是低劣的呢？低劣的行為呢？」——公爵忽然問。

「那是上輪盤賭場上去麼？然而這是一切！」——我喊。——「金錢是一切！惟有你我是聖人，皮奧林格就出賣自己。安娜・安特萊夫納出賣了自己，至於魏爾西洛夫，——您聽見魏爾西洛夫是狂人麼？狂人！狂人！」

「您儘睡着麼，阿爾卡其・瑪加爾維奇？您的眼睛多末奇怪呀。」

「您想拋棄了我，一個人去麼？我現在決不離開您一步。怪不得我整夜做了賭錢的夢。我們走罷！我們走罷！」——我喊出，似乎忽然發現了謎底。

「我們就走罷，雖然您在發着瘧疾，到了那裏……」

他沒有說完。他的臉沉重而且可怕。我們已經走出去了。

「您知道不知道，」——他忽然說，站立在門前。——「除去了賭錢以外，還有一條脫離災害的出路麼？」

「什麼出路？」

「公爵的路！」

「什麼什麼？」

「您以後會知道的。您要知道，我已經不配這樣做，因為已經遲了。我們現在就去，以後您會記住我的話語的。我們先試一試傑人的路……難道我不知道我是有意識地，帶着充分的意志上那裏去做像傑人似的行為麼？」

六

我飛向輪盤賭場上去，似乎所有我的得救，所有我的出路全聚在這裏面，其實我在前面已經說過，在公爵回來之前我並沒有想到它。況且我前去賭博並非爲了自己，卻是用公爵的錢，爲了公爵。我不能理解到吸引我的是什麽，但是竟無可克復地吸引着我。這些人，這些臉龐，賭博時一聲聲的呼喊，這個可憐的賭場的大廳，這一切我從來不覺得那樣齷齪，那樣陰沈，那樣粗俗和憂愁，像那一次似的！我深深地記住悲哀和憂鬱，在這幾小時的賭棹邊上，時時抓緊我的心。但是爲什麽我不走呢？爲什麽要忍受犧牲，爲什麽要熬受苦行，像那根籤已經抽到我身上來似的？我祇說一句話：我不見得可以說當時的自己是處於健全的理性中的。但是我從來沒有像那天晚上那樣賭得合理性的。我沈默寡言，聚精會神，並且算計得異常精確。我有耐心，嗇吝，在決定的時間內又極堅決。我又坐在零點的旁邊，那就是說仍舊在柴爾切闊夫和阿發爾道夫之間，——阿發爾道夫永遠坐在柴爾切闊夫右手旁邊。我對於這個位置感覺討厭，但是我一定要押在零上，而零旁所有其餘的位置全都給人家占去了。我已經賭了一點多鐘；我終於從自己的座位上看見公爵忽然立起來，臉色灰白，轉到我們那邊，立在我對面，隔着棹子。他全都輸光了，默默地看我賭博，大概一點也不明白，甚至沒有想賭博的事情。直到那時候我纔起始贏錢，柴爾切闊夫數錢給我。阿發爾道夫突然一聲也不響，當着我的眼前，用極傲慢的樣式把我一堆百盧布裏的一張鈔票取了起來放在他面前的一堆錢裏。我喊了一聲，抓住他的手。當時我發生了使我意料不到的一點事情：我好像從鏈條上掙脫掉了；所有這一天的恐怖和氣惱好像忽然聚在這一刹那間，聚在這一百盧布鈔票的消失上面。好像積聚在我身上的，壓在我身上的一切祇在等候這個時間，以便沖決出來。

「他是賊，他現在偷了我的一百盧布！」——我喊着，向自己的周圍環顧。

我不描寫哄起來的忙亂的情形；這種故事在這裏是完全新奇的。柴爾切闊夫的賭場中素來是很斯文的，他就以此出名。但是我不記得自己。在喧嘩和呼喊中間忽然聽見柴爾切闊夫的聲音：

「哎喲，錢沒有了！本來放在這裏的四百盧布！」

立刻出了另一樁事情：莊家的錢，一疊四百盧布的鈔票，就在柴爾切闊夫手邊的，忽然不見了。柴爾切闊夫指出放錢的地方，「剛剛還放在那裏的，」這地方原來就在我身邊，緊挨着我，和我放錢的地方相近，那就是離我近些，離阿費爾道夫遠些。

「賊在這裏！又是他偷的！你們搜他！」——我喊，指着阿費爾道夫。

「這全是因爲，」——在普遍的喊聲中間傳來了某人的洪響而且露出暗示的聲音，——「儘有些不相干的人們跑進來的緣故。不經介紹就放人進來！誰引他進來的？他是什麼人？」

「一個姓道爾郭羅基的。」

「道爾郭羅基公爵麼？」

「騷可里司基公爵帶他進來的，」——有人喊。

「您聽着，公爵，」——我隔着棹子瘋狂地對他呼喊。——「他們竟把我當作賊，同時我自己的錢剛總也被偷去了！」他對他們說，對他們說我是什麼樣的人！」

當時發生了這一天中所出的一切事情中最可怕的情形……甚至是我一生中最可怕的情形。公爵竟矢口否認起來。我看見他聳了聳肩膀，對於人家齊聲向他根詢的話，用堅決而且明朗的口音說道：

「我不能替任何人負責。請你們不要和我胡鬧。」

那時阿役爾道夫正立在人叢中間，大聲要求人家搜他。他自己翻出自己的口袋。但是大家對於他的要求喊着回答道：「不，不，賊是有數的！」兩個僕人被喚來了。他們從後面抓住我的手。

「我不許你們搜查我！」——我一面喊，一面掙脫着。

他們把我推到隔壁的一間屋內，就在人叢中把我全身都搜遍了。我一面掙脫，一面號啼。

「大概扔掉了，應該到地板上去尋覓，」——有人決定。

「現在地板上哪裏還能尋得到呢？」

「大概已經扔到桌子底下去了！」

「自然痕跡都沒有了……」

我被他們拉出去，但是我來得及立在門旁，露出無意義的憤怒的神氣喊道：

「輪盤賭是警察局禁止的。我今天就要告發你們大家！」

人家把我拖到樓下，給我穿了大衣……開了街門，把我推出去了。

第九章

一

這一天以災禍結束，但是還留下黑夜，底下是我從這夜裏記住的一切情形。

我被推到街上的時候，我覺得時間是十二點鐘纔打過。那夜是明朗的，輕謐的，冰凍的。我差不多跑着，慌得利害，——但是並不回家。「回家做什麼？難道現在還能有家麼？人們住在家裏，明天醒轉來，爲的是照樣生活下去，——現在難道這是可能的麼？生活完了，現在完全不能生活下去了。」於是我在街上溜躂着，完全辨不清往哪裏去，而且還不知道，是不是想到什麼地方去？我感到很熱。我時刻敞開我那件沈重的狼皮大衣。「現在已經沒有什麼事情可做，」——我那時候心裏想，——「不能再有任何目的了！」奇怪的是我總以爲周圍的一切，連我呼吸的空氣都在內，好像是從另一行星中來的，我彷彿忽然落入月亮裏了。這一切，——城市呀，行人呀，我迅跑着的人行道呀，——這一切已經不是我的。「這裏是參宮前的廣場，這是伊薩基教堂，」——我心想，——「但是現在這一切都和我不相干了。」一切似乎都生疏了，一切忽然不成爲我的。「我有母親，麗薩，——但是現在麗薩和母親對於我有什麼用呢？一切都完了，一切一下子全完了，除去一樁事情：那就是我永遠地成爲賊了。」

怎樣證明我不是賊呢？難道現在這是可能的麼？到美國去麼？這樣能證明什麼？魏爾西洛夫首先會相

信我偷竊的！「理想？」什麼「理想？」現在「理想」算什麼？過了五十年以後，一百年以後，我在路上走着，永遠會找到一個人指着我說：「他是賊！他的『理想』就從向輪盤賭場上偷錢開始的……」

我的心裏有仇恨麼？我不知道，也許有的。奇怪的是我的心裏永遠有，而且從最年幼的時候起也許就有這樣的性格：假使已經有人對我做了惡事，完全將它充滿了，侮辱到了最後的界限，我永遠就會生出一個無饜足的意願，就是被動地服從侮辱，甚至迎合施侮辱的人的意願：「你瞧，您既然侮辱了我，我自己更要屈辱下去，你瞧罷，你去欣賞罷！」圖沙撲打我，想表示我是僕人，而不是元老院議員的兒子，於是我立刻自己裝出僕人的角色來了。我不但侍候他穿大衣，自己還取起刷子，起始從大衣上拂拭去最後的灰塵，他並沒有請求我或命令我，而我自己有時持着刷子追在他後面，發揮僕人討好的熱衷，揮去他的燕尾服上最後的一粒塵土，弄得後來他有時自己阻止我：「够了，够了，阿爾卡其，够了。」他一來，一脫下外套，——我就把它拂拭得乾乾淨淨，謹慎地疊好，用方格的綢手絹覆蓋着。我知道同學們爲了這個笑我，看不起我，我很知道，但是我覺得這是很有趣的：「你們既然要我成爲僕人，——我就是僕人；要我成爲賤人，——我就是賤人。」被動的仇恨和私底下的怒氣我會數年中繼續地保持着的。然而怎樣呢？我在柴爾切爾夫那裏朝整座大廳怒喊：「我要告發你們大家，輪盤賭是警察禁止的。」我敢賭咒地說，這中間似乎有點根彷：人家侮辱我，搜查我的身體，宣布我是賊，殺死我，——「那末你們大家應該知道，你們猜對了，——我不但是賊，且是告密人！」——我現在記起來的時候，纔下這樣的結論，纔這樣地解釋；那時完全顧不到所謂分析；我當時破喊的時候並非有意，甚至在一秒鐘以前還不知道我會這樣喊的：那是自然而然喊出來的，——我的心靈裏是有這樣的性格的。

在我跑的時候，無疑地已經起始了囈語，但是我記得我的行動是有意識的。不過我可以堅決地說，要具有觀念與結論的整個的輪廓，在當時對於我已是不可能的；我甚至在那些時間內就自己感到，「有些思想我還能有，而另一些思想我是無論如何不會有的了。」同時，我的幾種決意，雖在意識明晰的時候，也會不合任何的邏輯。不但如此，我很記得，我在有些時間內能夠充分感覺到一些決意的離奇，但同時還帶着充分的意識立即予以實行。是的，在那天夜裏犯罪已在盤旋着，祇是偶然沒有成立罷了。

我當時忽然閃過達姬央納·伯夫洛夫納議論魏爾西洛夫的話語：「跑到尼古拉也夫司基鐵路上去，把頭枕在軌道上面讓火車把腦袋斫掉了罷。」這意念一下子占據了我的整個的情感，但是我一下痛苦地把它趕走了：「把腦袋放在軌道上死去以後，明天人家會說：他偷了東西纔做這事，這是他由於羞愧而做出來的。不，無論如何不！」於是就在這一剎那間我記得我忽然感到了可怕的忿恨的一瞬。「怎麼樣呢？」——我的腦筋裏閃過一個思念。——「自行辯白是無論如何不成的，起始新的生活也已不可能，因此祇好服從，成為僕人，狗，綿羊，告密人，眞正的告密人，而自己暗暗地準備着將來什麼時候忽然把一切向空中爆炸一下，把一切全行消滅，一切人無論有罪的和沒有罪的，全加以消滅，當時大家忽然曉得他就是那個被稱為賊的人……到那時就去自殺。」

我不記得我怎麼跑進「騎兵衛隊」林蔭路附近的小胡同裏去。在這胡同的兩旁，差不多有一百步長全是高高的石牆，——那是人家後院的圍牆。在左手的一座牆後面，我看見了一個木柴的大堆棧，長長的堆棧，正和木柴廠內一般，而且超出了牆頭有一俄丈遠。我忽然止步，起始尋思。我的口袋裏有火柴放在銀質的小盒內。我重複地說，我當時充分明晰地感覺到我思索着，而且想去做的一切，現在還記得，但是爲了什麼我想這樣做，——我不知道，完全不知道。我祇記得，我忽然很想去做。「爬上圍牆是很容易的，」——我盤算着；恰巧在兩步外的牆上有一座大門，大概緊緊地關閉了好幾個月。「站立在底下的木楷上面，」——我繼續想，——「可以抓住大門的上端，爬上牆去，——誰也不會看見，沒有一個人，完全的靜寂！我坐在牆頭上面很容易把木柴點燃，甚至可以不必走下去因爲木柴幾乎和牆壁相接觸。天氣冷更可以燒得利害些，祇要用手取一塊樺木柴來……而且也完全不必去取樺木柴：可以一直坐在牆上，用手從樺木柴上剝下一塊樹皮用洋火點燃，點燃以後，塞在木柴堆裏，——就發生火災了。我就跳下去走開；連逃都不必逃，因爲人家有許多時候不會發覺的……」——我把這一切全都盤算好了，——忽然完全決定了。我感到特別的愉快喜悅，竟爬了上去。我是會爬高的運動是我在學校內的專門技能，但是我穿着套鞋，事情就顯得困難些。但是我够得上用手抓住上面不大好抓的一個凸出的部分，提了提身子，揮擺着另一隻手想抓住牆頭的上部，忽然一脫手，身子掉落下來了。我覺得我的後腦擴在地上，大概無知覺地躺了一兩分鐘。醒過來的時候，我機械似的做開自己身上的皮大衣，忽然感到難受的寒冷，還不大感覺到我做些什麼，就爬到大門角落裏，蹲坐了下去，身子縮成一團，蹲伏在大門和牆頭凸出部分中間的幽深處所。我的思想混亂起來。我大概很快地打盹了。現在像在夢中憶起，我的耳朵裏忽然傳出一陣濃厚的沉重的鐘聲，我起始愉快地傾聽着。

鐘打出堅定的聲響，每兩秒鐘，或甚至三秒鐘必打一次，但這不是警鐘，卻是一種愉快的平勻的聲音。

二

我忽然辨出這是熟悉的鐘聲，就是圖沙學校對面紅色的尼古拉教堂裏叩擊出來的，——在一個古舊的，莫斯科的教堂裏，這教堂我記得還在阿萊克謝意・米哈意洛維奇皇帝的時候就造成的，建築的式樣非常複雜，還有許多尖頂和圓柱。我又辨清，現在剛過了聖誕節的一星期，而在圖沙家裏的小花園內瘦瘦的小樺樹上已經抖顫着新生的綠葉。鮮豔的，黃昏前的太陽將斜斜的光線灌輸進我們的課堂裏來。在我那裏，左面的我的小屋裏，——在一年以前圖沙就把我和那些「男爵的，元老院議員的兒童們」分開，放在這間屋內，——正坐着一位女客。是的，在我那裏，在我這孤苦無親的人那裏，忽然發現了一個女客，——從我到圖沙那裏來的時候起這是初次。她一走進來，我立刻認識了這位女客：她就是母親，雖然自從她在一所鄉村的教堂裏給我行懺悔禮，一頭鴿子從圓頂上飛過的時候起，我還沒有看到她一次。我們兩人坐着，我奇怪地審看她。過了許多年以後，我纔曉得她當時因為魏爾西洛夫忽然上國外去，祇剩下她一人，便動用自己的可憐的一點款子，自動地到莫斯科來，幾乎瞞着當時受委託照管她的人們，單獨就是為了和我見一面。奇怪的是她走將進來，和圖沙談話以後，一句話也沒有對我自己講，她是我的母親。她坐在我身旁，我記得我甚至奇怪，她怎麼說得這樣少。她手裏有一個包袱，她解了開來，包袱裏原來有六隻橙子，幾塊蜜餅，兩個尋常的法式麵包。我對於法式麵包感到了恥辱，帶着受傷的神色回答，我們這裏的「飯食」是很好的，喝茶時每天給我們每人一隻整個的法式麵包。

「一樣的，寶貝兒，我是由於心地的簡單纔想到：『他們在學校裏的飯食也許不大强，』你不要生氣，親愛的。」

「安東尼納·瓦西里也夫納（圖沙的太太）會生氣的。同學們也要笑我……」

「你不收麼？還是喫了罷。」

「也好，留下來罷……」

那些糖果我甚至沒有去觸動；橙子和蜜餅放在我的小几上面。我坐在那裏，垂下眼皮，露出自我尊嚴的樣子。誰知道，我也許並不打算瞞她，她的訪問甚至會使我在同學面前失去面子；我想稍稍地使她曉得，使她明白「你現在使我受恥辱，而自己還不明白爲了什麼。」我那時已經取着刷子，追在圖沙後面，揮拭他身上的灰塵了！我還自己設想，我會從那些孩子們身上受到多少的嘲笑，在她一走出去以後也許還要從圖沙那裏受到的，——因此我的心裏對她沒有一點善良的情感。我祇是斜看着她的深色的舊衣，充分粗糙的，幾乎工人的手，完全粗糙的皮鞋，和瘦得很利害的臉；皺紋已在她的額上刻得深深的，雖然安東尼納·瓦西里也夫納在她走後的晚上，對我說：「你的母親的容貌大概以前是很不壞的。」

我們這樣坐着，阿格費亞忽然端了盤子走進來，盤子上面放着一杯咖啡。時間是飯後，圖沙的一家永遠在這時候在自己的客廳內喝咖啡。但是母親道謝了一聲，並沒有取茶杯；我以後纔知道她那時候完全不喝咖啡，因爲它能引起心跳。原來她的訪問和圖沙的允許她見我，他們顯然自認爲他們方面極度的寬容，因此給母親端來的那杯咖啡已成爲人道主義的功業，比較地說來這種功業是會給予他們的文明的情感和歐洲人的見解以極大的榮耀的。然而母親竟好像故意似的拒絕了。

我被喚到岡沙那裏去。他吩咐我把所有我的練習簿和書籍拿去給母親看一看：「使她看一看，您在我的學校裏成績怎樣。」當時安東尼納·瓦西里也夫納咬緊着嘴唇，惱怒而且嘲笑地對我說：

「你的母親大概不喜歡喝我們的咖啡。」

我收集了一些練習簿送到等候着的母親那裏去，從聚在教室內，觀望我和母親的「男爵和元老院議員的孩子們」身邊走過。我居然很喜歡切實履行岡沙的命令。「這是法文文法教科書，這是默書，這是拼助詞 avoir（有）和 être（是），這是地理，歐洲和全世界主要城市的名稱」等等。我用半小時或甚至半小時以上的工夫用平正的，小小的嗓音解釋着，馴良地垂下眼睛。我知道母親在科學方面一竅不通，也許甚至不會書寫，但是我很喜歡我扮演的那個角色。然而我不會使她感覺疲乏；她一直聽着，不打斷我的話，露出異常的注意，甚至崇拜的心情，弄得後來我自己都厭煩起來，也就停止了；然而她的眼神是憂鬱的，她的臉上露出一點可憐相。

她終於立起來走了。忽然岡沙親自進來，露出愚蠢的，鄭重的神色問她：「你滿意兒子的成績麼？」母親起始無聯貫地喃喃和道謝；安東尼納·瓦西里也夫納也走了過來。母親請他們兩人「不要遺棄孤兒們，他現在就是孤兒，把你們的恩惠施給他。」……她含着一眶眼淚，向他們兩人鞠躬，向每人單獨地鞠着深深的躬，簡直就像那些「普通人」跑來對神氣活現的老爺們有所懇求的時候那樣的鞠躬。岡沙甚至沒有料到這層，安東尼納・瓦西里也夫納的態度顯然緩和了下去，自然立刻把她對於那杯咖啡的結論變更了。阿沙用加倍的鄭重的神色，慈善的口氣回答他「對於孩子們決不歧視，這裏的學生們全都是他的孩子，而他是他們的父親，我在他那裏差不多跟元老院議員和男爵的子女們平等相待，這是應該珍視的一件事」等等的話。母親惟有鞠躬着，但顯出慚愧的樣子，終於轉身向我，眼眶裏含着眼淚，說道：「再見罷，寶貝！」

當時吻了我，那就是說我允許她吻我。她顯然還想吻我，抱我，把我很緊在懷裏，但是是不是她自己覺得在人面前有點不好意思，或者由於別的什麼情形而感到悲苦，或者她已經猜到我爲了她感覺慚愧，因此她急急忙忙地又對阿沙鞠躬，就走出去了。我站在那裏。

「Mais suivez donc votre mère,」——安東尼納・瓦西里也夫納說，——「il n'a pas de coeur cet enfant!」（你去送你的母親，這孩子沒有良心！）

阿沙聳了聳肩膀，回答她，意思自然是說：「我沒有白白地把他當作僕役看待呀。」

我馴順地跟着母親出去；我們走到臺階上面。我知道，現在他們大家全從窗內看望着。母親臉朝着教堂，向它深深地畫了三次十字，她的嘴唇抖索着，濃重的鐘聲響亮而且有韻律地從鐘樓上傳來。她轉身向我，——忍不住，兩手放在我的頭上，就在我的頭上哭泣了。

「媽媽，得了罷……怪害臊的……現在他們在窗裏會看得見的……」

她抖傑了一下，匆忙地說：

「天呀……上帝和你同在……願天神聖母尼古拉聖神保佑你……主呀，主呀！」——她用急促的語音反覆地說着，一直對我畫十字，努力又快又多地畫着十字，——「我的寶貝，我的親愛的，等一等，寶貝……」

她匆匆忙忙地把手插進袋裏，掏出了手絹，藍色的帶方格的手絹，在頭上緊緊地紮了一根結，起始解開結子……但是解不開……

「唔，一樣的，連手絹一塊兒取去，這手絹很乾淨，也許有用的，裏面有四隻雙角，也許有用的，對不住，寶貝，多點我恰巧沒有……對不住，寶貝。」

我放下了手絹，想說圖沙先生和安東尼納·瓦西里也夫納待我們很好，我們什麼也不需要的話，但是忍住了，當時把手絹收下來了。

她又畫了一下十字，又微語出一些禱語，突然，——突然對我跪下躬去，就像剛纔在樓上對圖沙鞠躬一般，——一個深深的遲慢的長長的鞠躬，——我永遠不會忘記這個的，我竟自抖索了一下，自己不知道爲了什麼。她想借着這鞠躬說些什麼？「想在我面前承認自己的罪麼？」——我不知道，在過了許多時候怎麼會想到這層的。但是當時我立刻更加感到羞慚，「他們會在樓上看望，圖白特大概還要起始挨打我的。」

她終於走了。橙子和蜜餅在我回屋去以前就被元老院議員和男爵的孩子們吃光了，四隻雙角立刻被圖白特搶去。他們用這些錢在糖果店裏買下了許多洋點心和巧克力糖，甚至不給我吃。

過了潑潑的半年，多風的，陰雨的十月來到了。我完全忘記了母親。那時候仇恨，對於一切的瘖啞的仇恨已經闖進我的心裏，完全把它浸透了；我雖然仍舊用刷子替圖沙排拭衣裳，但是已經用全力怨恨他，每天越來越利害。有一天，在一個憂鬱的薄暮的朦朧中，我不知爲了什麼，翻我的抽屜，忽然在角落裏看見了她的那條藍色的，府綢的手絹；它就從我當時塞進去的時候起一直放在那裏。我掏了出來，甚至帶着多少的好奇審看了一番；手絹的頭還完全保存以前的結子的痕跡，甚至還有印得很清楚的錢幣的圓印；然而我把手絹放在原來的地方，把抽屜推進去了。那天是節期的前夜，傳喚夜禱的鐘聲響了。學生們已從飯後起散回家去，但是這一天闌白特留在學校內，不知爲什麼原故沒有人來接他出去。他當時雖然繼續打我，和以前一樣，但是已經有許多話告訴我，而且需要着我。我們談論了一晚上的萊巴丙夫司基式的手槍，其實我們兩人誰也沒有看見過，又講柴爾開司人的劍，如何斫法，講最好組織强盜的夥團，最後闌白特又轉到他心愛的談話上去，那就是關於那個一定的討厭的題目。我雖然私自驚異，但是很愛聽。這一次我忽然起始按捺不住，我對他說，我頭痛。十點鐘的時候我們躺下來；我連頭鑽進被窩裏去，從枕頭底下抽出那塊藍手絹；我不知爲了什麼，在十小時以前重又開了抽屜，把它取出來，在我們的牀鋪剛鋪好的時候，我就把它塞進枕頭底下。我立刻把它貼在自已臉上，忽然起始吻它。「媽媽，媽媽，」我一面回憶，一面微語，我的整個胸脯蹺曲了攏來，像被壓在鐵板縫裏似的。我閉上眼睛，看見她的臉龐和抖索的嘴脣，在她朝敎堂畫十字，以後又對我畫十字，我對她說：「怪害臊的，人家看着呢」的時候。「媽媽，媽媽，你一生中到我這裏來了一次……媽媽，你現在在哪兒？你這遠來的女客？你現在記得不記得你的可憐的男孩，你來看過的那個男孩……你現在哪怕再來看我一次，哪怕讓我夢見你一次，祇讓我對你說，我如何的愛你，祇要讓我擁抱你一下，吻你的小藍眼睛，對你說，我現在完全不以你爲羞恥，又對你說，我當時就愛你，我的心當時已經異常的痛楚，我祇是坐在那裏像一個僕人而已。你不曾知道，媽媽，你永遠不會知道，我當時如何的愛你媽媽，你現在在哪裏？你聽見我麼？媽媽，媽媽，你記得那隻鴿子，在鄉村裏的麼？……」

「啊，見鬼……他怎麼啦！」——闌白特從牀鋪上嘮叨地說着。——「等一等，我要給你一下！竟不讓我睡覺……」他終於從牀上跳起來，跑到我身旁，起始拉我身上的被服，但是我緊緊地抓住遮頭裏住的被服。

「你哭，你爲什麼哭？傻瓜！傻瓜！我要給你一下！」——他於是捶打我，他用拳頭痛痛地打我的背，頭，越來越痛，越來越痛，於是……於是我突然張開眼睛來了……

天色業已大亮，針形的寒霜在雪上，牆上閃耀着……我蹌伏着身體，坐在那裏，帶着爸爸一息的樣子，身體在我的皮大衣裏僵冷了，同時有一個人立在我面前，喚醒我，大聲咒罵，用右脚狠狠地踢我的腰部。我擡起身來，看見着：一個人穿着闊綽的熊皮大衣，戴着貂皮帽，一雙黑眼，一把黑得像樹膠似的漂亮的長鬚，一個駝曲的鼻子，一排白色的牙齒，白白的，紅潤的，臉像假面具……他很靠近地俯就我的身邊，衔着寒霜的蒸氣，隨着他的每一次的呼吸從他的嘴裏飛出來：

「凍死了，酒醉的鬼臉，傻瓜！你會像狗一般地凍死的。快起來呀！起來呀！」

「闌白特！」——我喊。

「你是誰？」

「道爾郭羅悲！」

「哪一個鬼道爾郭羅悲？」

「普通的道爾郭羅悲……幽沙……就是你在酒店裏用叉子插到他腰裏去的那個……」

「阿哈！」——他喊了出來，發出一種長長的回憶的微笑。（難道他眞是忘記我了！）「阿！那就是你呀，你呀！」

他把我扶起來，讓我立在那裏。我簡直站不住，動彈不得，他領着我，用手扶我。他窺望我的眼睛，似乎在那裏盤算，記憶，用全力聽我的說話，我也用全力含糊地說話，不斷地，無止休地，而且因爲說話而感到高興，感到高興，又高興他是闌白特。是不是因爲我不知爲什麼緣故把他當作我的「救星」，或者因爲我把他當作完全從另一世界裏來的人，纔奔到他那裏去，——我並不知道，——我當時並沒有加以思考，——但是我竟不加思考地奔到他身邊去了。我當時說什麼話，我完全不記得，但是不見得會說得有條理，甚至不見得能明晰地說出話語來；不過他聽得十分仔細。他拉住首先馳近過來的馬車，幾分鐘後，我已經坐在暖和的空氣裏他的屋內了。

三

每個人無論是什麼樣的人，一定會保存着一些回憶，關於那些在他身上發生過的事情，是他看得，或着傾向於看得像什麼荒誕的，不尋常的，出類拔萃的，幾乎奇異的東西，即使是夢，會晤，猜測，預感，或和這相類的什麼東西都可以。我至今還有把我和蘭白特相遇的那件事情看作一點預言的性質的傾向……至少是從遇見的環境和後果上可以判斷出來的。從一方面看來這一切至少是發生得十分自然的：他不過是在做完了黑夜裏的一件工作以後回家來（什麼工作，——以後可以解釋出的，）喝得半醉，在胡同裏大門旁停留了一分鐘，這纔看見了我。他纔到彼得堡幾天。

我來到的那間屋子是不大的，陳設得很不巧妙的，彼得堡普通的中流的，帶傢具轉租的公寓裏的一間。不過蘭白特自己卻穿得講究而且闊綽。地板上放着兩隻皮箱，祇理清了一半。房間的一隻角落有屏風擋住，遮着一隻牀。

「Alphonsine!」——蘭白特喊。

「Présente!（來啦！）」——一個破響的，帶着巴黎口音的女人的聲音從屏風裏響應着，於是在隔了兩分鐘以後，m-lle Alphonsine 跳出來了，媽媽虎虎地穿着襯衫，顯出剛從牀上起來的樣子，——一個有點奇怪的人物，高身材，瘦條子，像一條木片，頭髮烏黑的女郎，長長的腰，長長的臉，跳躍的眼睛，陷進的臉頰，——一個十分憔悴的人物。

「快點！（我翻譯出來，他對她用法語講話，）——他們那裏大概已經生上火爐了；快去取開水，紅酒和糖來，把杯子取來，快些，他凍壞了，他是我的朋友……在雪地上睡了一夜……」

「Malheureux!（可憐的人！）」——她喊，用戲劇的手勢搖擺着雙手。

「喏喏」——阿白特向她呼喊，像喊小狗似的，還用指頭威嚇着；她立刻停止了那個手勢，跑出去執行命令。

他觀察我，摸我；試試我的脈，摸摸額角，鬢角。「奇怪，」——他嘟囔着。——「你怎麼沒有凍死……但是你整個身子用皮大衣蓋住，連頭都鑽了進去，像坐在皮製的洞穴中似的……」

熱水的杯子來了，我貪婪地吸喝着，它立刻使我復活了；我又喃語起來；我半躺在角落裏的沙發上面，一直說着話，——我一邊喝，一邊說，——但是究竟說什麼，如何說的，我又幾乎完全不記得，有幾個瞬間，甚至有整整的一段時間完全遺忘了。我要重複一遍：他當時從我的囈語中了解些什麼，——我不知道；但是有一件事情我以後清楚地猜到，那就是他已經來得及了解我到了足以斷定和我相遇是不應該加以忽視的一樁事情的程度……以後我還要解釋他會有怎樣的打算。

我不但顯得異常活潑，且有時似乎很快樂。我記得簾幃舉起來的時候，忽然滿眼照耀着全屋的陽光，有人生着火爐爐內發出爆裂的聲音，但是誰在那裏生，怎樣生，——卻不記得了。我還記住一隻小黑叭兒狗，m-lle Alphonsine 握在手裏，嫵媚地把牠貼在自己心上。這隻小狗很使我逗樂，我甚至停止了講話，兩次彎着身子去摸牠，但是阿白特揮了揮手，阿爾芬西納帶着那隻小狗立刻退到屏風後面去了。

他自己很沈默，坐在我的對面，身子深深地彎到我那邊來，不間斷地靜聽着；有時還發出深長的微笑，咬緊牙齒，眯細眼睛，似乎努力在那裏盤算，希望猜到什麼。我清清楚楚地保存着回憶的祇是在我對他講起「文件」來的時候，我怎麼也不能表示得明白些，把故事有意義地聯結起來，從他的臉上很可以看出他怎麼也不能了解我，但是他很想了解，使得他甚至想冒着險對我發問，這是很危險的，因爲祇要有人一打岔，我立刻自己把題目打斷，忘記自己所說的話。我們這樣坐着說話，有多少時候，——我不知道，甚至不能想像。他忽然立起來，叫阿爾芬西納來。

「他需要安寧；也許還要請醫生。他要什麼，——便依他做，那就是說……Vous comprenez, ma fille? Vous avez l'argent?（你明白麼？我的女孩！你有錢麼？）有沒有？拿去！」他掏出十個盧布給她。他起始和她微語：「Vous comprenez! Vous comprenez!」——他對她反覆地說，用手指威嚇，嚴厲地皺起眉頭。我看見她很怕他。

「我就回來，你最好睡一覺，」——他對我微笑，取起了帽子。

「Mais vous n'avez pas dormi du tout, Maurice!（但是你一點沒有睡啊，莫里司）」——阿爾芬西納用哀憐的聲音喊。

「Taisez vous, je dormirai après,（你不要說了，我隨後就睡，）」——他於是出去了。

「Sauvée!（——去罷！——）」——她用哀憐的聲音微語，手朝他背後指着。

「M-r, m-r!」——她立刻立在屋子中央，擺好了姿勢，朗誦起來。——「Jamais homme ne fut si cruel, si Bismark que cet être; qui regarde une femme comme une saleté de hazard. Une femme, qu'est-ce que ca dans notre époque? "Tue la!" Voila le dernier mot de l'Académie française!......」（註1）

我的眼睛向她瞪出;我的眼睛模糊了,我已經幻見兩個阿爾芬西納……我忽然看出她哭了,便抖索了一下,心想她早就對我說話,而我在這時候睡覺着或者失去了知覺。

「……Hélàs! de quoi m'aurait servi de le découvrir plutôt,」——她呼喊着。——「et n'aurais-je pas autant gagné à tenir ma honte cachée tout ma vie? Peutêtre, n'est il pas honnête à une demoiselle de s'expliquer si librement devant m-r, mais enfin je vous avoue que s'il m'était permis de vouloir quelque chose, oh, ce serait de lui plonger au coeur mon couteau, mais en détournant lès yeux, de peur que son regard execrable ne fit trembler mon bras et ne glaçât mon courage! Il a assassiné ce pope russe, m-r, il lui arracha sa barbe rousse pour la vendre à un artiste en cheveux au pot des Maréchaux, tout près de la Maison de m-r Andieux —hautes nouveautés, articles de Paris, linge, chemises, vous savez, n'est-ce pas?……Oh, m-r quand l'amitié rassemble à table épouse, enfants, soeurs, amis, quand une vive allegressé enflamme mon coeur, je vous le demande, m-r: est-il honheur préférable a celui dont tout jouit? Mais il rit, m-r, ce monstre execrable et inconcévable et si ce n'était pas par l'entremise de m-r Andrieax, jamais, oh, jamais je ne serais……Mais quoi, m-r, qu'avez vous, m-r?」(註三)

她奔到我面前來:我大概正在發冷戰,也許昏暈了過去。我不能形容,這半瘋狂的人如何給我引起沈重的，病態的印象。也許她想像，她是奉命給我解悶的：至少她一步也不離開我。她也許以前演過戲，她朗誦得可怕，身子旋轉着，嘴內不歇地說話，但是我早就沈默着。我從她的所講的話裏能够了解的是她似乎和那個 "la Maison de m-r Andrieux—hautes nouveautés, articles de Paris etc." 有密切的關係，甚至也許是從 la Maison de m-r Andrieux 出身，但是她好像永遠被 m-r Andrieux 抛棄，為了 parce monstre furieux et inconcévable，因此就出了悲劇……她嗚咽着，但是我覺得這就是那麼會事，那是理應如此，她並不哭泣我有時覺得她的全身忽然像骸骨般地散落了；她用一種被壓抑的，破碎的聲音說

（註一）先生，先生，從來沒有人這樣殘忍的，活活的一個偉斯孝，在他看來一個女人就是一種濫污貨。一個女人在我這時代裏算個什麼呢？「殺了她」這就是法蘭西翰林院的最後判詞。

（註二）……唉，我們要來揭露這個於我有什麼用處呢？……把我的恥辱一生一世底蔽着不也成了嗎？也許一個女孩子在你先生面前這麼直率地解說自己是誠實的吧，可是我究竟要向你承認一句，如果允許我要求點什麼，喉，那末我所要求的就是把我的刀刺進他的胸膛，不過我的眼要緊靠別處，為的是怕他那副討厭的眼光，不說他嚇抖了我的手，沮喪了我的勇氣！是他殺了這個俄國教士的，先生，他拔下他的紅鬍子來賣給一人——住在瑪爾賽橋的不戴帽子的藝術家，那地方就緊靠着昂德們阿先生的店——發賣時裝，巴黎商品，內衣，襯衫，這你是知道的，是不是？……哦，先生，當我看見把妻，子女，姊妹，朋友聚集到一棟，當一種熱烈的愉快燃燒着我的心，請問你，先生，這對於一個什麼都玩過的人是不是更好的幸福呢？可是他笑了，先生，這個討厭的古怪的惡棍，如果不是看在昂德們阿先生出來調停，我絕不，哦，我絕不會……可是什麼事，先生，你怎麼樣了，先生？

話，譬如說，preferable 那個字她讀得像 prefer-a-able，而把 a 字的音讀得像羊叫。我有一次醒轉來，看見她在屋子中央做出用脚尖旋轉着跳舞的姿勢，但是她並不跳舞，而這旋轉的姿勢似乎也和所謂的故事有關，她祇是在臉上形容出來。她忽然跑了過去，打開擺在屋內的又小又舊而且音調破碎的鋼琴，一面彈，一面唱。我大概有十分鐘或十分鐘以上完全遺忘了自己，睡着了，但是小哈叭狗尖叫了一聲，我就醒了：意識忽然完全回到我身上來，照耀着我；我恐怖地跳了起來：

「阿白特！我在阿白特家裏！」——我想着，取起帽子，跑去取我的皮大衣。

「Où allez-vous, m-r?（您到哪裏去，先生？）」——眼光銳敏的阿爾芬西納喊。

「我想走，我想出去！放我走，不要留住我……」

「Oui, m-r!（是的，先生！）」——阿爾芬西納用全力證實着，自己跑去給我開上走廊裏去的門。

「Mais ce n'est pas loin, m-r, c'est pas loin du tout, ça ne vaut pas la peine de mettre votre choubà, c'est-ici près, m-r!（註）」——她朝整個走廊裏喊，我從屋內跑出，轉向右面。

「Par ici, m-r, c'est par ici!（從這裏走，先生，從這裏走。）——她的長長的多骨的手指用全力抓住我的皮大衣，用另一隻手對我指着走廊左面一個我並不想去的地方。我掙脫了她的手，向樓梯上大門那裏跑去。

「Il s'en va, il s'en va!」——阿爾芬西納追我，用破碎的嗓音喊着：——「mais il me tuera,

（註）可是並不遠呀，先生，一點也不遠，你用不着穿你的大衣了，就在附近呀，先生。

m-r, il me tuera!（註）」——但是我已經跳到樓梯上去，不管她甚至怎樣從樓梯上追下來，竟來得及開大門，跳到街上，坐到第一輛馬車上去。我說出了母親的地址……

四

然而意識閃現了一下，竟迅快地熄滅了。我還稍稍地記得，馬車把我載送到母親家裏。但是一到那裏我差不多立即陷入完全無知覺的境界裏去。第二天上，人家後來對我講，（我自己也記住了，）我的理智又清朗了一瞬間。我記得自己睡在魏爾西洛夫的房內他的沙發上面；我記得在我周圍有魏爾西洛夫，母親，麗薩等人的臉龐，我很記得魏爾西洛夫對我講着柴爾切闊夫和公爵，把一封信給我看，安慰我。他們以後講，我一直恐怖地詢問一個姓蘭白特的，我一直聽到一隻哈叭狗的吠聲。但是知覺的微光迅快地黯淡了；到了這第二天的晚上，我發作了熱病。我且趕在事件的前面，預先解釋一下：

那天晚上我從柴爾切闊夫賭場跑出來，一切已稍見安靜以後，柴爾切闊夫在從新開始賭博的時候，忽然大聲宣布發生了悲慘的錯誤：那筆遺失的四百盧布在其餘的錢堆裏找到了，莊家的賬是完全對的。還留在場內的公爵當時走到柴爾切闊夫面前，堅決地要求他當衆宣布我的無罪，還用信件的形式向我賠罪。柴爾切闊夫一方面也認這要求是值得尊敬的，便當着大家說明天要給我寫一封解釋和道歉的信。公爵把魏爾西洛夫的地址告訴他，魏爾西洛夫果眞在第二天上接到了柴爾切闊夫親自寫給我的信，和

（註）他去了，他去了，……可是他將要殺我的，他將要殺我的！

一千三百多盧布，是屬於我而遺忘在賭場的。因此柴爾切闊夫那裏的公案了結了；這個喜悅的消息極有助於我的健康的恢復，在我從喪失知覺中醒轉來的時候。

公爵從賭場上回來後，當夜寫了兩封信：——一封給我，另一封寄給他以前的營團，就是發生騎兵少尉司帖潘諾夫那樁事情的營團。他第二天早晨就發寄了這兩封信以後又寫了一封報告書，一清早手持這報告書親自上自己的營團司令那裏去，向他聲明，他是「刑事犯，參加偽造某股票因此自首，請求法辦。」隨後他就把報告書親自交給他，裏面用書面陳述一切。他被捕了。

下面是他給我的信，就是那天夜裏寫的：

「親愛的阿爾卡其·瑪加爾維奇！

我在試用奴僕的『出路』以後，已喪失了用我能決定做出正直的功績的一個念頭安慰自己的權利。我對國家，對自己的家族有罪，因此我要自己懲罰自己，這家族中最後的一人。我不明白，我怎麼會抓住自我保存的卑劣的意念，有一個時候幻想用金錢自贖。我自己在良心前面，仍舊成爲永遠的罪人。這些人即使把和我的名譽有關的文件還給我，也無論如何一生不會忽略我的！結果怎樣呢？和他們在一起生活下去，一輩子和他們串通着，——這就是我期料得到的命運！我不能接受它，終於在自己身上發現了一點決意，也許祇是絕望的意志，就是像現在所做的那樣做法。

我寫了一封信到以前的營團裏給以前的同事們，爲司帖潘諾夫辯白。在這行爲裏沒有，也不會行任何贖罪的行爲：這祇是明天的死人的臨終遺囑。應該這樣看法。

請您恕我在賭場裏背棄您；這是因爲在那個時間內我不相信您。現在在我已經成爲死人的時候，我甚至能够作出這樣的自白來……從另一世界來的自白。

可憐的麗薩！她一點也不知道這個決意；讓她不要詛咒我，但是自行考慮一下。我不能自行辯白，甚至我找不出話來向她作什麼解釋。您還須曉得，阿爾卡其・瑪加爾維奇昨天早晨她最後一次上我這裏來的時候，我已把我的欺騙行爲向她宣佈，並且承認我到安娜・安特萊夫納家裏去是想向她求婚的。我知道她的愛，我不能在現在想要實行的最後的決意之前，還在我的良心上遺留下這個來，因此我對她直說了出來。她饒恕了全都饒恕了，但是我不相信她；這不是饒恕；在她的地位上我是不能饒恕的。

希望您記得我。

您的不幸的最後的公爵

謝可里司基上。」

我在無知覺中整整地躺了九天。

民国世界文学经典译著·文献版（第二辑：耿济之译著）

◆长篇小说◆

少年（下册）

[俄]陀思妥耶夫斯基（F.dostoevsky）著

耿济之 译

上海三联书店

[俄]陀思妥耶夫斯基（F.dostoevsky）著
耿濟之 譯

少年

（下册）

中華民國三十七年四月初版

第三卷

第一章

一

現在完全講別的事情。

我做宣布「講別的，講別的，」但是自己老是繼續一行行寫關於自己一個人的事情。我已經有一千遍宣告過，我並不打算描寫自己；而且我在起始寫的時候，就堅決地不打算：我十分明白，我對於讀者是毫無用處的。我描寫，而且想描寫的是別人，而非自己，假使我自己被捲了進去，那祇是悲慘的錯誤，因爲這是怎麽也不能避免的，無論我怎樣希望。主要地，使我感到可惱的是我在如此熱切地描寫自己的奇遇的時候，我也就藉此給人們一個因由去想，我現在也還是和當時一樣的人。讀者會記得，我已經屢次呼喊：「假使能變更一切，完全重新起始纔好呢！」我不會這樣呼喊，假使現在我沒有根本的改變，且不完全成爲另一個人。這是十分顯而易見的；要知道所有這些道歉和序言，我不能不時常插進我的記載的核心裏去的，是如何地使我厭煩呀！

現在言歸正傳。

我在九天的無知覺中蘇醒過來的時候，業已取得了復生，但並沒有使我改過；我的復生是愚蠢的，如果照廣義來講。假如在現在也就決不會如此的。理想，也就是情感，仍舊在於和他們完全離開（像以前許多次一樣的，）但是一定要離開，且並不像以前那樣，把這題目給自己設定了一千遍，而總歸不能實行。我不想對任何人復仇，我可以發出這個誓言，——雖然我受盡了大家的恥辱。我準備無嫌惡，且無詛咒地走開，但是我希望有自己的力量，真正的，離開世上任何人而獨立的力量；而我幾乎要和世上的一切和解！我將我當時的幻夢記載下來，並不作為一個意念，卻作為一個當時的，無瑕可擊的感覺。我躺在牀上的時候，還不想使這感覺取得形式加以表現出來。我病中無力地躺在魏爾西洛夫的屋內，——他們把這屋子騰給我，——痛苦地感覺我處於怎樣的無力的低微的階段上面：橫倒在牀上的好像是一根草梗，不是人，那不僅為了疾病，——這真是使我感到惱恨！於是從我的本質的最深處，反抗用全力擡頭了，我為了一種無邊的誇張的驕傲與挑戰的情感而透不出氣來。我甚至不記得我整個的一生中什麼時候會比我在恢復健康中的最初幾天更加充滿驕傲的感覺多些，——這最初的幾天指的就是像一根草梗似的橫躺在牀上的時候。

但是我暫時沈默着，甚至決定一點也不加思索！我一直瞧着他們的臉，努力從那些臉上猜測我所需要的一切。顯然他們並不願意盤問，也不露出好奇的態度，祇和我談論完全不相干的事情。這使我喜歡，同時也使我惱怒；我不高興解釋這個矛盾。我看到麗薩比看到母親少，雖然她每天上我這裏來，甚至每天兩次。從她們談話的片斷裏，還從她們的神色上，我斷定麗薩積下了許多麻煩的事情，她甚至時常為了自己的事情不在家就在她會有「自己事情」的一個意念中間就似乎包含着使我感到惱怒的一些什麼；但是這一切祇是病態的，純粹生理方面的感觸，不值得加以描寫的。達姬央納·伯夫洛夫納也幾乎每天上我這裏來，雖然並不對我怎樣溫和，但至少不像以前似的臭罵，這使我反而不痛快因此我簡直對她表示我的意見：「達姬央納·伯夫洛夫納，您在不罵人的時候是極沈悶的。」——「那末我不上你這裏來了，」——她脫身就走。我很高興，總算把一個人趕走了。

我把母親折磨得最利害，時常惱她。我的食慾大增，做嘟噥地說飯食來得太慢，（其實永遠不慢。）有一次她給我端了湯來，起始照平常的樣子，親自餵我，但是我一面喫一面做嘟噥。我忽然對我的嘟噥感覺可恨：「我也許祇愛她一人，卻還要折磨她。」但是忿恨壓抑不住，我忿恨得突然哭了，而可憐的她竟心想我是為了和愛而哭的便俯下身子，起始吻我。我勉強忍住，馬馬虎虎地忍過去了，在這一秒鐘內真是恨她。但是我永遠愛母親，那時候還愛，並不忿恨，而情形是永遠這樣的：越是愛那人，越要首先侮辱他。

我在這最初的幾天內祇恨醫生一人。這醫生年紀很輕，用傲慢的神色堅決而且無禮貌地說話。他好像有滿身的學問，昨天纔在忽然中悟得了一點特別的東西，其實昨天並沒有發生特別的事故；但是「中流」與「尋常」的人物永遠是如此的。我忍耐了許久，但終於忽然衝決了，當着家裏的人們對他宣布，他不必徒然地走上門來，我完全沒有他也會痊愈，他雖具有現實派的形式，但全身充滿了一些偏見，不明白醫學還永遠沒有治愈過任何一個人；至於他本人大概毫無學問，「正和現在的那些技師和專家一般，——近來全露出那種不可一世的氣概。」醫生很生氣，（從這一端就可以證明他是何等樣的人，）但還纔來診治。我後來對魏爾西洛夫說假使醫生不停止上門，我要對他說出十倍不愉快的話語。魏爾西洛夫祇說，比已經宣布出來的話說得不愉快到兩倍以上是不可能的，至於十倍更不用提了。我很高興他說了這句話。

這纔算是人呢！我講的是魏爾西洛夫。他，祇有他是一切的原因，——結果如何呢？我當時單祇對他一人不懷恨。我以爲我們當時就互相感覺到，我們有多多地互相解釋一下的必要……因此也就最好永遠不去解釋。最愉快的是在發生這類生活遭遇的時候遇到一個聰明的人！我已經在我的故事的第二部分中預先講過，他十分簡單而且明顯地向我轉述被捕的公爵如何寫信給我的事情，還關於柴爾切關夫如何替我洗刷的話等等。因爲我決定沈默，所以祇是乾脆地對他發出了兩三個極短的問題；他明顯而且確切地回答着，但完全沒有多餘的話，而且最妙的是沒有多餘的情感。多餘的情感是我當時最懼怕的。

我對於蘭白特沈默着，但是讀者自然猜得到我很想他。我有好幾次在譫語裏提到蘭白特；但是從譫語中醒轉來，仔細看了一下以後，我很快地悟到，關於蘭白特的事情還保持着祕密，他們一點也不知道，連魏爾西洛夫都在內。我當時很高興，我的恐怖消失了，但是我錯誤了，以後我纔知道，使我十分驚異：原來他在我病得昏沈的時候就已經來到了，但是魏爾西洛夫沒有對我說這件事情，因此我斷定我對於蘭白特已經沈入永恆的思念中去了。然而我時常想他，不但如此：想他的時候不但沒有厭惡，不但帶着好奇，甚且帶着同情，似乎預感到新穎的，閒暇的和在我心中產生出來的新的情感與計劃相適應着的一點什麼。一句話，我決定最先把蘭白特仔細考量一下，在我決定起始思索的時候。我要加敍一點奇怪的情形進去；我完全忘記，他住在哪裏，當時在哪一條街上出的事情。屋子，阿爾芬西納，小狗，走廊，——我全都記起了；哪怕立刻講出都行；但是這一切在哪裏發生的，那就是在哪條街上，哪個房屋裏，——我完全忘記了。最奇怪的是祇在我有了完全知覺的第三天或第四天上，在早就起始想起闊白特的時候，纔記起了這一切。

我復活後的最初的感觸是這樣的。我祇記住了在浮面上的一切，而主要的大概不會記住。實際上，那主要的一切也許當時已經在我的心裏有所決定，且已形成了；總不見得單祇爲了沒有端給我雞湯喝而惱怒，而怨恨的呀。我記得我的心裏當時如何地憂鬱，在那些時候我有時是如何的煩惱着，尤其在我獨自留在屋內許久的時候。他們好像故意似的迅快地了解我和他們在一起會感到痛苦，他們的同情會使我惹惱，因此起始時常留我一個人在屋內：猜測得那樣地過分的精細。

二

在我有了知覺後的第四天上，下午兩點多鐘，我躺在我的牀上，沒有人伴我。那天是晴朗的，我知道四點鐘，太陽將下山的時候，一條斜斜的紅色的光芒會一直射進我的牆角落裏，用鮮豔的斑點照耀這個地方。我從以前的幾天內知道這個，關於在一小時後一定會發生這情形，而主要的是我已經預行知道，像一加一等於二似的一層，竟使我生氣得至於怨恨。我痙攣地把全身翻轉去，突然地，在深深的靜寂中，明晰地聽到一些話句：「主耶穌基督，我們的上帝，寬宥我們罷。」這話句是用半微語發出來的，隨來了一聲從整個胸內透出來的深深的歎息，隨後一切又完全靜下去了。我迅快地舉起頭來。

我在以前，那就是在昨天，甚至還在前天，就看出在樓下我們這三間屋內出了一些特別的情形。在隔着大廳的那個小屋內，以前母親和麗薩居住的地方現在顯然住着另一個人。我已經不止一次聽到一些聲音，在白天，在夜裏，但祇是一剎那的功夫，極短的一剎那，立刻恢復了完全的靜寂，有幾小時之久，因此我也不加以注意了。在頭一天，我轉到了魏爾西洛夫在那裏的一個意念，雖然我從他們的談話中確切地知道魏爾西洛夫在我病中搬到另一個寓所裏去歇宿。關於母親和麗薩，我早就知道她們兩人，（爲了我的安寧起見，我以爲，）已經搬到樓上，我以前的「棺材」裏去了，有一次甚至自己尋思：「她們兩人怎麼住得下的？」——而現在忽然發現在她們以前的屋內住着一個人，而這個人完全不是魏爾西洛夫。我帶着猜度不到自己身上會有的那份輕鬆，（我至今還想像，我是完全無力的，）從牀上把雙腳垂下，溜進睡鞋裏，披上灰色的羔皮的長袍，（放在我身旁，魏爾西洛夫贈送給我的，）便穿過客廳，上母親以前的臥室裏去了。我在那裏看到的一切，把我弄得完全糊塗了：我怎麼也料不到有這種情形，因此在門限上停了步，像生了根一般地呆住了。

那裏坐着一個白髮老翁，長着一堆又長又白的鬍鬚，顯然他早就坐在那裏。他沒有坐在牀上，卻坐在母親的長凳上面，不過背靠在牀上。他的身子挺得那樣直，他似乎完全不需要任何的支撐，雖然顯然生着病。他身上除去襯衫以外，還披着一件皮大氅，他的膝蓋上罩着母親的披肩，腳穿着睡鞋。他的身材猜想起來是巨大的，寬闊的肩膀，雖然有病，還露出活潑的神色，雖然臉色有點慘白，身體很瘦，他的臉兒是橢圓的，頭髮很濃，但不很長，好像有七十歲的樣子。他身旁的小几上，左手可以取到的地方，放着三四本書和一付銀質眼鏡。我雖然沒有一點意念想到他，但我立刻猜到他是誰，不過總還捉摸不透，他在這些日子裏，並不多和我並排地住着，竟會住得這樣的輕靜，使我至今一點也沒有猜出來。

他看到了我，動也沒有動一下，但凝聚而且沈默地瞧着我，和我瞧他一樣，區別是我瞧的時候露出無限的驚異，而他卻毫不驚異。相反地，他在這沈默的五秒或十秒鐘的時候，似乎把整個的我審看到了最後的點線以後，突然微笑了，笑聲雖然很快地過去，但是它的光明，快樂的痕跡卻留在他的臉上，而主要的是留在蔚藍的，發耀的眼睛裏，——由於衰老，眼瞼是垂落而且發腫的，四面被無數的小皺紋包圍着。他的這個笑聲給我的影響最深。

我覺得人笑的時候，在大多數的情形下，你瞧着他，會起始覺得討厭的。人們的笑聲裏時常會發現庸俗的，使笑者的身份降低的一點，雖然笑者自己幾乎永遠對於他所引起的印象毫無所知。他的不知道正好比一般人們不知道他們睡覺時，他們的臉是怎樣的。有些睡覺的人，他的臉在夢中也是聰明的，另一些人，甚至是聰明的人夢中的臉會成為很愚蠢的，因此是可笑的。我不知道，為什麼會發生這種情形：我不過想說笑者正和睡者一樣，多半一點也不知道自己的臉。有極多的人們完全不會笑。其實也無所謂會不會：這是一種天才，造不出來的。你可以造出來，除非把自己改造，使自己向好的方面發展，戰勝自己的性格中惡劣的本能：那時候這種人的笑大概會變好的。有些人借着笑把自己完全顯露出來，使你忽然弄明白了他的底細。甚至是無疑地聰明的笑有時也會可憎的。笑最先需要誠懇，但是人們的誠懇哪裏可以找到呢？笑需要無惡意，但是人們時常惡毒地笑着。誠懇的，無惡意的笑就是快樂，在我們的時代，人們的快樂在什麼地方人們會不會快樂呢？（關於我們的時代裏的快樂，——是魏爾西洛夫的見解，我記在心裏的。）人的快樂是最能把人從頭到脚顯露出來的一種性質。有些人的性格你許久摸不清楚，但是祇要這人很誠懇地大笑一下，他的整個性格忽然瞭如指掌了。惟獨具有極高尚的，極幸福的發展的人是會無含蓄地，那就是無從抗拒地善良地行樂的。我並不指着他的智識上的發展，卻指着性格，指着人的整體。所以如果你要看清這個人，知道他的靈魂，那末不必研究他如何沉默，或如何說話，或如何哭泣，或甚至如何被極正直的觀念所煩擾，你卻要在他笑的時候好生看他一下。這人笑得好，——就是好人。你應該注意一切的色彩：例如說，必須使人的笑在無論怎樣的情形裏不顯得愚蠢，任憑他怎樣快樂而且誠懇。你祇要在笑裏稍爲看出一點點愚蠢的性質，這個人的聰明一定極爲有限，雖然他儘從事於把各種觀念散播出來。如果他的笑並不愚蠢，但是他本身在大笑以後起始忽然爲了甚麼原因在你看來是可笑的，即使甚至有一點點可笑，——那末你須知道此人並沒有眞正的，自我的尊嚴，至少不完全有。或者如果這個笑雖然並不勉強，但是你爲了什麼原因覺得是庸俗的，那末你須知道那人的天性是庸俗的，你以前在他身上看出來的一切正直，高尚的東西不是存心虛飾，便是無意識地襲用而來的，這個人以後一定變壞，會從事「有利益的事情」而將正直的理想無憐憫地加以拋棄，視作青年時代的過錯與迷戀。

這套關於笑的冗長的議論我有意寫在這裏，甚至犧牲了故事的進行，因爲我認爲這是我從生命裏取得的最正經的一個結論。我尤其要把這介紹給那些做未婚妻的女郎們，她們已經準備嫁給一個被選擇的人，但還在帶着凝思與不信任想看明白這個人，沒有取得最後的決定。她們不必取笑一個可憐的少年，爲了他竟會發出那一套教訓的話語，干涉到自己一點也不適的婚姻問題上去。但是我單祇明白，笑是最忠實的靈魂的試驗。你瞧嬰孩：有些小孩們會發出極完善的笑，——因此他們是可愛的。好哭的嬰孩在我看來非常討厭，至於發笑而且快樂的嬰孩，那是天堂裏的光明，那是從未來的境界裏來的啓示，在那境界裏人將變爲純潔而且天眞，和小孩一般。就在那老人的剎那間的笑裏閃過了一點嬰孩的嬌媚到不可思議的東西。我立刻走到他面前去了。

三

「坐下，坐在這裏，腿還站不動罷，」——他歡欣地邀請我，對我指出自己身旁的那個位置，用同樣的發光的眼神織緻看望我的臉。我坐在他旁邊，說道：

「我認識您，您是瑪加爾·伊凡諾維奇。」

「是的。你起牀了，那好極了。你是青年人，你好。老人走向墳墓，青年該生活下去。」

「您有病麼？」

「有病，腿最壞。腿還能走到門限那裏，但是一坐下來就腫了。我這是從上星期四起始的，在寒暑表停止以後，（按即結凍以後。）我以前儘搽些油膏；前年李赫登大夫葉特蒙特·卡爾雷奇在莫斯科開的方子，那油膏有用，很有用；但是現在完全沒有用了。胸脯也痛起來。從昨天起背也痛，像狗咬了似的……夜裏睡不着覺。」

「怎麽完全聽不見您的聲音？」——我插上去說。他看着我，同時似乎思索着什麽。

「你不要吵醒你的母親，」——他都尤地說，似乎忽然憶起了什麽似的。——「她整夜在旁邊張羅着，祇是聽不見她的聲音，好像蒼蠅一樣。現在我知道，她已經躺下了。老人生病是眞苦呀，」——他歎了一口氣。——「靈魂好像是什麽那要抓牢的，儘抓住不肯放手，儘歡迎塵世的一切；即使再重新起始活一輩子，大概靈魂是不會懼怕的；雖然這樣的意念也許是有罪的。」

「爲什麽有罪的？」

「這意念是一種幻想，而老人應該莊嚴地死去。假使帶着怨訴和不滿迎接死亡，那末它便是大罪。但假使他由於精神的快樂而愛生命，我以爲上帝會宥恕的，會宥恕一個老人的。人很難知道，什麽有罪，什麽沒有罪：這裏有超過人類智慧以上的祕密。老人應該在任何時候感覺知足，在絢爛的智慧中忻悅地，莊嚴地死去，在吞飽了過去的一些日子以後，透出最後一小時的呼吸，像麥穗之就綑束似的，快快樂樂地就死，因爲已經完成了自己的祕密。」

「您儘講着『祕密』，『完成自己的祕密』是什麽意思？」——我問，向門外看了一眼。我很高興，祇有我們兩人在那裏，而周圍是不慌亂的靜寂。太陽的斜光鮮艷地照在窗上。他說得有點浮誇而且不準確，但是很誠懇，帶着一種強烈的興奮，好像眞是歡迎我進屋來似的。但是我在他身上無疑地看出了狂熱的狀態，甚至是極強烈的。我也有病，我也發着狂熱，從我走到他屋內去的那個時候起。

「祕密是甚麽？一切都是祕密，朋友，在一切上面全有上帝的祕密。每株樹上，每根草裏全包含着那個秘密。小鳥兒啼唱，星兒在黑夜裏閃光，——全是一樣的秘密相同的秘密。最大的秘密就在於人的靈魂在那個世界上期待着的是什麼。就是這樣的朋友！」

「我不知道您的話具有什麼意義……我自然並不是逗您，您要相信，我是信仰上帝的；但是所有這些秘密早已被智慧發現，即使尚未發現也許在最短的時期內一定會發現的。植物學家完全知道，樹木如何生長，生物學家和解剖學家甚至知道鳥爲什麼啼唱，或者很快地會知道的，至於說到星兒，不但已被數得清清楚楚，就是它們的一切行動也已計算得十分準確，因此可以預言到，甚至在一千年前就預言到，一分鐘也不差，某一顆彗星將在何時出現……現在連極遙遠的辰星的組合也知道了。你把顯微鏡取來，這是一塊放大的玻璃可以把物件放大一百萬倍——把一滴水放在鏡子前面細看，你可以看到裏面有整個新的世界，活生物的整個生命，然而這也是秘密而竟被發現了。」

「我已經聽見過這種話，從人們的嘴裏屢次聽見過了。無論怎麼說，這是偉大的，榮耀的事業，一切都順着上帝的意志交付給人；上帝不是白白地把生命的呼吸吹到他身上去，且說着『生活下去，認識一切』的呀。」

「這是普通的說法。但您不是科學的敵人，不是牧師麼？我不知道，您明白不明白……」

「不，我從小也讀過科學，雖然自己不聰明，但是並不抱怨，我雖然得不到，但是別人會得到的。這樣也許更好，因爲每人有每人的個性。親愛的朋友，學問並非對每人都有用處。大家全是不克制的，大家全想做出驚天動地的舉動，我也許比任何人都利害，假使我有聰明的心思。現在我既然極不聰明，怎麼能够自行誇耀，在我自己還什麼也不知道的時候？你年輕，儘管繼續說，你的命運既然如此，你就學下去罷。你應該認識一切，在遇到無神派或無禮的人的時候，你能够在他面前答覆出來，不致使他把粗暴的言語向你身上亂拋擲，攪亂你的成熟的意思。至於那塊玻璃我不久還看見過的。」

他透了一口氣，歎息了一下。我上他屋內來的一層根本給予他極度的愉快。想說話的渴念是病態的。此外，我說他有時甚至看着我，露出一種不尋常的愛情，是根本不會弄錯的：他和藹地把手掌放在我的手上，撫摸我的肩膀……但是有的時候應該說老實話：他似乎完全忘記我，好像獨自坐在那裏，雖然繼續熱切地說話，但似乎向空中說話一般。

「朋友，」——他繼續說，——「在格娜吉也瓦隱居者的房舍內有一個極聰明的人。他出身望族，官居中尉，有許多財產。他活在世上，不願娶妻室；已有十年離世獨處，愛過靜謐的，無聲無臭的隱居的生活，使自己的情感不爲塵世的忙亂所煩擾。他遵守修道院中的一切規章，但不願剃度。他擁有極多的書籍，我還沒有看見過任何人家裏有這許多書籍，——他自己對我說他的書籍值八千盧布。他名叫彼得·瓦列里央尼奇。他在不同的時候教我許多事情，我極愛聽他的話。我有一次對他說：『您既具有如此偉大的智慧，十年來住在修道院內苦修，將自己的意志完全割斷，——您何以不接受剃度禮，使得您更加完善些？』他對我說：『老人，你說起我的智慧；但是也許是我的智慧把我降服，而不是我使它沈靜的。何必討論我的苦修：也許我早已喪失了衡量。更不必講割斷我的意志的話。我可以立刻捨棄我的金錢，把官爵拋扔，把我的騎兵隊的官銜立刻摜在桌上，但是始終不能離開這煙斗裏的煙葉，已經有十年來想戒也戒不掉。這樣我會我爲什麼樣的修士，而我的意志的拋棄又有什麼可頌揚的？」我當時對於他這種剛愎的樣子深爲驚異。去年彼得祭日，我又上這隱士的地方去，——主引我去的，——我看見他的修道室內有這末一樣東西，——就是顯微鏡，——化極大的價錢從國外訂購來的。他說：「你等一等，老人，我給你看一樁奇怪的事情，因爲你還從來沒有看見過它。你瞧這滴水，像眼淚似的清澈，你現在瞧一瞧裏面有些什麼，你可以看出那些技師很快地把所有上帝的祕密全發見了，不會給我們留下一點點的，」——他簡直就這樣說，我記得的。這種顯微鏡我在三十五年前已在阿歷山大·佛拉地米洛維奇·馬爾格勞夫那裏看見過。他是我的舊主人，安得烈·彼得洛維奇的舅父，我們那塊田產就在他死後移轉給安得烈·彼得洛維奇的。他是一位威嚴的老爺，大將軍，豢養一羣狩獵用的狗，我在他手底下充當了多年的狗師。他當時把這顯微鏡放好了，也是從外國帶來的，吩咐全體奴僕，無論男女，挨次走過來看，把臭蟲，白虱，針尖，頭髮，甚至一滴水都放在鏡子下面看。眞是有趣極了：他們全怕走過來，可是也怕主人，——因爲他的火性太大。有些人不會看，眯細着眼睛，一點也看不見；另一些人又怕又喊，頭目薩文·瑪加洛夫竟用雙手把眼睛掩住，喊道：「無論您把我怎樣處置，——我不看！」當時發出了許多的嘲笑。然而我沒有對彼得·瓦列里央南奇直說，我在以前，三十五年以前，就看見過這個奇蹟，因爲我看見人家用極大的愉快給我看，也就起始露出驚異和懼怕的樣子。他給我一個時間，問我道：「怎麼樣，老頭兒，現在你說什麼？」我點着頭，對他說：「主說：有光明，就有了光明，」但是他忽然對我說：「但是有沒有黑暗呢？」他很奇怪地說出這句話，甚至笑也不笑。我當時覺得很奇怪，但是他甚至似乎生了氣，不響了。」

「那不過是您的彼得·瓦列里央南奇在修道院裏喫着齋飯，叩頭跪拜，不信仰上帝了，您恰巧碰到了那個時候，——也就是如此，」——我說。——「再說，這人是極可笑的：他以前一定有十次看見過顯微鏡，那末何必在第十一次上發瘋呢？那是一種神經質的印象力……在修道院裏養成的。」

「他是一個純潔的，極聰明的人，」——老人鄭重地說。——「還不是無神派。他這人有極深的智慧，和不安的心。這類的人現在很多，全是貴族和學術界出身。我還要說，這人在自己懲罰自己。但是你可以從他們身邊繞過去，不要惹惱他們，在夜裏睡覺之前祈禱時提起他們，因爲這班人尋覓上帝。你睡覺之前祈禱麼？」

「不，我認爲這是空虛的儀節。我應該老實告訴您，我很喜歡您的彼得·瓦列里央南奇；至少不是乾草，卻總是一個人，有點像一個人，這人我們兩個都很接近，我們兩人都認識他。」

老人祇注意到我的回答的第一句：

「你不祈禱是不應該的；祈禱是很好的，心裏會顯得快樂些，在睡覺之前，早晨起身以後，夜裏醒轉來的時候。夏天，七月裏，我們忙着上博哥洛特司基修道院趕節。越走近那個地方，人越聚得多，幾乎有二百人，大家全忙着吻兩位偉大的奇蹟創造者安尼基和格利哥利的聖骸。我們在田野裏歇宿，我在清早以前醒來，大家還睡着，連太陽都還沒有從樹林裏窺覷。我仰着頭，眼神向周圍掃射了一下，歎了一口氣。到處是說不盡的美！一切靜寂，空氣是輕鬆的；小草生長着，——生長罷，上帝的小草，小鳥鳴唱着，——鳴唱罷，上帝的小鳥，嬰孩在一個女人手裏啼哭，——願主和你同在，小人兒，長大起來享受幸福罷，小孩！我當時好像一生中初次把這一切包羅在自己身上……我又俯下身去，輕鬆地睡熟了。在世上真好呀，親愛的！我的病祇要一減輕，到了春天我還要出外去。至於說到秘密，那甚至更好些；心裏自然覺得可怕而且驚奇；這恐怖是和心的快樂有關的：『一切在你裏面，主，我自己也在你裏面，你接受了我罷！』你不要抱怨有了秘密，更加美麗些，」——他感動地說。

「『有了秘密，更加美麗些，』……我記住這個，我記住這句話。您表示得太不準確了，但是我明白……使我驚愕的是您知道得更多些，而且明白您會用什麼表現出來；不過您似乎在說着囈語……」我脫口地說出，望着他的瘋熱似的眼睛和灰白色的臉。但是他似乎沒有聽見我的話語。

「你知道不知道，親愛的孩子，」——他又起始說，似乎繼續以前的話。——「你知道不知道，人在這地上的記憶是有界限的？人的記憶的界限僅有百年。人死後百年，他的孩子們，或看過他的臉的孫兒們還能記得他，以後他的記念雖能繼續下去，但祇是口頭的，思想上的記念，因為是由所有看見他的活生生的臉龐的人們傳下來的。他的墳墓上長滿了雜草，墳上的白石被剝蝕了，所有的人們和他的後代還忘他了，以後還忘他的名字，因為祇有不多的人會留在人們的懷念中，——也就隨它去罷！讓他們去遺忘，那些親愛的人們，但是我從墳墓裏也要愛你們。我聽得見你們的快樂的聲音，聽得見你們在父母節時到父母的墳上去的足音；暫時你們在太陽底下生活着罷，快樂着罷，我要為你們祈禱上帝，在夢中上你們那裏去。……一樣的，——死後也有愛情的！……」

主要的是我自己也處於和他一樣的瘋熱中；我並不走開，也不勸他安靜下去，或是讓他躺到牀上，因為他完全在發着猛熱，但我突然抓住他的手，俯身就他，捏住他的手，用驚慌的聲音，心靈裏和着淚水說道：

「我歡迎您。我也許早就等候着您。我不要他們任何人他們沒有適宜的外貌……我不跟他們走去，我不知道我要上哪裏去，我要同您一塊兒去……」

但是幸而母親忽然進來了，否則我不知道將弄成什麼結果。她露出剛醒轉來的驚慌的臉龐走了進來；她的手裏握着一隻玻璃瓶和飯匙。她一看見我們，就喊道：

「我早就知道了！我忘記了給你喫金雞納霜，遲了一些時候，又發起熱了，我睡過頭了，瑪加爾·伊凡諾維奇！」

我立起來，走了出去。她到底給他喫了藥，把他安置到牀上去。我也睡到自己的牀上，但是心裏十分的驚慌。我懷着極大的好奇回屋，努力思索這次晤面的情形。我當時對於這晤面有什麼期待，——我不知道。自然我的思索是不聯貫的，我的腦筋裏閃出的不是意念，祇是意念的斷片。我面牆躺着，忽然在角落裏看見了鮮耀的光明的斑點，就是我剛纔懷着那樣的詛咒期待着的，我記得，當時我的整個靈魂似乎欣悅起來，似乎有新的光明侵入我的心內。我記得這甜蜜的一分鐘，不願意忘卻它。這祇是一個新的希望和新的力量的一瞬間……我當時身體正在恢復健康中，所以這樣的衝動會成爲我的神經狀態的不可避免的結果；但是我現在還相信那種光明的希望，——這是我現在想記載着，且加以記住的。我自然當時已深知，我不會隨瑪加爾·伊凡諾維奇出去流浪，我自己不知道這種把我的身體完全占據住的新的趨向是什麼，但是有一句話我已經說了出來，雖然是在囈語中說出來的：「他們沒有適宜的外貌！」我瘋狂地想：

「自然，從那個時候起，我尋覓『適宜的外貌，』但是他們沒有，因此我要離開他們。」

我身後有點微響，我轉過身來，母親俯着身子，立在那裏，露出甚大的好奇，窺看我的眼睛。我突然握住她的手：

「媽媽，您爲什麽一點也沒有講起我們的貴客？」——我忽然問，自己幾乎料不到我會說這句話。所有的不安一下子從她的臉上消滅了，似乎熾燒出一陣的喜悅，但是她一句話也沒有回答我，單祇除了下面的一句以外：

「麗薩，你也不要忘記呀，不要忘記呀；你把麗薩忘記了。」

她用急語說出這句話來，臉上紅紅的，就想趕快走出去，因爲她也是不愛把情感加以渲染的，關於這層完全像我，那就是怕羞和貞節；加上她自然不想和我起始講關於瑪加爾·伊凡諾維奇的題目，祇要就我們在交換眼神以後所能說出的那幾句話就够了。但是生平最恨情感的渲染的我竟强制地拉住她的手：甜蜜地看望她的眼睛，發出輕諧的，柔和的笑，用另一個手掌撫摸她的可愛的臉，她的陷落的臉頰。她俯下身子，她的額角貼着我的額角：

「基督和你同在，」——她突然說，仰着頭，滿臉的喜容，——「你的病快點好罷。這個我會記在心裏的。他有病，病得很利害。人的生命是由上帝掌握着的……唉，我說的是什麽話？這是不會有的！……」

她走了。她一生懷着恐怖，戰慄和崇拜的心理尊敬她的法律上的丈夫——流浪者瑪加爾·伊凡諾維奇，——他是那樣寬宏地，而且永遠饒恕她了。

第二章

一

我並沒有「忘記」麗薩，母親錯了。一個精細的母親看出了兄妹之間似乎有冷淡的情形，但是事情並非在於不愛，卻多半在於喫醋的情感。我要用兩句話來解釋，爲了以後行文的便利起見。

可憐的麗薩從公爵被捕的時候起就生出了一種驕傲的情感，一種不可侵犯的高傲，幾乎是無從忍耐的高傲，但是家中每一個人全了解眞相，和她如何悲哀的原因，假使我起初爲了她對待我們的態度生氣，皺眉，那單祇是由於我的瑣碎的煩惱的脾氣而起，生病以後這脾氣增加了十倍，——我現在這樣想。我並沒有停止愛麗薩，相反地，我愛得更甚，不過不願意首先接近攏來，明知她自己也無論如何不會首先走近過來的。

事情是因爲關於公爵的一切事情在他被捕後完全發露出來以來，麗薩第一件事情就是忙着對於我們和隨便什麼人作出那種態度，彷彿她決不容許人家憐惜她，或安慰她，也不容許人家爲公爵辯白。相反地，——她努力不和任何人解釋和辯論，似乎不斷地爲她的不幸的未婚夫的行爲驕傲，視它爲最高的英雄行爲。她彷彿時時刻刻對我們大家說，（我要重複一句：她決不說出聲來；）「你們任何人都不會做出來的，——你們不會爲了名譽與責任的要求而自首的，你們中間誰也沒有這種精細的，純潔的良心。至於說到他的行爲，那末誰的心靈裏沒有惡劣的行爲呢？不過大家把它藏了起來，而這人卻專斷着自己，不肯在自己的眼睛裏成爲卑劣的人。」顯然她的每一個姿勢全在表示這個。我不知道她是否知道我們的感覺但是我處在她的地位上也會這樣做。我更不知道，她的心靈裏，那就是說她暗中有沒有這種心思，我疑惑是沒有的。她的判斷力的另外的，明顯的一半一定應該疑惑她的「英雄」是完全卑不足道的，因爲現在誰不同意這個不幸的，甚至寬宏的人同時又是十分卑劣的人？進那份傲慢，對我們大家做親的樣子，還有她不斷地疑惑我們對於他的看法不同一層，——都會使人猜到一點，在她的心底的隱祕處會對於她的不幸的好友發成另一種見解的。但是我應該迅予補充的就是據我的眼光看來，她有一半總是對的，即使對於最後的結論有點疑惑也甚至比我們大家可以原諒些。我自己可以出自衷心地承認，在一切都已過去的時候，我至今還完全不知道對於這個不幸的人給我們大家這許多難題的人最後應該如何估計。

然而家中爲了她幾乎變成了小小的地獄。具有深愛的麗薩應該感到很苦痛。照她的性格，寧肯默默地苦痛着。她的性格和我相仿，那就是自擅的，驕傲的性格。我永遠覺得，在當時和現在，他的愛公爵，乃由於她的專擅的性格而起，就是因爲他沒有性格，他從第一句話和第一小時起就完全服從她了。這好像在心上自然而然地做成，預先沒有一點的打算；但是這種愛情，強者對弱者的愛情，有時會比相同性格的愛情還有力得多，痛苦得多，因爲使你不由己地會代自己的軟弱的朋友擔下一種責任。我至少這樣想。家裏的人們起初用極溫柔的關心圍繞她，尤其是母親。但是她的心沒有變得軟些，她對於人們的同情不生任何反搽，似乎拒絕了一切的援助。她起初還和母親說話，但是一天天說話也少了，說得也匆忙些，甚至粗魯些。她起初和魏爾西洛夫商量過，但是不久竟選瓦新做顧問和助手，以後我纔驚異地知道的。……她每天上瓦新那裏去，上法庭，公爵的長官那裏去，還去見律師和檢察官。以後她差不多整天不在家。自然，每天必有兩次探問被關在監獄中貴族部裏的公爵，但是他們的晤面，我以後纔完全相信，是對於麗薩很痛苦的。自然，兩個愛人中間的事情第三者哪能完全弄清楚呢？但是我知道公爵時時刻刻深深地侮辱她。用什麼侮辱呢？譬如說，非常奇怪：用的是不斷的醋勁。這件事情以後再說；但是我要補充一個意思：他們中間誰折磨誰利害些？在我們中間以自己的英雄爲驕傲的麗薩也許在和他面對的時候做出完全兩樣的態度，我這樣堅決地疑惑着是具有某些根據的，——關於這也是以後再說。

至於說到我對麗薩的情感和態度，那末所有發現在外面的一切祇不過是雙方表面的，含有醋意的虛謊，其實我們兩人的相愛從來沒有比那個時候再劇烈的。我還要補充的是麗薩對待瑪加爾·伊凡諾維奇，自從他在我們家裏出現的時候起，在最初的驚異和好奇之後，不知爲什麼緣故，幾乎露出賤蔑，甚且傲慢的態度。她似乎故意一點也不注意他。

我既然決定「沈默」下去，像我在前章裏所解釋的那樣，在學理方面，那就是說在我的幻想方面自然想保持我的誓約。譬如說，我寧願談論動物學，或羅馬皇，而不願談論關於她的事情，或關於他給她信中極重要的一段話，——他通知她，「文件並沒有被燒燬，卻還存在着，而且就會出世的，」——關於那段話我在得了熱病以後一醒轉來，剛剛恢復了判斷力，立刻又起始想了。但是可歎呀！在現實的生活裏，剛走上一步，幾乎還在走第一步以前，我就猜到在這類預定的決意中自行忍住是十分困難而且不可能的：我在和瑪加爾·伊凡諾維奇初次相識後的第二天上，就被一樁出乎意料以外的事情攪得慌亂了。

二

我被去世的奧路的母親達里亞·奧尼西莫夫納突如其來的訪問攪得十分慌亂。我已經聽見母親說，我生病時她來過兩次，十分關心我的健康。這個「善良的女人」，——我的母親永遠這樣形容她，——是不是爲我而來或是依照以前立下的規矩單祇前來訪問母親，——我沒有問。母親照例在端了湯進來餵我的時候，（那時我還不能自己喫東西，）對我講述一切家裏的情形，給我解悶；而我每次固執地努力做出那種樣子，好像我不大注意這一切消息，因此對於達里亞·奧尼西莫夫納並沒有詳細的問，甚至完全沈默着。

時間是十一點鐘左右；我剛想從牀上立起，轉移到棹旁的安樂椅上去，她就進來了。我故意留在牀上。母親在樓上忙着做什麼事情，她來的時候沒有下來，因此我們忽然面對面地碰在一起。她坐在我對面牆旁的一隻棹子旁邊，微笑着，沒有說一句話。我預感到將演出一齣啞戲來；一般地說來，她的前來會引起我極惹惱的印象。我甚至沒有對她點頭，一直看望她的眼睛；但是她也逼直地看着我。

「公爵不在了，您現在一個人在寓所裏悶不悶？」——我忽然問，喪失了耐心。

「不，我現在不住在那個寓所裏。我現在由安娜·安特萊夫納介紹，看他們的小孩。」——

「誰的小孩？」

「安得烈·彼得洛維奇的，」——她用秘密的微語說着，回頭朝門外看了一眼。

「但是那裏有達姬央納·伯夫洛夫納……」

「有達姬央納·伯夫洛夫納也有安娜·安特萊夫納，她們兩人也有麗薩魏達·瑪加洛夫納，和您的母親……全有的。大家都關心的。達姬央納·伯夫洛夫納和安娜·安特萊夫納現在互相很要好呢。」

新聞。她說話的時候精神很活潑。我忿恨地看她。

「您自從最後一次到我那裏去以後，顯得很活潑了。」

「是的。」

「好像肥胖了一點罷？」

她奇怪地看了我一眼：

「我很愛她，很愛她。」

「誰？」

「就是安娜·安特萊夫納。很愛。那樣高貴的女郎，還具有那樣的判斷力……」

「原來如此。她現在怎麼樣？」

「她很安靜，很安靜。」

「她永遠很安靜的。」

「永遠的。」

「假使您想播弄謊言，」——我忽然忍不住，喊了出來。——「您知道，我不管任何什麼事情，我決定拋棄……一切和一切人，我是一樣的，——我要離開這裏！……」

我不響了，因爲我醒過來了。我覺得把我的新的目的解釋給她聽似乎有點丟面子。她聽我的話，既不驚異，也不慌急。又來了一陣的沉默。她忽然立起來，走到門旁，朝鄰室裏張望了一下。她深信那邊沒有人，屋內祗有我們兩人，便極安靜地回來，坐在原來的位置上面。

「您這一手很好！」——我忽然笑了。

「您在官員家裏租下的那個住所還要留下麼？」——她忽然問，身子稍稍地彎到我的方面，竭力壓低喉音，好像這是一個重要的問題，她就爲了這個問題跑來的。

「住所麼？我不知道。也許要搬走……我怎麼知道。」

「房東很等候您；那個官員和他的太太全等得不耐煩了。安得烈·彼得洛維奇對他們保證，您一定會搬回去的。」

「您這是什麼意思？」

「安娜·安特萊夫納也願意知道；她知道您會留在那裏，所以很滿意。」

「但是她爲什麼一定知道我一定會留在那個住所裏呢？」

我想加上：「這於她有什麼用？」——但是由於驕傲忍住沒有問！

「蘭白特先生也對她這樣說。」

「什麼？什麼？」

「蘭白特先生。他努力對安得烈・彼得洛維奇保證您會留在那裏，並且還在安娜・安特萊夫納面前說這個話。」

我的整個身子似乎被震撼了。眞是奇蹟！蘭白特已經認識魏爾西洛夫，蘭白特已經鑽到魏爾西洛夫那裏了，蘭白特和安娜・安特萊夫納，——他竟鑽到她那邊去了！一股熱氣把我抓住，但是我沈默了。可怕的驕傲的狂潮泛濫了我的整個心靈——是驕傲，或不知道是什麼。但是我忽然在那時候似乎對自己說：「如果我開了一句解釋的話，我又會跌落進這個世界裏去，永遠無從擺脫了。」仇恨在我的心裏燃燒。我用全力決定沈默下去，動也不動地躺在那裏；她也緘默了整整的一分鐘。

「尼古拉・伊凡諾維奇公爵怎麼樣？」——我忽然問，似乎喪失了判斷力。原來我想堅決地問一下，以便改換話題，但是不經意地重又提出了一個極重要的問題，自己像瘋人似的重又回到剛纔那樣痙攣地決定逃避的那個世界裏去了。

「他在皇村裏住着。他有點病，但是現在城裏正流行着熱病；大家勸他搬到皇村去，自己的府邸裏，那邊空氣很好。」

我沒有回答。

「安娜・安特萊夫納和將軍夫人每三天去看他一次，一塊兒同去的。」

安娜・安特萊夫納和將軍夫人，（那就是她。）——成爲朋友了！一塊兒同去我沈默着。

「他們兩人要好起來安娜・安特萊夫納對加德隣納・尼古拉也夫納批評得很好……」

我一直沈默着。

「加德隣納・尼古拉也夫納又「闖進」交際社會裏去，一個節跟着一個節參加着，完全出色極了。聽說有許多宮廷的大臣們愛戀她。……她和皮奧林格先生完全拆散，婚姻是不會成立的。……好像就從那一次起。」

那就是從魏爾西洛夫的那封信起。我全身抖慄，但是沒有說出一句話。

「安娜・安特萊夫納很可惜賽爾該意・彼得洛維奇公爵，加德隣納・尼古拉也夫納也是的，大家都說他會被宣告無罪而把那個斯帖別立闊夫治罪的……」

我仇恨地看了她一眼。她立起身來，忽然俯身就我：

「安娜・安特萊夫納特別命令我打聽您的健康情形，」——她完全微語地說。——「還吩咐我請您一出門，就上她那裏去玩。再見罷。希望您早點恢復健康，我就去對她說……」

她走了。我坐在牀上，冷汗在我的額角上冒出，然而我感到的不是懼怕那樁關於闌白特和他的一切陰謀鬼計的消息對於我是不可思議，而且十分醜惡的，其實並不使我恐怖，雖然我在病中和復原的最初幾天內憶起我在那天夜裏和他相遇的情形總是懷着也許是無意識的恐怖。相反地，在達里亞・奧尼西莫夫納走後，我躺在牀上的最初的模糊的一剎那間，我甚至沒有想到闌白特，但是……占據我的全身的是關於她的消息，關於她和皮奧林格決裂，關於她在交際社會上的幸福和成功的消息。「出色極了，」——我聽到了達里亞·奧尼西莫夫納的那句話。我突然感到我不能用我的力量脫離這個漩渦。我在達里亞·奧尼西莫夫納講出了那一些奇怪的故事以後，竟能忍住，沈默着，不去盤問她！對於這個生活的無限的渴望，他們的生活抓住我的全部的精神……還有另一種甜蜜的渴望是我帶着幸福和難熬的痛苦感到的。我的思想似乎旋轉着；但是我聽它去旋轉。「有什麼可研究的！」——我感到。「但是連母親都沒有對我講蘭白特來過的，」——我無聯貫地，零段地想着。——「那是魏爾西洛夫吩咐她不認的……我死也不問魏爾西洛夫關於蘭白特的事情！」——「魏爾西洛夫，」——我的腦筋裏又閃過一個念頭。——「魏爾西洛夫和蘭白特！他們那裏有多少新聞呀！魏爾西洛夫倒是好漢！一封信就把那個德國人皮奧林格嚇退了；他造她的謠言，所謂無風不起浪，這位御前的德國人怕出亂子，——哈，哈，這眞是對她一個教訓！」——「蘭白特……蘭白特已經闖到她那裏去了麼？那自然嘍！她怎麼會不和他『聯合』起來呢？」

當時我忽然停止想這一些無意義的念頭，懷着絕望把腦袋垂倒在枕頭上面。「決不會的！」——我帶着突然的決意呼喊了一聲，從牀上跳起，穿着睡鞋，晨服，逕直上瑪加爾·伊凡諾維奇的屋子裏去，好像在那裏可以避開一切引誘，在那裏可以得到拯救，在那裏有我可以抓住的錨。

事實上，也許我當時會用我的心靈的全部力量感到這個意思的。否則我爲什麼當時會這樣阻攔不住地忽然從座位上跳起來，帶着那樣的精神狀態奔到瑪加爾·伊凡諾維奇那裏去呢？

三

但是在瑪加爾·伊凡諾維奇那裏，我完全料不到竟遇見了人，——母親和醫生在那裏。因爲我爲了什麼原因在走進去的時候一定設想着我會遇到他一個人和昨天一樣，所以我當時停留在門限上面懷着遲鈍的驚疑。但是我還沒有來得及皺眉，魏爾西洛夫立刻走了進來，麗薩也忽然在他後面走進來……這末說來，大家全爲了什麼事情聚在瑪加爾·伊凡諾維奇那裏，「恰巧在不必要的時候」！

「我來打聽您的健康情形，」——我說，一直走到瑪加爾·伊凡諾維奇身前：

「謝謝你，親愛的，我等着你呢！我知道你會來的！夜裏想你來着。」

他和藹地看我的眼睛，我覺得他愛我幾乎比愛一切人都多，但是我在剎那間不由得注意到他的臉雖還快樂，但是疾病在一夜裏有了顯著的成績。醫生剛剛在這以前很正經地診察過他。我以後纔曉得這位醫生，（就是那個青年人，我和他吵過嘴，從瑪加爾·伊凡諾維奇來後就給他治病，）很注意這病人，斷定他身上併發各種疾病，（我不過不會用他們醫學上的言語說出來。）我一眼就看出瑪加爾·伊凡諾維奇已和他發生極密切的友善的關係；這當下使我不喜歡；但是自然我在那時候的脾氣很壞。

「果眞的，阿歷山大·謝蒙諾維奇，今天我們的寶貴的病人情形怎樣？」——魏爾西洛夫問。假使我的心裏並不那樣震撼，我的第一件事情就要好奇地監督魏爾西洛夫對這老人的態度，我昨天已經就想到了。現在最使我驚愕的是魏爾西洛夫臉上十分溫柔的愉快的神情；裏面有一點完全誠懇的東西。我大概已經注意到，魏爾西洛夫的臉變爲十分美麗，在他稍爲顯得天眞的時候。

「我們儘在那裏爭論呢，」——醫生回答。

「同瑪加爾·伊凡諾維奇麼？我不相信和他是不能爭論的。」

「他不肯聽話；夜裏不睡覺……」

「你得了罷，阿歷山大·謝蒙諾維奇，不要相愚了罷！」——瑪加爾·伊凡諾維奇笑了。「怎麼樣？人家把我們那位小姐怎樣處置的？她整整的早晨儘垂頭喪氣的，非常的不安，」——他指着母親說。

「安得烈·彼得洛維奇」——母親果眞非常不安地喊着。——「你快說，不要使人難過，他們把可憐的她怎樣解決的？」

「給我們的小姐判罪了。」

「啊喲！」——母親喊。

「不是判到西比利亞去，你放心罷，——一共判了十五個盧布的罰金。發生了一齣喜劇！」

他坐下來，醫生也坐下來了。他們講的是關於達姬央納·伯夫洛夫納的事情，我還完全一點也不知道這段歷史。我坐在瑪加爾·伊凡諾維奇左手，麗薩坐在我右邊對面；她顯然有一種自己的特別的今天的憂愁，她帶着這憂愁到母親那裏來。她的臉色是不安的，惹惱的。在那時候我們似乎對瞧了一眼，我忽然自己想道：「我們兩人都受了恥辱，我應該對她走第一步。」我的心忽然軟了。魏爾西洛夫起始講述早晨的那段奇遇。

原來今天早晨達姬央納·伯夫洛夫納和她的廚婦在地方法院裏打官司。事情是極平常的；我已經提過，那個脾氣惡劣的曲鴻加女人有時一生氣，甚至會幾個禮拜沈默着。太太問她，她一句話也不回答，我還提過，達姬央納·伯夫洛夫納很寵她，做受她的氣，怎麼也不肯一下子把她趕走。所有這些老處女和小姐的心理上的執拗在我的眼睛裏是值得賤蔑，而不值得注意的。假使我決定在這裏提起這段故事，那祇是因為這廚婦以後在我的故事的繼續進行中將注定扮演一個不小的命定的角色。達姬央納·伯夫洛夫納終於對好幾天來不答一句話的固執的曲鴻加女人忍耐不住，忽然打了她一下，這是以前從來沒有的事。曲鴻加女人甚至沒有發出一點點的聲音，但是當天就把這事情通知住在後門樓梯底下角落裏的退伍少尉奧謝脫洛夫，——他為了生存的鬬爭起見替人家辦理各種事務，還在法院裏進行訴訟。結果是達姬央納·伯夫洛夫納被傳喚到法院裏去，而魏爾西洛夫為了什麼原因不能不在審理案件時上法庭裏去充當證人。

這一切魏爾西洛夫講得特別快樂而且滑稽，弄得連母親都笑了。他同時裝出達姬央納·伯夫洛夫納，少尉和廚婦三個人的口吻。廚婦一開始就對法官聲明，她要求罰金，「假使太太被關了起來，我給誰做飯呢？」達姬央納·伯夫洛夫納經法官一問，當時就十分驕傲地回答，甚至不屑去辯白；她在結束的時候竟說：「我打了她，還要打她，」因此為了對法官言語不敬，被處罰金三盧布。少尉是身材細長的，瘦拐拐的青年人，起始作冗長的演說，為自己的顧客辯護，但是可恥地說得閙起笑話來了，把整個旁聽座上的人們全惹笑了。案件很快地審完了，達姬央納·伯夫洛夫納被判決償付被侮辱的瑪爾亞十五個盧布。達姬央納·伯夫洛夫納並不遲延，當時掏出皮包來付錢，同時少尉也立刻轉過身子來，就要伸手來取，但是達姬夾納·伯夫洛夫納一揮手把他的手推到一邊，轉身向着瑪麗亞。「得了罷，太太，您不要着急，寫在賬上好啦。等我自己來和這人算賬。」——「你瞧，瑪麗亞，你雇用了這樣一個高個子的人！」——達姬夾納·伯夫洛夫納指着少尉，爲了瑪麗亞終於說出話來而深喜。——「果眞是高個子，太太，」——瑪麗亞狡猾地回答，——「您是不是吩咐今天做煎肉餅加豌豆，我剛纔沒有聽清楚，就忙忙地上這裏來？」——「啊，不是的，加洋白菜，瑪麗亞，但是千萬不要燒焦，像昨天那樣。」——「今天我要特別盡力的，太太，請您把手給我，」——當時吻着太太的手，表示和解的意思。一句話，把整個法院的人們全逗笑了。

「眞是這樣的！」——母親搖頭，對於這消息和安得烈·彼得洛維奇所講的故事全很滿意，同時帶着不安的神氣，偷偷地看着麗薩。

「她年輕時就是帶着這種性格的女郎，」——瑪加爾·伊凡諾維奇笑了。

「膽汁和閒暇的生活，」——醫生說。

「我是帶着性格的，我是具有膽汁和閒暇的生活者麽？」——達姬夾納·伯夫洛夫納忽然走了進來，顯出很滿意自己的樣子：——「阿歷山大·謝蒙諾維奇，你是不應該胡說八道的。你十歲的時候，就認識我，究竟我是怎麽樣的閒暇的人。至於說到膽汁，你自己醫治了一年，也沒有醫好，還是你自己的羞辱。唔，你們不必再取笑我了罷。謝謝你，安得烈·彼得洛維奇，果你上了法院一趟。你怎麽樣啦？我祇是跑來看你，不是看這人（她指着我，立刻舉起手來親藹地叩打我的肩膀；我從來還沒有看見她具有這種快樂的心緒。）——唔，怎麼樣？」——她忽然問醫生，關心地皺着眉頭。

「他不肯躺在牀上，祇是坐在那裏使自己累乏罷了。」

「我祇要稍爲坐一坐，和人們在一起，」——瑪加爾·伊凡諾維奇喃語着，露出像小孩般懇求的臉色。

「我們是愛這個的，我們是愛這個的；我們愛在人們聚攏來的時候圍坐談天；我知道瑪加爾，」——達姬央納·伯夫洛夫納說。

「眞是敏捷極了，眞是的，」——老人又對醫生微笑。——「你簡直不讓人說話；你等一等，讓我說：我要躺下，我聽見的，但是照我們的說法是這樣的：『人一躺下，大概就立不起來了。』——所以我要挺着背站着。」

「是的，我知道，這是民間的迷信：『一躺下來，弄得不好，便立不起來了，』——普通人怕的就是這個，所以寧願站住脚使疾病過去而不肯躺到醫院裏去。瑪加爾·伊凡諾維奇，您的心簡直在那裏發悶，你想自由，想出外旅行，——您的病就是這個；您已經失去了久住在一個地方的習慣。您不就是所謂雲游人麼？在我們的老百姓中間浪游幾乎成爲一種情慾了。這是我屢次看出來的。我們的老百姓多半是流浪人。」

「那末瑪加爾是流浪人麼，你以爲？」——達姬央納·伯夫洛夫納搶上去說。

「我說的不是這個意思；我是指着普通的意思而使用這個名詞的。那是宗教上的流浪人，虔信上帝，但到底是流浪人。具有良好的尊敬的意義，然而到底是流浪人……我是從醫學上的眼光而講的……」

「我要使您相信，」——我忽然對醫生說，——「流浪人那是我和您，還有在這裏的一切人，而不是這位老人你我都還應該向他學習因為他的生命是堅定的，而我們的生命無論我們有多少人，一點也不堅定……然而您哪裏會了解這一點。」

我顯然說得很堅決，然而我就是為了這個而來的。我根本不知道，我為什麼繼續坐在那裏，像發狂一般。

「你是怎麼啦？」——達姬央納·伯夫洛夫納用可疑的樣子看我。——「你看他怎樣，瑪加爾·伊凡諾維奇？」——她用手指指我。

「上帝祝福他，他是很尖刻的，」——老人用嚴肅的神色說，——但是在說出「尖刻」兩個字時幾乎大家全笑了。我勉強忍耐住；醫生笑得最利害。最壞的是我當時並不知道他們預先約好的話。魏爾西洛夫，醫生和達姬央納·伯夫洛夫納在三天前就約好努力不使母親生出惡劣的預感和替瑪加爾·伊凡諾維奇擔憂的心思，——他病得很深，而且沒有希望，實在是出於我當時意料之外的。因此大家全說着玩笑話，努力地笑。惟有醫生最愚笨，自然不會開玩笑，因此後來弄成了這樣的結果。如果我也知道他們所約定的話，便不會弄出這種事來了。麗薩也是一點也不知道。

我坐在那裏，心神不屬地聽着他們又說又笑，但是我的腦筋裏卻充滿了達里亞·奧尼西莫夫納和她的消息，我竟不能把她擺脫掉；我老設想着，她坐在那裏看我，謹慎地立起來，向另一間屋內偷看。他們大家全都笑了：我完全不知道為了什麼原因，達姬央納·伯夫洛夫納忽然稱呼醫生為無神派：「你們這些醫生全是無神派！……」

「瑪加爾·伊凡諾維奇」——醫生喊，極其笨地裝作受了氣，找人出來裁判的樣子。——「我是不是無神派呢？」

「你是無神派麼？不，你不是無神派，」——老人威嚴地回答，盯看住他，——「不，上帝保佑！」——他搖頭。——「你是一個快樂的人。」

「快樂的人便不是無神派麼？」——醫生嘲諷地說。

「這是一個特別的意念，」——魏爾西洛夫說，但是完全不笑。

「這是一個強有力的意念！」——我不由己地喊出，受了這觀念的震撼。醫生疑問地向周圍看望。

「這些學生們，這些教授們，（大概以前諸些教授們的事情，）」——瑪加爾·伊凡諾維奇起始說，微微地低着頭。——「我起初很怕他們：不敢立在他們面前，因為我最怕無神派。我的靈魂是簡單的，我心想：假使害了它，便不能找出別的靈魂來了。但是以後我膽大了：『有什麼？』——我心想。——『他們並不是上帝，和我們一樣的人和我們一樣有情慾的。』我心裏生出了極大的好奇：『我要打聽一下，什麼叫做無神？』不過以後這好奇心消失了。」

他沈默了一下，但是還打算繼續說下去，仍舊露出那種靜謐的，威嚴的微笑。有些天真的性格會信任一切人和每個人，而不疑惑人們的訕笑。這類人的性格永遠是極狹隘的，因為他們準備在第一個遇到的人面前把心中最珍貴的一切掏出來。但是我覺得瑪加爾·伊凡諾維奇的心裏有一些別的什麼，這一些別的什麼來引他說話，還不單是天眞，似乎露出宣傳家的樣子。我愉快地提到了一些甚至似乎狡猾的嘲笑，是他對於生，也許對綏爾西洛夫發出來的。這談話顯然是繼續着一星期以前他們以前的爭辯，不幸在談話裏又透出了一個命定的字句，就是那個字句昨天使我中了電氣，惹出我至今還覺得遺憾的一個行爲來的。

「無神派我也許現在還怕的，」——老人繼續聚精會神地說着。——「不過有一樣，阿歷山大·謝爾葛維奇；無神派我一次也沒有遇到，但祇遇到了一種無事忙的人，——最好是這樣稱呼他們。人是各色各樣的；弄不清楚是哪一種的人；大的，小的，愚蠢的，有學問的，甚至有出身極普通的，然而大家全是無事忙。因爲他們一生讀書發議論，喫飽了書本上的蜜糖，但自己還處身於疑惑中，不能解脫。有些人弄得完全亂七八糟，竟連自己都不加注意了。有些人的心比石頭還堅硬，他的心裏儘是一些幻想；另一些人沒有感覺，且舉動輕浮，他祇要發出嘲笑的話就行。有些人祇從書本裏選擇出一些花來，就連這個也是憑自己的意見；他自己是忙亂的，他沒有決斷心。還可以說有許多沈悶。至於那些小民境況很窘，沒有麵包喫，無從贍養孩童，睡在尖尖的乾草上，但是他的內心是快樂的，輕鬆的；也犯罪，也做出粗暴的行爲，然而內心是輕鬆的。不像大人酗酒，貪食，坐在金子堆上，但是他的心裏儘是一些煩惱。有的人研究了許多學問——但是還有許多煩惱。我覺得人的智識越多，他的煩悶也越多。就拿這個來說罷：自從世界成立以來就敎起來了，但是他們學到了什麼好東西，使世界成爲美好的，快樂的，充滿一切快樂的住所呢？我還要說：他們沒有適宜的外貌，甚至不想有；大家全都滅亡了，祇是每人誇獎自己的滅亡，而不想去尋求唯一的眞理，但是沒有上帝的生活就是苦痛。結果是我們被什麼照耀到，便詛咒什麼，而且自己還不知道這情形。而且又有什麼可人是不能不崩潰的；這樣的人不把自己推拉倒，還有什麼人呢。把上帝一推翻，就去崇拜偶像，——木質的，或金質的，或思想上的。他們全是偶像崇拜者，並不是無神派，應該這樣稱呼他們。——無神派還能沒有麼？有些人真是無神派，不過他們比這些人可怕得多，因爲他們是在嘴裏念着上帝的名字而來的。我屢次聽見，但沒有遇見過他們。這種人是有的，我以爲他們是應該有的。」

「有的，瑪加爾·伊凡諾維奇，」——魏爾西洛夫忽然證實着。——「這種人是有的，而且『應該有的。』」

「一定有的，而且『應該有的！』」——我阻攔不住，脫口地說出，帶着一股熱氣，不知道爲了什麼原因。魏爾西洛夫的口氣把我吸引住了，再加上他那句「應該有的」的話中似乎含有什麼觀念，使我佩服了。這談話對於我是完全出乎意料之外的。但是在這時候突然發生了一件也是完全出乎意料之外的事情。

四

日子顯得特別的晴朗：瑪加爾·伊凡諾維奇的房間裏的窗簾根據醫生的命令整天不揭開來；但是在窗上掛着的不是幃簾，卻是窗簾，所以窗子上部到底沒有蓋密；這是因爲以前掛幃簾的時候完全看不見太陽，老人引以爲苦事的緣故。我們那天坐着，恰巧坐到日光忽然一直落到瑪加爾·伊凡諾維奇臉上的時候。他在談話時起初沒有注意到，但是在說話當中他機械似的，好幾次把頭斜側到一旁，因為鮮豔的陽光刺激着病人的眼睛使他感到極度的不安。站在他身旁的母親已有幾次不安地向窗上瞭望；其實祇要用什麼東西把窗子完全遮住就可以，但是為了不妨礙談話，她想試一試把瑪加爾・伊凡諾維奇坐着的那條長凳向右面拉一拉：一共祇要挪動三個分，至多四個分。她已經好幾次俯下身子，拉住長凳，但是拉不動；那條長凳有瑪加爾・伊凡諾維奇坐在上面，動也不動。瑪加爾・伊凡諾維奇感覺她的努力，在談話熱鬧的當兒，完全無意識地試着立起來好幾次，但是他的腿不肯聽話。母親還繼續用勁抽拉，這一切終於使麗薩十分生氣。我記得她的幾次閃耀的，惹惱的眼神，但是在最初的一瞬間我不知道這具有什麼用意，再說我當時也被談話所吸引。忽然聽見了她幾乎對瑪加爾・伊凡諾維奇呼喊的聲音：

「你稍為擡一擡身子好不好：您瞧母親多末困難呀。」

老人迅快地瞧她一眼，一下子明白了，立刻匆忙地擡起身來，但是一點也沒有結果；擡起了兩個寸，又落在長凳上了。

「我不能，」——他似乎帶着哀憐回答麗薩，又似乎完全服從地看她。

「您可以長篇累牘地講話，但是竟沒有力氣動一動麼？」

「麗薩！」——達姬央納・伯夫洛夫納喊。瑪加爾・伊凡諾維奇又用了極大的努力。

「把拐杖取起來，就在身邊，拿着拐杖立起來！」——麗薩又堅決地說。

「真是的，」——老人說，立刻匆遽地抓起拐杖。

「祇要把他扶起來就好啦！」——魏爾西洛夫站起來；醫生也趕過去，連達姬央納・伯夫洛夫納都跳了起來，但是他們來不及走過去，瑪加爾・伊凡諾維奇用全力支在拐杖上面，忽然立了起來，帶着快樂的勝利立在那裏，向四圍環望：

「居然立起來了！」——他幾乎帶着驕傲說，快樂地笑了一聲。——「謝謝你，親愛的，你教明白我了。我以爲我的脚完全不聽使喚了呢……」

但是他站住了不久，還來不及說完話，他的整個身體的重量支在上面的拐杖忽然似乎在地毯上溜滑了，因爲脚幾乎完全扶不住他，他便重重地跌到地板上去了。看着這情形幾乎是極可怕的，我記得。大家啊喲地喊了出來，奔過去把他攙起來，但是謝天謝地，他並沒有摔傷；祇有兩個膝頭重重地帶着響聲叩擊到地板上面，那右手還來得及撐在前面，用它支撐住了。他被攙了起來，放在牀上。他的臉色很爲灰白，並非由於懼怕，卻由於震動。（醫生認爲他除別種疾病以外還有心臟病。）母親嚇驚得不能自持。臉色還很灰白的瑪加爾・伊凡諾維奇忽然抖索着身子，好像還沒有醒轉來似的，轉身向麗薩，用幾乎溫柔的，輕鬆的聲音對她說：

「不，親愛的，腿果眞站不住了！」

我當時的印象是不能形容的。原來在可憐的老人的話語裏並沒有一點怨訴或責備的口氣；相反地，一直可以看出他從最初就根本沒有在麗薩的話語裏看出一點惡意，對於她向自己的呼喊視爲當然，那就是說他犯了錯，是應該受「譴責」的。這一切對麗薩發生可怕的印象。在跌倒時她和大家一樣跳起來，死僵僵地站在那裏，自然感到苦痛，因爲她成爲造成這一切事情的原因，但是在聽到這幾句話以後，她的臉上忽然熠燃出羞慚和懺悔的紅暈。

「够了！」——達姬央納・伯夫洛夫納忽然發命令了。——「這全是由於談話而起的，應該散走了；連醫生自己都談起天來，還能弄得好麼！」

「眞是的，」——在病人身旁忙亂著的阿歷山大・謝蒙諾維奇搶上去說。——「對不住，達姬央納・伯夫洛夫納，他需要安靜！」

但是達姬央納・伯夫洛夫納沒有聽她，沈默了半分鐘，盯住眼睛觀察著麗薩。

「你到這裏來，麗薩，吻我這老傻瓜一下，假使你樂意，」——她出乎意料之外地說。

她吻她，我不知道是爲了什麼，但是一定應該這樣做；所以我幾乎自己想奔過去吻達姬央納・伯夫洛夫納。本來不應該責備麗薩，卻應該用喜悅和賀喜的意思迎接新的美好的情感，這情感無疑地會在她的心裏產生出來。但是我沒有這樣做，忽然立起來，堅決地說：

「瑪加爾・伊凡諾維奇，您又用『適宜的外貌』這個名詞，我恰巧昨天和所有這些日子裏爲這個名詞而感到痛苦……而且一輩子受着痛苦，以前祇是不知道痛苦的是什麼。話語的巧合我認爲是命定的，幾乎是奇蹟的……我要在您面前宣布出來……」

但是人家一下子把我阻止住了。我要重複一遍：我不知道他們對於母親和瑪加爾・伊凡諾維奇有了約定；我呢，爲了以前的事情，他們自然認爲我能够做出一切搗亂的行爲來的。

「禁止他說，禁止他說，」——達妮央納·伯夫洛夫納極兇狠地喊起來。母親抖索了一下。瑪加爾·伊凡諾維奇看見大家懼怕的樣子也慌怕了。

「阿爾卡共，算了罷」——魏爾西洛夫厲聲喊。

「對於我，諸位，」——我更加擡高嗓音。——「對於我，看見你們大家在這嬰孩旁邊，（我指着瑪加爾，）是一樁醜惡的事情。這裏祇有一個人是神聖的，——那就是母親。但是她……」

「您把他嚇着了！」——醫生堅決地說。

「我知道我是全世界的仇敵，」——我喃喃地說，（或者是這類的話語，）但是又回頭看了一遍，還向魏爾西洛夫挑戰似的看了一下。

「阿爾卡共！」——他又喊。——「這齣戲有一次已經在我們中間演過了。我懇求你，現在不要再演了罷！」

我不能形容出他帶着怎樣強烈的情感把這句話說出來。一陣強烈的憂愁，誠懇的，完全的憂愁在他的臉上表現出來。最奇怪的是他的態度好像做錯了什麼事情似的：我是裁判官，他是罪犯。這一切惹出我的火來了。

「是的！」——我對他喊。——「這齣戲已經演過了，在我把魏爾西洛夫埋葬，從心內把他拔出來的時候……但是以後是死人復活，而現在……現在已經沒有曙光了！但是……但是在這裏你們都可以看到，我能做出什麼事情來：你們甚至意料不到我會提出什麼樣的證據來！」

我說完了，就跑進我的屋裏去。魏爾西洛夫跟在我後面跑了……

五

我的舊病復發；發生了極强烈的一陣瘧熱，夜裏又發譫語。但是這不全是譫語：祇是無數的夢，一個連着一個，沒有一點點的分量，其中有一個夢或夢的斷片我一輩子記住了。我現在不加任何解釋，把它發表出來；這是寓言，我不能放過的。

我忽然處身在一間又大又高的屋內，心裏懷着一種偉大的，驕傲的意願，但是並不在達姬央納·伯夫洛夫納家裏：這間房屋我記得很清楚；我預先把這話說在前面。我雖祇有一個人在屋內，但是帶着不安與痛苦，不斷地感到我完全不是一個人，有人等着我，等我做出什麼事情來。人們坐在門外的什麼地方，等候我做出一件事情來。一個無可按捺的感覺：「假使我是一個人，那總好呀！」突然她走進來了。她畏葸地望着，她很害怕，她細看我的眼睛。我的手裏持着那個文件。她為了迷我，向我微笑，和我親熱；我覺得可憐，同時起始感覺厭惡。她忽然用手掩面。我把文件扔在棹上，露出無可形容的賤蔑：「您不必請求，拿去罷，我一點也不需要你們什麼！我要用賤蔑報復我所受的侮辱！」我從屋內出去，心裏充滿了無限的驕傲。但是在門前黑暗中，蘭白特把我一把抓住：「傻瓜，傻瓜！」——他用全力微語，拉住我的手。——「她要在瓦西里也夫司基島上開女子寄宿學校呢。」（這就是說她為了養活自己起見要這樣做。假使父親從我那裏知道了那個文件也許要把她趕出去，取消她應得的遺產的。我把蘭白特在夢中的話一個字一個字地記在上面。）

「阿爾卡井·瑪加爾維奇尋覓『適宜的外貌』呢，」——安娜·安特萊夫納的聲音在附近什麼地方，在樓梯上響了出來。但是她的話語裏並不含着詰換，卻露出難然的嘲笑。我和闌白特回到屋內去。但是她一看見闌白特，忽然起始哈哈大笑了。我的第一個印象是異常的驚慌，驚慌得竟使我止了步，不高與走近過去。我看着她，不相信；她似乎突然把假面具從臉上除下了：一樣的臉龐，但似乎臉上每一根點線都被無限的傲慢弄得變了樣。「賙呀，太太，賙呀！」——闌白特喊。他們兩人更加笑得利害，我的心竟沈死了：

「難道這個無恥女人就是那個，她的眼神一掃過來便會使我的善良的心沸騰的麼？」

「他們為了金錢竟能幹出這種事情來，這些上等社會裏的驕傲的人們！」——闌白特說。但是無恥女人並不為了這感覺羞慚；她祇是笑我這種驚怕的樣子。她準備賭取，這是我看出來的，然而我怎樣呢？我已經不感到憐惜和嫌惡；我抖索着，從來沒有這樣抖索過。……一種新的情感占據我的心，這情感是無從形容的，我還從來完全不知道它，它的強烈像整個世界一樣……現在我已經無論如何沒有力量走開了！我真喜歡，這竟會如此的無恥！我抓住她的手，她的手的接觸使我受到痛苦的震撼，我把我的嘴唇挪近她的無恥的，殷紅的，笑得抖顫不住的，招喚着我的嘴唇上去。

讓這卑鄙的回憶滾開了罷！詛咒的夢呀！我可以賭咒，在做這卑鄙的夢之前，我的腦筋裏連一點點和這可恥的念頭相仿的東西都沒有。甚至不由己的和這相類的幻想都沒有，（雖然我保存着這個縫在口袋裏的「文件，」有時帶着奇怪的訕笑捧住口袋。）這個完全完整的一切是從哪裏來的？這是因為我具有蜘蛛的靈魂！那就是說一切早已產生，躺在我的放蕩的心裏，躺在我的腦裏面，但是醒時心還感覺着懶，腦筋還不能有意識地設想這相仿的一切，一到夢中，靈魂便會自行設想一切，將心內的一切完全正確地掏出來，映出極完滿的圖畫，而且用預言的形式。難道我早晨從瑪加爾·伊凡諾維奇那裏跑出來的時候，想對他們加以證明麼？但是夠了：暫時不必講這個！我所做的這個夢是我一生中最奇怪的一個奇遇。

第三章

一

三天後我早晨從牀上立起來，脚一跨出去，忽然感覺我再也不會躺下來了。我整個地感覺復原的迫近。所有這些小細節也許不值得寫下來，但當時有幾天雖然沒有發生任何特別的情形，但仍留在我的記憶裏，看作快樂的，安靜的一些日子，而這在我的回憶裏是稀有的事情。我的心靈狀態暫時不必表白；假使讀者知道這心靈狀態是什麽，自然也不會相信。以後可以用事實來解釋。暫時祇想說：請讀者記取一個夠味的靈魂。而具有這個靈魂的人是打算離開他們，離開這個社會，爲了「適宜的外貌。」對於「適宜的外貌」渴念的程度是很深的，這自然是如此，但它何以會和別種的，天曉得什麽樣的渴念相配合，——這對於我實在是秘密。而且永遠是秘密，我有一千次感到驚奇，何以一個人（尤其是俄國人）會有能力將崇高的理想和極大的卑劣念頭並蓄在心靈內，而一切又是完全誠懇的。這是不是俄國人心情特別的寬大，——這寬大會把俄國人引得很遠——或者不過是卑劣的行爲，——眞是問題！

但是我們且把它放開。無論怎樣說，已經臨到沉寂的時候了。我明白無論如何應該恢復健康，越快越好，爲的是能夠迅速起始行動，因此決定從事攝生，聽醫生的話，（不管他是什麽人，）且十分識趣地（寬大的結果）將洶湧的意願延擱到出門的那天，也就是到痊愈的日子爲止。所有那些和平的印象和對於沈寂的欣賞何以會和在預感到快作抉擇的決定時那種甜蜜的，驚慌的心跳相配合，——我並不知道，而一切仍歸諸「寬大」而已。但是我的心裏已經沒有以前的，最近纔生出來的不安；我把一切延宕下去，不像最近似的對未來戰慄，但像一個深信自己手段和力量的富人，傲慢和對於預期的命運的挑戰越來越利害，一部分我以為是由於我的身體實際上業已恢復健康，生命力亦已迅快地回復的緣故。這最後的，甚至實際上業已恢復健康的幾天，我現在回憶起來頗為愉快。

他們全都饒恕了我，那就是饒恕了我的舉動，而這班人就是我當面喚他們醜惡的！我愛人們這個樣子，我稱這為心的智慧；至少這在一定的範圍內立刻把我吸引住了。譬如說，我繼續和魏爾西洛夫說話，像極相好的朋友，但總具有一定的範圍：在感情溢露得太多的時候，（它是會溢露的，）我們兩人立即勒住，似乎有所羞慚似的。有的時候戰勝者不會不對於被戰勝者感到慚愧，那就是由於占到他的上風的緣故。戰勝者顯然就是我；我因此感到了慚愧。

在那天早晨，那就是在我的舊病復發後重又起牀的時候，他到我那裏來，我這纔從他那裏曉得他們對於母親和瑪加爾·伊凡諾維奇當時彼此有所協議；他還說，老人的病雖見輕減，但是醫生還不能肯定地為他擔保。我從全心靈裏給予他我以後舉動必加謹慎的誓約。在魏爾西洛夫把所有的一切事情講給我聽的時候，我當時忽然初次看到，他自己也對於這老人異常誠懇地注意着，注意的程度可以說比我所能期望到他這種人身上的還深，不知為什麼原因，他還把老人看作對於他自己都顯得特別珍貴的人物，並非單祇為了母親。這立刻使我發生興趣，且幾乎使我驚異。說實話，假使我沒有魏爾西洛夫，我會把老人身上的許多事情隨隨便便地疏忽過去，毫不加以珍重。這老人在我心裏留下了一個極堅固的別致的回憶。

魏爾西洛夫似乎爲了我對瑪加爾·伊凡諾維奇的態度擔心，那就是說他並不信任我的智慧和機智，因此以後十分滿意在他看清了我有時也會了解應該如何對待一個見解和眼光完全不同的人的時候，一句話，在我於必要時也會成爲能讓步和性格曠達的人的時候。我還要說實話，（我並不看低自己的身份，我以爲，）我在這個農夫出身的人身上發現了關於一些情感和眼光完全對於我新穎的一切，我所不知曉的一切，和比我自己所了解的還更見明顯，且更可安慰的一切。然而有時爲了他那些帶着極可痛恨的安靜和無從搖撼的態度信仰着的堅決的偏見又不能不冒火。但是自然錯處在於他的無學識。至於他的靈魂卻是組織得極好的，甚至是我在人們中間還沒有遇見過這樣好的。

二

我以前已經說過，他的身上首先吸引人注意的是他的過分誠摯和缺乏一點點的自愛心，幾乎可以預感到一個無罪的心。有心的「快樂，」因此也有「適宜的外貌。」他很愛「快樂」的名詞，時常使用它。誠然，有一種似乎是病態的歡欣，一種似乎是病態的感動有時攻襲到他身上來，——照實在說起來，我以爲一部分是由於狂熱永遠不離開他的緣故。更有矛盾的地方：在他的身上伴着那奇怪的坦白，——這坦白有時完全不注意嘲諷，未免使我感覺遺憾，——還有一種狡猾的柔細，這柔細在論戰的搓磨時最容易見到。他愛論戰，但有時候祇用別致的樣式。顯然，他的足跡踏遍俄國，聽過許多話，但是我要重複一句：他最愛感動，他自己還愛說使人感動的事情。總之，他很愛講話。我從他的嘴裏聽到他自己的流浪的故事，古代的「苦修者」生活中的各種神話。我對於這些故事並不熟悉，但是我以為這些神話裏有許多是他胡謅的，大半從普通人的口頭傳述中抄襲而來的。簡直無從想像別樣的情形。但是在顯然的改編或普通的胡謅之中永遠閃現着一個奇怪的整個的，充滿農民情感，且永遠感動的一切……例如，我從他所講的故事中記得一樁長長的故事，——「埃及瑪麗亞」的行述。關於這類「行述，」並且幾乎關於所有相類的東西，我在那個時候以前並沒有任何的了解。我直率地說：聽到這幾乎是不會不下淚的，而且並不出於感動，卻由於一種奇怪的歡欣感覺到一點異乎尋常的，熱烈的意味，正和聖女流浪着的那個炎熱的，獅虎成羣的沙漠一般。但是關於這事我不願說，也沒有資格說。

除去感動以外我還喜歡他關於現實的幾種極可爭論的問題。有一些有時極古怪的見解。例如說，他有一次講一個退伍兵士的最近發生的故事。他幾乎成為這樁事情眼見的證人。一個兵士從軍營裏回到家鄉去，重又回到農人那裏去了。他不喜歡再和農人們同住，農人們也不喜歡他。這人迷了竅，酗酒，且在什麼地方對人們肆行搶劫；並沒有確實的證據，但是他被捕了，而且受了裁判。在法院裏律師幾乎完全可以替他開脫，——因為並沒有證據，但是他聽着，聽着，忽然立起來，打斷了律師的話語：「不，你等一等再說，」——於是全都講了出來，「連最後的一粒塵埃都講出來了；」他帶着哭泣和痛悔全都供認了出來。陪審官們走出去關上門裁判，忽然大家走了出來：「不，他沒有罪。」大家全喊嚷着，快樂着，但是兵士站在那裏，動也不動，好像變成了一根木柱一點也不明白；首席推事對他曉諭了一番，放他自由，但是他一點也不明白。兵士在恢復了自由以後，還是不相信自己。他起始煩悶，凝思，不喫，不喝，不和人們說話，到第五天上一下子就上吊死了。「心靈上有了罪孽的生活是這樣的呀！」——瑪加爾·伊凡諾維奇結束了他的說話。這個故事自然是空虛的，現在各報上這類的新聞很多，但是我喜歡這故事的音調，尤其喜歡一些話語，裏面含着新的思想。例如：瑪加爾·伊凡諾維奇在講兵士回到鄉村裏去，不為農人們所歡迎的時候，曾說道：「大家都知道兵士是什麼：兵士是『變壞了的農人。』」以後又講起那個幾乎打贏官司的律師時又表示：「大家都知道律師是什麼：律師是『被雇用的良心。』」這兩句話他表示出來的時候完全不費什麼勞力，似乎不知不覺地，但是在這兩句話裏含有對於這兩個問題整個的，特別的見解，雖非屬於整個民族，但到底是瑪加爾·伊凡諾維奇自己的，而不是借襲來的！農民間關於有些問題的意見有時是別致得希奇的。

「瑪加爾·伊凡諾維奇，您對於自殺的罪孽怎樣看法？」——我為了那個問題問他。

「自殺是人類最大的罪孽，」他歎着氣回答，——「但是惟有上帝纔是裁判官，因為祇有他能知道一切，知道一切的界限和一切的範圍。我們一定應該為這種罪人祈禱。你每次一聽到這種罪孽，臨睡的時候，就應該替這罪人祈禱，哪怕祇要對着上帝為他歎息一聲，甚至哪怕你不認識他也行——那時候你的祈禱更容易上達。」

「我的祈禱能不能幫助他，假使他已經受了裁判？」

「你怎麼知道呢？有許多人，許多人不信仰上帝，並且還借此褻瀆那些不識不知的人們；你不要聽他們，因爲他們自己都不知道往哪裏去。從還生存在世的人那裏替被判決的人發出的祈禱，眞是會上達的。但是那個人假使完全沒有人替他祈禱，便將怎樣呢？因此在你臨睡祈禱時，臨到末後務必補上一句：『主耶穌，願你恕宥一切無人代爲祈禱的人們。』這樣的禱詞是容易上達，而且使人極其愉快的。還可以提起那些活在世上的一切罪人：『主，願你拯救一切未懺悔的人們，』——這也是極好的禱詞。」

我答應他祈禱，因爲感到我這樣答應會給予他極大的愉快。果眞他的臉上閃耀出快樂來；但是我應該補充一句，在遇到這種情形的時候他永遠不對我露出傲慢的態度，像長老對待一個少年似的；相反地，他時常喜歡聽我講各種問題，甚至聽得很有興趣，他覺得他雖然是和一個青年在談話，但同時也明白這個青年在學問方面比他强得多。例如他時常喜歡談論隱修生活的問題，把「隱修」的地位放得比「浪游」高。我熱烈地反駁他，說這類人自私地拋棄了世界和他們可以給予人類的益處，單祇爲了自己得到拯救的一個自私的觀念。他起初不明白，我甚至疑惑他完全不明白，但是他竭力爲隱修生活辯護：「起初自然可憐自己，（那就是在隱修生活的初期，）以後每天越來越快樂，以後便見到上帝了。」——我當時在他面前展開了學者，醫生，或全世界人類之友所作的有益事業的完全的圖畫，使他感到實在的快樂，因爲我說得十分熱烈親切；他時時刻刻對我唯唯諾諾地說：「是這樣的，親愛的，是這樣的，上帝祝福你，你思考得很對。」但是等我說完的時候，他到底不十分贊成：「對是對的，」——他深深地歎氣，——「這類有堅忍心，不爲外物所移的人們多不多呢？金錢雖然不是上帝，但到底是半個上帝，——它是極大的誘惑；再加上女性，再加上疑惑和猜忌。於是把大事情忘掉了，但做些小事。在隱修生活裏怎樣呢？在隱修生活裏人會把自己磨鍊得十分堅强，幹出任何的業績來。朋友！世界上有什麽呢？」——他用過分激動的情感呼喊。——「不祇是幻想麽？你取起沙土，撒在小石上；等黃沙在你的小石上長牢了的時候，你在世上的幻想總會應驗，——我們就是這樣說。瑪將是不是如此？他說：『你去把你的財産分散，成爲每個人的僕役。』你會比以前富無數倍的，因爲你不是爲了飲食，不是爲了貴重的服飾，也不是爲了驕傲與妒忌而感到幸福，卻是爲了增加着無數倍的愛情。你獲得的不是小小的財産，不是幾萬，不是百萬，卻是整個的世界！我們現在是無厭足地收集，瘋狂地浪費，到那時便不同了，沒有孤兒，沒有乞丐，因爲一切是我的，一切是親密的，我獲得了一切，把一切全買下了！現在，數見不鮮的是最富最貴的人都會對於自己的一堆日子感到冷淡，自己不知道怎樣去排遣，到那時你的日子和時間會增多一千倍，因爲你不願喪失一分鐘，每分鐘內會感到心的快樂。你那時會獲得智慧，並不祇是從書本裏面，你還將和上帝面對着。於是大地比太陽還光明，沒有憂愁與歎息，祇有唯一的，無價的天堂……」

這一套歡欣的話語，大概是魏爾西洛夫最愛的。那一次他恰巧在屋內。

「瑪加爾·伊凡諾維奇！」——我忽然打斷他的話語，自己興奮得沒有限度。（我記得那天晚上的情形。）——「您簡直在那裏傳佈共産主義呀！」

因爲他根本不知道共産的學說是什麽，而且連這個名詞也是初次聽到，我當時把我所知道關於這問題的一切講解給他聽。說老實話，我知道得很少，而且非常含糊，直到現在還不十分淸楚；但是就我所知道的，用極大的熱誠，不顧一切地講述了出來。我至今還愉快地記得我的話語引起老人極强烈的印象。這甚至不是印象，卻幾乎是神經的震撼。他對於歷史上的細節最爲注意「在哪裏？怎樣？誰創設的？誰說的？」——我要順便提一句，一般地講來，這是普通農民的性格：假使他對於一個問題發生了興趣，他不會以普通的概念爲滿足，一定會起始要求知道最確定的，最正確的細節。我對於細節是並不清楚的，又因爲有魏爾西洛夫在旁邊，有點對他害臊，因此更加感到激動。後來弄得瑪加爾·伊凡諾維奇惟有等我說一句話，就反覆地補充一句「是的，是的！」還露出十分柔順的樣子，但顯然已經不很了解，並且失去了聽話的線索。我甚至覺得惱恨，但是魏爾西洛夫忽然將談話打斷，立起身來，宣佈說該去睡覺了。那時我們大家全在座，而且時間確已十分晚。過了幾分鐘以後他向我的屋內窺望了一下，我立即問他：他對於瑪加爾·伊凡諾維奇在一般的方面作何看法，他對他有什麼意見？魏爾西洛夫快樂地冷笑了一聲（但並不是笑我所發議論的錯誤，——相反地，他並沒有提到還層。）我還要重複一句：他根本似乎像附貼在瑪加爾·伊凡諾維奇身上似的，我時常在他的臉上捉到極有趣的微笑，在他聽老人說話的時候。然而微笑並不妨礙他的批評。

「瑪加爾·伊凡諾維奇首先不是農夫，卻是農僕，」——他極高興地說，——「他是過去的農僕和過去的僕人，且由僕人跟僕人產生的。農僕和僕人對於主子們以前的精神的，智識的私生活發生極大的興趣。你要注意，瑪加爾·伊凡諾維奇至今還對於主子們的上等社會的生活最感興趣。你還不知道，他對於最近國內一些事件注意到如何程度？你知道不知道，他是偉大的政治家？不必餵他吃蜜，祇要講一講誰在什麼地方打仗，我們會不會打仗這一類的消息就够了。以前我用這類談話的題目使他發達無上幸福的境地。他很尊敬科學，在各種科學中最愛天文學。此外他還在自己心裏立下了一些獨立不繼，無論如何不能加以搖動的規律。他具有堅強的，十分明顯而且眞實的信念。他在完全愚盲中忽然會將一些在他身上猜料不到的見解出人不意地介紹出來，使你喫驚。他欣悅地誇獎隱修生活，但又無論如何不肯走進隱庵和修道院，因爲他是一個程度極深的『流浪者，』——這可愛的名詞是阿爾山大・謝蒙諾維奇給他題的。我順便說，你惱恨他未免沒有理由。還有一層：他有點像藝術家，自己的話語很多，但也有不是自己的。在邏輯的敍述方面有點跛拐，有時很抽象。他具有感傷主義的激情，但這感傷主義是完全平民化的。不如說他具有平民通有的那種柔和的激情，由我們的民族大量地輸進宗教的情感裏去。關於他的誠篤和無惡意我忽略過去：不是我和你可以起始討論這個題目的。……」

三

爲了結束對於瑪加爾・伊凡諾維奇的性格描寫起見，我現在要轉講他所講的一段故事，根本是關於他的私生活方面的故事。這類故事的性質是很奇怪的；大概內中沒有一點普通的性質；某種的教訓或普通的趨向是壓榨不出來的，除去多少是柔和的以外。但也有不柔和的，也有完全快樂的，甚至還會嘲笑某一些放蕩的僧士，因此他講的時候簡直對於他的理想大有危害，——我也曾把這意思表示出來，但是他不了解我想說什麼話。有時難於揣測他講這種話的動機是什麼，所以我有時甚至惟有對於這一大堆嘮嘮叨叨的話終異，認爲一部分和衰老的，病態的狀態有關。

「他並不像以前似的，」——魏爾西洛夫有一次對我說。——「他以前完全不是這樣的。他會很快地死去，比我們所想的還要快，應該加以準備。」

我忘記說，我們組織了一種和「晚會」性質相像的聚會。除去了寸步不離瑪加爾·伊凡諾維奇身邊的母親以外，魏爾西洛夫每晚必到他的屋內去；我也必去，再說我也沒有別的地方可去；最近的幾天內，麗薩幾乎每晚到來，雖然比別人晚些，而且幾乎永遠默默地坐着。達姬央納·伯夫洛夫納也常來，醫生也來，固然不大勤。不知忽然怎麼一來，我和醫生竟投契了；固然並不十分投契，但至少以前的那種行爲沒有了。我所喜歡的似乎是他的那份憨直——我終於從他身上看了出來——還有那份對於我們的家庭的依戀，因此我決定對於他那種醫學方面的傲慢加以宥恕。還教會他洗手，清理指甲，假使他沒有穿清潔的內衣，我會率直的對他說，這並非爲了講究服飾，也非爲了什麼藝術，然而清潔是醫生這個職業裏必具的要素，我當時還給予他一個證明。——雞開里亞時常從廚房走到門外，立在門後聽瑪加爾·伊凡諾維奇的講話。魏爾西洛夫有一次把她從門外喚進來，請她和我們同坐。我很喜歡這一手；但是從那次以後她已經停止走近房門口了。她有她自己的脾氣！

我把這些故事之一記載下來，不加以選擇，單祇因爲我對於它記得完全些的緣故。這是關於一個商人的歷史，我覺得這類的歷史在我們的小城裏存留得有幾千之數，祇要人們能看出來。假使有人願意，可以把這篇故事放開不說，況且我是用他的語調講述的。

四

在一所名叫安發米也夫司基的城市裏出現了一個奇蹟。城裏有一個商人，姓斯闊脫鮑益尼闊夫，名喚馬克西姆·伊凡諾維奇，他的財富是全省沒有匹敵的。他創辦了一所花布紡織工廠，雇用工人數百名。他自視極高。應該說，一切都照他的意思行事，官廳方面一點不加留難。修道院住持因為他捐款巨款，道謝不迭。在詩興發作的時候，他深深地為自己的靈魂歎息，不住地顧慮到未來的世紀。他的妻室已經亡故，沒有兒女；關於他的夫人，有人傳說他彷彿還在結婚的第一年上就作踐她。他從年輕的時候起就愛用手兒施發他的威風；不過這已經是很久的事情了；他也不打算再用婚姻束縛自己。他還有好喝酒的脾氣，等時候一到，他會醉醺醺地，光着身子滿城亂跑，大聲呼號；那城市並不有名，一切是可恥的。等時候一過去，他又生起氣來，凡是他推論的，全是好的，凡是他吩咐的，全是妙的。他對於工人計算得十分刻薄，取了一把算盤，戴上眼鏡：「你應該領多少，闊瑪？」——「從聖誕節起沒有領過，馬克西姆·伊凡諾維奇，一共有三十九盧布。」——「啊，這末許多錢呀！這太多了。你的整個身子都不值得這許多錢；你完全不配有這許多錢：把十個盧布從算珠上撥去，取二十九盧布去罷。」那人默默地不說話；也沒有人敢哼一聲，大家全沈默着。

他說：「我知道應該給他多少錢。跟此地的人是不能用別種方法對待的。此地的人十分荒唐；沒有我，他們全會餓死，無論有多少。此地的人還可以說全是小偷，看見什麼就拿什麼，沒有一點勇敢。還可以說他們全是醉鬼；你把賬給他一算清，他會把錢送到酒店裏去，光着身子坐在酒店裏，——身上沒有一根絲縷，光裸裸地走出去。他們又全是混蛋：坐在小酒店對面的石頭上面，起始嘮嘮叨叨地說着：「我的老親娘，你爲什麼生我這個薄命的醉鬼到世界上來呀？你還不如把這醉鬼一生下來就掐死了的好！」難道他們是人嗎？他們是野獸，他們不是人。先應該使這種人受教育，以後再給他們錢。我知道什麼時候給他們錢。」——

這是馬克西姆·伊凡諾維奇所講的關於安我米也夫司洮的人民的話。他雖然說得不好但總是事實：人民的性格是糊裏糊塗，一點也不堅忍的。

在這城裏還住着另一個商人，後來死了；這人是年青的，輕浮的，營業失敗，喪失了全部的財產。最後的一年內奮鬭得像沙灘上的魚，但是生命的期限到了。他和馬克西姆·伊凡諾維奇一直沒有弄好，欠了他許多錢。在臨終的一小時內他還在詛咒馬克西姆·伊凡諾維奇。他身後留下一個年紀還輕的寡婦，還加上五個兒女。一個孤單的小寡婦在丈夫死後正好比一隻沒有宿處的小燕，她所遭受的磨鍊是不小的，再加上五個嗷嗷待哺的小孩，就更加顯得困難。馬克西姆·伊凡諾維奇把她的最後的財產——一所木房奪去，以償還他的債務。她叫他們大家並排地立在教堂門廊那裏：長子有八歲，其餘的全是女孩，一個比一個小一歲，長姊四歲，最小的還抱在手裏喫奶。午禱告終後，馬克西姆·伊凡諾維奇走了出來，孩子們大家排着跪在他面前，——是母親預先教好的。他們一齊合手膜拜。她自己手裏抱着第五個嬰孩，也跟着孩子們一塊兒對他叩頭：「馬克西姆·伊凡諾維奇，你饒恕孤兒們一遭罷，不要把最後的一塊麵包搶走，不要把他們從出生的窠巢內趕走！」當時在場的人們大家全流眼淚了，——她把他們教得實在好。她心想：「在人們面前下不了面子，他會心軟，把房屋還給孤兒們的。」——但是結果並非如此。馬克西姆·伊凡諾維掛着了，說道：「年青的寡婦，你需要一個丈夫，並不是爲孤兒們痛哭。死者臨死時在牀上還詛咒我來着呢，」——他還自走了出去，不肯把房屋交還。「何必要摸仿人家的傻勁，（那就是發慈悲？）你要是做了好事，人家更加會來麻煩你；這一切並不能給人家多少幫助，祇是把名聲傳揚開去罷了。」但是名聲眞是傳揚了出來，彷彿說他在十年以前就曾對這小寡婦，當時還是個姑娘，轉過念頭，化過許多錢（她是很美麗的，）忘記這罪孽和毀壞上帝的廟宇相等；但他當時並沒有成功。他在城裏，甚至在整個省內，做過不少這類的愾儻行爲，甚至越出了一切的範圍。

儘管母親和孤兒們啼哭個不休，他還是把他們從他們的家裏驅逐走了，並不單祇由於惡意，而且也不知道這人有時爲了什麼原因，會這樣固執着。他們起初獲得旁人的幫忙，以後她就出外去尋覓工作。不過我們這裏除了工廠以外還能有什麼掙錢的地方：她一會兒替人家洗洗地板，一會兒在菜園裏拔草，一會兒給澡堂生火，有時還要抱着嬰孩痛哭一場；其餘四個小孩穿着單襯衫在街上亂跑。她讓他們跪在教堂門廊上的時候，大家還有鞋襪穿，還可以勉勉强强地對付過去，總還算是商人的子女；但到了後來祇好光着脚，裸着身子，跑來跑去；大家都知道，小孩身上的衣服會很快地破爛的。至於小孩們有什麼：祇要有太陽，就很喜歡，絕不感覺危險，彷彿小鳥一般，他們的嗓音好比銅鈴的響聲，寡婦心想：「冬天一到，我不知道把你們安放到什麼地方去；但願上帝到那時候把你們收回去總好呢！」——不過沒有等到冬天，我們那個地方的小孩中間流行着一種咳嗽，名叫百日咳，會一個傳給一個的。起初那個喫奶的小女孩病死了；其餘的孩子們也跟着生了病，就在那個秋天，四個女孩全一個跟着一個夭折了。內中一個固然是在街上被馬車踏死的。你以爲怎樣？她把她們埋葬以後，哭了一場。她起初詛咒着，但是上帝把她們收了去以後，她又覺得可惜了。眞是慈母的心腸！

她衹有一個最年長的男孩活在世上，她非常疼他，簡直不敢對他吹一口氣。他的身體非常柔弱，臉兒像小姑娘一樣的可愛。她把他送到工廠裏他的敎父那裏去，——他是工廠的總管，——自己到一位官員家裏去充當乳母。那男孩有一次在院裏跑着，馬克西姆·伊凡諾維奇忽然坐在雙套馬車上跑來，恰巧喝了點酒；那男孩從樓梯上一直滾下來一直撞在他的身上，在他從馬車上走下來的時候。男孩兩手一直抓住他的肚腹。他揪住他的頭髮，喊道：「這是誰的？拿鞭子來！立刻在我面前揍他一頓。」男孩死僵地站在那裏！人們起始打他，他喊嚷起來了！「你還要喊嚷麼？死勁地揍，揍到他停止呼喊爲止。」儘管揍得多，揍得少，——他並沒有停止呼喊，一直到僵死爲止。當時大家害怕了，停止了揍打，看見孩子呼吸停止了，沒有知覺地躺在那裏。以後有人說他並沒有挨許多次打，他的膽子太小，受不住驚嚇。馬克西姆·伊凡諾維奇也害怕了！「誰的孩子？」——他問；人家告訴他：「眞是的！快送還給他母親；他幹什麼要在工廠裏蕩來蕩去？」他後來沈默了兩天，又問：「孩子怎樣啦？」但是孩子的情形並不好：他病了，在母親屋內的角落裏躺着，她爲了這事把官員家裏的那個位置都扔棄了。他得了肺炎，「眞是的！這是怎麼回事？打痛了他還可以說；現在祇是輕輕地來了兩下。我對於其餘的人們也是這樣打的；並沒有出什麼亂子呀。」他等候母親控訴，隱做地沈默着。但是母親不敢去控訴。那時他喚人送十五盧布給她，還打發醫生前往診視；並不是他有所懼怕，卻因爲他露出了沈鬱的心情的緣故。後來時候一到，他又連喝了三星期的酒。

多天過去了，在基督復活節上，在那個最偉大的日子裏，馬克西姆·伊凡諾維奇又問道：「那個男孩怎麼樣啦？」他沈默了一會，沒有問。人家對他說：「他的病好了，住在母親那裏，她老是出去做零工。」馬克西姆·伊凡諾維奇當天就上寡婦那裏去，沒有進屋，把她叫到大門外面，他自己坐在馬車上。他說：「是這樣的，誠實的寡婦，我很喜歡你的兒子，想做他的真正的恩人，對他表示無限的寵愛；我想帶他到自己家裏去。如果他能稍稍地依順我，我可以給他一筆相當數目的財產；假使能完全博得我的歡心，我可以把他確定爲我的全部財產的承繼人，好比我親生的兒子一般，不過您本人除去大節以外可不能光臨到我家裏來。假使您覺得可以辦到，明天早晨就領孩子來，他不能儘玩耍的。」說完後就走了，把母親遺留在瘋狂的狀態中。人們聽見了，對她說：「小孩長大以後，會自己責備你剝奪他這樣的命運的。」她朝他哭了一夜，早晨就把孩子送去了。那孩子害怕得成爲半死不活的樣子。

馬克西姆·伊凡諾維奇把他打扮得像少爺，還雇了一個教師，立刻教他讀書，甚至弄到儘把他放在自己身邊，由他自己監督着。孩子一打哈欠，他就喊：「看書！你要好好兒念書；我希望你成爲一個人。」孩子就從那次挨襲以後身體很衰弱，咳起嗽來。——「在我這裏還過不下去麼？」——馬克西姆·伊凡諾維奇奇怪了。——「在母親那裏光着脚跑來跑去，啃喫麵包殼，爲什麼現在比以前更衰弱了呢？」教師說：「每一個小孩都應該淘淘氣，不能儘讀書；他需要運動。」馬克西姆·伊凡諾維奇想了一下：「你說得很對。」那個教師彼得·斯帖潘諾維奇，——現在已經在天國裏了，——好像是一個狂人，喝許多酒，甚至喝得太多，所以人家早就不給他做任何事情，單祇依賴人家的施捨生活下去，但是他本人卻具有極大的聰明，和高深的學問。「我不應該在這裏，」——他自言自語地說，——「我應該到大學裏去當教授；但是在這裏我會陷在泥淖中，『連我自己的衣服都會被我輕視的。』」馬克西姆・伊凡諾維奇坐了下來，對男孩喊道：「你去淘氣罷！」——但是他在他面前連一口大氣都透不出來。後來弄到那個孩子連他的聲音都不能忍受，——簡直整個身子抖慄着。馬克西姆・伊凡諾維奇更加奇怪了：「他是怎麼回事？我把他從泥淖中救出來，給他穿呢料的衣裳，和細製的牛統靴，襯衫上繡花，把他打扮得像將軍的兒子。他為什麼還不服我？何以像小狼似的沈默着？」大家早已停止對馬克西姆・伊凡諾維奇發生驚異，但是當時又驚異起來了：他竟重新換了一個人，死纏住這樣一個小孩，不肯罷休。「我可以不活下去，卻一定要把他的性格改過來。他的父親在臨死時已經領受過聖餐懺悔禮的時候還要詛咒我；他具有他的父親的性格。」甚至一次也沒有用過鞭子，（從那一次起就怕了。）他把他嚇壞了，是這樣的。不用鞭子就把他嚇壞了。

後來出了一樁事情。他剛走出去，男孩就拋棄了書本，跳到椅子上去：原先他把皮球拋到寫字檯上，現在想去取它，但是袖子觸碰了檯上的磁燈；磁燈掉落到地板上面，碰成粉碎，整個屋內聽到響聲。這件東西是很貴重的，——薩克遜的磁器。馬克西姆・伊凡諾維奇突然在第三間屋內聽見了，當時喊嚷起來。小孩嚇得沒命的跑，跑到平臺上面，經過花園和後門一直跑到河沿那裏。河沿那裏有小花園，栽着一些老柳樹，——一個快樂的所在。他跑到水邊，人們看見他立在渡船停放的處所搖擺着手，大概看着水害怕，——立在那裏，像被釘牢了似的。這地方河身很寬，水流很急，有貨船行駛着。對岸有店鋪，廣場，教堂的金頂閃耀着。當時有一位上校夫人領着女兒趕到渡船碼頭上來。有一個步兵營駐紮在這裏。女兒也有八歲左右，穿着一身白白的衣服，瞧着男孩發笑，手裏握着一隻小木籃，籃裏放着一隻刺蝟。她說：「你瞧呀，媽媽，這個男孩一直在那裏看我的刺蝟。」「不是的，」上校夫人說——「他有什麼懼怕的事情——你怕什麼，美麗的小孩？」（這全是以後人家講出來的。）她說「這是多末美麗的男孩，穿得多末講究！喂，你是誰家的孩子？」他還從來沒有看見過刺蝟，因此走過去看望，剛纔的事情已經完全忘記了，——這是小孩的年齡的關係！他說：「這個是什麼東西？」小姐說：「這是我們的刺蝟，我們剛纔從鄉下人那裏買來的：他在樹林裏把牠找到的。」——他說：「刺蝟怎麼會這樣的？」他一邊說一邊笑，起始用手指戳牠，刺蝟的針毛張大了，小女孩很喜歡男孩，說道：「我們把牠拿回家去，我們想養熟牠。」他說：「你把那隻刺蝟送給我罷！」他請求得十分懇切，剛把話說了出來，馬克西姆·伊凡諾維奇忽然在後面說道「喂，你在這裏抓住他！」（他生氣得竟連帽子也不戴，親自從屋內跑出來追他。）男孩憶起了一切，當時喊叫了一聲，跑到水邊，把小拳頭壓在胸脯前面，向天上望了一眼，（大家都看見的，都看見的！）——向水裏撲通一聲鑽進去了！許多人喊叫起來，從渡船上跑過來，起始撈救，但是被水衝走了，水流是很急的，等到拖上來的時候，——已經喝了許多水，——死了。他的胸脯是很軟弱的，受不住水的擠壓，而且這樣的孩子還需要許多水麼？在人們的記憶裏還沒有過小孩毀滅自己生命的事情！真是罪孽呀！這個小小的靈魂到了那個世界裏還會有什麼話對上帝說呢？

就從那個時候起，馬克西姆·伊凡諾維奇凝想起這些問題來了。這人變得認不出來了。他當時顯得十分憂愁。他開始喝酒，喝許多酒，但是後來就不喝了，——沒有用。他竟停止上工廠去，不肯聽任何人的話。

人家對他說什麼，——他一聲也不響，要不就揮一揮手。他這樣過了兩個多月，以後起始自言自語了。他一邊走路，一邊自言自語。近城的瓦希可瓦村失火燒去了九所房子；馬克西姆·伊凡諾維奇跑去觀察遭災的人們把他圍住，號哭着，——他答應幫忙，還下了命令，但是以後又把總管叫去，把一切全取消了。「不必啦，」——他說，——「不必給什麼錢，」也沒有說出爲了什麼原因。「主既然將我當作一個壞人似的交給衆人辱罵，那就隨他去罷。我的名聲像一陣風似的招展着。」修道院住持自己跑來見他，他是一個嚴厲的老僧，在修道院內制定了僧侶制。——「你怎麼啦？」——他說，態度那樣的嚴厲。——「我就是這樣，」——馬克西姆·伊凡諾維奇當時打開了聖經，指給他看：

「凡使這信我的一個小子跌倒的，倒不如把大磨石拴在這人的頸項上，沈在深海裏。」馬太福音第十八章第六節。

「是的，」——住持說，——「雖然並不直接講這件事情，但到底是有關係的。最糟的是一個人把自己的尺寸喪失了，——那人便會完結的。你自視太高了。」

馬克西姆·伊凡諾維奇坐在那裏，好像昏迷了似的。住持瞧了他一會。

「你聽着，」——他說，——「而且還要記住。聖經上說：『絕望的人的話語會飛到風裏去的。』你還要記得，連主的安琪兒們都是不完善的，完善而且無罪的惟有主耶穌基督一人，安琪兒們也是侍候他的。而且你並不希望這孩子的死，祇是輕率而已。不過有一樣，我甚至覺得奇怪，你幹下了的亂七八糟的勾當還少麼？被你弄得傾家蕩產的人還少麼？你誘壞的，你害的人還少麼？——這不是就等於殺人一樣麼？不就是他的姊妹們早先一個個死光，四個小孩全都死光，差不多就死在你的眼前的麽？爲什麽惟獨他一個人使你的心擾亂不安呢？對於以前的幾個，我覺得你不但不憐惜且忘記了想他們，是不是？你爲什麽這樣怕這孩子，你對於他並不十分有錯呀？」

「我夢見他，」——馬克西姆·伊凡諾維奇說。

「怎麽樣呢？」

但是他不再有所表示。坐在那裏，沈默着。住持覺得奇怪，也就這樣走了：簡直無法可想。

馬克西姆·伊凡諾維奇打發人去請教習來，就是那個彼得·斯帖潘諾維奇，他們從那次事件以後沒有見過面。——「你記得麽？」——他說。

「我記得，」——他說。

「你替酒店畫油畫，你還會從像片上摹畫人像。你能不能給我畫一幅油畫？」

「我全能的，」——他說，——「我有各色各樣的才能，我全能夠做到的。」

「你給我繪一張最大的畫，牆壁那樣的長，最先畫一條河，下坡，渡船碼頭。應該把所有當時在那裏的人們全畫上。還要畫出上校夫人和小女孩，還有那隻刺蝟。還要畫出對岸整個的景緻，必要看得到一切東西：教堂呀，廣場呀，小店呀，馬車停放的處所呀，——把一切應有的全都畫出來。在渡船碼頭旁邊立着那個男孩，就在水邊，就在那個地方，一定要畫成兩隻小拳壓在胸前兩隻小奶頭上面的情形。一定要這樣畫。他的前面，對岸的教堂上面，你畫一片天，許多安琪兒在天上飛翔着迎接他。你能畫麽？」

「我全能的。」

「我並不一定想求你，我可以寫信到莫斯科去聘請第一流的美術家，哪怕從倫敦去請來也可以，但是你記得他的臉龐。假使畫得不像，或者不大像，我一共給你五十盧布，但假使十分像，我可以給你兩百盧布。你記得，小眼睛是蔚藍的……一定要畫成一幅極大極大的圖畫。」

他們接洽好了；彼得·斯帖潘諾維奇起始畫，後來忽然又跑來了：

「不行，」——他說，——「這樣子不能畫。」

「什麼樣子？」

「因為自殺這罪孽是罪孽中最大的。在犯了這種罪孽以後怎麼還會有安琪兒們迎接他呢？」

「然而他是小孩，不能讓他負責。」

「不，他不是小孩，卻是童子；出事的時候他已經有八歲了。他總歸應該負點責任呀。」

馬克西姆·伊凡諾維奇更加害怕了。

「我想出了這個辦法，」——彼得·斯帖潘諾維奇說，——「我們不必畫出一片天來，也不必畫安琪兒；我要從天上畫一道光線，一道明亮的光線，似乎在迎接他：這樣總歸可以表示出一點什麼來的。」

當時就畫下了光線。我過了許多時候看到了這張畫，這光線，還有那條河。——這張畫有整個牆壁那樣的長，全是藍色的。一個可愛的童子兩手壓在胸前，還有一個小姑娘，一隻刺蝟，——全都畫上了。不過馬克西姆·伊凡諾維奇當時不肯把這張畫拿出來給任何人看，卻鎖在書齋裏，不許任何人的眼睛窺看。城裏有許多人拚命跑來想看到這張畫；他把人家全趕出去了。這件事情當時鬧得滿城風雨。彼得·斯帖潘諾維奇簡直神氣活現起來，他說：「我現在全都會背了。我應該在聖彼得堡受宮廷的供養。」他是一個極客氣的人，不過愛吹牛罷了。他的命運到了：他一取到二百盧布，立刻起始喝酒，把錢給大家看，一面還誇耀着。和他一同喝酒的那個下市民在夜裏乘他喝醉的時候把他殺死，把錢搶走了。到了早晨這一切纔發覺了出來。

結果是弄得在那裏大家現在還都能記得的。馬克西姆·伊凡諾維奇忽然跑到那個寡婦面前去：她在市梢一個下市民的農舍裏住着。這一次他走進院裏來；站在她面前，深深地對她鞠躬。她從那次就害了病，勉強動轉着。「貞節的小寡婦，」——他哀懇着。——「嫁給我罷，嫁給我這壞蛋，讓我在世界上多活幾天罷！」她瞧着他，半死不活的樣子。他說：「我希望我們還能生一個小孩，假使生了下來，那末那個男孩饒恕你我兩人了。那男孩吩咐我這樣做。」她看見這人已經失去了理智，似乎發了狂，但到底忍耐不下去：

「這一切全是小事，」——她回答他，——「祇是一種懦怯，由於這懦怯，我把所有我的小鳥兒全毀失了。我連看也不能看見你，自然更不能接受這種永恆的痛苦。」

馬克西姆·伊凡諾維奇走了，但還是不死心。整個城市為這個奇蹟震動了。馬克西姆·伊凡諾維奇打發了媒婆來提親。把兩個嬸子從省裏寫信叫來，她們過的是下市民的生活。嬸子總歸還是親戚，總算是有面子。她們起始勸她，說些諂媚的話語，留在屋裏不肯走。還打發城裏的人，商界裏的人，敎士和官員的夫人前去；簡直整個城市都把她包圍住了，但是她理也不理。她說：「假使我的孤兒們還活着，那末還可以說說，現在有什麼呢？叫我在我的孤兒們面前接受多大的罪孽！」他勸修道院住持來相勸，住持朝她的耳旁微語道：「你可以把他另換一個人。」她非常害怕，但是人們很奇怪她：「她怎麼能拒絕這樣的幸福呢？」後來他用下面的話語把她的心打動了：「他總歸是自殺者，他已經不是嬰孩，而是童子，從他的年齡上看來，他是不能被允許行聖儀禮的，因此他總應該負一點責任。假使你能和我結爲夫婦，我答應造一所新教堂，單祇爲了永恆地記念他的靈魂。」她對於這層不能加以抵抗，也就答應了。他們於是結了婚。

結果使大家都感到驚異，從第一天起，他們就在極大的，不虛假的諧和中生活着，互相敬愛，好像祇有單一的靈魂在兩個身體上面。她就在那個冬天得了孕。他們時常上教堂，恐怕逢到上帝的震怒。他們到過三個修道院裏去，傾聽着預言。他造成了他答應造的教堂，還在城裏造了一座醫院和養老院。他撥出資金，捐充寡婦和孤兒們的贍養費。憶起了所有曾受過他侮辱的人們，想償還給他們。他起始發出無數的錢，并得他的夫人和修道院住持不能不加以攔阻，因爲「這已經是很够的了」——他們說。馬克西姆·伊凡諾維奇很聽話。他說：「我有一次把福瑪的賬算錯了。」當時把錢還給福瑪。福瑪簡直哭了：「我沒有什麼」，——他說，——「我很滿足，我是永遠應該給上帝祈禱的。」因此大家都得到了感動。人們說得好，人是可以依賴好榜樣以生活的。那地方的人是很好的。

他的夫人親自管理工廠，管理得很好，到現在還有人憶起。他沒有停止喝酒，在這時期內她用心服侍他，以後又給他診視。他的話語變得很莊重，連聲音都變了。他顯得特別仁慈，甚至對牲畜也是如此：從窗內一看見農夫朝馬頭上亂抽，立刻派人去把那匹馬用雙倍的價錢買了下來。他還取得了眼淚的才能：無論誰同他說話，他總會流淚的。在她懷孕的日期告滿以後，上帝終於傾聽到他們的祈禱，送了一個兒子給他們。從那時起，馬克西姆・伊凡諾維奇更加顯露出光明的神態，佈施了許多錢，把人家欠的許多債全取消了，行洗禮的那天，他招請了全城的人。他請了全城人以後，過了一夜，在第二天上出來了。夫人看出他心裏有點什麼事情，便把新生的小孩舉到他面前，說道：「童子已經饒恕了我們，傾聽了我們的眼淚和為他祈禱的話語。」關於這個問題可以說他們一年來一次也沒有談過，兩人全放在各人的心裏。馬克西姆・伊凡諾維奇陰鬱地看了她一眼，說道：「你等一等；他整年沒有來過，可是昨天夜裏我又夢見了。」——「聽到了這兩句奇怪的話語以後，恐怖初次闖進我的心裏」——她以後回憶的說着。

他夢見童子不是徒然的。馬克西姆・伊凡諾維奇剛說出了這個話，差不多可以說就在那個時候新生的嬰孩身上立刻出了這樣的情形：他突然病了。那孩子病了八天，他們不斷地祈禱，延請許多醫生，把莫斯科最有名的醫生用火車接了來。那醫生一到，就大生其氣。他說：「我是第一個醫生，全莫斯科都在等候我呢。」他開了一劑湯藥的方子，匆匆忙忙地走了，帶走了八百盧布。那嬰孩到晚上就死了。

底下怎麼樣呢？馬克西姆・伊凡諾維奇把所有的財產全改換了他夫人的名義，把全部的資本和文件交給她，用正當的法律的手續辦妥了這一切，便立在她面前，朝她深深地鞠躬：「你放我走，我的寶貴的夫人，讓我去拯救我的靈魂，在還能辦到的時候。如果我不能順利地使靈魂安靜下去，我決不回來。我本性堅强殘忍，强迫人家肩負重擔，但是我覺得為了心頭的憂愁和當前的流浪生涯，上帝不會不給予報酬的；因為放棄這一切也就是不小的十字架和不小的憂愁。」夫人流淚勸他：「世界上現在我祇剩你一個人了，我還能依靠誰呢？一年來我已在我的心裏種下了愛苗。」全城的人勸了他整整的一個月，大家懇求他，還決定看守住他。但是他不肯聽他們，夜裏偸偸地走出去，不再回來了。聽說他在各處流浪着，甚至挨受許多的苦。直到現在，每年必去看他的夫人一次……

第四章

一

現在我來着手講那個結束我的記事的最後的收場。但是爲繼續行文的便利起見，我應該預先超越到前面去，把我在行動的時候還完全不知道，而是到了以後纔完全弄清楚，那就是在一切已經完結後纔弄清楚的一些事情講解一番。否則我決不能交代清楚，因爲那時我不能不借用一些謎語去寫。因此我將作一番直接的，簡單的解釋，犧牲所謂文藝性，而且弄得好像不是我自己寫的，我的心並沒有參加在內，而祇是和報紙記事相類的東西。

事情是因爲我的總角之交蘭白特甚至很可以直接歸入那類討厭的，奸惡的小匪黨裏面去，他們互相串通着專幹那套現在稱爲敲詐的勾當，這套勾當現在在刑律裏可以找到定義和刑罰。蘭白特參加的那個匪黨在莫斯科就已成立，已經做出許多罪行，（以後這匪黨有一部分被破獲了。）我以後聽說他們在莫斯科某一時期內有一個極有經驗，且並不愚蠢的首領，他的歲數已經十分老邁。他們有時全體，有時一部分參加行動。他們在首領指揮之下，除去幹那些極齷齪的，不法的事情以外，還幹出一些極複雜的，甚至狡猾的勾當。有些事情我以後打聽到，但是我不願詳細講出來。我祇要講他們的方法的主要的性質在於探聽到人們的某種秘密，有時是極體面的，地位很高的人們的秘密；以後他們就去找這些人，以發表文件作要挾，（這些文件他們有時完全沒有，）要求給與相當的款項，以作沈默的代價。有些事情並沒有過錯，且完全沒有犯罪的痕跡，然而甚至是正經的，堅強的人也會懼怕它的泄露。這些事情大部分和家庭間的秘密有關。爲表示他們的首領有時如何使用巧妙的手段起見，我要簡單地，用兩三行字把他們的一樁勾當講出來。在一個極體面的家庭裏出了一樁罪孽的，犯罪的事情；那就是一個有名的受社會尊敬的人的太太和一個年輕有錢的軍官發生了私通的情事。他們探聽了出來，便起始行動：先通知那個青年人，說他們要報告那個丈夫。他們手邊並沒有一點證據，青年很知道這層，而他們自己也不隱瞞；但是方法的巧妙和計算的狡猾就在於他們料到那個丈夫一接到報告，即使沒有證據，也會做出同樣的行動，相同的步驟，好像已經取得了數學的證據似的。他們的策略的要點在於他們知道這人的性格，並且知道他的家庭狀況。重要的一點是有一個在體面社會裏出身的青年人也參加匪黨，他預先把消息弄到了。他們向情人敲到了一筆很不壞的數目，而且對於自身毫無危險；因爲那犧牲者自己也是希望秘密的。

蘭白特雖也參加在內，但並不完全屬於莫斯科的那個匪團；他在嘗到了滋味以後，漸漸兒開始獨立行動，帶有試驗的意味。我預先說：他本來不大會做這種事情。他這人並不很傻，頗有心計，但是性情激烈，而且十分直率，不如說是天眞，那就是說他不知道人，也不知道社會。例如，他大概完全不了解那個莫斯科首領的重要性，認爲領導和組織部下去幹這種勾當是很容易的。還有他幾乎把所有的人都當作和他自己一樣的小人。或者例如說，他在想像某人懼怕或應該懼怕什麼以後，就深信不疑，以爲極懼怕，這在他已成爲一個原理了。我不會表示這意思；以後我可以用事實解釋得清楚些，但是據我看來，他的智力發展得非常粗魯，他不但不相信一些善良的，正直的情感，甚至也許毫不了解。

他上彼得堡來，因爲他早已想像彼得堡有比莫斯科更加廣闊的競技場，還因爲他在莫斯科爲了什麼事情陷入艱難的境遇中，有人對他懷着惡劣的意念，尋覓他跟他算賬。他一到彼得堡，立刻和以前的一位同事發生了聯繫，但是發現他的戰場十分貧乏，事情也全是瑣細的。以後他認識的人多了，但是一點也成不了局面：「這裏的人全是沒有價值的，全是一些小孩子，」——他以後自己對我說。於是在一個佳美的早晨，黎明的時候，他忽然發現我凍僵在圍牆底下，在他的眼光中看來直接獲得了一樁「內容極豐富的事情」的蹤跡。

一切的事情全從我在他的寓所裏暖和轉來時說出的那一套胡話而起。我當時好像在發譫語，但是從我的話語裏到底明顯地表露出來，我從命定的那天所受的一切恥辱中最記得真切，而且放在心裏的祇是從皮奧林格和她那裏所得的恥辱；否則我不會在蘭白特那裏單祇從譫語中漏出這一件事情來，而也會漏出柴爾切闊夫的事情來的。舉例來說；然而後來僅祇說出了第一件事情，這是我以後從蘭白特那裏打聽出來的。而且我當時處於歡欣的狀態中，在那個可怕的早晨把蘭白特和阿爾芬西納看作解放我和救我的人。以後我在病體復原時，還躺在牀上時就猜想：蘭白特從我的胡話裏會打聽出一點什麼事情來？我究竟對他亂說到了什麼樣的程度？——但我竟沒有一次疑惑到他當時會知道得如此之多！自然從良心的譴責方面推斷起來，我當時就疑惑，我大概說了不少多餘的話，但是我還要重複一遍，我怎麼也猜不到會到這種程度的！我還希望而且忖度我當時在他那裏沒有力氣說出清晰明顯的話語來，對於這層我遺留下堅定的信念，但是事實上發現我當時說出的比以後所猜想的，所希望的要明顯得多。然而重要的是這一切祇在以後，過了許多時候方纔發現出來，而我的倒楣也就在於此。

從我的譫語，胡話，夢囈，欷歔等等中，第一，他打聽出來了大家的確實的姓名，甚至一些地址。第二，他對於這些人物的重要性獲得了十分近似的認識，（如老公爵，她，皮奧林格，安娜·安特萊夫納，甚至魏爾西洛夫。）第三，他打聽出我受了侮辱，誓欲復仇，第四是最重要的，那就是他打聽出存在着一個文件，祕密的，被人藏匿着的文件，一封信，假使把它送給半瘋的老公爵，他在讀到以後，曉得他自己的女兒竟把他當作瘋子，且「和法律家商量」如何把他監禁起來，——他不是完全發瘋，便會把她從家庭中驅逐出去，取消她的承繼權，或者逕自取魏爾西洛瓦小姐，他已經想要她，但是人家不允許他娶。一句話，蘭白特明白了很多的事情；無疑的，還留下許多模糊的情節，但是一個敲詐的專家到底踏到真實的蹤跡上去了。我以後從阿爾芬西納那邊跑出來的時候，他立刻找到了我的住址，（用極普通的方法，——在住址調查局裏找到的，）以後立即進行調查，打聽出我對他亂說出的那些人物全是實際上存在着的。他當時起始作第一步的行動。

最重要的關鍵在於存在着的那個文件，而它的擁有者就是我，這文件具有極大的價值；蘭白特對於這層深信不疑。我在這裏把一樁情節忽略過去，等到以後再說，但現在我祇要提出一層，那就是這情節使蘭白特深信文件確乎存在，而主要的是還具有價值。（那是一個命定的情節，——我要警告在前面，——是我怎麼也想像不到，不但在當時，甚至到整個的故事結束之前，在一切突然摧毀，自然而然地解釋清楚以前。）因此他既深信了這要點，第一步就上安娜・安特萊夫納那裏去了。

對於我至今還是一個謎：闌白特怎麼會鑽到像安娜・安特萊夫納那樣高傲不可侵犯的貴族小姐那裏去的？固然，他調査過，但是這又有什麼呢？固然他穿得頂講究，會說法國話，姓法國姓，但是安娜・安特萊夫納決不會不立刻看淸楚他是騙子的，能不能猜想她當時所需要的就是騙子？但是難道眞是這樣麼？

我永遠打聽不出他們會晤時的詳細情形，但是以後有許多次自己想像着這個場面。大概闌白特從第一句話語和姿勢上就在她面前裝做我的總角之交，十分擔心他心愛的同學的樣子。自然，在第一次見面時就很明顯地暗示，我身邊有「文件」，這是一個祕密，惟有他，闌白特，一人知道這祕密，我準備用這文件對特寗夫人報復，等等的話。主要的是他會對她詳加解釋這個文件的意義和價値。至於說到安娜・安特萊夫納，那末她所處的局面是不能不抓住這類消息，不能不用極大的注意去傾聽……不能不上鈎，爲了「生存鬥爭」的原因。恰巧就在那個時候，她的未婚夫被人家奪去，送到皇村去受監視，連她自己也被人家監視起來。現在忽然有了新發現：這裏並不是女人們的交頭接耳，也不是流淚的怨訴，更不是讒言和造謠，卻是一封信，一個筆據，也就是一個數學的證據，證明他的女兒和那些把他從她手中奪去的人們意念如何的狡詐，所以應該脫離他們，逃到安娜・安特萊夫納那裏去，在二十四小時以內和她結婚，否則他們會把他送進瘋人院裏去的。

也許闌白特完全不和這姑娘施展狡猾的手段，甚至一分鐘也不，簡直從第一句話上就發出話來：「密斯，您不是一輩子成爲老處女便是成爲擁有百萬家私的公爵夫人：現在有一個文件，我可以從那少年身邊偷出來，轉交給您——但是您應該簽一張三萬盧布的期票給我。」我甚至覺得，就是這樣的。他認一切人是和他一樣的小人；我要重複一句，他身上具有一種小人的坦白，小人的天真……是不是如此且不管，但是也許安娜・安特萊夫納即使在他這樣興舉上去的時候，也會一分鐘都不感到慚愧，而會自行忍住，傾聽那個敲詐者的話語，——而這全是由於「天性幽邃」的緣故。自然起初稍為臉紅了一下，以後就自己忍住傾聽下去。我現在想像出這個不可侵犯的，驕傲的，確極高貴，而且聰明絕頂的女郎，和蘭白特手挽手聯結在一處……他也是聰明的。一個俄國人的聰明，喜歡覓闊手面的人，——還加上女性，還遇到了這樣的環境！

現在我要作概略的敍述了：在我病愈出門的時候，蘭白特站在下面的兩個據點上（這是我現在確實知道的；）第一，用文件向安娜・安特萊夫納要求一張至少三萬盧布的期票，以後幫助她恐嚇公爵，把他搶出來，立刻和她結婚，——總之，就是這一類的辦法。當時甚至擬定了整個的計劃；那祇等候我的幫助，也就是等候那個文件。

第二個計劃：對安娜・安特萊夫納變叛，拋棄她，把文件賣給將軍夫人，假使有利的話。他對於皮奧林格期望頗深。但是他還沒有上將軍夫人那裏去，祇是偵探她的行動，也是等候我。

他需要我，其實需要的也不是我，卻是那個文件！對於我，他也有兩個計劃。第一個計劃是假使另外沒有辦法，也祇好和我一致行動，分一半給我，預先在道德和肉體方面把捉住我。第二個計劃他覺得於他有利些，那就是把我當作小孩似的欺騙一下，從我身邊把文件偷去，或甚至用強力奪取。這個計劃是他最心愛，且在他幻想裏逐漸增長着的。我還要重複一句：當時出了一樁情節，由於這情節他纔深信第二個計劃會得到成功，但是前面已經說過，以後我纔能把這情節解釋出來。無論如何，他總帶着痙攣般的不耐煩的神情等候我：一切都操在我的掌握中，一切應該決定走的步驟全和我有關。

應該對他說句公道話：他的性情雖然激烈，但事前很能自行沈着。他在我生病時不上我家裏來，——祇來過一次，跟魏爾西洛夫見了面。他不使我驚慌，不嚇唬我，一直到我病愈出門的時候始終在我面前保持完全獨立的態度。關於我會說出來，或通知什麼人，或把文件銷燬一層，他倒很安心。從我在他那裏所說的話語裏，他斷定我自己如何珍重這個秘密，我深怕人家曉得這個文件。至於我在我病愈的第一天上，就會首先上他那裏去，而不上別人那裏去，還是他絕不置疑的：達里亞·奥尼西莫夫納上我這裏來，一部分是奉了他的命令，他知道已經引出了我的好奇和恐怖，他知道我是熬不住的……再說，他已經一切都佈置好了，他甚至會知道我哪一天出門，因此我怎麼也不能避開他，即使想避開。

但是假使蘭白特等候我，那末安娜·安特萊夫納也許更加等候我。我可以直說：蘭白特準備對她叛變，一部分是有理的，錯處還在她的方面。他們中間雖然無疑地已締結了同盟（什麼形式我不知道，但是同盟的存在是我無可置疑的，）——安娜·安特萊夫納在最後的一分鐘以前還不和他完全開誠布公。她還沒有把自己的衷曲完全揭露出來。她對他暗示出她所有的同意和允諾，——但不過是暗示而已。她也許傾聽了他整個的詳細計劃，但祇用沈默表示贊成。我有確實的根據這樣判斷，而一切的原因就在於她等候着我。她寧願和我接洽，而不願和那個混蛋蘭白特來往，——這對於我是無可置疑的一個事實！這個我明白；但是她的錯誤就在於闌白特終於也了解這意思。這對於他太不上算，假使她越過他而從我手裏把文件騙去，還和我成立協定。況且他在那時候已經深信這椿「事情」的基礎如何的堅定。別人在他的地位上會感到膽怯，且發生疑惑的；但是闌白特年輕，膽壯，具有想發財的不耐煩的熱望，不大知道人，認他們全是卑鄙的；這類的人是不會疑惑的，況且他已經向安娜·安特萊夫納把一切重要的實證全都探明白了。

最後的，而且是最重要的一句話：在那天以前魏爾西洛夫是不是有點知道，當時曾否參與闌白特的這個計劃？不，不，不，在那個時候還沒有，雖然也許已經投出了那個命定的話語。……但是夠了，夠了，我超越得太遠了。

哦，但是我怎樣呢？我知道些什麼？我在出門的那天以前知道些什麼？我在這段記事起始之前就已聲明，我在出門的那天之前毫無所知，到了以後纔知道，甚至在一切已經完結的時候纔知道。這是實在的，不過是不是完全如此？不，並非完全如此；我一定已經知道一點什麼，甚至知道得很多，但是怎樣會知道的呢？請讀者憶起那個夢！假使能夠做這樣的夢，假使它會從我的心裏掙脫出來，弄成這樣的形式，那末從我剛纔解釋的一切中也就是從「一切已經完結」的時候纔實在弄明白的一切中有許多我不是知道，而是預感到的。知道是沒有的，但是心由於預感而跳躍着，惡神已經占據我的夢。我竟會搶到這種人的面前去，明明知道他是何等樣的人，甚至預感到一切的細節！為什麼我要搶上去呢？你們想一想：現在，正當我寫這故事的時候，我覺得我當時已經詳細地知道我為什麼要搶到他面前去，在我還一點也不知道的時候。也許識者會了解這個，現在言歸正傳，讓我把事實逐一寫將下去。

二

事情起始於我出門的前兩天，麗蘊晚上回家時，露出十分驚慌的樣子。她受了極大的侮辱；她確乎發生了一些無可忍耐的情形。

我已經提起過她和瓦新的關係。她上他那裏去，並不單祇為了對我們表示她不需要我們，卻因為她確極看重瓦新。他們的相識是在羅加開始的，我永遠覺得瓦新對她並不冷淡。她自然希望能從一個具有堅定智力，態度安詳，志趣高超的人那裏取得一點關於她遭遇到的不幸的忠告，而她就認定瓦新是這樣的人。再說女人們在估計男子的智力這方面不大在行，假使她們喜歡他。她們會把偏至的議論認作正確的結論，假使這種偏至的議論和她們自己的願望相吻合。麗蘊愛瓦新的是他對於她的地位的同情，還有對於公爵的同情，像她最初幾次那樣覺得似的。她既疑惑他對自己發生感情，不能不對於他的同情敵一事予以重視。至於公爵，還是她自己告訴他有時上瓦新那裏去商量商量的，竟會從最初的那次就懷着極大的不安接受這消息。他起始吃醋。麗蘊認這是侮辱，也就故意繼續和瓦新來往。公爵沈默着，但是態度十分陰沈。麗蘊以後自己對我說實話，（過了許多時候，）她當時很快就停止喜歡瓦新，瓦新很安靜，就是這個永恆的，平正的安靜，起初為她深深地喜悅着的，以後她覺得充分的醜惡。他似乎顯出十分幹練的樣子，確曾給予她幾句表面上極好的忠告，但是所有這些忠告好像故意似的不易實行。他有時十分高傲地判斷事情，一點不在她面前感覺有所不安，——越來越不感覺不安，——她把這歸於他對她的地位逐漸增長的，不自覺的輕忽。有一次她感謝他，爲了他時常對待我十分溫和，他雖然在智識方面比我高，但和我說話像和智識相平等的人一般，（那就是她把我的話語轉告給他了。）他回答她道：

「這不對，這不是爲了那個原因。這是因爲我看不見他和別人有任何區別。我不認爲他比聰明人傻些，比好人壞些。我對大家全一樣，因爲在我的眼睛裏大家都是一樣的。」

「怎麽，難道您不看見區別麽？」

「自然大家彼此總有點區別，但是在我的眼睛裏並沒有區別存在着，因爲人們的區別於我毫不相關：在我看來，一切都是平等的，都是一樣的，因此我對大家一樣的和善。」

「您這樣不覺得厭悶麽？」

「不，我永遠滿意自己。」

「您一點願望也沒有麽？」

「怎麽會沒有願望？但是不大多。我差不多什麽也不需要。我穿着金色的衣裳，或就穿我身上的那件，——這是一樣的。金色的衣裳不會給瓦新增添什麽。財產不會誘惑我地位和榮譽，能否值得我所值得的那個地位呢。」

瓦新用名譽作擔保，對我說他的的確確有一次曾表示過這個話。但是這樣判斷是不行的，應該知道他表示這句話時的環境。

漸漸地，麗薩斷定他對公爵所以抱寬厚的態度，也許祇是因爲在他看來，大家都是不等的，「沒有區別存在着的，」而並非由於對她的同情。但是以後他似乎顯然喪失冷淡的態度，起始對待公爵不但帶着責備，且露出賤蔑的諷刺。這使麗薩發火，但是瓦新不能自行克制下去。主要的是他永遠說得那樣的和婉，甚至在責備的時候都沒有憤激的意思，祇是用邏輯的方法說明她的英雄如何的無價值。但是諷刺就包含在這邏輯的方法中。以後逕直在她面前表明她的愛情的「不合理性」，她的愛情的固執的強制性。「您的情感迷誤了，但是迷誤一經辨認了出來，一定應該予以糾正。」

這事恰巧發生在那一天；麗薩憤激地從座位上立起來，預備走出去，但是這個理智的人到底做了些什麽？他竟用極正直的態度，甚至帶着情感，向她求婚。麗薩立刻當面罵了他一聲傻子，就走出去了。

提議對一個不幸的人變心，因爲這不幸的人「配不上」她，主要的是向已經跟那個不幸的人有了身孕的女人提出來，——這眞是這類人的聰明！我稱這爲可怕的公式化，和對於人生的完全無知，這一切全是由於無限的自私而起的。再說麗薩用極明顯的方式看着他甚至引自己的行爲爲驕傲，也就因爲他已經知道她懷孕的緣故。她帶着憤激的眼淚忙着上公爵那裏去，但是那位，——那位甚至超越到瓦新的前面去了：他在聽到那段故事以後本來可以相信現在已經沒有什麽可以喫醋的，但是他當時就發瘋了。不過好喫醋的人們全是一樣的！他對她大鬧了一場，把她侮辱得竟想決定立刻和她斷絕一切關係。

她回家時還勉強忍耐着，但不能不對母親實說出來。在那天晚上，她們又完全像以前似的碰在一起；堅冰已被擊破了。兩人自然痛哭了一場，照例擁抱在一起。麗薩顯然安靜了，雖然還露出很陰鬱的樣子。她在瑪加爾·伊凡諾維奇那裏坐了一晚上，一句話不說，也不離開那間屋子。他所說的話她聽得很仔細。自從出了那椿椅子的事情以後，她對他似乎露出甚麼的恭敬，雖然仍舊不愛說話。

但是這一次瑪加爾·伊凡諾維奇似乎突如其來地，奇怪地改變了談話的題目。我注意到，魏爾西洛夫和醫生早晨在那裏皺着眉頭談論他的健康情形。我還注意到，我們家裏一連幾天預備着過母親的生日，——過五天就是她的生日，——還時常談起這件事情。瑪加爾·伊凡諾維奇爲了這生日，不知爲什麼原因歸注到回憶上去，憶起母親的童年和她還「沒有站直脚」的那個時候來了。「她簡直離不開我的手，」——老人回憶着。——「我教她走路，把她放在角落裏在三步以外叫喚她，她就搖搖擺擺地隔着屋子走過來，並不懼怕，一直笑着，一跑到我面前，就奔到我的頸項上來，把我抱住。我以後還對你講故事，騷菲亞·安特萊夫納；你最喜歡聽故事；坐在我膝蓋上兩小時，——一直聽着。農舍裏都奇怪：「她會對瑪加爾這樣要好的。」有時我把你帶到樹林裏去，尋覓一棵覆盆子樹，把你放在樹旁，切開木頭，給你做一隻哨笛。我們玩够了，把你抱回家來，——嬰孩竟睡熟了。有一次你怕狼，跑到我身邊來，混身抖慄，其實並沒有什麼狼。」

「這個我記得，」——母親說。

「難道記得麼？」

「我記得許多事情。我剛有了記性，就看出了您對我的愛情和恩惠，」——她用感動的聲音說，突然臉上發紅了。

瑪加爾·伊凡諾維奇等候了一會：

「對不住，孩子們，我要去了。今天是我生命盡頭的日子。我在老年時得到了安慰，在嘗過了一切的憂愁以後。謝謝你們，親愛的。」

「得了罷，瑪加爾·伊凡諾維奇，」——魏爾西洛夫喊，帶點驚慌的樣子。——「大夫剛纔對我說，您的病好得多了……」

母親驚惶地傾聽着。

「他知道什麼，你的阿歷山大·謝蒙諾維奇？」——瑪加爾·伊凡諾維奇微笑了。——「他是可愛的人，別的沒有什麼。算了罷，朋友們，你們以爲我怕死麼？我今天在早禱以後心裏就發生了不能再從這裏走出去的感覺。這感覺已經顯示了出來。也罷，主的名是可祝福的；不過我還沒有看够你們大家。那個受盡許多苦惱的約伯，瞧着自己的新生的孩子們，引爲安慰，但是他忘記了以前的孩子們沒有？他能不能忘記呢？——這是不可能的！隨着歲月的逝去，憂愁似乎和快樂混雜在一起而變爲光明的歎息。世界上全是如此：一切的靈魂都會受到試誘，且得到安慰的。孩子們，我想對你們說一句話，一句小小的話，」——他繼續說，露出輕諧的，美麗的微笑，使我永遠不能忘卻的微笑，忽然對我說道：「親愛的，我應該爲神聖的教堂奮鬪，假使必要，還要爲它死去。你等一等，不要害怕，不是現在，」——他冷笑了。——「你現在也許不會想到這種情形，但以後總會想到的。不過還有一件事情：你想做什麼好事，那末爲了上帝去做，不要爲了妒忌。你應該堅強地抓住你的事業，不要爲了懦怯而讓步；漸漸地做去，不要忙亂；這就是你所需要的。不過漸漸是應着每天不間斷地爬行的。這話我不過隨便說說，你以後也許會記得的。我也想對您說幾句話，安得烈·彼得洛維奇，但是沒有我，上帝也會發見您的心。我和您早已停止談論這個問題，從那支箭戳穿我的心胸的時候起。今天我在臨去的時候祇要提醒您……關於您當時應允的那件事情……」

最後的話語是他垂着頭，幾乎用微語說出來的。

「瑪加爾·伊凡諾維奇」——魏爾西洛夫惱怒地說着，從椅上立起來了。

「您不要着急，老爺，我不過提醒您一句罷了……對於這件事情，我在上帝面前比誰都有錯；因為您雖然是我的主人，我總也不應該容忍這輭弱的行為的。因此，驕我罷，你不必擾亂你的心靈，因為你所有的罪孽全是我的，我覺得你的心裏當時不見得有什麼理解，而老爺您心裏也許也和她一樣」——他微笑着聲音由於一種痛苦而抖擻着。——「我當時雖然可以教訓你一下，我的太太，甚至使用棍子，我是應該做的，但是你在我面前含淚下跪，一點也不隱瞞……吻我的腿，我覺得可憐起來。我記起這事情來，並不是責備你，親愛的，卻祇是提醒安得烈·彼得洛維奇一聲……因為您自己也必記得您所允諾的話，而一切是可以用結婚來遮蓋的……我當着孩子們面前說這個話，老爺……」

他感到異常的騷亂，望着魏爾西洛夫，好像期待他一句確認的話語。我要重複一句，這一切來得那樣突兀，使我坐在那裏動也不動。魏爾西洛夫的騷亂甚至不比他好些：他默默地走近母親身前，緊緊地抱她；以後母親走近過來，也是一聲不響，對瑪加爾·伊凡諾維奇深深地鞠躬。

總之，發生了一個使人驚愕的場面。這一次屋裏祇有我們自家人。連達姬央納·伯夫洛夫訥都不在那裏。關浩似乎在座位上挺直了身體，默默地傾聽着；忽然立起來，用堅定的聲音對瑪加爾·伊凡諾維奇說道：

「請您也祝福我去受極大的磨難，瑪加爾·伊凡諾維奇。我的全部命運將在明天決定……您今天為我祈禱一下罷。」

於是從屋內出去了。我知道瑪加爾·伊凡諾維奇已經從母親那裏知道了一切。但是我在今天晚上還是初次看見魏爾西洛夫和母親在一起。在這以前我在他身邊看見的祇是他的女奴。在這已經由我嚴加譴責的人身上，我有太多的事情還不知道，還沒有看出來，因此抱着慚愧的神情回到自己的屋內去。應該說的是就在這時候所有我對他的疑惑全都濃密起來了。我從來沒有意想到他如此的神秘和難於料測，恰像那個時候似的。但是我寫的故事也就是講這個；到時候一切都會分曉。

「原來是這樣的，」——我在已經躺下來睡覺的時候自己尋思着。——「原來他已經給瑪加爾·伊凡諾維奇『貴族的預約，』在母親守寡的時候和她結婚。他以前講起瑪加爾·伊凡諾維奇的時候並沒有提到這件事情。」

第二天麗薩整天不在家，回來時已經很晚，一直到瑪加爾·伊凡諾維奇那裏去。我本來不想進去，為了不妨礙他們，但是很快地看出母親和魏爾西洛夫全在那裏，便也走進去了。麗薩坐在老人身旁，在他的肩膀上哭泣着，老人帶着憂愁的臉色默默地撫摸她的頭。

魏爾西洛夫對我解釋，（以後在我的屋內）公爵堅持自己的主張，決定在最初的可能的時候，還在法院判決以前，就和羅薩結婚。羅薩覺得很難決定，雖然她幾乎沒有決定的權利。況且瑪加爾·伊凡諾維奇也主張結婚。自然，一切以後會弄得十分妥貼，她無疑地自己也會答應結婚，不必依從別人的主張，也用不着任何的遲疑，但是現在她受了她所愛的人的侮辱，甚至在自己的眼睛裏也感到自己被這愛情屈辱得太過分了，因此她實在難於下決定。但是除侮辱以外，還攙雜着新的事實，是我不曾疑惑到的。

「你聽見沒有聽見，住在彼得堡區的那批青年被捕了麼？」——魏爾西洛夫突然問。

「怎麼？台爾格曹夫麼？」——我喊。

「是的，瓦新也被捕了。」

我感到驚愕，尤其在聽到了瓦新被捕的消息以後。

「難道他也參預什麼事情麼？我的天呀，他們現在怎麼辦呢？好像故意似的，就在羅薩那樣責備瓦新的那個時候。……您以為他們會出什麼事情？這裏有斯帖別立闊夫在內！我可以賭咒，這裏有斯帖別立闊夫在內。」

「我們不要去管，」——魏爾西洛夫說，奇怪地看了我一眼，（看得像看一個不了解且不會猜測的人似的。）——「誰知道他們有什麼事情，又誰能知道他出什麼事情？我講的不是這個：我聽說你明天想出門。你到賽爾該意·彼得洛維奇公爵那裏去一趟，好不好？」

「我首先要去；雖然我說實話，我感到還是很痛苦的。——怎麼樣？您不要轉達什麼話麼？」

「不，沒有什麼。我自己去看他。我很可憐羅薩。瑪加爾·伊凡諾維奇能對她用什麼主意？他自己一點也不明白，無論對人或對人生。還有一件事情，我的親愛的，（他早就不稱我「我的親愛的」了。）這裏還有……幾個青年人……內中還有你以前的同學，阿白特……我覺得他們全是大壞蛋，我祇要警告你一聲……不過這自然是你的事情，我也明白你沒有權利……」

「安得烈·彼得洛維奇，」——我抓住他的手，並沒有思索，幾乎像得了靈感似的，這是我時常發生的事。（這事幾乎在黑暗中發生。）——「安得烈·彼得洛維奇，我是沈默着的，——您看見過這個，我直到現在還老是沈默着，您知道為了什麼？為了避開您的秘密。我一直決定永遠不去知道這秘密。我是一個懦怯的人，我怕您的秘密會把您從我的心裏完全拔出來，但是我不願意這樣。既然如此，您何必要知道我的秘密呢？儘管我上那裏去，不是於您都一樣的麼？是不是呢？」

「你說得對；但是現在不必再加上什麼話，我求你！」——他說着，就從我的屋內走出去了。因此我們偶然地，稍稍地解釋了一番。我在明天的，我生命中的新的步驟之前感到慌擾，而他這一來祇是增添我的慌擾，因此我整夜睡得不好，不斷地醒過來；但是我心裏覺得很舒服。

三

第二天上，我從家裏出門，雖然那時已經是上午十點鐘，但是我還努力輕輕地走出去，不和人家告辭，也不說一聲，簡直就等於溜走似的。我為什麼這樣做，——我不知道；不過即使母親看見我走出去，和我說話，我也將用任何惡毒的話語回答的。在我走到街上，吸進街上的冷空氣的時候，我由於一種強烈的感覺，

——幾乎是動物的，可以稱之爲肉食獸的感覺，——茲抖索了一下。我爲什麽出門？往哪裏去？這是完全不確定，同時也帶着肉食獸的意味。我覺得又可怕，又快樂，兩者混合在一起。

「我今天會不會惹得一身髒呢？」——我精神抖擻地自己想着，雖然很知道今天所走的那步路將成爲決定的，一輩子無可挽救的。但是用謎語說話是大可不必的。

我一直上公爵的監獄裏去。我在三天以前從達姬央納·伯夫洛夫納那裏取到了她給典獄長的信，所以他很客氣地接見我。我不知道他是不是好人，這我以爲是多餘的；但是他容許我和公爵會晤，會晤地點就在他自己的屋內，很客氣地把它讓給我們。這屋子就和普通的屋子一樣，——某種階級官吏的官舍內一間普通的房屋，——我覺得，描寫這個也是多餘的。因此我和公爵兩人單獨地留在一間屋內。

他走出來見我，穿着一種半軍裝的，家常的衣服，但是襯衫十分清潔，領結非常漂亮，臉洗得乾乾淨淨，頭髮梳得整整齊齊，同時身體特別的瘦，臉色特別的黃。這黃色我甚至在他的眼睛裏看了出來。一句話，他的外表變得竟使我佇立在那裏，露出驚疑的神情。

「您怎麽這樣變了？」——我喊。

「這沒有關係！您坐下來，」——他用少爺腔把一隻安樂椅指給我，自己坐在對面。——「我們就轉到主要的問題上去：您瞧，我的親愛的阿萊克謝意·瑪加爾維奇……」

「阿爾卡其，」——我更正着。

「什麽？啊，是的。哦，那是一樣的。啊，是的！」——他忽然間明白了。——「對不住。我們轉到主要的問題上去……」

總而言之，他十分匆忙地想轉到什麼題目上去。他全身從頭到脚按一個他想給予形式化，給我講述出來的主要的觀念浸透了。他說了太多的話，說得很快，帶着興奮和悲哀解釋着，而且做出各樣的手勢，但是在最初的幾分鐘內我根本一點也不了解。

「簡單地說來，（他已經在這以前把『簡單地說來』的那句話反覆地說了十遍）——簡單地說來，」——他結束他的話語，——「阿爾卡其・瑪加爾維奇，我驚吵您，昨天叫麗薩轉請您來一趟，因爲這事很火急，又因爲決定應該是緊急的，最後的，所以我們……」

「對不住，公爵，」——我打斷他，——「您昨天叫我嗎？麗薩一點也沒有告訴我呀……」

「怎麽？」——他喊，露出異常疑惑的樣子，甚至幾乎懷着驚懼。

「她一點也沒有告訴我。她昨天晚上回來的時候那樣的懊喪，甚至來不及和我說話。」

公爵從椅上跳起來了。

「難道您說的是實話麽？阿爾卡其・瑪加爾維奇？如此說來，這是……這是……」

「這究竟是怎麽回事？您爲什麽這樣不安？她不過忘記了，或是別的什麽事情……」

他坐下來，楞住了。大概，麗薩一句話也沒有告訴我的那個消息簡直壓迫着他。他突然迅速地說起話來，揮指着手，但是又極難了解起來。

「等一等」——他停頓了一會，突然說，手指向上舉着。——「等一等：這個……這個……假使我不弄錯……這是開玩笑！……」——他喃聲說，露出狂人的微笑。——「那意義就是說……」

「一點意義也沒有！」——我打斷他。——「我單是不明白這種空虛的事實怎麼會把您折磨得這種樣子……唉，公爵，從那個時候起，從那個夜裏起，——您記得麼？」

「從哪一個夜裏起？什麼事情？」——他任性地呼喊着。顯然因爲我打斷他的話而感到惱怒。

「在柴爾切闊夫那裏，我們最後一次見面，那就是在您那封信之前。您當時也是異常的驚慌，但是當時和現在有很大的區別，我甚至看着您害怕……您不記得了麼？」

「啊，是的，」——他用一個交際能手的聲音說話，似乎忽然憶起了什麼。——「啊，是的！那天晚上……我聽見的……哦，您的健康怎麼樣？在那件事情以後，您現在覺得怎樣，阿爾卡共·瑪加爾維奇？……但是我們現在轉到重要的問題上去。我現在根本有三個目的，三種任務在我面前，所以我……」

他重又迅快地講起那個「重要的問題」來了。我終於明白，在自己面前的是一個至少應該立刻把浸醋的毛巾敷貼到他的頭上去的人，假使不讓他放一點血的話。他那一套不聯貫的談話，自然儘在訴訟案上面，儘在可能的結果上面盤旋着；還講到營長如何親自來探望他，用許多時間勸他不要做什麼，但是他沒有聽，——還講到他剛纔往什麼地方發出一封信，講到檢察官。他又說他一定會被剝奪公權，遣戍到俄羅斯的北方邊區上去；還說他可以移住到塔什干去，在那裏服務，他還將教自己的兒子（未來的，麗薩生養下的）一些什麼，轉告給他什麼，「在荒僻的地點，在阿爾罕格斯克，在霍爾莫哥拉。」——「如果我想得到您的意見，阿爾卡共·瑪加爾維奇，那末您要相信，我十分尊重情感……您要是知道，您要是知道，阿爾卡基·瑪加爾維奇，我的親愛的，我的兄弟，麗薩對於我如何的重要，在這裏，現在，所有這些時候，她對我是如何的重要！」——他突然喊，兩手捧住頭。

「賽爾該意·彼得洛維奇，您難道想害她，把她帶走麼？……到維爾莫哥拉去！」——我忽然忍不住脫口說出。麗薩將注定和這狂人過一輩子的意念突然明顯地，且似乎是初次在我的腦筋裏閃過。他看了我一眼，重又站立起來，跨了一步，轉過身去，又坐下來，還是用兩手扶住頭。

「我做夢見蜘蛛！」——他突然說。

「您的精神太騷亂了；公爵，我勸您躺下來，立刻叫醫生來。」

「不，對不住，以後再說。我請您來，主要的意思是為了解釋關於結婚的問題。您知道，結婚可以在這裏教堂內舉行，我已經說過了。對於這一切人家都已經同意，他們甚至極鼓勵這件事情……至於說到麗薩，那末……」

「公爵，您宥恕了麗薩罷，親愛的，」——我喊，——「您不要折磨她，至少現在您不要喫醋纔好。」

「怎麼」——他喊，用幾乎瞪出的眼睛望我，整個的臉歪曲成一個長長的，無意義的，疑問的微笑。顯然，「不要喫醋」的一句話不知為什麼原因使他非常的驚愕。

「對不住，公爵，我是無心的。公爵，近來我認識一個老人，我的法律上的父親……假使您能看到他，您可以安靜些……麗薩也是這樣看重他。」

「啊，是的，麗薩……啊，是的，他是您的父親麼？或者……對不住，我的親愛的，是這一類的……我記得……她告訴過的……一個小老頭兒……我相信，我相信。我也認識一個老頭兒……但是不要講它，主要的就是爲了把問題的本質解釋一番，應該……」

我立起來走。我看着他覺得痛苦。

「我不明白」——他嚴厲而且鄭重地說，在看見我立起來想走的時候。

「我看着您覺得痛苦，」——我說。

「阿爾卡其・瑪加爾維奇，有一句話，還有一句話！」——他忽然抓住我的肩膀，完全露出另一種態度和姿勢，把我按在安樂椅上面。——「您聽見那些人的事情麼？您明白不明白？」——他俯身就我。

「啊，是的，台爾格曹夫。這裏一定有斯帖別立闊夫！」——我喊，忍不住了。

「是的，斯帖別立闊夫，還有……您不知道麼？」

他停頓住了，又用那種瞪出的眼睛盯看我，露出長長的，痙攣的，無意義的，疑問的，越來越展開着的微笑。有什麼東西似乎忽然把我震撼了一下：我憶起魏爾西洛夫昨天把瓦新被捕的事情告訴我時的那付眼神。

「啊，那是眞的麼？」——我驚懼地喊出。

「您瞧，阿爾卡其・瑪加爾維奇，我叫您來就爲了解釋……我想……」——他迅快地低語。

「這是您告發瓦新的麼？」——我喊。

「不，不是的。那是因爲有一份稿件。瓦新在最後的一天以前交給麗薩……代爲保存。她把這稿件留給我看一看，以後，在第二天上，他們吵了嘴……」

「於是您把這稿件送到官廳裏去了！」

「阿爾卡共·瑪加爾維奇阿爾卡共·瑪加爾維奇！」

「那末您竟，」——我一面喊，一面跳了起來，把話語咬得十分響亮。——「您竟沒有任何別的動機，沒有任何別的目的，單祇因為不幸的瓦新是您的情敵，單祇由於吃醋，把他交給麗薩保存的稿件交出去了麼？……而且交給誰？交給誰？交給了檢察官麼？」

但是他來不及回答也不見得能回答出什麼來，因為他站在我面前，像一尊偶像，還是帶着病態的微笑，呆定的眼神；但是忽然門開了，麗薩走了進來。她看見我們在一塊兒，幾乎呆住了。

「你在這裏麼？你在這裏麼？」——她喊了出來，露出突然變樣的臉色，還抓住我的手。——「那末你……你知道了麼？」

但是她已經在我的臉上讀出我是「知道」的。我迅快地，阻攔不住地抱住她，緊緊地，緊緊地！在那時候我初次纔理解到，全力地理解到，怎樣的無出路的；無窮盡的，沒有光明的憂愁；永恆地躺在這個……自願的磨難的尋覓者的命運上面。

「現在難道能够和他說話麼？」——她忽然從我身邊掙脫出來。——「難道可以和他在一起麼？你為什麼在這裏？你瞧一瞧他！瞧一瞧他！難道可以，難道可以責備他麼？」

無盡的悲哀和憐憫表露在她的臉上，在她呼喊着，指着不幸的人的時候。他坐在安樂椅上，手掩住臉。

她是對的；他正發作了白熱病，露出無感覺的樣子。當天早晨他被送進醫院裏去，到了晚上他得了腦炎。

四

我當時離開了公爵，留麗薩在他那裏，在大約下午一點鐘的時候，上我的以前的寓所那裏去。我忘記說，那天是潮溼的陰沈的，剛起始融冰，吹着溫暖的風，——這樣的風是甚至會使象的神經都失調的。房東很快樂地接待我，做出無所措手，向四處張羅的舉動，這是我在這種時候最不喜歡的。我很嚴厲地對付他，一直走到自己屋內去，但是他還跟在我後面，雖然不敢細問，然而好奇一直在他的眼睛裏閃耀着，露出那種好像已經有了好奇的權利的樣子。我不得不客客氣氣地對付他，爲了自己的利益。我雖然必須打聽一點什麼出來，（我也知道我會打聽出來的，）但是起始盤問總覺得是極討厭的事。我打聽他的太太的健康，我們便上她那裏去。她迎接我，雖然很注意，但是露出十分正經和不愛說話的神色。這使我的心稍爲和緩了一些。簡單地說，在那次我打聽出了極奇怪的事情。

自然阿白特來過的，以後他又來過兩次，「把所有的房間觀察了一遍，」說他也許想租下來。達里亞·奧尼西莫夫納也來過幾次，天曉得爲了什麼事情；「也是露出很好奇的樣子」——房東追加上去說，但是我不使他得到安慰，沒有問她好奇些什麼。總之，我沒有盤問，惟有他一個人說話，我做出在皮箱裏掏東西的樣子，（其實裏面幾乎一點東西也沒有。）最可恨的是他也想玩弄祕密，因爲看見我忍住不加盤問，也認爲應該做得枝枝節節，幾乎是神祕的樣子。

「小姐也來過，」——他追加上去說，奇怪地看我。

「哪個小姐？」

「安娜·安特萊夫納；來了兩次；和內人結識了。一位很可愛的小姐，很有趣的小姐。這樣的結識是很可以珍貴的，阿爾卡其·瑪加爾維奇……」他說完，甚至朝我面前跨了一步；他眞希望我有點了解。

「果眞來了兩次麼？」——我驚奇了。

「第二次跟她的弟弟一塊兒來的。」

跟阿白特一塊兒來的，我突然不由己地想到。

「不，不是跟阿白特先生，」——他竟立刻猜到，他的眼睛好像跳躍進我的心靈裏去。——「卻是跟她的弟弟，眞正的弟弟，年輕的魏爾西洛夫先生一塊兒來的。他是侍從武官，大概是麼？」

我感覺不好意思；他望着我，十分和藹地微笑着。

「還有一個人來問過您的，——就是那個小姐，法國女人阿爾芬西納·特凡爾登。她唱得眞好，而且詩也朗誦得很美，她偷偷兒上尼古拉·伊凡諾維奇公爵那裏去過，上皇村去過，她說是去賣給他一隻小狗，少有的，黑色的小狗，祗有小拳頭那樣大……」

我推說頭痛，請他讓我一個人留在屋內。他立刻滿足我的請求，連句子都沒有說完，不但不帶一點的懊惱，且幾乎帶着愉快，神祕地揮手，似乎說：「我明白，我明白，」雖然沒有說出來，但是從屋內踮足走出，覺得這樣做很高興似的。世界上是有很可恨的人的呀。

我一個人坐在那裏尋思了一小時半；不過並不是尋思，卻祇是凝想。我雖然感覺不好意思，但一點也不驚異。我甚至期待得更利害些，期待更大的奇蹟。「也許他們現在已經做出這些奇蹟來了，」——我心想。我早就深信還在家裏時就深信機器業已預備妥當且已開足了馬力。「他們祇是缺少我，」——我又想，露出一種惹惱的愉快的自滿。他們拚命等候我，預備在我的寓所裏做出什麼把戲來，——那是像白天似的明顯。「是不是在那裏預備老公爵的婚姻？整個地把他包圍住了。不過我允許不允許，先生們，這總是問題？」——我又帶着傲慢的愉快尋思着。

我一開始，立刻就會像碎片似的被吸引到旋渦裏去的。我現在，此刻，是不是自由，或者已經不自由？我在今天晚上回到母親那裏去的時候還能不能對自己說，像所有那些月子一般：「我是自由自在的？」

這就是我的問題，或者不如說是我的心的跳躍的精華，在這一個半小時內，我坐在床角落裏，手肘放在膝蓋上面，手掌扶住頭的時候。但是我知道，我當時就已經知道，所有這些問題是完全無聊的，而吸引我的祇有她，——她，她一個人！我終於直接說了出來，用筆寫在紙上，因為甚至現在寫的時候，在過了一年以後，我還不知道，怎樣形容我當時的情感！

哦，我很可憐麗—薩，我的心裏存着極不虛偽的痛苦！單祇這種為她痛苦的情感大概就能馴服或磨平我的肉食獸的性格，哪怕是暫時。（我又提起這個「肉食獸」的名詞來了。）但是吸引我的是無窮的好奇，和一種恐怖，還有一種情感，——我不知道是什麼樣的情感；但是我知道，而且當時也已經知道，它是不善良的。也許我想匍伏到她腳下去，也許想把她交出去受一切的磨難，「趕快，趕快」給他證明出什麼。任何的痛苦和任何的對瑰麗的哀憐已經不能止住我。唔，我能不能立起來，回家去……到瑪加爾·伊凡諾維奇那裏去呢？

「難道不能逕直上他們那裏去，向他們打聽出一切的情形，突然永遠離開他們，安安穩穩地避開那些奇蹟和怪事麼？」

三點鐘的時候，我驚覺了過來，明白已經晚了，連忙走出去，雇好馬車，奔到安娜·安特莱夫納家裏去了。

第五章

一

安娜·安特萊夫納在僕人一通報我來到以後立刻拋棄了活計，匆匆忙忙地走到第一間屋裏來迎接我，——這是以前從來沒有過的。她對我伸出兩手，頓時臉紅了。她默默地引我到自己屋內，又坐下來做活計，讓我坐在她旁邊；但是並不看手縫，一直帶着熱切的同情繼續審看我，不說一句話。

「您打發達里亞·奧尼西莫夫納到我那裏來，」——我逕直起始說，對於這種過分顯著的同情有點感覺難受，雖然同時也使我覺得有趣。

她忽然說起話來，不回答我的問題。

「我全聽見，我全知道。那個可怕的夜……您多少受苦呀！人家發現您失了知覺，躺在冰凍的空氣裏，不是麼？不是麼？」

「這是……蘭白特對您……」——我喃喃地說，臉紅了起來。

「我當時從他那裏全都打聽了出來；但是我還等候着您。他上我這裏來，像受了驚嚇的樣子！在您的住宅裏……您生着病躺下來的地方，人家不願意放他進去看您……接待得很奇怪……我真是不知道這是怎麼樣發生的，但是他把那天夜裏的一切事情全告訴了我：他說您甚至在剛醒轉來的時候，已經對他提起我，又提起您如何對我忠實。我竟感動得流淚，阿爾卡其・瑪加爾維奇，甚至不知道怎麽會博得您那方面這樣熱切的同情，而且您當時自己還處於那樣的地位！請問：蘭白特先生是不是您兒童時代的朋友？」

「是的，但是這樁事件……說實話，我太不謹愼，當時也許對他說出了太多的話。」

「啊，關於這個黑暗的，可怕的陰謀，我沒有他也會知道的！我永遠，我永遠預感到，他們會把您弄到這個地步的。您說，皮奧林格竟敢對您動手，不是麽？」

她說得好像我就是爲了皮奧林格一人，爲了她，纔跌落在圍牆底下的。其實她的話也對，我心裏想，但是我臉紅了：

「假使他對我動手，他不會不受到懲罰就輕易地離開那裏，而我不得報復，也不會這樣安閒地坐在您面前，」——我懷着一股熱勁回答。主要的是我覺得她想爲了什麽用意，惹出我的氣，鼓勁我反對什麽人，（明明知道是反對誰；）而我到底還上了鈎。

「假使您說您預見出人家會把我弄到這種地步，那末在加德隣納・尼古拉也夫納方面顯然祇有驚疑的份兒……固然她也太急於把她對我的善良的情感換成了這驚疑……」

「就是因爲太急了的緣故呀！」——安娜・安特萊夫納搶上來說，甚至露出同情的欲欣。——「您要知道，現在那邊發生了什麽樣的陰謀阿爾卡其・瑪加爾維奇，您現在自然難於了解我的地位的微妙，」——她說着臉紅了，頭低垂下來。——「從那個時候起，就在我和您最後見面的那個早晨，我按照了一個不是每人全都能了解和理會的步驟做去，這步驟必須像您這樣具有還未被染汚的智力，具有摯愛，清潔而且完整無缺的心的人方能了解。請您相信，我的朋友，我是能够珍重您對我的忠實，且會用永恆的感謝報答您的。社會上自然會對我舉起石頭，且已經舉起來了。但是即使他們從他們的卑鄙的眼光上看來是有理的，他們中間誰能，也誰敢甚至在當時責備我呢？我從小就被我的父親所拋棄，我們韋爾西洛夫是俄羅斯最古的，最高貴的氏族，但是我們是流浪者，我吃的是別人家恩賜的麵包。那末我是不是自然而然會去找那個從幼年時就替代我父親，且給我受過許多年恩惠的人呢？我對他的情感惟有上帝一人看見，也惟有上帝一人能够裁判，在我所按着做的那個步驟中我是不許世俗社會對我裁判的！在發生了一個極狡詐的，極陰沈的陰謀，親生女兒竟預謀着害她的輕於信任的，寬宏的父親的時候，難道這還能加以容忍麼？不，我甚至願意毀損我的名譽，但是要救他出來！我準備在他身邊充當保姆，做他的更夫看護婦，但是決不給予冷淡的，交際社會的，卑鄙的計算心以勝利的機會！」

她帶着特別的興奮說話，這興奮也許一半是表面的，但到底是誠懇的，因為看得出她被牽進這件事情中至於如何的程度。我感覺她在說謊，（雖然是誠懇的，因為說謊也會誠懇的）且感覺她現在的脾氣是惡劣的；但是真奇怪，和女人們在一起是常會弄出這類情形來的：那份正當的態度，那種崇高的形式，交際場中常有的那份高不可攀的態度，那份驕傲的貞潔的樣子，——這一切把我弄得迷迷糊糊，我竟起始對於她一切的話語表示贊同，那就是在我坐在她那裏的時候，至少不敢反對。唉，男子在精神上是根本受女人奴役的，尤其假使他具有寬宏的性格！這樣的女人會使寬宏的男子相信任何什麼東西。「她和蘭白特——我的天呀!」——我心想，驚疑地看她。不過我要全說出來：我至今甚至還不肯對她有所批判；她的情感實在惟有上帝一人可以看見，至於人是一種十分複雜的機器，在有些情形裏是一點也弄不清楚的；更加不必說，假使這人是女人。

「安娜·安特萊夫納，您希望於我的究竟是什麼？」——我十分堅決地問。

「怎麼樣？您問這話有什麼意義，阿爾卡共·瑪加爾維奇？」

「從一切方面……從別的一些考慮看來……我以為……」——我纏夾地解釋着。——「您打發人來喚我，對我有什麼希望；究竟希望什麼呢？」

她不回答那句問話，又一下子說起話來，還是那樣匆遽地，興奮地：

「但是我不能，我這人太驕傲，不肯和像蘭白特先生那樣不相識的人解釋事情，辦理交涉。我等候的是您，而不是蘭白特先生。我的地位是極端的，可怕的，阿爾卡共·瑪加爾維奇！我被這女人的奸謀包圍住，不能不施展狡猾的手段，這是我感到難於忍耐的。我的身份竟低降到不能不和陰謀相周旋。我等候您像等候一個救主。不能因為我貪婪地向四圍看望，以尋覓一個朋友而責備我，因此我不能不歡迎一個知己的朋友：在那個夜裏，甚至在快要凍僵的時候還能憶起我來，反覆地說出我的一個名字的人自然是對我十分忠實的。我一直這樣想着，因此也就在您身上寄着極大的希望。」

她帶着不耐煩的疑問望着我。於是我又缺少勇氣去勸醒她，對她直說蘭白特欺騙她，我當時並沒有對他說我如何特別對她忠實，也並沒有憶起「單祇她一個人的名字。」因此我似乎用我的沈默證實了蘭白特的虛謊。我相信，她自己也一定很明白，蘭白特的話是誇張的，甚至簡直對她說謊，單單是爲了有可以上她那裏去和她發生接觸的一個良好的藉口；假使她直看我的眼睛，好像深信我的話語的真實和我的忠實，那末她自然知道我不致拒絕，由於禮貌上的關係，和我的歲數還輕的緣故。我這猜測對不對，——我不知道。也許我墮落得太利害了。

「我的兄弟會替我出力的，」——她忽然熱烈地說着，看見我不願意回答。

「有人對我說，您同他一塊兒到我的寓所裏去過，」——我帶着慚愧喃語着。

「但是不幸的尼古拉·伊凡諾維奇公爵現在幾乎沒有地方去躲避所有這些陰謀，或者不如說是躲避他的親生的女兒；除非上您的寓所裏來，那就是一個知己朋友的寓所裏來；至少他是有權認您爲他的知己朋友的呀！……那時候，假使您打算做點於他有益的事情，您應該去做，祇要您能够，祇要您有寬容和勇氣……最後是祇要您真的能够做出什麼。唉，這不是爲我，不是爲我，卻是爲一個不幸的老人，祇有他一人誠懇地愛您，從心靈裏對您發生好感，像看待兒子似的看待您，甚至至今還想念您！我自己是無所期望，甚至對您也是如此，——假使連親生的父親都對我玩弄出那一套狡詐的惡狠的行徑！」

「我覺得安得烈·彼得洛維奇……」——我起始說。

「安得烈·彼得洛維奇，」——她帶着苦笑打斷我的話頭。——「安得烈·彼得洛維奇對於我的直率的問話當時發誓回答我，他對於加德隣納·尼古拉也夫納從來沒有過什麼意思。這句話使我十分相信，因此我就按照了我的步驟做去。但是後來發現他祇在接到關於皮奧林格先生的第一則消息之前是安靜的。」

「這裏不是那麼回事，」——我喊。——「有一個時間，我曾相信他愛這女人，但這完全不是那末回事……而且即使是如此，那末現在他總能夠完全安靜……因爲這位先生已經辭職了。」

「哪一位先生？」

「皮奧林格。」

「誰對您說他辭職的？也許這位先生還從來沒有這樣有力呢，」——她奸惡地冷笑了一聲；我甚至覺得她帶着嘲笑看了我一眼。

「達里亞·奧尼西莫夫納對我說的，」——我喃聲說，錯亂慚愧的神情，——這慚愧我無力去隱瞞，被她瞧出了。

「達里亞·奧尼西莫夫納是很可愛的女太太。自然我不能禁止她愛我，但是她沒有任何方法去知道於她不相關的事情。」

我的心痛楚起來；因爲她本來就想把我的憤激熾燃起來，因此憤激就在我的心裏沸騰了，但是這不是對那個女人的憤激，卻祇是對安娜·安特萊夫納本身。我從座位上立了起來。

「我是一個誠實的人，我應該警告您安娜·安特萊夫納，您的期望……對於我的……會綳得完全徒然的……」

「我希望您替我幫忙，」——她堅定地看望我，——「幫助我這個被大家遺棄的人……幫助您的姊妹，假使您願意我這樣說阿爾卡其·瑪加爾維奇。」

再等一瞬間，她會哭泣的。

「那末最好請您不要希望，因爲『也許』什麼也沒有的，」——我帶着沈重到無可形容的憎惡喃語著。

「我怎樣了解您的話語？」——她說，似乎顯得太投意的樣子。

「那就是我要躲開你們大家，——也就完了」——我幾乎像發狂似的喊出，——「我要撕碎那文件。再見罷。」

我朝她鞠了一躬，默默地走了出去，同時幾乎不敢望她一眼；但是我還沒從樓梯上走下來，達里亞·奧尼西莫夫納就追到我的身邊，手裏持着發皺兩折的半張信箋。達里亞·奧尼西莫夫納從哪裏出來的？我和安娜·安特萊夫納說話的時候，她又坐在哪裏？——這甚至是我無從了解的。她不說一句話，祇是把那張紙交給我，就跑回去了。我打開那張紙；裏面清楚而且明白地寫着蘭白特的地址，顯然還是幾天前預備好了的。我忽然記起達里亞·奧尼西莫夫納那次到我那裏去的時候，我對她說我不知道蘭白特在哪裏居住，不過意思祇是說「我不知道，而且不願意知道。」但是此刻我已經從麗薩那裏知道了蘭白特的地址，——那是我特地託她上住址調查局去打聽來的。安娜·安特萊夫納的這個舉動我覺得太堅決，甚至有點不願廉恥；她不管我拒絕幫她的忙，似乎一點也不相信我，一直打發我到蘭白特那裏去。我開始十分明白，她已經知道了關於文件的一切消息，——假使她不從蘭白特那裏，還能從誰那裏知道呢？她現在就是打發我上闊白特那裏去接洽。

「他們大家全一致地把我當作沒有意志，沒有性格，隨便叫他做什麼都可以的小孩！」——我憤激地想。

二

然而我還是上闊白特那裏去了。我哪裏能駕馭我當時的好奇呢？原來闊白特住得很遠，住在夏園附近斜胡同裏，還在那個客店裏。當時我從他那裏逃出的時候，我並沒有注意到道路和距離，所以四天前從闊闊那裏取到了住址以後，覺驚異起來，幾乎不相信他住在那裏。我還在升上樓梯的時候，就看見兩個背年，立在三樓上客店的門口，心想他們比我先到，正在按鈴，等候開門。在升上樓梯的時候，他們轉過身來，背朝着門，仔細瞧着我。「這裏是客店，他們自然是尋找別個房客的，」——我走近他們身前，皺緊了眉頭。在闊白特那裏碰見什麼人是我感到很不愉快的事。我努力不看他們，伸出手去按鈴。

「等一等！」——一個人對我喊。

「請您等一等按鈴，」——另一個青年人用響亮的，溫柔的聲音說，把話語拉得很長。——「我們弄完以後，再一塊兒按鈴，好不好？」

我止了步。這兩人還全是很年輕的人，有二十歲或二十二歲模樣；他們在門前做些奇怪的事情，我懷着驚異努力加以理解。那位喊着「等一等」的小夥子個兒很高，但是很瘦，不過肌肉極多，腦袋不很大，和身材不配，在帶點雀斑，但並不很兇惡的，甚至有趣的臉上露出奇怪的，似乎滑稽的，陰鬱的表情。他的眼睛看起人來好像特別逼緊，甚至帶着完全無用的，多餘的堅決的樣子。他穿得很壞：穿着一件舊棉大衣，上面帶着一條掉毛的小熊皮領，那件大衣又短又不配身，——顯然是從別人的肩膀上脫下來的；他腳下穿着館腳的，幾乎像農夫一般的皮靴，頭上戴着異常揉皺的，發果色的高禮帽。從整個方面可以看出他是一個不修邊幅的人：手不戴手套，顯得非常的骯髒，長長的指甲裏全是黑泥。相反地，他的同伴卻穿得很漂亮，從那件輕鬆的皮大衣，美麗的帽子，柔細的指頭上那付光亮的，新鮮的手套上可以判斷出來。他的身材和我差不多，在新鮮的，年輕的小臉龐上露出極可怕的表情。

高個子從自己身上脫下領帶，——一根完全破舊而且油污的絲帶，或者幾乎是條帶，——而那個面貌清秀的孩子從口袋裏掏出另一條新的，剛買來的黑領帶，拿來繫在高個子的頸項上面，高個子帶着異常嚴肅的臉色，馴順地伸出很長的頸項，把皮大衣從肩膀上放下來。

「不，道是不行的，襯衫竟這樣髒，」——那個繫領帶的人說，——「不但沒有什麼效果，卻顯得更加髒了。我對你說過，叫你戴上領子。我不會……您會不會？」——他忽然對我說。

「什麼？」——我問。

「就是給他繫一繫領帶。您瞧，應該弄得看不出他那件骯髒的襯衫來，否則無論怎樣，會喪失一切效果的。我剛纔特地化了一個盧布在我里理髮館裏為他買了一條領帶。」

「你就是用那個盧布麼？」——高個子悄聲說。

「是的，就是那個盧布；現在我身邊一個戈比也沒有。您不會麼？那末應該求阿爾芬西納去。」

「找蘭白特麼？」——高個子突然嚴厲地問我。

「找蘭白特，」——我回答，露出不小的堅決的神情，望着他的眼睛。

「Dolgorowky？（道洛羅夫金）」——他用同樣的口氣和同樣的聲音說。

「不，不是郭羅夫金，」——我也是厲聲地回答，聽錯他的話。

「Dolgorowky？」——高個子幾乎喊喚出來，幾乎帶着威嚇靠攏到我的身上來。他的同伴哈哈地笑了。

「他說的是 Dolgorowky，並不是郭羅夫金，」——他對我解釋，——「您知道，法國人在“Journal des Débats”（評論報）裏時常會把俄國人的姓名殘毀的……」

「在“Indépendance”（獨立）裏，」——高個子氣吼吼地說。

「……哎，在“Indépendance”裏是一樣的。譬如說他們把道爾郭羅基寫作 Dolgorowky，——我自己讀到的，還把 V-va 永遠寫作 Comte Walloniéff（高倫涅夫伯爵）。」

「Doboyny！」——高個子喊。

「是的，還有一個姓 Doboyny 的，我自己讀過，我們兩人都笑了。有一個俄國女人在國外姓 n-ne Doboyny 的……不過你瞧，何必去憶起每個人呢，」——他忽然對高個子說。

「對不住，您是道爾郭羅基先生麼？」

「是的，我是道爾郭羅基，您怎麼會知道的？」

高個子忽然對面貌姣好的男孩耳語了一番，男孩皺着眉毛，做出否定的姿勢，但是高個子忽然對我說道：

「M-r le prince, vous n'avez pas de rouble d'argent pour nous, pas deux, mais un seul, voulez-vous? 」（註）

「唉，你眞是不好的人，」——男孩喊。

「Nous vous rendons，（我們會還給您）」——高個子說，粗聲地，不靈便地說着法國話。

「您知道，他是一個不要臉的人，」——男孩對我冷笑着，——「您以爲他不會說法國話麼？他說得像巴黎人一樣，他祇是存心學那些俄羅斯人，他們在大庭廣衆裏很想彼此說法國話，但是又不會……」

「Dans les wagons，（在火車裏）」——高個子解釋。

「是的，在火車裏；唉，你這人眞是如何的沈悶呀！何必去解釋呢？他眞喜歡裝傻瓜。」

我當時掏出一個盧布來，遞給高個子。

「Nous vous rendons，」——他說，把盧布藏起，忽然轉身到門前，用完全呆板和嚴肅的臉色，起始用粗大皮靴的尖端踢打那扇門，主要的是並沒有一點惹惱……

「唉，你又要和蘭白特打架了！」——男孩不安地說。——「你還是好生地按鈴罷！」

（註）公爵先生，您有沒有一個盧布借給我們，不是兩個，祇是一個，好不好？

我按了鈴，但是高個子仍舊繼續用皮靴敲踢。

「Ah, sacré……（啊，可惡的人……）」——蘭白特的聲音忽然從門裏發出，他迅快地開了門。

「Dites donc, voulez-vous que je vous casse la tête, mon ami!」（註）——他對高個子喊。

「Mon ami, voilà Dolgorowky, l'autre mon ami,（——我的朋友道爾郭羅基來了。）——高個子鄭重而且嚴肅地說，盯看着恨得漲紅了臉的蘭白特。蘭白特剛看到我，臉容立刻完全改變了。

「是你呀，阿爾卡共！你好容易來了！你健康了，到底健康了麼？」

他抓起我的手，緊緊地握住。一句話，他露出那樣誠懇的喜悅，使我一下子感到異常愉快，我甚至愛上了他。

「我首先來找你！」

「Alphonsine!（阿爾芬西納）」——蘭白特喊。

她立刻從屏風後面跳了出來。

「Le voilà!（他來了）」

「C'est lui!（這是他）」——阿爾芬西納喊，摔着雙手，卻重又張了開來，跑過來抱我，但是蘭白特把我攔住了。

「得啦，得啦！去你的！」——他朝她喊，好像呼喊小狗一般。——「你瞧，阿爾卡共：今天有幾個朋友約

（註）你說，你願意我砸碎你的腦袋麼，我的朋友。

好在雜役人那裏喫飯。你跟我們一塊兒去我決不放走你。我們先喫飯飯後我立刻把這班人趕走，——那時候我們再談天。進來罷！進來罷！我立刻就出去，祇等一分鐘……」

我走了進去，站在那間屋子中央，一面環顧，一面回憶。高個子和他的同伴也隨在我們後面走進來，不管阿爾白特的說話，我們大家站在那裏。

「M-lle Alphonsine, voulez vous me baiser?（阿爾芬西納小姐，您願意吻我麼？）」——高個子像牛叫似的說。

「M-lle Alphonsine,」——年輕的人挪近清身體，把領帶指給她看，但是她兇狠地攻擊起兩人來了：

「Ah le petit vilain!」——她對年輕的那個喊。——「ne m'approchez pas, ne me salissez pas, et vous, le grand dadais, je vous flanque à la porte tous les deux, savez vous cela!」(註)

年輕的人不管她如何賤蔑而且嫌惡地揮手，似乎果真怕被他弄髒似的，（這個我一點也不明白，因為他的臉貌很美麗，脫下皮大衣的時候，穿得很好，）——仍舊固執地請求她給高身的朋友緊一緊領帶，預先把阿爾白特的一條乾淨領子借給他用一用。她在聽到了這樣的提議以後憤激得幾乎跑過去打他們，但是阿爾白特聽到了，從屏風後面對她喊叫，她不要就擱時候，照他們請求的去做，「否則他們不肯能休的」。

（註）你這小討厭鬼！你不要走近我身邊，你不要把我弄髒了，還有你，你這大傻瓜，我要把你們兩人全都攆到門外去，你們要知道這個！

——他補充地說，阿爾芬西納立刻抓了一個領子，起始給高個子繫領帶，已經不帶着一點躊躇的樣子。高個子就像在樓梯上一樣，在她繫的時候，一直在她面前伸出了頸頸。

「M-lle Alphonsine, avez vous vendu votre bologne?（阿爾芬西納小姐，您賣掉您的膝大了麼？）」——他問。

「Qu' est que ça, ma bologne?（——這是什麼，我的bologne?）」

年輕的人解釋"ma bologne"就是膝大。

「Tiens, quel est ce baragouin?（你聽着，哪裏來的這一套洋涇浜話？）」

「Te parle comme une dame russe sur les eaux minérales,（——我學一個在礦泉場上的俄國太太的說話，）」——le grand dadais（大傻瓜）說，頸頸還是伸得很長。

「Qu'est que ça qu'une dame russe sur les eaux minérales et………où est donc votre jolie montre, que Lambert vous a donné,」(註)——她突然對年輕的人說。

「怎麼，錶又沒有了麼？」——蘭白特從屏風後面惹惱地說。

「喫掉了！」——le grand dadais 說。

「我把它賣掉，得了八個盧布：那隻錶是銀質的，鍍金的，你偏說是金的。這樣的錶現在鋪子裏也不過賣十六盧布，」——年輕的人回答蘭白特，不樂意地辯白着。

（註）怎麼叫做在礦泉場上的俄國太太……蘭白特給你的那隻美麗的錶到哪裏去啦？

「這是應該了結的！」——蘭白特更加惱地說下去。——「年輕的朋友，我給你買衣裳，給你好東西，並不是為了叫你化在你的高個子朋友的身上的……你還買了什麼樣的領帶？」

「這祇是一個盧布。這不是用你的錢。他完全沒有領帶，他還要買一隻帽子。」

「胡說！」——蘭白特果真生氣了，——「我給他許多錢，够他買帽子的，但是他立刻化在蛤蜊和香檳酒上面了。他身上有味；他齷齪得很，不能帶他到什麼地方去的。我怎樣帶他去吃飯呢？」

「屁馬車好啦，」——dadais說。——「Nous avons un rouble d'argent que nous avons prêté chez notre nouvel ami.」(註)

「你一點也不要給他們，阿爾卡共！」——蘭白特又喊。

「讓我說，蘭白特。我現在直接要求您立刻給我十個盧布，」——男孩突然生氣了，生氣得甚至滿臉通紅，因此似乎更加好看了。——「以後永遠不許你說傻話，像現在對道爾郭羅基所說的那樣。我要求十個盧布，為的是立刻還給道爾郭羅基一個盧布，其餘的錢立刻給安特列夫買帽子，——就是這樣。」

蘭白特從屏風後面走出來：

「這裏是三張黃鈔票，三個盧布，到禮拜二以前沒有錢給了，還不許……否則……」

Le grand dadais 簡直從他手裏把錢奪去了。

「Dolgorowky，這裏是一個盧布，nous vous rendons avec beaucoup de grâce，(我們帶着好

(註)我們有一塊銀盧布，我們向我們的新朋友借來的。

意歸還給您。）衚卡，走罷！」——他對同伴喊，以後忽然把兩張鈔票向上舉起，搖搖了一下，盯看着蘭白特，用全力喊嚷道：

「Ohé, Lambert! Où est Lambert, as-tu vu Lambert? 」（註）

「不許不許！」——蘭白特異常忿怒地喊嚷起來：我看見所有這一切裏面有我完全不知道的先前發生的事情，因此驚異地看望着。但是高個子一點不懼怕蘭白特的忿怒；相反地，喊嚷得更加利害，喊叫：喂，蘭白特，等等的話。他們一邊呼喊，一邊走到樓梯上去。蘭白特跑去追他們，但是又回來了。

「我也快要把這班人趕走！他們值得比給予的還多……我們走罷，阿爾卡共！我遲了。還有一個人在那裏等候我……一個有用的人……也是畜生……他們全是畜生，廢物廢物！」——他重又喊嚷起來，幾乎把牙齒咬得很響，但是忽然完全醒了轉來。

「我很歡迎你終於來了。Alphonsine，一步也不許出門！我們走罷。」

一輛快馬車在臺階前面等候他。我們坐了下來。但是爲了對這些青年人的一些憤怒，他甚至在路上都不能控制自己，不能安靜下去。我很奇怪怎麼會這樣嚴重，更奇怪他們怎麼這樣不尊敬蘭白特，而他甚至幾乎懼怕他們。由於從小就深種到我心裏的舊印象，我老是覺得大家都應該怕蘭白特，所以我雖然具有獨立的性格，但在那個時候一定自己還在怕蘭白特。

「我對你說，他們全是可怕的廢物，」——蘭白特忍不住說出話來。——「你要相信：這個高個子，討

（註）喂，蘭白特！蘭白特在哪裏？你看見蘭白特麽？

賤的人，三天前在很體面的一張朋友面前折磨我。他站在我面前，喊道：『喂，蘭白特！』大家全笑了，他們也知道這是要我給錢，——你瞧見沒有？我祇好給他錢。他們眞是混蛋！你信不信他做過營團裏的見習兵，後來被驅逐了。你想一想，他居然是有學問的：他在一個良好的家庭中取得了教育，你猜想得到麼！他有思想，他可以……那是一個鬼！他像赫爾庫爾(Herkule)一般有力。他有好處，但是很少。你可以看見他永遠不洗手。我把他介紹給一位太太，有名望的老夫人，說他十分懺悔，由於良心上的譴責而想自殺，但是他上她家裏去以後，竟坐在那裏，吹起口哨來了。另外一個美貌的是將軍的兒子；他的家庭竟羞於提到他，我把他從法庭裏拖了出來，我救了他，而他竟如此報答我。這裏沒有人！我要把他們趕出去，趕出去！」

「他們知道我的名字：你對他們提起我來麼？」

「我發了傻說了出來。喫飯時請你多坐一會，自己忍耐一下……還有一個可怕的惡徒要來。那人眞是一個可怕的惡徒，而且非常的奸猾；這裏全是混蛋；這裏沒有一個誠實的人！我們弄完以後，——那時候……你愛喫東西麼？那是一樣的，那邊的菜很好。由我來會鈔，你不要擔心。你穿得很好，這是應該如此的。我可以給你錢。你常來玩玩。你知道，我儘供他們喫喝，每天有魚肉餡的煎餅。他賣去的那隻錶，——那已經是第二次了。那個小傢伙，脫里沙託夫，——你看見的，阿爾芬西納甚至不屑去看他一眼，禁止他走近過來，——他忽然在飯店裏當着一些軍官說道：『我要喫鷸！』我祇好給他鷸！不過我會報復的。」

「你記得，蘭白特，我和你在莫斯科一同上酒店裏去，你在酒店裏用叉子戳我，你當時身邊有五百盧布，你不記得麼？」

「是的，我記得的！唉，見鬼，我記得的！我愛你……你相信這個。誰也不愛你，惟有我愛你；祇有我一個人，你要記得……一會兒要來的那個人臉上有雀斑，——是最狡猾的壞蛋；你不要回答他什麼話，假使他和你攀談，他開始問，你就亂七八糟地回答一下，不要說話……」

他出於精神的騷亂，至少在路上沒有盤問我什麼話。我甚至開始覺得受到侮辱的是他很相信我，甚至不疑惑我會有什麼不信任的意思；我覺得他這人具有愚蠢的思想，他竟敢仍舊命令我。「況且他太沒有學問，」——我走進飯店的時候，心裏思量着。

三

海街上這個旅館，我以前也常去，在我墮落和荒唐的時候，因此從這些房間，從這些寮看我，認識我是熟客的僕歐們那裏所得的印象，從蘭白特的這一夥神秘的朋友那裏所得的印象，——我忽然處身於這一夥人裏面似乎已經無可分離地屬於他們，——而主要的是我自願去做什麼醜惡的行爲而結果一定會做出惡事來的那個陰暗的預感——這一切似乎忽然把我刺穿了。有一剎那，我幾乎想走；但是這剎那過去了，我留了下來。

那個「雀斑臉」不知爲什麼原因蘭白特很怕他的，已經等候着我們。他是一個具有愚蠢的，一本正經的外貌的人，這種人的典型是我從兒童時代起就深惡痛絕的；他的年紀有四十五歲左右，中等身材，灰白的頭髮剃光得極難看的臉龐，小小的，正直的，斑白的，剪齊的鬍鬚，像兩條香腸掛在兩片極平坦的惡狠的臉頰上面。他的態度沈悶，嚴肅，不好說話，甚至爲什麼原因極爲傲慢，所有這類人照例是如此的。他很注意地察看了我一遍，但是沒有說一句話，而蘭白特愚蠢得在把我們安頓在一隻桌子旁邊的時候，竟認爲無須給我們介紹，因此那人會把我當作伴蘭白特同來的敵詐黨之一。他在喫飯的整個時間內和這些青年人，（幾乎是和我們同時到的，）也不說什麼話，但是顯見得他和他們很熟。他祇和蘭白特說什麼話，也幾乎是微語，也幾乎祇有蘭白特一個人說話，而雀斑臉祇說出零碎斷續的，惱怒的，哀的美頓書形式的話語來應酬應酬。他持着傲慢的態度，他的脾氣惡狠而且好嘲笑，相反地，蘭白特卻是十分的興奮，顯然一直在那裏勸他，大概是勸他做一件什麼事情。有一次我伸出手來取紅酒瓶；雀斑臉忽然取了一瓶海盜斯酒，遞給我，在這以前他沒有和我說過一句話：

「您試一試這酒，」——他說着，把酒瓶遞給我。我忽然猜到連他也大概已經知道關於我的一切，——我的歷史，我的姓名，也許還知道蘭白特所希望於我的那件事情。他會認我爲蘭白特的雇員的那個意念，重又使我發狂，而蘭白特的臉上表現出極強烈的，極愚蠢的不安，在那人剛和我講話的時候。雀斑臉覺察到以後，笑了一下。「蘭白特根本受一切人們的拘束，」——我心想，在那當兒從心底裏忿恨他。因此我們雖然坐在一隻棹旁喫飯，但是分成兩個團體：雀斑臉和蘭白特，靠近窗旁，面對面坐着，此外是我和龐醍的安特列夫並排坐着，面對脫里沙託夫。蘭白特忙着喫菜，時時刻刻催促人上菜。香檳酒端上來的時候，他忽然把酒杯伸到我面前來：

「祝你的健康，我們來碰一杯！」——他說着，把他和雀斑臉的談話中止了。

「您肯和我碰杯麼?」——美麗的脫里沙託夫隔着棹子把酒杯向我伸過來。在香檳酒之前他似乎十分陰鬱和沈默。Dadais 完全不說一句話，但是默默地喫了許多東西。

「我很喜歡喝，」——我回答脫里沙託夫。我們碰了杯，喝乾了。

「我不高興喝酒祝您的健康，」——Dadais 忽然轉身朝我說話。——「並不因爲我希望您死，卻爲了使您今天不要再喝酒。」——他陰鬱而且用勁地說。——「您有三杯酒就够了。我看出您在那裏看我的不洗乾淨的拳頭，是不是?」——他繼續說，把拳頭放在棹上。——「我不洗它，就這樣糊塗的把它租給蘭白特，在蘭白特認爲微妙的情形下，作爲砸碎別人腦瓜之用。」說完這句話，他忽然舉起拳頭朝棹上叩擊，叩擊得那樣的有力，所有的杯盤全跳躍了起來。除我們以外，在這間屋內還有四棹人喫飯，全是軍官和態度威嚴的一些老爺們。這飯館是時髦的；大家一下子中止了談話，向我們的角落裏張望；大概我們早就引起人們多少的好奇。蘭白特滿臉通紅。

「唉，他又發作了，尼古拉·謝蒙諾維奇，我大概曾經請求過您弄得安靜些，」——他用狂怒的微語對安特列夫說。安特列夫用長長的遲緩的眼神對他打量了一下：

「我不願意我的新朋友 Dolgorowky 今天在這裏喝許多酒。」

蘭白特的臉更加紅了。雀斑臉默默地傾聽着，但露出顯著的快樂。他不知爲什麼原因很喜歡安特列夫的這種舉動。祇有我一人不明白，爲什麼我不能喝酒。

「他這樣做，祇是爲了取到錢罷了!你聽着，喫飯以後你還可以取到七個盧布，——不過你讓我喫完這頓飯，不要再做出丟臉的事情來呀，」——剛白特咬牙切齒地對他說。

「嚇嚇！」——Dadais 勝利似的喊嚷着。這使雀斑臉十分高興，他惡狠地嘲笑了一聲。

「你聽着，你未免太……」——脫里沙託夫帶着不安且幾乎帶着悲哀對他的知己朋友說，顯然想攔住他。安特列夫不響了，但是不久。他的打算並不是如此的。離開我們五步遠的地方，隔着一張桌子，有兩位先生在那裏喫飯，活潑地談着話。兩人都是態度十分微妙的中年人。一個人身材高，軀體肥胖，另一個人也很肥胖，但是個子很小。他們用波蘭話談論巴黎現下的時事。Dadais 早已好奇地看望他們，側耳傾聽。那個小波蘭人他顯然覺得是一個滑稽的角色，因此立刻恨上了他，所有膽汁質的人們甚至沒有任何緣由都會發生這種情形的。小波蘭人忽然說出了議員瑪迪哀·特蒙宙的名字，但是依照許多波蘭人的習慣，用波蘭話的方式說出來，那就是把重音放在倒數第二的一個音上，結果不是瑪迪「哀」·特蒙「宙」卻是瑪「迪」哀·特「蒙」宙。這恰巧是 Dadais 所需要的。他轉身向波蘭人，鄭重地挺直身體，忽然用着斷洪響的口音說，似乎是提出問題一般：

「瑪迪『哀』·特蒙『宙』麼？」

波蘭人兇狠地轉身向他。

「您有什麼事情？」——又肥又大的波蘭人用俄國話威嚴地喊出。Dadais 等候了一會：

「瑪迪『哀』·特蒙『宙』麼？」——他突然又向整個大廳重複了這句話，就和剛纔在門旁一面搖到我身上來一面怨忿地反覆說着：——「Dolgorowky 麼？」的情形一樣。波蘭人從座位上跳了起來。剛白特從椅旁跳起來，奔到安特列夫面前，阻止他，又跳到兩個波蘭人面前，用卑屈的樣子向他們道歉。

「這是小丑！這是小丑！」——小波蘭人跳躍地複述着，由於憤激，臉變紅得像胡蘿蔔一般。「快要不能上這裏來了！」——大廳裏的人們也騷動了一下，也傳出了一陣怨語，但多半是笑聲。

「請……出去……我們就出去！」——蘭白特喃聲說，露出十分慌亂的樣子，努力想把安特列夫從屋內撵出去。安特列夫銳利地打量了蘭白特一眼，猜到他現在就會給錢，纔答應跟他走出去。大概他已經不止一次用這種無恥的手段向蘭白特詐錢。脫里沙託夫也想跟他們出去，但是看了我一眼，又留下來了。

「唉，這真是壞極了！」——他說着，用柔細的指頭掩住了眼睛。

「很壞，很壞，」——雀斑臉這一次已經用兇惡的神情微語着。一會兒蘭白特回來了，臉色幾乎完全慘白，活潑地指手劃脚，起始對雀斑臉微語。雀斑臉吩咐僕歐快點上咖啡；他嫌惡似的聽着，他顯然想快快地離開這裏。其實整個的情節祇是簡單的學生淘氣的行徑。脫里沙託夫端着一杯咖啡，從自己的座位上轉到我的身邊，和我並坐在一起。

「我很愛他，」——他用那種坦白的態度起始對我說，好像老是和我談論這件事情一般。

「您不會相信安特列夫是如何的不幸。他在服務的那一年上，把他的妹子的妝奩喫喝精光，我看見他現在如何的受苦。至於他的不洗臉，——那是由於絕望而起。他有極奇怪的思想：他會忽然對您說，凡是小人和誠實的人都是一樣，並無區別；並且不應該做什麼事情，無論是好事或壞事都不應該做，或者做好事和壞事都可以，都是一樣，最好是躺在那裏，整個月不脫衣裳，祇是喫喝睡覺，也就完了。但是您必須相信，他不過是這樣。您知道，我甚至以爲他現在所以那樣搗亂，因爲他想完全和闊白特斷絕關係。他昨天還說過。您相信不相信，他有時在夜裏，或者一個人坐在那裏許久的時候，會起始哭泣。您知道，他在哭泣的時候，哭得似乎很特別，沒有人這樣哭的；他會嚎啕大哭，拚命地嚎啕大哭，而這樣更加可憐……再說他的個子那樣的大，那樣的有力，忽然完全嚎啕大哭。他多末可憐，不是麼？我想救他，然而我自己是極壞的，被遺棄的小孩。您不會相信的！您放不放我進去，道爾郭羅基，假使我以後上您府上去？」

「您來罷，我甚至很愛您。」

「爲了什麼呢？謝謝。喂，我們再喝一杯罷。然而我是怎麼啦！您最好不要喝酒。他說您不能再喝酒，他說的是實話，」——他忽然意義深長地對我擠了擠眉眼，——「但是我終要喝一杯。我現在已經沒有什麼，您相信不相信，我一點不能擱住自己。您對我一說，我不能在飯館裏喫飯，我準備做一切事情，祇要能夠喫飯就行。我們誠懇地想做誠實的人，請您相信，不過我們一直延擱下去，

「但歲月已逝，——且全是良好的歲月！」

至於他，我很怕他會上吊。他會去上吊，不和任何人講一句話。他就是這樣的人。現在大家都想上吊，誰知道，——也許像我們這樣的人很多吧？譬如說，我身邊沒有多餘的銀錢怎麼也不能生活下去。在我看來，多餘的銀錢比必要的銀錢重要得多。您聽着您愛音樂麼？我很愛。我上您府上去的時候，我要給您奏一點什麼。我鋼琴彈得很好，學了許多時候。我正正經經地學過。假使我編歌劇，您知道，我會利用浮士德的素材的。我很愛這主題。我做創造教堂的一個場面，祇是在腦筋裏想像而已。Gothic 式的教堂，內部的裝飾，合唱，讚

美詩，格萊脫亨走了進來，還有中古時代的合唱，顯出了十五世紀的格調。格萊脫亨顯得非常煩悶，起始是吟誦詞，(Recitative) 輕譎的，但是可怕的，痛苦的合唱陰鬱地，嚴肅地，無感情地歌唱着，突然一個魔鬼的聲音，魔鬼的歌曲。他是隱身的，祇有歌曲聽得見，和讚美詩並行着，和讚美詩在一起，幾乎互相配合着，但同時是完全不同的，——必須做成這樣。一隻長長的，無休止的歌曲，——這是男中音，一定是男中音。輕輕地，溫柔地起始唱：『你記得，格萊脫亨，你還在天眞爛漫的時候，還在嬰孩的時代，和你母親上這教堂來過，用一本舊聖經呢喃地念出你的禱詞？』但是歌曲越來越有力，越來越狂熱，越來越迅急，音調又高，裏面含着淚水，無止休，無出路的煩悶，最後是絕望：『沒有寬恕，格萊脫亨，這裏對於你沒有寬恕！』格萊脫亨想祈禱，惟有呼喊從她的胸內迸出來，——出於眼淚，胸內起了痙攣，但是魔鬼的歌曲還是不止歇，還是深深地鑽進心靈裏去，像刀鋒似的，而且越來越高，——忽然一聲呼喊將歌聲截斷了：『一切都完了，可詛咒的女人！』格萊脫亨跪下來，手又在前面，——底下是她的禱詞，很簡單的一些什麼，半吟誦調，但是天眞的，沒有一點修飾，極端的中世紀的四行詩，一共祇是四行詩，——斯脫拉台拉有幾個這樣的音符，——於是在最後的音符以後隨來了昏暈，一陣的騷亂。大家把她舉起來，擡着走，——忽然來了一陣像響雷般的合唱。這似乎是聲音的叩擊，具有神靈的，勝利的，壓倒一切的合唱，有點像我們的 Dori-nosi-ma chen-mi，爲的是一切全都連根震撼了，全都轉爲歡欣的，快樂的，普遍的呼喊：Hossanna！（註）——似乎是整個宇宙的呼喊，而她被人家擁着，擡着，於是幕垂落下來了！不，您知道，假使我能够，我會做點什麼出來的，不過我現在一

（註）讚美上帝的呼聲。

點也不能，祇不過幻想着，我做幻想着做幻想着；我的一生變爲一個幻想，我在夜裏也幻想着。」哦，道爾郭維斯，您讀過迭更司的古董鋪麼？」

「讀過的。您怎樣呢？」

「您記得……等一等，我還要喝一杯，——您記得那本書的末尾有一個地方，——就是他們（那個瘋狂的老人和那個美麗的，十三歲的女孩，他的孫女）在荒誕地逃跑和浪遊以後，終於寄跡在英吉利的邊上，靠近 Gothic 式的中古世紀的教堂旁邊，而這女孩得到了一個什麼職務，引導人們參觀教堂……有一次在夕陽剛下的時候，這個女孩立在教堂的門廊上，全身浸潤在最後的光線裏，瞭望着落日，在孩童的心靈裏，驚異的心靈裏生出靜謐的，沉鬱的瞑思，彷彿面對着一個什麼謎，因爲這個和那個全是謎，——太陽好比上帝的思想，教堂好比人類的思想……不是麼？唉，我不會加以形容，但是惟有上帝愛從兒童心裏生出來的這種最初的思想……但是在她身旁的小梯上，那個瘋老人的祖父用呆鈍的眼神瞧着她……您知道，在迭更司的這幅圖畫上面並沒有什麼，完全沒有什麼，但是您會永世不忘卻它，它竟遺留在全歐洲了。——爲什麼？這纔是美呢？這是天眞的無邪！唉，我不知道這裏是什麼，不過覺得很好。我在中學裏儘音撒讀小說。您知道，我在鄉村裏有一個姊姊，比我大一歲……現在一切全已賣掉，已經沒有這個鄉村了！我和她在我們的老菩提樹底下的平臺上面坐着，一塊兒讀這本小說，太陽已經斜落，我們忽然停止了閱讀，彼此說我們將來也要做好人，——我當時正預備進大學而且——唉，道爾郭維斯，您知道，每人有他自己的回憶！……」

他忽然把他的美麗的小頭伏在我的肩上，——哭泣了。我起始十分憐惜他。固然他吸了許多酒，但是他很誠懇地，很友善地和我說話，露出極大的情感。……忽然在這一剎那間，街上傳來了呼喊，手指劇烈地叩擊我們的窗（那裏的窗是整片的巨大的，在樓下的底層，因此可以從街上用手指叩擊。）原來就是被攆出去的安特列夫。

『Ohé, Lambert! Où est Lambert? As-tu vu Lambert?』（註）——野蠻的喊聲從街上傳出來。

「啊，他原來在這裏！他並沒有走麼？」——我的男孩呼喊着，從座位上跳起來。

「賬！」——蘭白特對僕歐說。他的手由於忿恨，甚至抖擻着，在他起始付賬的時候。但是雀斑臉不許他給自己會鈔。

「爲什麼？不是我請您的麼？不是您接受我的邀請麼？」

「不，還是讓我自己付，」——雀斑臉掏出錢包，把自己的一份算清，個別地付了賬。

「您這樣使我生氣，謝蒙·西道洛維奇。」

「我願意這樣，」——謝蒙·西道洛維奇厲聲說，取起帽子，不和任何人告別，一人從大廳裏走出去了。蘭白特扔錢給僕歐，匆忙地跟着他出去，惝然得甚至忘記了我。我和脫里沙託夫最後出去。安特列夫像一根黑柱似的立在大門旁邊，等候脫里沙託夫。

「混蛋！」——蘭白特忍不住了。

（註）喂，蘭白特！蘭白特在哪裏？你看見蘭白特麼？

「得啦得啦！」——安特列夫向他呼喊，一擧手把一隻圓帽從他的頭上打掉，帽子滾到行人道上去了。蘭白特忍氣吞聲地跑去撿起來。

「Vingt cinq roubles!」（二十五盧布）——安特列夫把那張鈔票指給脫里沙託夫看，還是剛纔從蘭白特身上詐出來的。

「得了罷，」——脫里沙託夫對他喊。——「你為什麼儘搗亂……你為什麼向他硬要二十五盧布。應該問他要七個盧布就够了。」

「為什麼向他硬要？他答應在雅座裏喫飯，還有雅典女人，但是女人沒有，倒來了一個雀斑臉，再說我沒有喫飽在寒冷裏挨凍，一定是值十八個盧布的。他欠我七個盧布，——這樣一共二十五盧布。」

「你們兩人都給我滾罷！」——蘭白特怒喊着。——「我要把你們兩人都趕走，我要把你們趕到羊角尖裏去……」

「蘭白特我要把你趕走我要把你趕到羊角尖裏去！」——安特列夫喊。——「Adieu, mon prince,（再見罷，我的公爵）不要再喝酒呀！彼卡，闊步走！Ohé, Lambert! Où est Lambert? As-tu vu Lambert?」——他最後一次叫喊着，大踏步地走了。

「我要上您那裏去可以麼？」——脫里沙託夫匆遽地對我喃語了一句，忙着跟他的知己朋友走了。

我和蘭白特兩人留在一塊兒了。

「唔……我們走罷！」——他說，似乎困難地透了一口氣，甚至似乎楞住了。

「我往哪兒去？我不和你上那兒去！」——我連忙帶着挑戰的態度呼喊着。

「怎麼不去？」——他畏葸地戰慄着，一下子醒轉來了。——「我祇是等候着我們留在一塊兒呢！」

「但是往哪裏去呢？」——說實話，我喝下了三杯酒和兩鍾海歷斯，頭裏也有點響起來了。

「到這裏來，到這裏來，你看見沒有？」

「那邊有新鮮的蛤蜊，你瞧，寫着呢。那邊氣味不好聞……」

「這是因爲你在飯後的緣故，這是米留定的小店；我們不喫蛤蜊，我請你喝香檳酒……」

「我不要！你想灌醉我。」

「這是他們對你說的；他們取笑你呢。你何必相信那些混蛋！」

「不，脫里沙託夫不是混蛋。我自己也會謹愼的，——就是這樣！」

「怎麼，你有自己的性格麼？」

「是的，我有性格，比你還多，因爲你會受第一個遇到的人的奴役。你坍我們的臺，你像僕人似的向波蘭人請求饒恕。你時常在酒店裏挨打麼？」

「但是我們必須說話，傻瓜？」——他喊着，露出那種鄙夷的不耐煩，幾乎要說出「你往哪裏去？」的話。——「你難道害怕麼？你是我的朋友不是？」

「我不是你的朋友。你是一個騙子，我們就去，祇是爲了對你證明我不怕你。啐，多末難聞，一股乳酪乾的氣味！眞是討厭！」

第六章

一

我還要請讀者記住的是我的頭裏有點發響；假使不是這個，我會說出不同的話語，做出不同的行爲來的。在這店鋪裏，在後屋內確乎可以喫蛤蜊。我們坐在一隻鋪着髒髒的，難看的毯子的小桌旁邊，蘭白特叫了香檳酒；一隻盛着冷冽的，金色的酒的杯子擱在我面前，誘惑地看着我；但是我感到倜倀。

「你瞧，蘭白特，主要的是我覺得可氣，你以爲你現在可以命令我，像在圖沙那裏的時候，其實你自己還受所有這裏的人們的奴役。」

「傻瓜？嗳，我們來碰一碰杯！」

「你在我面前甚至連假裝都不假裝一下；哪怕把想灌醉我的意思瞞一下也罷。」

「你胡說。你喝醉酒了。應該再喝一點，你就會快樂起來的。把酒杯舉起來，舉起來呀！」

「什麼話？我要走，也就完了。」

我果眞想站起身來。他十分生氣：

「這是脫里沙託夫附着你的耳朶說我的壞話的結果；我看見你們在那裏嘰嘰咕咕地說了半天。旣然這樣，你們直是一個傻瓜。阿爾芬西納甚至連他走近到她面前都會感覺討厭的……他這人太討厭了。

我要對你講他是怎麼樣的人。」

「你已經說過這話了。你祇有一個阿爾芬西納。你這人太狹窄了。」

「狹窄麼？」——他不明白。——「他們現在轉到雀斑臉那裏去了。就是爲了這個！我要趕走他們也就是爲了這個原因。——他們是不誠實的。那個雀斑臉是惡徒，他引壞他們。我要求他們永遠做出正直的行爲來。」

我坐了下來，似乎像機械似的取起一隻酒杯，喝了一口。

「我的智識比你高得無從比較，」——我說。但是他很喜歡我坐了下來，立刻又給我斟了酒。

「你不是怕他們麼？」——我繼續逗他，（當時我一定比他還討厭，）——「安特列夫把你的帽子摔在地上，而你竟給他了十五盧布。」

「我給了他，但是他會付出代價來的。他們造反，我要把他們鎮壓下來……」

「那個雀斑臉弄得你十分騷亂。你知道，我覺得現在祇有我一人留在你那裏。所有你的希望現在祇有落在我一個人的身上了。」

「是的，阿爾卡其，這是對的。你現在一個人成爲我的知己朋友；這句話你說得很好！」——他拍我的肩膀。

對付這種粗蠻的人有什麼辦法呢？他的智識完全不發達，把諷笑當作恭維。

「你可以免去我做壞事，假使你是我的知己朋友，阿爾卡其，」——他繼續說，和藹地看望我。

「我用什麼來免去你做壞事呢？」

「你自己知道用什麼。你沒有我，好像傻瓜一樣，你一定會成爲傻瓜的，但是我可以給你三萬塊錢，我們兩人對分，你自己知道怎樣弄法。哦，你究竟是什麼樣的人，你自己看一看：你什麼也沒有，——你連姓名都沒有，但是現在一下子可以取到一大堆錢。有了這筆錢，你會知道怎樣起始你的謀生的道路」

我對於這樣的手段簡直感覺驚訝。我根本猜測他會施展狡猾，但是他竟對我這樣直截了當地說出來，像小孩似的一直起始說出來。由於心胸的寬闊……由於異常的好奇，我決定聽他如何說下去。

「你瞧，蘭白特，你不會明白這個的，但是我答應聽下去，因爲我的心胸是寬闊的，」——我堅決地聲明，又從酒杯裏喝了一口酒。蘭白特立刻斟滿了。

「是這樣的，阿爾卡共：假使像皮奧林格這樣的人會當着我所崇拜的女人面前說出辱罵的話，還叩擊我，我不知道我會做出什麼事情來的！但是你竟忍住了。所以我看不起你，因爲你是爛汚貨」

「你怎麼敢說皮奧林格打我！」——我喊叫起來，漲紅了臉。——「可以說是我打他，不是他打我。」

「不，這是他打你，不是你打他。」

「你胡說，我還踏了他的脚呢！」

「但是他用手推你，還吩咐僕人拖你……而她竟坐在那裏，從馬車裏瞧熱鬧，笑你，她知道你沒有父親，可以欺侮你。」

「我不知道，蘭白特，我們中間怎麼會發生小孩子的談話，眞會使我羞死。你這是爲了逗我，而且逗得那樣粗魯和公開，像對付十六歲的孩子似的。你和安娜・安特萊夫納串通好了！」——我被忿恨得抖索着，一直機械般的喝酒。

「安娜・安特萊夫納是狡猾的女人！她會騙你，騙我，騙整個世界！我等候着你，因爲你會和那個女人了結得很淸楚的。」

「和哪個女人？」

「和阿赫馬可瓦夫人。我全知道了。你自己對我說她怕在你身邊的那封信……」

「什麼信……你胡說……你看見她了麼？」——我慌亂地喃語着。

「我看見她了。她的面貌很美麗。Très belle，（太美了。）你有你的趣味。」

「我知道你看見的；不過你不敢和她說話，我希望你也不敢談論她。」

「你還是小孩，她在那裏取笑你，——就是這個樣子！在莫斯科有這樣一個善良的女人：她的眼睛簡直生在額角頭上！但是在人家威嚇着要全都講出來的時候，她立刻服從了；我們取得了這樣和那樣：那就是錢和那件事情，——你明白是什麼事情？現在她又在交際場上成爲那樣高不可攀的人物了，——眞是見鬼，她飛得這樣高，而且那輛馬車也眞不錯，你要是看見這事發生在什麼樣的伙食房裏！你還沒有生活過；你要是知道她們是不會懼怕任何的伙食房的……」

「我想到這層了，」——我忍不住地喃語着。

「她們荒唐到指甲尖上；你不知道她們會做出什麼樣的行爲來的！阿爾芬西納住在一個這樣的房

子裏，她簡直容不下眼。」

「我想到這層了，」——我又加以證實。

「人家打你，你還要憐惜人家……」

「蘭白特，你是混蛋，你是可詛咒的人！」——我喊，忽然似乎得到了理解，混身抖索起來。——「這一切我全都夢見過，你站在那裏，還有安娜·安特萊夫納……唉，你是一個可詛咒的人！難道你以為我是那樣的小人麼？我所以夢見你，因為我早已知道你會說出這種話來的。還有，這一切決不會簡單得使你這樣直率而且簡單地說出來的！」

「隨你怎末生氣呀！嘛，嘛，嘛！」——蘭白特一面笑，一面說，露出勝利的樣子。——「喂，阿爾卡共老弟，現在我完全知道了我所需要的東西。我為了這個等候你。你聽着，你一定愛她，想對皮奧林格報復，——這就是我所要知道的。我在等候你的時候，一直疑惑到這層。Ceci posé, cela change la question.（這是重要的，這使問題起了變化。）這更好些，因為她自己愛你。那末你就結婚，一點也不要遲延，這樣好些。否則你也不行的，你停留在最準確的道路上面。以後你要知道，阿爾卡共，你有一個知己朋友，那就是我，你可以從上樑子獨取他。這個知己朋友會幫助你，會玉成你的婚姻：從地底裏把一切取出來，阿爾卡共！以後你送給老朋友三萬盧布，作為酬勞，好不好？我一定可以幫助你，你不要疑惑。對於所有這類事情的底細我全知道，你會取得全部的妝奩，你將成為一個前程遠大的富人！」

我的頭暈然旋轉着，但是我驚訝地望着蘭白特。他很嚴肅，其實也並不是嚴肅，但是我看得很清楚，他自己竟完全相信助成我的婚姻的可能性，甚至帶著嘲諷的神情相信這意念。自然我也看出他在捕捉我，像捕捉一個小孩，（一定當時就看出的；）但是和她結婚的那個意念竟一直鑽到我的心裏，使得我雖然對蘭白特驚訝，他何以會相信這種虛誕的理想，但同時我自己也急遽地信仰這理想，不過一面自己也沒有一刻喪失這事決不致於實現的感覺。似乎這一切全堆積在一起了。

「難道這是可能的麼？」——我喃喃著。

「爲什麼不？你把那文件給她看，——她一膽怯，爲了不喪失金錢，一定肯嫁給你的。」

我決定不阻擋蘭白特說出那一套卑鄙的話語來，因爲他竟那樣坦白地在我面前把它掏出來，甚至不避諱我會突然發生憤激；但是我含糊地說，我不願用強力結婚。

「我決不肯用強力；你何以會卑鄙得猜想我能用這種行爲呢！」

「哪裏的話！她自己會嫁給你的。這不是你，這是她自己一害怕，嫁給你的。她肯嫁給你，還因爲她愛你，」——蘭白特趕緊收過口來。

「你在胡說。你笑我。你何以知道她愛我？」

「一定的。我知道。安娜·安特萊夫納也這樣想。我對你說安娜·安特萊夫納這樣想，說的是正經的，實在的話。以後，等你到我家裏去的時候，我還要對你講一件事情，你會看出她愛你的。阿爾芬西納到過皇村；她也打聽出來了。……」

「她在哪裏能打聽出什麼來呢？」

「你和我現在上我家去她會自己對你講，你會覺得愉快的。你什麼地方比別人壞？你的相貌美麗，你有教育……」

「是的，我有教育，」——我微語着，幾乎透不出氣來。我的心叩擊着，自然並非單由於飲酒。

「你的相貌美麗，你穿得很好。」

「是的，我穿得還好。」

「你的性子很善良……」

「是的，我的性子還善良。」

「她怎麼會不答應呢？皮奧林格沒有錢總歸不會娶她，而你會使她喪失金錢，——這是她最懼怕的，你娶了她，也就對皮奧林格報復。你自己在那天夜裏對我說，在凍僵以後對我說，她戀上你了。」

「難道我對你說過這個話麼？我一定不是這樣說的。」

「是這樣說的。」

「那是發譫語。我一定當時也對你說過關於文件的事情麼？」

「是的，你說過你有一封信；我心裏想：他既然有這樣的信，何必坐失良機呢？」

「這全是理想，我並不那樣傻，會相信這個的，」——我喃喃地說。——「第一是年齡上的區別，第二我是沒有名姓的人。」

「她會嫁給你；既然要喪失這許多錢，便不會不嫁，——這個我來替你辦。再說她也愛你。你知道，這位老公爵對你感情很好；你得到他的保護，會曉得和什麼人聯絡；至於說到你沒有名姓一層，現在是一點也沒有關係。你既然有了錢，你會一直順順利利地過下去，過了十年以後便成為使全俄震動的富翁，到那時候你需要什麼樣的名姓呢？在奧大利，男爵是可以買來的。你一娶親以後，你應該把她控制住。應該好生對付他們。女人假使有了愛情，是喜歡讓人把她緊緊地捏在拳頭裏的。女人愛男子有性格。你祇要用那封信嚇唬她一下，就從那個時候起拿點性格出來給她看。她會說『他的年紀那樣輕，但是他倒有性格。』」

我像着了魔似的坐在那裏。我對任何別的人是永遠不會墮落到聽這種愚蠢的談話的。但是在這裏有一種甜蜜的渴望吸引我聽這個談話。再說，蘭白特是那樣的愚蠢而且卑鄙，所以也不必對他有所羞愧。

「你知道，蘭白特，」——我突然說，——「無論你怎麼說都可以，但是這裏面有許多胡說八道的話。我所以同你說話，因為我們是同學，我們不必彼此感覺羞愧。但是我和別人卻決不把身份降低到這個地步。主要的是你為什麼這樣肯定地說她愛我呢？關於資財一層你說得很對，但是你可以瞧得出來，蘭白特，你不知道上等社會的人們：他們還處於宗族主義的，家族主義的關係上面，在她還沒有知道我的能力，我在生命裏能達到什麼目的之前，——她現在總要感覺羞愧的。但是我不瞞你，蘭白特，這裏確乎有一個關鍵可以生出希望來的。你瞧：她會由於感激而嫁給我的，因為我可以把一個人的仇恨給她解除下來。她怕他，怕這個人。」

「啊，你講的是你父親麼？怎麼？他很愛她麼？」——蘭白特忽然抖索了一下，露出異乎尋常的好奇。

「不！」——我喊。——「你是多末可怕，同時又多末愚蠢，蘭白特！我能不能娶她，假使他愛她？到底我們是父子，這是極可恥的。他愛母親，他愛母親，我看見他抱她，我自己以前也以為他愛加德隣納・尼古拉也夫納，但是現在總明白地曉得，他在一個時候也許愛過她，但是現在早已恨她……想報復，她也很怕他，因為我對你說，闌白特，他在起始復仇的時候是非常可怕的。他幾乎成為瘋子。他一恨她，會做出一切的事情來。這是舊時代的宗族的仇恨，由於高尚的原理而起。在我們的時代應該對於所有這些普通的原理蔑諸不理；在我們的時代用不着普通的原理，卻祇要一些個別的事件。唉，闌白特，你一點也不明白：你愚蠢得像一隻手指；我現在對你講這些原理，但是你一定一點不明白。你太沒有學問了。你記得你打過我不記得？現在我比你有力，——你知道這個麼？」

「阿爾卡共，你和我一塊兒上我那裏去！我們再喝一瓶，阿爾芬西納彈着吉太唱歌給我們聽。」

「不，我不去。你聽着，闌白特，我有我的『理想。』假使不成功，我不能結婚，我要走到我的理想裏去；你沒有理想。」

「好，好，你可以講一講，我們走罷。」

「我不去！」——我立起身來。——「我不高興去，就不去。我以後會上你那裏去，但你是小人。我可以給你三萬塊錢，——可以的，但是我比你純潔，比你高尚……我看見你在什麼事情上面都想騙我。我甚至禁止你想她：她比任何人都高超，你的計劃實在太卑鄙，使我甚至會對你驚異，闌白特。我想結婚——這是另外一件事情，但是我不需要資財，我看不起資財。假使她跪着給我資財，我也不肯收……至於結婚，結婚是另一件事情。你知道，你說應該捏在拳頭裏的話，說得很好。愛，狂熱地愛，同時帶着在男子裏面有而在女人裏面永遠不會有的那份寬容，但是使用專制的手段是很好的，因爲你知道，闌白特，——女人是愛專制的。闌白特，你懂得女人。但是你在其餘的一切方面愚蠢得奇怪。你知道，闌白特，你並不十分討厭像你的外貌那樣，你是很普通的。我愛你。唉，闌白特，你何必做騙子？那時候我們會很快樂地生活下去！你知道，脫里沙託夫太可愛了。」

所有這些最後的，不聯貫的話句我是在街上說出來的。這一切我記得很仔細，爲了使讀者看見我雖然十分高興而且發誓努力爲善尋覓適宜的禮貌，但是我當時竟還這樣輕易地落到汚泥裏去！我敢賭咒，假使我不完全相信現在我已經完全不是那樣的人，且已經藉實際的生活造成了性格，我無論如何不會把這一切對讀者直說的。

我們從舖子裏走出來，闌白特輕輕兒用手抱着我，把我扶住。我忽然看了他一下，看見他那種凝聚的，窺覷的，深切地注意的，十分淸醒的眼神，這眼神的表情幾乎和那天早晨我凍僵了，他引我上馬車，也是用手擁抱着，用耳朶和眼睛傾聽我的不聯貫的囈語的時候一模一樣。業已薄醉，但尙未完全醉倒的人們，會忽然有一個完全淸醒的時間的。

「我無論如何不到你家裏去！」——我堅定地，淸楚地說，嘲笑地望着他，用手把他推開。

「得了罷，我叫阿爾芬西納預備茶水，得了罷！」

他深信我不會擺脫掉，他愉快地抱住我，扶住我，把我看作他的犧牲品。他自然很需要我，需要的恰巧就是那天晚上，且就是處於這種狀態下的我！爲了什麼，以後全會解釋淸楚的。

「我不去！」——我反覆地說。——「馬車！」

恰巧一輛馬車跑了過來，我跳到雪橇上去。

「你往哪裏去？你怎麽啦！」——阿白特大喊，露出異常恐怖的神情，抓住我的皮大衣。

「不許你追我！」——我喊。——「你不要追趕。」在這剎那間馬車恰巧動了，我的皮大衣從阿白特的手裏掙脫了。

「一樣的，你會來的！」——他用惡狠的聲音朝我的身後呼喊。

「我想來就來，——這是我的自由！」——我在雪橇上轉身看他。

二

他沒有追趕，自然因爲他沒有弄到一輛別的馬車，於是我來得及逃避開他的眼睛。我祇坐到賽那耶廣場就跳下來，把雪橇打發走了。我眞想步行一下。我並不感覺疲勞和極大的醉意，卻祇有一些爽快的感覺，力量的充溢，和肯作一切企圖的，異乎尋常的能力，頭裏還帶着無數愉快的思想。

心加緊地，沈重地跳躍着，——我聽見每一個叩擊的聲音。一切我覺得那樣的可愛，那樣的輕鬆。走過賽那耶廣場上衛兵宿舍的門前的時候，我很想走到崗兵面前，和他接吻。那天正在融冰，廣場上現着黑色，發出氣味，但是我很喜歡這廣場。

「我現在到遏布雷夫司基大街上去，」——我心裏想，——「以後向左邊轉，走到謝蒙諾夫司基營，兜一個圈子，這是很好的，一切是很好的。我的皮大衣敞開着，——爲什麼沒有人剝去賊到哪裏去啦！聽說猴那耶廣場上有賊；讓他們走近過來，我也許肯把皮大衣送給他們。皮大衣於我有什麼用處？皮大衣是私有物。La propriété, c'est le vol，（所有權就是偷竊。）然而這眞是無聊的話。這眞是很好的，凝冰的天氣最好。爲什麼要冰凍呢？冰凍是完全用不着的。說說無聊的話本來不錯。我怎麼會對蘭白特發出關於原理的議論？我說沒有一般的原理，卻祇有個別的事件；這話我是瞎說，完全瞎說！我是故意吹吹法螺罷了。有點可恥，但是沒有什麼，我會補救的，你不要害臊，不要磨折自己，阿爾卡共·瑪加爾維奇。阿爾卡共·瑪加爾維奇，我喜歡你。我甚至很喜歡你，我的青年的朋友。可惜你是個小騙子……而且……而且……啊，是的……唉！」

我忽然止步；我的整個的心又醇醉得發疼了：

「天呀！他說的是什麼話？他說她愛我。他是騙子，他撒了許多謊；這爲的是叫我上他家裏去住宿。但也許不是的。他說安娜·安特萊夫納也這樣想……噢！本來達里亞·奧尼西莫夫納也可以打聽出什麼來：她是四處鑽來鑽去的。我爲什麼不上他那裏去？我全都打聽得出來！唔他有計劃，這一切我已經預感到了。一個夢。想得倒還週到，蘭白特先生，不過你還是胡說，不會這樣的。但也許會這樣！他難道能助成我的婚姻麼？能是能的。他天眞，而且具有信仰。他愚蠢，而且膽大，像一切幹練的人一樣。愚蠢和膽大聯合在一起，成爲偉大的力量。說實話，你是怕蘭白特的，阿爾卡共·瑪加爾維奇誠實的人於他有什麼用處？他說得那樣的正經：這裏沒有一個誠實的人！你自己究竟是什麼樣的人呢？我有什麼？難道小人不需要誠實的人麼？哈！哈！

你惟有這個至今還不知道呀，阿爾卡共・瑪加爾維奇，因爲你是那樣的天眞。天呀！要是他眞能助成我的婚姻纔好呢！」

我又停步。我應該在這裏老老實實地供出一樁愚蠢的行爲來，（因爲這早已是過去的陳跡，）我應該直說，我早就想結婚，——並不是想，這是永遠不會發生的，（將來也不會發生，我可以起誓，）但是我已經不止一次，且早已幻想結婚如何如何的好，——那就是幻想了無數次，尤其在每天夜裏臨睡的時候。我在十六歲起就起始了。我在中學裏有一個同學，和我同歲，名叫拉佛洛夫司基，——是一個可愛的，靜謐的，美麗的男孩，不過沒有什麼別的顯著的可取處。我幾乎從來不和他談話。不知如何我們忽然並排坐在一起，他顯出很沈鬱的樣子，他忽然對我說：「唉，道爾郭羅基，你覺得怎麼樣？現在娶親纔好呢。眞是的，現在不娶親要等到什麼時候呢？現在是最好的時候，不過無論如何也不行！」他竟公開地說出這種話。我忽然從整個心坎裏贊成他的話語，因爲我自己也已經存着這個幻想。以後我們兩人連着好幾天做夥在一起，談論這件事情，好像有什麼秘密似的，——其實單祇講這個問題。以後我不知道怎麼會發生的，但是我們離開了，而且停止談話。自從那個時候起我就起始幻想。關於這件事情自然不値得加以回憶，但是我祇想指出，這類事情的源流有時會這樣久遠的……

「這裏祇有一個正經的反駁，」——我一面繼續走路，一面還在那裏幻想，——「噢，自然，我們年齡方面些微的區別不能成爲障礙，但是有一樁：她是貴族夫人，而我祇是普通的道爾郭羅基！眞是壞極了！唔！維爾西洛夫和母親結婚以後，難道不能請求政府准許認我爲養子……爲了父親的所謂功績……他做過官，因此很有勞績，他曾充當地方法院的仲裁委員……噢，見鬼，多末討厭！」

我忽然喊了出來，忽然第三次止步，好像就在那裏被壓扁了似的。由於我竟會希望用過猥的方法改換姓名，竟會希望做出這樣可恥的行為，我不由得感覺到卑辱的痛苦的情感，我覺得這是對於我的整個的童年的叛變，——這一切幾乎在一刹那間消滅了一切以前的快感，我一切的快樂像一陣輕煙似的飛散了。「不，這個我決不告訴任何人，」——我心裏想，臉漲得非常紅，——「我所以那樣屈辱，因為我……有了戀愛，而且十分愚蠢……不，蘭白特的理由就是現在，在我們的時代，主要的是人自己，以後纔是他的金錢。不是他的金錢，卻是他的財產。我有了這筆財產再從事我的『理想』那末十年以後全俄羅斯必將震動，我也對大家復仇了。和她不必用什麼禮貌，這話蘭白特說得也對。她一害怕，便會嫁給我。會用極簡單的，極庸俗的方式答應出嫁的。『你不知道，你不知道，這事發生在什麼樣伙食間裏！』——我記得蘭白特剛纔所說的話。『這是對的，』——我加以證實，——蘭白特在一切事情上面都是對的，他比我和魏爾西洛夫都對，比所有的理想派都對，對一千倍。他是現實派。他看出我有性格，便說：『啊，他有性格！』蘭白特是小人，他祇要從我身上敲到三萬塊錢，不過祇有他一個人是我的知己。別的友誼沒有，也不會有，這是那些無經驗的人想出來的。我甚至不對她施加侮辱；難道我會侮辱她麼？一點也不：一切的婦女都是如此的！也就因為這個原因需要一個男子在她的頭上，她是命定了應該服從人的女人。女人是罪與誘惑，男子是正直與寬容。這是永世如此的。關於我準備利用那個『文件』一層，——這是不要緊的。這於正直與寬容都沒有妨礙。像席列那樣純粹的人是不會有的，——他們是假裝出來的。沾點髒，也不要緊，假使目的正當以後一切會洗淸，一切會磨平的，而現在這祇是乘性的寬大，這祇是生命，這祇是生命的眞實，——現在就是這樣稱呼的！」

我還要複說一遍：人家會饒恕我把所有這一段醉後的話語原原本本地敘述出來。自然這不過是當時的思想的結晶，但是我覺得我說的就是這些話語。我應該講說出來，因為我坐下來寫，乃是為了裁判自己。但是裁判的是什麼，不還是這個麼？難道在生命裏還能有比這嚴重些的麼？這是無法用酒醉來辯解的。In vino veritas.

我一面幻想着，完全陷入理想的境界中間，一面不知不覺地終於走到家裏，那就是母親的寓所裏。甚至不注意到怎麼會走進寓所裏去的；但是剛進入我們的矮小的門房，立刻明白我們家裏發生了一點不尋常的情形。屋內說話的聲音十分洪亮，還有呼喊的聲音，還聽見母親在那裏哭泣。維閉里亞急急忙忙地從瑪加爾·伊凡諾維奇的屋內跑到廚房裏去，在門那裏幾乎把我撞倒。我把皮大衣扔掉，走到瑪加爾·伊凡諾維奇那裏去，因為大家全聚在那裏。

魏爾西洛夫和母親站在那裏。母親躺在他的懷抱裏，他緊緊地把她摟在心頭那裏。瑪加爾·伊凡諾維奇照例坐在自己的長椅上面，但似乎有點乏力，同時麗薩努力用手扶住他的肩膀，不使他倒下來；甚至明明地看見他一直斜倒下來。我急遽地跨近一步，抖索了一下，猜到老人已經死了。

他剛死，在我來到前的一分鐘。在十分鐘之前他還感覺自己和以前一樣。當時祇有麗薩一人和他在一起；她坐在他那裏，把自己的憂愁講給他聽，他和昨天一樣撫摸她的頭。他忽然混身抖慄了一下，（麗薩講，）想立起來，想喊出來，默默地向左側倒去。「心臟炸裂！」——魏爾西洛夫說。醫師大喊了一聲，當時他們大家全跑攏來了，——這一切是我來到之前一分鐘的情形。

「阿爾卡菲！」——魏爾西洛夫對我喊。——「快跑到達娘央納·伯夫洛夫納那裏去。她一定應該在家。立刻請她來。雇馬車去。快些，求求你！」

他的眼睛閃耀着，——我記得很清楚。我沒有在他的臉上看出一點類乎純粹的憐惜的東西，也沒有看出一滴眼淚，——祇有母親，麗薩和羅開里亞哭泣。相反地，我連這個也記得很清楚，他的臉上露出不尋常的興奮，幾乎是歡欣。我跑出去找達娘央納·伯夫洛夫納。

從以前的情形中可以曉得道路是不長的。我沒有雇馬車，卻不停歇地一路跑着。我的腦筋十分含糊，甚至幾乎有點歡欣。我明白發生了一點極端的情形。我的頭裏醉意完全消滅，一直到最後的一滴酒，同時連所有不正直的念頭都隨着消滅，在我叩擊達娘央納·伯夫洛夫納的門的時候。

出鴻加女人開門：「沒有在家！」——立刻就想關門。

「怎麼不在家？」——我用强力闖到門房裏去。——「這是不可能的！瑪加爾·伊凡諾維奇死了！」

「什麼？」——達娘央納·伯夫洛夫納的呼聲忽然從關緊的門那裏傳到客廳中間。

「死了！瑪加爾·伊凡諾維奇死了！安得烈·彼得洛維奇請您立刻就去！」

「你胡說……」

門閂響了一聲，但是門祇開一條縫：「什麼事？快說！……」

「我自己不知道，我剛回家，他已經死了。安得烈・彼得洛維奇說是心臟爆裂！」

「立刻立刻就去！你快跑去說我就來。快去快去快去哦，幹麼還站着？」

但是我從微開的門裏明顯地看見有一個人忽然從安放着達姬央納・伯夫洛夫納的牀的幃簾後面走出來，立在屋子的深處，達姬央納・伯夫洛夫納的身後，機械似地，本能地，我抓住了門鎖，不讓門關上。

「阿爾卡共・瑪加爾維奇！難道他果眞死了麼？」——一個我所熟悉的，靜謐的，平勻的，金屬般的聲音傳了出來，於這聲音我的心靈裏一下子竟抖索了；閒話中聽得出一些透澈的，使她的靈魂騷亂的什麼。

「既然如此，」——達姬央納・伯夫洛夫納忽然把門閂扔棄了，——「既然如此，——那末您就自己接洽，隨您的便罷。您自己願意如此！」

她急急地從寓所裏跑出，一邊跑，一邊披上頭巾和皮大衣，順着樓梯跑下去了。我們兩人留下來了。我脫去了大衣，跨了一步，把門關上。她站在我前面，像那次見面時一樣，帶着光亮的眼神，也像當時一樣，對我伸出兩手。我好像被砍倒似的，簡直落到她的腳下了。

三

我起始哭泣，不知道為了什麼；我不記得她怎樣讓我坐在她身邊，但祇在我的無價值的回憶裏記得，我們並排坐着，手拉着手，匆遽地談話：她盤問老人的情形和他死的情況，我對她講述關於他的一切，——

人家心想我在哭瑪加爾・伊凡諾維奇，其實這是離奇得透頂；我知道她決不會料到我有這樣完全年幼無知的庸俗行爲。我終於忽然驚覺了，起始覺得羞媿，現在我覺得，我當時的哭泣單祇由於歡欣，我以爲她自己很了解這個情形，因此關於這回憶我是很安心的。

我忽然覺得很奇怪，她爲什麼儘盤問瑪加爾・伊凡諾維奇的事情。

「難道您知道他麽？」——我驚異地問。

「我早就知道他了。我從來沒有見過他，但是他在我的生命裏也有過緣份。我懼怕的那個人有一個時候對我講過關於他的許多事情。您知道那是什麽人。」

「我現在纔知道『那個人』接近您的心靈比您以前對我暴露的還要多些，」——我說着，自己不知道想用這話表示什麽意思，但似乎帶着責備的樣子，而且眉頭皺得緊緊的。

「您說，他剛纔吻您的母親麽？擁抱她麽？您自己看見的麽？」——她不聽我的說話，繼續盤問着。

「是的，我看見的。您要相信，這一切全是十分誠懇而且寬大的！」——我連忙加以證實，看出了她的喜悅。

「但願他能如此！」——她畫着十字。——「現在他被解放了。這個可愛的老人祇是束縛他的生命。老人一死，他的義務……和尊嚴重又復活，正和以前有一次復活過似的。他最先是一個寬宏的人，他可以安慰您的母親的心，因爲他愛她甚於世界上的一切，最後自己也會安心的。願上帝祝福他，——是時候了。」

「您覺得他是質實的麼？」

「是的，很質實，雖然並不是他自己希望，和您所詢問的那個意思。」

「您現在替他或替自己害怕麼？」——我忽然問。

「哦，這是聰明的問題，我們不必去談它。」

「自然不必去談它；不過我一點也不知道這個，也許不知道的事情太多；但是您的話是對的，現在一切從新做起。假使有人復活，那末首先是我。我的思想在您面前是卑鄙的，加德隣納·尼古拉也夫納，也許我在一小時以前對您做了卑劣的行為，但是您知道，我現在坐在您身邊，並不感到任何良心上的責備。因為現在一切已經消滅，一切從新做起，而那個在一小時前起意對您做出卑劣行為的人，我不知道，也不願意去知道！」

「您醒醒罷，」——她微笑了。——「您彷彿有點說譫語。」

「難道能在您身旁判斷自己麼？」——我繼續說。——「是誠實的也罷，是卑劣的也罷，——您總歸會像太陽似的無從觸及……您說一說，您怎麼還能走出來見我，在發生了一切事情以後。您要是知道，一小時以前，祇有一小時以前，出了什麼樣的情形？而且應驗了什麼樣的夢？」

「我大概全都知道，」——她輕輕地微笑。——「您剛纔打算對我報復，發誓陷害我，凡是有人敢當我面前對於我說出一句壞話，您一定會把他殺死，或是揍個半死不活。」

哦，她竟微笑着，她竟開玩笑；但這不過是出於她過分的善心，因為她的全部意識在那時候像我以後所理解的假的，充滿了那種自己的，偉大的關心和强烈的，有力的感覺使得她衹能用那種方法和我談話，回答我的空虛的，惹惱的問題，那就是像對一個小孩回答他的稚氣的，煩瑣的問話似的，單祇爲了擺脫而已。我忽然明白了這個，我起始覺得羞愧，但是我已經不能自己擺脫了。

「不，」——我喊出，不能控制自己，——「不，我沒有殺死那個講你壞話的人，我反而去支持他！」

「啊看上帝份上，不要了罷，不要講什麼話，」——她忽然伸出手來阻止我，臉上甚至露出一種悲憫，但是我已經從座位上跳起來，預備宣布一切假使宣布了，使不會發生以後發生的那件事情，因爲結果一定是我承認一切而把文件交還給她。但是她忽然笑了：

「不需要，一點不需要什麼，不需要任何的詳情！您所有的罪我自己知道；我敢打賭，您想娶我，或是和這相類的行爲，您剛纔還和您的助手，您的以前的同學們在商量着……啊，我大概猜到了！」——她喊叫着，嚴厲地察看我的臉。

「怎麼……您怎麼會猜到的？」——我喃喃語着，像受了可怕的驚嚇的傻瓜。

「哦，又來了！但是够了，够了！我願想您，祇是請您不要講這件事情，」——她又揮手，露出顯著的不耐煩，——「我自己是好幻想的人，要是您知道我心裏沒有攔阻的時候，我在幻想裏會採取什麼樣的手段！够了，您儘打斷我的話頭。我很高興達姬央納·伯夫洛夫納走了；我很想見您在她面前我不能像現在那樣地說話。我覺得，我對於當時發生的那件事情十分對您不住。是麼？是不是呢？」

「您還對我不住麼？但當時我把您出賣給他了，——您對我會怎樣想呢？我在這許多時候，在這些月子裏，一直想着這件事情，從那個時候起，每分鐘想着，感覺着。（我沒有對她撒謊。）」

「您何必這樣折磨自己，我當時很明白這一切是怎麼發生的；您當時祇是在快樂中對他說出您愛我，而我……而我還聽您的說話。也就爲了您祇有二十歲呀。您不是愛他甚於整個世界，在他身上尋覓一個知己朋友，尋覓理想麼？我很明白這個，但是已經晚了；啊，是的，我自己當時是有錯的；我應該當時叫您來，安慰您，但是我起始感到氣惱；我便請求他們不接見您；結果發生了大門前的一段活劇，以後是那一夜。您知道，我在所有這些時候，像您一樣，總想跟您暗暗地見面，祇是不知道怎樣安排。您以爲怎樣，我最怕的是什麼？我怕您會相信她誹謗我的話。」

「永遠不！」——我喊。

「我很珍重我們以前的會面；我認爲您可取之處是您的青年有爲，甚至也許是那份誠懇……我具有所有現代的婦女中最嚴肅的，最陰沈的性格，您知道這層……哈，哈，哈！我們還可以說許多話，但是現在我有點不舒服，我很騷亂，……大概我有歇司底里症。但是最後，最後他總會讓我生活在世界上的呀！」

這呼喊是不經意地脫口說出的。我立刻了解了，不想接口下去，但是我全身發慄了。

「他知道我饒恕了他！」——她忽然又喊起來，好像在那裏自言自語似的。

「難道您會饒恕他那封信麼？他怎麼能知道您饒恕他呢？」——我呼喊着，已經按捺不住了。

「他怎麼知道的？噢，他是知道的，」——她繼續回答我，但是露出那種好像忘記了我，在那裏自言自語的神氣。——「他現在醒了。他怎麼會不知道我饒恕了他，既然他背熟了我的心靈？他知道我自己有點和他相同。」

「您麽？」

「是的，他知道這層。其實我並不是熱情的，我是安靜的；我也和他一樣，希望大家都好……他愛我總是有什麽原因的啊。」

「他怎麽說您身上有一切的罪惡呢？」

「他不過說說罷了，他自己另有別的祕密。他那封信寫得異常可笑，不是麽？」

「可笑麽？」（我努力聽她說話；我覺得她確乎好像發作了歇司底里……而且她發抒她的意見，也許並不是爲我；但是我不能自己壓制着不問。）

「啊，是的，眞是可笑。我不知道要怎麽笑法，假使……假使我不害怕。但是我並不是那類膽小的女人，您不要這樣想。但是爲了這封信，我一夜沒有睡着，它似乎是用一種病血寫成的……寫了這封信以後，還會剩些什麽呢？我愛生命，我十分擔心我的生命，在這方面我是太懦怯了……唉，您聽着，」——她忽然發洩起感情來了——「您快上他那裏去！他現在剩了一個人，他不會老在那裏，他一定獨自上什麽地方去了：快去尋找他，越快越好，跑到他那裏去，表示您是他的愛子，說明您是親愛的善良的小孩，我的學生，我對他……但願上帝賜給您幸福！我任何人也不愛，這樣更好些；但是我希望大家都有幸福，希望大家，首先是他，讓他知道這個……甚至讓他立刻知道，這對於我是很有意義的……」

她立了起來，忽然隱在簾幃後面了。她的臉上在這一刹那間閃爍着淚水，（是歇司底里性的，笑後的）。

我獨自留在那裏，顯得異常騷亂而且惶悚。我根本不知道，她這樣的騷亂應該歸因到什麼上面，這騷亂我是永遠料不到會在她身上發現的。似乎有什麼東西在我的心裏縮緊了一下。

我等候了五分鐘，後來又等候了十分鐘；深深的沈寂忽然使我驚愕，我決定從門裏窺覷，又喊叫了一聲。應着我的喊叫而出現的是瑪麗亞。她用極安靜的口氣對我宣佈，那位太太早已穿好了大衣，從後門出去了。

第七章

一

這纔是料不到的事情。我抓起我的大衣，一邊走，一邊披着，立刻跑出去了。心裏想着：「她吩咐我到他那裏去，但是我到什麼地方去找到他呢？」

然而別的一切且不管，我感到驚愕的是下面的問題：「她爲什麼心想現在臨到了什麼情形，他會給予她安寧呢？自然因爲他將和母親結婚，但是她究竟怎樣呢？她是不是因爲他將和母親結婚而顯得快樂，或者反而感到不幸？是不是因爲這個纔發作了歇斯底里？爲什麼我不能解決這個問題？」

我把當時閃過的第二個意念逐字記載下來作爲紀念：它是極重要的。這天晚上是命定的。也許你會不由己地相信命運的前定：我向母親的寓所那裏走去，沒有走完一百步，忽然和正在尋找的那個人碰見了。他抓住我的肩膀，把我攔住了。

「這是你呀！」——他快樂地喊了出來，同時似乎顯出極大的驚異。——「你想像一下，我到你那裏去過，——他迅快地說着。——「尋找你，問你，——全世界上現在我祇需要你一個人！你的房東官員不知對我亂說些什麼；但是你沒有在那裏我就走了，甚至忘記了請他轉告你，讓你趕快上我那裏去。結果怎樣呢？我一邊走着，一邊總歸深信命運不會不在現在送你到我那裏去，在我最需要你的時候，而現在我竟首先和你相遇了！我們現在就上我那裏去；你從來沒有到我那裏去過。」

一句話，我們兩人互相覺得，我們每個人都發生了一點似乎相像的情形。我們很匆遽地走着。

途中他祇說出了幾句短短的話語，例如他讓達姬央納·伯夫洛夫納伴着母親等等的話。他挽着我的手，引我走路。他住得離那些地方不遠，我們很快地來到。我確乎從來還沒有到他那裏去過。那是一所不大的住所，一共有三間屋子，是他單祇為那個「乳孩」租下來的，（或者不如說是達姬央納·伯夫洛夫納租下來的。）這住宅以前永遠歸達姬央納·伯夫洛夫納管理，裏面住着嬰孩和奶媽，（現在還住着達里亞·奧尼西莫夫納；）但是裏面永遠有一間屋子是為魏爾西洛夫預備的，那就是進門的第一間，極寬敞的，傢具佈置得極好且極柔軟的，有點像為讀書和寫字用的書齋。桌上，櫃內和書架上確乎有許多書籍，（在母親的寓所裏幾乎完全沒有；）還有寫過的紙張，用繩緊住的一束信件，——一句話，一切的樣子，好像早已住得很慣熟了似的，我還知道魏爾西洛夫以前（雖然很稀少）隔些時候總要完全搬到這裏來居住，甚至留在那裏整整的幾個星期。首先促使我注意的是掛在書桌上面，嵌在漂亮的，用貴重木料雕刻的鏡框裏的母親的像片，——這像片自然是在國外照的，從它的異乎尋常的尺寸上看來，確是十分貴重的物件。我以前不知道，也一點沒有聽見過關於這個像片的話，而主要地使我驚愕的是照片和本人特別的相像，所謂精神上的相似，——一句話，這似乎是出自藝術家手筆的真正的畫像，而不是機械的複印。我一進去，立刻不由已地停留在它面前了。

「不對麼？不對麼？」——魏爾西洛夫忽然對我反覆地說着。

那就是說：「不對麼？不是很像麼？」我回頭望了他一眼，對他臉上的表情深致驚愕。他的臉色有點灰白，但露出熱烈的興奮的眼神，裏面燃耀出幸福和力量；這樣的表情，我還沒有在他臉上看見過。

「我不知道，您這樣愛母親！」——我忽然喊出，自己也感到歡欣。

他幸福地微笑着，雖然他的微笑裏似乎反映出一點憐憫，或不如說是一點仁慈的，高尚的東西……我不會表達出這情景來，但是我覺得智力上十分發展的人不會有那種勝利的幸福的臉龐的。他不回答我，兩手把像片從釘上摘下來，挨攏自己身邊，吻了它一下，以後輕輕地又掛到牆上了。

「你要注意，」——他說。——「照片很少和本人相像，這是極明顯的道理：本人自己，那就是我們中間的每個人，極少像自己。祇是在極稀少的剎那間，人類的臉龐表現自己最主要的性格，自己最特徵的思想。藝術家研究臉龐，猜出臉龐上主要的思想，雖然在描寫的那個一剎那間臉上並沒有它。至於照片所遇到的是正有的那個人，也許拿破崙在有些時候會成爲傻瓜，而俾斯麥會成爲溫柔的人。但是這張照片上，太陽像故意似的照到騷我亞的臉上，正在主要的剎那間，——羞怯的，馴良的愛情，和一點撒野的，畏葸的純真的剎那間。而且當時她正感到非常的幸福，在她終於相信我很希望得到她的像片的時候！這照片雖然拍得還不很久，但那時候她到底年輕些，美麗些；同時在那時候已經發現了這陷落的臉頰，額上的皺紋，畏葸的，驚惶的眼神，現在這一切似乎已經隨着歲月而增長起來，——越日子久，越利害。你相信不相信，親愛的？現在我幾乎不能設想她具有另一個臉龐，但是她以前也曾經年輕而且漂亮過的！俄國女人迅快地會變得難看，她們的美貌一閃就滅，這實在不單祇由於人種學上的典型的特徵，還因爲她們會發出極端的愛情。俄國女人一愛上，會一下子把一切都交託出來，——把那瞬間，那命運，還有現在和將來全都交託出來：她們不會節省，不會儲蓄一點，她們的美貌很快地消耗到她們所愛的男人身上。這陷落的臉頰，也就是消耗到我身上，消耗在我的短短的尋快樂上面的美貌。你因爲我愛你的母親而高興，甚至也許不相信我愛她。是的，我的朋友，我很愛她，但是除了惡以外沒有對她做出什麼來。……這裏還有一張照片，——你瞧呀。」

他從棹上取起來，遞給我。這也是一張照片，尺寸比較小得多，放在一個極細的，橢圓形的木框裏，——那是一個女郎的臉，瘦瘦的，癆病型的，美麗的；凝思的而同時又是奇特地缺少思想的。臉部正確的線條，那是被許多年代教養而成的典型，但遺留下病態的印象，好像這人忽然被一種呆板的思想占領住，這思想是痛苦的，因爲她無力擔負它。

「這個……這個女郎，不就是您打算娶她，後來得了癆病死去的……她的丈夫的前妻的女兒麼？」——我有點膽怯地說。

「是的，我打算娶她，後來得了癆病死去的，她的丈夫的前妻的女兒。我知道你知道……所有這些謠言。但是除去謠言以外，你什麼也打聽不出來。你把照片留下，我的朋友，這是一個可憐的瘋子，別的沒有什麼。」

「完全是瘋子麼？」

「或者是白痴；不過我心想是瘋子。她有一個嬰孩，和索尼亞‧彼得洛維奇公爵生的，（由於瘋劲，而不由於愛情這是裴爾該意・彼得洛維奇公爵最卑鄙的行爲之一；）嬰孩現在就在此地的一間屋內。我早就打算抱給你看。裴爾該意・彼得洛維奇公爵不敢到這裏來探望嬰孩：那還是我和他在國外約好的。我經過你母親的允許，把他領到自己身邊。我當時打算娶這個……不幸的女人，也是經過你母親的允許。……」

「難道這樣的允許是可能的麼？」——我熱烈地說。

「喔，是的！她允許我了。對女人可以喫醋，但那一位並不是女人。」

「對於大家可以說不是女人，但是母親不算在內。我一輩子不相信母親不會喫醋！」——我喊。

「你這話很對。我也猜到這層，在一切全已完結，那就是在她給予了允許的時候。但是我們不要再講這件事情。李娘一死，事情沒有辦成，即使她仍舊活着，或許也不會辦成。我連現在都不許你母親來看這嬰孩。這祇是一段插曲。我的親愛的，我早就等候你到這裏來。我早就幻想，我們可以在這裏相聚；你知道不知道，有多末久？——我已經幻想了兩年。」

他誠懇地，真實地看我，露出非常熱烈的心情。我抓住他的手：

「您爲什麼這樣遲慢，爲什麼早不來叫我？您要是知道出了什麼事情……而且也許不會出什麼事情，假使早喚了我來！……」

在這一瞬間，火壺端進來了，達里亞・奧尼西莫夫納忽然把睡着了的嬰孩抱了進來。

「你瞧他，」——魏爾西洛夫說，——「我愛他，特地吩咐他們現在把他抱進來，讓你也看一看他。好與其在懸揭的大雜達里亞・奧尼西莫夫納。你坐到火爐旁邊來罷。我要想像我和你永遠這樣生活着，使大廳上坐在一處，不再分開。讓他看一看你：你這樣坐着，使得可以看得見你的臉。我眞愛它，眞愛你的臉。我一直在想像你的臉容，還在等候你從莫斯科來的時候！你問：爲什麼我早不打發人來叫你，你等一等，你也許現在會明白的。」

「但是難道非等這老人一死，現在纔能把您的舌頭給解放麼？這眞是奇怪……」

即使我說出了這句話，但我總還帶着愛情看着他。我們說着話，像兩個要好的朋友一樣，——這是指當很高的，完全的字義而言的。他到我這裏來，爲了對我說明一樁什麼事情，對我辯白什麼事情；但同時一切都已在沒有說話之前解釋得明白，而且辯白得清楚。無論我現在從他那裏聽到什麼，——結果總已達到，我們兩人儘管幸福知道了這個，就這樣互相看着。

「並不爲了這老人的死，」——他回答。——「不單祇是死，卻還有別的湊到一處的原因……願上帝以後由永遠祝福這一瞬間和我們的生命！我的親愛的，我們現在來談一下。我老是這樣枝枝節節被牽引到一邊去。我想談一件事情，卻像被拉到一千個旁邊的枝節上去了。在心充實的時候是永遠如此的……但是我們來談一談：時間到了，我早就愛上你了，我的孩子……」

他倒靠在沙發上面，又看了我一眼。

「這眞是奇怪！這話聽着眞是奇怪！」——我反覆地說，沈沒在歡欣中。

我記得很清楚他的臉上忽然閃出了他的那平常時的微笑，——似乎是憂愁和調笑合在一起，——我很刻薄的一道皺紋。他沉默住了，似乎多少帶點勉強似的起始說話了。

二

「是這樣的，阿爾卡夫，假使我以前喚你來，我要對你說什麼呢？在這問題裏是我的猜測的回答。」

「您的意思是說您現在做了母親的丈夫和我的父親，而當時……您關於社會的地位一層以前不知道對我說什麼話麼？對不對？」

「不是指的這個，親愛的，我不知道要對你說什麼話；這裏有許多話不能不沉默着。這裏甚至有許多是可笑而且低卑得像魔術；實在像粗起碼的魔術。哎，以前我們怎麼樣能够互相了解，在我自己祇在今天，下午五點鐘，瑪加爾·伊凡諾維奇死前的整整兩小時內，方纔了解了自己。你望着我，露出不愉快的驚疑。你不要希望我把事實解釋給你聽；但是我所說的一切是十分有理的：一輩子在流浪和驚疑之中，而忽然在某一天的下午五時取得了解決！甚至可氣得很，不是麼？還在以前不久的時候，我真會生氣的呀。」

我確乎帶着病態的驚疑聽着；強烈地露出了的以前的魏爾西洛夫的皺紋，是我不願意在那天晚上，在說出了上面的話語以後遇見的。我忽然喊道：

「我的天呀！您在今天五點鐘……從她那裏取得什麼沒有？」

他盯着我，顯然被我的呼喊，也許被我那句「從她那裏」的話震愕了。

「你會會知道的，」——他帶着凝慮的微笑說。——「自然，凡是你應該知道的，我決不瞞你，因為我就爲了這個原因領你來的；但是現在暫時把這一切延擱一下。你瞧，我的朋友，我早已知道我們有些孩子們從小時候起就爲自己的家庭煩悶，爲了父親和自己環境的不體面而感到侮辱。我在我的學校裏就注意到這類煩悶的人們，當時斷定這一切是因爲他們妒忌過早的緣故。再說我自己也是那些煩悶的孩子們中的一個，但是……對不住，我的親愛的，我眞是心神不屬得奇怪。我祇想表示，所有這些時候，我幾乎時常爲你擔憂。我永遠想像你是一個年小而感覺到自己的才能的，孤獨的人。我也和你一樣永遠不愛朋友。這類人常常靠着自己的力量和幻想具有熱情的，過早的，幾乎像復仇似的，對於體面的渴望（正就是像復仇似的，）的人是很倒楣的。但是够了，親愛的：我又偏向到旁邊去了……我還在起始愛你之前，已經想像着你，和你的孤獨的，蠻野的幻想……但是够了；我根本忘記我要說什麼。然而到底應該把這話表白出來。但是以前，以前，我能對你講什麼呢？現在我看見你投到我身上來的眼神，我知道我的兒子望着我；我甚至在昨天還不能相信，我在什麼時候會像今天似的坐在那裏和我的小孩講話的。」

他果眞顯出心神十分不屬的樣子，同時似乎有點受到感動一般。

「我現在不需要幻想和說夢話，我現在有您就够了！我要跟隨着您！」——我說着，把整個心靈全交託給他了。

「跟隨我麼？但是我的流浪恰巧已經完結，而且恰巧在今天你遇了，我的親愛的。今天是最後的一幕的終場幕落了。這個最後的一幕演得太長了。它起始得很早，——在我最後一次跑到國外去的時候。我當時拋棄了一切，你知道，我的親愛的，我當時和你的母親拆離了，我親自對她宣佈這件事情。這是你應該知道的。我當時對她解釋，我要永遠離開，她永遠不再見到我。最壞的是我當時甚至忘記給她留錢，對於你我也一分錢都不想到。我離開以後，預備留在歐洲，永不回家。我要流亡到國外去。」

「去見齊爾岑麼？參加國外的宣傳麼？您決定一輩子參加那一種陰謀麼？」——我按捺不住，呼喊了起來。

「不，我的親愛的，我不參加任何陰謀。你的眼睛甚至閃耀起來了；我愛你的呼喊，我的親愛的。不是的，我那時祇是由於煩悶，由於突襲來的煩悶而走開的。這是一個俄國貴族的煩悶，——我眞是不會表示得好些。貴族的煩悶，——別的沒有什麼。」

「農奴制度……人民的解放麼？」——我喃聲說，透不過氣來。

「農奴制度麼？你以爲，我爲農奴制度煩悶麼？我看不慣人民的解放麼？喔，不是的，我的朋友，其實我們也就是解放者。我的流亡並沒有任何的惡意。我剛剛充當了地方法院的仲裁委員，我努力工作着，不偏私地工作着，我的出國甚至並不是因爲我對於我的自由主義取得很少的代價的緣故。我們大家當時毫無收入，這我們是指着像我那樣的人而言。我的出國說是由於懺悔，還不如說由於驕傲，當時我更不會想到已到了應該以卑微的皮鞋匠終我的一生的時候。Je suis gentilhomme avant tout et je mourrai gentilhomme!（我最先是貴族，我死也要成爲貴族的。）但是我到底感到憂愁。在俄國，我們這類人也許有一千左右；也許實際上並不多但是爲了使理想不死，這也就夠了。我們是理想的持有者，我的親愛的！……我的朋友，我說這話，懷着一個奇怪的希望，那就是希望你明白所有這奧妙。我由於固執的心腸喚你來：我早已幻想，我將對你說什麽話……對你，就是對你！然而……然而……」

「不要緊，你說罷，」——我喊出來。——「我又看到您臉上的誠懇樣子了……怎麽樣？歐洲當時使你們復活了麽？您的『貴族的煩悶』究竟是什麽意思？對不住，我還不明白。」

「歐洲使我復活麽？但是我當時自己是去葬它的！」

「葬它的？」——我驚異地複述着。

他微笑了。

「阿爾卡共，現在我的靈魂疲倦了，我的精神被攪亂了。我永遠不忘記我當時在歐洲的最初的瞬間。我以前也住在歐洲，但那時是特別的時代，我從來沒有懷着那種難耐的憂愁……同時懷着那樣的愛情上歐洲去，像那次似的。我對你講當時我的最初的印象，我當時的一個夢，實在的夢。這事還在德國。我剛離開德勒斯登，由於心神的迷惘，走過了應該轉到我的道路上去的那個車站，而走到另一條支線上去了。他們立刻叫我下車；那時是下午三點鐘，天氣晴朗的日子。那地方是一個小小的德國城市。有人領我到旅館裏去。必須等候一下：下一班火車晚上十一點鐘纔能到來。我甚至對於這意外的事情感到滿足，因為我並不特別忙着上什麽地方去。我本來在流蕩着，我的朋友，我本來在流蕩着。旅館不大好，太小，但全身包圍在葱綠中，四面栽着花壇，他們永遠是這樣的。他們給我開了一個狹窄的房間，因為我整夜在路上，飯後，下午四點鐘的時候竟睡熟了。

「我做了一個完全出我意料之外的夢，因為我從來沒有遇到過這類的夢。在德勒斯登的畫廊裏，有一幅克勞特·勞倫的畫，目錄上的題目是『阿西司與格辣帖耶』但我永遠稱它爲『金世紀』自己不知道爲什麼原因。我以前已看見過，現在，在三天前，又借着過路的機會看了一遍。我夢見的就是這幅畫，但並不是畫，卻像一樁實事，然而我不知道，我究竟夢見什麼：正和畫中一般，——那是希臘群島的一角，而且時間似已轉移到三千年以前；蔚藍的，柔和的海浪，島嶼和岩壁，鮮花繽紛的海岸，魔術般美麗的遠景，招引人的落日，——言語是不能傳達的。歐羅巴人在這裏記起了自己的搖籃，對於它的意念似乎以親密的愛充滿我的心靈。這裏是人類在地上的樂園；神從天上下來，和人們結爲親屬……嗳，這裏住着一些好人！他們幸福而且天眞地起牀和入睡，草原和樹林裏充塞了他們的歌聲和快樂的呼喊；含蘊着的力量的巨大贏餘，注入愛情和坦率的快樂裏去。太陽將暖和與光明灌輸到他們身上，看着自己的好孩子們而感到欣悅。……奇怪的夢，人類最高的迷途！金世紀是一切幻想中最離奇的一個，爲了它，人們犧牲所有自己的生命和力量，爲了它，先知們死去，且被殺死，沒有它，民族不願意生活下去，甚至不能去死！所有這一切感覺，我彷佛在夢中經驗到了；岩壁與海洋，還有落日的斜光，——這一切我彷佛在我醒來，張開完全被淚水浸溼的眼睛的時候還看得到。我記得，我很喜歡。我還不知悉的那種幸福的感覺從我的心裏通過，甚至到了痛楚的地步。這是全人類的愛。天光已到薄暮；一縷斜光從安放在窗上的鮮花叢中闖進我的小屋的窗裏，把光明射到我身上。於是，我的朋友，歐洲人類的第一天的落日，我在夢中見到的那個落日，在我一醒轉來的時候，立刻變爲現實，變爲歐洲人類最末一天的落日了！那時在歐洲的上空似乎特別聽得出喪鐘的響聲。我不祇是講戰爭，也不祇是講杜意里利；我不如此也知道一切都曾過去，歐洲舊世界的整個臉龐遲早都會過去的。但是我是俄羅斯的歐洲人，不能承認這個。是的，他們當時剛把杜意里利摧毀……喔，你不要着急，我知道這是「合邏輯的，」而且深深地知道當下的理想的無瑕可擊，但是以一個崇高的俄羅斯文化思想的代表人的資格，我不能承認這個，因爲崇高的俄羅斯的思想是理想的全面的調和。在全世界中當時誰能了解這樣的思想：惟有我獨自在那裏流浪着。我不是講我自己，——我講的是俄國的思想。那邊是詈駡與邏輯，那邊法國人祇是法國人，德國人祇是德國人，露出全部的歷史上沒有的極大的緊張；因此法國人從來不會這樣危害法國，德國人從來不會這樣危害德國，像那個時候似的那時候全歐洲沒有一個歐洲人！惟有我一人可以對他們直說，他們的杜意里利是錯誤；惟有我一人在所有復仇的保守派中間可以對那些復仇的人們說，杜意里利雖然是犯罪，但到底還是邏輯。我的小孩，這是因爲惟有我一個俄羅斯人當時在歐洲是惟一的歐羅巴人。我不是講自己，——我講的是俄羅斯的思想。我流浪着，我的朋友，我流浪着，深深地知道我應該沈默和流浪。但是我到底覺得憂愁。我的小孩，我不能不尊重我的貴族的身份。你大概在笑我麼？」

「不，我沒有笑，」——我用深刻的聲音說，——「我並不笑：您的金世紀的幻夢把我的心震撼了，您必須相信，我起始了解您。但是我最感到快樂的是您如此尊敬自己。我要對您聲明這層。我從來沒有料到這個情形」

「我已經對你說過，我愛你的呼喊，親愛的，」——他又對我的天眞的呼喊微笑了，他從沙發上立起來，起始還不在意地在屋內來回踱步。我也立了起來。他繼續說着奇怪的話語，露出對於思想深刻的理解。

三

「是的，小孩，我對你重複地說，我不能不尊敬我的貴族的身份。我們積着許多世紀，創造了一個在任何地方沒有看見過的，在全世界中沒有的，最高的文化的典型，——普遍的，爲一切人痛苦的典型。這是俄國人的典型，但是因爲它是在俄羅斯民族的最高文化階層中取來的，所以我以能屬到這個階層爲榮幸。它保持着俄羅斯的將來。我們也許祇有一千個人，——也許多些，也許少些，——但是整個的俄羅斯暫時祇是爲了製造這一千個人而生活着。有人會說這太少，有人會懊恨，這許多世紀和這幾億人的民族全浪費到這一千人身上了。據我看來，並不見得少。」

我興奮地傾聽着。顯出了他的信念，和一生的目的。這「一千人」這樣浮雕地把他呈現出來了！他和我這樣滔滔不絕的談話，是由於一種外在的震撼。他把這些熱烈的言論對我講，由於愛我，但是他爲什麼忽然起始說話，爲什麼這樣希望和我說話的原因，我還是不知曉。

「我流亡到國外去，」——他繼續說，——「沒有一點惋惜。凡是我的力量所及的一切，我當時已爲俄羅斯盡到了，在我住在國內的時候。離開以後，我也繼續爲它盡力，但祇是把理想擴充了開來。我這樣地服務，會比我單祇成爲俄羅斯人時所服務的加多，——好比法國人單祇成爲法國人，德國人單祇成爲德國人一般。歐洲創造法國人，英國人，德國人的正直的典型，但是對於未來的人，他還幾乎一點也不知道。大概還不願意知道。這是明顯的：他們不自由，而我們自由。祇有我一人當時在歐洲，帶着我的俄羅斯式的煩問，是自由的……

「你要注意，我的朋友，下面奇怪的情形：每個法國人不但能為自己的法國服務，並且為人類服務，單祇是在他成為法國人的那個條件之下；而英國人和德國人也是如此。祇有俄國人，甚至在我們這時代，那就是還在算總賬之前，已經取得了最多地成為俄國人的能力，就是祇在他最多地成為歐洲人的時候。這就是我們和別人最重要的民族上的區別，而我們對於這一層是任何地方所無的。我在法國是法國人，和德國人在一起，便是德國人，和古希臘人在一起，便是希臘人，但同時又是道地的俄羅斯人。因此我是真正的俄羅斯人，為俄羅斯作最多的服務，因為我表露出它的主要的思想來。我是這個思想的先鋒。我當時流亡到國外去，但是難道我離開俄羅斯了麼？不，我繼續為它服務。即使我在歐洲一點不做什麼，即使我祇是出奔流蕩（我也知道我是出去流蕩的），但是祇要我帶着我的思想和我的意識出國也就够了。我把我的俄羅斯的煩悶載到國外去了。嗅，不單祇是當時的血使我驚嚇，甚至還不是杜意里利，卻是應該隨以俱來的一切。他們還注定要奮鬪許多時候，因為他們還是道地的德國人和道地的法國人，在這種角色裏還沒有完成自己的事業。在這時候以前我很可惜一切的毀壞。俄國人對歐洲正和對俄羅斯一樣的尊貴；歐洲裏面的每塊石頭全是可愛而且可尊貴的。歐洲成為我們的祖國，正和俄羅斯一樣。嗅，還要加甚些！愛俄羅斯甚於我的愛它是沒有的，但是我永遠不能責備自己，為了我對於威尼斯，羅馬，巴黎，他們的科學與藝術的寶藏見得比對於俄羅斯可愛些。喔，俄羅斯人十分珍重這些古老的別人的石頭，這些舊世界的奇蹟，這些神聖的奇蹟的碎片；這一切我們珍重得甚至會比他們自己為甚！他們現在有不同的思想和不同的情感，他們停止尊重那些古舊的石頭……在那邊，保守黨祇是為生存而奮鬪；工黨也祇是為麵包的權利而錯來錯去。惟有俄羅斯並不為自己，卻為了思想生活着，你應該同意，我的朋友，有一個著名的事實，已經差不多一百年來，俄羅斯根本不為自己，卻祇為歐洲而生活着！至於他們呢？他們注定在達到上帝的天國之前受一番可怕的折磨。」

說實話，我聽着他的話，懷了極大的慚愧；連他的語調都使我驚懼，雖然我不能不對他的思想感到驚愕。我病態地懼怕謊說。我忽然用嚴厲的聲音對他說道：

「您剛纔說：『上帝的天國。』我聽說，您在那裏傳佈上帝的教義，戴着鎖鏈，是不是？」

「關於我的鎖鏈你不要管，」——他微笑了。——「這是完全另一回事情。我當時還什麼也不傳佈，但是我為他們的上帝煩惱，這是實在的。他們中間的一排人，當時宣佈了無神主義……這本來是一樣的；這祇是一些最初的跳跟者，但這是第一個實行的步驟，——這纔是最重要的。這裏又有他們的邏輯；但是在邏輯裏永遠有煩悶。我是另一種文化的人，我的心不承認這個。他們和理想分別時的那份翻而無情，那些呼喻和泥塊，是我覺得無從忍耐的。歷程在脚下流去使我驚怕。然而現實永遠受着這樣的影響，甚至還在最鮮耀地趨向到理想方而去的時候。我自然應該知道這個；但到底我是另一種典型的人；我可以自由選擇，而他們不能。我也哭，替他們哭，哭舊理想，也許用眞正的眼淚哭，沒有誇張的話語。」

「您這樣强烈地信仰上帝麼？」——我不信任地問。

「我的朋友，這或許是多餘的問題。也許我並不很信仰，但是我到底不能不為理想煩悶。有時我不能不設想，人沒有上帝將怎樣生活下去，將來能不能生活下去。我的心永遠決定是不可能的；但是某一時期也許是可能的……對於我甚至沒有疑惑它會來的；但是我永遠自己設想着另一個畫面……」

「哪一個呢？」

果眞地，他以前已經宣佈過他極幸福；自然，在他的話語裏有許多歡欣；他當時所說的話裏有許多我是可以承受的。無疑地，我們當時所談論的一切中間，我爲了尊敬此人，現在不敢在紙上全部傳達出來；但是有幾個奇怪的畫面，我來得及從他那裏盤問到的，我現在引在下面。主要的是這些「鎖鏈」以前一直永遠磨折我，我極想加以調查，——因此我竭力地麻煩着他。他當時宣佈出來的幾個荒誕的，極奇怪的理想，永遠留在我的心裏。

「我自己設想着，我的親愛的，」——他帶着凝慮的微笑開始說，——「戰鬥業已終了，奮鬥平靜了下來。在詛咒，泥塊和呼哨以後起始了靜寂，人們單獨存留了下來，依照他們的願望：以前的偉大的理想離開他們了；至今育養他們，溫暖他們的偉大的力量的泉源退卻了，像克勞特·勞倫的畫裏莊嚴的，喚人的落日，但還似乎已經成爲人類的最末一日。人們忽然明白他們完全獨自存留下來，一下子感到偉大的孤單。我的親愛的小孩，我永遠不能想像人們會忘卻恩義，而且變爲愚蠢的。成爲孤單的人們立刻會互相挨得緊些，變得親密些；他們會互相抓住手，明白現在祇有他們互相造成他們的世界——靈魂不死的偉大的理想，即將消滅，祇好把它替代；對於靈魂不死的那種以前的偉大的愛情，會變爲自然，變爲世界，變爲人類，變爲每根小草。他們會無從阻擋地愛土地與生命，以漸漸地認識自己的轉移性與終極性爲範圍，且發出特別的，不是以前的那種愛情。他們會在宇宙內看見而且發現他們以前不能預料到的現象與秘密，因爲他們會用新的眼睛，用情郎對情婦的眼神觀看宇宙。他們會醒轉來，忙忙地互相接吻，忙忙地愛，感到日子的短促，而這是他們遺留下來的一切。他們會彼此爲別人工作，每人將自己所有的財產獻給大家，因此感到了幸福。每個嬰孩會知道而且感到，世上每個人在他看來都和父母一般。『即使明天是我的最後一天也不妨，』——每人會望着落日，這樣地想；——『但是一樣的，我雖然死去，還有他們留下來，他們死後還有他們的子女，』——而他們會留下來還是一樣互相憐愛，互相擔憂的那個意念將代替身後相見的意念。他們會忙着愛人，以熄滅心裏偉大的憂愁。他們會爲自己驕傲，爲自己勇敢，但也會互相感到愉快；每人會爲別人的生命與幸福戰慄。他們會互相露出溫柔的情意，不像現在似的感覺慚愧，互相愛撫，像小孩一般。他們相遇的時候，會用深刻的，有意義的眼神互相觀看，在他們的眼神裏有愛情與憂愁……』

「我的親愛的，」——他忽然帶着微笑打斷了話頭：——「這一切全是幻想，甚至是極不可思議的幻想；但是我時常自己設想着，因爲我一輩子非此不能生活下去，不能不想它。我講的不是我的信仰；我的信仰是偉大的，我是自然神教派，哲學的自然神教派，像我們的一千人，我這樣覺得，但是……但是有趣的是我永遠以幻象結束這畫面，好像海涅的『波羅的海上的基督』一般。我沒有他不能過去，在那些孤單的人們中間不能不想像到他。他走向他們，伸出手，說道：『你們怎麼能忘記他呢？』似乎一層白膜從一切人的眼睛上落了下來，傳出了偉大的，歡欣的，新的，且是最後的復活的頌歌……

「我們且不要管這個，我的朋友；至於我的『鎖鏈』也是胡鬧的事情；你不要爲它擔心。還有一椿事情：你知道我是羞於發言且具有清醒的腦筋的；假使現在開了口，那是……由於不同的情感，還因爲和你在一起；對任何別人我是永遠不說的。我補充着這句話，爲了安慰你。」

我甚至受到了感動；我所怕的虛謊是沒有的，我特別喜歡的是我已經明白他確乎在煩悶和苦痛中，確乎無疑地有許多的愛，——這是我認爲最可貴的。我懷着熱誠把這意思對他表示出來，

「但是您要知道，」——我忽然補充地說。——「我覺得無論您如何煩悶，您當時不是終究應該感覺幸福的麽！」

他快樂地發笑了。

「你今天說話特別俏皮，」——他說。——「唔，是的，我感到幸福，我懷着這樣的煩悶還能不幸福麽？從我們的一千人中間，俄國的歐洲流浪人是最自由而且最有幸福的。我實在不是笑着說這話，這裏有許多嚴肅的問題。是的，我決不願取得任何別的幸福，以代替我的煩悶。在這意義方面我永遠感到幸福，我的親愛的，我一輩子感到幸福。我當時由於幸福而在一生中初次愛上了你的母親。」

「何以是一生中初次呢？」

「就是這樣。我在流蕩和煩悶的時候，忽然愛上她了，是以前從來沒有的，而且立刻派人去接她。」

「您把這件事也講給我聽罷，把母親的事情講給我聽！」

「我就是爲了這個緣故叫你來的，你知道，」——他快樂地微笑了——「我已經怕你爲了赫爾岑或爲了任何什麽陰謀，把母親的那一段事情饒恕了我……」

第八章

一

因爲我們當時談了一晚上，且坐到夜深爲止，我不能把所有的談話全引下來，祇轉述那足以解釋他一生中一個神祕的節目的那些事實。

我先說，他的愛母親對於我是毫無疑惑的，假使他拋棄了她，動身出門的時候，和她「拆散，」那自然因爲他太煩悶了，或者發生了類似的情形，這又是世界上任何人常有的事，永遠難於解釋的。在國外，經過了長久的時間以後，他忽然又愛上了母親，而且是在不見到面的時候，那就是說在思想中愛上的。他當時打發人去接她。有人也許會說：「他這人反覆無常，」但是我要說不同的意見：據我看來，這裏面含有人生最嚴肅的一切，雖則顯然過分偏於感情，這也許是我應該部分地予以承認的。我敢賭咒，我無疑地把他的歐洲的煩悶，不僅放在和近代的建築鐵路的實際工作相並立的地位上，並且反而放在它的上面。他的愛人類我認爲是最誠懇和深遠的一種情感，並沒有一點要把戲的情形，而他的愛母親，我認爲是完全無可辯駁，雖然也許有點荒誕。他在國外，處於「煩悶與幸福」中，還可以說是處於最嚴肅的，僧士般的孤寂中，（這個特別的消息是我以前從達姬央納·伯夫洛夫納那裏取到的，）忽然憶起了母親，——也就是憶起了她的「陷落的臉頰，」便立刻打發人去接她。

「我的朋友，」——他脫口地說了出來，——「我忽然感到我的爲理想服務，並不能使具有道德的，理性的，實質的我，免除我一生中，哪怕在實際上，僅使一人成爲幸福的那個義務。」

「難道這種普本上的思想會成爲一切的原因麼？」——我懷疑地問。

「這並不是普本上的思想。不過也許是的。這裏是連在一起的；實際上我愛你的母親是出於誠懇，而不是普本上的。我不這樣愛她，——也就不會打發人去接她，而可以給予任何一個錢到身邊來的德國人或德國女人以『幸福；』假使已經發見了這個理想。一生中必須哪怕給予一個人以幸福，不過必須是實際上的，那就是說實在的，——這個我認爲是每個有腦筋的人的誡律；正好比我爲了俄國森林的日見稀少，主張設定一條法律或規定一種義務，令每一個農民一生栽一棵樹，不過一棵樹還少，應該下令每年每人栽一棵樹。高尚的，有腦筋的人在研求高尚的思想時，有時完全和現實脫離，成爲可笑，固執和冷淡的人，甚至可以對你說是愚蠢的人，並且不但在實際的生活裏，而且到了後來甚至在學理方面也是愚蠢的。因此講求實際問題，哪怕給予一個現實的人物以實在的幸福，這樣的責任會補救一切，且使施與者本身的腦筋爲之一新。從學理方面講，這是很可笑的；但假使這已經成爲實際問題，且變爲習慣，那末就並不見得愚蠢了。我曾在自己身上試驗出來；我剛起始引用這個新誡律的理想，——起初自然是鬧鬧玩笑，——我忽然起始了解到蘊藏在我身上的對你母親的愛情的全部程度。在那個時候以前，我完全不明白我愛她。我和她同居的時候，我祇是把她當作尋樂的對象，在她姿色豔麗的時候，但以後便耍起脾氣來了。我到了德國，纔明白我愛她。那是從她的陷落的臉頰上起始的，我從來不憶起這臉頰，有時甚至看見這臉頰，而不覺出心頭的痛苦來的，——簡直就是痛苦，眞正的，肉體的痛苦，我的親愛的，有些病態的同情是會惹起眞正的痛苦來的；然不多每人都有，不過人們忘卻它；但有時候會忽然憶起，甚至祇憶起一些什麼線條，以後就不能擺脫了。我起始憶起我和蘇菲亞所過生活的數千種瑣碎的情節；以後這些瑣節竟自行鑽出來，使我記憶到，幾乎磨折我，在我等候她的時候。有一種回憶磨折我最利害，那就是她對我的那份永遠卑屈的樣子，她永遠認自己在一切方面比我低卑，——甚至在肉體方面，你想想看。她覺得害臊，而且臉紅，在我有時看她的手和手指的時候，（她的手指完全不是貴族式的。）而且覺得害臊的還不祇是手指，——她對於身上的一切全感覺羞恥，雖然她知道我十分愛她的美麗。她永遠對我害臊，至於奇怪的地步，而壞的是在這種害臊裏永遠似乎會跳躍出某種恐懼來。一句話，她在我面前把自己當作無足道的，或者甚至幾乎不體面的人。我起初有時心想，她還認我為她的主人，因此怕我，其實並非如此。我敢賭咒，她比任何人都能了解我的缺點，我一輩子沒有遇見過具有這般柔細和懂事的心地的女人。噢，她是多末的不幸，當我起初向姿色還十分美麗的她要求多加裝飾的時候。這裏面含有自尊心，還有另一種受屈辱的情感：她明白她永遠不會成為貴族夫人，而穿着陌生的服裝，祇是顯得可笑而已。她是女人，她不願在服裝方面顯出可笑的樣子，她明白每個女人應該有自己的服裝，這是成千論萬的女人們從來不會明白的，——她們祇要穿得時髦就夠了。她所怕的是我的嘲笑的眼神，——就是這樣，但是在憶起她的深深的驚異的眼神來的時候，我特別感覺憂愁，——這眼神在我們相處在一起的時候，時常會落到我的身上；這裏面露出她對於自己的命運和期待於它的將來具有完全的了解，因此甚至使我自己都會被這眼神弄得十分痛苦的，雖然說實話，我當時並沒有和她有過知心的談話，而且似乎用傲慢的態度對付這一切。你知道，她並不永遠像現在似的那樣畏葸和粗野；就是現在她也會忽然快樂起來，做出像二十歲的女人那樣嬌媚的樣子；但是她當時的年紀還輕，有時很愛談談天，笑一笑，自然是在自己的影伴裏，——和那些姑娘們，女友們在一起的時候。我有時突然遇到她在那裏發笑，她會抖索起來，迅快地臉紅，畏葸地望我；有一次，在我出國前不久的時候，幾乎在我和她拆散的前夜，我走進她的屋內，遇到她一個人坐在小棹旁邊，不做任何工作，手靠在棹上，落在深深的凝想中。她幾乎從來不會有坐在那裏，不做任何工作的事情。那時候我早已和她親熱。我躡着脚，輕輕地走到她面前，突然地擁抱她，吻她……她跳了起來，——我從來不會忘記她臉上的那種歡欣，那種幸福，忽然這一切代以迅快的紅潤，她的眼睛閃耀了。你知道，我在這閃耀的眼神裏讀到什麼？「你這是給予我佈施呢，——就是這樣！」她藉口我把她嚇着，歇司底里地痛哭了，但是連我當時也沈鬱起來了。總而言之，所有這些回憶是極難受的東西，我的朋友。這好比在偉大的藝術家的史詩裏有時會有那種痛苦的場面，會使你以後一輩子記起來有餘痛的，——例如，莎士比亞的作品裏，澳台洛最後的一段對白，在遠娜央納脚旁的葉夫格尼（註）或者囂俄在 Misérables（即哀史）裏的逃囚當深夜中在井旁和小女郎相遇的一節；這會一下子刺中你的心，而以後永遠留下創痕來的。唉，我當時如何地等候着蘇菲亞，如何地想趕快擁抱她！我懷着痙攣般不耐煩的心情，幻想整個的新的生命的計劃；我幻想逐漸地用有組織的努力摧毀她的心靈裏那種對我時常恐懼的心思，還把她自身的價值，和她甚至比我還高超的一切詳

（註）蒲希金的長詩葉夫格尼·奧尼金。

翻譯給她聽。我當時也很知道，我和你母親祇要一分開，便永遠起始愛她，但是在重又相見的時候，永遠會忽然對她冷淡的。但是這裏並不是如此，當時並不是如此。」

我驚異起來：「就是她呢？」——我身上閃出了這個問題。

「唔，當時您怎樣和母親相遇的？」——我謹愼地問。

「當時麼？我當時並沒有和她遇到。她當時剛走到哥尼斯堡，就在那裏留下了，我那時住在萊茵河上。我沒有上她那裏去，卻吩咐她留在那裏等候我。我們過了許多時候纔見面，噯，過了太多的時候，在我上她那裏去，請求她允許我結婚的時候……」

二

我祇能在這裏講事情的要點，那就是祇講我自己能夠理解的一切；況且他也起始對我講得毫不聯貫。他的話語忽然不聯貫，而且無秩序至於十倍之多，在我剛說到這個地方的時候。

他突然地遇見了抓德隣納·尼古拉也夫納，就是在他等候母親，等候得極不耐煩的時候。他們當時在萊茵河上治療。抓德隣納·尼古拉也夫納的丈夫幾乎已經病得快死，至少已經被醫生們判決了死刑。她從最初見面的時候起就使他驚愕，似乎用什麼方法把他羈擄住了。這是命運。有趣的是我現在回憶和記錄時，不記得當他講的時候哪怕有一次用過「愛情」兩字，和他曾「愛上她」的話。「命運」兩字我是記得的。

道自然是命數。他並不想它，「並不想愛。」我不知道能不能明白地傳達出來；但是由於他會發生這椿事情來的那個事實，他的整個靈魂憤激了起來。他身上所有自由的一切在這次晤面以後，一下子完全消滅了，人永遠釘到一個對他漠不相關的女人身上。他並不希望這種奴性的情慾。我現在可以直說出來：加德隣納・尼古拉也夫納是上等社會女子中稀少的典型，——這種典型在這團體內也許不大有，這是十分普通的，眞摯的女子的典型。我聽說，那就是說我確乎知道，她也就因爲這樣，每逢出現到交際社會上的時候，成爲一個無瑕可擊的人物。（她時常從那社會裏完全退出。）魏爾西洛夫當時在和她第一次相遇的時候自然不相信她是這樣的，那就是相信了相反的方面，意思是說她是虛矯的，僞善的女人。我現在繞到前面，把她自己對她的批評引下來；她說他不能對她有不同的看法，「因爲一個理想主義者在額角撞到現實上面的時候，永遠會在別人前面首先傾向於猜度一切卑鄙的行爲的。」我不知道這對於一般的理想主義者是否說得對，但是對於他是說得很對的。我還要寫下我自己的意見，就是我在當時聽他說話的時候，我的腦筋裏閃出來的那個意見：我以爲他的愛母親，多半用所謂人道主義的，人類間普遍的愛，而不是用一般地愛女人的那個愛。因此，在他剛遇見了那個女人，可以用普通的愛去愛她的時候，他當時並不想得到這愛情，——大概由於不習慣的緣故。然而也許這是不正確的思想；我自然沒有對他表示出來。似乎有點不合禮貌；而且我敢賭咒，他處於那種實在應該幾乎宥恕他的心情裏：他顯得異常的騷亂；他講話時有些地方有時簡直忽然中斷了，沈默了幾分鐘，露出惡狠的臉色，在屋內踱走。

她當時迅快地明白了他的秘密，她也許故意和他調情：在這種情形之下甚至最光明的女人也會顯得卑鄙的，這是她們的無可克制的本能。他們的結局是殘忍的決裂，他大概想殺死她；他悲嘆她，也許會殺死她的，但是「這一切變爲仇恨了。」以後臨到了一個奇怪的時期；他忽然得到了一個奇怪的思想：他用規律磨折自己，「就是僧士們所用的那種規律。你漸漸地用嚴正的實踐的步驟戰勝自己的意志，成爲自由的人。」他補充地說，對於僧士們這是嚴正的事情，因爲已藉着千年來的經驗堆積而成爲一種科學了。但是最有趣的是他當時生出這個關於「規律」的觀念，並非爲了想擺脫加德隣納·尼古拉也夫納，卻深信他不但已不愛她，且甚至十分仇恨她。他相信他對於她的仇恨竟至於那種地步，就是他甚至忽然想戀愛而且娶她的丈夫的前妻所生的女兒，那個被公爵欺騙的女人，他使自己完全相信他這個新愛情，且使那個可憐的白癡姑娘無可抗拒地愛上他。這個愛情給予她無上的幸福，在她的生命的最後幾個月內。爲什麼他當時沒有憶到一直在哥尼斯堡等候他的母親，——這對於我是不可解的……相反地，他突然完全忘記了母親，甚至生活費用都不寄給她，還虧得達娘央納·伯夫洛夫納當時救了她；但是他忽然跑到母親那裏去，請求她允許娶那個女郎，用「這種未婚妻不是女人」的話爲藉口。也許這一切祇是一個「書本上的人」的照像，像加德隣納·尼古拉也夫納以後形容他的那個樣子；但是爲什麼這類「書本上的人」（假使果真是書本上的人）會用如此真正的方式自行折磨，且弄到悲劇的地步呢？不過當時，在那天晚上，我另有一種想法，有一個意念使我震撼：

「所有您的一切發展，您的全部的心靈全是用您的痛苦和一生奮鬥的精神換來的，——至於她的美善卻得來不費什麼工夫。這裏有不平等的地方……女人的討厭就在於此。」——我說這話，並非爲了奉承他，卻帶着熱烈，且甚至憤激的態度。

「美善麼？她的美善麼？她身上並沒有一點美善！」——他忽然說，幾乎驚訝地看我的眼睛：——「這是極普通的女人……但是她應該具有一切的美善！」

「為什麼應該呢？」

「因為她旣擁有如此的權力，便應該具有一切的美善！」——他惡狠地喊出。

「最可悲的是您現在竟這樣地受着磨折！」——我忽然脫口地說了出來。

「現在麼？受磨折麼？」——他又重複着我的話語，停立在我的面前，似乎顯得猶疑不定似的。突然地，一個靜謐的，長長的，凝慮的微笑吹拂到他的臉上，他朝面前舉起手指，似乎在那裏思量似的。以後完全醒悟了過來，從桌上取起一封業已拆開來的信，扔到我面前來了。

「喏，你去瞧！你應該知道一切……你為什麼讓我在這陳舊的，無用的故事裏面掏出許多東西來呢？……這祇是使我的心憤怒，而且弄得齷齪罷了！……」

我不能形容出我的驚異來。這封信是她給他的，他在今天下午五點鐘左右收到的。我一面讀，一面幾乎騷亂得抖索着。那封信並不長，但是寫得十分直率而且誠懇，我讀的時候，彷彿看見她在我面前，彷彿聽見她的話語。她十分信賴地，（因此幾乎是動情地，）對他直陳她的恐懼，以後簡直哀求他「不要再驚吵她。」最後，她通知他，她現在將肯定地嫁給皮奧林格。在這個事情發生以前，她從來沒有寫信給他。

下面是我從他的解釋裏明瞭的：

他剛纔一讀完這封信，忽然感覺到自己身上發生了十分出乎意料以外的現象：在這命定的兩年內，他初次不對她感到一點的仇恨，一點的戰慄，像他在最近一聽到關於皮奧林格的消息的時候那樣「發狂」似的。「相反地，我竟從自己的心坎裏給她寄送我的祝福，」——他對我說，露出深刻的情感。我帶着愉快的心情傾聽這些話語。那就是說，他心裏所有的情慾，痛苦，——一下子自然而然地全都消滅了，像一個夢，兩年來引誘他的那個夢。他還不相信自己，剛纔忙着去找母親，——結果是他走進去的時候恰巧正在她成為自由的人，昨天把她遺給他的老人業已故世的時候。這兩樁偶合的事情竟震撼了他的心靈。過了一會，他跑出來尋找我，——他如此迅快地念到我，我是永遠不會忘記的。

我也不會忘卻那個晚上終結的情景。這個人忽然整個兒又改變了。我們坐到深夜。關於這一切「消息」如何影響到我的身上，——我以後再講，現在祇說幾句關於他的最後的話語。我現在玩味着，明白當時最使我迷醉的是他似乎對我那樣的馴順，對我那樣真摯和誠懇，對我這樣的一個小孩！「這本來是烏煙瘴氣，但它還是可祝福的！」——他喊着。——「假使沒有這樣的糊塗，我也許永遠不會這樣整個地，永恆地在我的心裏找到我的惟一的女王，我的受難者，——你的母親。」他這種無阻攔地掙脫出來的歡欣的話語我特別記載下來，以為將來的張本。但當時他把我的靈魂抓住，而且戰勝了。

我記得，我們以後顯得特別的快樂。他吩咐把香檳酒取來，我們喝着酒，為母親和「未來」祝福。唔，他是這樣充滿了生命，這樣預備生活下去！但是我們忽然起始顯得異常快樂，並非由於酒：我們一共祇喝了兩杯。我不知道為什麼，但是到後來我們幾乎無攔阻地發笑着。我們起始講完全不相干的事情；他竟講起笑話來，我也對他講笑話。我們的笑聲和笑話完全不惡狠，也不帶嘲笑的樣子，但是我們很快樂。他老是不肯放我走：「坐一會，再坐一會！」——他反覆地說，我就留下了。他後來甚至走出來送我；那一天晚上是佳美的，稍爲有點寒凉。

「您說：您已經回答她了麼？」——我忽然完全不經意地問，在十字街最後一次握住他的手。

「不，還沒有，但這是一樣的。你明天再來，來得早些……還有一樁事情：你不要理蘭白特，把「文件」撕碎了罷，越快越好。再見罷！」

他說了這句話以後，忽然走了；我還留在那裏，站在原來的地方，顯得那樣的慚愧，竟不敢喚他回來。關於「文件」的那句話特別震撼我。他從什麼人那裏知道的，而且用這樣正確的詞句說出來的，還不是從蘭白特那裏麼？我回到家來，懷着極大的不安。我的心裏忽然閃過一個念頭：這兩年來的試探怎麼會像夢似的，濃煙似的，幻象似的消滅了呢？

第九章

一

但是第二天早晨，我醒轉來的時候，人顯得爽快些，和平些。我甚至責備自己，不由己地，誠懇地責備自己，爲了我昨天帶着一點輕鬆和傲慢的態度傾聽他的幾段「自白。」假使這自白有些地方是無秩序的，假使有些老實話帶點烏煙瘴氣，且甚至是不齊整的，那末他昨天喚我去，難道準備作雄辯的演說麼？他祇是給我極大的面子，對待我像對待在這樣的時期內惟一的朋友，而這是我永遠不會忘記的。相反地，他的自白是「動人的，」無論人家爲了這種說法怎樣笑我，假使有時閃出一些不要臉面的，或甚至彷彿有點可笑的話語，我的心地十分開敞，不會不明白和承認現實主義的，——自然同時並不將理想一概抹殺。主要的是我終於理解了這個人，我甚至有點可惜，且似乎還有點懊恨，這一切會這樣地簡單：這人我永遠放在我的心中最高的地位上面，放在雲端裏，一定要給他的命運穿上一件神秘的衣裳，因此至今自然希望那隻魔術箱子開得巧妙些。不過在他和她的晤面裏在他兩年來的苦痛裏，有許多複雜的東西：「他不需要生命的命數；他需要的是自由而不是奴性的命數，經過了奴性的命數，他不能不侮辱坐在哥尼斯堡的母親……」再說，無論如何，我總認這人是說教者；他的心裏懷着金世紀，知道無神主義的未來。但是他和她一晤面以後，一切全都摧折了，全都弄壞了！我並不是對她變心，但是我到底立在他的方面。例如，我覺得，母親是決不會對於他的命運有所妨礙，甚至他和母親結婚也是的。我明白這個；但是和她•相遇，便完全不同了。固然母親一樣也不會給他安寧的，但是這甚至更好些：這樣的人應該加以不同的判斷；這並不醜惡；相反地，假使他們安靜了下來，甚至和所有那些庸俗的人相彷，那纔是醜惡呢。他對貴族階級的頌讚，還有他那句"je mourrai gentilhomme"（我死也成爲貴族）的話語一點也不使我感覺不安；我理解到這是怎麼樣的一個貴族；這是一個肯犧牲一切，願成爲世界大同觀念和「理想聯合」的主要的俄國思想的說教人。所謂「理想的聯合」雖然甚至是胡鬧的話，（自然也是無意義的話，）但到底有一樣是好的，那就是他一生崇拜的是理想而不是愚蠢的金牛。我的天呀！我在構造我的「理想」的時候，我，我自己難道還會崇拜金牛，難道我當時還需要錢麼？我敢賭咒，我祇需要理想！我敢賭咒，我要是發了幾萬萬的財，我不會把一張椅子，一張沙發蒙上天鵝絨，而會喫和現在一樣的那盤牛肉湯的！

我穿上衣裳，忙忙地，攔阻不住地上他那裏去。我要補充的是關於他昨天說那句「文件」的話時所做出的舉動，我比昨天安靜了五倍。第一，我希望和他解釋一下，第二，蘭白特竟鑽到他身邊去一層，究竟含着什麼意義？他們談了些什麼話？——但是我的主要的快樂卻在於一個特別的感覺：那就是關於「他已經不愛她•」的那個意念。我異常相信這意念，我感覺到有人似乎把一塊可怕的石頭從我的心上推走了。我甚至記得當時閃出來的一個猜想：那就是他在聽到關於皮奧林格的消息和寄出當時那封侮辱的信時所發出的極瘋狂的火氣，是如何地醜惡而且無意義；也就是這個極端可以成爲他的情感的根本變化和他即將回復到常識上去的預言；這大概幾乎像生病一樣，我心想，他一定會立在相反的觀點上面，——

那是哲學上的問題，別的沒有什麼！這意念使我成為幸福的人。

「讓她，讓她隨她自己的意思支配自己的命運，讓她去嫁皮與林格，隨她怎樣，祇要他，我的父親，我的知己，不再愛她就行了，」——我喊着。在這裏還含有我的自己的情感的一些祕密，但我不願在我的這篇記載裏加以渲染。

現在夠了。現在我要把全部的跟隨而來的恐怖和全部的陰謀的事實講下去，不加上一點理論。

二

九點鐘，我剛要出去，——自然是上他那裏去，——達里亞·奧尼西莫夫納出現了。我快樂地問她：「是不是他打發來的，」當時帶着遺憾聽到，並不是他，卻是安娜·安特萊夫納打發來的，而達里亞·奧尼西莫夫納「在天剛亮的時候，就從寓所裏走出來了。」

「從哪一個寓所裏？」

「從昨天的那個寓所裏。因為昨天的那個寓所，有嬰孩住着，現在是用我的名義和了下來，歸達姬央納·伯夫洛夫納付錢……」

「這對於我是一樣的！」——我惱恨地打斷她的話，——「他至少在家麼？我能遇到他麼？」

使我驚異的是，我從她那裏聽見他還在她之前出門了；這末說來，她「天剛亮」就出來，而他更早些。

「現在已經回來了麼？」

「不，一定沒有回來，而且也許完全不會回來，」——她說，用一雙尖銳的，像小偷般的眼睛看着我，而且竟一刻也不肯放鬆，像我臥病時她來看我的那個時候一樣。（關於這我已經在前面描寫過了。）最使我發火的是他們又有什麼祕密和愚蠢的行爲暴露出來，這類人沒有祕密和狡猾的舉動斷然是活不下去的。

「爲什麼您說他一定不會回來呢？您暗指些什麼？他去找母親，——就是這樣的！」

「我不知道。」

「您自己爲什麼光降呢？」

她對我宣佈，她現在從安娜·安特萊夫納那裏來，她叫我去，希望我立刻就去，否則「會晚的。」這句神祕的話語又使我發火了：

「爲什麼晚呢？我不願意去。我不去！我不再讓人家把我抓住！我看不起蘭白特，——您就去對她說，假使她要打發蘭白特上我這裏來，我要推他出去，——您就去對她這樣說！」

達里亞·奧尼西莫夫納非常害怕。

「那不行，」——她朝我跨了一步，手掌交盤着，似乎哀求我。——「您最好不要這樣忙。有極重要的事情，對於您自己極重要的事情，對於他們也是的，對於安得烈·彼得洛維奇，對於您的母親，——對於大家都是的……您立刻去見一見安娜·安特萊夫納，因爲她怎麼也不能再等候了……我可以用名譽給您擔保……以後您再決定罷。」

她帶着驚訝和厭惡看我，

「胡說，什麽也沒有，我不去！」——我固執地，帶着幸災樂禍的神情呼喊，——「現在一切從新做起！您能不能明白這個？再見罷，達里亞·奧尼西莫夫納，我故意不去，故意不問您。您祇會把我弄糊塗的。我不願意探測您的啞謎。」

但是因爲她不肯走，老是站在那裏，我抓起皮大衣和帽子，自己走了出去，留她在屋子的中央。我的屋內什麽信件和紙張都沒有，以前我出去的時候，也幾乎從來不鎖房門。但是我還沒有來得及走到大門那裏，我的房東彼得·伊鮑里託維奇，沒有戴帽子，穿着副制服，從樓梯上跑下來追我。

「阿爾卡其·瑪加爾維奇！阿爾卡其·瑪加爾維奇！」

「您還有什麽事情？」

「您臨走的時候，什麽話也不吩咐麽？」

「沒有什麽可吩咐的。」

他用尖利的眼神，露出煩惱的不安看我：

「譬如說，關於那所住宅怎麽樣呢？」

「關於住宅有什麽問題？我不是按期付給您租金麽？」

「不，我不是講錢，」——他忽然發出長長的微笑，繼續用眼神刺我。

「唉，你們這些人是怎麽回事？」——我終於喊，幾乎完全狂怒了。——「您還有什麽事情？」

他又等候了幾秒鐘還似乎對我有所期待。

「那末您以後會吩咐下來的。……如果您的精神不大那個，」——他喃喃地說，笑得更長了。——

「您去罷，我自己也要上衙門。」

他順着樓梯跑回自己屋裏去了。自然，這一切會引動人們的思索。我故意不把所有當時那種淺薄無聊的事情中間任何一種小小的線條忽略過去，因爲每一根線條以後會變成一束光艷的鮮花，找到自己的位置，以後讀者自會明白的。至於說他們當時確乎把我弄得糊裏糊塗，這是實在的事情。假使我這樣的騷亂和苦惱，那是因爲我聽到了他們的話裏又含有使我十分憎厭的陰謀和啞謎的口氣，使我勾起了以前的舊事。且容我繼續講下去。

魏爾西洛夫不在家，確在天剛亮的時候走的。「自然找母親去了，」——我固執地維持自己的主見。乳母是一個極愚蠢的農婦，我不去詳細盤問她，但是除她以外，寓所內什麼人也沒有。我跑到母親那裏去，說實話，露出十分不安的神氣，竟在半路上僱了一輛馬車。他從昨天晚上起沒有上母親那裏去過。祇有達姬央納·伯夫洛夫納和麗薩和母親在一塊兒。我剛走進去的時候，麗薩正預備走出去。

他們全坐在樓上，我的「棺材」裏。瑪加爾·伊凡諾維奇躺在樓下我們的客廳中間，有一個老人在他面前有節奏地誦讀詩篇。我現在不再描寫與本題不直接相關的事情，但是祇要說已經做好，且放在屋內的那口棺材並不是普通的，不過顏色是黑的，蒙着天鵝絨，死者的被服也是貴重的，——式樣的考究和長老的身份與信仰不甚適合；但這是母親和達姬央納·伯夫洛夫納兩人共同的堅決的願望。

自然我並不希望遇見他們如何的快樂；但是那種特別的壓迫人的煩悶，希着我可以從他們的臉神讀出的那種煩惱與不安，立刻使我十分驚愕，我一下子就斷定「這裏面一定不止死者一人成爲一切的原因。」這一切我記得很淸楚，這是我要反覆地說的。

不管如何，我溫柔地把母親抱住，立刻問起他來。母親的眼神裏頓時閃耀出驚惶的好奇。我匆匆地講我和他昨天在一塊兒度過了一晚上，一直到深夜纔散，但是他今天，天色沒發亮就不在家了，而昨天他和我分手時，還親自叫我今天早些到他家裏去。母親什麼話也沒有回答，不過達娘央納·伯夫洛夫納抽出一個機會，用手指對我威嚇了一下。

「再見罷，哥哥，」——麗薩忽然說了一聲，迅快地從屋內走出去了。我自然追到她身邊，她在大門旁停住了。

「我早已想到，你會走出來的，」——她用急迫的微語說着。

「麗薩，什麼事情？」

「我連自己都不知道，不過總有許多事情。一定是『永遠的那一套故事』的結局。他自己不來，但是她們好像得到了關於他的一些消息。她們不會告訴你，你不要着急，你如果聰明，不要向她們盤問。母親顯得十分憂愁。我也一點不去細問。再見罷。」

她開了門。

「麗薩，但是你自己有什麼事呢？」——我跟着她跳到門外。她那付十分可怕而且絕望的神色刺穿我的心。她並不見得怎樣惡狠地看了我一眼，卻甚至幾乎殘忍地，惱怒地冷笑了一聲，搖了搖手。

「要是死去，——倒也是謝天謝地！」——她從樓梯上對我抛擲了一句，就走了。她這話是指着謝爾該意·彼得洛維奇公爵說的，他當時正發着熱病，躺在那裏，失去了知覺。我回到樓上去，帶着憂愁和興奮的樣子。「永遠的故事！哪一套永遠的故事？」——我帶着挑戰的神氣思想着。於是我忽然一定想把我從他的自白方面得來的印象的一部分，還有那自白的本身講給她們聽。「她們現在正從壞的方面想他，——那末就讓她們全都知道了罷！」——我的頭裏飛躍過這個意念。

我記得我起始講得似乎很巧妙。她們的臉上立刻發現可怕的好奇。這一次達姬央納·伯夫洛夫納簡直就用眼睛盯在我身上；但是母親卻顯得冷酷些，她的態度十分嚴肅，但是輕鬆的，美麗的，似乎完全無希望的微笑在她的臉上閃過，在講話的時候幾乎一直不離開。我自然說得很好，雖然也知道對於她們幾乎是無從了解的。使我驚異的是達姬央納·伯夫洛夫納並不吹毛求疵，並不堅持地要求準確，並不像往常似的照例玩花樣，在我起始說什麼話的時候。她祇是偶然咬緊嘴脣，瞇細眼睛，似乎在那裏用力理解。有時我甚至覺得她們全都了解，但這幾乎是不會有的。例如，我講他的信仰，主要的是講他昨天的歡欣，對母親的歡欣，對母親的愛，講他吻她的照片……她們一面聽，一面迅快而且沈默地對看着，母親滿臉發紅，雖然兩人還繼續沈默着……以後……以後我自然不能當着母親面前講到主要的問題，那就是關於和她·相遇，還有其他一切的情形，而主要的是關於她昨天寫給他的信，和在接到信後他的精神上的「復活；」這是最主要的，因此他所有的，昨天的情感，我本來想說出來博得母親喜悅的，自然沒有得到了解，固然這不是我的錯處，因爲凡是能夠講的一切，我全都講得很好。我說完以後心裏覺得十分淒楚：她們並沒有中斷她們的沉默，我忽然起始覺得和她們在一起有點不好受的樣子。

「他現在一定已經回來了，也許坐在我那裏等候我，」——我說着，就要立起來走出去。

「你去罷！你去罷！」——達姬央納·伯夫洛夫納堅定地隨和着說。

「樓下去過沒有？」——我和母親告別的時候，她用半微語的聲音問我。

「我去過，叩拜過，祈禱過的。他的臉龐多少安靜而且有禮貌呀，媽媽！謝謝您，媽媽，您不憐惜給他買棺材的錢。我起初覺得很奇怪，但是立刻想到我自己也會這樣做的。」

「你明天上教堂去麼？」——她問，——她的嘴唇抖慄了。

「您怎麼啦，媽媽？」——我驚異起來。——「我今天還要來參與追禱祭，我還要來的。況且……明天是您的生日！我的親愛的媽媽！可惜他少活了三天！」

我走出去的時候，露出病態的驚異：怎麼能提出這類的問題，——我到不到教堂裏去參加葬禮的問題呢？如此說來，假使她們對我這樣想，——那末她們當時對他作怎樣的想法呢？

我知道達姬央納·伯夫洛夫納會追上來，因此故意停留在大門裏面；但是她追到後，用手把我推到樓梯上，跟着我走出來，把門虛掩住了。

「達姬央納·伯夫洛夫納，這麼說來，您今天，甚至明天都不在等候安得烈·彼得洛維奇麼？我害怕得很……」

「不害臊。你害怕不害怕有什麽重要。你說：你在講昨天那一套謊話的時候，有什麽話沒有說出來？」

我認爲沒有隱瞞的必要，一面幾乎對魏爾西洛夫惹惱着，一面把加德隣納・尼古拉也夫納昨天寄給他的信和那封信的效果，就是他的向新生的道上的復活一層全都講了出來。使我驚異的是關於那封信的事實一點也不使她驚異，我猜到她已經知道它了。

「你不是撒謊麽？」

「不，我不是撒謊。」

「眞是的！」——她惡毒地笑了一下，似乎在那裏沈想着。——「復活了！他會出這種事情的麽！他吻照片是實在的事情麽？」

「實在的，達姬央納・伯夫洛夫納。」

「帶着情感吻的麽？不會裝假麽？」

「裝假麽？難道他什麽時候裝過假麽？您眞是不害臊；您有一個粗暴的，女人的心靈。」

我熱烈地說出這句話；但是她似乎不聽見我，她似乎又在那裏轉什麽念頭，雖然樓梯上很冷。我穿着皮大衣，她祇穿單衣。

「我想委託你辦一件事情，可惜你太笨，」——她鄙夷地說，還似乎露出恨意。——「你聽着，你到安娜・安特萊夫納那裏去，瞧她在那裏做什麽事情……不，你不必去；你是笨蛋，——你簡直就是笨蛋！你去罷，快走，爲什麽站在那裏，像一根木柱。」

「我偏不上安娜・安特萊夫納那裏去安娜・安特萊夫納就打發人來叫我去。」

「親自麼?打發達里亞・奧尼西莫夫納麼?」——她迅快地轉身看我;她已經想走甚至開了門,但是又把它關上了。

「我決不上安娜・安特萊夫納那裏去!」——我帶着惡狠的愉快反覆地說着。——「我不去,因為您剛纔喚我笨蛋,其實我還從來沒有像今天似的透徹。所有我們的事情我看得像在指掌上似的清楚。但是我到底不上安娜・安特萊夫納那裏去」

「我早已知道」——她喊,但並不是回答我的話語,卻繼續想自己的心事。——「現在會把她整個兒綁住;緊了死結,拉得緊緊的!」

「把安娜・安特萊夫納麼?」

「傻瓜!」

「那末您講誰呀?不是講加德隣納・尼古拉也夫納麼?什麼死結?」——我異常驚慌。一種模糊的,但極可怕的意念從我的整個的心靈裏通過。達姬央納・伯夫洛夫納尖銳地瞧了我一眼。

「你在那裏做什麼?」——她忽然問。——「你在那裏參加什麼事情?我聽到了關於你的什麼話,——嗯,你留神些!」

「您聽着,達姬央納・伯夫洛夫納:我要通知您一樁可怕的祕密,不過不是現在,現在沒有工夫,明天等沒有人的時候,但是您現在告訴我全部的眞相,那個死結是什麼意思……因為我全身抖索着……」

「我總不管你抖索不抖索呢!」——她喊叫出來。——「你明天還想講什麼秘密?你眞是不知道什麼嗎?」——她用疑問的眼神盯看我。——「你當時對她賭過咒,克拉夫特把信件搶去了。」

「達姬央納・伯夫洛夫納,我反覆地告訴您請您不要折磨我,」——我繼續說自己的話,並不回答她的問話,因爲我異常地發火。——「您瞧,達姬央納・伯夫洛夫納,由於您瞞我,會發生更壞的事情……他昨天是處於完全,極完全的復活的心情之下的!」

「滾你的罷,這小孩!你也許自己都像一隻寰鵲似的愛戀上了,父子兩人愛一樣東西!好不要臉的人!」

她隱進去了,憤憤地把門關上,由於最後她的話語那種傲慢無恥的潑辣性,——這潑辣性是惟有女人做得出來的,——我感到十分的狂怒和深刻的侮辱,就這樣跑了出去。但是我現在不來描寫我的模糊的感覺,這是我前面已經聲明過了的;我祇繼續寫出事實來,這事實是現在可以解決一切的。我自然又迅快地跑到他家裏去,又從乳母那裏聽說他還未回家過。

「完全不會回來麼?」

「誰知道他。」

三

事實呀!事實呀!……但是讀者明白不明白什麼?我記得,這些事實當時如何壓迫我自己,不給予我一發現解使我的腦袋到了那天晚上完全糊塗了。因此我要用頭三句話來預行解釋一下。

我的一切的苦惱就是這樣的假使他昨天復活了，不再愛她，那末今天他究竟到哪裏去了呢？答案是最先應該到我那裏去，昨天他會和我擁抱過的，以後立刻到母親那裏去，昨天他會吻過她的照片的。但是他沒有做這兩個自然的步驟，忽然「天剛亮」就出去，上什麼地方去了，達里亞·奧尼西莫夫納不知爲什麼原因含糊地說，「他不見得會回來。」不但如此，麗薩還硬說着關於「永遠的故事」的什麼結局，又說母親那裏已經得到關於他的一些消息，而且是最後的消息；而且那邊無疑地也已知道了加德隣納·尼古拉也夫納的信，（這是我自己看出來的，）但到底不相信他的「重新爲人，」雖然很注意地傾聽我的話語。母親十分悲痛，達姬央納·伯夫洛夫納奸詐地嘲笑「復活」兩個字，但假使一切都是如此，那末他的心在一夜之中又發生了變化，又發生了危機，而這是在昨天的歡欣，感動和悲憤以後，如此說來，所有這「復活」竟像吹出來的泡沫似的爆裂了，他也許現在又狂怒得像接到皮奧林格的消息以後那樣昏亂！請問，這對於我，對於我們一切人將怎麼辦……對於她將怎麼辦？達姬央納叫我到安娜·安特萊夫納那裏去的時候，講的是什麼樣的「死結？」原來那「死結」在安娜·安特萊夫納那裏！爲什麼在安娜·安特萊夫納那裏？自然我會跑到安娜·安特萊夫納那裏去；我還是故意地，祗是由於憤激而說我不去；我立刻就去。達姬央納究竟說了關於「文件」的什麼話？他不是自己昨天對我說：「你把文件燒燬」麼？

這就是我的思想，它也用死結壓榨我；但主要的是我需要他。我立刻可以和他解決一切，——我感到這將；我們在兩句話上彼此取得了了解！我會抓住他的手，握緊它；我會在我的心裏發現熱烈的話語，——

我無力抵拒地幻想着。我會征服瘋勁！……但是他在哪兒？他在哪兒？恰巧在這樣的時候那個蘭白特鑽了出來，在我十分興奮的時候，在離開我家裏沒有幾步路的地方，我突然遇見了蘭白特；他一看見我，快樂地呼喊起來，抓住我的手：

「我已經上你家裏第三次了……好容易來了！我們去喫早飯！」

「你等着！你到我那裏去過沒有？安得烈・彼得洛維奇在那裏麽？」

「那邊什麽人也沒有。你不要管他們大家！你這傻瓜，你昨天生了氣；你喝醉了酒，我有要緊話對你說；我今天聽到一個好消息，關於我們昨天所說的那件事情……」

「蘭白特，」——我喘着氣，匆忙地，不由已地做出朗讀的口氣。——「假使我肯和你停留下來，那單祇是爲了想永遠和你一刀兩斷地了結一下。昨天我已經對你說過，但是你並不了解。蘭白特，你是一個嬰孩，你像法國人一般地愚蠢。你老以爲，你還在圖沙學校裏，我和在圖沙學校裏一樣的愚蠢……但是，我並不像在圖沙學校裏那樣的愚蠢……我昨天醉了，但並不由於酒，卻因爲我不喝酒也已十分的興奮；假使我對你的那套亂七八糟的話隨聲應和，那是因爲我施展狡猾，爲了探出你的真意。我騙你，你一高興，就相信了，於是信口亂嚼起來。——你知道和她結婚是連初中學生都不會相信的一種胡話。你以爲我會相信麽？而你居然相信了！你相信了，因爲你不能在上等社會裏立足，你不知道上等社會裏做些什麽事情。在上等社會裏不是這樣簡單的，不能這樣簡單地一下子就出嫁了……我現在對你明明白白地說出，你所要的是什麽：你想引我去灌醉我，使我把文件交給你，和你一塊兒做欺詐卡捷琳納・尼古拉也夫娜的行為你那是瞎說！我永遠不到你那裏去。你還要知道，明天或者後天一準，那張紙應該到她自己的手裏，因為這文件是屬於她的，因為是她寫的，我要親自交給她，假使你想知道在哪裏，那末你知道是由她的朋友達姬央納·伯夫洛夫納經手，在達姬央納·伯夫洛夫納的家裏，當着達姬央納·伯夫洛夫納交還給她，而且不向她要求什麼，現在你離開我，——永遠離開我，否則……否則，阿白特，我會不客氣地對付的……」

我說完了這些話以後，全身發出細碎的抖顫。生命裏最重要的事情，最壞的習慣，危害每一件事情的，——那就是……裝腔作勢。鬼捉弄我，使我在他面前發出發躁的脾氣，使我在結束着我的話語，愉快地把一個一個字咬得十分響亮，越來越提高嗓音的時候，忽然發出那股熱勁，竟把這完全無用的瑣節，就是將文件經過達姬央納·伯夫洛夫納的手，且在她寓所裏交給她的那段瑣節加了進去！但是我當時忽然想使他驚訝一下！我在這樣直率地講起這文件，忽然看見他的愚蠢的驚慌的時候，我忽然更想用細微的瑣節壓迫他。而這種女人氣的，誇耀的嘮叨，以後成為可怕的不幸的原因，因為關於達姬央納·伯夫洛夫納和她的寓所的瑣節立刻深印在他這種騙子和善於幹小事的人的腦筋裏面。對於重要的，高尚的事情，他毫無價值，一點也不懂得，但是對於這種瑣節他到底還有感覺。我如果不提起達姬央納·伯夫洛夫納，——便不致於發生極大的災害。但是他聽見了我的話語以後，在一分鐘內顯出異常茫亂的態度。

「你聽着，」——他喃喃說，——「阿爾芬西納……阿爾芬西納……阿爾芬西納會唱歌……阿爾芬西納到她那裏去過；你聽着我有一封信，幾乎是一封信，在這封信內阿赫馬可瓦提起你。那個雀斑臉給我弄來的，你記得那個雀斑臉，——你會看到，你會看到，我們走罷！」

「你胡說，拿信來給我看！」

「在家裏，在阿爾芬西納那裏，我們走！」

他自然胡說八道，而且在那裏說謊話，極怕我逃走；但是我在街心裏把他拋棄，在他想跟我走的時候，我止了步，用拳頭朝他威嚇一下。他已經站住了，而且凝想起來，——竟讓我走開：他的心裏也許已經閃出新的計劃。但是對於我，意外的事情和突然的會面竟沒有完……我一憶到這一個不幸的日子，老是覺得所有這些意外和偶然的事件，當時好像湊在一起，一下子從一個可詛咒的萬寶囊裏撒到我的頭上來了。我剛開門走進寓所裏去，就在門房那裏和一個高身的青年人相遇，他具有橢圓的，慘白的臉龐，神氣活現的，「美麗」的外貌，穿着漂亮的皮大衣。他的鼻上夾着沒有架桿的眼鏡；他一看見我，立刻從鼻上摘了下來，（顯然爲了禮貌起見，）舉起手來，客客氣氣地把大禮帽微微地搖起，但是沒有停留下來，露出漂亮的微笑，對我說：「Bonsoir,（晚上好！）」——就從我的身旁走過，到樓梯上去了。我們兩人彼此立刻就認識了，雖然我祇有一次，在莫斯科看見他。他是安娜·安特萊夫納的哥哥，侍從官，小魏爾西洛夫，魏爾西洛夫的兒子，也幾乎是我的兄長。女房東送他出來。（男房東還沒有從衙門裏回來。）他一走去，我就攻擊起她來了：

「他在這裏做什麼呢？他到我的屋子裏去過麼？」

「完全不上您的屋子裏去。他是到我的屋裏去的……」——她迅快地，嚴厲地說完了，就轉身回頭走。

「不，不，這樣不行！」——我喊。——「請您回答他爲什麼來的？」

「唉，我的天呀！人們上我們這裏來，我應該全都對您講麼？我們也許也可以有自己的打算。這青年人也許想借錢，向我打聽什麼人的地址。也許我還在上次就答應他了……」

「什麼還在上次？」

「唉，我的天呀！他決不是初次來的呀！」

她走了。主要的是我明白這中間起了變化：他們起始和我粗暴地說話。顯然這又是祕密；祕密一步一步地，一小時一小時地積聚起來了。小魏爾西洛夫初次和他的妹子，安娜·安特萊夫納到這裏來的時候，我正在臥病。這個我記得很清楚，還記得安娜·安特萊夫納昨天已經對我漏出一句奇怪的話：也許老公爵會住到我的寓所裏來……但這一切弄得那樣的紊亂，那樣的醜惡，使我幾乎一點也思索不出關於這件事情的頭緒來。我拍了拍自己的額角，甚至沒有坐下來休息，就跑到安娜·安特萊夫納那裏去；她不在家，門房回答道：「她到皇村去了；明天這個時候也許會回家的。」

她上皇村去，一定上老公爵那裏去，而她的哥哥竟跑來偵察我的寓所！不，這是不會有的！——我咬牙切齒地思想着，——假使在這裏果真有什麼死結的話，我要起來保護這「可憐的女子」的！

我沒有從安娜·安特萊夫納那裏回家，因爲在我的發炎的腦筋裏忽然閃出了在運河旁一爿酒店裏的回憶，——安得烈·彼得洛維奇照例在有些陰沈的時刻內上那地方去。我爲了這猜測而感到忻悅，立刻跑到那裏去。時間已在三點鐘以後，天色漸漸地黑了。酒店裏告訴我，他來過的：「坐了一會兒就走了，也許還會來的。」我忽然決定等候他，便叫了一份飯菜。至少有了一點希望。

我喫完了飯，甚至喫了多餘的菜，爲了有權逗留得越久越好，因此坐了四小時之久，我想是有的。我不描寫我的憂愁，和瘧疾般的不耐煩，好像我內心裏的一切全震動了，抖索了。這風琴，這些顧客，——啊，所有這煩悶印在我的心靈裏，也許印一輩子！我不描寫腦袋中飛升起來的意念，像在逆襲來的怒風之後一堆秋日的乾枝；眞是有點像這個，說實話，我感到理性有時起始對我起變心。

但是痛苦地折磨我的，（自然是偶然地，從旁邊越過了重要的苦痛的，）——是一個擺脫不了的毒性的印象，——是擺脫不了的，好比有毒的秋蠅，你並不去想牠，但牠會在你的周圍旋轉，妨礙你，忽然痛痛地咬你一口。這祇是回憶，一樁事件，我還沒有對世上任何人講過。事情就是這樣的，這件事情本來是應該在什麼地方講出來的。

四

在莫斯科已經決定我動身上彼得堡的時候，人家託尼古拉·謝蒙諾維奇通知我，叫我等候寄路費來。從誰那裏寄錢來，——我沒有去打聽；我知道是從魏爾西洛夫那裏寄來的，因爲我當時日日夜夜，懷着死沈的心和高傲的計劃，幻想着跟魏爾西洛夫相遇，所以完全停止去談論他，甚至和瑪麗亞·伊凡諾夫納也是如此。我還要提明的是我自己也有路費；但是我到底決定等候；我料想錢會從郵局裏匯來。

忽然有一天，尼古拉·謝蒙諾維奇回家時告訴我，（照例是簡單，而且不加修飾的，）說我明天早晨十一點鐘上麥司尼慈卡耶街V公爵的寓所裏去。新近從彼得堡來到了一位侍從官魏爾西洛夫，是安得烈·彼得洛維奇的兒子，停留在V公爵家裏——V公爵是他在法政學校時的同學。那筆路費將由他帶給我。顯然事情是極簡單的：安得烈·彼得洛維奇本來很可以把這筆錢交兒子帶來，不必由郵局匯寄；但是這消息有點不自然地壓迫我，且使我驚嚇。無疑地，魏爾西洛夫打算使我和他的兒子，我的兄長相遇；這樣地顯出了我幻想着的那個人的用意和情感；但是我的腦筋裏意想到一個極巨大的問題：我在這完全出於意料之外的會面裏應該持什麼態度，而不致喪失我自己的體面。

第二天，整十一點鐘時候，我上V公爵寓所裏去——那是一個獨身居住的，且被我猜到，陳設得十分講究的寓所，有穿制服的僕人們侍候着。我停留在門房裏。洪響的談話聲和笑聲從內面的幾間屋內飛躍出來：除那個做客的侍從官以外，還有幾個訪客。我吩咐僕人給我通報，大概用的是帶點驕傲的辭句；至少他在進去通報的時候，很奇怪地看了我一眼，我甚至覺得不大恭敬，有點不應該。使我奇怪的是他進去通報了許多時候，有五分鐘之久，而從那裏傳出的還是一樣的笑聲和談話的回響。

我自然立在那裏等候，明明地知道，像我「這樣的紳士」坐在門房裏，僕役起坐的地方，是不體面而且不可能的。我自己呢，由於驕傲，用自己的意志，不經人家特別的邀請，是決不想踏到大廳裏去的，也許是由於精細的驕傲心，但照例是應該如此的。使我驚異的是留下來的僕役們（有兩個人）竟敢當我面前坐了下來。爲了不去理會，我別轉身去，但全身起始抖顫，忽然回轉身來，走到一個僕人面前，吩咐他「立刻」再去通報一次。不管我的眼神如何嚴肅，我的興奮如何異常，僕人懶洋洋地看了我一下，並不立起來，另外一個替他回答道：

「已經通報過，您不必着急呀。」

我決定再等一分鐘，或者儘可能地甚至比一分鐘少些，過了這時間，一定立刻就走。主要的是我穿得很講究：衣服和大衣全是新的，襯衫也是完全新的，那是瑪爾亞·伊凡諾夫納特地為了這椿事情親自打點的。但是關於這些僕人，我在以後過了許多時候，已經在彼得堡的時候，就確切地打聽出來，他們還在頭天晚上就從跟魏爾西洛夫同來的聽差那裏聽到，「有一個庶出的兄弟和學生要來。」關於這，我現在是知道得很確實的。

一分鐘過去了。我感到一種奇怪的感覺，在決定而且不能決定：「走不走？走不走？」的時候。——我每秒鐘內幾乎發着寒戰重複着這句話。突然地，那個進去通報的僕人出現了。他的手裏，指頭中間，搖幌着四張紅紅的鈔票，四十盧布。

「喏，請您收下四十盧布！」

我跳躍了起來。這是一種極大的恥辱！昨天一夜我幻想着魏爾西洛夫佈置下的兩弟兄相遇的情景；我終夜在焦熱中幻想着，我應該保持怎樣的態度，不致喪失——不致喪失我在孤獨中培養出來甚至在無論什麼困難裏都可引為驕傲的整個的理想。我幻想，我要顯得正直，驕傲，憂愁，也許甚至在和V公爵為伍的時候，因此就一直被引到這個社會裏去——啊，我是不會吝惜自己的，隨它去罷，隨它去罷；應該詳詳細細地把這記載下來！現在忽然從僕人手裏取出了四十盧布，送到門房裏來，而且還在等候了十分鐘以後，一直從手裏，從僕人的手指裏，而不用盤子，不用信封！

我大聲地對那個僕人喊嚷，使得他呆呆了一下，頓時把身體倒退了一步。我立刻吩咐他把錢拿回去，說「你老爺親自拿來，」——一句話，我的要求自然是不聯貫的，自然是對於僕人不明瞭的。但是我喊嚷得使他不能不走進去了。再說在大廳裏好像也聽到了我的呼喊，——於是話聲和笑聲忽然靜謐了。

我幾乎立刻聽到了一陣的脚步聲，神氣活現的，不慌不忙的，柔軟的脚步聲，一個美麗的，驕傲的，高大的青年人的臉龐，（我覺得他當時比今天遇見時更加慘白些，削瘦些；）在門房那裏的門限上出現了，——甚至離門限不到一俄尺。他穿着漂亮的，紅色的，綢製的晨服，還穿着睡鞋，鼻上架着眼鏡。他不發一句話，眼睛朝我身上瞄準着，起始審看我。我像野獸一般地朝他身邊跨進了一步，帶着挑戰的姿勢立在那裏，盯看着他。但是他祇審看了我一剎那，一共有十秒鐘；忽然極看不清楚的嘲笑在他的唇上發現了，但這嘲笑是極惡毒的，就因為是幾乎看不清楚的，所以是惡毒的；他默默地轉過身來，又走進屋裏去，還是那樣不慌不忙地，那樣輕輕地，平勻地，和來的時候一樣。嚇，這些欺侮人的傢伙還在幼年的時候，還在自己的家庭裏，就被他們的母親們教會了欺侮人！自然，我顯得慌亂了……唉，我當時為什麼要慌亂呢！

幾乎就在那個剎那間，又出現了那個僕人，手裏還是拿着那些鈔票：

「請您收下來，這是被得從寄來的，但是他自己不能接見您；『改一天，等他空些的時候，』」——我感到最後的這句話是他自己添上的。但是我的慌亂的神情還繼續着。我收了錢，走到門外去；就是由於慌亂而收下來的，因為應該不收它；但是僕人自然由於想糟蹋我一下，竟做出了一樁奴僕般的舉動：他忽然在我面前把門敞開了，手握住門，神氣活現地，帶着着重的語氣說着，在我走過的時候：

「請罷！」

「混蛋！」——我朝他怒吼着，忽然揮起手來，但是沒有把手放下，——「你的主人也是混蛋！你立刻去對他說，」——我補充地說，迅快地走到樓梯上去了。

「您不敢這樣！假使我現在去報告主人，立刻可以拿着一張名片送您到區裏去，揮手是不行的……」

我從樓梯上走下去。那座樓梯是通正門的，光線很亮，從上面就可以看見我的整個身體，在我順着紅地毯走下去的時候。三個僕人全都走了出來，立在上面的欄杆旁邊。我自然決定沉默下去：和僕人們相罵是不可能的。我走完了整座樓梯，不增添腳步，甚至大概還把腳步放慢。

世界上也許有些哲學家，（他們是可恥的！）會說所有這一切是小事，是乳臭小孩怒氣的舉動，——隨它去罷，但是對於我，這是創傷，——至今還沒有平復下去的創傷，甚至在現在的一分鐘以前也是如此，我寫這個的時候，在一切已經完結，甚至取得報復的時候。我可以起誓！我是不記惡且不好報復的。無疑地，在人們欺侮我的時候，我永遠想報復，甚至到了病態的地步，但是我敢起誓，——祇是用寬仁去報復。即使我用寬仁對他報復，但是必須使他感覺到這個，使他明瞭這個，——而我就算報復着了！我要順便補充一句：我並不好報復，但是我很記惡，雖然我很寬仁，——對別的人們會不會這樣呢？當時，當時我是懷着寬仁的，也許是可笑的情感的，但是隨它去罷：我寧願懷着可笑而寬仁的情感，而不願懷着不可笑而卑鄙的，平常的，中庸的情感！關於和「兄長」相遇的情景，我對任何人也沒有洩露，甚至對瑪麗亞·伊凡諾夫納也沒有說，甚至在彼得堡也沒有對麗薩說。現在忽然遇到了這位先生，在我最不料到會遇見他的時候。他對我很笑，除下帽子，完全友善地說："bonsoir"，自然是有可以耐人尋味的地方……但是創傷暴露出來了！

五

我在酒店裏坐了四點多鐘，忽然跑出去，像中了魔似的，自然又上魏爾西洛夫家裏去，自然又不遇到他，還沒有來；乳母顯得很沈悶，忽然請求我去叫達里亞·奧尼西莫夫納來一趟。我還管得到這些麼？我還跑到母親那裏去，但是沒有走進去，喚羅開里亞到外間裏來。我從她那裏曉得他沒有去過，麗薩也不在家。我看見羅開里亞也想問什麼話，也許也打算委託我做什麼事情；但是我還管得到這些麼？祇剩了最後的希望，就是他會自己上我家裏去；不過我不相信這個。

我已經預先講過，我幾乎喪失了理智。我在我的屋內忽然遇到了阿爾芬西納和我的房東。誠然，他們正在走出來彼得·伊鮑里託維奇手裏握着一根蠟燭，

「這是什麼？」——我幾乎無意義地朝房東呼喊。——「您怎麼敢領這壞蛋到我的屋子裏來？」

「Tiens!」——阿爾芬西納喊。——「et les amis?（啊！不會是朋友麼？）」

「滾！」——我怒吼着。

「Mais C'est un ours!（眞是一個粗暴的人）」——她鑽到走廊外面去，裝出驚懼的樣子，一下子躲到女房東的屋裏去了。彼得·伊鮑里託維奇手裏還持着蠟燭，用嚴肅的神情走到我面前來：

「容我對您說，阿爾卡其·瑪加爾維奇，您太暴躁了；無論我們怎樣尊敬您，但是阿爾芬西納決不是

壞蛋，甚至完全相反，她在這裏做客，並不上您那裏去，卻上內人那裏來，——她和內人已經互相認識了一些時候。」

「但是您怎麼能領她到我的屋裏來？」——我重複着說，捧住自己的頭。我的頭幾乎忽然痛了起來。

「偶然的。我走進去，預備關上那扇氣窗，是我爲了吸進新鮮空氣而開的。因爲我和阿爾芬西納·卡爾洛夫納繼續着以前的談話，她一面談，一面走到您的屋子裏來，單祇是爲了伴我進來。」

「不對，阿爾芬西納是偵探，蘭白特是偵探！也許您自己也是偵探阿爾芬西納上我屋裏來偷什麼東西。」

「這就隨您的便罷！今天您說一句話，明天又說另一句話。我已經把我的寓所臨時租了出去，我自己和內人搬到一間小屋裏去。阿爾芬西納·卡爾洛夫納現在在這裏也幾乎是和您一樣的房客。」

「您把房子租給蘭白特了麼？」——我驚懼地喊出。

「不，不是租給蘭白特，」——他發出剛纔那種長長的微笑，不過裏面已經顯現出堅決的樣子，而不是朝晨時的那種驚疑：——「我以爲您已經知道租給誰，不過故意裝出不知道的樣子，單祇爲了好看起見，因此您這樣的生氣。再見罷！」

「是的，是的，請您留我一個人在這裏，」——我揮着手幾乎哭泣出來。他忽然驚異地看望我，後來就走出去了。我用鉤子把門關好，倒到床上，伏在枕頭上面。結束我的記載的最後的，命定的三天中，可怕的第一天對於我就這樣地過去了。

第十章

一

我又認爲必須越過事件進行的前端，而預行對讀者作一番解釋，因爲有許多偶然的事件混雜到這個故事的邏輯的行程裏，如不預行加以解釋，是不能弄淸楚的。問題就在於達姬央納・伯夫洛夫納所講的那個「死結」上面。這死結是安娜・安特萊夫納終於冒險走上祇在她的地位上總可以意想到的那個大膽的步驟。眞是一個性格雖然老公爵以健康爲藉口，當時立刻被送到皇村裏去，因此關於他準備和安娜・安特萊夫納結婚的消息不會在世上傳播開來，在剛露萌芽的時候，就被消滅了，但是人盡可憐的衰弱的老人無論如何不肯放棄自己的意念，對向他求婚的安娜・安特萊夫納變心。關於這層他是一個騎士，遲早他會忽然立起來，用阻壓不住的力量着手履行自己的意願，這是常會發生的，而對於具有衰弱性格的人們尤其如此，因爲他們有一個界限是不應該使他們越過的。況且他完全感覺到他所尊敬的安娜・安特萊夫納地位的微妙，感覺到交際社會上發生謠言，嘲笑和關於她的壞名譽的可能。祇有一層暫時馴服他，阻止他，那就是加德隣納・尼古拉也夫納一次也沒有用言語和暗示敢在他面前提起一句關於安娜・安特萊夫納的壞話，或暴露違反他和她結婚的意願的什麼話語。相反地，她露出對於她父親的未婚妻特別歡欣與注意的樣子。因此安娜・安特萊夫納被處於特別不方便的地位上面。她用女人的感覺精細地了解到：如果她稍稍地說出幾句關於加德隣納・尼古拉也夫納的壞話，——公爵也很崇拜她，現在甚至比以前更甚，也就因爲她那樣善心地，恭敬地允許他結婚，——如果她稍稍地說她的壞話，她會侮辱他一切的柔和的情感，引起他對自己的不信任，甚至也許是憤激。因此戰鬪暫時就在這戰場上進行起來：兩個競爭者似乎彼此用禮貌和忍耐相爭競，公爵到底不知道應該對她們中間的哪一個表示驚異，於是依照所有軟弱的，心腸柔軟的人們的常例，以起始感覺痛苦，且責備自己一人作結束。聽說他的煩悶已達到了病態；他的神經果眞失調了，因此他本來想在皇村裏恢復健康的，據說反而準備躺到牀上去了。

這裏我還要用括弧記敍下我在過了許多時候打聽到的一切：皮奧林格據說曾直接向加德隣納・尼古拉也夫納提議把老人送到國外去，用一種欺騙的方法勸他這樣做，同時在社會上用不公開的方式宣佈他完全喪失了理智，等到以後到了國外再去弄到一張醫生的證書。但是加德隣納・尼古拉也夫納無論如何不肯這樣做；至少以後有人這樣說。她彷彿帶着憤怒推翻這個計劃。這一切祇是極遙遠的謠言，但是我相信它。

在事情已經弄到最後無路可走的時候，安娜・安特萊夫納忽然從闌白特那裏曉得，存在着一封信，在這信裏女兒跟一位律師商量關於如何宣佈她父親爲瘋人的方法。她的復仇的驕傲的腦筋興奮到極端的程度。她憶起以前和我談話的情形，把許多瑣碎的情節加以一番的考慮，對於這消息的正確不能有所疑惑。當時在這堅定的，剛強的女人的心裏無可抵拒地成熟了一個攻擊的計劃。計劃是不用任何的繞彎和隱諱，忽然一下子對公爵宣佈一切，使他恐懼，震撼，指出瘋人院正在等候他，在他起始抵抗，憤激，不相信的時候——就把女兒的那封信給他看：「已經有一次生出了宣佈他爲瘋人的意思，現在爲了阻礙婚姻，更加會成爲可能的。」以後就把受驚嚇的，精神頹喪的老人帶走，帶到彼得堡來——一直上我的寓所。

這是一個可怕的冒險舉動，但是她堅決地希望自己的力量。我現在離開敍講的本題，超越到前面去，報告讀者，她對於攻擊的效果並沒有算錯；不但如此，效果竟超過了所有她的期望。關於這封信的消息影響於老公爵身上的也許比她自己和我們大家所預料的還要深幾倍。在這時候以前，我從來不知道公爵在以前已經知道關於這封信的什麼；但依照所有軟弱的，畏葸的人們的習慣，他不相信謠言，爲了安靜起見，用全力把它擲開。不但如此，他還爲了自己的易於輕信而責備自己的不正直。我還要補充的是信件存在着的那個事實影響於加德隣納·尼古拉也夫納的也比我當時自己所期待的強烈至於無可比擬的地步……一句話，這個文件顯然比在口袋中藏有它的我所預料的還重要得多。但是我太超越到前面去了。

人家會問，爲什麼上我的寓所裏去？爲什麼把公爵送到我們這種可憐的小屋裏來，爲什麼要用我們這種可憐的陳設使他喫驚？假使不能送他回家，（因爲在那裏人家會一下子加以阻礙的，）那末爲什麼不送到一個特別的「闊綽」的寓所裏去，像闊自特所提議的那個？但是安娜·安特萊夫納這種特別步驟的整個的冒險性，就在這上面。

主要的意思就在於能够等公爵一到，就把文件交給他；但是我無論如何不肯把它交出來。因爲時間不能再行錯過，安娜·安特萊夫納祇好希望自己的力量，決定沒有文件，就起始行動，但是要把公爵一直送到我那裏來，——爲了什麽？就爲了用這個步驟，突然襲擊我，俗話所謂用一塊石頭打死兩隻小鵠。她希望用衝動，震撼和突然的舉動影響於我。她心想，我一看見老人在我家裏，看到他的驚惶與無助，會屈服下來，把文件交出來的！說實話，她的計劃是狡猾的，聰明的，心理學的，不但如此，——她幾乎取得了成效……至於老人方面，安娜·安特萊夫納當時竟會說動他，使他還信她的話語，因此她當時就直率地向他宣佈，她要帶他到我那裏去。這一切我是以後纔打聽出來的。甚至祇是文件在我手裏的一個消息，就把在他的畏葸的心裏對於事實的真確性的疑惑加以消滅；——他愛我，尊敬我到如此的程度！

我還要說，安娜·安特萊夫納自己一分鐘也不疑惑文件在我手裏，我還不肯放手。主要的是她錯解了我的性格，而且對於我的天真，直率，甚至對於我的情感作用存着大膽的企圖；再說她覺得，我假使甚至決定將那封信交給加德隣納·尼古拉也夫納，那末總要在發生某些特別的情態的時候，而她就想用偶然驚訝和突襲的手段搶趕到這情態的前面去。

最後，闌白特也使她相信這一切。我已經說過，闌白特的地位在這時候是極危急的：這叛賣朋友的人想用全力把我從安娜·安特萊夫納身邊引誘開，以便和他一塊兒把文件賣給阿赫馬可瓦，爲了什麽原因他認爲這樣有利些。但是因爲我在最後的一分鐘以前無論如何不肯把文件交出來，他決定至少甚至給安娜·安特萊夫納幫忙，爲了不喪失一切的利益因此努力鑽到她面前去獻殷勤，一直到最後的一小時爲止，我知道他甚至提議在必要的時候把牧師請來……但是安娜·安特萊夫納帶着鄙夷的嘲笑請求他不要提起這件事情。她覺得闌白特這人很粗暴，引起她完全的厭惡，但是她由於謹慎，到底接受下他的效勞，——例如說，偵探人家的行動就是他的效勞。我順便地說，我甚至在今天以前還不能確切地知道，他們是否把我的房東彼得・伊鮑里託維奇買通了；他當時是否收到過多少錢，以作他的效勞的代價，或祇是自己走到他們的一夥裏，爲了喜歡陰謀的原故然而他和他的妻子在那裏偵探我的行動，——是我確乎知道的。

讀者現在會明白，我雖然部分地得了預告，但怎麽也不能猜到，明天或後天會在自己的寓所裏，在這樣的環境之下，發現老公爵的。而且我也決不想像安娜・安特萊夫納方面會有這樣大膽的行爲的！在話語上可以隨便說，隨便作什麽暗示，但是加以決定，着手去做，當眞去實行，——那是不行的，我可以對你們說，這是性格的關係！

二

我繼續說下去。

我早是很晚纔醒轉來。我睡得特別結實，而且沒有做夢，這是我很奇怪地記起來的，所以我一醒轉來，便又感到自己在精神上特別的抖擻，好像並沒有昨天這日子似的。我決定不上母親那裏去，卻一直到公爵上的教堂裏去，爲的是以後，在完成了儀節之後，回到母親的寓所裏，幾天不再離開她。我深信無論如何，我今天會在母親那裏遇見他，早些，或遲些，——但一定會遇見的。

阿爾芬西納和房東早已不在家了。我一點也不想去盤問女房東，而且決定和他們斷絕一切關係，我須趕快從寓所裏遷移出去；因此在剛給我端上咖啡來以後，我又用鉤子把門關上了。但是忽然有人叩我的門；使我驚異的是脫里沙託夫來了。

我立刻給他開門，很高興地請他進來，但是他不想進來。

「我祇在門限上說兩句話……進去也可以，因爲在這裏大概應該用微語說話；不過我不能在您那裏坐下來。您看我的襤褸的大衣：闌白特把大氅給搶回去了。」

他果真穿着不值錢的，破舊的，長得不合身材的大衣。他立在我面前，露出那樣陰鬱和憂愁的樣子，手放在口袋裏，沒有脫帽子。

「我不坐，我不坐。您聽着，道爾郭羅基，我不知道一點詳細的情形，但是我知道，闌白特準備對您做出什麼叛變行爲，一樁快要發生的，避免不了的叛變行爲，——這是一定的。所以您要謹愼一點。這是雀斑臉對我說的，——您記得那個雀斑臉麼？但是他並沒有說出怎麼回事，所以我也不能說出什麼來。我祇想警告你一下，——再見罷，」

「坐下來罷，親愛的脫里沙託夫！我雖然很忙，但我很歡迎您……」——我喊着。

「我不坐，我不坐。至於您歡迎我，我會記得的。喂，道爾郭羅基，何必欺騙別人：我有意識地，用自己的意志，同意做一切惡劣和卑鄙的舉動，簡直在您面前說出來都覺得可羞。我們現在在雀斑臉那裏……再見罷。我不配坐在您的屋裏。」

「得了罷，脫里沙託夫，親愛的……」

「不是的，這爾薩爾米；我對大家都顯得無禮，現在就要開始鬧酒。人家快給我縫一件更好的皮大衣，我還要坐在快馬車裏去拜客。但是我在心裏知道我到底沒有在您那裏坐下來因爲我自己責備我自己，因爲我在您面前顯得太卑鄙。將來我回憶起來到底會感到愉快，在我無恥地鬧酒的時候。再見罷，唔，再見罷。我不把手遞給您；連阿爾芬西納都不肯握我的手。請您不要追我，不要上我那裏去。我們訂結一個合同。」

奇怪的小孩轉過身來，走出去了。我祇是沒有工夫，但是我決定快快地找到他，在事情剛辦妥以後。

我不高興描寫所有那天早晨的情景，雖然有許多事情是可以記憶起來的。魏爾西洛夫沒有到教堂裏來參加葬禮，但是從他們的臉色上看來，還在棺材沒有舉殮之前就可以斷定大家並不等候他到教堂裏來。母親虔誠地禱告着，顯然全部精神都寄託在禱告上面。祇有達姬央納·伯夫洛夫納和麗薩在棺材旁邊。但是我一點也不去描寫。殯葬後大家回來，坐在棹旁，我從他們的臉色上又斷定人家大概並沒有等候他吃飯。從棹上起來以後，我走到母親身旁，熱烈地抱住她，賀她的生辰；麗薩也跟我做同樣的舉動。

「你聽着，哥哥，」——麗薩偷偷地對我微語。——「她們等候着他呢。」

「我猜到的，麗薩，我見到的。」

「他一定會來。」

「這末說來，她們已接到確實的消息，」——我心裏想，但沒有去盤問。雖然我並不描寫我的情感，但是不管我的精神如何活潑，所有這啞謎忽然又像一塊石頭似的落到我的心上。我們大家圍聚在圓棹旁，母親的週囪。噢，我當時眞喜歡和她在一塊兒，看望她母親忽然請我念幾段福音書。我讀了路加福音的一章。她沒有哭，甚至不很憂愁，但是她的臉我從來不覺得具有如此精神上的慧悟。理想在她的靜謐的眼神裏熠耀着，但是我怎麼也不能覺察到她會驚慌地等候着什麼。談話沒有歇止；大家起始回憶關於死者的許多事情，達姬央納·伯夫洛夫納講關於他的以前我完全不知道的許多話。一般地說來，如果加以記載，會發現許多有趣的事情。達達姬央納·伯夫洛夫納都似乎完全改變了平常的態度，很靜謐，很和藹，主要的是很安寧，雖然也說了許多給母親解悶的話。但有一樁詳細情節我記得很清楚：母親坐在沙發上面，沙發的左面，一隻特別的圓棹上放着預備好了做什麼用場的一個神像，這古舊的神像，沒有像飾，祇是在聖徒的頭上圍着花圈。上面畫着兩位聖徒。這神像屬於瑪加爾·伊凡諾維奇所有，——對於這個我已經知道，而且也知道死者從來不和這神像相離，認為它可以創造奇蹟。達姬央納·伯夫洛夫納看了它好幾次。

「你聽着，索菲亞，」——她突然說，變換了談話的題目，——「何必叫神像橫放着，——不好把它放在棹上，靠在牆旁，在它前面點起一盞油燈麼？」

「不，不如讓它像現在那樣放着，」——母親說。

「那也對。否則會露出太多的莊嚴樣子……」

我當時一點也不明白，但是事情是因為這神像早已由瑪加爾·伊凡諾維奇口頭遺贈給安得烈·彼得洛維奇，母親現在準備轉交給他。

時間已經是下午五點鐘；我們的談話繼續下去，我忽然看見母親的臉上似乎起了一陣抖慄；她迅快地挺直身體，起始傾聽，同時正在說話的達娘央納・伯夫洛夫納還繼續說着話，一點也沒有覺察出來。我立刻轉身向門，過了一剎那看見安得烈・彼得洛維奇在門裏出現了。他不從臺階上，卻從後門的樓梯上走進來，經過廚房和走廊，我們所有人內祇有母親一人聽見他的步聲。現在我要描寫隨着來的整個的那幕戲，一個姿勢連着一個姿勢，一句話連着一句話；這幕戲是很短的。

第一，我至少在最初的眼神裏，沒有在他的臉上看到一點變化。他的衣裳穿得和往常一樣，那就是幾乎是很漂亮的。他的手裏握着一把不大的但極貴重的鮮花。他走近前來，帶着微笑，把那把花遞給母親。她露出畏葸的驚疑看了他一眼，把那把花收了下來，忽然一陣紅暈微微地使她的慘白的臉頰顯得活潑，眼內燦耀着快樂。

「我早就知道，你會接受的，騷費亞，」——他說。因為他走進來的時候，我們大家都立起身來，他走到棹旁，取了放在母親左邊的麗薩的椅子，坐了下去，沒有注意到他占了別人的位置。因此他一直就處身於放神像的那張小棹旁邊。

「大家都好呀！騷費亞，今天是你的生日，我一定要送一把花給你，因此沒有參加殯葬，為了不便拿着鮮花上死人那裏去。你自己也不等我參加殯葬，我知道的。老人大概不會為了這鮮花生氣，因為他自己把快樂遺給我們了，對不對？我覺得，他就在這屋內的什麼地方。」

母親奇特地看了他一眼；達娘央納・伯夫洛夫納的臉上抽動了一下。

「誰在這屋裏？」——她問。

「死者。我們不要去講這個。您知道，不十分相信所有這些奇蹟的人永遠會傾向到迷信的一方面去的……但是我不如講那把花：我不明白，——我怎麽會拿到這裏來的。我在路上有三次想把它扔到雪裏，用腳踩踏。」

母親抖索了。

「我眞想這樣做。請你憐惜我和我的可憐的腦袋。我想這樣做，因爲它太美麗了。世界上物件中間還有比花美麗的東西麽？我拿着花，但是路上全是雪和冰凍。我們的冰凍和鮮花——那是如何的矛盾！不過我並不講這個：我不過想把它揉碎，因爲它太好了。蘇菲亞，我雖然現在又要失蹤，但是我很快就會回來，因爲我大概會害怕起來的。我一害怕，——那末誰會治療我的驚懼，到哪裏去找像蘇菲亞那樣的安琪兒呢？……你們這個神像是怎麽回事？啊，是死者的，我記得。他這個神像是祖傳的，祖父的；他一輩子不和它離開；我知道，我記得，他把它遺贈給我；我記得很淸楚……大概「破裂教」的……讓我看一看……」

他取神像在手，放在蠟燭旁邊，仔細地審看它，但是祇拿了幾秒鐘就放在自己面前的桌上。我覺得奇怪，但是他把所有這些奇怪的話語說得那樣的突然，簡直弄得我莫明其妙起來。我祇記得，病態的驚懼透進我的心裏。母親的懼怕轉爲驚疑與同情；最先，她祇把他看作一個不幸的人；他以前有時也幾乎像現在似的，奇奇怪怪地說話。蘇菲亞的臉色忽然不知爲什麽原因顯得慘白。她奇怪地朝我點頭，但是最害怕的是達姬央納·伯夫洛夫納。

「您怎麽啦，安得烈·彼得洛維奇？」——她謹愼地說。

「我眞是不知道，親愛的達姬央納・伯夫洛夫納，我是怎麼啦。您不要着急，我還記得您是達姬央納・伯夫洛夫納，您是可愛的人。我不過在這裏坐一會；我想對醫生說幾句好話，正在尋覓這樣的話，雖然我的心充滿了我不會表示出來的話語；固然充滿了的儘是那些奇怪的話語。你們要知道，我覺得我的身體好像分成兩橛，」——他帶着異常嚴肅的臉，還露出極誠懇的坦白的樣子，看了我們大家一眼。——「我眞是在思想上分爲兩橛，而且很怕這個情形。好像另有一個人立在你的身旁；你自己是聰明而且有理性的，但是他一定要在你的身旁做出一些無意義的事情，有時還做出極快樂的事情；你忽然覺得你自己想做這快樂的事情，也不知道爲了什麼，似乎帶着不樂意的樣子想去做，一面想去做，一面用全力抵抗。我曾經認識一個醫生，他在教堂內自己父親殯葬時突然吹起口哨來了。我今天眞是怕去參加殯葬，因爲我不知爲什麼緣故腦筋裏生出了一個確定的信念，就是我會忽然吹起口哨或哈哈大笑，像那個不幸的醫生一樣，結果弄得十分不好……我眞是不知道，我今天爲什麼儘記憶起那個醫生來；而且記憶得至於無從擺脫的地步。你知道，醫生，我現在又把這神像取了起來，（他取了起來，在手裏旋轉着。）你知道，我現在正想把它往壁爐上一扔，往這個角落裏一扔。我相信它會一下子裂成兩橛的，——不多也不少。」

主要的是他說出這一切來的時候並不帶任何虛假的態度，或甚至某種粗暴的行徑；他完全自然地說話，但是這樣更可怕些；他大概確乎有點怕；我忽然覺察出，他的手微微地抖索着。

「安得烈・彼得洛維奇」——母親喊，亂擺着雙手。

「把神像放下來，把它放下來，安得烈・彼得洛維奇，放下來，放下來」——達姬央納・伯夫洛夫納跳了起來。——「脫了衣裳，躺下來阿爾卡其，請醫生去」

「但是……但是你們竟這樣忙亂起來了！」——他輕輕地說，用凝聚的眼神掃射我們大家。以後忽然把兩個手肘放在棹上，手支住頭：

「我使你們害怕，但是我的朋友們，請你們安慰我一點罷，請你們再坐下來，大家安靜一點，——祇要有一分鐘的工夫，騷費亞，我並不跑來講這件事情；我來通知你們一點，通知你們一件完全不同的事情。再見罷，騷費亞，我又要出去流浪，就像前幾次從你那裏動身出去的情形一樣……唔，自然將來我還要回到你身邊來，——在這個意義方面你是不會被越過的。在一切都完結以後，我還會上誰那裏去呢？騷費亞，你要相信，我現在來見你，好比見安琪兒，並不是見仇人：你哪裏是我的仇人，你哪裏是我的仇人？你不要以為我會砸碎這個神像，不過騷費亞，你知道，我總歸是想砸碎的……」

達姬央納·伯夫洛夫納剛纔喊着「把神像放下來！」的時候，曾把那尊神像從他手裏搶下來，握在自己手裏。他忽然在說完了最後的那句話的時候，急遽地跳起來，立刻把神像從達姬央納·伯夫洛夫納手裏奪下，兇狠地揮搖了一下，用全力把它朝花磚壁爐的尖角上面撞擊。神像裂成兩塊……他忽然轉身向我們，他的慘白的臉忽然完全發紅，幾乎成為紫色，他的臉上的每根線條抖慄着，顫動着：

「你不要當作諷喻。騷費亞，我並不是砸碎瑪加爾的遺產，卻祇是想砸碎它罷了……我到底會回到你身邊來的，回到最後的安琪兒那裏來的……不過你即使把它當作諷喻也可以；因為這一定是如此的！……」

他忽然匆遽地從屋內走了，還是從廚房裏走出去的，（他的皮大衣和帽子留在那裏。）我不能細描寫母親的情形，她害怕得很，站在那裏，手叉在胸前，忽然朝他後面喊道：

「安得烈·彼得洛維奇，你哪怕回來告別一下啊，親愛的！」

「他會來的，麗薩，他會來的！你不要着急！」——達妮央納·伯夫洛夫納喊，在狠惡，野獸般的狠惡的可怕的爆發中全身抖索着，——「我聽見他自己答應回來的！你讓這脾氣古怪的人最後遊玩一次罷。歲數一老，——那時候，果眞的，誰還會服侍一個沒有脚的人，除了你還老保姆以外？他自己逕直地宣佈了出來，並不害臊……」

至於說到我們，麗薩昏暈了過去。我想跑出去追他，但我奔到母親那裏。我抱住她，把她擁在懷裏。羅開里亞跑了來，手裏拿着一杯水，給麗薩喝。母親很快地醒了轉來；她垂坐在沙發上面，手掩住臉，哭了。

「但是……但是……但是你去追他啊！」——達妮央納·伯夫洛夫納忽然用全力呼喊，似乎醒了轉來。——「你快去……你快去……快去追他，不要離開他一步，快去，快去！」——她用力把我從母親身旁拉開，——「唉，讓我自己跑去！」

「阿爾卡其，快去追他！」——母親也忽然喊叫起來。

我低着頭跑出去，也從廚房和院子裏跑出去，但已經什麼地方都看不見他了。行人們在黑暗中遝遝的人行道上走着，我追上去，追到他們面前，一面越過他們，一面審看每個人的臉。我這樣地跑到了十字街頭。

「人們對於瘋子是不會生氣的，」——我的腦筋裏忽然閃過一個意念，——「達姬央納·伯夫洛夫納既然如此恨他，可見他並不是瘋子……」我覺得這是諷喻，他一定想了結什麼事情，就像對付這個神像一般，而且把這顯示給我們，母親和一切人看。但是那個「雙重人」也一定在他身旁，這是沒有一點疑惑的。……

三

什麼地方都沒有他，而且也不必跑到他那裏去；他會隨隨便便地回家去是極難想像的。突然地，一個意念在我的前面閃耀着，我拚命地跑到安娜·安特萊夫納那裏去。

安娜·安特萊夫納已經回來，立刻請我進去。我走了進去，盡可能地忍住自己。我沒有坐下來，逕直對他講剛纔發生的那幕戲劇，那就是講關於「雙重人」的事情。我永遠不忘記，也不饒恕她在傾聽我的說話，也不坐下來的時候那種貪婪的，無憐憫的，安靜而且自信的好奇。

「他在哪裏？您也許知道麼？」——我堅持地說。——「達姬央納·伯夫洛夫納昨天打發我到您這裏來……」

「我昨天就喚您來。昨天他在皇村，也到我這裏來過。現在，（她看了看錶，）現在有七點鐘，……如此說來，他一定在自己家裏。」

「我看您全都知道，——那末您就說呀，您就說呀，」——我喊。

「我知道許多事情，但是不知道所有的事情。自然不必瞞您……」——她用奇特的眼神朝我身上掃射了一下，微笑着，似乎在考慮着什麽。——「昨天早晨他在回答加德隣納・尼古拉也夫納的信的時候，曾對她求婚。」

「這是不實在的！」——我瞪出眼睛。

「信從我的手轉去的；我自己把那封沒有拆開的信給她送去。這一次他用『騎士的風度』去做，一點也沒有瞞我。」

「安娜・安特萊夫納，我一點也不明白！」

「自然是很難明白的，但這等於一個賭徒，把最後的一塊金幣扔到棹上，口袋裏懷着已經預備好了的手槍，——這就是他的求婚的意義。十成中有九成，她不會接受他的提議的；他還存着十分之一的希望，說實話，據我看來，這是很有趣的，不過……不過……這裏也許是瘋狂，也就是所謂『雙重人』，您剛纔說得很對。」

「您笑麽？難道我能够相信，那封信會從您手裏轉去的？您不是她父親的未婚妻麽？您饒恕了我罷，安娜・安特萊夫納！」

「他求我爲了他的幸福，犧牲自己的命運，但是並不眞正地請求；這一切做得十分沈默，我是在他的眼裏全都讀出來的。唉，我的天呀，還有什麽可說的：他不是上哥尼斯堡，您的母親那裏，請她允許娶阿赫馬可瓦夫人的繼女麽？他昨天會選我做他的代表和心腹，這舉動很合他的性格。」

。

她的臉色有點慘白。但是她的安靜祇是譏笑的增加。喔，我會饒恕她許多事情，在我漸漸地理解到事情的眞相的時候。我尋思了一分鐘；她沈默着，等候着。

「您知道不知道，——我忽然冷笑了一聲。——「您所以肯把信轉出去，因爲對於您沒有一點危險，因爲婚姻是不會成立的，但是他呢？還有她呢？她自然會拒絕他的提議，那時候……那時候會發生什麼事情呢？他現在在哪裏，安娜·安特萊夫納？」——我喊。——「現在每分鐘都是寶貴的，每分鐘都會出亂子！」

「他坐在自己家裏，我對您說過了。在他那封由我轉交過去的，給加德隣納·尼古拉也夫納的信裏，他請求她無論如何在今天晚上七點鐘的時候，到他的寓所裏來會面。她答應下了。」

「她到他的寓所裏去麼？那怎麼能够呢？」

「爲什麼？這寓所是屬於達里亞·奧尼西莫夫納的：他們兩人很可能地在她那裏見面，以她的客人的資格見面……」

「但是她怕他……他會殺死她！」

安娜·安特萊夫納祇是微笑了一下。

「加德隣納·尼古拉也夫納不管如何害怕，——這害怕是我自己在她身上看出來的，——但是從以前的時候起就對於安得烈·彼得洛維奇行爲的正直和智力的高超表示一點崇拜與驚異。這一次她信任了他，爲了和他永遠解決一下。他在自己的信裏給予她最莊嚴的，最合騎士風度的話語，因此她也無所用其懼怕。……一句話，我不記得信內的辭句，但是她信任了他……爲了最後一次……就是用英雄式的情感去回答。兩方面會發生一些騎士的爭鬬。」

「雙重人呀！雙重人呀！」——我喊。——「他發瘋了！」

「加德隣納·尼古拉也夫納昨天答應前去會面的時候，大概料不到會有發生這種情事的可能的。」

我忽然轉過身來，立刻跑走了……上他那兒去，到他們那兒去，那自然嘍！但是我又從大廳那裏回來了一秒鐘。

「您也許希望他殺死她！」——我喊着，從屋內跑出去了。

我雖然全身抖慄，像中風一樣，但是我輕輕地，從廚房裏走進寓所裏去，用微語喚僕人把達里亞·奧尼西莫夫納請出來，但是她當時自己走了出來，默默地用疑問的眼神盯看我。

「他……他不在家。」

然而我用躁急的微語直率而且確實地講述，我已從安娜·安特萊夫納那裏知道了一切，而且自己剛纔也從安娜·安特萊夫納那裏來。

「達里亞·奧尼西莫夫納，他們在哪兒？」

「他們在大廳裏，您前天坐着的那個地方，坐在桌子旁邊……」

「達里亞·奧尼西莫夫納，放我到那裏去罷！」

「那怎麼行呢?」

「不是到那裏去，卻是到旁邊的那間屋子裏去。達里亞・奧尼西莫夫納，安娜・安特萊夫納也許自己願意這樣。假使不願意，不會對我說他們在這裏的。他們不聽見我的話……她自己願意這樣……」

「怎麼不願意呢?」——達里亞・奧尼西莫夫納銳厲的眼神不離開我的臉上。

「達里亞・奧尼西莫夫納，我記得您的奧略……放我進去罷。」

她的嘴唇和下頦突然抖慄了：

「爲了奧略……爲了你的情感……你不要離開安娜・安特萊夫納!你不會離開麼?你不會離開麼?」

「我不會離開的!」

「你對我起誓你不會跑到他們那裏去，不會喊叫出來，假使我把你放到那裏去?」

「我可以用我的名譽起誓，達里亞・奧尼西莫夫納!」

她抓住我的上裝，領我到一間和他們對坐的那間相鄰接的黑暗的屋子裏去，順着柔軟的地毯輕輕地領到門那裏，在垂放下來的帳簾旁邊，舉起帳簾的一小角，把他們兩人指給我看。

我留在那裏，她走了。我自然留下了。我明白我偷聽，偷聽別人的秘密，但是我留了下來。哪裏能不留下來，——那個雙重人怎麼樣呢?他會在我的眼前把神像砸碎了!

四

他們對坐着，就坐在那張棹子旁邊，就是昨天我和他並坐着喝酒，祝他的「復活」的那張棹子；他們的臉廓我看得很清楚。她穿着普通的玄色的衣裳，姿色美麗，顯得很安靜，和往常一樣。他說着話，她卻用特別的，親切的注意傾聽他的說話。也許她身上顯出一些畏葸的樣子。他興奮異常。我來到時，他們的談話業已開始，因此有些時候我一點也不明白。我記得她忽然問：

「我成爲原因麼？」

「不，那是我成爲一切的原因，」——他回答。——「而您是沒有罪而得罪的人。您知道，世上有許多沒有罪而得罪的人。這是極不可饒恕的罪，差不多永遠受到懲罰，」——他補充了一句，奇怪地笑了。「我有時果眞以爲我完全忘記了您，我自行嘲笑我的愚蠢的情慾……這是您知道的。但是您想嫁的那個人於我有什麼相干？我昨天向您求婚，對不住得很，這是荒誕的行爲，但是完全無從加以代替……我除了這荒誕的行爲以外，還能做什麼事情呢？我不知道……」

他說這句話的時候，迷惘地笑了，忽然舉眼看着她；他在那個時候以前說話時似乎往旁邊看望。假使我處於她的地位上，我會懼怕這笑，我感到這層。他忽然從椅上立起來：

「請問，您怎麼會答應到這裏來的？」——他忽然問，似乎憶起了主要的問題：——「我的邀請和我的信——那全是荒誕的事情……您等一等，我還可以猜到，您怎麼會答應上這裏來的，但是——您到這裏來做什麼？——這眞是一個問題。難道您單祇爲了恐懼而來麼？」

「我是來見您的，」——她說，帶着畏葸的謹愼審看他。兩人沉默了半分鐘。魏爾西洛夫又坐到椅上，用短促的，深刻的，幾乎抖索的聲音起始說道：

「我有許多時候沒有看見您，加德麟納・尼古拉也夫納，有那樣久，幾乎認爲不能像現在似的坐在您旁邊，緊看着您的臉，聽您的聲音……我們有兩年沒有見面，兩年沒有說話。我永遠不想和您在一塊兒說話。但是過去的一切讓它過去罷，現在所有的一切明天會像雲煙似的消滅，——讓它去罷！我同意，因爲這又是無從去代替的，您現在不要白白地離開這裏，」——他忽然補充地說，幾乎像哀求似的，——「假使您已經施了恩惠，——跑到這裏來，那末您不要白白地走開，回答我一個問題！」

「什麼問題？」

「我們以後永遠不會相見，——又於您有什麼關係呢？請您說一句實話，一輩子說一句，回答一個聰明的人們永遠不會提出來的問題：您哪怕有一個時候曾經愛我麼？或者我是……弄錯了呢？」

她臉紅了。

「愛過的，」——她說。

我就料到她會說這句話的，——她眞是愛眞實的，眞是誠懇的，眞是誠實的！

「但是現在呢？」——他繼續問。

「現在我不愛。」

「您笑我麼？」

「不，我現在偶然地笑了一下，因爲我早知道您會問：『但是現在呢？』那句話的。我因此笑了一聲。……

因爲人在情中的時候永遠是冷笑的……」

我甚至感到奇怪；我還從來沒有看見她這樣誠懇，甚至幾乎提道而且衝快。他用眼睛審察她。

「我知道您不愛我……您完全不愛麼？」

「也許完全不愛。我不愛您，」——她堅定地補充着說，不微笑，也不臉紅。——「是的，我愛過您，但是不久。我當時很快就不愛您了……」

「我知道，我知道，我知道您看見這裏不是您所需要的，但是……您究竟需要什麼？您再對我解釋一次……」

「難道我在什麼時候曾經對您解釋過麼？我需要什麼？我自己是極尋常的女子；我是安靜的女子，我愛……我愛快樂的人們。」

「快樂的人們麼？」

「您瞧，我甚至不會和您說話。我覺得，假使您能少愛點我，我當時就會愛您的，」——她又甚苦地微笑了一下。她的回答裏閃耀出十二分的誠懇，難道他不能明白她的回答是他們的關係的最後的公式，足以解釋一切，解釋一切的麼？啊，他是應該了解這層的！但是他看着她，奇怪地微笑着。

「皮與林格是快樂的人麼？」——他繼續問。

「他不應該十分吵擾您，」——她回答，帶着慌忙的樣子。——「我嫁給他，因爲我嫁給他最安靜些。我的緊倆的靈魂會留在我的身邊。」

「聽說您又愛交際，又愛上等社會了麼？」

「不是愛上等社會。我知道我們的社會裏秩序凌亂得和別的地方一樣；但是外面的形式還很美麗，所以假使生活祇是爲了從表面走過，那末在這種社會裏比在任何地方都好些。」

「我時常聽見『秩序凌亂』的話，您當時不是也懼怕我的沒有秩序那些鎖鏈，理想和愚蠢的行爲麼？」

「不，這完全不是那末回事……」

「您麼樣看上帝的份上，全都直說出來了罷。」

「唔，我要對您直說出來，因爲我認您是極聰明的人……我永遠覺得您的身上有點可笑的什麼東西。」

她說出了這句話，忽然臉紅了。似乎感到她做了特別不謹慎的行爲。

「爲了您對我說這話，我可以饒恕您許多事情，」——他奇怪地說。

「我還沒有說完，」——她忙着說，滿臉全紅了，——「我是可笑的女人……就因爲我和您說話，像傻瓜一樣。」

「不，您並不可笑，您祇是一個放肆的，愛好交際的女人！」——他的臉色異常慘白。——「我剛纔也沒有說完，在問您，您到這裏來做什麼的時候。您要不要我說完它。現在存在着一封信，一個文件，您很害怕這個文件，因爲這封信一到您父親手裏，會在生前詛咒您，用合法的手段取消您在遺囑上的承繼權。您怕這封信，——您跑來取這封信，」——他說着，幾乎全身抖索，甚至幾乎叩擊着牙關。她聽他的說話，露出煩惱的，病態的臉色。

「我知道您會給我做出許多不愉快的事情，」——她說着，似乎想把他的話語拂拭掉——「但是我跑到這裏來，不但為了勸您不要再追求我，還為了看一看您本人。我老早自己就很願意遇見您。但是我遇到您這人，仍舊和以前一樣，」——她忽然補充地說，似乎被一個特別的，堅決的意念所吸引，且甚至被一種奇怪的，突如其來的情感縈繞住了。

「您希望見到另一個人麼？而還是在我寫信給您，說您如何荒唐以後麼？請問，您到這裏來，沒有一點恐懼麼？」

「我到這裏來，因為我以前愛過您；但是我請求您，請您不要用什麼話來恐嚇我，在我們還坐在一起的時候，不要把我的壞思想和壞情感提醒我。假使您能和我講別的什麼事情，我是很高興的。以後再來恐嚇，現在且講別的事情。……我來到這裏，眞是為了看見您一下，聽聽您的說話。假使您不能夠，那末一直殺死我，祇是不要恐嚇我，不要在我面前自己磨折自己，」——她說着，帶着奇怪的神情望着他，似乎果眞猜料他會殺死她。他又從椅上立起來，用熱烈的眼神看她，堅決地說：

「您會離開這裏，不受一點點的侮辱。」

「啊，是的，您起過誓的！」——她微笑了。

「不，並不單祇因為您在信裏起了誓，卻因為我打算，而且會整夜地想您……」

「折磨自己麼？」

「在我一個人的時候，我永遠想像着您。我祇做一樁事情，就是和您談話。我走到陋居和洞穴裏去，而您像對照似的，立刻發現在我的面前。但是您永遠笑我，像現在似的……」——他似乎不能控制自己似的說着這話。

「我永遠不，永遠不笑您！」——她用深刻的聲音喊，她的臉上似乎露出極大的悲憫，——「我既然來到這裏，我要努力做得使您怎麽也不感到氣惱，」——她忽然說，——「我到這裏來，爲了對您說我幾乎愛您……對不住，我也許說得不對，」——她匆忙地補充着。

他笑了：

「您爲什麽不會裝假？您爲什麽這樣的平凡，您爲什麽不和大家一樣……怎麽能對一個要趕走的人說：『我幾乎愛你』呢？」

「我祇是不會表示罷了，」——她忙亂起來。——「我說得不大對；這是因爲我在您面前永遠害臊，不會說話，從我們最初遇見的時候起。假使我所說的那句『我幾乎愛您』的話說得不對，但是意思中間這幾乎是一樣的，——因此我就說了出來，雖然我愛您是用那種……那種普通的愛情，就是用來愛一切人，而且承認出來永遠不會感到羞慚的那種愛情……」

他默默地用熱烈的眼神盯在她的身上，傾聽着：

「我自然得罪您，」——他繼續說，似乎不能控制自己。——「實際上這大概就是人家稱爲情欲的東西……我知道一樁事情，就是我在您身邊業已完結，沒有了您，也是完結。沒有您或有您總是一樣，無論您在什麼地方，您總是在我身邊的。我也知道，我能十分恨你，比愛還利害。不過我早就什麼也不想，——我是一樣的。我祇是可惜我愛了像您這樣的女人……」

他的聲音中斷了；他繼續說下去，似乎透不出氣來。

「您怎麼啦？我這樣說，您覺得離奇麼？」——他發出慘白的微笑。——「我覺得假使能夠使您感覺舒服，我可以在什麼地方用一隻脚站立三十年，……我看出您憐惜我；您的臉說着『我可以愛您，假使能夠，但是我不能夠……』是麼？沒有什麼，我沒有驕傲。我準備像乞丐似的接受您一切的施捨，——聽見沒有？一切的施捨……乞丐還有什麼驕傲呢？」

她立起來，走到他身邊：

「我的朋友！」——她說，手碰着他的肩膀，臉上露出無從形容的情感。——「我不能聽這樣的話！我會一輩子想念您，像想念一個極寶貴的人，一個極大的心，和我所尊敬和愛戀的一切中最神聖的什麼。安得烈・彼得洛維奇，請您了解我的話語：我總是爲了什麼事情，現在纔來的呀，親愛的，以前和現在都是親愛的人！我永遠不忘記，在我們初次相遇的時候您如何震撼我的心智。我們就像朋友似的離別了罷，您將成爲我一生中最誠懇，最可愛的我的思想！」

「『必須離別，纔能愛您；』我將愛您，——不過讓我們離別了罷。您聽着，」——他說，臉色顯得完全慘白，——「再給我一點佈施罷：您不要愛我，不要和我住在一起，我們將永遠不相見；我會成爲您的奴隸，——假使您叫喚我，我將立刻跑去，——假使您不願意見我，不願意聽我的話，不過……不過您不要出嫁給任何人！」

我的心緊縮得痛楚起來，在我聽到這樣的話語的時候。這個又天眞，又卑劣的請求所以那樣顯得可憐，那樣强烈地戳穿我的心，就因爲它是太裸露的，而且是太不可能的。他自然在那裏求乞！他會想到她可以答應麼？而他竟卑屈得想嘗試一下；他嘗試着哀求起來！看到他的意志頹喪到如此的程度是極難忍耐的事。她的臉上所有的線條似乎忽然痛楚得變樣了；但是她在沒有說出話來以前，他忽然醒轉來了：

「我會把您毀滅的！」——他忽然用奇怪的，變相的，不是自己的聲音說。

但是她也奇怪地回答他，也完全用一種不是自己的，突如其來的聲音回答他。

「假使我給予您佈施，」——她忽然堅決地說，——「以後您會報復我，比現在您恐嚇我的還利害，因爲您永遠不會忘記您立在我面前像一個乞丐……我不能聽您的恐嚇！」——她幾乎帶着憤恨說，用挑戰的態度望他。

「您說：『您的恐嚇，』那就是說：一個乞丐的恐嚇！我是說說玩笑罷了，」——他輕輕地說，微笑起來。——「我不會對您做出什麼事情，您不要害怕，您走罷……那個文件我努力想法寄還給您，——您儘管走罷，儘管走罷！我給您寫了一封愚蠢的信，您爲了這封愚蠢的信跑到我這邊來，——我們一筆勾銷。您打這裏走，」——他指着門，（她想走到我站在幃簾後面的那間屋子裏去。）

「請您饒恕我，假使您能够，」——她站在門前。

「假使我們將來遇見的時候完全成爲朋友，帶着光明的笑回憶這幕戲劇，那多好呀！」……——他忽然說；但是他的臉部上的所有的線條抖索着，像中風的人一般。

「那纔好呢！」——她喊着，手叉在胸前，但是豈忒地審視他的臉，似乎猜測他想說什麼話。

「您去罷。我們兩人的智慧太多，但是您……噢，您是和我的模型相同的人！我寫了一封瘋狂的信，您竟答應上我這裏來，爲了對我說，『您幾乎愛我。』不，您我兩人全是一樣的瘋狂的人！您永遠做這樣的瘋子，不要改變，以後我們以朋友的資格見面，——我可以對您下預告，我可以對您起誓！」

「那時我一定會愛您，因爲現在我就感到了這層！」——在她身上含藏着的女人的性格使她忍耐不住，從門限上扔擲給他這兩句最後的話語。

她走出去了。我匆遽地，不聲不響地走進廚房裏去，幾乎不看等候着我的達里亞·奧尼西莫夫納一眼，就經過後門的樓梯和院子，跑到街上去了。我祇來得及看見她坐到在臺階旁邊等候她的馬車裏去。我跑到街上去了。

第十一章

一

我跑到阿白特那裏去。我無論怎樣想在那天晚上和那個夜裏，在我的行爲上增添邏輯的外表，且尋覓一些健全的意義，但甚至在現在，在我能理解一切的時候，我也無論如何沒有力量使事情在相當的顯明的聯繫裏取得解釋。這裏有情感，或者不如說是情感的幾個的混亂，我處於其中自然會迷誤的。雖然這裏有一個極主要的情感壓迫我，指揮着一切，但是……能不能把它直承出來呢？況且我並不深信……

我自然帶着不能控制自己的模樣，跑到阿白特家裏去。我甚至使他和阿爾芬西納大吃一驚。我永遠覺察出，甚至最瑣屑，最糊塗的法國人在居家時也會傾向於某種布爾喬亞的秩序，某種散文的，尋常的，一成不變的生活樣式。但是阿白特很早就明白，出了什麼事情，同時看見我到他家裏來，終於擁有了我，便感到欣欣。這些日子他日夜思想這樁事情！他是如何需要我呀！在他已經喪失了所有的希望的時候，我忽然自己出現，而且還顯出那種瘋狂的神氣，——恰巧就是他所需要的那種樣子。

「阿白特，拿酒來！」——我喊。——「讓我喝酒！讓我們來鬧酒！阿爾芬西納，您的吉他在哪裏？」

我不描寫那幅畫面，——那是多餘的。我們喝酒，我把一切話都對他講了，一切話都講了。他貪婪地傾聽着。我直率地，而且自己首先向他提出關於陰謀和縱火的話。首先我們應該用信把加德隣納·尼古拉也夫特洛引用來……

「這是可以的，」——阿自特一面隨聲附和，一面記牢我的每一個字。

第二，為了信孫起見，把她的「文件」抄錄一份附在信裏寄去，使她可以一直看見人家不騙她。

「這是應該的，這是極必要的！」——阿自特唯唯喏喏地說着，不斷地和阿爾芬西納擠眉眼。

第三，應該由阿自特自己供她用來，用自己的名義，好像是一個剛從莫斯科來的不相識的人，然後由我去喚綏爾西洛夫。

「綏爾西洛夫也可以去喚的，」——阿自特又和調着。

「是應該，而不是可以！」——我喊。——「是必須的！一切是為他而做的！」——我一面解釋，一面從酒杯裏一口跟着一口地喝着。（我們三個人全喝酒，我大概獨自喝了一瓶香檳酒，他們不過裝裝樣子罷了。）「我可以和綏爾西洛夫坐在另一間屋內，——（阿自特必須弄到另一間屋子！）——在她忽然答應下一切的時候，——答應用銀錢贖那個文件，還答應另外的贖法，因為她們全是卑鄙的。在那時候，我和綏爾西洛夫走了出去，說穿她是如何卑鄙的女人。綏爾西洛夫一看見她那樣的卑鄙，會一下子治愈他的毛病，把她一腳踢出去。這裏還需要皮奧林格，讓他也看一看她！」——我忿怒地說。

「不，不要皮奧林格，」——阿自特說。

「要的，要的！」——我又叫喊起來了。——「你一點不明白，阿自特，因為你這人太愚蠢！相反地，讓上等社會裏鬧亂子，——我們就用這個對上等社會報復，也就是對她報復，讓她去受懲罰！阿自特，她會給你一張期票……我不需要金錢，——我對於錢不在乎，你可以俯下身去，把錢檢到自己的口袋裏去，但是我要使她毀滅！」

「是的，是的，」——蘭白特一直附和着。——「你說得很對……」他一直和阿爾芬西納擠眉眼。

「蘭白特！她十分崇拜魏爾西洛夫，我剛纔相信了，」——我對他喃喃說。

「你全都偷看到了，這是很好的；我從來不料到你是這樣的一個偵探，你有這許多聰明！」——他說了這句話，爲了恭維我。

「胡說，法國人，我不是偵探，但是我有許多聰明！你知道，蘭白特，她很愛他！」——我繼續說，努力表白出我的意思。——「但是她不會嫁給他，因爲皮奧林格是御林營的軍官，而魏爾西洛夫不過是一個大量的人，人類的好友，在他們看來，是一個滑稽角色，——別的沒有什麼！她明白這種情慾，以它爲取樂，調調情，誘引誘引，但是不會嫁給他的！她是女人，她是蛇！所有的女人是蛇；所有的蛇是女人！應該治療他；應該從他的眼上摘下一層膜皮，讓他看她是什麼樣的人，便可以治愈了。我要領他到你那裏來，蘭白特！」

「應該這樣，」——蘭白特一直證明着，每分鐘給我斟酒。

主要的是他深怕他會爲了什麼事情使我生氣，怕和我反對，怕我不喝許多酒。因而弄得那樣魯莽，而且顯而易見，甚至使我當時不能不看出來。但是我自己怎麼也不能走開；我老是喝酒，說話，我極想完全表示出來。蘭白特去取另一瓶酒的時候，阿爾芬西納彈着吉泰奏起西班牙的樂調來了；我幾乎哭泣出來。

「蘭白特，你知道不知道！」——我帶着深刻的情感說。——「必須救救這個人，因爲他的周圍……

全是妖術。假使她嫁了他，他會在初夜的第二天早晨一腳把她踢出去的……因爲這是常有的事。因爲這樣強制的，野蠻的愛情好比昏暈，好比死結，好比疾病，——剛取得了滿足，——這層膜皮立刻就會掉落下來，於是出現了矛盾的情感，——嫌惡和怨恨，根絕和壓死的願望。你知道阿味薩基的故事麼，蘭白特？你讀過這故事麼？」

「不，我不記得；是一部長篇小說麼？」——蘭白特喃喃地說。

「你一點也不知道，蘭白特，你太不學無術了，太不學無術了！……但是我不管這套。一樣的。他很愛母親，他吻她的照片；第二天早晨他會把她趕走，自己又跑到母親那裏去；到那時候便已晚了，應該現在救救他……」

後來我越加哀苦地哭泣了；但是還繼續說話，喝許多酒。最主要的特質在於蘭白特整個晚上一次也不問起關於「文件」的話，那就是它在哪裏等等的話。那就是要求我掏出來，放在桌上。在互相商議行動的時候，問起這些話來，豈不似乎是最自然的麼？還有一個特質：我們祇是說應該做這樁事情，我們一定要做「這樁事情」，但是關於在什麼地方，怎樣和什麼時候等等的問題，——關於這個我們也不說一句話！他祇是附和我，和阿爾芬西納擠眉眼，——別的沒有什麼，自然我當時一點也不能理解，但是我到底記住了。

結果是我不脫衣裳，熟睡在他的沙發上面。我睡得很久，很晚纔醒轉來。我回憶到，我醒來時，有一個時候躺在沙發上面，像中了悶棍似的，努力理解和回憶，同時還假裝睡覺。蘭白特已經不在屋內，他走了。已經九點多鐘；生旺的火爐裏發出爆裂的聲音，正和那夜以後我初次在關白特家裏醒轉來的情形一模一樣。但是阿爾芬西納在屏風後面看守我；我立刻看見了，因爲她兩次向裏面張望，不過我每次總閉上眼睛，做出還在睡覺的樣子。我這樣做，因爲我感到壓迫，我必須了解我的地位。我恐怖地感覺我在夜裏對關白特的供白，我和他同謀，我因爲跑到他那裏去而犯下的錯誤是如何的離奇和討厭！但是謝天謝地，那文件還在我身邊，還縫在我旁邊的口袋裏面；我用手摸了摸它，——還在那裏！如此說來，祇要現在跳起來，逃走，以後就不必對關白特害臊；關白特是不配的。

但是我自己對自己害臊！我是我自己的裁判官。唉，天呀，我的心靈裏，存着什麼樣的心思呀！但是我不高興描寫這個地獄般的，按捺不住的惝感，齷齪和嫌惡的意識。我總應該老實地直承出來，因爲時間已經到了。還應該在本書中大書特書一下。讓人們知道，我想詛咒她，且幾乎準備充當證人，以便看她如何給關白特賄金，（眞是卑鄙已極！）——並不爲了救瘋狂的魏爾西洛夫，把他還給母親，卻爲了……也許我自己戀上了她，因戀而喫醋！爲了誰喫醋：爲了皮奧林格麽？爲了魏爾西洛夫麽？爲了那些人能在跳舞會上見到她，且和她談談，同時他祇能立在角落裏，自慚形穢而喫醋麽？……啊，那眞是醜極了！

一句話，我不知道我對誰喫醋；但是我祇感到，而且在昨天晚上，像對一加一等於二似的相信她對於我已經完了，這女人會推開我，笑我的虛假和荒唐！她是正直的，誠實的，而我是偵探，我懷着一個文件！

從那時起這一切在我的心裏藏着，但是現在時候已到，——我要加以總計了。還有一句最後的話：我也許有一半或甚至百分之七十五在那裏對自己說謊！在那天夜裏我恨她，像發了狂似的，以後又像鬧酒的辟鬼。我已經說過，這是情感和感覺的混亂，對於這些，我自己是一點也弄不清楚的。但那是一樣的，應該把這些情感表示出來因爲這些情感哪怕有一部分是確定了的。

我帶着攔阻不住的嫌惡，和攔阻不住的使一切平貼下去的意願，突然地從沙發上跳了起來；我剛跳起來，阿爾芬西納也馬上跳了起來。我抓起皮大衣和帽子，吩咐她告訴蘭白特，我昨天說的是胡話，我認識一個女人，我故意開玩笑，我要蘭白特永遠不再到我那裏去……所有這一些我勉強地馬馬虎虎地說了出來，而且匆匆忙忙地，用法國話說，自然十分不淸楚，使我奇怪的是阿爾芬西納全都明白了；而最奇怪的是甚至似乎喜歡什麽。

「Oui, oui,」——她附和着我，——「C'est une honte! Une dame....Oh, vous êtes généreux, vous! Soyez tranquil, je ferai voir raison à Lambert....」(註)

因此我甚至在那個時候就應該覺得詫疑，看見在她的情感裏，或者也許在蘭白特的情感裏生出了如此突如其來的變動。但是我默默地走了出去；我的心靈裏感到模糊，我的判斷力很壞。以後我判明了一切，但那時已經晚了。出了如何奸詐的，惡毒的鬼計！我且在這裏停頓一下，預先把這鬼計全都解釋出來，因爲不如此，讀者是不能明白的。

事情是因爲還在我初次和蘭白特相見的時候，就是我在他的寓所裏取暖的時候，我像傻瓜似的喃喃地對他說過那個文件縫在我的衣袋裏面。那時候我突然在角落的沙發上面熟睡了一會，蘭白特那時

（註）「是的，是的，」——「這是可恥的一個女太太……，啊，您是大量的，您是的！」

候一定立刻掏過我的口袋，因此相信裏面確乎縫着一個文件。以後他好幾次證明出，那個文件還在衣袋裏面；譬如說，在我們上韃靼人那裏喫飯的時候，我記得他故意有好幾次抱我的腰。他終於明白這文件如何的重要，便擬好了一個十分特別的計劃，我決不料到他會有這樣的計劃的。我像傻瓜似的做幻想他那樣固執地叫我到他家裏去，單祇是爲了勸我和他合夥，同謀合作。但是可歎呀！他叫我去，完全爲了別的原因。他叫我去，爲了灌醉我，在我失了知覺，躺倒下來，呼呼地睡着的時候，把我的口袋割破，搶取那文件。他和阿爾芬西納在那天夜裏就是這樣做的，由阿爾芬西納把口袋拆開了。他們在取到了那封信，她的信，我的莫斯科的文件以後，當下取了一張大小相同的，普通的信紙，放在口袋裏，被拆開的地方，重新縫好，縫得毫無破綻，使我一點也看不出來。也是阿爾芬西納縫好的。而我呢，我呢，——我在終結以前，整整的一天半的時間內，——還繼續心想我是祕密的握有者，加德隣納·尼古拉也夫納的命運還在我的手內。

最後的一句話：文件的被竊成爲一切的原因，其餘一切不幸的原因！

二

臨到了我這篇記事的最後的一晝夜，我也到終結的地方了！

我覺得有十點半鐘左右，我帶着興奮的心神踱回寓所裏去。我還記得我的精神似乎特別散漫，但胸中已取得了最後的決定。我並不慌忙，我已經知道應該怎樣辦。突然地，在我剛走進我的走廊裏面的時候，我立刻明白發生了新的災難，特別複雜的情形：老公爵剛被人家從皇村裏帶進城內，住在我們的寓所裏面，安娜・安特萊夫納也在他的身邊。

他們並不把他安置在我的屋內，卻安放在和我緊鄰着的，房東居住的兩間屋內。後來纔知道，還在頭天晚上，就已經在這兩間屋內作了一些變動和裝飾，不過是極輕微的。房東和他的太太搬到那個好鬧脾氣的，雀斑臉的房客的小屋裏去。關於這房客我以前曾經提起過，在那時候他已經搬出去，——我不知道到哪裏去了。

房東立刻溜進我的屋裏。他的態度並不像昨天似的堅決，但是處於特別興奮的心神狀態之下，處於所謂局面的高峯上面。我一點也沒有對他說什麼話，卻退到角落裏面手捧住頭，站立了一分鐘。他起初心想我「裝腔，」但是以後忍耐不住，驚慌起來了：

「難道有點不對麼？」——他喃喃地說。——「我現在候着問您，」——他看見我不回答便補充着說，——「好不好把這扇門打開，爲了一直通到公爵的房間裏……省得從走廊裏繞彎？」他指着永遠關閉着的那扇邊門，這門通到房東的屋子裏，現在也就和公爵的住處相通。

「是這樣的，彼得・伊鮑里託維奇，」——我用嚴厲的神情對他說。——「請您立刻去請安娜・安特萊夫納到我這裏來談判。他們早就在這裏了麼？」

「差不多有一點鐘了。」

「那末去罷。」

他去後，取來了一個奇怪的答覆，就是安娜・安特萊夫納和尼古拉・伊凡諾維奇公爵不耐煩地等候我到那邊去；如此說來，安娜·安特萊夫納並不想光降到我的屋子裏來。我把我在一夜裏弄皺了的上裝整理了一下，刷淸了一下，把頭髮梳光，不慌不忙地做着這一切，心裏明白應該取極謹愼的態度，當下就上老人的屋內去了。

公爵坐在圓桌旁邊的沙發上面，安娜·安特萊夫納在另一個角落裏，另一隻鋪着毯子的桌子旁邊預備茶水，桌上沸騰着一隻刷得非常乾淨的房東的火壺。我走了進去，臉上還是露出嚴肅的神色。老人一下子看出了這層，竟抖索了一下。他臉上的微笑立刻堅決地改爲恐懼，但是我當時忍不住，笑了出來，對他伸手；可憐的人竟投奔到我的懷抱裏來了。

無疑地，我立即明白，我和什麼人交接着。第一，我起始明白，像一加一等於二似的明白，他們把這老人，甚至幾乎還有精神，幾乎還多少有點理性，也有點性格的老人，在我和他不見面的那些日子裏，弄得簡直像一個木乃伊，像一個畏葸的，好懷疑的嬰孩。我要補充一句：他完全知道人家爲什麼把他帶到這裏來，一切事情都發生得像我超越在前面，預先解釋出的一般。人家突然地用他的女兒如何背叛他，如何想把他送進瘋人院裏去的消息向他襲擊，把他擊倒。他讓人家把他帶回來，恐怖得一點也不感覺到他在那裏做什麼事情。人家對他說我握有祕密，我身邊有一把通到最後的決定上去的鑰匙。我可以預先說就是這個最終的決定和鑰匙是他最懼怕的。他等候我走進來見他的時候，額上寫着一封判決書，手裏握着那個文件，所以看見我暫時還準備着笑，而且完全談另一件事情，便覺得十分的高興。我們擁抱的時候，他哭了。說實話，我也流了點眼淚。我忽然起始很可憐他。……阿爾芬西納的小狗發出像小鈴般柔細的吠聲，從沙發上弄到我身上來，這隻小狗，他自從弄到牠以後，沒一刻也離不開，甚至和牠同睡。

「Oh, je disais, qu'il a du coeur!（喔，我說過，他是有良心的，）」——他指着我，對安娜·安特萊夫納說。

「但是您的健康真不錯，公爵，您的臉色真是美麗，神清氣爽，而且健康！」——我說。唉！一切是相反的：他是一個木乃伊，其實我不過是爲了鼓勵他而說的。

「N'est-ce pas, n'est-ce pas?（是麼是麼？？）」——他快樂地重複着。——「我的健康恢復得真快。」

「您喝您的茶，假使您賞我一杯，我可以和您一塊兒喝。」

「那妙極了！『我們來飲酒取樂……』好像有這樣的一首詩。安娜·安特萊夫納，給他一杯茶。……給我們茶，親愛的。」

安娜·安特萊夫納把茶遞過來，忽然轉身向我，用特別莊嚴的態度起始說話。

「阿爾卡其·瑪加爾維奇，我們兩人我和我的恩人，尼古拉·伊凡諾維奇，停留在您那裏了。我認爲我們上您這裏來上您一個人這裏來，我們兩人請求您收留我們。您要記得，這個聖人，這個極正直的，受侮辱的人的整個命運在您的手裏……我們等候您的正直的心裏的決議！」

但是她不能說完；公爵感到恐怖，幾乎懼怕得抖索了：

「Après, après, n'est-ce pas? Cher amie!（以後，以後，好不好？親愛的女友！）」——他反覆地說，對她舉手。

我不能形容出她的舉動如何使我發生不愉快的印象。我一點也不回答，僅祇向她作了一個冷淡的，鄭重的鞠躬；以後坐到椅上，甚至故意講別的事情，講一些愚蠢的話，起始笑，還說俏皮話……老人顯然感謝我，歡欣地快樂着。他的快樂雖然是歡欣的，但顯然是不堅定的，立刻會變爲完全的頹喪；這是乍看一眼就能明白的。

「Cher enfant,（親愛的孩子，）我聽說你有病……啊，對不住！我聽說你一直在那裏研究降神術，是不是？」

「我並沒有想研究呀，」——我微笑了。

「不想麽？但是誰對我說過降神術的呢？」

「這是這裏的官員彼得·伊鮑里託維奇剛纔說的，」——安娜·安特萊夫納解釋：——「他是很快樂的人，他知道許多故事。要不要我去叫來？」

「Oui, oui, il est charmant……（是的，是的，他是妙人……）他知道故事，不過最好以後再叫他進來。我們一叫他他會給我們講的。mais après.（不過以後再說。）你想一想，剛纔他們鋪棹面的時候，他就說：你們不要着急，不會飛走的，我們不是降神術家。在降神術家那裏棹子難道會飛的麽？」

「我眞是不知道；聽說會連着棹脚升起來的。」

「Mais c'est terrible ce que tu dis,（但是你所說的，眞是可怕，）」——他驚愕地看我。

「嘿，您不要着急，這是胡說八道。」

「我自己也說。鄉司麥謝·司帖潘諾夫納·薩洛梅也瓦……你是知道她的……啊，是的，你不知道她……你想一想，她也相信降神術，你想一想，Chère enfant，」——他轉身朝着安娜·安特萊夫納——

「我對她說：在部裏也放着棹子，棹上放着八雙官員的手，全在那裏寫字——爲什麽那裏的棹子不會跳舞呢？你想一想，忽然跳起舞來纔好看呢！財政部或教育部裏棹子造了反，——那纔夠瞧呢！」

「您仍舊說着那一套可愛的話語，公爵。」——我喊了出來，努力誠懇地發笑。

「N'est-ce-pas? Je ne parle pas trop, mais je dis bien.」（註）

「我去領彼得·伊鮑里託維奇來，」——安娜·安特萊夫納立起身來。快樂在她的臉上閃爍着；從我對老人那般和藹的樣子上看來，她感到高興了。但是她剛走出去，老人的整個臉龐突然立刻改了樣。他忽遽地向門外看望，又朝四圍環顧了一眼，從沙發上俯身就我，用驚惶的聲音對我說道：

「Cher ami!（親愛的朋友）我能見到她們兩人在一塊兒纔好呢！O，cher enfant!（啊，親愛的小孩！）」

「公爵，您安靜一下罷……」

「是的，是的，但是……我們想法使她們和解，n'est-ce-pas? 這裏不過是兩個有身份的婦女空虛而且瑣碎的吵嘴，n'est-ce-pas? 我祇希望你一個人……我們要在這裏把一切整理出頭緒來；這裏的寓所眞是奇怪得很！」——他幾乎畏懼地回顧着。——「你知道，這個房東……他的臉是那樣的……你說他

（註）「不是麽？我不說得多，但說得好。」

不危險麼？」

「房東麼？不，他有什麼危險的地方？」

「C'est ça.（對呀。）那更好。Il semble qu'il est bête, ce gentilhomme.（他大概和野獸一般，這位紳士。）Cher enfant，看要緊的份上不要對安娜·安特萊夫納說，我在這裏懼怕一切；我一路進來，就對什麼都恭維，把房東也恭維了一頓。你聽着，你知道關於莎莊的故事麼？——你記得麼？」

「那是什麼？」

「Rien, rien du tout...Mais je suis libre ici, n'est-ce-pas?（註）你以爲，我不會在什麼地方出什麼亂子麼？……出那類的事情麼？」

「我可以給您保證，真是的……」

「Mon ami! mon enfant!（我的朋友，我的小孩！）」——他忽然喊，在胸前叉手，完全不隱瞞自己的投懼：——「假使你果真有什麼……文件……一句話——假使你有什麼話對我說，那末請你不要說；看上帝的份上，完全不要說……越長久不說越好……」

他想跑過來抱我；淚水在他的臉上流着；我不能形容出，我的心如何地緊縮起來：可憐的老人頗像一個脆弱的，受驚的，被嚇了的人從父母的巢窠內偷出來，運到陌生人那裏的嬰孩。但是人家不讓我們擁抱：門開了，安娜·安特萊夫納走進來，但不是伴着房東，卻伴着自己的哥哥，那個侍從官一塊兒來。這條奇事

（註）「不要緊，不要緊……我在這裏很自由，不是麼？」

使我吃驚；我立起身來，走到門那裏去。

「阿爾卡其·瑪加爾維奇，讓我給你們介紹，」——安娜·安特萊夫納大聲說，使我不由得祇好止住步。

「我和令兄早就認識了，」——我響亮地說，特別加重於「早」字上面。

「唉，這是一個可怕的錯誤我眞是對不住，親愛的安得……安得烈·瑪加爾維奇，」——青年人起始喃語，用特別瀟灑的態度走到我面前來，抓住我的手，使我不能脫去。——「一切全是我的司台潘的錯；他當時那樣愚蠢地對我通報，我認您是另一個人，——這事情發生在莫斯科，」——他對他的妹子解釋。——「以後我努力想尋找您解釋一下，但是病了，您可以問她。親愛的公爵，我們爲了出生的關係，應該成爲朋友……」

這個膽大的靑年人竟敢用一隻手抱住我的肩膀，做出親密到極點的樣子。我往旁邊躲開，感到不好意思，當下連忙走出，不說一句話。我回到自己屋內，坐在牀上，帶着凝想和躊躇的心神。陰謀使我感到窒息，但是我不能這樣直接地把安娜·安特萊夫納擊倒。我忽然感到，我也很賞貫她，她的地位是可怕的。

三

像我所期料着的，她自己走進我屋內，讓她的哥哥和公爵坐着談天。他起始把交際場上的一些話語，最新鮮的，新近發生的各種新聞轉講給公爵聽，一下子把這善感的老人吸引住了，弄得很快樂。我默默地帶着疑問的神氣從牀上立起來。

「我對您說出了一切，阿爾卡其・瑪加爾維奇，」——她直捷了當地說。——「我們的命運在您的掌握中。」

「但是我已經預先告訴過您，我不能……最神聖的責任妨礙我履行您所希望的事情……」

「是麼？這是您的答覆麼？我失敗不要緊，但是老人呢？您以爲怎麼樣：他到晚上會發瘋的！」

「不，他會發瘋的，假使我把女兒的信拿給他看，在這封信裏面女兒和律師商量如何宣佈父親爲瘋人！」——我熱烈地喊出。——「這是他不能忍耐的。您知道，他不相信這封信，他已經對我說過了！」

我說他對我說過，是撒謊；但是說得很巧。

「已經說過了麼？我是料到的！這樣說來，我是完了。他現在已經哭泣過，要求回家。」

「請您告訴我，您的計劃究竟是什麼？」——我堅決地問。她臉紅了，那是由於受了創傷的傲慢而起，不過她忍住了：

「我們有了他女兒的信在手裏，就可以在社會人士的眼睛裏得到了辯解。我立刻派人去請他小時候的朋友V公爵和鮑里司・米哈意洛維奇・潘里賽夫來，這兩人都是社會上可尊敬的人物，我知道這個，他們在兩年以前就對於他的殘忍的，貪婪的女兒的某種行爲十分憤激。他們自然會依照我的請求，使他和女兒和解，我自己也這樣主張；但是那時情勢完全變了。那時候我的外婆家裏的人們，法那略託夫一家，我料到會決定維持我的權利的。但是對於我最先是他的幸福；讓他終於明白，而且估計一下：誰眞正地忠實於他？無疑地，我最希望的是您的幫忙：您十分地愛他……究竟誰還愛他，除了我和您以外？最近的幾天內他儘講起您他想念您，您是『他的年青的好友……』自然，以後一輩子，我的感激是不會有界限的……」

她這是預先要給我獎賞，——也許是賄賂。

我堅決地打斷她的話頭：

「無論您怎麼說，我辦不到，」——我用無可搖撼的決定的態度說。——「我祇能用同樣的誠懇報答您，把我的最後的意思解釋給您聽：我在不久的將來就要把這封命定的信親手交給加德隣納·尼古拉也夫納，但須附帶一個條件，就是不要在現在所發生的一切事情裏弄出亂子來，由她預先發誓不妨礙您的幸福。這就是我要做的事情。」

「這是不可能的！」——她說，滿臉都紅了。她一念到加德隣納·尼古拉也夫納會饒恕她，不由得憤激起來了。

「我不變更決心，安娜·安特萊夫納。」

「您也許可以變更一下罷。」

「您去找蘭白特好了。」

「阿爾卡其·瑪加爾維奇，您不知道，由於您的固執會生出如何不幸的事情，」——她嚴厲而且殘忍地說。

「不幸會發生，——那是一定的……我的頭旋轉了。我不管您；我決定了以後——也就完了。祇是看上帝的份上，請不要領您的老兄上我這裏來。」

「但是他很想賠一賠……」

「一點也不用賠！我不需要，我不要，我不要！」——我喊着，捧住我的頭。（唉，我當時也許對待她太高傲了！）「請問，今天公爵在哪兒歇宿？」

「他要歇宿在這裏，在您這裏，和您在一塊兒。」

「晚上我就要搬到另一個寓所裏去了。」

我說完這幾句老實不客氣的話語以後，就抓起帽子，起始穿皮大衣。安娜·安特萊夫納默默地，嚴厲地觀察我。我很可憐她，——我很可憐這個驕傲的女郎！然而我從寓所裏跑出來，不給她留下一句希望的話語。

四

我努力縮短些。我下的決心是不會變更的，我一直上達姬央納·伯夫洛夫納家裏去。唉！假使我當時過到她在家，也許不致於發生極大的不幸，但是好像故意似的，這一天我儘碰到不如意的事情。我自然也彎到母親那裏去過，首先是為了探望可憐的母親，其次是希望在那裏遇見達姬央納·伯夫洛夫納；但是她也不在，她剛走出去。母親生了病，躺了下來，祇有麗薩一人留在她身邊。麗薩請求我不要走進去驚醒母親：「整夜沒有睡，磨折着；謝天謝地，現在總算睡熟了。」我抱了麗薩一下，祇對她說了兩句話，就是我取了極大的，命定的決定，立刻就去執行。她傾聽着，不露出特別的驚異，像聽極平常的話語一般。他們大家當時業已慣於聽我不斷的「最後的決意」以後又懦怯地自行取消。但是現在，——現在是另一件事情了！我上運河旁的酒店裏去，坐在那裏，等候一會，預備再去見達姬央納·伯夫洛夫納。我要解釋一下，為什麼我忽然需要這個女人。事情是因為我想打發她立刻到加德隣納·尼古拉也夫納那裏去，請她到達姬央納·伯夫洛夫納的寓所裏去，以便當着達姬央納·伯夫洛夫納的面，在一勞永逸地把一切事情解釋清楚以後，就把文件還給加德隣納·尼古拉也夫納。……一句話，我祇希望應有的一切；我想一勞永逸地為自己辯解。在這個節目解決了以後，我堅持地決定立刻說出幾句對於安娜·安特萊夫納有利的話語，如果可能的話，就帶了加德隣納·尼古拉也夫納和達姬央納·伯夫洛夫納（作為證人）到我家裏去，就是到公爵那裏去，給兩個仇恨的女人和解一下，使公爵復活轉來，而且……而且……一句話，至少使這一堆人全都成為幸福的，而結果祇剩下魏爾西洛夫和母親兩人。這個辦法會取得成效，我是深信不疑的；加德隣納·尼古拉也夫納因為我把信還給她，並不向她有所要求，心裏感激我，不會拒絕我這種請求。唉！我還在想像，我身邊藏着文件。唉！我自己不知不覺地竟陷於那樣愚蠢的，無價值的地位上去了！

天色已經黑得利害，已有四點鐘左右，我又去訪問達姬央納·伯夫洛夫納。瑪麗亞粗笨地回答「她沒有回來。」我現在很清楚地記起瑪麗亞那副低眉蹙額下的奇特的眼神；但是我自然當時還一點也想不出什麼來。相反地，另一個意念突然針刺我：我在惱恨和憂愁中從達姬央納·伯夫洛夫納家的樓梯上走下來的時候，憶起了公爵剛纔對我伸手的那個情景來，——我忽然痛責自己，爲了我把他拋棄掉，也許甚至由於個人的惱恨的緣故。我起始不安地設想，當我不在家的時候，他們甚至會發生什麼極不好的事情。因此就匆匆忙忙地走回家去。但是家裏祇發生了下面的情形。

安娜·安特萊夫納剛纔從我的屋內含怒走出的時候，還沒有喪失她的精神。還要補敍的是她從早晨起就打發人去找蘭白特，後來又叫人去找一次，因爲蘭白特老不在家，便派她的哥哥去找。這可憐的女人看見我這樣的抗拒，便把自己最後的希望放在蘭白特和他對我的影響上面。她不耐煩地等候着蘭白特，很奇怪他平常不離開她一步，在今天以前一直在她身旁旋轉着的，忽然會完全把她拋棄，就此失蹤了。唉！她的腦筋裏不會想到蘭白特現在已經把文件搶到手裏，且已經取了完全不同的決意，現在自然要藏躲起來，甚至故意躲避她。

安娜·安特萊夫納心裏既然懷着不安和日見增加的驚慌，也就幾乎無力給公爵解悶；況且公爵的不安也增加到了具有威嚇性的範圍。他提出一些奇怪的畏怯的問題，甚至起始可疑地看望她，有幾次竟哭了。小魏爾西洛夫當時坐了不久的工夫。他走後，安娜·安特萊夫納終於把彼得·伊鮑里託維奇領了進來。她對他存着很大的希望，但是公爵完全不喜歡他，甚至引起他的嫌惡。總而言之，公爵不知爲什麼原因懷帶着越來越增長的不信任與疑心看望彼得·伊鮑里託維奇。那個房東好像故意似的又開始講論降神術，還講什麼魔術，彷彿是他親眼看見的，那就是有一個從外城來到的老江湖，當着衆人面前把人頭割下來，血流得很多，大家都看見了，以後又把它裝在頸項上面，後來便長牢了，也是當着衆人面前。這一件事情好像發生在一八五九年。公爵變得非常害怕，同時不知爲什麼原因又異常的憤激起來，弄得安娜·安特萊夫納祇好立刻請那個講故事的人退出去。幸而飯送來了，這飯是在頭天晚上附近不遠的地方特地託蘭白特和阿爾芬西納向一個有名的法國廚子定好的。這廚子現在沒有事，正在尋覓貴族家裏或俱樂部裏的位置。飯菜和香檳酒使老人特別的快樂；他喫得很多，還說了許多玩笑的話。飯後他自然感覺沈重，想睡覺。因爲他永遠在飯後睡覺。所以安娜·安特萊夫納給他預備好了牀舖。他臨睡時，做吻她的手，說她是他的天堂希望，「金花，」——一句話，起始說出那一套東方式的辭句。他終於睡熟了，就在那個時候我回來了。

安娜·安特萊夫納匆遽地走到我屋內，在我面前合着手說，並非爲了她，卻爲了公爵，她求我不要走開，等他一醒，就上他屋裏去。「沒有您，他會滅亡，會發生神經質的中風；我怕他不會忍受到黑夜的……」她說，她自己一定要離開一會，也許甚至離開兩小時，她要把公爵交給我一個人照顧。我熱烈地對她說，我要留到晚上，等他一醒，努力給他解悶。

「我要去履行自己的義務」——她帶着熱誠說。

她走了。我超越到前面，補充幾句話：她自己跑去尋覓蘭白特；這是她最後的希望，她還到哥哥那裏和法那略託夫那裏去過；顯然她回來的時候應該處於怎樣的心神狀態之下。

公爵大概在她走後一小時醒來。我隔牆聽見他的呻吟，立刻跑到他那裏去；正遇見他坐在牀上，穿着晨服，被四圍的沈寂孤燈的光亮，陌生的屋子，懼怕得在我走進去的時候，竟抖索了一下，跳起來，大聲喊嚷着。我奔到他面前去，等他看着是我的時候，帶着快樂的眼淚，起始擁抱我。

「人家對我說你搬到另一個寓所裏去了，你害怕得逃走了。」

「誰能對您說這話的？」

「誰能說？你瞧，也許是我自己想出來，但也許有人說。你瞧，我剛纔做了一個夢；一個白髮老人走進來，手裏拿着一個神像，劈成兩瓣的神像，突然說道：『你的生命就會這樣弄碎的！』」

「唉，我的天，您一定已經從什麼人嘴裏聽到魏爾西洛夫昨天把神像砸碎的事情了麼？」

「N'est-ce-pas？（不是麼？）我聽到的；聽到的！我今天早晨從達里亞·奧尼西莫夫納那裏聽到的。她把我的皮箱和小狗運來了。」

「您因此就做了夢。」

「那是一樣的。這老人還用手指威嚇我。安娜·安特來夫納在哪裏？」

「她立刻就回來。」

「從什麼地方回來？她也走了麼？」——他病態地呼喊出來。

「不，不，她一會兒就來，請我代她在您這裏坐一會。」

「Oui，（是的，）會來的。我們的安得烈·彼得洛維奇竟發瘋了，『那樣偶然地，靈巧地！』我永遠對他預言，他會得到這個結果的。我的朋友，你等一等……」

他的手忽然抓住我的上裝，把我牽到自己身邊。

「房東剛纔忽然取來了一些像片，」——他敍語。——「一些討厭的女人的像片，全是光身的女人，在各色各樣東方的風景裏。他忽然起始放在玻璃裏讓我看……我祇好勉强忍住自己，恭維了幾句，但是他們會把這些討厭的女人領到那個不幸的人面前，爲了灌醉他方便些……」

「您還在講那個芬莊。算了罷，公爵！房東是一個傻瓜，別的沒有什麼！」

「他是傻瓜，別的沒有什麼！C'est mon opinion，（這是我的意見！）我的朋友，如果能够，請你救救我，讓我離開這裏！」——他突然在我面前搔着手。

「公爵，凡我能做到的一切我全可以做！我完全是您的……親愛的公爵，您等一等，我也許都會弄好的！」

「N'est-ce-pas?（是的。）我們馬上逃走，皮箱留在這裏，做做樣子，他心裏想我們會回來的。」

「往哪裏跑？但是安娜·安特萊夫納呢？」

「不，不，和安娜·安特萊夫納一塊兒走……Oh, mon cher,（喔！我的親愛的！）我的腦筋裏像一鍋稀粥似的弄得糊裏糊塗了。等一等；在右面的那隻皮包裏有一張加德隣納的照片；我剛纔偷偷兒塞進去，爲了不讓安娜·安特萊夫納特別是達里亞·奧尼西莫夫納看見。看上帝的份上，你快給我掏出來，你要留神，不要讓人家看見……能不能用鉤子把門關上？」

我果眞在皮包裏找到了加德隣納·尼古拉也夫納的照片，這照片裝在橢圓形的像架裏。他把它取在手裏，放在光亮的地方，眼淚忽然流到他的黃瘦的臉頰上面：

「C'est un ange, c'est un ange du ciel!（她是安琪兒，天上的安琪兒！）」——他喊。——「我一輩子在她面前有錯……現在也是的！Chère enfant，（親愛的孩子，）我什麼也不相信，我什麼也不相信！我的朋友，你對我說：能不能想像到人家會打算送我到瘋人院裏去的？ Je dis des choses charmantes et tout le monde rit……（我說出一些可愛的事情，全世界都笑起來……）忽然把這個人送到瘋人院裏去了！」

「永遠不會出這個事情的！」——我喊。——「這是錯誤。我知道她的情感。」

「你也知道她的情感麼？那好極了！我的朋友，你使我復活了。他們對我講你的是什麼話啊？我的朋友，你去把加德隣納叫來，讓她們兩人當着我的面接吻，我帶他們回家，我們把房東趕走！」

他立起來，在我面前搖手，忽然跪了下來：

「Cher，（親愛的，）」——他帶着一種瘋狂的恐怖微語，全身抖索得像一張樹葉，——「我的朋友，你對我說實話：現在他們要把我弄到哪裏去？」

「天呀！」——我喊着，把他扶起來，放在椅上。——「您連我都不相信起來；您心想我也參加陰謀麼？我不准許任何人的手指觸動您一下！」

「C'est ça，（這是對的，）你不要准許他們，」——他喃語着，雙手緊緊地抓住我的手肘，繼續抖索着。——「不要把我交給任何人！你自己也不要對我撒一點點的謊……真的人家會把我帶走麼？你聽着，這個房東，伊鮑里特，或者他叫什麼，他……他不是醫生麼？」

「什麼醫生？」

「這裏是不是瘋人院，就在這裏，還間屋子裏？」

但是在這一刹那間門忽然開了，安娜·安特萊夫納走了進來。大概她在門外偷聽，忍不住，突然地把門打開了，——聽到每一個微聲就會抖索的公爵喊了出來，倒下來，伏在枕頭上面，發作了類乎癲癇的樣子，結果變爲嗚咽。

「您瞧，——這就是您所做的事情的結果，」——我指着老人，對她說。

「不，這是您所做的事情的結果！」——她把聲音銳厲地提高起來。「我最後一次對您說，阿爾卡共·瑪加爾維奇，您肯不肯發誓對於一個孤立無助的人所作的陰謀，犧牲『您的瘋狂的小孩氣的愛情的幻想，』拯救您的親姊姊一下呢？」

「我可以救你們大家，但祇是照我剛纔對您說的那個樣子！我再跑出去一趟，也許一點鐘以後加德隣納·尼古拉也夫納自己到這裏來，我給大家和解，大家全會得到幸福！」——我幾乎滑稽地喊出。

「領她來，領她到這裏來，」——公爵抖索了一下。——「領我到她那裏去！我要見加德隣納，祝福她，」——他喊着，舉着手，從牀上跳起來。

「您瞧，」——我指着他，對安娜·安特萊夫納說，——「您聽他說什麼話，現在是任何的『文件』都不能幫助您的了。」

「我看見的，它本來還可以幫助我，將我的行爲在社會的意見面前加以辯白，但是現在我受到恥辱了解了：我的良心是純潔的。我被大家遺棄，甚至我的親哥哥爲了怕慘失敗也把我遺棄了。……但是我要盡自己的義務，留在這不幸的人身旁，做他的保姆，他的看護婦！」

時間不能再喪失，我從屋內跑出去：

「過一小時後我再回來，而且不是一個人回來！」——我在門限上喊着。

第十二章

一

我終於遇到了達姬央納·伯夫洛夫納！我一下子對她敘講一切，——一切關於文件和現在我的寓所裏所發生的一切事情。雖然她自己很明白這些事件，從兩句話裏就能了解一切，但是敘講的時間，我想總費去了十分鐘。我獨自說話，說出一切的實話，並不感到害臊。她默不發聲，動也不動，挺直得像一隻編針。坐在椅上，咬着牙齒，眼睛一刻也不離開我的身上，努力傾聽。但是我說完的時候，她忽然從椅上跳起來，而且跳得那樣驟急，竟使我也跳了起來。

「哎喲，你這小東西！這封信果眞縫在你身上，而且是那個傻瓜瑪麗亞·伊凡諾夫納縫的呀！唉，你們這些搗亂的，可惡的傢伙！你上這裏來，原來是爲了征服女人的心，征服上等社會的呀，爲了你是庶出的兒子，而想對魔鬼報復，是不是？」

「達姬央納·伯夫洛夫納，」——我喊，——「您不能罵人！也許您和您的謾罵從最初的時候，就成爲我這樣性質殘忍的原因！是的，我是庶出的兒子，也許果眞爲了我是庶出的兒子而想報復，也許想對那一個魔鬼報復，因爲魔鬼自己也不會在這裏發現有錯的人；但是您要記得我拒絕和那些混蛋們締結同盟，我把自己的情慾征服了。我要默默地把文件放在她面前，就此走開，甚至不等候她說什麼話；您自己可以做見證！」

「把那封信拿來，立刻拿出來，立刻放在棹上！你也許撒謊麼？」

「它就縫在我的口袋裏；瑪麗亞·伊凡諾夫納自己縫的；到了這裏，定製新裝的時候，我從舊衣裳裏掏出來，親自縫到這件新上裝裏。就在這裏，您摸一摸，我不會撒謊的！」

「拿出來，掏出來！」——達姬央納·伯夫洛夫納大聲喊。

「無論如何不行，我對您說。我要當着您的面把文件親手交給她，以後就走開，不說一句話；但是必須使她知道，使她親眼看見，那是我，我自己交給她，出於自己的意志，沒有強迫，也不用賞賜。」

「又要裝腔作勢麼？你戀上了麼？」

「隨您說什麼齷齪的話都可以；我是罪有應得的，我並不感到生氣。即使我在她看來是一個淺薄的小孩，偵探她的行動，蓄藏着陰謀；但是她應該承認，我已經征服了自己，將她的幸福放在世上一切事物的上面！不要緊的，達姬央納·伯夫洛夫納，不要緊的！我對自己呼喊：勇氣和希望！即使這是我上臺面的第一步，但這第一步取得了極好的結局，極正直的結局，那有什麼？我是愛她的，」——我帶着靈感繼續說下去，閃耀着眼睛，——「我並不覺得害臊；母親是天上的安琪兒，而她是地上的女王！魏爾西洛夫會回到母親那裏去，我對她也不必感到羞慚；因為我已經聽見她和魏爾西洛夫所講的話，我立在幃簾後面……唉，我們三人全是『同樣的瘋狂的人』！您知道不知道，這句『同樣的瘋狂的人』是誰說的？那是他的話語，安得烈·彼得洛維奇的話語！您知道不知道，我們這裏也許不僅祇三個人發瘋。我敢打賭，您是第四個同樣的瘋狂的人！要不要我說出來：我敢打賭，您自己一輩子愛上了安得烈・彼得洛維奇，現在還繼續愛着……」

我重複一句，我處於靈感和幸福中，但是我沒有說完：她忽然好像不自然地，用手迅速地抓住我的頭髮，用力搖幌了我兩次……以後忽然拋棄了，走到角落裏去，臉朝着角落，用手帕掩住臉：

「小鬼！以後永遠不許你說這句話！」——她一面哭，一面說。

這一切來得那樣的突然，使我自然顯得驚愕。我站在那裏看望她，不知道我還要做什麼事。

「嗤，這傻瓜！你到這裏來，吻我，吻我這傻子！」——她忽然說，又哭又笑，——「以後不許你，永遠不許你講這句話……我愛你，而且一輩子愛……你這個傻瓜。」

我吻她。我要順便說：從這個時候起，我和達吉央納・伯夫洛夫納成為知己的朋友了。

「啊喲，是的！我是怎麼啦？」——她忽然喊，叩擊自己的額角，——「你說什麼：老公爵在你寓所裏麼？眞的麼？」

「我敢保證，是眞的！」

「哎喲，我的天，哎喲，我眞是難過！」——她在屋內旋轉着，來回地跑着，——「不知道他們怎樣擺弄他！那些傻瓜頭上怎麼沒有雷轟的？從今天早晨起就在那裏麼？瞞這安娜・安特萊夫納！瞞這小尼姑！但是那個天仙化女竟一點也不知道啊！」

「哪個天仙化女？」

「就是地上的女王，那個理想！唉，現在怎麽辦呢？」

「達姬央納·伯夫洛夫納！」——我喊，當時醒了轉來。——「我們講些愚傻的話語，而忘記了主要的問題：我就是跑來請加德隣納·尼古拉也夫納去的，大家全在等候我。」

我解釋我必須在加德隣納·尼古拉也夫納肯立刻和安娜·安特萊夫納言歸於好，甚至肯贊成她的婚事的時候，纔把文件交出來。……

「那好極了，」——達姬央納·伯夫洛夫納打斷我。——「我也曾對她講過一百遍。不過他會在結婚以前死去，——一樣地不能結婚。至於在遺囑內留財產給安娜的一層，其實她的名字也早已寫在裏面，她總歸會有一份財產得到的……」

「難道加德隣納·尼古拉也夫納祇是爲了捨不得錢的緣故麽？」

「不是的，她老怕這文件落在安娜手裏，我也是的。因此我們守候着她。女兒怕老頭兒的神經經不起震撼，那個德國人皮與林格，卻眞是捨不得錢。」

「既然這樣，她還能嫁給皮與林格麽？」

「這種傻女人有什麽辦法？說她是傻瓜，也眞是一輩子成爲傻瓜。你瞧，他給予她如何的安寧。她說『假使必須嫁人，那末嫁給他對於她最方便些；』我們以後會看到，她怎樣方便些。以後人家把她的手脚縛住，那就晚了。」

「您怎麽能容許她這樣做呢？您是愛她的。您當面對她說，您愛上她！」

「我是愛上她，比愛你們大家一古腦兒都利害些，但她到底是一個無意義的傻瓜，——

「您現在就跑去找她，我們和她解決一下，再送她到她父親那裏去。」

「不行，不行，小傻瓜！眞是的！唉，有什麼辦法呢？唉，我眞是難過死了！」——她又團團轉起來，用手抓取斗篷。——「唉，假使你早四點鐘來，現在已經七點多鐘，她剛纔已經到潘里柴夫家裏去喫飯，以後還會同他們出去看歌劇。」

「天呀，能不能上戲院裏去找她。……不行，那是不行的！現在老頭兒怎麼辦呢？他也許到夜裏會死去的！」

「你聽着，你不要到那裏去，你到你母親家裏去住一夜，明天早晨……」

「不，我無論如何，無論出什麼事情，不離開老人。」

「那末你就不要離開他，你這樣是很好的。你知道，我要跑到她那裏去一趟，留下一張字條……你知道，我要用我們的話語來寫（她會明白的！）文件已經有了，讓她明天早晨十點鐘上我家裏來，——一準十點鐘！你不要着急，她到這裏來以後會聽我的話；我們一下子全解決了。你快跑到那裏去，對老頭兒努力要點槍花，讓他睡覺，也許能夠拉到明天早晨！你也不要嚇唬安娜，我也很愛她；你對待她不很公平，因爲你不能明白她受過恥辱，從小就受過恥辱。唉，你們大家堆到我身上來了！你不要忘記，你去告訴她，說是我叫你說的。你就說這件事情由我自己擔任下來了，我要親手去做，用我的全心去做，讓她安心，決不會使她的驕傲有什麼損害……我和她在最近幾天以來在相鬧，鬧得很兇！唔，你快跑……等一等，再把口袋給我看一看……實在的麼？實在的麼？究竟是實在的麼？你把這封信交給我，哪怕交給我一夜也好！你留下罷，我不會吞沒的。也許過了一夜，你又不肯脫手……改變主見了麼？」

「決不會的！」——我喊。——「喏，你摸一摸，你瞧。但是我無論如何不能留給您！」

「我看出裏面有一張紙，」——她用手指摸了一摸。——「唔，好罷，你去罷。我也許會趕到醫院裏去，你說得很對！你快去罷！快去罷！」

「達姬央納·伯夫洛夫納，等一等：母親怎麼樣啦？」

「活着。」

「安得烈·彼得洛維奇呢？」

她揮着手。

「會醒轉來的！」

我跑了回去，心裏懷着鼓勵和希望，雖然並沒有做得像我所猜度的樣子。然而命運作下了不同的決定，另外一樁事情正在期待我，——世界上眞是有命運的呀！

二

我還從樓梯上就聽見我們的寓所裏喧鬧的聲音，門也開着。一個不認識的，穿金邊制服的僕人立在走廊裏。彼得·伊鮑里託維奇和他的妻子，兩人全嚇得很害怕，也立在走廊裏，等候着什麼。公爵住的房間的門閉了，裏面傳出像霹雷般的聲音，我立刻認清是皮與林格的聲音。我還來不及走上兩步忽然聽見公爵一面哭泣，一面戰慄，被皮與林格和他的同伴R男爵領到走廊裏去，——這男爵就是上魏爾西洛夫那裏去談判的人。皮與林格朝安娜·安特萊夫納喊嚷，她也跟着公爵到走廊裏去了。他對她威嚇，大概還踩腳，——一句話，變成一個粗暴的德國兵，不管他是「上等社會的出身。」以後發現不知爲什麽緣故，他當時心想安娜·安特萊夫納甚至犯了什麽刑事罪，現在無疑地甚至應該在法庭前對自己的行爲負責。由於不知事情的底蘊，他極力加以誇大，像許多人那樣做，因此認自己有做出毫不客氣的舉動的權利。主要的是他還沒有理解事情的所以然；以後纔曉得有人寫匿名信通知他，（關於這層我以後再講，）於是他奔跑了過來，帶着一個狂怒的人的心情，卽使極好詼諧的人處於這種心情下，也有時會準備打架，像皮匠一般。安娜·安特萊夫納帶着十分威嚴的態度迎接這襲擊，但是我沒有看到這情形。我祇看見皮與林格把老人攙到走廊裏面，忽然讓R男爵扶住，自己迅速地朝着安娜·安特萊夫納，大概回答她的說話：

「您是陰謀家！您需要他的錢！從這個時候起您已經在社會上失去了面子，您應該對法庭負責！……」

「這是您在利用這個不幸的病人，把他弄到瘋狂的地步，……您對我喊嚷，因爲我是一個女子，沒有人保護我……」

「啊，是的！您是他的未婚妻，未婚妻！」——皮與林格兇惡地憤激地哈哈大笑了。

「男爵，男爵，……Chère enfant, je vous aime,（親愛的孩子，我愛你，）」——公爵哭了，伸手向着安娜・安特萊夫納。

「走罷，公爵，走罷，有人對您施展陰謀，也許甚至不利於您的生命！」——皮奧林格喊。

「Oui, oui, je comprends, j'ai compris au commencement....」（註）

「公爵，」——安娜・安特萊夫納舉高了嗓音。——「您侮辱我，您容許人家侮辱我！」

「滾！」——皮奧林格忽然朝她呼喊。

這是我不能忍受的：

「混蛋！」——我朝他喊：——「安娜・安特萊夫納，我是您的保護者。」

寫到這裏，我不再也不能詳細描寫下去。發生了可怕的，卑鄙的一幕戲劇，我忽然似乎喪失了理智。我大概跳了過去，想打他一下，至少用力地撞了他。他也用力打我的頭，我當時跌倒在地板上。我醒轉來的時候，立刻跑到樓梯上去追他；我記得，我的鼻內流着血。一輛馬車候在門前，在他們扶公爵上車的時候，我跑到馬車旁邊，不管僕人如何推我，又跑上去打皮奧林格。我不記得怎麼會發現了警察。皮奧林格抓住我的衣領，威嚴地命令警察送我到區裏去。我喊着，他也應該一塊兒去，一同繕造記錄。我又說，把我從我自己的寓所裏捉走是不行的。但是因爲事情發生在街上，並不在寓所裏，又因爲我喊嚷，辱罵，而且打架，像醉人一般，又因爲皮奧林格穿着制服，所以警察就要把我帶走。但是我當時完全狂怒起來，在努力抵抗時，把警察也打了。以後我記得忽然發現了兩個警察，把我帶走了。我模糊地記得他們把我帶到一間瀰滿煙氣的屋

（註）「是的，是的，我明白，我起初就明白……」

裏去，裏面有許多人，站着，坐着，等候着，寫着；我繼續在這裏呼喊，我要求繕寫記錄。但是事情並不單祇在於記錄，卻還夾雜着醜陋和反抗警察的行動在內。而且我也做出那種太不像樣的態度。有人忽然威嚴地朝我喊嚷。警察告發我打架還說出那個中尉來……

「姓什麼？」——有人對我喊。

「道爾郭羅基，」——我怒吼着。

「道爾郭羅基公爵麼？」

我完全不能控制自己，當下用極醜惡的咒駡回答，以後……以後我記得，人家把我推到一間「爲醉人」拘留的黑屋裏去。我並不反抗。讀者們在新近的報紙上讀到一位先生的訴述，他被綁着手腳，被拘留在爲醉鬼特設的屋內。這位先生大概甚至沒有犯什麼過錯，我可是有罪的。我倒臥在木板上面，和兩個無知覺地睡着的人爲鄰。我的頭很痛，太陽穴裏叩擊着，心劇跳着。我大概失去了知覺，大概說着譫語。我祇記得，我在深夜裏睡醒，坐在鋪板上面，我一下子憶到了一切，理解了一切，手肘放在膝蓋上面，手支住頭，沉入深深的思慮中。

我不高興描寫我的情感，我也沒有工夫，但是我祇要提起一樁事情：也許我的心靈裏從來沒有經歷過比較快樂的瞬間，像深夜裏在被羈留中，坐在鋪板上，沉思着的時候那樣。這也許會使讀者感覺奇怪，認爲矜誇，有意立新標異，——但是這確乎像我所說的那個樣子。這瞬間也許每人都會發生，但一輩子祇有一次。在這種時間內，人們決定自己的命運，確定他們的見解，一輩子僅有一次對自己說「這纔是眞理，應該到那個地方去尋得眞理。」是的，那個瞬間是我的心靈的光明。我受了這傲慢的皮奧林格的羞辱，明天還料到會受那個上等社會的女子的侮辱，我很知道，我能夠狠狠地報復他們，但是我決定不去報復。我決定我無論怎樣受誘惑，不把文件暴露出來，不使它爲全世界人士知曉（像已經在我的腦筋裏旋轉過的那樣；）我反覆地對自己說，明天就把這封信放在她的面前，在必要時甚至可以忍受她的嘲弄的微笑，以代替她的感激，但是我到底不發一語，永遠離開她。……不過話也不必多講。關於我明天將在這裏發生什麼事情，長官將如何審問我，怎樣處置我，——我幾乎忘記想。我帶着愛情畫了十字架，躺到鋪板上面，立刻睡着，做着一個明朗的，小孩般的夢。

我醒得很晚，天色業已發亮。我在屋內祇剩了一個人。我坐了起來，起始默默地等候，等候了許久時候，大約有一小時。大概在九點鐘模樣，忽然有人進來叫我。我本來可以敘寫得比較詳細些，但是不值得這樣做，因爲這一切現在是枝節的；我祇要把主要的事情補敘一下就行。我要講的是他們忽然對待我異常的客氣，使我感到極大的驚異。他們問我什麼話，我對他們回答了幾句，立刻准許我出去。我默默地走了出去，但是在他們的眼光裏，我甚至讀到了對於一個甚至在這種地位上還會不喪失自己體面的人的驚異。假使我不覺察到這層，我也不會寫下來的。達姬央納·伯夫洛夫納在門外等候我。我用兩句話解釋這件事情當時爲什麼會這樣輕輕地發落。

清晨，也許還在八點鐘的時候，達姬央納·伯夫洛夫納奔到我的寓所裏去，那就是到彼得·伊鮑里託維奇那裏去，希望在那裏遇見公爵，忽然探聽出了昨天那樁可怕的事情，主要的是關於我被捕的消息。

她立刻跑到加德隣納・尼古拉也夫納那裏去，（她昨天從戲院裏回來時就已經和被人家送回來的父親見了面，）把她喚醒，嚇唬她一頓，要求立刻把我釋放。她揣着她的信，立刻飛奔到皮奧林格那裏去，立刻要求他寫一封給「某要人」的信，由皮奧林格自己懇切地請求把「爲了誤會被捕」的我從速釋放。她持着這封信來到區裏，於是她的請求獲准了。

三

我再繼續敍講主要的問題。

達姬央納・伯夫洛夫納拉住我，讓我坐在馬車上面，把我帶到她的家去，立刻吩咐生火壺，親自在廚房裏給我洗刷。她在廚房裏大聲對我講，十一點半鐘的時候，加德隣納・尼古拉也夫納要到這裏來和我見面，——還是剛纔她們兩人約定好了的。這句話當時被瑪麗亞聽見了。過了幾分鐘以後，她送上火壺來，又過了兩分鐘，達姬央納・伯夫洛夫納忽然喊她的時候，她沒有答應：原來她爲了什麼事走出去了。這一點我請讀者注意，那時我料想是九點四十五分。達姬央納・伯夫洛夫納雖然因爲她沒有得到允許而離開感到生氣，但是她祇以爲她是上店鋪裏去的，因此暫時把這件事情忘卻了。我們也沒有工夫管這件事情；我們當時不停歇地說着話，因爲有許多話要談，因此我對於瑪麗亞的失蹤幾乎完全不加注意；這一層也要請讀者記住。

我當時自然像處於迷糊的狀態中；我敍出我自己的情感，主要的是我等候着加德隣納・尼古拉也夫納，我一念到在一小時以後我就會和她相遇，而這是我一生最決定的瞬間，便使我感到戰慄和抖索。在我喝完了兩杯茶以後，達姬央納·伯夫洛夫納忽然立起來，從棹上取起剪刀，說道：

「把口袋翻轉來，應該把那封信掏出來，——何必在她面前剪呢！」

「是的！」——我喊着，解開了上裝的鈕扣。

「你怎麼弄得這樣亂七八糟的？誰縫的？」

「我自己，我自己，達姬央納·伯夫洛夫納。」

「顯見出是你自己。喏，就是這個……」

我們把信掏了出來；還是那個舊信封，但是裏面放着一張白紙。

「這是什麼意思？」——達姬央納·伯夫洛夫納喊，把那張紙翻來翻去……「你怎麼啦？」

但是我立在那裏，失去了舌頭，臉色慘白……突然疲乏地垂倒在椅上；我真是幾乎昏暈過去。

「這又是怎麼回事？」——達姬央納·伯夫洛夫納怒喊着。——「你的信在哪裏？」

「蘭白特！」——我忽然跳了起來，猜到了怎麼回事，叩擊自己的額角。

我喘着氣，匆匆忙忙地把一切事情解釋給她聽，——就是我如何在蘭白特那裏住宿了一夜，我們當時如何起意陰謀的情形；關於這陰謀我昨天還對她供白過的。

「被偷走了，被偷走了！」——我喊着，脚向地板上蹬踏，抓住自己的頭髮。

「壞了！」——達姬央納·伯夫洛夫納忽然決定，在明白了所以然之後。——「現在幾點鐘了？」

時間是十一點鐘左右。

「唉，瑪麗亞不在家……瑪麗亞！瑪麗亞！」

「有什麼事情，太太？」——瑪麗亞忽然從廚房裏答應着。

「你在家麼？現在有什麼辦法？我就上她家裏去……唉，你這人呀，你這笨蛋！你這笨蛋！」

「我去找爾白特！」——我怒喊着。——「在必要的時候，把他掐死！」

「太太！」——瑪麗亞忽然從廚房裏尖叫着。——「有一個女人要見您……」

她還沒有說完，「那個女人」就連喊帶哭地自己從廚房裏迅急地闖進來了。她是阿爾芬西納。我不高興詳細地描寫這幕戲；這幕戲是欺騙和僞造；但是阿爾芬西納演得特別的出色，這是應該指出來的。她帶着絕望的哭泣和兇橫的手勢，嘰嘰嘈嘈地說（自然說法國話）是她自己當時把這封信拋了出來，它現在落在爾白特手裏，爾白特和「那個强盜」Cet homme noir，想引誘 m-me la générale（將軍夫人）出來，立刻把她打死，現在，過一小時以後就把她用手槍打死……她從他們那裏打聽出了這一切，忽然十分害怕，因爲她看見他們手裏有手槍 le pistolet，所以現在跑到我們這裏來，叫我們去救她，警告……cet homme noir（這强盜）……

一句話，所有這一切是極可信靠的，連阿爾芬西納幾句解釋的愚蠢都會增加這信靠。

「什麼 homme noir？」——達姬央納·伯夫洛夫納喊。

「Tiens, j'ai oublié son nom……Un homme affreux……Tiens, Versiloff.」（註1）

「魏爾西洛夫，那不會有的！」——我喊。

「不，會有的！」——達姬央納・伯夫洛夫納尖聲喊。——「你說呀，老母親，不要跳，不要揮手；他們打算做什麼？請你有頭緒地講一講；我不會相信，他們打算槍殺她。」

「老母親」解釋起來，（註：這全是謊話，我還要預行聲明：）Versiloff 躲在門後，她一進來，阑白特就把 cette lettre（這封信）給她看，Versiloff 當時跳出來，他們把她……啊！他要報復她，說她（阿爾芬西納）怕出災禍，因為她自己也參加在內，至於 cette dame, la générale,（那個夫人，將軍夫人）一定會來，「立刻，立刻，」因為他們把那封信謄錄了一份寄給她，她一看見那封信確乎在他們手裏，一定會跑到他們那裏去。寫給她信的祇有阑白特一個人，她並不知道魏爾西洛夫；阑白特自己介紹是從莫斯科來，一位莫斯科的太太，Une dame de Moscon 打發來的。（註：——就是瑪麗亞・伊凡諾夫納！）

「唉，我真是難過！唉，我真是難過！」——達姬央納・伯夫洛夫納喊。

「Sauvez la, sauvez la,」（註二）——阿爾芬西納喊。

自然在這瘋狂的消息裏，祇要乍看一眼都會看出一點不調和的東西，但是沒有時間去加以思慮，因為實際上一切是很可信的。大概還可以猜料到加德隣納・尼古拉也夫納在接到阑白特的邀請以後，會先上我們這裏，達姬央納・伯夫洛夫納這裏來，把事情解釋一下；但是也許不會出這個事情，她會一直

（註一）「唔，我忘記了他的名字……一個可怕的人……唔，魏爾西洛夫。」

（註二）「救救她，救救她罷！」

上他們那裏去。那時候她就完了！也難於相信她會給人家初次的招呼就奔到她不相識的人那裏去；但是這種事情也會發生，譬如，在一看見那份抄件，證實那封信確在他們那裏以後，那時候還是一樣的糟糕！主要的是我們沒有一點時間，甚至連推想的時間都沒有。

「達爾阿洛夫會把她弄死的！假使她把自己的身份低降到甚至和蘭白特為伍，那末他會弄死她的！她是雙重人！」——我喊。

「唉，真是『雙重人』！」——達姬央納·伯夫洛夫納擺擺手。——「唔，不必再遲疑了，」——她突然地決定。——「取了帽子，穿上大衣，一塊兒開步走！你一直帶我們到他們那裏去，老母親！唉，真遜呀！瑪麗亞，瑪麗亞，假使加德隣納·尼古拉也夫納來，你對她說，我立刻就回來，讓她坐着等我一下，假使不願意等，你就關上門，使用強力，不放她出去。你就說是我這樣吩咐的！給你一百盧布，瑪麗亞，假使你辦好這椿差使。」

我們跑到樓梯上去。無疑地，這是再好些也想不出來的，因為無論如何，主要的災禍是在蘭白特的寓所裏，假使加德隣納·尼古拉也夫納果真先上達姬央納·伯夫洛夫納家裏去，瑪麗亞永遠可以阻止她。但是達姬央納·伯夫洛夫納在喚了馬車來以後，突然又變更了決意。

「你和她一塊兒去！」——她吩咐我，把我留給阿爾芬西納，——「你可以到那裏去死，如果有這必要，你明白麼？我立刻趕到你那裏，我想先跑到她家裏去，也許會遇到她，因為我無論怎樣，總覺得可疑！」

她於是跑到加德隣納·尼古拉也夫納那裏去。我和阿爾芬西納上蘭白特家裏去。我催馬車夫快趕，踏上蹬繼續罵阿爾芬西納，阿爾芬西納做出呼喊和眼淚對付。但是上帝保佑我們大家在一髮千鈞的時候把我們保全了我們還沒有走完四分之一的路程，忽然聽見身後有呼喊的聲音有人叫我的名字。我回頭一看，——脫里沙託夫坐在馬車上追趕我們。

「往哪兒去？」——他驚慌地喊。——「還和阿爾芬西納在一塊兒！」

「脫里沙託夫！」——我對他喊。——「您說得很對，——出了禍事了！我上那個混蛋蘭白特那裏去！我們，同去，人越多點！」

「快回去，立刻回去！」——脫里沙託夫喊。……——「蘭白特騙您，阿爾芬西納騙您。雀斑臉打發我來；他們不在家；我剛纔遇見魏爾西洛夫和蘭白特；他們到達姬央納·伯夫洛夫納家裏去……他們現在在那裏……」

我止住馬車，跳到脫里沙託夫的馬車上去。我至今不明白我怎麼會忽然決定，但是我忽然相信了，決定了。阿爾芬西納可怕地喊叫起來，但是我們把她扔棄；我不知道她是不是回來追我們，或者自己回家去，但是我再也不看見她了。

脫里沙託夫在馬車上一面喘氣，一面告訴我，這裏面有點陰謀，蘭白特本來和雀斑臉同謀，但是雀斑臉在最後的剎那間變叛了，現在親自派脫里沙託夫到達姬央納·伯夫洛夫納那裏去通知她，叫她不要相信蘭白特和阿爾芬西納。脫里沙託夫說，別的事情他一點也不知道，因為雀斑臉沒有全告訴他，因為他來不及告訴，他自己忙着上什麼地方去，一切都是十分匆忙。「我看見您坐在馬車上，」——脫里沙託夫猜猜謎——「便道趕過來。」自然雀斑臉顯見得也知道這一切，因爲他逕直打發脫里沙託夫到達姬央納・伯夫洛夫納家裏去；但這是一個新啞謎。

然而爲了不弄出紊亂的情形，我在描寫結局之前，且將一切眞正的事實解釋一下，最後一次超越到前面去。

四

闌白特當時把那封信偷去以後，立刻和魏爾西洛夫聯結在一起。對於魏爾西洛夫怎麼會和闌白特聯結，——我暫時不談，以後再說；主要的是有「雙重人」在內！闌白特和魏爾西洛夫聯盟以後，打算用最狡猾的手段誘引加德隣納・尼古拉也夫納上鉤。魏爾西洛夫直率地對他說，她不會來。但是闌白特從我前天晚上在街上遇見他，裝腔作勢地對他宣佈我要在達姬央納・伯夫洛夫納的寓所裏當着達姬央納・伯夫洛夫納的面前把信還給她的時候起，就從那個時候起，對達姬央納・伯夫洛夫納的寓所設置了類似偵探的玩意，那就是把瑪麗亞買通了。他送給瑪麗亞二十盧布，以後，過了一天，在偷竊文件成功的時候，第二次去見瑪麗亞，和他作了根本的約定，答應給她二百盧布的酬勞。

就爲了這原因，瑪麗亞剛纔一聽見加德隣納・尼古拉也夫納將在十一點半鐘到達姬央納・伯夫洛夫納家裏去，而且我也要前去，立刻從家裏跑出去，雇了馬車跑去報告闌白特。她就應該把這樁事情報告闌白特，——她的效勞就是這個。魏爾西洛夫那時恰巧在闌白特那裏。魏爾西洛夫一下子想出了這個可怕的陰險舉動。雖說瘋人有些時候是十分狡猾的。

他們的計劃是把我們兩人，達姬央納・伯夫洛夫納和我兩人，用無論什麼樣的方法從寓所裏騙出來，哪怕祇騙出一刻鐘的工夫，但必須在加德隣納・尼古拉也夫納來到之前。以後在街上等候着，等到我和達姬央納・伯夫洛夫納剛走出去，立刻跑進寓所裏去，由瑪麗亞開門放他們進來等候加德隣納・尼古拉也夫納。阿爾芬西納一方面應該用全力阻攔我們，隨便在哪裏，隨便用什麼方法都可以。加德隣納・尼古拉也夫納約好在十一點半的時候來，——那末一定要在我們可以回來以前進行一切。（加德隣納・尼古拉也夫納自然並沒有從蘭白特方面接到任何邀請，阿爾芬西納說謊，這把戲的細節是魏爾西洛夫想了出來，阿爾芬西納不過扮演一個受驚嚇的叛逆者的角色。）他們自然很冒險，但是他們判斷得十分正確：「成功固然好，不成功也毫無所失，因為那個文件總歸已經到手了。」但是居然成功了，而且不會不成功，因為我們無論如何不會不跟着阿爾芬西納走，單祇出於一個猜測也會跟她走，那就是：「唔，究竟這一切是實在的麼？」我還要重複一句：當時沒有工夫加以判斷。

五

我和脫里沙託夫跑進廚房裏去，看見瑪麗亞正在懼怕着。她因為在放蘭白特和魏爾西洛夫進來的時候，忽然看見蘭白特手裏有一把手槍而感到驚愕。她雖然收受了賄賂，但是手槍並不打入她的預算。她感到惶惑，所以一看見就奔到我身上來：

「將軍夫人來了，他們手裏有手槍！—

「脫里沙託夫，你在廚房裏等一會，」——我下命令。——「等我一喊，你就拚命跑進來救我。」

瑪爾亞給我開了通走廊的門，我溜進達娘夫納·伯夫洛夫納的臥室裏去，——就是祇能容達娘夫納·伯夫洛夫納一隻牀，我有一次偶然在那裏偷聽過的那間小屋。我坐在牀上，立刻在幃簾上找到了一個隙縫。

屋內已經發生喧鬧的聲音，人們在那裏大聲說話。我要聲明的是加德隣納·尼古拉也夫納在他們來到後整整的一分鐘內走進寓所裏來。喧嚷和語聲我從廚房裏就聽見了；喊的是闌白特。她坐在沙發上，而他站在她面前，像傻瓜似的呼喊着。現在我知道他爲什麽這樣愚蠢地慌張失措；因爲他心裏很急，怕人家捉住他們；我以後再解釋他怕的是誰。他手裏握着那封信。但是魏爾西洛夫不在屋內；我準備在發生危險的時候立刻奔過去。我祇傳達那些話語的大意，也許我不大記得許多，但是當時我處於極大的慌亂中，所以不見得記得十分詳細。

「這封信值三萬盧布，而您還要驚異呢！它值十萬，而我祇要求三萬！」——闌白特大聲而且異常興奮地說。

加德隣納·尼古拉也夫納雖然顯見地懼怕，但是用一種鄙夷的驚異看着他。

「我覺得這裏設置着一個陷阱，我一點也不明白，」——她說。——「但是假使這封信果眞在您手裏……」

「就是這封信，您自己瞧呀！難道不是那封麼？三萬盧布的期票，——一個戈比也不能少！」——蘭白特打斷她的話。

「我沒有錢。」

「您可以寫一張期票，——這裏有紙。以後您就出去弄錢，我可以等候，但是祇能等候一星期，——不能多等。您把錢拿來，——我便把期票還給您，當時還把那封信一同交給您。」

「您用這種奇怪的口氣和我說話。您錯了。今天就有人來把您的文件沒收，假使我跑去告發。」

「對誰告發？哈，哈，哈！但是亂子呢？我們會把信給公爵看！哪裏能够沒收？我不把文件放在家裏。我要託第三人把信給公爵看。您不要再固執了，龍太太，我並不問您多要，您還應該感謝我，別的人還會要求更多的效勞……您知道是什麼效勞……就是任何一個美麗的女人在爲難的情形下不能加以拒絕的那種效勞，就是這種效勞……哈，哈，哈！Vous êtes belle, vous!（您是美麗，您是的！）」

加德隣納·尼古拉也夫納匆遽地從坐位上立起來，滿臉通紅，——唾他的臉。以後迅快地奔到門外去。這時候那個傻蘭白特竟掏出手槍來了。他本來是一個遲鈍的傻瓜，盲目地相信文件的效力，主要的是他沒有看清楚他和什麼人交接，因爲我在上面已經說過，他認一切人都具有和他自己一樣的卑鄙的情感。他從第一句話語上就用粗暴去惹惱她，其實她也許不會拒絕成立金錢的契約的。

「不許動！」——他怒吼着，爲了受人家的唾面而狂怒，抓住她的肩膀，用手槍指着，——自然祇爲了懲戒的意思。她喊叫了一聲，倒在沙發上面。我奔進屋內；但是在那個當兒魏爾西洛夫也從通走廊的門外抱了進來，（他站在那裏等候着。）我來不及眨眼，他就從蘭白特手裏搶下手槍，用那支槍用力打擊他的腦袋。蘭白特搖幌了一下，倒在地下，失去了知覺；血從他的頭裏湧到地毯上去。

她一看見魏爾西洛夫，忽然臉色慘白得像一塊白布，呆板地看望他幾秒鐘，露出無從形容的恐怖，忽然暈倒了。他跑到她身前去。現在這一切在我面前似乎閃現了一下。我記得我當時很怕地看見他的紅紅的，幾乎是血紅的臉和充血的眼睛。我覺得他雖然也看見我在屋內，但是似乎不認識我，他一把抓住無知覺的她，用出極大的力量把她抱起來，像抱一個鴨絨枕頭似的，無意義地抱住她，像抱着一個嬰孩似的，走來走去。屋子是狹窄的，但是他從這個角落走到另一個角落，顯然不明白為什麼這樣做。在一個剎那間，他當時喪失了理性。他一直看望她，看望她的臉。我在他後面跑着，主要的是怕那支手槍，——他把它握在右手裏，簡直忘卻了，就握在她的頭旁。但是他用手肘推了我一下，又用腳踢我。我打算叫脫里沙託夫進來，但是怕刺激瘋子。我終於忽然打開簾籠，求他把她放在牀上。他走過去，放下了，自己立在她前面，用凝聚的眼神看她的臉，看了一分鐘模樣，忽然俯下身子，兩次吻她的慘白的嘴脣。我終於明白這是一個完全不能控制自己的人。他忽然朝她揮搖手槍，但似乎猜到了什麼，把手槍翻轉來，朝她的臉上瞄準。我立刻用全力抓他的手，喊叫脫里沙託夫。我記得，我們兩人和他爭鬪着，但是他還來得及乘用自己的手，朝自己身上開槍。他打算打死她，以後打死自己。但是在我們不讓他打死她的時候，他把手槍朝自己的心裏直戳，但是我來得及把他的手向上一推，子彈一直落到他的肩上。在這剎那間達姬央納·伯夫洛夫納帶着呼喊闖了進來；但是他已經躺在地毯上面，失去了知覺，和蘭白特躺在一起。

第十三章　尾聲

一

現在這幕戲差不多已經過了半年，從那個時候起，許多事情已經溜走了，許多事情完全變了，對於我早就起始了新生命……但是我也要給讀者解除束縛。

對於我，至少第一個問題，在那時，還在過了許多時候，是魏爾西洛夫怎麼會和闌白特這樣的人聯黨，他當時究竟存着什麼樣的目的？漸漸地我有點明白了；據我看來，魏爾西洛夫在那個剎那間，那就是在最後的一天和前一天，還不會有任何堅定的目的，甚至我覺得完全沒有加以思考，而處於一種狂亂的情感的勢力之下。我並不以為他眞正地發了瘋狂，況且他到現在還不是瘋子。不過他是「雙重人」是我一定可以承認的。究竟什麼是雙重人？雙重人至少是，根據一個專家的一本醫書的說法，——這本書我以後特為讀了一下，——雙重人是嚴重的心靈失調的第一步，它會引導人們到極壞的結局上去。魏爾西洛夫自己在母親那裏演出的那幕活劇上，極誠懇地對我們解釋出他的情感和意志在當時的「雙重性」。但是我還要重複一遍：在母親那裏的一幕，那個被他砸碎的神像，雖然無疑地是在眞正的雙重人的影響之下發生的，但是我從那個時候起永遠覺得這裏面一部分攙進一點幸災樂禍的比喻，似乎存一點仇恨這些女人的期待的意思，有點恨她們的權利和她們的裁判的意思，於是他和雙重人並行地砸碎了這個神像！

意思就是說：「你們的期待也會這樣碰碎的！」一句話，假使雙重人是有的，那末也不過是古怪的癖性而已……但是所有這一切祇是我的猜測；確切地加以決定是極困難的。

誠然，不管他如何崇拜加德麟納·尼古拉也夫納，他心裏永遠根深蒂固地埋藏着對於她的道德方面的特質極端地不信任。我確切地覺得，他當時在門外等候她在蘭白特面前屈辱下來。但是他是否希望如此，雖然他是在等候着。我還要重複一遍：我深信他當時一點也不希望，甚至不加以思考。他不過想留在那裏，以後再跳出來，對她說幾句話，也許，——也許侮辱她一下，也許殺死她……當時是什麽事情都會發生的；但是他和蘭白特一塊兒來的時候，絕不知道會發生這種事情的。我要補充的是那支手槍是蘭白特的，他自己並沒有攜帶武器。他看到了她那種驕傲的性格，主要的是對於那個混蛋蘭白特的威嚇她，感覺到無可忍耐，便跳了出來，——以後就喪失了理性。在那個剎那間，他是不是打算殺死她？據我看來，他自己並不知道，但是一定會殺死，假使我們不推開他的手。

他的傷不是致命的，已經平復了，但是他躺得很長久，——自然，在母親那裏。現在，我寫這幾行的時候，——院裏是春天，五月中旬，晴朗的天氣，窗敞開着。母親坐在他身邊；他用手摸她的臉頰和頭髮，和悅地審看她的眼睛。唉，這祇是半個以前的魏爾西洛夫；他不離開母親的身旁，也永遠不再離開。他甚至取得了「眼淚的才能」，像令人難忘的瑪加爾·伊凡諾維奇在講商人的故事的時候所形容的那個樣子。我覺得魏爾西洛夫會活得很長久的。他現在和我們完全誠懇，坦白，像小孩一般，不喪失分寸和含蓄，不說多餘的話。他的全部的智慧和他的全部的道德的調諧還存留在他身上，雖然所有在他身上理想的一切更加強烈地顯露在外面。我老實說，我從來不愛他像現在的那個樣子，我可惜我沒有時間和地位多講他。不過我要講出最近的一段故事（這些故事是很多的；）他在大齋時業已痊愈，而且在第六個星期上宣佈他將持齋。他有三十年未持齋，我心想，或者還要多些。母親很高興；起始預備素菜，不過是很貴的，很精緻的素菜。我從別間屋內聽見他在禮拜一和禮拜二的時候自己唱誦：「未婚夫臨近了，」而對於歌調和詩句大爲歡欣。在這兩天內他好幾次佳妙地談論宗教；但是到了禮拜三，忽然停止了持齋。有什麼東西忽然刺激他，有一種「有趣的矛盾，」他笑着加以形容。在神甫的外貌上，在週圍的環境裏，有一點什麼爲他所不喜悅的；不過他回來了，忽然含着輕謐的微笑說：「我的朋友們，我很愛上帝，但是我沒有能力做這個事情。」當天喫飯的時候，牛排端上來了。我知道母親現在時常坐在他身旁，用輕謐的聲音，靜靜的微笑，有時起始和他談論極抽象的事情：現在她忽然似乎在他面前勝壯起來了，但是這情形是怎樣發生的，——我不知道。她坐在他身旁，對他說話，時常用微語說話。他帶着微笑傾聽着，撫摸她的頭髮，吻她的手，於是最完滿的幸福在他的臉上熠耀了。他有時會犯毛病，幾乎是歇司底里性的。那時他取了她的照片，就是他在那天晚上接吻的那張照片，含淚看她，吻着，回憶着，叫我們大家到他的屋內去，但在這樣的時間內很少說話……加德隣納·尼古拉也夫納他似乎完全忘記了，他似乎一次也沒有提起她的名字。關於和母親結婚一層，他一點沒有講。夏天想送他到外國去；但是達娘央納·伯夫洛夫納堅持主張不要去，而他自己也不高興去。夏天，他們住在彼得堡縣裏，鄉間的一個別墅裏。順便說，我們大家暫時還依靠達娘央納·伯夫洛夫納的錢生活下去。我要補充的是我在寫這篇記事的時候，時常對這人抱不恭敬而且傲慢的態度，這是我總到十分憂愁的事情。但是我寫的時候，我想像自己是在我所描寫的每分鐘時的那個樣子。在結束這篇記事，寫到最後一行的時候，我忽然感到，在回憶和敍寫的歷程中我把我自己改造了。我現在對於我所寫的許多話表示否定的意思，尤其對於幾句話和幾頁文字的語氣，但是我不删去也不更改一個字。

我說過，他不談論一句關於加德隣納·尼古拉也夫納的話；我甚至心想，他也許完全治愈了。惟有我和達婭央納·伯夫洛夫納有時還談論加德隣納·尼古拉也夫納，但也祇是秘密地談一談。現在加德隣納·尼古拉也夫納在國外；我在她動身以前曾和她見過面，到她家裏去了幾次。我已經接到兩封她從國外寄來的信，並且回答過。但是關於我們的通信的內容，和我們在動身前離別時所說的一些話，我不在這裏講：這是另一樁故事，完全新的故事，甚至也許還是將來的故事。我關於有些事情甚至對達婭央納·伯夫洛夫納都不講；但是够了。我祇想補充一句，那就是加德隣納·尼古拉也夫納並沒有出嫁，和潘里柴夫一家人一起出去旅行。她的父親死了，她成爲有錢的寡婦。她近來在巴黎。她和皮奧林格的決裂發生得很快，而且似乎是自然而然地來的，讓我來講一講這件事情。

在發生那幕可怕的戲劇的早晨，雀斑臉，就是脫里沙託夫和他的朋友歸附過去的那個，立刻把快要發生的惡行通知了皮奧林格。事情的首尾是如此的：蘭白特曾勸他一同參加，在搶到文件以後，把他們所企圖的事情的一切詳細情節，還有他們的計劃的最後階段，就是魏爾西洛夫想出如何欺騙達婭央納·伯夫洛夫納的計劃的情形，全都告訴了他。但是在決定的一瞬間，雀斑臉竟變叛了蘭白特，因爲他比他們大家都機警，預見出他們的計劃中有犯刑事罪的可能。主要的是他認皮奧林格的感謝比不能幹的，性情異常激烈的闌白特和幾乎爲了情慾而發狂的魏爾西洛夫兩人的荒誕的計劃可靠得多。這一切是我以後從脫里沙託夫那裏打聽出來的。我不知道，也不明白闌白特對雀斑臉的關係，還有闌白特非他過不去的原因。對於我最有趣的是下面的問題：闌白特何以還需要魏爾西洛夫，其實闌白特手裏旣然握有那個文件，沒有他的幫助也完全能夠過得去的？現在我可以明白地答覆這個問題。他需要魏爾西洛夫，首先是因爲他知道一切的情節，而主要的他需要魏爾西洛夫，是預備在發生警戒狀態或出什麼亂子的時候可以把全部的責任推到他的身上去。因爲魏爾西洛夫並不需要錢，闌白特認爲他的幫助是極不多餘的。皮與林格當時沒有趕上。在放槍後過了一小時，他方纔來到，那時候達姬央納·伯夫洛夫納的寓所已經成爲完全不同的樣子。那就是在魏爾西洛夫跌倒在地毯上，流出血來以後，闌白特，我們大家都認爲已經被打死了的，竟立起身來了。他驚異地向四圍審看了一下，忽然迅快地醒悟了轉來，走到廚房裏去，一句話也不說，在那裏穿上皮大衣，永遠地隱走了。「文件」他留在椅上。我聽說他甚至沒有生病，祇是稍爲不舒服了幾天；手槍的叩擊把他的腦筋昏迷了一下，出了一點血，再也沒有發生任何災害。那時候脫里沙託夫已跑出去延請醫生；但是魏爾西洛夫在醫生來到之前就醒了轉來，而在魏爾西洛夫醒轉以前，達姬央納·伯夫洛夫納先把加德隣納·尼古拉也夫納弄醒轉來，送她回家去了。因此在皮與林格跑進來的時候，達姬央納·伯夫洛夫納的寓所裏祇剩我，醫生，有病的魏爾西洛夫，還有母親幾個人。母親也是脫里沙託夫跑去接來的，她雖然有病，但仍舊帶着無從控制自己的心情跑來了。皮與林格驚疑地看望了一下，在聽得加德隣納·尼古拉也夫納業已離開以後，立刻上她那裏去，沒有在我們那裏說出一句話。

他感覺惶亂，他明白地看出現在鬧亂子和喧揚出去幾乎是無可避免的。不過並沒有發生什麼大亂子，卻祇出了一些謠言。槍聲並沒有隱瞞過去，——這是實在的；但全部的主要的歷史卻幾乎無人知曉；偵查的結果，祇斷定有一個中了戀愛的迷毒的姓V的人年近五十，已有家室，在狂熱中將自己的熱情解釋給一位值得崇高尊敬的女郎聽，但是她並不贊許他的情感，他因此發了瘋，用手槍自殺。別的情節再也沒有發露出來，這消息也就用黑暗的謠言的形式闖進報紙裏去，不記載各人的姓名，卻祇刊出姓名的第一字母。至少我知道人家並沒有驚疑蘭白特。但是知道內中真相的皮奧林格卻驚惕了起來。好像故意似的，他忽然曉得了加德鄰納·尼古拉也夫納還在發生慘劇的前兩天曾和戀愛她的魏爾西洛夫相對晤會的情形。這使他非常生氣，他極不謹慎地對加德鄰納·尼古拉也夫納說在這以後他並不驚異她會發生這種荒誕的故事。加德鄰納·尼古拉也夫納當時就拒絕他，不帶一點怒容，且絕不遲疑。她也許早已看出他的爲人，也許在受到了震撼以後，她的眼光和情感突然地改變了。但是說到這裏，我又不懂了。我要補充的是蘭白特逃到莫斯科去，我聽見他在那裏爲了一樁什麼案子落網了。至於脫里沙託夫我幾乎從那個時候起就找不着，無論我如何在現在的時候努力尋覓他的蹤跡。他在他的朋友「大傻瓜」死後就失蹤了：他用手槍自殺了。

二

我提過老公爵尼古拉·伊凡諾維奇的死。這個善良的，可愛的老人在出事後不久就死了，不過是在過了整整的一個月以後，——夜裏在牀上，受了神經性的打擊而死的。我從他住在我的寓所裏的那一天起，再也不看見他。人家講他在這個月內理智得多，甚至嚴肅得多，再也不懼怕，不哭，甚至在那時候完全一次也不講一句關於安娜·安特萊夫納的話。他的全部的愛情整個地傾向到女兒身上了。加德隣納·尼古拉也夫納有一次，在他死前的一星期，對他提議叫我來給他解悶，但是他甚至皺起眉頭來了：這個事實我現在報告出來，不加任何的解釋。他的地產情況極佳，此外，還發現了很多的資金。根據老人的遺囑，全部資金的三分之一由他的無數的義女們均分；但是大家感覺奇怪的是在這遺囑內並沒有提起安娜·安特萊夫納的名字；她的名字漏落掉了。但是我知道一樁極可信靠的事實，那就是在老人臨死前的幾天內，他把女兒和他的知己朋友潘里柴夫和V公爵叫來，吩咐加德隣納·尼古拉也夫納在他死後一定要從這筆資金內提出六萬盧布給安娜·安特萊夫納。他準確地，明顯地，簡單地表示出了自己的意志，不加一點呼喊和解釋。他死後，在遺產情形已經弄明白了的時候，加德隣納·尼古拉也夫納託律師通知安娜·安特萊夫納，她隨便在什麼時候都可以領取這六萬塊錢；但是安娜·安特萊夫納嚴正地，且不說出多餘的話語，當時謝卻了這個提議：她拒絕領錢，不管人家如何說道確乎是公爵的意思。這筆錢現在還放在那裏，等候着她，加德隣納·尼古拉也夫納現在還希望她會變更決意；但這是不會有的，我確切地知道，因爲我現在是安娜·安特萊夫納最親近的朋友。她的拒絕引起了一點風聲，人們議論起來。她的姑母法那略託瓦起初爲了她和老公爵鬧出的亂子而感到憤激的，忽然變更了意見，在她拒收銀錢以後，莊嚴地對她宣佈自己的尊敬。但是她的哥哥卻爲了這樁事情和她大吵了一頓。我雖然時常到安娜·安特萊夫納那裏去，但是我不能說我們中間發生了極大的親密的關係；我們並不提起舊事；她很樂意接見我；但是和我說話時儘講些抽象的問題。她堅決地對我宣佈她一定要進修道院裏去；這句話說得不久；但是我不相信她，祇認作一句悲苦的話。

然而悲苦的，眞正悲苦的話我必須特別說出來的是關於我的妹子麗薩的事情，這纔是不幸，我一切的失意事情和她的悲哀的命運比起來眞是算不了什麼！起始是謝爾該意·彼得洛維奇公爵的病不能治好，沒有等候到審判就死在醫院內。他的死還在尼古拉·伊凡諾維奇公爵之前。麗薩剩了一個人，還懷着一個未來的嬰孩。她不哭，外表上甚至顯得很安靜。她變得馴和，溫良，但是以前那種熱烈的性格好像一下子全埋葬到什麼地方去了。她馴良地幫助母親，伺候有病的安得烈·彼得洛維奇，但是非常地不愛說話，甚至不看望任何人，任何東西，彷彿一切對於她滿不在乎，彷彿她祇是從旁邊走過似的。魏爾西洛夫的病減輕些的時候，她起始睡得很多。我有時送給她書，但是她不去看；她起始瘦得利害。我有點不敢去安慰她，雖然我時常就是懷着這個意思而前去；但是在她面前，我似乎又不敢接近她了，而且我也找不出那種可以和她談這個事情的話語來。這樣地繼續着，一直到發生了一樁可怕的事情爲止：她從我們家的樓梯上跌下來，跌得並不高，祇有三級，但是她小產了，她病了幾乎整整的一冬天。現在她已經起牀，但是她的健康受到了很大的打擊。她照舊和我們沈默着，凝思着，但起始和母親說幾句話。最後的幾天內，露出了鮮耀的，高高的，春天的太陽，我一直憶起那個陽光的早晨，那是去年秋天，我和她在街上走着，兩人心裏非常的快樂，帶着希望，而且互相愛好。唉，現在成爲什麼樣子了呢？我並不抱怨，對於我已經起始了新的生命。但是她呢？她的未來是一個謎，我現在看着她不能不感覺痛苦。

三星期以前，我把瓦新的消息告訴給她聽，使她發生了極大的興趣。他終於被釋放，完全恢復了自由。據說，這個有智慮的人當時作了極準確的解釋和極有趣的報告，而使掌握他的命運的人們的意見有了爲他開脫的轉變。而且他那篇手稿不過是法文的翻譯，一種材料，他單祇爲了自己而收集來，預備做一篇雜誌文字之用的。他現在動身到N省去。他的後父斯帖別立闊夫至今還坐在監獄內，他的案件我聽說越來越蔓延而且複雜了起來。麗薩含着奇怪的微笑傾聽關於瓦新的事情，甚至說，他一定應該會發生這種事情的。但是她顯然十分滿意，——自然爲了去世的賽爾該意·彼得洛維奇公爵的告發並沒有對瓦新有所危害。關於台爾格曹夫和其他的人們，我在這裏沒有什麼可報告的。

我完了。也許有些讀者想知道：我的「理想」到哪裏去了？那個新的，對於我現在剛起始的生命，我這樣神秘地宣佈出來的，究竟是什麼？但是這個新生命，這條新的，在我面前開展出來的道路也就是我的「理想，」和以前一樣的，但完全具有不同的形式，所以認識它是不可能的了。這一切不能再寫進我的這篇「記事」裏去因爲這是完全不同的東西。舊的生命完全落後，新的方纔開始。但是我還要補充一句必要的話語：達姬央納·伯夫洛夫納，我的眞正的，可愛的知己，幾乎每天纏住我，老是勸我趕緊進大學讀書：「你在畢業以後，再去思想，現在先求學。」說實話，她的提議我也想過，不過我完全不知道如何決定。但是我反駁她，我現在甚至沒有再求學的權利，因爲我應該勞動，供養母親和麗薩。她說她可以拿出她的錢來，她的錢足够川到我畢業大學爲止。我終於決定向一個人請教。我在我周圍審視了一遍，精細地，而且批判地選擇了這個人。他是尼古拉・謝蒙諾維奇，我的以前的，在莫斯科時的教習，瑪麗亞・伊凡諾夫納的丈夫。並非我如此地需要什麼人的忠告；我祇是無可抑制地打算聽一聽這個完全局外的，甚至有點冷淡的，自私的，卻極聰明的人的意見。我把我的稿件寄給他，請他保守祕密，因為我還沒有給任何人看過，尤其是沒有給達娘央納・伯夫洛夫納看過。寄出去的稿件在兩星期以後寄了回來，還附了一封極長的信。我祇從這封信裏摘錄了幾段下來，在裏面發見了一些普通的見解和解釋的文字。下面就是那幾段摘錄。

三

「……令人難忘的阿爾卡其・瑪加爾維奇，我拜讀了您所寫的『記事』，感到您真是極有益地利用了您的時間的餘暇！您對於您在生命場上所作的洶湧的，冒險的第一步，作了有意義的報告。我堅信您藉着這敍寫，果真地在許多地方『改造了自己』，像您自己所說的那個樣子。批評的話我一點也不敢；雖然每一頁書都耐人尋思……譬如，您如此長久，而且如此固執地藏着『文件』的一個事實是十分特徵的……但這祇是我敢說的批評的話的百分之一。我也很看重您決定把『您的理想的祕密』——依照您自己的說法——告訴我，而且顯然祇告訴我一人。但是對於您請求我說出我自己對於這『理想』的意見，我應該堅決地加以拒絕：因為第一，信裏沒有這樣多地位。第二，我自己還沒有答覆的準備，我自己還要加以消化。我祇想說，您的『理想』是極古怪的，而現代的青年人卻多半尋覓不是虛構出來的，卻是事前預備好的觀念，他們的存貨不很多，還時常是危險的。譬如說，您的『理想』至少暫時保護您不去信從台爾格曹夫等人的理想，——他們的理想無疑地不像您的理想那般的古怪。最後我很贊成可尊敬的逹娜夫納·伯夫洛夫納的意見，——我雖然和她認識，但至今還不能按照她值得受尊重的那個程度加以尊重。她主張您應該進入大學，這意見對於您是十分有益的。科學與生命無疑地在三四年內會更加遼闊地開展您的思想和您所趨赴的天地，假使大學畢業以後您願意重新回到你的『理想』那裏去，那是一點也不會礙事的。

「現在容我自己，（並非依從您的請求，）將我在讀您那篇十分公開的『記事』的時候在心靈裏生出來的一些思想與印象公開地敍述給您聽。是的，我很同意安得烈·彼得洛維奇的話，他說他爲您，爲您的孤寂的青春擔憂。像您這樣的青年並不少，他們的才能確乎永遠有發展到壞的方面，或流爲卑鄙性，或變爲破壞秩序的隱祕的願望的危險。但破壞秩序的願望時常也許會從對於秩序與『適宜』生活的渴念中間發生出來的。青年是純潔的，因爲它是青年。在這早期的瘋狂的激情裏就包含着對於秩序的渴念和眞理的尋覓，至於有些現代的青年人在十分愚蠢和可笑的事物內見出這眞理和這秩序，那是誰的錯處！——這些事物是愚蠢而且可笑得甚至使你不能明白，他們怎麼會相信的！我還要順便說，以前，在不很久的過去的時代，祇在前一輩裏，這類有趣的青年可以不必加以憐惜，因爲那時候他們幾乎永遠得到一個結果，那就是順利地歸附到我們的最高的文化的階層裏，而和他們融合爲一個整體。譬如說，假使在走路的開始時就感覺到一切的無秩序和偶然性，家庭環境內缺乏正直的情感，缺乏祖先的傳統和美麗的，完整的形式，那末甚至更加好些，因爲他們以後自己會有意識地取得這一切，且學會加以尊重。現在卻有點不同，——就是因為幾乎無可歸依。

「我用譬喻來解釋。如果我是俄國的小說家，且有天才，一定要從俄國的世襲的貴族中採取我的主角，因為祇是在有文化的俄國人的典型內纔能有美麗的秩序和美麗的印象的外表——而這是小說內為了給予讀者美麗的印象必要的東西。我這樣說，並不是開玩笑，雖然我自己完全不是貴族，那您也是知道的。普希金在俄國家庭的傳統中預定下自己的未來的小說的題材，您必須相信，這裏確乎具有美麗的一切。至少這裏有可認為完整些的東西。我這樣說，並不因為我無條件地贊成這種美的正確和真實；但是這裏有名譽與責任的完整的形式，而在俄國，除貴族以外，在任何地方，不但沒有完整的東西，且甚至尚未開始。我說這話，像一個安靜的，尋覓安靜的人。

「這個名譽好不好，責任對不對，——那是另一問題；而對於我最重要的卻是形式的完整，哪怕祇要有點秩序，不是預定下的，而是自己從生活裏經歷得的秩序就行。天呀，我們認為最重要的也就是但能有一些秩序，一些自己的秩序就夠了！內中包含着希望，就是所謂給眼睛以休息：總算有點建設，而不是永遠的破壞，不是到處亂飛的碎木片，不是垃圾和塵埃，從這些東西裏面，已經有二百年什麼也弄不出來。

「您不要責備我是斯拉夫派，我這祇是由於憤世而發，因為我心內很痛苦！現在，從不久的時候起，我們發生了一點和上面所描寫的完全相反的東西。並不是垃圾在最高的階層裏增殖，而相反地，卻是碎塊和泥團帶着快樂的匆遽，脫離美麗的典型，而和那些無秩序的，忌妒的人們擠在一堆。過去的文明家庭的父親和族長們嘲笑他們的孩子們也許還打算相信的一切，已不成為稀有的事件。不但如此，他們並不對孩子們熱情地隱瞞自己的貪婪性的快樂，爲了他們有突然的權利，去做他們忽然大量地弄出來的不名譽的行爲。我所講的並不是眞正的進步派，親愛的阿爾卡共·瑪加爾維奇，卻祇是講那些無數的下流人，這類人是：『外貌上頗似俄國人，而實際就是韃靼人。』您要知道，眞正的自由派，眞正的，寬宏的人類之友並不這樣多，我們忽然發覺了出來。

「然而這全是哲學；我們要回到想像的小說家那裏去。我們的小說家的地位在這種情形之下是完全確定了的；他不能寫別的種類，除去歷史性質的之外，因爲我們的時代已經沒有美麗的典型，即使遺留了一點，而根據現在主宰着的意見，並不能保持多少的美。在歷史的形類裏卻還可以描寫出許多極有趣的，快樂的細節來！甚至可以吸引讀者，使他們把歷史的幽靈認作現在也可能發生的東西。這類的作品，出於極大的天才的手中，將不僅屬於俄國文學，而屬於俄國歷史。這是在藝術上完整的俄國迷景的幽靈，這種迷景確乎存在着，在人們沒有猜到這是迷景的時候。這個接連着三代描寫俄國中上等文化階層的家庭，和俄國歷史發生聯繫的幽靈中的英雄們的子孫，已經不能用現代的典型加以描寫，除非給予他一個厭世的，孤獨的，憂愁的外貌。他甚至應該成爲一個怪物，讀者初看一眼，會把他當作已從田地上走下來的人，而且會相信他的後面已經沒有遺留下什麼田地。再過下去，——連這個憤世的子孫也會消滅；發現了新的人物，還沒有出名的人物，以及新的迷景；但那是什麼樣的人物呢？如果是不美麗的臉龐，那末以後的俄國小說將成爲不可能的了。但是可歎得很！那時候是不是僅祇小說成爲不可能的？

「何必走得這麼遠，我現在且回到您的稿件上去。譬如說，您且看一看魏爾西洛夫先生的兩個家庭，

（這一次讓我完全公開一下。）第一，我並不講安得烈·彼得洛維奇，但他總是屬於族長階級的。他是極古的貴族，同時又是巴黎的共產社員。他是真正的詩人，他愛俄國，但又完全否認它。他沒有任何的宗教，但準備為了一點不確定的什麼毅然就死，——對於這不確定的什麼他並不會叫出名字來，但是熱情地相信着，按照俄國歷史中彼得堡時期的許多俄國的歐羅巴的文化人的例子。但是不必講他自己；且看他的貴族的家庭；對於他的兒子不必提，他是不值得受這種榮耀的。有眼睛的人們早就會知道，這類壞蛋將弄到什麼樣的地步，且把別人弄到什麼樣的地步。再看他的女兒，安娜·安特萊夫納，還不是一個有性格的女郎麼？她具有修道院女方丈米脫羅方尼那樣大小的臉龐，——自然不會預測出一點刑事的性質，這在我的方面未免不大公平。現在請您對我說阿爾卡共·瑪加爾維奇，這家庭是一個偶然的現象，我就會振作起精神來的。但是相反地，下面的結論豈不更公平些：那就是有許多古舊的俄國家庭會持着無可攔阻的力量成羣地變為偶然的家庭，在普遍的凌亂和混雜中互相融化着。這種偶然的家庭的典型，您已在您的稿件內一部分地指出了。是的，阿爾卡共·瑪加爾維奇，您是偶然的家庭的一員，而處於和我們的，還不算古舊的家族的典型相反對的地位，——這些典型具有和您完全殊異的童年與少年。

「說實話，我不願成為描寫偶然的家庭的英雄的小說家！

「那是一個沒趣的，沒有美麗形式的工作。而且這些典型在任何的情形裏面，還是當前的，現代的問題，因此要成為藝術上完整的東西。重要的錯誤是可能的，誇張和失察也是可能的。總而言之，必須作許多的猜測。但是一個作家既不願僅祇寫歷史性質的東西，胸內懷滿對於現代問題的煩悶，叫他有什麼辦法呢？惟有猜測……而且錯誤。

「像您這樣的『記事』我覺得可以成爲未來的藝術品的材料，成爲一個無秩序的但業已過去的時代的未來的圖畫的材料。在現實過去以後，未來到達了的時候，未來的藝術家會尋覓美麗的形式，甚至爲了描寫已成爲過去的那種凌亂和混雜的情況。那時候便需要像您這樣的『記事』——它會給予相當的材料，——極誠懇的材料，不管它是如何的凌亂和偶然……至少會剩下一些正確的性格，藉以猜測在那個混沌時代的某一個少年的心靈內會隱藏些什麼東西，——一個不完全無價値的偵察，因爲世代是從少年們中間創造出來的……」

少年

（全兩冊）

民國三十七年四月初版

每部定價國幣七元五角

著作者　陀思妥也夫斯基

翻譯者　耿濟之

發行者　開明書店　上海福州路　代表人范洗人

印刷者　開明書店

（370P）K　耿